LUZ
DAS
RUNAS

JOANNE HARRIS

LUZ DAS RUNAS

TRADUÇÃO
CHICO LOPES

ROCCO
JOVENS LEITORES

Título original
RUNELIGHT

Copyright © Frogspawn Limited, 2011

Os direitos de Joanne Harris de ser identificada como autora desta obra foi assegurado por ela em conformidade com o Copyright, Designs and Patents Act, 1988.

Todos os direitos reservados. Nenhuma parte desta obra pode ser reproduzida ou transmitida por qualquer forma ou meio eletrônico ou mecânico, inclusive fotocópia, gravação ou sistema de armazenagem e recuperação de informação, sem a permissão escrita do editor.

Edição brasileira publicada mediante acordo com Grandi & Associati.
Copyright das ilustrações de mapa © David Wyatt, 2011
Copyright das ilustrações das runas © Dawn Toshack, 2011

Direitos para a língua portuguesa reservados
com exclusividade para o Brasil à
EDITORA ROCCO LTDA.
Av. Presidente Wilson, 231 – 8º andar
20030-021 – Rio de Janeiro – RJ
Tel.: (21) 3525-2000
rocco@rocco.com.br | www.rocco.com.br
www.facebook.com/roccojovensleitores

Printed in Brazil/Impresso no Brasil

Preparação de originais
KARINA PINO

CIP-Brasil. Catalogação na fonte.
Sindicato Nacional dos Editores de Livros, RJ.

H266L	Harris, Joanne, 1964-
	Luz das runas / Joanne Harris; tradução de Chico Lopes.
	Rio de Janeiro: Rocco Jovens Leitores, 2013. – Primeira edição.
	Tradução de: Runelight
	ISBN 978-85-7980-167-9
	1. Ficção infantojuvenil inglesa. I. Lopes, Chico. II. Título.
13-00937	CDD – 028.5 CDU – 087.5

Este livro obedece às normas do Acordo Ortográfico da Língua Portuguesa.

Para Anouchka
Continue brilhando

AGRADECIMENTOS

Nem todos os heróis conseguem um capítulo – ou até mesmo um único verso – numa história. E, no entanto, sem eles, uma história é como um palco sem iluminação ou som – apenas um grupo de personagens conversando com eles mesmos na escuridão. Portanto, obrigada a todos os engenheiros: a Philippa Dickinson e Sue Cook, minhas editoras, por sua paciência e precisão; a Jennifer Luithlen, minha agente; a Anne Riley, minha Relações Públicas; a Mark Richards, que cuida de meu site na internet; à copidesque Sophie Nelson e à sobrecapista Dominica Clements. Obrigada também a Anouchka, por saber quando ligar as luzes; a Kevin, por construir o cenário; e a todos os que trabalham tanto (e por pouca remuneração) para manter meus livros nas prateleiras. Obrigada especialmente também à Senhora do Guarda-Roupa Becca Marovolo, que conhece e ama estes personagens quase tanto quanto eu.

Mais do que tudo, obrigada a vocês, o público, por seu aplauso, sua afeição e sua contínua capacidade de dar crédito a estes livros, um por um.

Mapa dos Nove Mundos
503 anos depois do Ragnarók

A ORDEM

O FIRMAMENTO

A LOCALIZAÇÃO ARRUINADA DE ASGARD

YGGDRASIL
(A ÁRVORE DO MUNDO)

MUNDO SUPERIOR

OS MUNDOS MÉDIOS

O UM MAR

INTERIOR

TERRAS EXTERIORES

MUNDO ABAIXO

O FUNDAMENTO

HEL
(O MUNDO SUBTERRÂNEO)
MORTE

SONHO

MUNDO INFERIOR
(A FORTALEZA NEGRA)

O MUNDO ALÉM
(CAOS)

MAPA DOS MUNDOS MÉDIOS

SUMÁRIO

PERSONAGENS 10
RUNAS DA ANTIGA ESCRITA 12
RUNAS DO NOVO MANUSCRITO 13
INTRODUÇÃO 15
LIVRO UM: **Fim de Mundo** 21
   O rio Sonho corre através dos Nove Mundos,
   e a Morte é apenas um deles.
LIVRO DOIS: **O Martelo de Thor** 91
   Cuidado com o Povo dos Deuses quando ele traz presentes.
LIVRO TRÊS: **O Cavalo de Odin** 153
   Eu vi um cavalo de quatro pernas trotar
   (Deixa de besteira, seu bebum delirante!)
   Nove Mundos existiam em seu olhar
   (Deixa de besteira, seu bebum tratante!)
LIVRO QUATRO: **O Velho Homem das Regiões Selvagens** 231
   Havia uma velha senhora tão louca, se dizia,
   Que voava dentro de uma cesta pelo ar.
   Ela voou para a Terra do Rosbife
   Aguardente em seu cantil a levar.
   Nas nuvens entrou, foi além da Lua,
   em Terra dos Videntes pôde penetrar – ah
   ali onde as Fadas brincam o dia todo
   e de cerveja é feito todo mar – ah!
LIVRO CINCO: **O Circo do Pandemônio** 291
   Não hesite em tirar vantagem de um otário.
LIVRO SEIS: **Enxofre e Bolo de Noiva** 347
   Acredite em mim. Não é à toa que chamam isso de
   "laço de matrimônio".
LIVRO SETE: **O Cavaleiro da Carnificina** 387
   Se desejos fossem cavalos, os mendigos cavalgariam.
LIVRO OITO: **Bif-Rost** 435
   Quando o arco se quebrar, o Berço cairá...
LIVRO NOVE: **Asgard** 491
   O Fim do Mundo sempre começa com um beijo.

PERSONAGENS

DEUSES (ÆSIR)

Thor, o Deus do Trovão, filho de Odin, também conhecido como Dorian Scattergood, ex-fazendeiro de porcos, rebelde e líder atuante dos Æsir
Ethel, a Vidente, sua mãe, também conhecida como Frigg, Ethelberta Parson, Oráculo e viúva alegre
Sif, a esposa de Thor, a deusa da fartura, também conhecida como Lizzy Gorda, uma porca barriguda

DEUSES (VANIR)
Heimdall, o Vigilante dos Dentes de Ouro
Skadi, a Caçadora dos Sapatos de Neve, filha do Povo do Gelo e ainda incerta quanto ao lado em que está
Idun, a Curandeira, deusa da juventude
Bragi, o Poeta, deus do vinho e da música
Freya, deusa do desejo
Frey, o Ceifeiro, seu irmão gêmeo
Njörd, ex-marido de Skadi, o Velho Homem do Mar

OUTROS
Loki, irmão de sangue de Odin, conhecido como o Astuto, não se ajustando a nenhum campo, mas aturado a contragosto – pelo menos por enquanto –, levando-se em conta a maneira como salvou os Mundos
Jormungand, seu filho monstruoso, conhecido como a Serpente do Mundo
Sigyn, a ex-esposa falecida de Loki
Hel, sua filha, Governante dos Mortos
Fenris, seu outro filho, Devorador e Demônio-Lobo
Skól e Haiti, também conhecidos como Caveira e Grande H, amigos de Fenris, Demônios-Lobos, Devoradores do Sol e da Lua e seguidores dedicados da moda de Fim de Mundo

Jolly, só não o chame de "baixinho"
Hughie e Mandy, também conhecidos como Hugin e Munin, corvos com uma queda por doces
Angrboda, uma das ligações mais perigosas de Loki, também conhecida como a Tentadora; bruxa da Floresta de Ferro, mãe de Hel, Fenris e Jormungand – e pessoa de origem Caótica
Maggie Rede, uma filha da Ordem, e mais
Adam Scattergood, um homem jovem com um sonho
A Louca Nan Fey, uma anciã de ambição desregrada
Capitão Caos, um animador de auditório
Sleipnir, um Cavalo de oito patas e arauto do Apocalipse
Mimir, *o Sábio,* também conhecido como o Murmurador, uma entidade desencarnada com vingança em sua mente
O Velho Homem, veja acima
Perth, um empresário e negociante da propriedade alheia
Surt, um Senhor do Caos

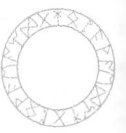

RUNAS DA ANTIGA ESCRITA

ᚠ *Fé*: riqueza, gado, propriedades, sucesso

ᚢ *Úr*: força, o Boi Vigoroso

ᚦ *Thúris*: runa de Thor, o Espinhoso, vitória

ᚨ *Ós*: os Videntes, os Æsir

ᚱ *Raedo*: o Andarilho, as Terras Exteriores

ᚴ *Kaen*: fogo bravio, Caos, Mundo Além

ᚺ *Hagall*: geada, o Destruidor, Mundo Abaixo

ᚾ *Naudr*: o Amarrador, carência, angústia, o submundo, Morte

ᛁ *Isa*: Gelo

ᛃ *Ár*: fartura, prosperidade

ᛉ *Yr*: o Protetor, o Fundamento

ᛋ *Sól*: Verão; o Sol

ᛏ *Tyr*: o Guerreiro

ᛒ *Bjarkán*: revelação, verdade, sonho

ᛘ *Madr*: a humanidade, os Mundos Médios, os Humanos

ᛚ *Logr*: água; o Um Mar

RUNAS DO NOVO MANUSCRITO

Ethel: a Terra Natal, maternidade

Aesk: a Árvore das Cinzas, a Criação

Ác: o Carvalho, força, determinação

Daeg: dia, o Raio

Iar: a Construtora, indústria

Perth: um jogo, risco, acaso

Wyn: benefício, vitórias, tentação, apostas

Eh: Anel de Casamento, lealdade, um elo

Ea: as marés, Eternidade, a Morte e além

Gabe: um dom; um sacrifício

Introdução

Eu espero que vocês tenham lido *Runas* e, se for este o caso, podem pular este trecho, porque vocês já sabem o que acontece. Se não leram, há apenas algumas coisinhas que devem ficar cientes antes de começarem o livro.

Nós estamos num lugar chamado Interior, uma parte de um dos Nove Mundos existentes nos galhos da Yggdrasil, a Árvore do Mundo.

Os Mundos acabaram várias vezes e certamente acabarão novamente.

As forças da Ordem e do Caos mantêm estes Mundos em equilíbrio precário.

Deuses e demônios (que são quase, mas não *muito*, a mesma coisa) existem ali em números atordoantes, embora eles tenham a tendência de se relacionar um tanto mal uns com os outros, o que explica a questão do fim do Mundo (ver acima).

Originalmente havia duas tribos de deuses – Æsir e Vanir. Depois de anos de guerra civil, eles decidiram juntar os times (sob o comando de Odin, o líder dos Æsir) para lutar contra seus inimigos comuns e basicamente manter a Ordem nos Mundos. Odin adquiriu runas mágicas (uma maneira bonita de dizer que as roubou) e usou para manter os deuses (e ele mesmo) no poder. Com a ajuda de seu irmão de sangue Loki, um renegado do Caos, criou Asgard, a cidadela dos deuses, onde Æsir e Vanir moravam, reinavam, tinham aventuras, se apaixonavam, cometiam um bom número de erros ridículos, pregando peças desnecessariamente rudes e cruéis uns nos outros (bem, Loki as pregava, de qualquer modo). Por fim, romperam com Loki depois de um tolo mal-entendido (interpretação de Loki, não deles). Isso resultou numa cadeia de acontecimentos que terminou em Ragnarók, uma titânica batalha contra seus inimigos (todos os outros), na qual os deuses foram tidos como mortos, lutando contra as forças do Caos.

Em *Runas*, Ragnarók veio e se foi, e quinhentos anos se passaram desde então. O mundo mudou. Nós conhecemos Maddy Smith, uma desajustada de catorze anos que vive em Malbry, uma aldeia ao extremo norte no Interior. Maddy tem uma marca de runa – ou uma *marca de ruína* – na palma da mão que lhe dá poderes especiais, bem como a transforma numa estranha; um retrocesso aos Velhos Dias Ruins, anteriores ao Fim do Mundo e à vinda da Ordem, um grupo religioso baseado no Fim de Mundo e devoto à erradicação de todas as coisas Caóticas, incluindo magia, os Faërie, velhos deuses, lendas e tudo mais que possa dar ao povo do Interior ideias perigosas – ou, pior ainda (que as Leis nos protejam), *sonhos*.

Mas Maddy realmente tem um bom amigo: *Um Olho* das Regiões Selvagens, que logo revela ser um dos velhos deuses – nada menos que Odin, líder dos Æsir, que todos julgavam ter morrido no Ragnarók, mas que, ao sobreviver, teve seus poderes diminuídos, como uma sombra de seu Aspecto original. Ele protege Maddy, reconhecendo nela uma potencial aliada, e a alista numa busca pessoal, que não funciona exatamente como ele planejava.

Maddy faz amizade com um duende renegado (com o nome infeliz de Saco de Açúcar) e embarca numa busca particular com consequências imprevisíveis, que acaba em um confronto final e desastroso nas margens do rio Sonho, onde as forças da Ordem são reunidas em massa para destruir todos os Nove Mundos.

Os deuses, claro, ficam completamente reduzidos, mas graças a alguns aliados incomuns, incluindo Jormungand, a Serpente do Mundo, e Hel, a Guardiã dos Mortos...

A Ordem é completamente destruída.

Odin cai.

O Mundo acaba (outra vez).

E Maddy se revela Modi, um dos filhos gêmeos de Thor, que se supunha perdido no Ragnarók.

O Æsir é resgatado, mas, sendo privado de um corpo, é obrigado a assumir o Aspecto do hospedeiro vivo mais apropriado que houver por perto – neste caso, dois humanos, um duende e uma porca barriguda.

Deixamos os deuses na margem do Sonho, raivosos, abatidos, angustiados e com a missão de tapar uma brecha entre os Mundos que pode em breve resultar no Inferno sendo aberto...

Assim, muitas pontas permaneceram soltas. Morreram algumas pessoas boas que deviam ter sobrevivido. Algumas pessoas muito malvadas que *deviam* ter morrido, de alguma forma, conseguiram sobreviver.

Não é o que vocês chamariam de um final feliz.

Mas foi o *melhor* que pude escrever naquele momento.

Agora. Continuem lendo...

LUZ DAS RUNAS

LIVRO UM
Fim de mundo

O rio Sonho corre através dos Nove Mundos,
e a Morte é apenas um deles.
Velho provérbio

1

Meia-noite e cinco em Fim de Mundo, três anos depois do Fim do Mundo, e, como sempre, não havia nada para ser visto ou ouvido nas catacumbas da Cidade Universal – exceção feita, naturalmente, aos ratos e (se você acreditasse neles) aos fantasmas dos mortos.

Maggie Rede não temia nenhuma das duas coisas. Uma garota alta, esguia, com sobrancelhas retas escuras e olhos de um curioso cinza-âmbar, usava um lenço de cabeça branco do tipo que os habitantes de Fim de Mundo chamavam de *bergha* e uma túnica escarlate sobre perneiras e botas. Ela era a única guardiã daquelas catacumbas abandonadas, e os ratos eram sua presa favorita. Com uma besta ou uma funda, ela conseguia atingir um rato a trezentos passos sem errar nenhum; os ratos a conheciam muito bem a essa altura e ficavam bem quietinhos quando Maggie Rede fazia ronda.

Quanto aos fantasmas, havia quase três anos que toda noite Maggie atravessava as passagens secretas e nunca tivera o vislumbre de algum. Restavam histórias de uma terrível batalha ali, com dez mil integrantes da Ordem exterminados num único dia. Mas não havia sinal deles, nem do inimigo contra o qual tinham lutado. Nem mesmo os fantasmas contavam mais essas histórias.

Do lado de fora, naturalmente, as histórias eram comuns, mas Maggie Rede não acreditava nelas e muito menos nas pessoas que as contavam, e as ignorava do mesmo modo como ignorava os fantasmas, concentrando-se de preferência naquilo que podia ver e mantendo os ratos afastados das catacumbas.

O Bom Livro, obviamente, tinha sua própria versão dos eventos. Segundo o Livro do Apocalipse, os dez mil haviam sido arrebatados pela Glória, um advento previsto desde o nascer da Nova Era, quando o Inominável chamaria os fiéis aos seus braços, e eles se livrariam de sua carne mortal e renasceriam em seus corpos perfeitos às margens do Primeiro Mundo.

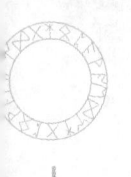

Maggie acreditava no Bom Livro. Como seu pai e seus irmãos antes dela, era uma seguidora fiel da Ordem, e se fosse um garoto ela também teria conhecido a Glória a essa altura. Então, seria conduzida ao alto até a Cidade Celestial, em vez de deixada para lidar com a confusão de Fim de Mundo.

Maggie achava que parte do problema era que, embora tivesse ocorrido muita discussão sobre o tema da Glória e a natureza exata dos deleites reservados para os fiéis quando o dia feliz chegasse, ninguém nunca havia sido inteiramente claro sobre o que aconteceria com a carne descartada. Ela havia imaginado uma espécie de limpeza por meio de uma fonte celestial, em que os corpos seriam milagrosamente preservados; mas, quando finalmente aconteceu, com dez mil membros da Ordem subitamente desocupando seus corpos terrestres (incluindo Professores, Tutores, aprendizes e Inspetores de campo), os resultados haviam sido catastróficos.

Foram necessários seis meses para arranjar um lugar para os cadáveres. Parte disso era porque ninguém em Fim de Mundo queria assumir a responsabilidade. A limpeza geral era problema da Ordem, que controlava os serviços sanitários, e devia ser conduzida (e paga) por representantes oficiais da Ordem.

Mas prevaleceu a realidade sombria de que *não havia* representantes da Ordem, nem oficiais nem extraoficiais. E assim os cadáveres apodreceram e federam até que, muitas reuniões e comissões depois, foram declarados um perigo para a saúde pública, transportados para longe e queimados.

Isso acontecera havia três anos. Maggie tinha então catorze anos, e bem antes que a catástrofe irrompesse, fora mandada para ficar com sua tia-avó Reenie nas Divisões Administrativas, enquanto sua mãe vasculhava por entre os horríveis restos, em busca dos três Inspetores que haviam sido seus filhos.

Oficialmente, era claro, um Inspetor da Ordem não tinha família alguma. A primeira coisa que um aprendiz tinha que fazer antes de assumir sua posição como filho da fé era dar as costas aos pais, desistir de seu nome e aceitar um número em seu lugar. O pai de Maggie respeitava isso. Irmão de um Inspetor recentemente honrado com o dom da Palavra, ele soube tomar a decisão de não envergonhar seus filhos com sua interferência. Filho mais novo de um comerciante de lã das Divisões Administrativas, ele próprio havia aspirado ingressar na Ordem, mas seu pai pudera abrir mão de apenas um de seus filhos, e assim seu irmão Elias teve a chance, enquanto Donal havia aprendido o ofício do pai.

Anos mais tarde, quando ele mesmo já era um pai, havia se mudado para a Cidade Universal, jurando dar aos próprios filhos a chance que ele não tivera quando chegasse a hora de renegá-los, como era certo e apropriado segundo as regras da Ordem. Mas a mãe de Maggie não havia feito tal jura. Muitas eram as mães que, como ela, desafiavam a Lei e se esgueiravam furtivamente pelos prédios da Universidade à noite, arriscando ser presas – e às vezes coisa pior –, pela oportunidade de oferecer um enterro decente para os seus filhos homens.

Susan Rede pagou caro por essa possibilidade. Uma febre hemorrágica, contraída numa de suas jornadas noturnas entre os restos, havia posto um fim em sua procura e em sua vida, não sem antes passar a doença ao marido, à enfermeira, ao dono do armazém, ao primo, a todos os seus fregueses e ao homem que vinha recolher os mortos.

Quando Maggie chegou em casa, cem mil pessoas haviam morrido da epidemia. Fim de Mundo estava fora de quarentena, os corpos haviam sido removidos para longe. E a Universidade das Verdades Imutáveis não era nada senão uma casca vazia, suas riquezas pilhadas, suas bibliotecas abandonadas, suas grandes salas e anfiteatros vazios de qualquer coisa que não fosse poeira.

Ela poderia ter ficado com a tia, supunha. Nada restara de sua vida anterior. Mas Reenie tinha seus próprios filhos e um trabalho de ordenha de vacas numa fazenda próxima. E Maggie não estava acostumada com o comportamento do povo das Divisões Administrativas, seus modos lhe pareciam quase desregrados, com seus costumes interioranos e sua atitude negligente quanto a frequentar a igreja e os dias santos; riam da forma como ela se vestia, do seu sotaque de Fim de Mundo e do que chamavam de seus "modos da cidade".

E, assim, sem família alguma, sem lar e sem amigos, Maggie voltou para Fim de Mundo. Ela encontrou um emprego numa taverna próxima à velha Universidade, que lhe oferecia casa e comida e um centavo por dia para as despesas. Ela não gostava dos fregueses, que eram geralmente grosseiros e bebiam demais, mas a taverna era chamada de "A Comunidade", o que fez ela pensar que a princípio o lugar fosse relacionado à Ordem. A proprietária era uma sra. Blackmore, uma puritana com um *bergha* de viúva e um olho minúsculo, penetrante e cobiçoso, que havia feito uma fortuna durante a epidemia vendendo talismãs para os crédulos. Seu marido havia morrido *ajudando os doentes*, ou assim dizia a sra. Blackmore. Na verdade, ele próprio havia contraído a febre ao saquear os corpos dos mortos. Agora, a sua viúva fazia negócios com a reputação santificada do marido – tecendo relatos de sua coragem, advertindo quanto ao Povo-Vidente, ficando de olho em marcas de runas e coisas assim e pregando abstinência enquanto vendia a mais azeda e aguada cerveja de todo Fim de Mundo.

E, quando Maggie ficou acostumada aos novos modos e à sua nova vida na Cidade Universal, compreendeu que a grande calamidade não foi a pior coisa que aconteceu ali. Na ausência da Ordem, outra praga havia chegado à cidade – uma praga de cobiça e bandidagem que varreu todo o Sul da Região.

Odin de Um Olho teria entendido. A Ordem e o Caos têm suas marés, e a ascensão de uma leva inevitavelmente à queda da outra. Não que o Povo-Vidente houvesse ascendido muito, mas permanecia o fato de que dez mil membros da Ordem haviam sido eliminados num só dia, e o Caos havia se precipitado com a finalidade de ocupar os espaços que eles deixaram.

Não fora, contudo, uma vitória que garantisse a Odin qualquer grande conforto. A Ordem desaparecera, certamente; mas nos três curtos anos que se seguiram à guerra, Fim de Mundo havia se tornado um lugar arruinado. Sem a Ordem para manter o controle, o lugar havia sucumbido, como o dinheiro sempre faz, ao excesso, à anarquia e à cobiça. Desaparecidas estavam as solenes figuras de mantos escuros; desaparecidos os grupos de aprendizes loquazes; desaparecidos os discretos cafés e os oratórios e os livros.

Agora, em vez de Purificações para entreter as massas, as ruas estavam inundadas de negociantes vindos de outros países, correndo para expor suas mercadorias. Nos dias da Ordem, o porto de Fim do Mundo era mantido sob controle muito rigoroso. Negociantes estrangeiros eram pesadamente taxados e as mercadorias ilegais, apreendidas e destruídas. Só os comerciantes respeitáveis eram permitidos, vendendo seus produtos respeitáveis e necessários. A bebida alcoólica havia sido banida, junto com as prostitutas e as dançarinas. E, embora um mercado negro tivesse sobrevivido (para mercadorias luxuosas e exóticas), os indesejáveis, tais como ciganos, vendedores ambulantes, bandidos e estrangeiros, eram provavelmente muito mais Inspecionados, expulsos ou até mesmo enforcados do que acolhidos na Praça da Catedral.

Mas agora os portões haviam se escancarado. Os navios não mais desviavam, e, assim que estas informações se espalharam, uma praga de negociantes de outros países havia baixado sobre o porto de Fim de Mundo.

Estes negociantes vendiam tudo e qualquer coisa que se pudesse imaginar. Sedas, couros, pastéis e bolos; macacos, caquis e tinturas púrpuras; conchas marinhas, venenos e escravos de além do Um Mar; pedras preciosas reais e falsas; bebida alcoólica; equipamentos bizarros; feitiços do amor; laranjas, louças e órgãos ressecados de animais selvagens. Pouco a pouco estes negociantes haviam invadido a cidade, trazendo hordas de compradores, otários, jogadores e ladrões em seu rastro exótico. Trouxeram também crimes de todos os tipos, doenças, drogas e violência. Faziam e perdiam fortunas no jogo, vendendo como escravos aqueles que não podiam pagar suas dívidas. Viviam como reis ou senhores de guerra, vestiam-se com joias, portavam espadas, mantinham garotas escravas e seduziam as jovens e crédulas com promessas de riqueza fácil.

Para Maggie, que mal tinha dinheiro para sobreviver e trabalhava o dia todo na taverna sombria, parecia que o mundo que ela havia conhecido se tornara um Pandemônio. Até a Universidade havia sido dominada pelos recém-chegados – refeitórios vazios foram convertidos em salões de dança, colégios em bordéis, tavernas e salas de jogo.

A princípio houve alguma resistência – a maior parte vinda dos nativos de Fim de Mundo, que temiam que um dia a Ordem pudesse retornar. Mas, à medida que o tempo passou, seus seguidores haviam se tornado poucos e menos fervorosos. Ninguém apareceu para assumir o controle. A Ordem não havia retornado, tampouco o Caos. Algumas pessoas afirmavam terem visto fantasmas em torno dos edifícios desertos, mas os corredores mal-assombrados, do que um dia foi chamado Cidade Universal, haviam se mostrado bem menos mal-assombrados quando ocupados por dançarinos e músicos. E de forma lenta, mas firme, a ruína se espalhou internamente, tomando conta de capelas, escritórios, salas e até mesmo do Grande Quadrângulo, agora transformado numa praça onde metade de Fim de Mundo – ou assim parecia – vinha para festejar aos pulos nas noites do Sétimo-dia.

Ali se viam ursos dançarinos em correntes, suntuosos banquetes sendo comidos nas costas de prostitutas nuas, fumantes de sementes exóticas, falsos mágicos e adivinhos, profetas loucos pregando as palavras de demônios desaparecidos e deuses derrotados. Onde a modéstia havia sempre predominado, novos costumes extravagantes apareciam agora. Algumas mulheres até saíam às ruas com as cabeças descobertas e os ombros à mostra. Em três anos, ao que parecia, o mundo que Maggie conhecera havia chegado ao fim. E ninguém exceto Maggie parecia se importar com isso.

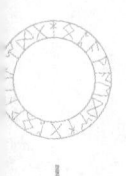

Ela sempre mantivera a fé. Cobria sua cabeça com o *bergha*, como o Bom Livro mandava. Não comia carne nos dias santos e sempre se lavava antes de fazer suas orações. Embora a Ordem houvesse desaparecido, ela mantinha seus dias de jejum e seguia suas Leis, pois neste novo mundo desregrado, os velhos ritos e rituais faziam-na sentir-se segura.

Naturalmente, ela nunca conhecera o Caos, nem testemunhara realmente a Glória. Vinda das Divisões Administrativas para se descobrir uma órfã, sem nada no bolso e sozinha numa cidade que mal reconhecia, vira sua jovem alma romântica voltar-se para dentro em busca de conforto e havia se convencido (ao menos em parte) de que era a heroína de algum episódio dos Últimos Dias, uma sobrevivente solitária da Adversidade.

Caçula e única filha de uma família de quatro irmãos, Maggie sempre fora a mais brilhante. Embora nunca houvesse frequentado a escola, ela havia secretamente aprendido a ler, e, ao longo dos anos, em torturantes fragmentos entre os sermões de Domingo de Jim Parson e as passagens surrupiadas dos livros de seus irmãos, havia obtido mais conhecimento do que qualquer um pudesse suspeitar. Histórias do demoníaco Povo-Vidente de antigamente; de *Æsir* e Vanir, de suas guerras e de como finalmente eles haviam roubado as runas do Velhíssimo Manuscrito Original e construído para si mesmos uma cidadela a partir da qual governariam os Nove Mundos. Ela sabia como eles haviam vencido; como haviam feito armas e artefatos mágicos; como haviam partido em buscas de aventuras; como haviam travado guerra contra o Povo do Gelo; e, finalmente, como haviam sido traídos por um de seus próprios elementos, o Astuto, e derrotados por fim em sua arrogância pelo Inominável.

Tinha havido a Adversidade – ou *Ragnarók*, como a chamavam então. Mas a Adversidade não havia extinguido o Povo-Vidente. Pelo contrário, os levou a se esconderem, enfraquecidos, mas ainda perigosos, como um fogo selvagem rastejando sob a terra. E o Bom Livro havia prometido que um dia, em breve, a Purificação final viria, e a Ordem Perfeita triunfaria sobre o Caos para sempre...

Nos dias da Ordem, naturalmente, *todos* os relatos eram vistos como potencialmente perigosos, mesmo os que constavam do Bom Livro, e apenas os iniciados da Ordem tinham sido autorizados a penetrar nas grandes bibliotecas da Cidade Universal. Mas agora Maggie estava livre para fazer o que quisesse. Embora a maior parte do ouro da Ordem tivesse sido saqueada – incluindo os estranhos símbolos em formatos de chave que os Inspetores usavam em volta dos pescoços –, muitos livros haviam restado. Mesmo correndo perigo, Maggie os lia com uma ânsia cada vez maior, sabendo que era perigoso, mas cheia de uma nostalgia crescente pelos mundos quase esquecidos que havia dentro deles.

Alguns livros eram de ciência e alquimia, nomeando as várias propriedades dos metais e dos sais. Outros eram de geografia de antes da Nova Era. Muitos eram em idiomas que ela não conseguia ler, ou em palavras que não entendia. Alguns eram ilustrados a bico de pena com pequeninos desenhos de pássaros e outros animais. Outros eram indecentes, contendo poesia de amor ou quadros de mulheres nuas. Alguns eram longas listas de reis antigos. À medida que a profanação da Universidade pelos negociantes ia avançando, Maggie percebeu que era apenas uma questão de tempo até que alguma pessoa ativa desmontasse as bibliotecas e vendesse os livros para queimar nas lareiras dos negociantes. Ela então removeu quantos pôde e levou-os para um lugar de segurança, uma passagem recém-descoberta que ficava abaixo da Capela da Comunhão.

Naquela ocasião, a pequenina capela no centro da Universidade ainda permanecia quase intacta. Alguns de seus vitrais haviam sido saqueados, mas no grande púlpito de carvalho um atril ainda sobrevivia, e sobre ele estava o maior Livro que Maggie já havia visto. Grande demais para ser saqueado no momento, ele era quase do tamanho de um berço de criança, talhado em couro, encadernado com ouro e avolumado pelo misterioso peso das palavras. Maggie ansiava por ver o que havia dentro dele – mas ele era firmemente preso por um anel de cadeado, e nenhum de seus esforços para forçá-lo foi bem-sucedido.

Mas foi o que ela encontrou *debaixo* do atril naquele dia o que a fez prender o fôlego de empolgação; atrás de um painel no enorme púlpito entalhado, Maggie descobriu uma porta secreta, deixada entreaberta durante a Glória – a primeira de muitas entradas ocultas para as catacumbas da Cidade Universal.

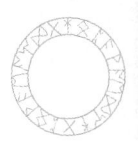

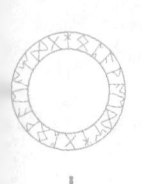

Daquele dia em diante, Maggie passou a maior parte de suas noites nas catacumbas. A exploração da Cidade Universal já estava a caminho, e ela sabia que muito em breve os edifícios abandonados não mais ficariam assim, e sua solitária ocupação não seria mais solitária.

Mas as catacumbas eram um caso diferente. As passagens sob a Universidade se estendiam por quilômetros em todas as direções: ruas de pedra fria, túneis em formato de labirintos, cavernas cheias de correntes de ar, armazéns abandonados, depósitos de ossos e poeira. Acima de sua cabeça, os saqueadores cresciam em audácia, mas nenhum deles se aventurava debaixo da terra e ninguém viera perturbar suas pilhagens quando ela mergulhava em profundezas ainda maiores sob a cidade.

Isso se tornou mais do que um jogo para ela. Por três anos Maggie fez centenas de mapas mostrando a localização de mais de mil salas, cavernas, criptas, passagens, poços, escadarias, portas ocultas, painéis soltos, avenidas, entradas, espaços confinados e becos sem saída.

Algumas dessas passagens estavam limpas; outras iam até os joelhos em poeira. A maior parte delas estava vazia e em desuso, mas um dia ela encontrou uma câmara mortuária erguida inteiramente com ossos humanos, os crânios dispostos num desenho decorativo junto à arquitrave, as colunas feitas de longos feixes secos de fêmures e ulnas rebocados com pelo, poeira e gordura. Em outra ocasião ela encontrou uma sala cheia de carne e legumes enlatados; depois, algumas caixas de vinho. Ela também encontrou ratos em grande número; mas a maior parte do que encontrou foram pedras sem vida, câmaras de eco, artérias congeladas – o coração morto da Cidade Universal.

E então, numa de suas pilhagens noturnas, Maggie tropeçou numa pedra solta, sob a qual estava escondida uma longa chave dourada. Ela a pegou e a manteve em torno do pescoço. Era uma bela coisa, embora decorativa demais para ter algum uso prático. Depois, um dia, ocorreu-lhe tentar introduzi-la no cadeado de ouro que prendia o colossal Livro talhado em couro que ela havia descoberto no atril da Capela da Comunhão...

E foi assim que uma filha de um comerciante de lã das Divisões Administrativas descobriu e leu o Livro das Palavras.

As páginas eram grandes e difíceis de manejar, e o papel era ao mesmo tempo duro e curiosamente frágil, de modo que Maggie penou para evitar quebrá-lo. Mas o texto escrito à mão era requintadamente belo, e as imagens, pequenas cenas esmaltadas dos Livros Herméticos: retratos de heróis, serpentes extravagantes, dragões, demônios e o há muito desaparecido Povo-Vidente – eram histórias, por si mesmas, misteriosas, terríveis e iluminadas de promessas.

Temendo vândalos ou ladrões, ela havia arrastado seu tesouro (não sem dificuldade) para o espaço sob o púlpito, e dali para sua biblioteca secreta. Ali ela mantinha todos os seus livros roubados, e ali dispusera o Bom Livro respeitosamente contra a parede. E embora o texto fosse muito antigo e seu significado difícil de decifrar, Maggie sentia o poder no antigo manuscrito e rastejava de volta à biblioteca todas as noites. Então, à luz de vela, passava seus dedos sobre o texto iluminado e sussurrava as estranhas e belas palavras para ela mesma, e sonhava.

Quando criança, fora ensinada a ficar alerta quanto aos sonhos. Mas à medida que foi ficando mais velha, arrastando uma vida nos porões da Cidade Universal, foi descobrindo um prazer crescente neles. Seus pais e parentes haviam desaparecido. Amigos como os que ela tivera haviam se dispersado. Os sonhos eram tudo que ela tinha agora e, abastecida por imagens do Livro, sonhava com batalhas e demônios, com o Povo-Vidente e os deuses; com a Cidadela do Céu, a Fortaleza Negra e o Caos; mas acima de tudo, sonhava com os Últimos Dias, com a Adversidade, com a Purificação final de todos os Mundos, quando a praga, o crime, a miséria e a morte seriam para sempre banidos, e os três grandes Cavaleiros com espadas de fogo investiriam sobre os Mundos Médios, abatendo os malvados e erguendo os fiéis do pó.

E virá um Cavalo de Fogo –
E o nome de seu Cavaleiro é Carnificina.
E virá um Cavalo do Mar –
E o nome de seu Cavaleiro é Traição.
E virá um Cavalo do Ar –
E o nome de seu Cavaleiro é Loucura...

Esse era de longe o sonho preferido de Maggie. Ela sabia que esse jogo era perigoso, pois os demônios podem penetrar no mundo através dos sonhos, mas mesmo assim não conseguia parar. E, assim, na escuridão da Cidade Universal, cercada por livros esquecidos, embalada pelo murmúrio do vento nos túneis e pelos sons distantes da música que vinha lá de cima, sonhava com a Palavra, com a Glória e com a Adversidade que viriam. Mais que tudo, sonhava com os Cavaleiros dos Últimos

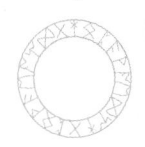

Dias, que se aproximavam mais e mais à medida que o tempo passava. E descobrira que, fechando seus olhos, poderia quase vê-los – um deles especialmente, seu rosto jovem bronzeado pelo sol, o cabelo leve puxado para trás com um laço de couro, e o azul de seus olhos, tão diferente do azul do Mar... Um azul enevoado, como as montanhas vistas de longe, e tão frio como os picos do distante Norte.

Era um sonho estranho e belo. Estranho, porque de algum modo ela *sabia* que ele era real e que *ali* – aquele lugar morto e quase esquecido – era o lugar para o qual ele estava destinado a ir. Mais estranho ainda, porque às vezes ela sentia que os *próprios sonhos* estavam chamando-a numa linguagem toda sua; uma linguagem secreta como a daqueles livros nos quais ela havia encontrado um novo propósito.

E, assim, enquanto a maioria das pessoas fazia tudo que podia para impedir-se de sonhar, Maggie se tornou uma caçadora de sonhos. E quanto mais ela sonhava, mais reais os sonhos se tornavam para ela, e mais ela crescia no entendimento de que era ali, entre as ruínas da Cidade Universal, que o Fim do Mundo estava destinado a começar, e que *ela* teria um papel a desempenhar nele.

Era este pensamento – e não os livros ou os ratos – que levava Maggie Rede para ali toda noite, descendo pelas passagens desertas, lendo textos estranhos e esquecidos, girando chaves quase devoradas pela ferrugem, e sonhando com aquele glorioso dia em que tudo que ela havia ansiado por toda a sua vida iria de repente se realizar.

Um dia aquilo aconteceria. Um dia seu momento chegaria.

E assim Maggie esperava entre seus livros roubados, mantinha a fé, estudava e sonhava, mal sabendo que a cerca de dez quilômetros de distância, no longínquo Norte gelado, numa aldeia semioculta pelas montanhas e a neve, um par de olhos sempre vigilantes havia se virado por fim ao som de sua voz. E que depois de três anos de espera, seus sonhos estavam finalmente marchando em direção a ela.

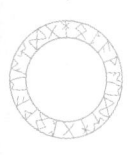

2

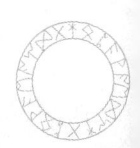

Thor estava ansioso por uma briga. Isso em si não era incomum. O Deus do Trovão não era conhecido por sua paciência, especialmente antes do café da manhã, e tinha-se que admitir que ele tivera muito com que lidar nos últimos três anos.

Primeiro foi a chegada de seu filho, Modi – um dos gêmeos que há muito tempo o Oráculo havia profetizado, mas que, devido à insegurança dos oráculos em geral, acabou sendo uma menina, uma filha, Maddy. Depois, ela teve que ser resgatada dos Æsir – com a ajuda de Loki, o Astuto, logo ele – da Fortaleza Negra do Caos. Essa operação havia conduzido, senão ao real Fim dos Mundos, ao menos a uma coisa muito parecida com isso, uma coisa que exterminara o inimigo, arrebatara a vida do General e culminara num evento cataclísmico entre a Ordem e o Caos, e que havia feito o Sonho transbordar de suas margens e despejar seus conteúdos dentro dos Mundos Médios.

Ela não tivera a intenção de fazer isso, naturalmente. Na experiência de Thor, mulheres nunca *tinham* a intenção de fazer nada, razão pela qual – pelo menos nos Dias Antigos – elas não haviam se envolvido nas relações entre os deuses. Deixe uma mulher entrar em sua vida, pensava amargamente o Deus do Trovão, e antes que você se dê conta, estará numa caverna de gelo em algum lugar, com a barba cheia de nós, sua força magnética de cabeça para baixo e sua esposa o importunando por um novo corpo a cada dez minutos. Como se você já não tivesse o bastante a fazer mantendo os Mundos salvos para a espécie humana.

Malditas mulheres, rosnou Thor. *Um filho teria feito as coisas adequadamente...*

Naturalmente, isso havia terminado em vitória para os deuses. Quatro deles haviam fugido da Fortaleza Negra. Loki fora ainda mais longe, fugindo do próprio reino da Morte. Mas, embora fosse verdade que a

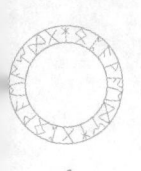

Ordem houvesse sido derrotada, nunca a vitória tivera um sabor menos doce.

O Oráculo, que havia lhes prometido novos mundos, se transformara por fim num inimigo. Odin estava morto, os Æsir divididos, os Vanir ressentidos e hostis; todos enfraquecidos e irresolutos. Sem o General, eles estavam mais uma vez em apuros – os Vanir, sob o comando de Heimdall, restringindo-se principalmente à sua fortaleza sob as montanhas dos Sete Adormecidos (exceto por Skadi, que não havia sido visto desde o Fim do Mundo e em geral se supunha que houvesse voltado para sua casa com o Povo do Gelo).

Os Æsir também estavam divididos. A elevação à condição de deuses não é sempre um assunto fácil de ser resolvido, mesmo a uma condição mendicante de deuses como era a deles, com suas marcas de runas quebradas e Aspectos inacabados. Nas margens do rio Sonho, com a magia flutuando ao redor como neve e os desincorporados Æsir lutando desesperadamente por suas vidas, não houvera chance para discussões ou explicações. Quatro hospedeiros enormemente insuspeitos descobriram-se de repente incorporando vários Aspectos do divino com maiores ou menores graus de conforto.

Ethel e Dorian haviam aceitado a mudança com boa vontade, e, portanto, haviam se adaptado à situação um tanto melhor que Saco de Açúcar, cujo papel como o Corajoso Tyr ainda se constituía uma considerável provação para ele. Ou Sif, cujas queixas contra a sua reencarnação num corpo de uma porca barriguda haviam sido uma provação para *todos*.

Como resultado, os Æsir estavam divididos entre a Paróquia de Malbry, que ainda pertencia a Ethel; a fazenda de porcos em Farnley Tyas, que era o lar de Thor e Sif; a oficina de ferreiro, que Tyr havia reivindicado como sua (possivelmente porque era mais próxima à taverna); e a casinha do ferreiro, que havia ficado para Maddy depois da morte de seu pai.

Mae, a irmã mais velha de Maddy, que em outras circunstâncias podia-se esperar que tivesse tido interesse, havia se casado fora de Malbry com um parente do Bispado de Torval e agora morava do outro lado do rio numa pequena aldeia de Farnley Tyas, que era quase tão longe de Maddy quanto o desejável, e onde Mae podia às vezes fingir que elas não tinham parentesco.

O povo de Malbry a princípio fora relutante em aceitar os estrangeiros em seu meio. Mas Maddy ainda era uma de suas mulheres, e Dorian

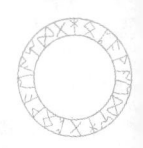

Scattergood, embora uma espécie de ovelha negra, era o filho de uma família muito respeitável. Uma pena que sua nova esposa fosse tão cara estranha, diziam as fofocas da aldeia. Dor – ou Thor, como ele se chamava agora – era um homem de boa aparência, e alguns haviam esperado que ele fizesse par com a rica viúva do pároco. Embora, para dizer a verdade, Ethel Parson tenha se tornado muito estranha depois de sua fuga sob a Colina do Cavalo Vermelho.

Ainda assim, ser estranho não era contra a lei, eles diziam, e os estrangeiros eram tolerados, se não apreciados, contanto que se restringissem às suas vidas e não causassem problemas.

Houve um bandido entre eles a princípio – um jovem ruivo com um sotaque das Divisões e modos desrespeitosos –, mas felizmente sua visita fora breve e não se repetira. Loki, que não conseguia parar de causar problemas da mesma forma que não conseguia parar de respirar, permaneceu três semanas inteiras em Malbry antes de voltar para a Colina do Cavalo Vermelho com a dor do desmembramento. Thor não se importou nem mesmo de lhe fazer uma advertência, muito embora, como Maddy salientara, ele *houvesse* acabado de salvar os Nove Mundos. Ali ele permaneceu, vigiando o vale de sua fortaleza subterrânea e catalogando as coisas bizarras e misteriosas que às vezes emergiam dos flancos da Colina.

Ainda assim, refletia o Deus do Trovão contrariadamente, neste exato momento havia coisas piores para lidar do que Loki. Por pior que ele fosse, e sem dúvida louco até a última gota de seu sangue de demônio, ao menos as coisas *aconteciam* quando ele estava por perto. E Thor estava entediado, tão terrivelmente entediado que teria acolhido bem até mesmo a companhia do Astuto.

A causa de seu tédio atual estava sentada diante de seu espelho, penteando seu famoso cabelo dourado e se preparando para uma discussão.

Thor olhava e pensava vagamente em como as costas de uma mulher eram capazes de transmitir uma quantidade tão grande de expressões negativas. Não era como se *ele* fosse de algum modo responsável pelo que ocorrera três anos atrás. Achava-se que ela, de certo modo, deveria ficar grata por parte disso – sua fuga da fortaleza, sua libertação do tormento e a encarnação de seu Aspecto num hospedeiro vivo.

Mas Sif de Cabelos Reluzentes havia ficado furiosa desde o Fim do Mundo e não mostrava sinal de que iria mudar de opinião.

– Você está bem? – perguntou Thor por fim.

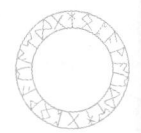

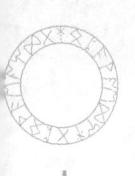

– Estou bem – respondeu Sif, numa voz que sugeria que ela estava tudo, exceto bem.

Esse é o problema com as mulheres, pensou Thor. *Elas dizem uma coisa e querem dizer outra.*

– O que há de errado? – indagou ele.

– Eu *disse* que estou bem. – O pente roçava as mechas fabulosas, liberando um fino pó de caspa sobre a penteadeira. Todos os deuses haviam feito o que podiam, mas mesmo em pleno Aspecto, ou no que se passava por isso, com aquela marca de runa quebrada, Sif continuava a mostrar algumas das imperfeições do corpo de seu hospedeiro.

Poderia ter sido muito pior. Com exceção de uns poucos quilos excedentes e uma tendência a grunhir quando provocada, Sif poderia ter passado por humana quase completamente. De fato, havia pouco em seu atual Aspecto que sugerisse que ela havia sido um dia uma beldade imortal, mas também não havia qualquer indicação que isso se devia a uma porca barriguda chamada Lizzy Gorda.

Sif, no entanto, estava intensamente consciente, e descontava em todo mundo.

Não ajudava que Thor houvesse se saído melhor. Verdade que ele ainda portava uma impressionante semelhança com Dorian Scatergood, o homem em cujo corpo havia renascido. Mas sua coloração e estatura era aquela de Deus do Trovão, e a mente de Dorian raramente entrava em conflito com a sua. Sif nunca cessara de invejá-lo por isso, e, enquanto puxava um pelo irritante de abaixo de seu queixo, ela o fuzilou com um olhar de puro veneno. Thor, por sua vez, olhava para outro lado.

Por trás dele, um arranjo de flores de repente ficou escuro e morreu, mas já que nem Thor nem Dorian algum dia haviam se incomodado com essas coisas, isso também passou despercebido.

Sif puxou sua barriga com as mãos e olhou de esguelha para si mesma no espelho. Por um momento sua expressão se suavizou.

– Nota alguma coisa diferente? – perguntou ela.

– Diferente? – questionou o Deus do Trovão. Tais perguntas sempre haviam sido complicadas, ele sabia, já que podiam se referir a um novo chapéu, a um vestido diferente, a um penteado da moda ou a qualquer uma das mil coisas com as quais apenas uma mulher se preocuparia.

– Alguma coisa com... vestido? – sugeriu Sif.

– Sim. Ele é novo – disse Thor com alívio. – Notei alguma coisa imediatamente.

– Este é meu vestido *mais velho* – retrucou Sif, seus olhos começando a se estreitar novamente. – Não o uso há eras. Eu não era capaz de *caber* nele.

– Bem, talvez você devesse fazer uma dieta, querida.

Sif bufou.

– Pelo amor dos deuses, Thor. Você está cego? Eu perdi catorze *quilos*!

Mas Thor havia aparentemente descoberto uma coisa lá fora que exigira sua total atenção. O fato de ser seis da manhã, escuro como breu, e já nevando pesadamente, não fez nada para melhorar sua imagem diante de Sif, cujo queixo estava tremendo furiosamente no momento e cujos olhos azuis ardiam como chamas de magnésio.

– O que você está olhando estupidamente lá fora? – perguntou a deusa da graça e da fartura rispidamente.

– Alguma coisa está errada – disse o Deus do Trovão.

Sif estava prestes a fazer uma observação ofensiva quando ela também viu o que ele dizia: um sinal no céu acima da Colina do Cavalo Vermelho, difundindo sua luz contra as nuvens num desenho que ambos reconheceram.

– É Loki – disse Thor. – Ele está em apuros.

– Ignore – falou Sif.

Naturalmente, ela e o Astuto nunca tinham se visto olho no olho. Embora ela aceitasse que Loki não era *diretamente* responsável pela transferência de seu Aspecto para o corpo de uma porca barriguda, era verdade que ele tinha se divertido muito com a situação. Se ele estava com problemas, que se virasse sozinho, pensou ela. Sif de Cabelos Reluzentes tinha preocupações mais urgentes.

Mas então outro sinal apareceu, esse de um vermelho escuro em vez de violeta. Ambos os sinais eram muito claros, como fogos de artifício no céu turbulento.

Thor franziu o cenho diante deles por um momento, depois rumou para a porta, parando apenas para apanhar o pesado manto de peles que estava pendurado nela.

– Eu tenho que ir, Sif. Ele é meu filho.

Sif rosnou.

– *Que* filho?

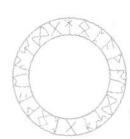

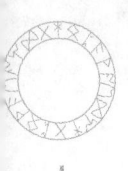

– Tá certo, esfrega na minha cara – resmungou Thor baixinho. – Já não é ruim o bastante que minha esposa seja uma porca e que meu filho seja uma garota? – Ele ergueu a voz. – Eu tenho que ir. Alguma coisa está acontecendo. Eles estão usando a força magnética.

Como Thor bem sabia, isso significava uma luta, e num lugar como aquele, no coração das Terras Altas, não havia realmente muito mais para um Deus do Trovão fazer além de ficar terrivelmente entediado ou entrar numa luta.

Em anos recentes, os deuses faziam ambos a princípio, apenas lutando entre eles mesmos. Mas com o passar do tempo haviam percebido que existia um inimigo mais sério a se levar em conta: seu nome era Caos, e ele significava exatamente isso.

Há três anos, nas margens do Sonho, os portões do Mundo Inferior haviam sido rompidos por um período de trinta segundos. Durante este tempo, quando o Caos se espalhou, um número desconhecido de seus habitantes havia cruzado da Danação para o Sonho. Supunha-se que a maioria devia ter perecido ali – o Sonho é um território hostil muito perto de sua nascente –, mas alguns, os mais fortes, haviam obviamente sobrevivido, emergindo nas mentes do Povo e depois penetrando nos Mundos Médios.

Lutar contra tais criaturas era o único esporte de Thor. Não sendo um pensador por temperamento, ele preferia guerrear, e dado que a Ordem havia sido completamente eliminada, estes seres do Caos eram agora o único inimigo digno deste nome. Mesmo sem uma completa marca de runa e sentindo falta de Mjolnir, o martelo que um dia o tornara quase invencível, o Deus do Trovão era ainda uma força a ser considerada.

Ele tentou esconder sua ansiedade, mas Sif foi rápida em notar o brilho nos seus olhos e o modo como ele desviou o olhar quando ela disse, num tom enganosamente suave:

– Então, você vai, não é, querido?

Ele fingiu suspirar.

– Bem, é meu trabalho.

– Vai me deixar aqui sozinha? – perguntou Sif. – Com todas as espécies de... *criaturas* à solta por aí?

– Seja razoável – disse o Deus do Trovão. – Tenho certeza de que uma moça grande e corpulenta como você pode cuidar de si mesma.

Mais tarde, Thor teve que admitir que a escolha das palavras fora infeliz. Como o grito que estoura uma avalanche, isso provocou uma reação em sua adorada, caracterizada em princípio por certos sons, depois por uma furiosa mudança em suas cores e finalmente por uma explosão de força magnética que derreteu a neve em torno da casa a uma distância de quase quatrocentos metros, transformando em vapor uma família de ratos que vivia sob o assoalho ao redor.

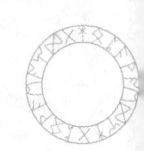

– *Corpulenta?* – ecoou a Sif de Cabelos Reluzentes. – Quem em nome dos Infernos você está chamando de *corpulenta*?

Há momentos em que até mesmo um Deus do Trovão sabe que é hora de bater em estratégica retirada. Thor deu uma olhada sobre os ombros e murmurou:

– Ai, desculpe, amor. Tenho que ir correndo. – E, rapidamente colocando seu manto, fugiu para dentro da neve que caía.

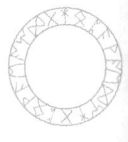

3

No topo da Colina do Cavalo Vermelho, Loki estava passando por momentos difíceis. A Colina era uma fortaleza maravilhosa, mas tinha uma única e grande desvantagem. Ela ocultava um dos portais para o Mundo Subterrâneo, e os Faërie – goblins, demônios e às vezes coisas piores – foram atraídos de uma distância de cento e sessenta quilômetros.

Loki em geral podia lidar com isso. Sendo metade demônio, metade ele mesmo, tinha certa simpatia pelos goblins, seus pequenos primos da Colina. Sendo metade deus, podia geralmente lidar com trolls e outros estorvos, mesmo na condição presente, com Aspecto humano, com sua marca de runa ainda invertida. Mas quando uma efêmera abriu seu caminho através dos espaços entre os Mundos e convergiu para o alto da Colina do Cavalo Vermelho, Loki concluiu que era o bastante. Ele já havia salvo os Mundos uma vez. Não era sua tarefa salvá-los novamente.

Naturalmente, o portal por si só era uma fonte de poder. Mas ao menos que tivesse vontade de bancar o Rei da Colina para cada demônio extraviado que surgisse em seu caminho, ele teria que desistir de sua posição mais cedo ou mais tarde. Ao menos foi isso que passou por sua cabeça quando se posicionou no Olho da Colina do Cavalo Vermelho, arremessando runas sobre a monstruosidade que se erguia sobre ele.

Ela havia surgido do nada, como os outros. Os raios mentais de Loki mal haviam conseguido diminuir seus passos. Pairava a um metro e meio acima de sua cabeça, balançando olhos sonolentos sobre ele com suas presas gotejando veneno sobre seu rosto. Ele ergueu um braço para se proteger e pensou no que poderia ter feito algum dia para merecer ser vitimado desse jeito.

Naturalmente, ele havia se confrontado com monstros anteriormente, mas esse era uma coisa que não tinha lugar nos Mundos Médios; uma efêmera, uma coisa de sonhos, nascida do Sonho e obedecendo apenas à lógica do sonho. Não devia estar ali, Loki sabia. E, contudo, *estava* – e não era a primeira.

Ela se parecia com uma serpente com cabeça de mulher, embora Loki soubesse que ela poderia também ter facilmente surgido para ele como um lobo gigante, ou um palhaço mecânico, ou um enxame de vespas, ou qualquer outra forma dada a ela pelo sonhador de cujo sonho a criatura fora retirada.

Neste caso uma serpente.

Ele odiava serpentes.

Em seu verdadeiro Aspecto, com sua força magnética intacta, Loki poderia ter despachado a coisa facilmente. Tais coisas ainda eram possíveis no Sonho – e, naturalmente, em Asgard. Mas isso não era sonho, Loki sabia. E Asgard tombara havia muitos anos, deixando os deuses enfraquecidos, perdidos e privados da maior parte de seu poder.

Ele recuou da coisa o mais distante que pôde e procurou pela besta no seu cinto. Ao longo dos anos se acostumara a carregar armas comuns, e aquela fora útil em várias ocasiões. Não contra uma efêmera, claro. *Mesmo assim, sempre há uma primeira vez,* o Astuto pensou, e ergueu a arma pronta para disparar.

– O que é isssso? – perguntou a serpente, parecendo espantada.

Loki esboçou um sorriso confiante.

– Isto é *Tyrfingr* – disse ele. – A maior besta da Velha Era. O quê? Você não acha que os deuses iriam me deixar aqui sozinho sem proteção alguma, acha? Eles costumavam chamá-la de *Tyrfingr,* a Aniquiladora. Um presente do próprio Deus da Guerra. Se eu fosse você, sairia correndo para salvar sua pele.

A serpente deu de ombros onduladamente.

– Estou lhe avisando – disse Loki. – Um disparo disso, e você vira polvo frito.

A efêmera cuspiu um montinho de veneno que arrancou a besta das mãos de Loki e abriu com fogo um buraco esfumaçado no chão. Gotículas de veneno banharam Loki, e embora ele estivesse usando peles de inverno, o veneno passou queimando por suas luvas de pele de lobo e chamuscou o couro duro de seu casaco, penetrando em sua pele.

– Ai! Isso foi desnecessário!

– Conheço você, Assstuto – disse a serpente.

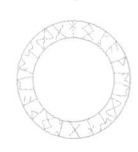

Loki praguejou e arremessou um punhado de pequenas e rápidas runas sobre a efêmera, girando-as pelo ar como ossos das juntas dos dedos. Entretanto, ele tinha pouca esperança de que elas fizessem o truque. *Isa*, o gelo, e *Naudr*, o Amarrador, poderiam deter seu objeto por um momento, mas quanto a afastá-lo...

Com toda a sua força, Loki lançou a *Hagall* sobre a criatura. Foi um bom lançamento, exigindo muito do magnetismo de Loki. Mas o raio mental atravessou diretamente o corpo da efêmera, iluminando seus órgãos internos num doentio clarão de cores em seu trajeto.

– É minha vez agora? – indagou a serpente.

– Quem a mandou? – perguntou Loki desesperadamente. – Quem sonhou você, e por que veio atrás *de mim*?

– Eu venho quando sou convocada, Assssstuto.

– Convocada? Por quem?

A efêmera sorriu e se aproximou um pouco mais. Seu rosto pareceu vagamente familiar, embora Loki não pudesse localizá-lo neste exato momento. Os olhos eram de um cinza-dourado turbulento, a boca bem-feita alinhada com uma fila dupla de presas.

– Por *você*. Você me libertou. Da Fortaleza Negra.

– Ah. Aquilo. – Loki suspirou. Salvar os deuses fora a primeira coisa autenticamente altruísta que ele fizera em cerca de quinhentos anos, e isso não lhe trouxera nada senão problemas. – Foi um erro – disse ele. – Veja bem, tinha uma Serpente...

A efêmera flexionou suas mandíbulas.

Loki deu um passo final para trás e lançou a *Yr* como um escudo entre ele e a criatura.

– Se eu a libertei do Mundo Inferior – disse ele –, isso não me torna seu mestre, ou algo assim?

A serpente lhe lançou um olhar de piedade e se aproximou mais um pouco.

Loki evitou seu olhar hipnótico. As runas que a tinham mantido a distância já estavam falhando. Loki podia sentir *Naudr* e *Isa* flexionando-se contra sua vontade, e quando elas falhassem, *Yr* as imitaria.

– Só me diga o que você quer de mim.

– Aproxime-ssssse, Assstuto, e eu direi.

– Acho que prefiro ficar onde estou, sabe?

Havia uma poderosa força magnética no Olho do Cavalo, uma mistura de runas antigas que datava ainda do Ragnarók. Força magnética suficiente, ainda agora, para manter *Yr* ativa por *mais* trinta segundos, ou talvez até mais ou menos um minuto. Depois disso, não havia lugar algum para onde ir. Retirar-se era totalmente impossível. Loki estava encurralado. Mesmo que adotasse seu Aspecto de fogo selvagem, uma criatura que podia se mover entre Mundos não teria dificuldade em persegui-lo na Colina. Sua própria força magnética estava completamente apagada; deixar a proteção do Olho do Cavalo neste estágio seria o equivalente a um suicídio virtual.

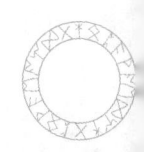

Ele não tinha outra escolha senão fazer um sinal pedindo socorro.

Ós, a runa dos *Æsir*, cruzada com a própria runa de Loki, *Kaen*, e lançada sobre as nuvens o mais fortemente que pôde, deixaria os deuses com a certeza de que ele estava em perigo. A questão era: será que alguém se importava? E se este alguém se importasse, chegaria a tempo?

Ele se dirigiu à serpente.

– Quem a criou com seus sonhos? E, em nome dos deuses, por que escolheu *a mim*?

– Não tome isso como pesssoal – disse a serpente. – Tome como reconhecccimento por você ainda atrair a atenção do Caosss.

Agora *Isa* estava escorregando; *Naudr* havia se dissolvido. Apenas *Yr* ainda se mantinha firme, e pelo meio do círculo entre seu indicador e seu polegar Loki podia ver o escudo mental passando de suas cores originais ao brilho desbotado de uma bolha de sabão ao sol.

Ele lançou o sinal novamente. Mais fraco desta vez, mas ele o viu reluzir, lançando as cores de assinatura contra o céu fechado pela neve.

Gotículas do veneno da serpente haviam penetrado no escudo mental agora, deixando pequenas bolsas na neve onde haviam batido.

– Por que eu? – repetiu Loki, juntando os restos de sua força magnética. – Desde quando o Caos tem antipatia por mim?

A efêmera abriu suas mandíbulas, liberando um poderoso mau cheiro de veneno e carne em decomposição. Suas presas pingavam como estalactites. Ela estava sorrindo.

– Basssta dizer que ssssua hora ccchegou. Você não tem mais lugar em Asssgard.

– Asgard? Que é que ela tem com isso? Asgard tombou. De uma grande altura, como bem me lembro.

– Asssgard será reconstruída – afirmou a serpente.

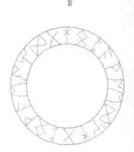

– Você parece estar muito segura disso – disse Loki, vislumbrando uma faísca de esperança. Uma faísca de luz de runa, para ser exato, aproximando-se rapidamente na neve que caía em redemoinhos. A efêmera, como muitas de sua espécie nas terras além da Morte, aparentemente tinha poderes oraculares, e Loki sabia por experiência que o que um oráculo mais preza, acima de todas as coisas (até mais do que matar deuses), é a oportunidade de ouvir a si mesmo falando.

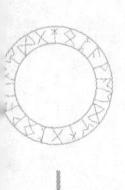

– Então... Você diz que Asgard vai ser reconstruída? – questionou ele, mantendo um olho voltado para o escudo mental que falhava.

– Por que voccccê deveria ssse importar com isssso? Não há lugar para voccccê lá.

– Tampouco havia lugar para mim no antigo.

– Bem feito para quem traiu o Caosss!

– Espere um minuto – disse Loki, caindo sobre um joelho quando *Yr* desfaleceu. – O Caos está por trás disso, ou não está?

A efêmera sorriu. Um sorriso suave – ou teria sido, não fossem aquelas presas.

– A Ordem conssstruiu Asssgard. O Caos vai reconssstruí-la. Novas runasss, velhas ruínasss. Asssim agem os Mundossss, Assstuto.

Loki recuou diante das gotículas de veneno que pousaram em sua cabeça e seus ombros.

– Talvez possamos fazer um trato – sugeriu ele.

– O que exxatamente você oferecce?

– Ah, eu não sei. A deusa do desejo, o sol e a lua, os pomos da juventude; o de sempre, você sabe.

– Você é esssccória, sabe muito bem. Voccê venderia qualquer pesssoa para sssalvar sssua pele.

– Acontece que eu valorizo um tanto a minha pele. Há algo de errado com isso?

– Sssss – disse a efêmera e deu um bote.

Loki estava esperando por isso e, com uma súbita explosão de energia, atirou-se do Olho do Cavalo. Rolando, caiu a quinze metros abaixo da encosta congelada da Colina do Cavalo Vermelho e parou abruptamente sobre uma pedra caída, que fora parte do castelo havia muitos anos.

A queda o deixou retorcido e arfando por falta de fôlego. E agora a efêmera, que descera seguindo-o tão suave e rapidamente como um jato de água de fonte brotando da nascente, erguera sua cabeça quase familiar e arreganhara suas presas vítreas para matá-lo.

– Vejo que não vai dar... – disse Loki.

Mas, então, bem quando a criatura deu o bote, surgiu um clarão ofuscante, seguido pelo duplo *mastigar* de dois mísseis que vinham numa velocidade de serpente. Um facho de luz de runas fixou o animal na encosta da colina, lançando garfos e torrentes de fogo mágico retorcendo-se e correndo por sobre a neve.

Silvando, a efêmera se retorceu e debateu em protesto quando seu corpo começou a reverter para a substância de sonho da qual havia sido tecido.

Loki, que havia se desviado do bote, fugiu correndo do alcance da criatura, evitando os tentáculos semelhantes a açoites que espancavam desesperadamente para todos os lados. E, erguendo seu olhar para o topo da Colina, viu uma figura alta, esguia, parada, com um raio mental em cada uma das mãos estendidas.

Abaixo dela, a quase um quilômetro e meio de distância, ele acabara de distinguir um rastro familiar – as cores de Thor, como uma nuvem raivosa de pó vermelho, subindo pela estrada sinuosa até a Colina.

– Maddy. Você a deixou um pouquinho morta. – Ele escondeu seu alívio com um sorriso descarado.

– Você por pouco não ficou mais morto do que isso. – Ela começou a se mover em direção a ele, descendo pela encosta da Colina, firmando-se para não escorregar na neve e mantendo um olho cuidadoso sobre a efêmera abatida. – Você está bem?

– Maldição, isso dói. – Ele enrolou suas mangas e, tremendo, esfregou um punhado de neve sobre sua pele chamuscada pelo veneno.

– Você devia deixar Idun cuidar disso.

Loki não disse nada, mas olhou para ela, pensando, não pela primeira vez, no quanto ela havia mudado desde o primeiro dia em que haviam se conhecido. Em três anos, Maddy Smith havia evoluído de uma garota triste e insegura de catorze anos para uma impressionante mulher jovem com olhos dourados como granito e cabelo negro oculto sob seu capuz de pele de lobo. Havia três anos ela era bastante destreinada e insegura de seus poderes e excluída de sua tribo. Agora, com sua juventude e sua força magnética intacta – uma das misteriosas novas runas, *Aesk*, a Cinza –, era mais forte que qualquer um dos Vanir ou dos Æsir; uma poderosa com todo o direito de sê-lo, uma verdadeira filha da Nova Era.

A efêmera abatida olhou-a também. Mesmo enquanto se apagava e morria, olhara de volta para Maddy sem medo, seus olhos de um dourado cinzento se abrindo no que parecera uma forma de reconhecimento.

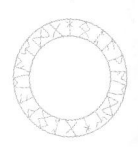

Atrás delas, os olhos de Loki se abriram também, indo de Maddy para a serpente, quando finalmente entendeu por que a criatura parecera tão familiar. Ele abriu sua boca para falar, e depois pensou melhor quando Maddy se aproximou da efêmera, com um raio mental na mão, mantendo uma distância segura entre ela mesma e a coisa com rosto de mulher que se enroscava e retorcia sobre o chão diante dela.

– Eu conheço você? – perguntou Maddy.

A coisa com corpo de serpente apenas a olhou fixamente, e Maddy não pôde se livrar da ideia de que vira uma coisa semelhante a esta anteriormente, que ela a conhecera de algum modo, ou que a coisa a conhecera...

Ela se virou para Loki.

– Ela falou alguma coisa?

– Mais do que isso. *Profetizou.*

Maddy ficou curiosa.

– O que ela disse?

– Disse que Asgard seria reconstruída. Falou de runas e ruínas...

– Asgard? – perguntou Maddy com curiosidade. Naturalmente, era a única dos Æsir que não tinha lembrança alguma da Cidadela do Céu. Maddy sabia dela apenas por histórias. O Berço dos Deuses, eles a chamavam. E havia muitos relatos de como Asgard havia brilhado sobre as nuvens, ligada aos Mundos pela Ponte do Arco-Íris; de como fora construída para eles, usando as runas da Era Antiga; como cada deus tinha lá sua própria sala, exceto Loki, que se irritava como Astuto até agora, já que fora útil para a construção da Cidadela do Céu no princípio, e sem ele não teria havido nem Asgard nem salas, e provavelmente tampouco teria existido o Povo-Deus.

Loki deu de ombros.

– Foi o que ela disse. Não me pergunte o que isso significa.

Ele pensou se devia mencionar o que vira nas feições da mulher-serpente. Não tinha ideia do que significava, naturalmente, mas Maddy obviamente não estava interessada, de modo que ele guardou a informação em algum lugar para ser usada mais tarde.

A efêmera agonizante flexionou suas mandíbulas.

– Vejo vocêssss no Infer... – sibilou. E desapareceu numa nuvem de faíscas, retornando à trama de onde fora fiada, deixando apenas um mau cheiro em seu rastro e uma ampla faixa nua de neve derretida.

– Bem, fosse ela o que fosse, está morta agora.

Atrás dela, Loki não fez um ruído. Ela se virou, esperando vê-lo desmaiado, ou pela exaustão ou por efeito do veneno da serpente. Mas Loki simplesmente não estava ali – nem junto à rocha onde a criatura havia estado, nem deitado sem fôlego sobre a neve, nem mesmo no topo da Colina.

Quando Thor chegou à cena, ela havia vasculhado a Colina de ponta a ponta, mas não encontrara sinal do Astuto. Nada senão sua luva descartada e a marca de neve onde ele havia tentado fugir, além de suas pegadas – apenas três delas –, conduzindo ao longe para lugar nenhum, como se alguém o tivesse puxado do céu, ou arrastado pela encosta da Colina, ou talvez simplesmente engolido por inteiro, não deixando nem mesmo o menor brilho de luz de runas para marcar o lugar onde ele havia ficado.

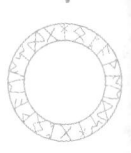

4

– Fora de questão – disse Heimdall imediatamente. – Não vou mandar um grupo de resgate para salvar alguém que pode nem estar desaparecido. Quem dos Mundos levaria Loki e por quê? As chances são de que tenha se assustado e fugido. Vocês verão. Em poucos dias ele vai rastejar de volta com alguma desculpa esfarrapada sobre por que teve que fugir depressa enquanto vocês lidavam com o inimigo.

Não era frequente que Maddy convocasse uma reunião entre os deuses. Além do tempo que isso geralmente tomava – uma hora, pelo menos, para voar dos Adormecidos em forma de pássaro; outra hora para voar em retorno –, ela sabia que os Æsir e os Vanir eram aliados por força das circunstâncias, nada mais. Mas o desaparecimento de Loki, ela sentia, significava uma emergência. Será que eles não poderiam somente dessa vez concordar e enfrentar a crise juntos?

– Ele não fugiu. – Ela tentou explicar. – Eu lhe disse, Heimdall. A coisa estava morta. Eu me virei por um ou dois segundos e, quando olhei para trás, Loki havia desaparecido. – Ela lançou um olhar penetrante sobre o Vanir. – Ora, eu sei que vários de vocês têm *problemas* com Loki...

– *Problemas!* – explodiu Bragi, o Poeta.

– Abençoada seja você! – disse Idun gentilmente. A Curandeira tinha uma tendência irritante a ver o lado bom de todo mundo, incluindo Loki, apesar de a maioria sustentar que, no caso dele, não havia nada de bom para ver. – Eu acho que é um pouquinho injusto, Maddy. Eu sei que Loki pode ser um pouquinho, bem, *selvagem*, mas todos nós realmente nos importamos com ele...

– Não consigo suportar o desgraçado – disse Njörd. O Homem do Mar nunca havia perdoado completamente Loki por ter trazido Skadi para Asgard. Skadi, ex-esposa guerreira de Njörd, que havia se provado muito diferente da tímida e domesticada senhora que Loki o tinha levado a esperar.

Idun pareceu reprovadora.

– Bem, você não iria querer vê-lo *magoado*...

– Prefiro vê-lo morto – disse Heimdall por entre os dentes dourados. O Vigilante também tivera problemas com Loki; nada além do fato de que eles haviam estado em lados opostos no Ragnarók.

– Bem, se vocês vão ser negativos... – Idun se virou para os quatro Æsir. – Tenho certeza de que o resto não se sente assim...

– Não olhe para mim – disse Sif de Cabelos Reluzentes. – Estou de saco cheio das piadas estúpidas que ele faz. *Posso lhe oferecer uma carne de porco, Sif? É tão bom vê-la focinhando por aqui. Vamos comer um pouquinho no parque?* Francamente. É infantil.

Veio então um fraco som de sufocamento por trás da deusa da graça e da fartura. Dentre todos eles, Saco de Açúcar fora quem tivera mais problemas para se adaptar com sua nova identidade como deus. Mesmo em seu Aspecto – um Tyr Corajoso, o deus da guerra –, ainda retinha mais de suas características de duende do que era totalmente apropriado.

– Desculpe. É só tosse – falou ele.

Sif lançou-lhe um olhar prolongado e duro.

– Concordo totalmente – disse Freya, polindo as unhas. – Se alguma coisa pode tornar a vida nessa pútrida pequena aldeia perto de *suportável*, é saber que Loki está em outra parte.

– Mas vocês não podem simplesmente abandoná-lo – alertou Maddy. – Vocês lhe devem alguma coisa por ter salvado os Mundos...

– Pelos deuses! – explodiu Thor. – Se eu ouvir mais uma vez essa coisa de *Loki-salvou-os-Mundos*, juro que vou torcer o pescoço de alguém...

– Parem com isso! – ordenou Ethel. – Todos vocês. Gritar não vai resolver nada.

Os deuses haviam se reunido na Paróquia – o único lugar que permitia tanto espaço quanto privacidade para esse propósito. E se Nat Parson tivesse vivido para testemunhar a visão de dez deles em seus Aspectos totais, sentados em torno da mesa do café, bebendo chá em sua melhor porcelana, discutindo as ações dos demônios e com sua *esposa* no meio deles, ele provavelmente teria caído morto no chão. Não que o observador casual fosse notar muita coisa que o fizesse lembrar Ethelberta Parson na calma e pensativa mulher que havia falado com tanta autoridade. A paciência de Ethel, sua lealdade, sua amabilidade e seu bom senso serviam bem a Frigg, a Vidente, em seu atual Aspecto. E quando ela baixou sua xícara e se dirigiu ao grupo, os deuses instintivamente se voltaram para ela.

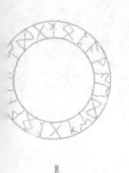

– Amigos – disse a eles, baixinho. – Muita coisa mudou desde o Fim do Mundo. Há três anos o tempo era de desordem. Agora temos uma chance de reconstrução. E do mesmo modo como Loki ajudou a construir a Cidadela do Céu, nós podemos muito bem precisar dele para reconstruí-la.

– Reconstruí-la? – perguntou Heimdall. Seus penetrantes olhos azuis eram dois pontos de gelo. – Desde quando *isso* foi uma opção?

A Vidente sorriu para ele. A marca de runa *Ethel* em seu braço – uma das runas do Novo Manuscrito, mística e cheia de poder – cintilou com um nevoento branco-azulado.

– As cartas estão prestes a ser renegociadas – disse ela. – Falo como devo e não posso ficar calada.

– Por que ela está falando assim? – questionou Açúcar.

– Shhh – disse Maddy, que reconhecia uma profecia quando escutava uma.

Ethel continuou numa voz distante:

"*Vejo uma poderosa Cinza que se ergue ao lado de um poderoso Carvalho.*
Vejo um Arco-Íris se erguendo no alto; legado da Morte enganosa.
Mas a Traição e a Carnificina cavalgam com a Loucura pelo céu afora.
E quando o 'arco se romper, o Berço cairá,
Então Carvalho e Cinza e tudo abaixo virá'."

Ela parou, como que esperando por inspiração. Os deuses aguardavam ansiosamente: Heimdall, com os olhos revirados; Njörd, com um ar de esperança; Thor, com a testa franzida; Frey, o Ceifeiro, com um sorriso; Idun, com os olhos arregalados de uma criancinha escutando uma história.

– Eu odeio quando ela fica hermética desse jeito – revelou Thor finalmente, coçando a barba. – Chamam isso de profecia? Parece mais um manual de reflorestador.

Mas Ethel já falava novamente, declamando em tons claros e ponderados:

"O Berço caiu há uma era, mas o Fogo e o Povo vão erguê-lo.
Em apenas doze dias, no Fim dos Mundos; uma dádiva vinda de dentro de um sepulcro.
Mas a chave para o portal é um filho do ódio, um filho de todos e de ninguém.
E nada do que se sonhou se perde, e para sempre nada se perderá também."

Maddy achou que soava como uma das cantigas de ninar de Nan Fey. O conhecimento de Maddy sobre essas coisas não era vasto – nos dias da Ordem correra um rumor de que as cantigas mais aparentemente inofensivas ocultavam conhecimento dos Dias Antigos –, mas todos sabiam que a velha sobre o bebê no topo das árvores, bem como a Cidadela do Céu, havia sido conhecida um dia como Berço do Povo do Fogo.

– Há alguma coisa mais? – pediu ela.

Mas nada mais veio da Vidente. Em vez disso, Ethel cerrou os olhos para eles, seu Aspecto desaparecendo mais uma vez para dar lugar a uma simples esposa de pároco, uma expressão intrigada em seu rosto.

– Vocês todos estão muito silenciosos – falou ela, olhando para o círculo de deuses ao redor. – Foi alguma coisa que eu disse? Ora, o que é que eu estava fazendo?

Eles olharam para ela.

– Ah, sim. Chá. – Ela sorriu e estendeu a mão para a jarra de porcelana. – Nada é igual a uma boa xícara de chá para pôr tudo em perspectiva novamente. Devo dar uma de Mãe, pessoal?

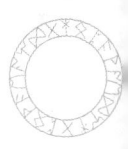

5

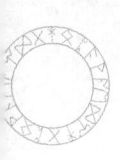

Loki despertou na escuridão. Tudo nele doía: estava com as mãos e os pés amarrados e, quando tentou em vão apelar para a luz, descobriu que sua força magnética estava totalmente apagada, tal como o resto dele. Chegou então à conclusão de que podia estar em apuros.

Ele parecia estar numa espécie de caverna. Pensou isso por conta do frio, dos ecos, dos fragmentos de pedra no chão duro que pareciam saber exatamente onde machucá-lo e pelo inconfundível cheiro de caverna: o odor furtivo de buracos e porões, semelhante a pó e terra, a umidade gotejante e as coisas obscuras que brotavam das fendas nas pedras.

Ele não estava sob a Colina do Cavalo Vermelho. Loki conhecia essa Colina muito bem e teria farejado seu território. Não, este lugar era desconhecido, e quem – ou o quê – que o tivesse levado para ali devia tê-lo arrastado do Mundo Superior. Ele lembrou que estava em pé sobre a Colina, esfregando neve em suas mãos, e então...

Só lampejos. Ele se lembrou de uma luz – não a luz do dia, mas uma mais clara reluzindo com um brilho branco-avermelhado...

Lembrou-se de ter levado uma pancada tão forte na cabeça que havia caído ajoelhado...

Lembrou-se de uma voz dizendo depois:

– *Nós o pegamos, parceiro...*

E, depois disso, nada além da escuridão.

Então, eu devo estar morto novamente, pensou ele. Mas Hel geralmente não amarrava seus hóspedes dos pés à cabeça. E Loki fora amarrado da forma mais eficiente possível, mãos e pés atados, a corda dando uma volta em torno de sua nuca.

Pelo menos ele estava sozinho, pensou. Deixá-lo sem vigilância fora um descuido – Loki tinha um dom especial para fugir de confinamentos – e começou a se sentir mais otimista. Aquelas cordas durariam o tempo exato que sua força magnética levaria para se recuperar. E depois ele sairia tão rápido quanto o Aspecto de fogo selvagem poderia conduzi-lo.

Tentou se mover para uma posição mais confortável, e um eco despertou por toda a sua volta, como um ninho de serpentes inquietas deslizando em torno de si, projetando suas vozes para milhares de lugares perdidos, milhares de cavidades na rocha.

Assustado, praguejou, e mais uma vez os ecos reproduziram o som, então logo a caverna o repercutia conforme ele ricocheteava contra as pedras, aprofundando-se mais e mais, até que nada restou senão uma surda vibração que puxou seus tímpanos com força e deixou seus pelos da nuca em pé.

Nada de fugir, pensou Loki.

Não era de admirar que não houvessem deixado um guarda: ele não conseguiria fazer um movimento nesta câmara de eco subterrânea sem lançar sinais por quilômetros ao redor. Os deuses sabiam o que qualquer som poderia atrair para fora do labirinto do Mundo Abaixo: ratos, ursos, demônios das cavernas, serpentes...

Terrível, pensou Loki. *Não seria preciso mais nada.*

Depois disso, ele tentou ficar em silêncio, mas a sua posição não era confortável. Suas costas doíam, ele estava tremendo, e agora a fome estava começando a afligi-lo, cravando as garras em sua barriga.

Por que eu?, pensou ele desesperadamente. *O que será que eu fiz?*

Em reflexão posterior, contudo, Loki teve que reconhecer que fizera alguns inimigos ao longo dos anos, todos mais do que capazes de tentar alguma forma de vingança. Havia Hel, de cuja hospitalidade ele havia acabado de conseguir escapar durante o último confronto, e que prometera vê-lo morto o mais rápido possível. E havia também o Povo do Túnel, que ele, há vários séculos atrás, despojara de algumas mercadorias um tanto únicas e valiosas, e cujas memórias longas e capacidades de guardar rancor teriam feito um elefante positivamente vacilar. E também havia Skadi, claro – a Caçadora com Sapatos de Neve –, que ficaria mais do que feliz de arrancar sua pele, ou cortá-la em tiras com seu chicote de runas. Na verdade, *ninguém* do Povo do Gelo provavelmente demonstraria qualquer piedade se tivesse a oportunidade de pegá-lo; nem a maioria dos Faërie; nem o Povo do Mar; nem o Povo das Nuvens; sem mencionar os membros seletos dos Æsir, dos Vanir e, claro, do Caos – talvez a facção menos capaz de perdoar um traidor em suas fileiras.

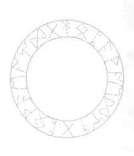

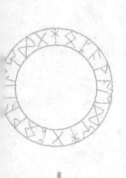

Loki suspirou, fazendo as cavernas imitarem desanimadamente. Na linguagem das Divisões, ele era fichinha.

De repente ele ouviu um som, uma coisa que não fora causada pelos movimentos de seu corpo contra o chão salpicado de cascalho. O som de saltos de botas sobre a pedra. Um único par? Não, mais de um – tamborilando, se dispersando e seguindo atrás do outro do lado de lá das paredes de rocha até se tornar uma cavalgada que parecia se aproximar por todos os lados, de modo que, mesmo se Loki conseguisse se libertar, não teria sabido para que lado fugir.

Para piorar sua sorte, sua força magnética ainda estava apagada. Tudo o que ele podia fazer era esperar para ver.

Entretanto, não teve que esperar muito. Escutou por mais ou menos cinco minutos o som das botas que se aproximavam, até que viu uma luz em algum lugar à sua esquerda, e uma figura volumosa, que parecia mais alta e sinistra pelas sombras saltitantes, surgiu à sua vista. Por trás dela, Loki podia apenas vislumbrar duas figuras mais escuras, a primeira segurando uma lanterna que lançava uma luz oleosa e avermelhada. Ele lutou contra a ânsia de recuar e ergueu os olhos calmamente quando elas se aproximaram, tentando não trair sua surpresa.

Pois, em vez de serem lacaios do Caos (ou do Povo do Túnel, ou do Povo do Gelo), seus captores eram simplesmente três jovens do Povo, todos vestidos num uniforme negro e cada um deles, por algum motivo, usando uma bandagem no polegar.

O que estava com a lanterna parecia estar na chefia. Ele deu um passo à frente para Loki sem qualquer sinal de hesitação – o que o tornava muito seguro de si, ou incrivelmente estúpido, ou ambas as coisas – e examinou-o por um momento à luz avermelhada da lanterna.

Loki olhou-o de esguelha. Tinha certeza de nunca o ter visto. Por alguma razão, contudo, o fato não era muito reconfortante.

O estranho parecia estar no fim da adolescência. Seu rosto era pálido e anguloso por trás de uma cortina de cabelos castanhos escorridos, e havia uma inteligência penetrante em seus olhos de um dourado-cinzento que parecia ausente nos olhos dos outros dois. Seus camaradas eram muito parecidos; Loki supôs que fossem irmãos. Ambos eram grosseiros e fortes, com pele oleosa e propensa a ter manchas e mãos de dedos grossos cobertas de pelos. Ambos usavam botas pesadas e camisas de um padrão desconhecido para o Astuto – alguma moda de Fim de Mundo, presumiu ele –, bordado com um desenho de caveiras.

Um deles – o maior de todos – olhou com desconfiança para Loki.

– Parceiro. Você tem certeza de que é ele? – perguntou.

– Você acha que eu iria me confundir? – retrucou o que estava com a lanterna. – Claro que é. – Deu um passo para a frente, pegou o braço de Loki e, com um único gesto preciso, rasgou a manga de sua camisa no ombro, expondo a runa *Kaen*, invertida.

Os irmãos peludos deram um passo para trás.

– Tudo certo. Ele não pode fugir de modo algum. – O estranho apertou seus olhos sobre o Astuto cativo. – Eu achei que você seria mais alto na vida real.

– Você está cometendo um engano – disse Loki. – Eu não sou quem quer que vocês pensem que eu seja.

– Diga a ele, Grande H – disse o mais baixo.

O portador da lanterna silenciou-o com um grunhido e se voltou para Loki.

– Não minta para mim – ordenou ele calmamente, olhando para os olhos de Loki. – Eu sei *exatamente* quem você é. Uma coisa nomeada é uma coisa domada. Eu por meio desta o nomeio filho do Caos. Eu o nomeio Guardião do Fogo.

Loki zombou.

– Isso é um tanto vago...

O jovem pálido mostrou os dentes.

– Ah, eu não terminei ainda. Eu o nomeio Viajante do Céu, filho de Farbauti, Criador de Serpentes, Pai dos Lobos...

– *Pai dos Lobos?* – Loki franziu o cenho. As palavras estavam começando a fazer efeito. Palavras ou a Palavra, ele não sabia. Embora ele não pudesse no momento sequer adivinhar o que um trio de garotos do Povo estivesse fazendo com um dos textos secretos do Livro de Invocações.

Os três não eram membros da Ordem. Disso ele podia ter certeza, pensou. Mas as palavras por si só eram poderosas. *Uma coisa nomeada é uma coisa domada.* Não que elas tivessem a chance imediata de realmente domar o Fogo Selvagem. Mas, em seu Aspecto atual, sujeito a todas as fraquezas e imperfeições de sua forma humana, elas poderiam chegar dolorosamente perto.

– Olhem aqui – disse Loki, ganhando tempo. – Isso não vai levá-los a lugar algum. Me digam apenas o que querem, e aí talvez possamos fazer um trato. Eu posso lhes conseguir tudo: ouro, armas, runas, *mulheres*...

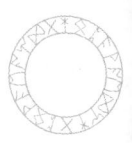

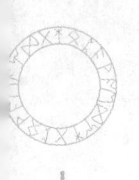

O irmão mais peludo – aquele chamado de Grande H – ergueu os olhos com algum interesse ao ouvir isso. Loki supôs que os três não tinham muita sorte com mulheres, o que não era inteiramente surpreendente, pensou. Suas habilidades sociais dificilmente causariam impressão, e um deles, ou talvez o trio todo, fedia.

– Mulheres – ele continuou falando, de maneira insinuante – Ah, sim. Eu conheço métodos para torná-los irresistíveis para o sexo frágil. Posso lhes ensinar feitiços em que vocês nem acreditariam: runas para derreter o coração de gelo de uma moça. Juro que, na hora em que eu fechar o trato com vocês, elas estarão fazendo fila para subir até as Divisões a fim de conhecê-los. Ruivas, louras, morenas; ou se vocês gostam das exóticas e não estão muito preocupados com a prole, então conheço algumas mulheres-demônios que vão explodir seus miolos e devorá-los como sorvete...

– Ele sabe falar, não sabe? – comentou o Grande H.

– Com toda certeza. – Sorriu o amigo.

O jovem pálido ignorou-os completamente. Ele simplesmente prosseguiu com o cântico enquanto seus amigos observavam com olhos ansiosos, dando-se cotoveladas em mútua empolgação, e Loki sentia o que restava de sua força se esvaindo lentamente na escuridão.

– Eu o nomeio Astuto, Pai das Mentiras. Eu o nomeio ancestral da Maldita Hel. Eu o nomeio Portador do Fogo, Arquiteto e Destruidor dos Mundos. Eu o nomeio Arcanjo, Decaído, Abridor das Portas Proibidas, construtor da Cidadela. Eu o nomeio Estrela do Cão, Mais-Leve-Que-o-Ar...

As palavras rituais rolaram sobre Loki como pedras para dentro de uma cova, e mais uma vez ele lutou contra as cordas que o prendiam, esfolando em vão os pulsos feridos. Ele nem mesmo *conhecia* todos aqueles nomes; mas não havia como negar seu poder.

– Por favor – implorou ele. – Só me diga seu nome. Diga-me para quem você está trabalhando...

A força da Palavra o paralisou novamente, fazendo-o retorcer de angústia. De onde diabos ela vinha? A Ordem estava acabada, seus seguidores estavam mortos. O Inominável era uma força desgastada. Além do mais, esses garotos não eram Inspetores; eles não tinham o poder de lançar a Palavra. Então quem estava fornecendo o magnetismo? E como ele poderia negociar se não sabia com quem estava negociando?

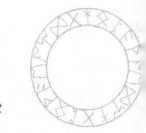

– Diga a eles que estão cometendo um grande engano. Tentem me machucar, e meu povo vai... *Ai!*

Agora a força da Palavra era indescritível. Uma sensação abominável, furtiva, uma coisa muito pior que a simples dor pareceu atingi-lo bem por dentro, e ele gritou alto – ou pensou ter gritado –, desesperadamente, sem cálculo, só porque não tinha escolha.

– Você não tem povo algum – disse o jovem. – Tudo que você tem são alguns deuses cansados e um punhado de calouros. Quão patético *é* isso? Eu o nomeio Fogo Selvagem, filho de Laufey...

– Tá *bom*! Eu sinto muito! Seja lá o que for que vocês pensam que eu fiz...

– Eu o nomeio Loki, controlador da *Kaen*...

– Por favor – pediu Loki, ofegante. – Eu farei qualquer coisa.

O jovem pálido sorriu.

– Eu sei que fará.

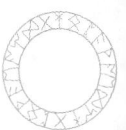

6

Exige certa força mental forçar um deus a fazer uma promessa. Até a Vidente havia achado isso difícil – o que uma vez levara à morte de Balder, o Belo, e à infortunada cadeia de eventos que havia resultado nas semanas que conduziram ao Ragnarók. Mesmo agora, não era fácil. Mas desprovido do Aspecto e com nenhuma força magnética a que recorrer, Loki estava suscetível ao máximo. E a força da Palavra, junto com uma poderosa combinação das runas *Úr, Naudr, Isa* – e algumas outras que ele não conseguia discernir muito bem –, foi suficiente para forçá-lo a uma soturna capitulação.

Mas um juramento prestado por um deus é aprisionador, como Hel havia descoberto quatro anos antes, no Fim do Mundo, na praia do Sonho, e rompê-lo teria efeito desastroso. Basicamente, a detestável verdade que o Astuto percebeu era esta: o que quer que o jovem pálido lhe ordenasse a fazer, ele agora era obrigado a fazer, ou teria que encarar as consequências cósmicas.

– Então, o que você quer? – perguntou ele, por fim, quando ficou claro que estava preso. Sentiu-se inquieto, como era natural que se sentisse: a última vez que fora capturado assim, fora por Thiassi, pai de Skadi, que, depois de três semanas de nada gentil persuasão, havia finalmente arrancado de Loki uma promessa de raptar Idun, a Curandeira, e entregá-la à custódia do Povo do Gelo. Tal juramento, uma vez feito, não pode ser quebrado sem incorrer no custo mais sério, e lhe exigira toda a astúcia e magnetismo para encontrar um meio de evitar tanto o pagamento quanto a retribuição.

– O que quer que vocês queiram, eu darei a vocês. Só me digam o que é, ok?

O jovem pálido deu de ombros.

– Estamos esperando – disse ele.

– Esperando? Pelo quê?

– Você verá.

Ocorreu a Loki mais uma vez que talvez Skadi estivesse por trás de tudo isso. Talvez ela *não tivesse* ido para casa. Talvez ela tivesse planejado isso por todo esse tempo. Os jovens captores podiam ser criaturas dela; embora parecessem do Povo, havia uma coisa de fera nos três, um brilho animal nos olhos dourados, nas bocas cheias de dentes demais...

– Então, não vão me dizer quem está na chefia?

– Você descobrirá logo – veio a resposta.

O jovem pálido que havia lançado a Palavra agora se virara para seus companheiros.

– Vigiem-no para mim, vocês dois. Se ele tentar se mover, batam nele.

Loki deu-lhe um olhar magoado.

– Quem, eu? O que foi que eu fiz?

O Grande H baixou um olhar de esguelha para Loki, parecendo, se isso era possível, ainda maior e mais ameaçador do que antes. Um débil cheiro repugnante de carne podre pareceu emanar dele. Loki sentiu que a higiene pessoal não estava no topo da lista de prioridades daquele jovem.

– Eu darei uma cintada da minha força magnética nele – disse o Grande H.

Força magnética?, pensou Loki. *Que força magnética?*

Mais do que nunca, ele ansiava por uma visão concreta, que mostraria o que ele precisava ver. Mas a própria força magnética estava ainda apagada, e os irmãos não mostravam cor alguma, nem qualquer sinal de uma runa, embora agora que ele olhava mais de perto, pudesse ver que portavam tatuagens semelhantes: um sol flamejante no braço do Grande H, uma lua cheia no braço de seus amigos, cada uma delas ladeadas por um símbolo que Loki conhecia como a Cruz do Lobo. Não um sinal de runa, exatamente, mas um sinal de aliança com o Caos em uma de suas mais sombrias e sinistras formas.

O líder deles havia se movido para o fundo da caverna, aparentemente à espera de alguém. Loki, aproveitando-se da oportunidade para ganhar informações, virou-se para o menor de seus captores e lhe abriu o sorriso mais inocente.

– Então, Grande H... – balbuciou.

– Não, eu sou Caveira – corrigiu o jovem.

– *Cara*... – O Grande H deu-lhe uma cotovelada.

– Ops. Desculpa.

Loki não disse nada, mas sorriu por dentro. Agora, pelo menos, sabia seus nomes. Apelidos, os dois, supôs; mas cada pedacinho de informação era valioso. Ele vestiu sua expressão mais inocente e virou-se para os irmãos mais uma vez.

– Então, o que aconteceu com seu polegar? – perguntou ele, apontando a bandagem que adornava a mão de Grande H. Parecia coincidência demais que todos os três captores pudessem ter sofrido acidentes idênticos. E agora que ele começara a pensar nisso, será que não havia alguma coisa estranha nisso tudo, uma coisa que fazia soar um alarme distante?

– Nós, tipo, prestamos um juramento.

– Irmãos de sangue, cara – completou o Grande H.

– É mesmo? – disse Loki. – Então, vocês não são irmãos verdadeiros? Quero dizer, vocês dois se parecem, são muito semelhantes. O que o H significa? Harmonioso? Hilário? Hostil? Hercúleo? Eu *disse* harmonioso, certo? Eu realmente *quis dizer* harmonioso. Ah, acho que não entendi o nome do seu irmão?

– Não falem com ele – advertiu a voz de seu líder do fundo da grande caverna. – Ela não disse para não falar com ele?

– Ela? – perguntou Loki apreensivamente. Mais uma vez, imagens de Skadi e seu chicote de runas tomaram forma inquietante em seus pensamentos.

– Cara – disse o jovem peludo. – Você ouviu o que Fenny disse. Cale a boca!

Loki ocultou um sorriso triunfante. *Fenny*, ele pensou. *Então, é este o seu nome.*

Nomes, como ele sabia por experiência, eram palavras de poder, nunca concedidas levianamente. Mas esse não era um nome que reconhecesse, e relanceou os olhos através da caverna outra vez, tentando ver se havia no rosto do jovem algo que pudesse lhe dar uma pista da natureza – bem como da dimensão – do problema em que se metera.

Nada. Só a luz da lanterna e as sombras que saltavam como lanças arremessadas contra as paredes de rocha da caverna. Então...

Só por um momento ele viu uma coisa. Talvez fosse um truque da luz, mas ela trouxera de volta um brilho aos seus olhos e um tremor de reconhecimento em sua mente. Havia alguma coisa naquele perfil. Alguma coisa naquelas tatuagens semelhantes. E alguma coisa por trás da forma humana – um vestígio de cores imperfeitamente escondidas, um filete distante de violeta...

Ah. É claro. Ali estava. Um traço de assinatura no ar, tão débil que Loki não o havia percebido a princípio. Então, quando seu magnetismo gasto começou a se recuperar, as cores lentamente voltaram, filamento por filamento, envolvendo sua silhueta com seu reflexo fugaz de Arco-Íris.

Loki traçou a forma da runa *Bjarkán* e, através dela, tentou ver Fenny mais de perto, mas suas mãos estavam amarradas com força demais para isso, e a impressão momentânea que pensara ter tido – a de que havia *outra pessoa* por trás do garoto – desapareceu num borrão de luz e sombra.

– Pare com isso, você – advertiu o Grande H.

– Parar com quê?

– *Você* sabe o quê.

Frustrado, Loki balançou a cabeça. Não era nada bom, ele disse a si mesmo. Não havia nada que pudesse fazer. A menos que...

Eu darei uma cintada do meu magnetismo nele, dissera ele.

Agora Loki pensava sobre a ameaça do Grande H. Se ele pudesse persuadi-lo a usar seu magnetismo – ou o que quer que ele julgasse ser isso –, então a explosão de luz de runas que viria inevitavelmente na sequência poderia muito bem ser suficiente para identificar sua assinatura, ou no mínimo para revelar quão forte ele era. Naturalmente, Loki não desejava levar uma cintada de nada, mas às vezes é preciso correr um risco.

Ele arreganhou seus dentes.

– Você fede – disse ele.

O Grande H olhou para ele.

– Está falando comigo?

– Bem, dã – disse Loki. – O que você acha? Já é ruim o suficiente ter que olhar para vocês dois sem ter que sentir o cheiro de vocês. Quero dizer, seu povo não toma banho?

– Cara, ele está *muito* ferrado! – disse Caveira, não sem admiração. – Ninguém desrespeita a Irmandade. Não me importo de quem ele seja pai...

– Cale a boca! – gritou Fenny do fundo da caverna.

Loki ignorou-o.

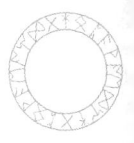

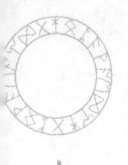

– Irmandade? Que Irmandade? A Irmandade de BO? E que tipo de dialeto é esse, afinal? Das Divisões do Norte? Da terra das ovelhas? Você me parece o tipo de homem que pode dar sorte com suas ovelhas...

– Dar sorte com as *suas* ovelhas? – O rosto do Grande H estava perigosamente congestionado.

– Bem, você se parece com um...

O soco, quando veio, foi tão completamente poderoso quanto Loki temera. Ele o atingiu bem no lado da cabeça, lançando-o de lado contra a parede de rocha. O único problema era que o Grande H não usara força magnética, só uma de suas grandes e peludas mãos, e as únicas cores que Loki pôde ver foram as estrelas que dançaram diante dos seus olhos.

Não foi um plano tão bom, afinal.

Ele caiu de lado, respirando com dificuldade, tentando ligar os poucos fatos que possuía. *Fenny. Caveira. Grande H.* A Irmandade. Aquelas tatuagens idênticas. Aquelas cores. Ele as vira anteriormente, sabia que sim. Se apenas pudesse lembrar *onde*!...

Os olhos de um verde flamejante de Loki se arregalaram na escuridão.

A Cruz do Lobo.

Pai dos Lobos.

Não me importo de quem ele seja pai...

– Ah, *não!* – sussurrou ele.

Então veio um bater de asas quando uma coisa grande voou para dentro da caverna. *Alguma espécie de pássaro*, pensou Loki, e mais uma vez ele pensou na Caçadora – mas Skadi, ele sabia, teria escolhido uma forma que refletisse alguma coisa do mundo natural. Um falcão, talvez, ou um puma, ou seu Aspecto favorito, o lobo das neves.

Aquela criatura era uma coisa semelhante a um pássaro, mas nenhum pássaro que Loki tivesse conhecido. Em vez disso, parecia o desenho de uma criança traçado a partir de algo vislumbrado em sonhos: as asas eram de um roxo violento, a cabeça de um escarlate vivo. Ele pousou numa saliência de rocha, com faíscas espirrando do rabo de fogo, e cravou um olhar penetrante em Loki.

Por trás dele veio correndo uma figura pequena, com uma perna torta, agressiva, pouco menor que um duende em altura, mas com uma cabeça quadrada, maciça, que lhe dava uma aparência do Povo do Túnel.

Ela lançou sobre Loki um olhar de desprezo.

– Ah, é *você*, seu maldito! – disse ela.

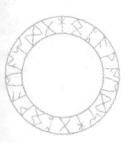

7

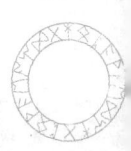

Loki ergueu a cabeça do chão.

– Conheço você, ou algo assim? – perguntou ele.

A criatura anã deu de ombros.

– Quem se importa? O importante é que você conhece minha senhora. E minha senhora precisa trocar uma palavra com você.

Loki engoliu em seco.

– Uma palavra? – Aquilo soou ameaçador. Na sua experiência, *uma palavra* geralmente acabava sendo uma coisa que machucava. – Quem é sua senhora?

– Não consegue adivinhar? – A voz feminina era enganosamente agradável, e levou vários segundos para Loki identificá-la como a do pássaro de fogo, agora empoleirado numa pedra acima dele. – Pensei que fosse mais esperto que isso, Loki. – A criatura abriu seu bico longo e pontudo e deu um bocejo muito humano. – Pobre queridinho! – prosseguiu ela. – Meus garotos foram duros com você? Desamarre-o, Jolly. Se ele tentar fugir, quebre suas pernas.

Ao que parecia, Jolly era o anão. Um nome um tanto inapropriado (pois significava alegre em inglês). Loki havia conhecido pessoas mais alegres no Inferno. Ele lançou um olhar feroz e uma careta para Loki enquanto cortava as cordas que o prendiam, deixando o Impostor com ainda mais certeza de que ele e Jolly já haviam se conhecido.

Mas não havia tempo para pensar nisso agora. Fenny, Caveira e Grande H estavam se fechando em torno dele, ameaçadoramente, e Loki sabia que o pássaro de fogo estava certo. Tentar fugir seria um erro.

– Obrigado. – Penosamente, ele ficou em pé.

O pássaro de fogo olhou-o sem piscar.

– Está com boa aparência, Angrboda – disse Loki. – As plumas sempre caíram bem em você.

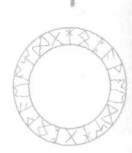

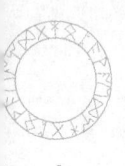

O pássaro levantou uma asa displicente.

– Então, você me reconhece – disse ele.

– Ah, Angie. Como eu poderia não reconhecer? – falou. – Você sabe que é o amor de minha vida, não sabe? E Fenris... – Ele sorriu para o jovem que se autodenominava Fenny. – Num momento ele é um pequeno filhote de lobo bonitinho, pulando alegremente através da Floresta de Ferro, perseguindo esquilos e estripando pássaros; noutro, você fica sabendo que ele atingiu a puberdade e se tornou por inteiro uma coisa solta do Mundo Inferior, sequestrando o Papai, alinhando-se com as forças do Caos. Isso não faz alguém sentir-se orgulhoso?

Fenris grunhiu.

– Cale a boca, *Pai*!

– Articulado como sempre – disse Loki. – E seus amiguinhos, Caveira e Grande H? Serão Skól e Haiti? Lobos-demônios com um apetite por corpos celestiais?

Os irmãos peludos sorriram.

– Sim!

– Parceiro, somos os Devoradores.

Loki suspirou.

– Ok – disse ele. – A que devo o prazer de conhecê-los? Não que eu não aprecie essa pequena reunião de família, mas vocês tinham que mandar uma serpente atrás de mim? Um cartão postal não teria funcionado igualmente bem?

O pássaro de fogo abriu suas asas roxas e voou de seu poleiro na pedra. No momento em que pousou no chão, mudou de forma, surgindo então como uma jovem mulher esbelta vestida numa túnica negra bem justa e ostentando grandes botas e cabelo roxo. Parecia estar no final da adolescência. Era apenas aparência. Loki sabia muito bem que Angie era tão velha quanto as montanhas – na verdade, um pouco mais velha que elas – e que por trás de seu ar de inocência batia um coração antigo e feroz. Seus olhos estavam pesadamente circundados de kajal, e havia uma fileira de tachas púrpuras sobre sua sobrancelha esquerda. Um braço estava nu. O outro estava intrincadamente coberto por tatuagens: estrelas, pássaros, traços concêntricos e uma coisa que parecia com um sinal de runa, de cor ametista, sobre sua pele.

Interessante, pensou Loki. Ela nunca tivera uma runa. E essa era um tanto diferente; não era uma runa do Texto dos Antigos, mas era mais clara que uma runa bastarda. Uma *nova* runa, então? Será que isso era possível?

Ele apontou o sinal.

– Bonito. É isso que andam usando lá no Caos atualmente?

– Não muito – disse Angie. – E eu *não mandei* aquela efêmera. Na verdade, todos nós fomos mandados para salvá-lo, porém sua amiguinha divertida interferiu.

– É mesmo? Que comovente! – disse Loki. – Eu devia saber que você estava do meu lado quando ordenou que o Baixinho quebrasse minhas pernas.

Jolly deu um pequeno grunhido.

– Parceiro – disse Caveira. – Não o chame de baixinho.

Mas Loki estava pensando com desespero. O fato de que estava em família não significava que estava em casa e a salvo. Bem o contrário, na verdade. Isso era Angrboda, também conhecida como Angie, a Bruxa da Floresta de Ferro; a Tentadora; a Mãe dos Lobos; cruel como um puma, astuta como uma cobra, imprevisível como... Bem, imprevisível como Loki.

Agora, Loki, olhando em retrospecto, se perguntava como ele podia ter sido tão imprudente para se envolver com a Tentadora. Ela *era* muito fascinante, admitiu. Isso, ele supôs, era sua única desculpa. Mas não se pode brincar com o Caos. Quinhentos anos, três filhos demônios e dois Apocalipses depois, isso ainda parecia uma má ideia, e a ausência dele claramente não fizera nada para que o coração dela ficasse mais afetuoso.

Ainda assim, ele não estava morto, por enquanto, o que provavelmente significava uma de duas coisas. Uma: ela precisava dele vivo. Duas: os planos dela para sua execução envolviam algo mais rebuscado que três irmãos lobos e um anão rabugento.

Das duas possibilidades, Loki preferia a número um.

Ele sorriu para Angrboda.

– Então, primeiro de tudo, eu gostaria de dizer como estou feliz por você ter conseguido chegar até aqui. Suponho que você tenha deixado a Fortaleza Negra durante o pequeno tumulto que eu causei lá e conseguido entrar no mundo através do Sonho.

Fenris soltou um grunhido surdo.

Jolly fez uma expressão de desgosto.

– Esse *pequeno tumulto*, como você o chama, acabou com quase tudo. O Caos foi rompido, a Morte foi escancarada e o Sonho foi inundado por efêmeras lutando para penetrar no Mundo Superior. Felizmente, Jormungand já havia saído do Sonho e voltado para o Um Mar, do qual ele nos libertou, não graças a você. – Ela lançou um olhar cheio de desprezo para Loki. – Sim, nós escapamos. Mas foi por pouco. E quanto à *sua* contribuição para os eventos... Loki, você nunca cresce? Eu nunca vi nada tão irresponsável.

Loki olhou de esguelha, incrédulo.

– *Você* está me dando um sermão sobre responsabilidade?

– Aquela brecha que você abriu – disse a Tentadora. – Uma brecha da Morte para o Mundo Inferior. Por trinta segundos aquele portão foi aberto, deixando só Hel sabe o quê penetrar nos Mundos. E você está aqui, com essa expressão de *Quem? Eu?* no rosto, fingindo que não tem nada a ver com você?

– Seja razoável – disse Loki – Eu *estava* morto...

– Estar morto não é desculpa. Você teve uma segunda chance, e cabe a você pôr ordem nas coisas. A velha Ordem se foi. Isso significa que *você* é a Nova Ordem agora. Você e o resto dos deuses sobreviventes. Isso significa que cabe a *vocês* refazer o equilíbrio, ajudar a reconstruir Asgard, mandar o Caos embora, trazer estabilidade aos Mundos Médios. E, em vez disso, o que estão fazendo? Escondendo-se na Terra de Lugar Nenhum, se embebedando, provocando brigas uns com os outros, fazendo farras junto com o Povo, em louvor aos deuses, enquanto o tempo todo aquelas efêmeras estão abrindo seu caminho através do tecido dos Mundos...

– Ora, espere um minuto – disse Loki. – Desde quando você se importa com a manutenção da Ordem? Eu pensei que seu negócio fosse o Caos.

Angrboda desviou o olhar e brincou com uma mecha de seu cabelo roxo.

– Vamos apenas dizer que neste caso... eu tenho um interesse pessoal.

– Um interesse? Em quê?

– Na nova Asgard, é claro – disse Angrboda impacientemente. – Ouça, Loki. Neste ritmo, com a Cidade Universal devastada, com as efêmeras saindo do Caos, com os Nove Mundos tão cheios de buracos que poderiam passar por queijos das Divisões, as coisas vão provavelmente chegar ao fim dentro de mais ou menos vinte anos. Mas reconstruam

Asgard e vocês terão uma chance. Uma chance de recuperar seu Aspecto. De restabelecer a Ordem. De serem *deuses*...

– O que há de vantajoso nisso para você? – disse Loki.

– A verdade é que... – disse ela. – Eu *gosto* daqui. Eu construí um nicho no Mundo Superior. E se o Caos vier aos Mundos Médios...

– Você está dizendo que o Caos poderá não ficar surpreso ao descobrir que você se tornou totalmente nativa?

Angie deu de ombros.

– Algo assim.

– Para não mencionar uma nova runa. E, a propósito, como foi que você a conseguiu?

– Fica bem em mim, não acha? – disse ela. – Ela é Wyn, a runa das apostas elevadas e dos grandes prêmios. Jogue suas cartas corretamente e você ainda poderá descobrir que alguns desses prêmios irão para *você*.

– Então, o que você quer de mim? – perguntou Loki.

– Querido, eu quero *ajudá-lo*, naturalmente. Estou com vontade de colocar todos os meus recursos à sua disposição. Você precisará de toda ajuda que for preciso se quiser reconstruir Asgard.

– Reconstruir Asgard? – falou Loki. – Mas eu não construo coisas. Isso não é comigo. Eu trapaceio, roubo, engano, saqueio, saboto, violo, tomo à força e derrubo. Mas *construir*? Angie, você pegou o homem errado. Você precisa de Thor, ou de Heimdall...

Ela balançou a cabeça.

– Preciso de *você*. Ouvi falar que alguém fez uma profecia.

– Você deve estar brincando – disse Loki.

– Nem um pouquinho – respondeu a Tentadora. – Eu levo essas coisas muito a sério. E você deveria levar também, quando o inimigo manda uma efêmera atrás de sua pele...

– Você *sabia* que o Caos estava atrás de mim?

Angrboda balançou a cabeça.

– Isso não veio do Caos – respondeu ela. – Alguém dos Mundos Médios puxou aquela criatura para fora do Sonho. Alguém que claramente quer ver você morto...

– Maravilhoso – retrucou Loki.

– Ah, a gente estava de olho em você! – garantiu Angie reconfortante. – Os garotos teriam impedido que você ficasse ferido.

– Bem... Hã... Obrigado – disse Loki. – Perdoe-me se eu não estiver morrendo de entusiasmo pela ideia de os Irmãos Lobos e de o garoto

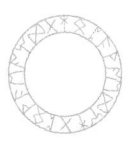

Fenny se colocarem entre mim e minha extinção. Sem esquecer o Baixinho aqui... – Ele lançou um olhar para Jolly, que respondeu imediatamente arreganhando-lhe uma série de caninos amarelos assustadores.

– Não me chame de baixinho – disse o anão.

Loki reprimiu a ânsia de dar uma risada.

– Você falou de *recursos* agora há pouco. Estou supondo que você tenha algo mais nas mangas do que este pequeno grupo de comediantes aqui... Porque, se não tem, Thor e Heimdall vão gargalhar de mim e depois jogar bola com minha cabeça...

– Ora, Loki – advertiu Angie. – Eu espero que você não me seja difícil. Você terá que negociar conosco, queira ou não. A única chance real que você tem é escolher se quer fazê-lo do modo fácil ou do modo difícil. – Seus olhos cercados de kajal se apertaram ameaçadoramente, e, ao seu lado, Fenny soltou um grunhido de advertência.

Loki deu de ombros.

– Então, qual é o negócio?

– Bem – disse Angie –, é bastante simples. Eu tenho uma coisa que os Æsir julgava perdida, da qual eles precisarão quando houver uma luta. Eu também tenho uma nova runa para colocar à disposição deles. Em troca, quero garantias...

Oh-oh. Aí vem coisa, pensou Loki.

– Primeiro: anistia para meu povo. Quando os Æsir voltarem ao poder, eu quero ter certeza de que seremos deixados em paz. Segundo: o retorno dos territórios que são nossos por direito. A Floresta de Ferro para Fenris. O Um Mar para Jormungand. E para mim? Um lugar em Asgard. Um lugar só meu entre os deuses. – Angrboda deu um passo à frente e beijou o nariz de Loki, brincalhona. – Portanto, estes são meus termos, queridinho – concluiu ela. – Agora é sua vez. O que você tem a dizer?

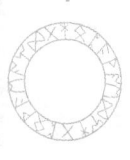

8

Loki ficou em silêncio por um longo tempo. Quando por fim encontrou sua voz, todo o humor havia desaparecido dela.

– Você sabe que eles nunca concordarão com esses termos. Um trato com a Bruxa da Floresta de Ferro? Eles nunca acreditariam que não fosse uma armadilha. No momento em que eu lhes contar que falei com você, eles vão arrancar minha pele como se eu fosse uma uva. E se você acha que me manter como refém ajudará... bem, você teria mais chance se levasse minha cabeça para eles; a qual, aliás, eles provavelmente me arrancariam no minuto em que eu mencionasse seu nome...

Angie ergueu uma sobrancelha, e a fileira de tachas refletiu a luz.

– Sempre tão dramático! – disse ela. – Seu povo não pode se dar ao luxo de me desprezar. Eu quero dizer que, sem mim, o que você tem? Velhos derrotados e ultrapassados como Heimdall e Frey. Filhos das flores como Idun e Bragi. Recrutas desobedientes como Tyr. Além do mais, você ainda não ouviu a melhor parte. Se os Æsir aceitarem meus termos, isso é o que estou querendo lhes oferecer. Primeiro, uma aliança com meu povo. Naturalmente, eu não posso responder por todo o Caos, mas até onde diz respeito ao nosso pequeno grupo, o Povo dos Deuses faz aliados melhores do que inimigos, e nós os queremos do nosso lado. E para demonstrar nossa boa vontade, bem como minha runa, estou preparado para dar-lhe o Martelo de Thor no momento em que o trato for fechado.

Os olhos de Loki se arregalaram.

– O Martelo de Thor? Mjolnir?

– Nenhum outro – disse Angie, presunçosa.

– Como? Ele foi perdido no Ragnarók. Engolido por... Ah! – Ele sorriu. – Eu entendo.

– Está certo. Jormungand. – Angie deu de ombros. – Aparentemente... suas funções digestivas levam um tempo maior do que pensamos.

– Eca... – disse Loki.

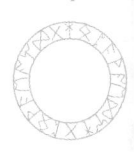

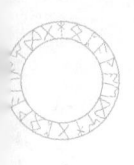

Os Irmãos Lobos sorriram.

– Ela não pode evitar – disse Fenris. – Devorar coisas é algo que domina a família.

– E assim nós o recuperamos – continuou Angie. – E estamos preparados para devolvê-lo ao seu proprietário por direito. Um gesto de boa-fé, se preferir assim, já que os deuses deram a sua palavra.

E, tendo dito isso, Angie desviou os olhos e começou a examinar as unhas, que estavam pintadas de roxo, enquanto Loki, que estava pensando desesperadamente, tentava extrair o sentido de seu plano em sua mente.

No total, ele achou que havia entendido. O Caos era propenso a rebeliões. Esta era a natureza de seu povo. Ele próprio havia lutado em seu terreno com os inimigos deles quando isso lhe convinha, o que não lhe fizera ganhar amigos entre seu próprio povo. Agora, ao que parecia, Angie estava fazendo o mesmo. Mas ela e seus renegados não se arriscariam a um confronto aberto. Era muito melhor marchar sob alguma outra bandeira; assim, quando a Cidadela do Céu fosse reconstruída e a Ordem restaurada, eles usariam a aliança com os deuses para se proteger da represália do Caos – enquanto agiam precisamente como lhes agradava, como crianças delinquentes querendo sua liberdade, contudo felizes, protegidas e alimentadas por pais complacentes demais para expulsá-las.

Sim, pensou Loki, isso realmente fazia sentido. E, no entanto, havia coisas que o perturbavam. A primeira era como eles pareciam organizados. O Caos é – bem – *caótico*. Não há generais no Pandemônio. E Angie não era exceção, provando-se tão volúvel quanto o próprio Loki. Mas ali estava ela, falando de tratos, juramentos, estratégias e da reconstrução da Ordem e de Asgard. Não era de modo algum a Angie que ele conhecia. O que levou o Astuto a concluir que talvez alguma outra pessoa estivesse por trás de tudo isso.

Ele sabia muito bem que não devia dizer isso, contudo. Se eles tinham o martelo de Thor, pensou, aquilo precisava de tratamento cuidadoso. O martelo, Mjolnir, Mão Direita de Thor, havia sido um dos grandes tesouros da Velha Era, perdido para sempre, assim pensavam, na grande revolta que o Povo gostava de chamar de Adversidade e que os Æsir conheciam como Ragnarók.

Desde então, os deuses mal sobreviviam. Até a tentativa de resgate de Maddy resultara num sucesso apenas parcial. Seus números agora eram por volta de treze – incluindo um duende e uma porca barriguda, o que dificilmente podia passar como trunfo de conquista, pensou. A avaliação de Angie, embora áspera, não era inteiramente injusta. Os Æsir eram uma força desgastada; os Vanir não estavam em situação melhor. E com Skadi sumida de sua cidade, Maddy era a única cujos poderes não haviam sofrido alternativas dramáticas, de forma que parecia improvável que os deuses chegassem a fazer um retorno triunfal.

Mas com o Mjolnir, eles podiam ter uma chance. O poderoso martelo, entalhado com runas que o tornavam indestrutível, pesado o bastante para fazer fendas profundas nas ravinas nas montanhas, e, no entanto, capaz de se reduzir a um tamanho pequeno o suficiente para se enfiar em sua camisa.

Nenhuma arma semelhante havia sido forjada desde o princípio da Velha Era. Até o Povo do Túnel havia perdido a habilidade; e Loki estava dilacerado entre desconfiar de Angrboda e suas motivações e o simples conhecimento de que com o Mjolnir qualquer coisa poderia ser possível: a derrota do Caos, a reconstrução de Asgard e, com a nova Cidadela do Céu, o retorno de seus Aspectos originais. E, com eles, o poder para governar os Mundos...

– Tudo bem – disse ele, erguendo os olhos para o lugar onde Angie estava agora sentada, numa borda de rocha acima dele, balançando as pernas. – Eu tentarei, Angie. Eu vou levar sua sugestão aos deuses. Eu não posso fazer qualquer promessa.

Ela apertou seus olhos circundados por kajal para ele.

– É melhor você ser persuasivo – advertiu ela. – Eu quero minha sala em Asgard. – Ela se virou para sorrir para Fenris, que estivera observando Loki com aberta desconfiança ao longo de toda a conversa. – E também é melhor não haver traição, ou Fenny e os garotos vão lhe fazer outra visita.

O Grande H piscou.

– Pode crer nisso, parceiro.

– E só para garantir seu *completo* apoio, estou mandando Jolly para ficar ao seu lado. – Angie sorriu para o anão, que estava olhando para Loki com um ar de desgosto. – Você gostará de Jolly – disse ela. – De fato, vocês se tornarão inseparáveis. Ele vai servi-lo, acompanhá-lo até em casa, será uma companhia constante. E, se você tentar qualquer coisa, um truque, uma fraude ou uma traição, então se meterá numa grande encrenca.

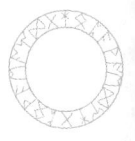

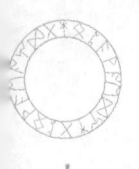

– Grande encrenca? – Loki zombou. – Então, o que ele fará? Morderá meus joelhos?

Jolly lançou sobre ele um olhar maléfico.

– O que você está dizendo? Está dizendo que sou baixinho?

– Quem, eu? – perguntou Loki.

Jolly arregaçou as mangas de sua jaqueta, revelando antebraços musculosos nos quais estava inscrito o símbolo:

Os punhos do anão também eram excepcionalmente grandes para uma pessoa tão pequena, e Loki teve tempo apenas para ler as palavras Fadir e Modir tatuadas sobre os nós dos dedos antes que o anão baixasse a cabeça e lhe desse uma cabeçada diretamente no plexo solar, arrancando todo o ar de seus pulmões e deixando-o ofegante sobre o chão.

Jolly pôs sua cabeça deformada bem junto ao rosto de Loki.

– Não me chame de baixinho – disse ele. – Eu não gosto quando as pessoas me chamam de baixinho.

– Certo – respondeu Loki.

– Agora, ponha-se de pé.

Loki o fez com dificuldade. Ele passara tempo demais no chão naquele dia e estava começando a se sentir uma vítima. Olhou para o anão com respeito cauteloso. Ele podia ser baixinho, pensou Loki, mas havia um monte de força magnética no sujeitinho. As runas gêmeas nos braços de Jolly reluziram com um maligno brilho vermelho.

De sua borda de rocha, Angrboda sorriu.

– Nós o chamamos de *Daeg*, o Raio. Tem um belo soco, não é?

Loki teve de admitir que sim.

E a ideia de que Angie tinha acesso agora a *duas* das runas do Novo Manuscrito causava um impacto ainda maior. Onde ela conseguira encontrar a força magnética que deveria pertencer aos novos deuses? Deixava-o muito incomodado pensar em Angie equipada com tais coisas. E o que os outros deuses fariam disso? Nada de bom, isso era certo. Na verdade, eles provavelmente deduziriam que ele próprio era de algum modo culpado...

– Estou lhe dando vinte e quatro horas – disse Angie. – Deve ser o suficiente para convencer os deuses de que precisam de meu povo ao seu lado.

– E se eles decidirem o contrário? – perguntou ele.

– Tenho certeza de que você pode persuadi-los.

– E se eu não puder?

Angie deu uma risada, balançando as pernas contra a superfície da rocha. Ao lado dela os Irmãos Lobos abafaram risadinhas, e Fenris rosnou seu divertimento.

– Loki – disse ela –, você me mata de rir.

– Obrigado – disse Loki sem alegria alguma.

– Não, realmente – disse Angrboda. – Você vai precisar dessa visão otimista quando reconstruir Asgard.

– Sim, sempre sou otimista ao máximo quando estou prestes a ser esquartejado por meus amigos.

Ela lhe lançou um olhar indulgente.

– Estou lhe mandando de volta para o Mundo Superior. Caveira e Grande H vão tomar conta de você. E se precisar fazer contato comigo, basta dizer ao Jolly. Ele sabe o que fazer.

O homenzinho arreganhou os dentes novamente. Ele era decididamente um carnívoro, pensou Loki. Talvez até mesmo um canibal.

Loki suspirou.

– Ok. Vamos embora, então.

– Esse é meu garoto – disse Angie.

9

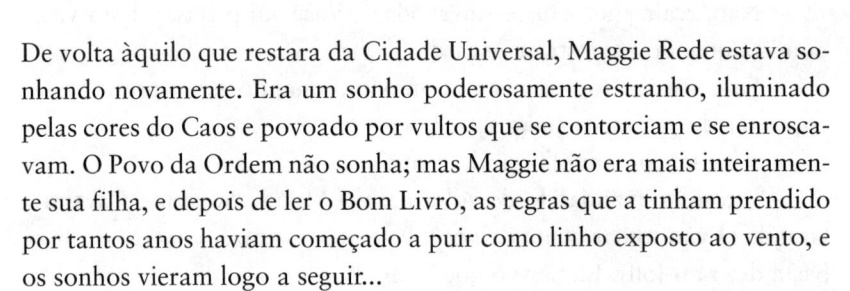

De volta àquilo que restara da Cidade Universal, Maggie Rede estava sonhando novamente. Era um sonho poderosamente estranho, iluminado pelas cores do Caos e povoado por vultos que se contorciam e se enroscavam. O Povo da Ordem não sonha; mas Maggie não era mais inteiramente sua filha, e depois de ler o Bom Livro, as regras que a tinham prendido por tantos anos haviam começado a puir como linho exposto ao vento, e os sonhos vieram logo a seguir...

Agora ela sonhava com um homem de cabelos ruivos e olhos de um verde-fogo incendiário. Ela o vira antes em seus sonhos e sabia que de algum modo ele era seu inimigo. Mas desta vez ele estava em perigo, ela pensou, e arreganhou os dentes e retorceu os pulsos em seu sono. Ela via que suas cores eram muito fortes – demoníacas, como aquelas que vira representadas no Bom Livro; e havia *runas* em meio a elas – profanas runas de fogo como as que vira no Livro das Palavras. O mesmo tipo de símbolo reluzia partindo de seu braço – a marca de runas do Povo do Fogo.

Por sua Marca você o reconhecerá...

Kaen. O nome da marca de runa era *Kaen*. Invertido. Ela não perguntou a si mesma como sabia disso. Talvez ela o tivesse visto no Livro que se estendia aberto contra a parede ao seu lado. A chave dourada que o abria agora estava pendurada numa corrente em torno do pescoço de Maggie. Era sua posse mais preciosa. Ela sempre fechava o Livro quando saía, mas quando estava sozinha, em seu lugar secreto, gostava de mantê-lo aberto no Capítulo das Invocações, onde os nomes secretos do Povo do Fogo estavam escritos em letras de prata e ouro.

Ela golpeou o homem de cabelos ruivos, lançando-o com força sobre o chão. Ele ergueu um escudo para se proteger, mas o escudo era fraco. Ele não iria resistir. Seu inimigo gritou de dor; o veneno salpicou a neve das Terras do Norte.

Muito bem, pensou Maggie ao seu sonho. *Vamos ver se você consegue sair dessa.*

Agora o homem estava de joelhos. Ela podia ver o medo em seus olhos. Não conseguia ouvir o que ele dizia, mas sabia que ele estava suplicando por sua vida.

Misericórdia? Acho que não, pensou ela.

Movendo-se para mais perto dele, pôde vê-lo estendido em desamparo aos seus pés. O triunfo floresceu nela como uma rosa. Ela podia tê-lo matado facilmente, mas queria que o prazer durasse um pouco. Queria vê-lo sofrer primeiro; queria que ele rastejasse e implorasse antes que o mandasse para o Mundo Inferior.

Mas então surgiu uma labareda de cores, e Maggie viu uma figura se aproximando; um vulto pequeno, mas um tanto ameaçador, reforçado pela luz das runas. E, no entanto, parecia haver pouca coisa para justificar a onda de pânico que Maggie sentiu quando a figura chegou mais perto. Era apenas uma garota, afinal de contas – uma garota de mais ou menos da mesma idade. Uma garota com curiosos olhos de um cinzento dourado, o cabelo solto sobre os ombros, e um daqueles sinais de runa na palma da mão estendida...

Maggie pensou:

– *Ela é igualzinha a mim!*

E então houve outro lampejo brilhante, e o mundo se revirou como uma folha...

E Maggie despertou com um grito alto, envolta em suor e tremendo, se viu de volta às catacumbas, a cabeça pousando junto ao Livro aberto, sobre o qual ela devia ter adormecido, e a impressão do sonho estampada sobre as sombras.

Mas agora, quando lutava para banir seus medos, Maggie viu que não estava mais sozinha. Um jovem estava sentado diante dela, de pernas cruzadas sobre o chão pedregoso. Um jovem que podia ter dezessete ou dezoito anos, mas cujo rosto carregava as marcas da experiência. Seu cabelo era igual ao do povo do extremo norte; seus olhos eram azuis como o gelo distante.

Maggie percebeu que, enquanto dormia, o *bergha* que estava usando caíra, e, ruborizando, o repôs no lugar, antes de se dirigir ao desconhecido.

– Quem é você? – perguntou ela de um jeito áspero. – Quem é você e o que está fazendo aqui?

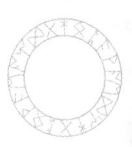

O jovem sorriu, e Maggie Rede sentiu um tremor engraçado descer-lhe pela espinha, como se uma pequena pluma de gelo houvesse roçado sobre suas clavículas.

– Meu nome é Adam – respondeu o jovem. – E vim de muito longe para encontrá-la.

10

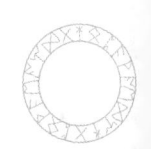

Três anos haviam se passado desde que Adam Scattergood encontrara uma saída do Mundo Inferior. Pouca coisa restava agora do garoto que havia urinado nas calças na Colina do Cavalo Vermelho e quase perdera o juízo com a mais simples insinuação de coisas sinistras. Agora era ele que se erguia do chão quando outras pessoas fugiam de medo. E ele viu tanta coisa sinistra, sobrenatural e totalmente absurda, que todos os traços de medo nele haviam desaparecido, deixando-o com um ódio do Povo-Vidente e dos Faërie. Um ódio que era noventa e nove por cento nascido da inveja e um por cento de seu passageiro – a sussurrante Presença em sua mente que estava com ele nos últimos três anos.

O Povo-Vidente tinha o poder de construir Mundos. Por que Adam não o teria também? Mas Adam não tinha qualquer marca de runas, Adam não tinha qualquer Livro das Palavras, e mesmo que tivesse, sabia que não havia uma partícula de força magnética nele, e as palavras se estenderiam inutilmente na página, não importando com que força ele tentasse despertá-las.

A Voz em sua cabeça havia lhe dito isso – a Voz sussurrante que o havia guiado para fora do inferno e de volta aos Mundos Médios; a Voz que lhe ensinara tantas habilidades, mas que às vezes ainda arengava e ralhava com ele, chamando-o de inútil, estúpido e fraco. Um absurdo, pois Adam havia treinado implacavelmente no decorrer desses três anos, e seu corpo era todo feito de músculos.

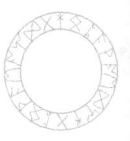

A princípio Adam havia se perguntado *de quem* seria aquela Voz que o guiava. Há três anos ele viu como o Inominável havia se transformado num Aspecto, saindo de uma cabeça de pedra entalhada de runas, e como havia lutado com o general cego do Povo-Vidente e o matado; depois viu como ele tentou possuir Maddy Smith, e fracassou, e se perdeu no rio Sonho. Adam também parecia recordar que o Inominável na verdade *tinha* um nome: era Mimir, o Sábio, ou o Murmurador. Um ser antigo com um amargo rancor guardado contra os deuses e com o poder de penetrar nas mentes e controlar as ações e pensamentos dos fracos.

Mas aí a cautela natural de Adam havia borrado os limites de sua memória. As questões dos deuses não eram assunto que lhe dissesse respeito, e ele estava em tudo e por tudo feliz em permanecer na ignorância. Ele sentia que, quanto menos se lembrasse dos eventos de três anos antes, menos provavelmente incorreria na fúria do passageiro dentro de sua mente.

Além do mais, havia compensações. Seu passageiro invisível tinha habilidades. Agora Adam compartilhava delas também; ele tinha conhecimento e instintos que anteriormente haviam lhe faltado. Emergindo do Mundo Inferior, ele se espantara caçando para comer – matando um veado com as mãos nuas e arrancando a pele para uso posterior, embora estas fossem habilidades que nunca houvesse aprendido.

Mais tarde, descobrira que conseguia lutar também – o que um grupo de bandidos montanheses soube, a um alto custo. Espada, arco e flecha e arremesso de facas, tudo parecia estranhamente familiar. Ele também conseguia cavalgar um cavalo e apanhar um peixe, e descobrir seu caminho à noite pelas estrelas, todas as quais tinham nomes antigos – nomes que ele nunca soubera.

A princípio, ele não era naturalmente forte. Mas caminhar e exercitar-se o enrijecera, e quando chegou à Cidade Universal, tinha mais meio metro de altura e estava com mais quarenta e cinco quilos do que quando deixara Malbry aos catorze anos. Na verdade, o filho mimado e preguiçoso de Aileen Scattergood havia se tornado um jovem de boa aparência, treinado em todas as formas de combate, falando quatro dialetos e melhor conhecedor do Bom Livro que o mais veterano dos Mestres da Ordem.

Seu nome não era mais Scattergood, embora tivesse mantido a parte de Adam. Scattergood era um nome provinciano, adequado para um rústico do Norte. Em vez dele, adotara o nome de Goodwin, um confiável e seguro nome das Terras Baixas, e inventara uma história plausível para justificar sua presença em Fim de Mundo.

Não que fosse precisar dele agora, Adam Goodwin dizia a si mesmo. Não, depois de semanas vasculhando a cidade, ele havia encontrado o prêmio que buscava. Dois prêmios, na verdade – e a Voz em sua cabeça pareceu pular e uivar de alegria, reforçando o seu medo ocasional (mas sempre não dito) de que a coisa em sua mente fosse insana.

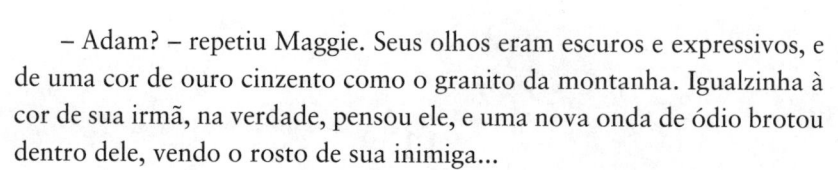

– Adam? – repetiu Maggie. Seus olhos eram escuros e expressivos, e de uma cor de ouro cinzento como o granito da montanha. Igualzinha à cor de sua irmã, na verdade, pensou ele, e uma nova onda de ódio brotou dentro dele, vendo o rosto de sua inimiga...

Naturalmente ele não a *vira* – exceto em seus sonhos – pelos três últimos anos. Mas esses olhos eram inconfundíveis; e essa boca, com seu traço de cólera; o cabelo puxado para trás numa trança grossa...

Por que não a matamos agora mesmo? Por que não mandamos a sua cabeça para o Povo-Vidente em um saco?

Seu tolo, suspirou o passageiro. Deixe a parte da reflexão para mim, está bem? E tente ser sedutor, pelo menos uma vez na vida. Esta garota é extremamente valiosa.

E assim Adam engoliu seu ódio e deu à garota seu sorriso mais insinuante. Era um pouco frio, talvez, mas tudo que Maggie viu foram seus olhos azuis, a linha firme de seu queixo e os belos cabelos que caíam quase infantilmente sobre sua testa...

Muito bom, disse o passageiro. *Agora diga a ela o que eu lhe disse. E, em nome dos deuses, seja educado! Não use qualquer uma de suas maneiras de garoto aldeão do Fim de Mundo.*

Então, Adam estendeu sua mão e disse:

– Adam Goodwin, ao seu dispor. Maggie Rede? Eu estava procurando por você.

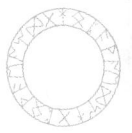

11

– Como você sabia meu nome? – perguntou ela. – Você é um sonho, um demônio, um fantasma?

Existiam fantasmas nessas catacumbas, embora até agora Maggie nunca houvesse se deparado com algum. Mas o belo jovem com os olhos azuis penetrantes não tinha nada da aparência de um fantasma.

Na verdade, Maggie Rede nunca havia visto alguém tão cheio de vida. Ele reluzia de saúde; seus cabelos brilhavam, ele se movia com a graça fácil e sem esforço de alguém completamente à vontade com cada músculo e fibra de seu corpo. Era um desconhecido e, no entanto, havia alguma coisa nele que parecia estranhamente familiar. Será que ela o teria visto num dos mercados? Na taverna?

– Um sonho? – indagou Adam. – Longe disso. Na verdade, se houver algum sonho, ele *é você*. O sonho que venho perseguindo minha vida toda.

Era uma boa frase, pensou ele. A Voz lhe dava montes de boas frases, e ele havia se tornado muito devotado a dizê-las. Além do mais, ele conhecia garotas e supunha que esta não fosse diferente do resto delas. Algumas boas frases, um ou dois beijos, e ela seria sua, para que ele perguntasse o que quisesse.

Mas Maggie não pareceu impressionada. Na verdade, ele achou que ela parecia furiosa. Por um momento ela pareceu lutar para falar; depois, afastou-se dele, puxando seu lenço para perto de si de forma protetora.

– Quem quer que seja você, não devia estar aqui. Você me despertou. Eu estava dormindo.

– Eu sei. Lamento ter sido um intruso – disse Adam numa voz humilde. – Mas agora que estou aqui, você não está nem um pouquinho curiosa sobre o que eu vim lhe dizer?

– Não – respondeu Maggie. – Você não devia estar aqui. Não é... *certo* você estar aqui.

Adam Scattergood apertou os punhos. A garota iria lhe dar problemas. Sabendo quem ela *era, ele*, naturalmente, devia ter esperado por isso.

Ele engoliu a impaciência.

– O *que* não está certo? – perguntou ele.

– Você e eu, sozinhos deste jeito. Aqui. Sozinhos. Juntos.

Adam virou seu rosto, não querendo que sua expressão transparecesse. Obviamente a garota era alguma espécie de puritana. Ele devia ter imaginado. O *bergha* que ela usava lhe revelava isso; e, naturalmente, nenhuma respeitável filha da Ordem gostaria de estar sozinha à noite, com um homem, num lugar como aquele.

– Confie em mim. Eu não tenho nenhum interesse. Tudo o que quero é conversar com você.

Ele achou que ela se controlou ao ouvir isso e, então, sorriu para si mesmo em segredo. *Não há nada como uma demonstração de indiferença para atrair a atenção de uma garota.* Do canto de olho ele ficou observando enquanto ela lutava com a curiosidade, com a pequena chave dourada que pendia do cordão em torno de seu pescoço.

Por fim, ela pareceu relaxar um pouco.

– Sobre o que você queria conversar? E como você sabia que eu estaria aqui embaixo?

Adam deu de ombros.

– Eu sei um monte de coisas. Desses sonhos que você vem tendo, por exemplo.

Ela balançou a cabeça.

– Eu não sonho.

– Claro que sonha – disse Adam.

Maggie estreitou seus olhos.

– *Você* sonha também?

– Ah, sim – afirmou Adam. – Eu sonhei com *você*. Eu sonhei com você todas as noites por anos a fio. E você sonhou comigo. Você sabe que sonhou. Você realmente acha que pode mentir para mim?

Maggie sentiu todo o ar de seu corpo subitamente abandoná-lo, como se houvesse sido socada no estômago. Então olhou diretamente para o rosto de Adam pela primeira vez e soube por que ele parecera tão familiar.

Este era o rosto que ela vira nos sonhos – nos sonhos com a Adversidade. O azul de seus olhos. A linha de seu queixo. Ela sentiu uma onda de pânico. Como esse homem podia ter vindo de seus sonhos? Como ela podia ter conhecido seu rosto?

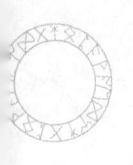

– Você *é* um demônio – disse Maggie.

Adam sorriu.

– Pelo contrário. Eu sou um *caçador* de demônios. Eu sei tudo sobre você, Maggie Rede. Filha de Donal, sobrinha de Elias, conhecido dentro da Ordem como o Inspetor Número 4421974.

Os olhos de Maggie se arregalaram ainda mais.

– Ninguém sabe os nomes secretos – disse ela numa voz que tremia um pouco.

– Eu sei muito mais que isso – garantiu Adam. – Eu sei o que você tem feito aqui, Maggie, aprofundando-se em livros proibidos. Eu sei quais sonhos eles lhes proporcionaram.

Cheia de culpa, Maggie ergueu sua mão para a chave dourada que pendia de seu pescoço.

– Está tudo certo – disse Adam. – Eu não vou tentar tomar isso de você. Mas eu sei que você perdeu sua família e seus irmãos quando a Ordem caiu, seus pais na calamidade que veio a seguir. Eu sei até como seu tio morreu.

Maggie ficou pálida.

– A Glória... – balbuciou ela.

– Não houve Glória. Essa história foi inventada para esconder a verdade.

– A verdade?

Adam suspirou.

– Eu sei que é difícil. Mas a Glória foi só um conto de fadas inventado pelo inimigo. Essas pessoas, a Ordem, sua família, eles não ressuscitaram para a Glória celestial. Não havia Inominável algum esperando por eles nas margens do Primeiro Mundo. O Primeiro Mundo caíra havia muito tempo, nos dias da Guerra de Inverno. A Ordem estava tentando construí-lo novamente quando tudo isso aconteceu... este massacre, que seu povo chama de Glória.

Maggie olhou-o fixamente.

– Não – disse ela. – Eu não sei por que você está me contando isso. A Ordem estava lutando com o Caos. Trazendo perfeição aos Mundos. E quando sua missão foi finalmente cumprida, então o Inominável chamou-os à sua morada...

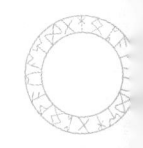

– Maggie – disse Adam. – Abra seus olhos. Este mundo parece perfeito para você? – Ele fez uma pausa para deixar as palavras penetrarem nela. – *Olhe* para ele: milhares de pessoas mortas com a praga. A Cidade Universal reduzida a um poço de corrupção e vício. Negociantes estrangeiros em cada praça, fazendo o lugar feder com sua comida, seus animais, seus modos pagãos. Escravos sendo traficados em lugares onde se erguiam bibliotecas. Covis de ópio e contrabandistas de bebida nos degraus da própria catedral. O Caos onde a Ordem costumava estar. Era por *isso* que a Ordem estava lutando? É *isso* que você chama de perfeição?

Lentamente Maggie balançou a cabeça. Agora que ela começara a pensar nisso, as histórias realmente não faziam sentido. Almas arrebatadas pela Glória celestial; corpos deixados para apodrecer na terra. E a epidemia – certamente *aquilo* não havia sido parte do plano...

– Mas se você estiver certo – perguntou ela, por fim –, então, o que aconteceu com a Ordem? Como dez mil pessoas puderam morrer, todas de uma vez, numa fração de segundo?

Agora Adam sorria para si mesmo.

– É o que eu vim lhe contar – disse ele. – Este é o motivo de minha missão me trazer até aqui. Seus pais, seus irmãos, seu tio Elias, todos os outros Mestres, Professores e Inspetores da Ordem, toda essa boa gente que deu a vida para manter os Mundos livres da corrupção e do Caos... – Neste momento os olhos azuis do jovem cintilaram, e seu rosto se iluminou com um brilho fervoroso. Ele se virou mais uma vez para Maggie e lançou-lhe seu olhar mais honesto.

E então pôs sua mão nas dela, e Maggie sentiu um tremor de alguma coisa passando por seu corpo, uma súbita onda de calor misterioso quando ele olhou para ela e sussurrou:

– Eles não morreram com a Glória, longe disso. Eles foram assassinados, Maggie.

12

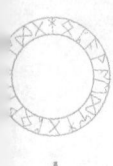

– Assassinados? – repetiu Maggie Rede, no que soou para ela como a voz de uma estranha. Ela sabia que devia ficar com raiva, abalada, aflita, entristecida, chocada com as notícias que Adam lhe trazia. Mas, na verdade, a sensação esmagadora que sentiu foi simplesmente de alívio. Alívio por ela estar certa; pelos sentimentos que tivera ao longo dos três anos passados não haverem se revelado uma simples fantasia de sua imaginação solitária, mas a sombra de uma verdade mais profunda; pelas forças sobre as quais ela lera tão avidamente serem não apenas reais, mas até mais sinistras do que ela fora levada a suspeitar. Forças que podiam devastar dez mil pessoas num simples golpe, forças que ameaçavam os próprios Mundos.

Maggie já conhecia seus nomes. Eram nomes que vira repetidas vezes nas páginas do Bom Livro. Nomes que a enchiam de inquietação e com uma espécie de empolgação febril. Os *Æsir*. Os Vanir. O Povo-Vidente. O Povo do Fogo...

– Você já o viu? – perguntou ela, por fim. – O Povo do Fogo... Você já o *viu*?

Adam fez que sim.

– Uma vez – falou ele.

– Conte-me – pediu Maggie, com os olhos cintilando.

– Se eu o fizer – disse ele –, não haverá retorno. Isso vai devorar sua vida, como devorou a minha. E as coisas que você *saberá*, as coisas que você *verá*...

De repente o rosto do jovem mudou: uma sombra pareceu passar sobre ele – os olhos escureceram, a boca se retorceu – e se Maggie fosse de uma natureza fantasiosa, podia quase ter-lhe parecido que outro rosto havia emergido fugazmente sob as feições do jovem: o de um homem mais velho, mais ríspido, com um sorriso de infinita maldade e astúcia...

Mas Maggie estava empolgada demais para ser detida por um jogo de sombras.

– Conte-me o que você sabe – disse ela.

– Tudo bem – confirmou Adam com um sorriso. – Mas não diga que não lhe avisei.

E assim Adam Goodwin contou sua história. E enquanto Maggie a ouvia em silêncio, começou a ficar consciente de uma sensação muito curiosa. Não *de prazer*, embora seu rosto estivesse congestionado. Não *de raiva*, embora seu coração estivesse batendo mais rápido que a asa de um falcão caçador. Em vez disso, ela se sentia inesperadamente *viva*; como uma coisa que entra num casulo para emergir, meses depois, como outra coisa.

Não importava mais que ela nunca houvesse sido íntima de sua família; que ela houvesse quase esquecido seus irmãos, que haviam se juntado à Ordem quando ela era uma criança. Quanto ao seu tio Elias, Maggie nunca o conhecera. Ainda assim, essas coisas não importavam agora. Angústia, solidão, dor, culpa – tudo isso pertencia ao passado. Agora havia apenas a certeza do que seus inimigos haviam feito e a idêntica convicção de que eles tinham que ser detidos.

– Esse Povo do Fogo – disse Maggie. – Venceu a guerra com um truque. Uma tapeação.

– Isso é verdade – confirmou Adam. – Eles são pervertidos. Não têm Leis, nem honra alguma. Eles atraíram a Ordem para o Inferno e soltaram o Pandemônio sobre ela sem ligar o mínimo para as consequências. E é por isso que você vê a Cidade Universal como está, devastada, no Caos. Mas no Norte está muito, muito pior. Lá há portais pelos quais podem passar coisas; não só em sonhos, mas em carne viva também. Coisas de antes da Adversidade, liberadas para adentrar os Mundos reais como destroços de naufrágio vindos do rio Sonho.

Os olhos de Maggie ficaram arregalados de alarme.

– É isso o que você faz? – perguntou ela. – Caça essas coisas e devolve-as ao seu mundo?

– Eu fazia – afirmou Adam. – Mas não faço mais.

– O que aconteceu? – disse Maggie.

– Não aqui – disse ele. – Em algum lugar mais iluminado. Este lugar me lembra demais o... – A voz de Adam se entrecortou. – Me lembra demais o Sétimo Mundo – concluiu ele em voz baixa.

Levou algum tempo para Maggie entender aquilo.

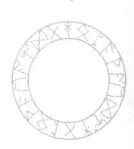

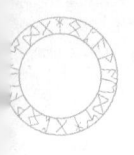

– Você esteve lá? – perguntou ela. – Você realmente esteve lá?

Adam fez que sim.

– Mas como você...?

– Eu não estava na Ordem – disse ele. Eu nunca recebi a Comunhão. Por isso, quando o Povo do Fogo fez seu movimento, eu estava lá, ignorado. Sobrevivi. Vi tudo. Às vezes desejaria não ter visto. – Ele fez uma pausa. – É por isso que você tem que confiar em mim agora. É por isso que eu preciso que você entenda. Com a Ordem desaparecida, não sobrou ninguém para dar continuidade à luta. Ninguém exceto eu; e *você*, Maggie.

Ele olhou para ela de modo suplicante, e Maggie pensou que nunca vira ninguém com os olhos tão azuis. Os habitantes de Fim de Mundo eram na maioria das vezes escuros – Maggie era quase exótica –, mas Adam era como o sol no Mar, e Maggie estava deslumbrada.

– *Eu?* – questionou ela.

Adam sorriu.

– Mas, como posso...?

– Psiu. Você confia em mim, não confia?

Maggie fez que sim.

– Eu acho que sim – disse ela.

– Então, faça como eu lhe digo. – Adam puxou de seu bolso uma esguia navalha de cabo de pérola. – Preciso que você fique muito imóvel...

– Por quê? O que você vai fazer?

– Eu vou lhe mostrar um mistério.

– Você vai me cortar? – perguntou Maggie.

– O poder exige um sacrifício. Acredite em mim, vale a pena.

Maggie olhou para a navalha. A ideia de ser cortada alarmou-a um pouco; mas o sangue, ela sabia, era uma coisa poderosa. Talvez isso fosse alguma espécie de iniciação, disse a si mesma; algo como o rito do aprendiz que ingressava na Ordem.

– Tudo bem. – Ela estendeu sua mão.

– Não. Tire o lenço de cabeça.

– Por quê? – perguntou Maggie, surpresa. Criada nas maneiras da Ordem, ela tinha ideias severas de pudor. Mesmo agora que a Ordem havia desaparecido, mostrar seus cabelos para um desconhecido, um *homem*, um homem que não era um parente, parecia quase indecentemente íntimo.

– Eu tenho que explicar *tudo*? – perguntou Adam, ficando impaciente. – Ora, vamos, Maggie, é apenas um lenço. Você acha que eu nunca vi os cabelos de uma garota? Além do mais, no lugar de onde venho apenas as mulheres casadas cobrem os cabelos.

Por um momento Maggie foi puxada em duas direções. Ela queria fazer o que Adam pedia, mas isso ainda lhe parecia obscuramente *errado*. Não era muito devido ao *bergha* em si, mas a tudo que ele havia significado para ela. Para Maggie, usar o *bergha* a levava de volta a uma época mais ordeira, uma época quando ser chamada de *pudica* era o maior louvor que uma garota poderia receber – isso, e *sem imaginação*, o que era quase tão bom quanto *obediente*. Até onde podia se lembrar, Maggie havia tentado ser todas essas coisas. E a pressão para ser obediente agora, para fazer o que Adam lhe pedira, era quase esmagadora. Adam havia trabalhado com a Ordem. Isso o tornava praticamente um Inspetor. E a linguagem que ele usava – a do sacrifício, poder e mistérios – era tão próxima àquela da Ordem que recusar alguma coisa a ele parecia muito pior do que tirar um lenço.

O *bergha* estava preso em torno de sua cabeça e ombros num estilo que um dia fora popular e que algumas das mulheres mais velhas ainda seguiam. Levou um ou dois minutos para Maggie remover os alfinetes que o prendiam no lugar; debaixo dele, seus longos cabelos estavam trançados.

Adam fez um sinal de aprovação.

– Fique parada – disse a ela.

– O que você vai fazer? – questionou Maggie.

– Não vai machucar nem um pouco. Eu juro.

– Mas isso vai ajudá-lo, certo? Ajudá-lo a lutar com o Povo do Fogo?

– Confie em mim – pediu Adam. – Isso vai feri-los *terrivelmente*.

Maggie obedeceu e fechou os olhos quando ele estendeu a mão para desprender seus cabelos. Claramente eles nunca haviam sido cortados. O Bom Livro fazia restrições para cabelo curto em garotas, bem como para cabelos longos em garotos. *A cada um o que lhe é próprio, e cada coisa em seu lugar*, o Livro das Leis lhes ordenava; embora esta regra nunca houvesse sido particularmente enfatizada em Malbry, Fim de Mundo era mais próximo à Ordem, e portanto mais inclinado a insistir nessas coisas.

– Lembre-se, isso é um sacrifício – disse ele em sua voz mais persuasiva. – Novos tempos exigem novas Leis. Novos métodos.

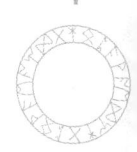

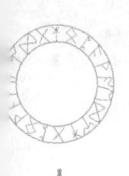

Por um momento Maggie ainda hesitou. Não que fosse vaidosa, mas seus cabelos eram tudo o que tinha da vida passada. Ela lembrava sua mãe escovando-os toda noite, quando ia dormir; seus irmãos puxando suas tranças quando estavam brincando juntos.

E então ela abriu seus olhos novamente. Ela sabia o que queria. O passado se fora. Sua mãe e seus irmãos estavam todos mortos – e tudo por causa do Povo do Fogo. E ali estava Adam, oferecendo-lhe uma oportunidade de ferir o inimigo, e tudo em que ela conseguia pensar eram seus *cabelos*?

– *Dê-me* a navalha – disse a ele impetuosamente.

– Tudo bem – disse Adam, e sorriu.

Cinco minutos depois, o trabalho estava feito. As tranças de Maggie haviam desaparecido, e o resto de seus cabelos tinha sido podado tão curto que em alguns pontos o couro cabeludo transparecia. Não parecia tão ruim, Adam pensou. Os cabelos de Maggie eram encaracolados e espessos, cresceriam de novo em breve. E sob um *bergha* ou um véu, ninguém teria adivinhado a marca prateada – a marca prateada em sua nuca, bem onde a Voz disse que estaria.

Ele teve que raspar aquela parte por si – Maggie não conseguiria fazê-lo apropriadamente – e quando descobriu a marca de runa, a Voz em sua mente soltou um grito de triunfo, fazendo Adam se encolher. A navalha deu um pequeno pulo, deixando uma delicada linha de vermelho-escuro.

– Ai! – gritou Maggie.

– Eu a encontrei – disse ele.

Adam fechou a navalha e a pôs de volta em seu bolso.

– Posso entender por que eles não a notaram – prosseguiu ele. – Mesmo quando você era um bebê, acho que seus cabelos devem tê-la escondido.

– Escondido o quê? – perguntou Maggie. – Por favor, Adam, o que você está vendo? – Agora havia tensão em sua voz, e ele podia sentir seu tremor enquanto tocava a runa com a ponta de seus dedos. Ela pareceu se iluminar quando ele o fez, como prata polida sob o pano de polir. Uma forma bifurcada como um galho quebrado, brilhando agora com uma luz fantasmagórica.

– O que é? – perguntou Maggie.

– Um símbolo – respondeu Adam, sorrindo.

Maggie ergueu sua mão até seu pescoço e delicadamente explorou a marca revelada. Ela formigou ligeiramente ao seu toque, mas isso podia ter sido apenas a sensação incomum de cabelo espetado na nuca.

– Como você sabia que ela estava aí? – indagou Maggie. – E o que ela significa?

Ele sorriu novamente.

– Ela confirma o que eu sabia: que você é ela. Aquela que eu estava procurando. *Eu vejo uma Cinza poderosa que se ergue ao lado de um poderoso Carvalho...*

– Eu não entendo – disse Maggie.

– Essas são as palavras de uma profecia feita por um oráculo famoso. E isto... – Ele tocou a marca de runa levemente com a ponta dos dedos. – Isto é *Ác*, o Carvalho do Trovão, e com isso vamos erguer Asgard.

LIVRO DOIS
O Martelo de Thor

Cuidado com o Povo dos Deuses quando ele traz presentes.
Provérbio das Terras do Norte

1

– Você está dizendo que eu sou um *demônio*?

Adam tomou um fôlego profundo. Que a garota tivesse levado aquilo mal, ele pensou, era de alguma forma compreensível. Mas ele não havia esperado essa explosão de raiva; essa negação furiosa.

– Não, você não é um demônio – disse ele, pelo que pareceu ser a quarta vez. – Esta marca é a razão pela qual eu vim aqui. Foi por isso que eu vim procurá-la. É uma runa poderosa...

– É uma *marca de runa*! Uma imunda, horrível marca de runa!

Adam pôs seu braço em torno dela.

– Eu sei – falou ele. – Sei que você está furiosa. Mas me escute. Esta marca de runa a torna *especial*...

– Não há nada de especial em mim! – disse Maggie. – Eu sempre acreditei na Ordem. Estarei possuída? – Ela apertou os punhos. – Isso não será uma coisa que vem dos meus sonhos?

Adam balançou a cabeça.

– Não. Mas isso lhe dá poder sobre o Sonho. Poder para mudar os Mundos, Maggie. Poder para desafiar o Povo do Fogo...

Maggie encarou-o.

– Como? – perguntou ela. No horror de descobrir a imunda marca de runa em seu pescoço, ela quase tinha se esquecido do motivo pelo qual cortara o seu cabelo.

– Você se lembra do seu sonho? – perguntou Adam. – Sobre o homem ruivo na colina? Aquilo foi coisa *sua*, Maggie. Foi você quem fez. Sem qualquer conhecimento ou treinamento, você foi capaz de invocar a criatura do Sonho e mandá-la atrás do inimigo. Você sabe quem aquele homem era? Tem alguma ideia de quão perto você esteve de levar um integrante dos Æsir a fazer o bem?

– Como você pode saber disso? – indagou ela.

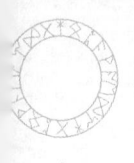

– Eu lhe disse. Eu sei um monte de coisa. Esse é um poder notável que você tem...

– Eu não o quero! Leve-o *embora*!

Ao ouvir isso a paciência de Adam finalmente se rompeu. A parte dele que se mantinha alheia, observando e avaliando a distância, viu sua raiva e a julgou boa. A raiva às vezes pode ser útil, ele pensou; especialmente ao lidar com esta garota, cuja fúria, ele sentiu, quase se igualava à sua. A simpatia não funcionara com ela; nem tampouco a sedução. Então, Adam se virou para Maggie Rede e esbofeteou seu rosto com toda força que pôde.

Por um momento nada aconteceu. A garota simplesmente ficou olhando-o fixamente, seus olhos escurecidos pela raiva e pelo espanto. A marca dos dedos de Adam se destacou escarlate em sua face; o outro lado de sua face estava branco. Adam subitamente se lembrou de Hel, a guardiã de duas faces do Mundo Subterrâneo, e, a despeito do confinamento da caverna, estremeceu.

Depois, sentiu-o: um formigamento, uma coisa parecida à estática. Ela se eriçou; ela aumentou; e Adam sentiu os pelos da sua nuca se erguendo como se houvesse um relâmpago no ar. Sentiu uma súbita urgência de ir embora antes que aquilo o atingisse, mas a Voz em sua mente estava exultante. Adam, então, ficou plantado no local enquanto o poder de Ác, o Carvalho do Trovão, cuspia e estalava ao seu redor.

Quando o poder golpeou, golpeou com força, e, se Adam não estivesse de sobreaviso, poderia ter-lhe causado mais dano. Tal como foi, ele conseguiu jogar-se no chão bem quando a estática foi descarregada, mas mesmo assim sentiu-a próxima, como uma rajada de ar escuro sobre sua cabeça – ar que estava cheio de partículas de efêmeras, radiantes e letais.

Adam já vira raios mentais. Este não era um deles. Parecia-se mais com uma rajada de vento – uma corrente de ar gelado vinda do próprio Caos –, e até a Presença em seu interior cessou seu prazer com o sofrimento alheio e sussurrou de espanto, *Deuses! Deuses!*, quando a corrente atravessou diretamente a parede da caverna com uma contração que fez os Mundos tremerem, antes de se perder por fim nas fundações da Cidade Universal e no labirinto do Mundo Inferior.

Então Maggie baixou os olhos para Adam, e a expressão nos olhos de granito dourado fez com que ele se lembrasse muito de outra garota que por um momento poderia ter sido Maddy Smith, observando-o da Colina do Cavalo Vermelho, no dia em que ela fez com que ele urinasse nas calças. Adam já havia há muito tempo passado da fase de urinar nas calças, mas, mesmo assim, olhando para ela, sua boca ficou seca como o deserto e seu coração tornou-se um balão esvaziado.

Deuses!, repetiu o passageiro.

– O que você disse? – perguntou Maggie.

Adam Goodwin balançou a cabeça.

E, então, por um momento, Maggie ficou gelada, quase certa de ter ouvido alguma coisa – um sussurro – numa língua quase familiar, lembrada como num sonho...

Ela olhou para Adam.

– O que você fez?

Mais uma vez ele balançou a cabeça.

– Maggie, eu não fiz nada. O que você acabou de sentir, essa rajada, foi o poder magnético que, se atrelado, poderia fulminar um homem da mesma forma que eu poderia matar uma mosca com um tapa.

Maggie sentou-se no chão pedregoso. Subitamente suas pernas – e grande parte do resto dos Mundos que uma vez parecera seguro, ela pensou – simplesmente não lhe inspiraram confiança.

– Foi uma sensação boa, não foi?

Maggie olhou para ele, horrorizada. Ela também sentira a explosão da força magnética, e, por toda a escuridão que ela trouxera consigo, por todo o seu forte cheiro de Caos e Morte, Adam estava certo. Era *realmente* uma sensação boa. Isso era possessão?, perguntou ela a si mesma. Isso a tornava maligna? E como uma imunda marca de runa podia ter estado ali, em seu pescoço, o tempo todo, sem que ela jamais houvesse desconfiado?

– O poder não é nem bom nem mau – disse Adam, ecoando as palavras que Odin de Um Olho havia dito uma vez para Maddy Smith, anos atrás, sobre a Colina do Cavalo Vermelho. – É uma coisa semelhante ao fogo. Fora de controle pode queimar uma cidade. Ou, se você o mantém em seu lugar, pode cozinhar uma fornada de bolos e acender a vela ao lado de sua cama.

– Mas como eu *faço* isso? – Maggie gemeu.

– Está tudo bem. Posso ajudá-la. Posso ajudá-la a domar o fogo ou a usá-lo contra seus inimigos.

Ela olhou para ele furiosamente.

– Ensine-me *agora*.

Adam sorriu.

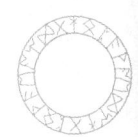

– Aqui não – disse ele. – Não é seguro. Mas você já escolheu o caminho certo. Você está do lado da Ordem agora. E estou aqui para ajudá-la. Pense em mim como seu guia pessoal.

Maggie deu um longo suspiro. Parecia que alguma coisa dentro dela – uma pressão em algum órgão vital, em algum nervo – havia finalmente, felizmente, sido aliviada. A descoberta da marca de runa e o horror do que havia acontecido a seguir pareciam quase insignificantes agora, comparada ao alívio de saber que era *isso* que a tinha mantido à parte em todos esses anos de desgraças; que isso era a fonte de seus sonhos inquietos; e que alguém queria ajudá-lo – alguém que queria ser seu amigo.

– Então, eu não sou realmente um demônio – disse ela numa voz um pouco vacilante.

– Claro que não. – Ele pegou sua mão.

– Então, o que é que eu sou?

– Você é uma *guerreira* – afirmou ele. – Talvez a única guerreira que pode derrotar o Povo do Fogo. Lembra-se do Livro do Apocalipse? *E virá um Cavalo Vermelho, e o nome de seu Cavaleiro é Carnificina?*

Maggie tomou um fôlego profundo. Os Mundos ainda pareciam estar girando em torno dela. Apenas Adam Goodwin se mantinha imóvel.

– Carnificina? – repetiu ela.

Por um momento, Maggie pensou que talvez não houvesse despertado de todo e que aquele jovem e sua história Exótica não eram nada mais que outro sonho, um presente cruel do rio cujas águas levavam as boas pessoas à loucura...

Mas Adam ainda estava segurando a sua mão. Ele aquecia seus dedos congelados. Maggie ficou subitamente consciente do fato de que não tocava em outro ser humano desde antes da época da calamidade.

– Mas eu pensei que o Cavaleiro fosse *você* – disse ela. – Eu até vi seu rosto em meus sonhos...

– Não. Sou apenas um mensageiro. Serei seu escudeiro, seu professor, seu amigo, mas sem sua força magnética eu ficaria desamparado. Não teria uma única chance nos domínios de Hel contra um só dos integrantes do Povo do Fogo.

– E eu teria? – perguntou Maggie, sentindo-se um tanto insegura. Ela não era uma pessoa violenta; exceto em sonhos, nunca havia matado nada maior do que um rato. Mas pensar no Povo de Fogo deixava seus dentes crispados como se estivessem mordendo um pedaço de folha de estanho. E a mão de Adam na sua era forte, quente e estranhamente confortadora.

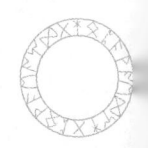

– O que você precisa que eu faça? – perguntou ela.

Adam olhou para ela ternamente.

– Eu quero que venha comigo. Traga o Bom Livro. Você logo precisará dele.

– Para onde?

– Confie em mim – pediu ele. – Eu lhe direi quando nós chegarmos lá. Primeiramente, você terá que parar na taverna e fazer as malas. Você não voltará mais. Esta parte da sua vida terminou.

Maggie fez que sim, sentindo-se aturdida. Não seria uma grande perda. Ela sentia como se os três últimos anos não houvessem sido nada além de um sonho sem sentido. Se Adam lhe houvesse pedido para segui-lo trajando nada além das roupas com que já estava, Maggie teria dito sim sem sequer uma pontada de remorso.

Ela olhou para ele, com os olhos brilhando.

– E depois?

Adam sorriu aprovadoramente.

– Depois disso será fácil – disse ele. – Tudo o que você terá que fazer é sonhar.

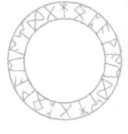

2

Vinte e quatro horas já haviam se passado desde seu encontro com o Caos sob a Colina do Cavalo Vermelho, e Loki estava se sentindo infeliz. Infeliz, nervoso e perseguido. E se Jolly não houvesse ficado ao seu lado, vigiando-o o tempo todo, ele teria disparado em fuga há muito tempo, arriscando-se através do Hindarfell. Apesar dos deuses e demônios, o Norte estava ficando perigoso demais, e para Loki a Cidade Universal, com suas tavernas e mercados, parecia uma perspectiva mais agradável que a profecia de Ethelberta.

Naturalmente, as palavras da Vidente já tinham se espalhado como fogo selvagem. Tanto os Æsir quanto os Vanir tinham suas teorias sobre como interpretar a profecia. A princípio ela não soara diferente da fala comum, mas, rearranjada em nove linhas de verso, as palavras agora pareciam pesadas e ameaçadoras, como o som de rodas de carruagem rolando em direção a um campo de batalha:

O Berço caiu há uma era, mas o Fogo e o Povo vão erguê-lo.

Até aí, tudo bem. Essa parte parecia direta. A maioria dos deuses já havia concordado que isso significava a reconstrução de Asgard – também conhecida como o Primeiro Mundo, a Cidadela do Céu ou o Berço do Povo do Fogo. A linha seguinte, contudo, havia causado alguma discórdia:

Em apenas doze dias, no Fim dos Mundos; uma dádiva vinda do interior de um sepulcro.

O que isso queria dizer? Que a ressurreição de Asgard traria consigo a destruição dos deuses? Ninguém sabia com certeza. Oráculos, como se sabia, nem sempre eram claros nos detalhes. E doze dias – como alguém poderia esperar reconstruir algo num espaço de tempo tão curto?

– Eu não acho que isso importa – disse Frey. – Não temos a força magnética para reconstruir Asgard. Nem em doze dias nem em doze anos. Olhem para nós, os doze de nós; os treze, se incluirmos Loki. Skadi se foi, Odin está morto, e a maioria de nós está com nossas forças magnéticas revertidas. Foi preciso o uso de todas as dezesseis runas do Velho Manuscrito para construir a Asgard original. Dezesseis runas e todos nós, Æsir e Vanir, em pleno Aspecto. E *mesmo então* nós precisamos de ajuda...

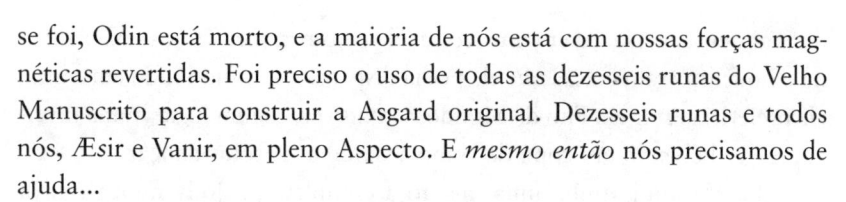

– Simpático de sua parte lembrar-se disso – disse Loki azedamente, em voz baixa.

– A questão é – continuou Frey – que mesmo no máximo de nossos poderes, foi uma tarefa monumental. Tínhamos runas novas, não quebradas; tínhamos todos os nossos guerreiros. Quantas novas runas nós temos agora? *Aesk* e *Ethel*. É tudo que possuímos.

– Meu irmão está certo – disse Freya. – Por que devemos supor que *estejamos* envolvidos? Tudo que a profecia realmente dizia foi que Asgard seria reconstruída...

– Sim, pelo Fogo e pelo Povo – emendou Thor. – Vocês não querem ver Asgard reconstruída? Ter de volta seus Aspectos? Dar um bom pontapé no Caos?

– Isso seria *maravilhoso* – disse Sif com sua voz mais sarcástica. – Agora tudo de que precisamos é de seu martelo de volta, o martelo que *você* perdeu no Ragnarók.

Ouvindo isso, Jolly ergueu os olhos com interesse, mas o Astuto balançou sua cabeça. Os ânimos estavam ficando *acalorados demais* para que ele erguesse o pescoço neste momento.

– Mas, Sif, a profecia... – falou Thor. – Ela praticamente *jurou* que haverá guerra...

– *Eu* não vejo por que tenha que haver guerra – disse Açúcar, cuja ansiedade, sempre alta, agora havia atingido níveis sem precedência.

– Mas você é o deus da guerra – comentou Thor.

– Quanto a isso... – disse Saco de Açúcar. – Eu estava pensando que talvez não leve jeito para esse tipo de coisa. Você sabe. Guerra e coisas assim...

Jolly deu um riso meio abafado.

– O quê? – questionou Açúcar.

Mas Jolly apenas deu um sorrisinho maldoso. Até onde lhe interessava, a diversão estava apenas começando, e os Æsir e os Vanir logo se encontrariam no meio da profecia de Ethel, quer a entendessem ou não.

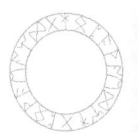

Loki tinha seus próprios pensamentos, nenhum deles otimista. Tivera oráculos o suficiente na última vez que os Mundos haviam acabado. Além do mais, erguer Asgard era uma coisa, ele pensava, mas Traição, Carnificina e Loucura eram coisas que ele podia dispensar. Levando tudo em conta, ele preferiria estar em Fim de Mundo, sentado em algum lugar numa taverna, talvez bebendo um copo de vinho e vendo as garotas dançar.

Mas ele ainda tinha uma missão a completar, e Jolly nunca estava muito distante; além do mais, se conseguisse fugir, sabia que a ira de Angrboda nunca cessaria de persegui-lo – sem mencionar as efêmeras que viriam em seu rastro através do Sonho.

Seu retorno ao Mundo Superior foi recebido com uma reação um tanto desigual, indo do desprazer cheio de desdém (Freya e Sif) à raiva trovejante (Heimdall e Thor). Heimdall imediatamente dera voz à suspeita de que Loki os tinha traído de algum modo, de que os tinha vendido ao inimigo e estava trabalhando com o Caos. (O fato de que isso era verdade, naturalmente, deixou Loki ainda mais nervoso.)

Contudo, sua história de rapto pelo Povo do Túnel e de sua subsequente soltura por Jolly – que parecia o suficiente com um anão para tornar a história plausível, ele pensava – havia convencido a maioria dos outros, com a possível exceção de Ethel, que não comentou nada, mas cujos olhos revelaram mais entendimento do que Loki achou inteiramente tranquilizador.

Mas acalmar a suspeita dos deuses não era a única tarefa que Loki tinha que encarar. A segunda, e mais difícil, tarefa era persuadi-los a ouvir um projeto tão furiosamente implausível que até o Astuto não estava convencido de que não levaria à catástrofe.

Um pacto com a Bruxa da Floresta de Ferro. O próprio Loki não estava convencido de que tal coisa era possível. E Angie – para quem ela estava trabalhando? Seu plano era bem pensado demais para ser simplesmente obra de sua equipe; Loki sabia por experiência que Angie era tão inconstante quanto ele mesmo.

Então, quem estaria por trás daquilo? O Caos? Velhos deuses? O próprio Surt? Nenhuma das opções era esperançosa. Fosse qual fosse o ângulo pelo qual olhasse, Loki estava certo de que tudo terminaria em lágrimas – ou sangue... talvez o próprio sangue. Ele precisava de um aliado – e precisava terrivelmente – antes que tudo explodisse em sua própria cara.

Maddy parecia a escolha óbvia, exceto que ela era uma novata e os outros poderiam não a seguir. Heimdall? Esqueça. Frey? Njörd? Idem.

Idun não tinha má vontade com ele, mas sua natureza confiante significava que ela acreditava que não havia mal em mais ninguém também. Tyr teria sido útil, mas em seu atual Aspecto não tinha força de vontade para se posicionar contra o resto deles. E, quanto à Ethel, a Vidente – *Nunca confie num oráculo*. Esta senha havia servido bem a Loki no passado, e ele não iria arriscar sua vida procurando exceções.

O que lhe deixava apenas uma possibilidade. E, por fim, depois de uma grande quantidade de planejar e pensar, Loki finalmente soube o que fazer. Seria complicado, mas poderia funcionar. Ele foi ver o único membro dos Æsir que ele sabia – bem, ele *tinha esperança* – que não fosse fazer perguntas embaraçosas e, uma vez convencido da boa fé de Loki, fosse lhe oferecer proteção.

Thor.

O mais poderoso dos Æsir. Apesar de sua marca de runa invertida, o Deus do Trovão sempre guardara um respeito invejoso pelo intelecto superior de Loki. E, desta vez, com o Martelo como isca e à luz da profecia, a perspectiva de guerra no horizonte, ele poderia ser tentado a assumir a luta. Com Thor ao seu lado, os outros seguiriam, mesmo até o Fim dos Mundos...

O Astuto chegou à aldeia ao romper do dia, com Jolly trotando em seus calcanhares. Ninguém o viu, exceto a Louca Nan Fey, que estava lavando roupas pelo Strond abaixo e o reconheceu no mesmo instante. Nan, naturalmente, era tão louca quanto um peixe, mas não era tola, tampouco, e identificou Loki como um membro do Povo do Fogo imediatamente pelo rastro que ele deixou atrás de si. Quanto ao homenzinho em seus calcanhares, podia ser um duende, ela pensou, mas, pelas suas cores, que se quebravam e rodopiavam...

– Eu vejo você, Estrela do Cão – cacarejou Nan Fey. – Quem é seu amiguinho, hein?

Loki lançou-lhe um olhar severo.

– Ele não é amigo meu – disse.

– Ah, então é assim? – indagou Nan com um sorriso. – Os deuses estão lhe trazendo com rédea curta? Isso não será por causa da profecia?

Loki lançou um olhar feroz para ela.

– Só porque existe uma profecia não quer dizer que o meu Fiel Amigo esteja envolvido. Nada vai acontecer, tudo bem?

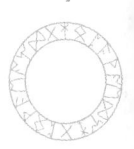

Nan deu outro sorriso sem dentes. Ela não precisava de uma profecia para saber que alguma coisa estava a caminho. O Velho Homem já lhe revelara isso. Desde o Fim do Mundo, o Velho Homem lhe viera muitas vezes em sonhos, sussurrando e adulando; contando-lhe histórias e canções de sua juventude que Nan havia julgado esquecidas. As palavras sempre soavam como absurdas para ela, mas ela sabia que havia uma sabedoria no absurdo, se alguém pudesse decifrá-lo. Enquanto observava a trilha do membro do Fogo, ela cantarolou um pequeno acalanto que estivera em sua mente desde que acordara – uma pequena cantiga que remetia diretamente à Velha Era:

Veja o Berço balançando
Bem acima da cidade.
O Povo do Fogo vem descendo
Para trazer o bebê.
A caminho do Portão de Hel
O Povo do Fogo está rumando.
Fazendo beicinhos, fazendo beicinhos,
Tudo está desmoronando.

Ela se perguntou se Loki conheceria aquela cantiga. Provavelmente não; o que sem dúvida era melhor. Nan Fey gostava do Astuto e lamentava sinceramente o que ia acontecer com ele. Mas o sentimento não poderia ter lugar na cadeia iminente de eventos. Os planos do Velho Homem sempre devem vir primeiro, e se ele exigia um sacrifício...

Assim ela viu o Astuto passar e deu seu pequeno sorriso sem dentes. *Fazendo beicinhos, fazendo beicinhos.* Essa não era a expressão correta, naturalmente. Mas alguma coisa estava por vir. Alguma coisa grande. O Velho Homem lhe revelara isso.

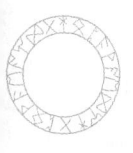

3

O primeiro porto de escala de Loki e Jolly foi a casa de fazenda de Dorian Scattergood, de cuja janela aberta vinha um ronco trovejante. Loki foi rápido em abrir a fechadura, então seguiu o som até a cama de pilares que Dorian uma vez ocupara. Mas a investigação posterior revelou que a pessoa adormecida era uma mulher, robusta, com cabelos louros de caracóis inusitados.

Maldição!

Loki deu um precipitado passo para trás em cima do pé de Jolly, o que arrancou um grunhido do homenzinho. A deusa da graça e da fartura deu um suspiro e rolou para a frente, com os olhos entreabertos nas sombras.

Estremecendo, o Astuto prendeu o fôlego. Estar na aldeia já era bastante ruim. Mas estar bem *ali*, entre todos os lugares...

– Psiu – sussurrou ele. – Está tudo bem. Você está apenas sonhando. Volte a dormir.

Sif deu um suspiro e rolou para a frente outra vez com um ruído semelhante ao de uma tuba em aflição. A maior parte das roupas de cama rolou com ela, e Loki desfrutou de muito mais do que ele queria ver dos roliços traseiros da deusa, que ainda traziam a marca da tatuagem de criação de Dorian.

– Por favor, não – sussurrou Loki. A última vez que ele se enfiara furtivamente no quarto de dormir de Sif havia terminado com seus lábios sendo costurados. Doloroso, mas nada comparado ao que ele planejara inicialmente; ou, na verdade, ao que Thor faria com ele desta vez se chegasse a descobrir.

Suando, ele começou a se mover para trás, centímetro a centímetro, em direção à porta. Jolly seguiu-o passo a passo. Ele se movia silenciosamente, a despeito de seu modo de andar. Quando Loki soltou um suspiro de alívio e a porta do quarto de dormir se fechou com uma batida em seu rastro, surgiu em seu ouvido esquerdo uma voz tão baixa e perigosa quanto a de uma avalanche distante, ao mesmo tempo que uma grande mão apertava seu pescoço.

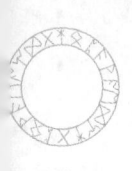

– Então, diga aí – grunhiu Thor –, porque eu quero saber. Como exatamente você quer morrer?

– Ah, Thor – disse Loki, numa voz displicente que perdeu muito de seu efeito sendo quase uma oitava mais alta do que o habitual. – Acredite ou não, eu estava procurando por você. – Ele tentou se livrar do aperto do Deus do Trovão, sem sucesso. – Na verdade, eu tenho algumas informações que sei que você vai... – Um polegar em sua traqueia o calou.

– Não, eu não acho que você tenha – cortou Thor. E ele começou a aplicar pressão sobre a garganta de Loki.

– Apenas me ouça – pediu o Astuto.

Thor mostrou os dentes.

– Três palavrinhas... – disse Loki ofegante, começando a ficar azul.

Então isso realmente acontecia, refletiu Thor. Ele não havia notado anteriormente. As pessoas *realmente* ficavam azuis...

– *Por favor* – sussurrou Loki.

Thor aliviou a pressão de seu polegar.

Loki tossiu.

– Isso vale por uma.

– *Thor...*

– Isso vale por duas – disse Thor.

Loki lhe lançou um olhar maldoso. Ele pôs uma mão sobre a garganta machucada e tomou um fôlego profundo, tentando não tossir outra vez.

Depois disse:

– *Mjolnir...*

Um objeto pesado movendo-se velozmente leva algum tempo para fazer uma parada. Por um momento, o punho de Thor continuou sua trajetória, e podia até ter atingido seu alvo se Loki não houvesse conseguido se desviar; depois, ele parou no meio do ar, e o rosto de Thor assumiu uma expressão de dúvida misturada com uma esperança nascente.

– O Martelo? – perguntou ele.

– Não, estúpido. O outro Mjolmir, que voa pelo ar apanhando pássaros.

O Deus do Trovão pareceu ligeiramente confuso.

– *Claro* que é o Martelo – falou Loki. – Thor, escute: eu sei onde ele está. Em todo caso, eu sei com quem está. E a boa notícia é: eles estão querendo negociar.

* * *

Loki estava acostumado com ameaças de morte. Uma ou duas ameaças de morte antes do café da manhã eram a melhor maneira de começar o dia. Algumas pessoas preferiam cereais, mas Loki se abastecia de energia, e não havia nada melhor, para sua mente, do que uma porção de ameaça e intimidação para aguçar seu intelecto e mantê-lo ativo.

Este era o motivo pelo qual, no transcorrer daquela manhã, Loki já havia recebido nada menos que dez juras de tortura imediata, surra, desmembramento, evisceração e outros atos de desagrado. Nenhum dos quais se concretizara, graças a Thor, cuja crença relutante na história de Loki havia abalado os quatro Æsir e a maioria dos Vanir, com a óbvia exceção de Heimdall (que não teria acreditado em Loki mesmo que ele houvesse parido jaguatiricas) e Skadi, naturalmente, que não estava lá.

O que não queria dizer que eles estivessem satisfeitos. Na verdade, durante o conselho de guerra de emergência daquela manhã (reunido às pressas por Ethel e Thor e realizado na sala de visitas da ex-Paróquia), Loki teve que responder a um grande número de perguntas embaraçosas e prestar uma boa quantidade de juramentos forçados antes que qualquer um acreditasse nele. E, mesmo depois, foi apenas a presença de Maddy e Thor que dissuadiu os Vanir (que não gostaram de serem convocados desse modo) de tentar na pessoa de Loki uma variedade de métodos de interrogação destinados a garantir que ele estava contando a verdade.

– Mas por que eu mentiria? – defendeu-se o Astuto.

– Porque você é o Pai e a Mãe das Mentiras – respondeu Heimdall, rangendo seus dentes com tanta força que eles faiscaram.

– Ora, vamos lá, Douradinho. Dá um descanso.

– Com prazer. Nas pernas ou na espinha?

– Eu juro que não há qualquer vantagem para mim nisso. – Agora Loki dirigia uma súplica sentida ao seu círculo de juízes. – Mas vocês todos ouviram a profecia. Asgard será reconstruída, com ou sem nós. Um trato com o Caos dá-nos a chance de fazer parte dela. E se Thor conseguir de volta o seu martelo, com as novas runas que Angie pode repartir conosco...

– Novas runas? Tem certeza? – perguntou Frey.

– Absoluta – disse Loki. – Vi apenas duas, mas devem existir mais. E...

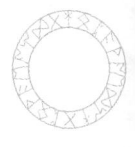

– E se elas existirem – Frey prosseguiu –, então talvez Asgard possa ser erguida, e nós possamos recuperar nossos Aspectos. E se Thor conseguir seu martelo de volta...

Era um argumento poderoso. Para os deuses, exilados havia quinhentos anos, sua força era irresistível, e finalmente até Heimdall foi levado a uma aceitação resmungona.

– Eles têm o Martelo? Você tem certeza?

Loki fez que sim.

– Por minha vida.

– Se você mentiu para nós, Estrela do Cão, está morto – disse Heimdall, perfazendo o total de treze ameaças. – Assim que ficarmos sabendo. – Ele estendeu a mão para juntar-se ao resto, completando o círculo.

Loki deu um suspiro de alívio.

– Tudo bem. Agora, vamos ao juramento.

Freya fungou.

– Mas não há ninguém mais aqui!

– Por favor. Só desta vez. Faça como eu digo.

Então Loki começou a recitar os termos que Angrboda havia estabelecido: "Anistia para nossos aliados do Caos. Retorno dos territórios de litígio; a Floresta de Ferro para Fenris; o Um Mar para Jormungand; e uma sala a ser preparada em Asgard para Angrboda, conhecida como a Tentadora, em pagamento à sua lealdade..."

Soou um grunhido baixo, impaciente. O Deus do Trovão estava ficando inquieto.

– O referido pacto deve ser selado – prosseguiu Loki às pressas – por um gesto de boa vontade de nossos aliados, a saber, o retorno de Mjolnir, o Martelo de Thor, o referido retorno deve ser efetuado tão logo os termos estejam acordados...

– Pelo amor dos deuses, acabe logo com isso – disse Thor.

– Estamos de acordo? – pediu o Astuto.

Os *Æsir* e os Vanir fizeram que sim um após outro.

Houve uma pausa um tanto longa.

– E agora fazemos o quê? – perguntou Freya por fim.

Loki deu de ombros.

– Suponho que devemos esperar.

Eles esperaram, de mãos dadas, em um círculo. Esperaram por tanto tempo, na verdade, que Thor recuperou sua expressão perigosa, Heimdall mostrou seus dentes dourados, e até Loki, que havia assumido um ar de indiferença ao longo dos procedimentos, pareceu perder um pouco de sua confiança.

– O que está nos prendendo? – questionou Njörd por fim.

– Suponho que essas coisas levem tempo – comentou Maddy.

Loki lançou um olhar de gratidão para ela.

– Se for um de seus truques... – Thor balbuciou.

– Parem com isso – disse Loki. – Catorze ameaças de morte ou mais, e eu ainda nem tomei meu café da manhã. Vocês vão ferir meus sentimentos.

– Vou ferir muito mais que isso – disse Thor, rompendo o círculo e dando dois passos em direção a Loki, que encontrou refúgio por trás de uma das cadeiras de Ethel. – Na verdade, se alguma coisa não acontecer imediatamente, eu vou...

Mas o que exatamente Thor estava planejando fazer foi subitamente interrompido por um som atrás dele. Um som de risadas, para ser exato, e se Loki não o reconheceu, foi porque seu minúsculo camarada havia anteriormente demonstrado pouquíssimos sinais da alegria explosiva à qual ele agora dava vazão ruidosa.

Espreguiçando-se na otomana, com uma xícara de chá na mão e um biscoito na outra, Jolly, o anão, estava rindo.

Sua presença mal havia sido registrada por nenhum dos deuses antes disso. Apenas Tyr o havia notado, e fora porque o deus da guerra era ainda originalmente Saco de Açúcar, um duende renegado da Colina do Cavalo Vermelho que reconhecia um anão quando via um – e que, ao ver Jolly, havia sido rápido em rejeitar a comparação.

Agora ele se virava para o homenzinho.

– Nós já não nos conhecemos? – indagou ele.

Jolly deu um sorrisinho insolente. Escarrapachado na otomana, parecia ainda mais deformado que antes, sua cabeça enorme jogada para trás nas almofadas, a xícara de porcelana mantida com delicadeza exagerada entre os dedos rechonchudos. Ele parecia totalmente sem medo de Tyr, ou, na verdade, de nenhum dos deuses.

– Estou falando com você – disse o Corajoso Tyr, recaindo no dialeto de duende. Ele ergueu seu olhar e pousou-o sobre o homenzinho e, dando um passo à frente, dirigiu-se a ele desta maneira: – *Bunda baixa!*

A risada de Jolly parou imediatamente.

– O quê? – reagiu ele num tom perigoso. – Quem você está chamando de baixo? – Num segundo, estava fora do assento, seus olhos de cinza-ferro à altura dos olhos do relutante deus da guerra. Açúcar teve tempo para se perguntar como pernas tão pequenas poderiam sequer suportar uma cabeça tão descomunal antes que uma coisa lhe socasse na boca do estômago e o lançasse voando através da sala.

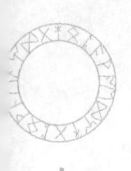

– Minha porcelana! – disse Ethel.

– *Não* me chame de baixo.

Por trás do armário de porcelana derrubado, Açúcar concordou com uma débil erguida de polegar.

Jolly retomou seu lugar no sofá, bem como seu bom temperamento.

– Já que isso ficou claro – disse ele. – Agora talvez a gente possa conversar.

Ele serviu-se de uma xícara de chá, adicionou nove torrões de açúcar e arregaçou as mangas da camisa, revelando a runa dupla sobre seus braços.

– Pessoal, o nome é Mjolnir. Mas vocês podem me chamar de Jolly.

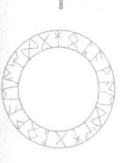

4

A revelação do pequeno homem de cabeça quadrada causou tumulto entre os deuses. Apenas Loki pareceu totalmente inclinado a cair na risada, embora sensatamente tenha saído de perto quando os Æsir e os Vanir se encararam um ao outro com expressões de ultraje e incredulidade, e Jolly simplesmente continuou tomando seu chá e sorrindo de orelha a orelha com sua cara de macaquinho.

– Thor, o que em nome dos Infernos está acontecendo? – perguntou Heimdall, recuperando finalmente a sua voz. – Como pode isso, *isso*, ser um martelo?

Jolly sorriu perversamente.

– Aprendi algumas novas habilidades quando estive no Mundo Superior – disse ele, parecendo satisfeito consigo mesmo. – Não podia ficar só deitado por aí esperando vocês despertarem, podia?

Heimdall lançou um olhar feroz para Loki.

– E você está tentando nos dizer que você não sabia?

– Não olhem para mim – falou o Astuto. – Eu não fiz o Mjolnir. Nós todos sabíamos que ele tinha poderes...

– Poderes, sim. Mas braços? Pernas?

Jolly coçou suas axilas e bocejou.

– Pensei que vocês ficariam mais satisfeitos por me ver – disse ele. – Levando em conta que vão precisar de mim em breve.

Loki apertou os olhos ao encará-lo.

– Você não é um oráculo também, é?

Jolly balançou a cabeça.

– Graças aos deuses.

– Ainda assim – disse Jolly animadamente, servindo-se de mais chá. – Pelo que eu soube, há problemas se aproximando por aí, e vocês vão precisar de toda pequena ajuda de que puderem dispor. Porque se eles vierem até vocês através do Sonho...

– Malditas profecias! – disse Thor. – Por que elas nunca fazem sentido lógico? Todo esse negócio sobre portais e sonhos! Todo esse negócio sobre novas runas! Por que não podemos ter guerra no mundo *real*? – Ele arreganhou os dentes para Jolly, que arreganhou os próprios dentes em resposta. – Com o Mjolnir e o Corajoso Tyr ao nosso lado, nós lhes daremos umas marteladas danadas de boas.

O Corajoso Tyr deu um sorrisinho débil.

– A guerra é *realmente* a resposta? – perguntou ele.

Jolly deu-lhe um sorriso sagaz.

– Está se acovardando, é? – sugeriu ele.

– Claro que não – falou Açúcar. – Mas, Deus da Guerra, esta função não deveria ir para alguém... mais *belicoso*?

Jolly deu de ombros.

– Um pouco tarde para isso agora, não é? – Ele esticou os pés sobre a otomana. – Ótimo chá, a propósito. Há mais desses biscoitos?

– Então, hum, Jolly – disse Thor, cuja expressão frustrada havia gradualmente evoluído para uma expressão de impaciência crescente. – Quero dizer, estou feliz que você tenha se ocupado e tudo mais, mas... quando vou conseguir meu martelo de volta?

Jolly deu-lhe uma olhada.

– O quê?

– Bem, é claro que estou feliz por conhecê-lo, mas... quando vou conseguir meu martelo de volta?

O rosto de Jolly assumiu uma expressão não diferente da do rosto de Thor.

– E isso é tudo que eu ganho, é? – perguntou ele. – Nada de *Ei, Jolly, estou tão feliz por você estar aqui* ou *Como é que foi ser engolido pela Serpente do Mundo?* Ou mesmo *Como você se saiu no meio do Povo?* Não. É apenas *Onde está meu maldito martelo?* Sem nem pedir por favor...

– Bem, você realmente me pertence – comentou Thor.

– Pertenço a você? – reagiu Jolly asperamente. – Farei você entender que as coisas mudaram um tanto desde que fui propriedade de alguém. Não estou aqui apenas para bater nas coisas. E se você está esperando que eu me dobre e me sente no seu bolso como eu costumava fazer nos velhos dias, então pode esperar outra coisa, porque eu tenho minhas próprias ocupações...

– Mas você é um *martelo*! – protestou Thor.

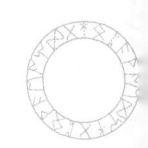

– Não sou mais – disse Jolly, calmamente voltando a finalizar o seu chá.
O rosto de Thor se escureceu ainda mais.
– Loki... – disse ele numa voz perigosa.

Mas como o Astuto havia sensatamente escolhido aquele momento para encontrar alguma coisa urgente a fazer em outra parte, restou a Thor perceber que talvez *houvesse* alguém, afinal, que o irritava mais do que Loki.

Saber disso não fez nada para melhorar seu ânimo, e houve nuvens de trovão sobre a Colina do Cavalo Vermelho ao longo de toda aquela tarde, enquanto, do topo de outra montanha, um olho penetrante se ergueu no vale do Strond, e dois pássaros negros voaram para dentro da tempestade. Contornaram o relâmpago que fulminou os céus, giraram em torno dos Adormecidos duas vezes e depois rapidamente foram perdidos de vista.

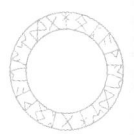

5

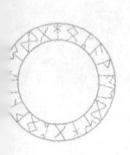

O retorno de Maggie à Taverna da Comunidade não foi tão fácil quanto ela esperava. Talvez, se ela tivesse conseguido escapar ao olho vigilante da sra. Blackmore, seria capaz de recolher seus poucos pertences e partir antes que perguntas difíceis fossem feitas. Infelizmente, aconteceu de ser dia de entrega, e quando ela e Adam chegaram à viela por trás da Taverna, sua ausência já havia sido notada.

– Então aí está você, madame. Até que *enfim*! – disse a sra. Blackmore quando ela entrou. – E onde você *esteve* a noite toda? – Seu olhar fulminou os olhos furtivos de Maggie, suas roupas amarrotadas e seu lenço apressadamente amarrado na cabeça. – Você parece uma verdadeira vagabunda, sem menos. E quem é *esse aí*? – Os olhos minúsculos se apertaram sobre Adam, que se erguia em silêncio do lado de fora da porta, segurando o Bom Livro sob seu braço.

A sra. Blackmore imediatamente rejeitou a possibilidade de ele ser um potencial freguês. Se fosse, seus escrúpulos poderiam se refrear. Tal como era, ela lançou um olhar abrangente sobre suas roupas manchadas de viagem, seus cabelos longos e sua aparência estrangeira. Então começou um discurso estridente, no qual denunciou todos os moradores do extremo norte, gentalhas e vagabundos, deplorando a moral frouxa dos jovens de hoje em dia e quase desmaiou à vista do Livro.

– Oh! – gritou a sra. Blackmore, alarmada. – Eu não quero ter essa coisa aqui! Isso é roubado, roubado da Ordem! Vocês não podem carregar uma coisa dessas!

Maggie tentou explicar. Mas a sra. Blackmore (cujos talismãs contra a epidemia incluíam páginas rasgadas de livros como este) já estava forjando um estado de alta moral ultrajada.

– Há palavras poderosas aí dentro! – disse ela numa voz que poderia ter quebrado copos de vidro. – Vocês estão tentando lê-las? Que as Leis nos preservem, o que virá a seguir, garota? Fora de casa a noite toda vagabundeando, e agora o quê? Saqueando... *feitiçaria*?

Maggie tentou se desviar para passar por ela, bastante consciente do fato de que sua ex-empregadora estava começando a atrair atenção. Ainda havia homens da lei trabalhando na Cidade Universal e, embora nem *todas* as leis fossem estritamente cumpridas, boatos de feitiçaria nunca eram ignorados, e saquear era uma grave ofensa.

– Tudo o que eu quero é recolher minhas coisas – disse ela. – Depois juro que vou embora.

A sra. Blackmore deu-lhe um olhar penetrante.

– Você não está com problemas, está? – perguntou. Seus olhos se voltaram para Adam. – Porque se estiver, há modos mais fáceis do que mexer com os livros da Ordem...

– Não estou com problemas – garantiu Maggie.

– Você não seria a única – disse a sra. Blackmore virtuosamente. – Há mais de uma garota escondendo sua vergonha sob um *bergha* de donzela. – Dizendo isso, ela estendeu a mão de repente e arrebatou o lenço em torno da cabeça de Maggie. Ele se soltou, e o ultraje fingido da sra. Blackmore se tornou um susto verdadeiro quando a cabeça recém-tosada de Maggie se desnudou e, com ela, a marca de runa que cintilava em sua nuca.

– Oh, pelos *deuses*! – disse a proprietária, esquecendo-se de si mesma o suficiente para praguejar. – Você tem uma marca de runa, uma marca de runa pagã. Onde foi que *conseguiu* uma coisa dessas? É antinatural! *Antinatural!* – Ela recuou o mais rápido que pôde, bifurcando o sinal contra o mal (uma simulação com os dedos da forma da runa *Yr*) e tropeçando num balde para carvão em sua pressa de se afastar. – Se meu marido ainda fosse vivo – declarou ela com voz trêmula –, ele teria alguma coisa a dizer, senhorita! Andando pela cidade à noite, brincando com Estrangeiros, corrompendo a Palavra, *ostentando* essa marca de runa como um distintivo de orgulho...

Adam parecia impaciente.

– Não temos muito tempo – disse ele. – *Dê um jeito* nela, Maggie, por amor às Leis.

– *Dar um jeito* nela?

Adam pôs um dedo sobre sua garganta, significativamente.

– Ah, não – disse Maggie – Eu não poderia...

– Por que não? Use sua força magnética. Você a usou contra mim, não usou?

Maggie olhou para ele em desespero.

– Não posso. Seria assassinato – disse ela.

– Ah, por favor – disse Adam com impaciência. – Eu tenho que fazer *tudo*?

Ele puxou a espada da bainha ao seu lado – uma bela espada da forja de Jed Smith, afiada como a língua de uma esposa de pescador de Fim de Mundo – e a colocou à altura da proprietária, o que reduziu a sra. Blackmore a um pudim trêmulo; o queixo e os lábios se esforçando inutilmente para ostentar mais que um grito de terror.

– Eu acho que minha amiga disse alguma coisa sobre recolher seus bens... – disse Adam, pontuando suas palavras com um ligeiro aumento de pressão na ponta da espada.

O queixo da sra. Blackmore tremeu.

– Eu não ouvi isso – disse Adam. – Há algum tipo de problema?

– Nenhum problema – garantiu a sra. Blackmore.

– Achei que não mesmo – falou Adam. – Na verdade, vamos ser tão discretos que você nem saberá que estivemos aqui. – Então, Adam enfiou a mão em seu bolso e retirou um punhado de moedas.

A sra. Blackmore, reconhecendo o brilho do ouro, deu de ombros e bifurcou o sinal contra o mal novamente – um gesto pio que não a impediria de gastar o dinheiro depois, quando os demônios houvessem fugido. Pois sem dúvida alguma eles eram demônios, como ela diria em voz baixa à sua amiga, a sra. Claymore, que administrava o bar na estrada mais adiante; somente um demônio teria olhos como aqueles.

– Vão-se embora então – disse ela. – Que isso lhes dê alegria.

Adam deu um sorrisinho maldoso.

– Vai dar.

Na verdade, ele não se importava nada com recolher as coisas de Maggie – ela tinha bem pouco neste mundo, e Adam tinha muito dinheiro –, mas a Voz em sua cabeça havia insistido, e agora Adam achava que sabia por que. Ele já havia cortado o cabelo de Maggie. Agora ele havia cortado a vida de Maggie – seu emprego, sua casa, seus relacionamentos –, tornando-se seu único amigo, aliado e protetor.

Naturalmente, isso nunca passou pela cabeça de Maggie. Na verdade, a despeito de tudo, ela estava mais feliz do que jamais fora. Estava desempregada e destituída – sem lar, uma banida – e ainda assim se sentia mais leve que o ar; foi com uma estranha e nova sensação de ousadia que ela correu para se juntar ao seu novo amigo nas ruas da Cidade Universal, a fim de conjurar um exército de sonhos para cavalgar contra o Povo do Fogo.

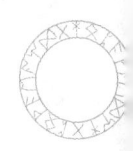

6

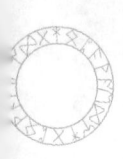

O Sonho é um rio que flui pelos dois lados – um fato geralmente ignorado pelo Povo, para quem o sonho sempre foi considerado um território melhor quando inexplorado. Dizia-se que a própria Louca Nan Fey de Malbry era uma vítima de espíritos turbulentos, canalizados para o mundo através do Sonho, embora Maddy Smith sempre houvesse suspeitado que *outra* espécie de espírito devesse ser o culpado – o tipo que vem em garrafas e barris. Mas o Sonho é muito mais que um rio, como Odin de Um Olho poderia ter-lhe revelado. O Sonho é a substância dos Mundos – *todos* os Mundos – e todas as coisas vão e vêm dele, como a água vai e vem do Mar, tornando-se nuvens, chuva, flocos de neve, lágrimas – tudo tão efêmero, tudo tão singular, sempre mudando, mas nunca se perdendo, um universo de possibilidades onde qualquer pensamento pode tomar forma.

Em Malbry, Maddy estava sonhando. Era um sonho silencioso, confortável, que a levava de volta aos anos de infância, quando tudo era novo, e seu velho amigo, que ela conhecia como Um Olho, contava-lhe histórias da Velha Era e a ensinava como lançar feitiços para enganar Nat Parson e atormentar Adam Scattergood e seus camaradas.

Hoje tinha apenas dez anos, e ela e Um Olho estavam deitados lado a lado na relva de salvas da Colina do Cavalo Vermelho, olhando as gordas nuvens de tempo bom passar rapidamente no céu da manhã. Foi exatamente depois do Dia de Feira do Meio do Verão; os Adormecidos estavam coroados de névoa azul, e dos campos abaixo da Colina do Cavalo Vermelho vinham os sons distantes de gado pastando, pássaros, e o sonolento barulho do rio Strond serpenteando através do vale.

– Aquelas nuvens parecem uma serpente – disse Maddy (que naturalmente nunca havia visto tal coisa, exceto talvez nos livros de Um Olho). – Uma grandona, com uma cabeça peluda.

– Sim, talvez – disse Um Olho preguiçosamente, tirando uma tragada de seu grosso cachimbo. A fumaça fez duas pequenas nuvens distintas, como tufos de grama tipo rabo de coelho, que perseguiram uma à outra pelo vivo ar de verão e se perderam na crista da Colina.

– Você a viu também? – perguntou Maddy.

Um Olho sorriu.

– Há substância até nas nuvens – comentou ele. – E os sonhos não são menos potentes ou menos perigosos se o sonhador está acordado. Você vê aqueles pássaros ali?

Ele apontou para dois pássaros negros, grandes demais para serem gralhas, escuros demais para serem gaivotas. Corvos – ou, talvez aves de rapina, pensou Maddy.

– Vejo – respondeu ela.

– Ótimo. Fique de olho neles. Dizem que pássaros são mensageiros. Você sabia que o General tinha o poder de mandar seus pensamentos na forma de uma dupla de pássaros?

Maddy fez que sim.

– Eu ouvi a história.

– Hugin e Munin eram seus nomes. Espírito e Mente, na velha língua. Os dois eram uns patifes, mas com a ajuda deles, ele conseguia inspecionar cada um dos Nove Mundos. O Mundo Médio. O Sonho. O Mundo Subterrâneo. Até o próprio Caos. O olho de Odin via tudo, pois a Mente pode viajar para cada um dos Mundos. Agora olhe por mim, Maddy. Que mais você vê?

Maddy semicerrou os olhos contra o céu.

– Aquela nuvem cor de rosa parece um cavalo – disse ela. – Mas com mais patas que o normal.

– Realmente – falou Um Olho.

– Lá adiante. Você não pode ver? – perguntou Maddy.

– Não – respondeu ele. – Mas tenho certeza de que você pode. O que mais você vê?

Maddy sorriu.

– Aquela se parece com uma cesta. Uma cesta cheia de roupa para lavar. E *aquela* outra...

– Sim? Há alguma coisa mais?

Maddy apertou os olhos contra o céu. Ela achou que os pássaros pareciam mais próximos agora, circulando sobre o semblante da Colina. E por um momento, em seu rastro...

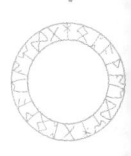

Ela desviou os olhos.

– Acho que não. Podemos brincar de outro jogo?

– Claro que podemos, Maddy. Você se saiu muito bem. – Um Olho deu uma batidinha para esvaziar seu cachimbo num pedaço de pedra ao seu lado. – Mas agora eu devo lhe pedir para fazer outra coisa. Uma coisa que pode se provar difícil.

– É claro – disse Maddy, seus olhos se iluminando. – O que você quer que eu faça?

Um Olho chegou mais perto, e então ela pôde ver como ele de repente parecia velho, como parecia triste, com sua capa empoeirada, seu tapa-olho e seu chapéu amassado no chão ao seu lado. Ela quis, acima de todas as coisas, pôr os braços em torno dele, mas havia alguma coisa em seus modos que a deixava com medo de pousar as mãos nele, como se a um toque dela, ele pudesse desaparecer...

– Você não está doente, está? – perguntou ela. – Você parece tão... cansado.

– Sim. Talvez eu esteja. Mas há trabalho a fazer antes que possamos descansar. Trabalho duro. E eu preciso de sua ajuda.

– Você quer dizer algo como escavar procurando um tesouro? – perguntou Maddy, erguendo os olhos ansiosamente. *Havia* um tesouro sob a Colina do Cavalo Vermelho, todos no vale sabiam disso. Relíquias da Velha Era: ouro, diamantes e rubis.

– Não esse tipo de tesouro – disse ele.

Maddy ficou desapontada.

– Mas eu pensei...

– Não se importe. Ouça. Preciso que você confie em mim. Eu sei que você tem poucas razões para isso. Eu menti para você uma vez e paguei o preço. Foi justo, é o que penso. Mas agora eu preciso que você confie em mim novamente. O destino dos Mundos depende disso.

Maddy ficou intrigada.

– Eu não entendo. Quando foi que você mentiu pra mim alguma vez?

Um Olho pareceu implacável.

– Confie em mim – disse ele. – Eu sei que você ainda não entende. No entanto, eu preciso de sua palavra. Confie em mim, Maddy. Faça como eu digo. Lembre-se desta conversa. Um dia você entenderá exatamente o que estou falando. Será o dia em que precisarei de sua ajuda, Maddy. Será o dia em que você saberá o que terá que fazer.

Maddy fez que sim.

Um Olho continuou.

– Eu preciso que você procure uma coisa – disse ele. – Um artefato da Velha Era. Uma coisa muito especial, realmente. Você pode chamá-lo de Velho Homem. De Velho Homem das Regiões Selvagens.

– Velho Homem das Regiões Selvagens?

Odin fez que sim.

– Esse é um de seus nomes. Embora ele não vá parecer um homem para você, mas outra coisa por completo. Poderá parecer um pedaço de rocha; mas é o que está dentro dele que importa.

Maddy fez que sim solenemente.

– Como vou achá-lo? Onde você estará? Você não irá comigo?

Um Olho sorriu.

– Paciência – pediu ele. – Quando esta mensagem chegar a você, você entenderá o que estou tentando dizer. Por enquanto, lembre-se disso. Alguém vai vir aqui em breve. Procurando o Cavalo e o Velho. E você terá que estar preparada.

Maddy franziu o cenho para ele.

– Quem? – perguntou ela.

– Você logo descobrirá. Não fale a ninguém que conversamos. Mesmo que os próprios deuses lhe perguntem...

– Os *deuses*?

– Por favor, Maddy. Eu não tenho muito tempo.

– Tudo bem – disse Maddy – Eu prometo.

– Ótimo. – Um Olho enfiou o cachimbo de volta, cuidadosamente, na sua bolsinha de tabaco. Os pássaros estavam muito próximos agora, girando e circulando sobre o semblante da Colina. Um Olho se virou para olhar para Maddy outra vez.

– Agora eu tenho que ir – falou ele. – Não se preocupe, você terá notícias minhas novamente. Continue sonhando, Maddy. Lembre-se de mim. E fique de olho naqueles pássaros.

E com isso ele se levantou, pôs seu chapéu e desapareceu no doce ar da Colina do Cavalo Vermelho sem um tremor qualquer, e Maddy despertou com lágrimas em seu rosto ao som de asas ruflando no romper do dia.

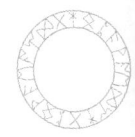

7

A princípio Maddy pensou que ainda sonhava. Dois pássaros negros – dois corvos, na verdade – estavam se empoleirando na borda da janela. Maddy pôde ouvir o *agudo* sussurrante de suas penas se movendo contra o vidro, e seus chamados – um estridente, áspero *crau* – eram suficientes para despertar os Adormecidos.

Ela esfregou seus olhos, saiu da cama e caminhou em direção à janela.

Para sua surpresa, os dois pássaros não fugiram voando à sua aproximação, mas simplesmente observaram-na com seus olhos dourados como moedas, de vez em quando pulando de um pé para o outro da maneira meio cômica e pesada que sempre fizera Maddy pensar em Nat Parson.

Ela pensou em seu sonho.

Pássaros são mensageiros.

Maddy franziu o cenho para os dois pássaros. Eles pareciam apenas animais comuns para ela. Ambos pareciam lustrosos e bem alimentados. Um – o menor dos dois – tinha uma única pena branca em sua cabeça. O outro, um anel em torno de seu pé.

Pássaros são mensageiros. Por que não? Havia muitas verdades nos sonhos, ela sabia. Odin poderia de algum modo ter-lhe enviado esses dois? E se o tivesse feito, onde estava agora? Na Morte, na Danação, ou talvez no Sonho?

Maddy abriu a porta. Sentindo-se ligeiramente tola, falou com os pássaros.

– Vocês têm uma mensagem para mim?

O pássaro maior bicou sua asa.

O menor empinou a cabeça. *Crau.*

– Sinto muito, não falo *corvês*.

Crau.

— O que vocês desejam?

Crau. Crau.

Talvez eles quisessem um suborno, pensou. Corvos e gralhas eram gananciosos, ela sabia; sempre vira como Um Olho os alimentava com migalhas de pão de seu bolso. Maddy nunca havia entendido completamente por que – os pássaros eram ladrões e carniceiros, prontos para arrancar os olhos de sua cabeça numa bicada se pudessem fugir com eles –, mas por algum motivo Um Olho sempre gostara deles, chamando-os de *meus maltrapilhos* e rindo de suas travessuras.

— Vocês querem alguma coisa para comer? – perguntou ela.

Dois pares de olhos giraram erguendo-se para ela.

— Tudo bem. Esperem aqui.

Havia um biscoito comido pela metade num pires junto à cama. Maddy se virou para pegá-lo, querendo espalhar as migalhas sobre o parapeito...

Mas os corvos chegaram lá antes dela. Sem esperar por um convite, os dois voaram para dentro do quarto, um agora se empoleirando no pilar da cama, o outro no consolo da lareira. Maddy nunca havia notado completamente o quão grande um corvo poderia ser. O som de suas asas era inquietante no pequeno quarto; seus bicos pareciam pontiagudos e perigosos.

— Quem deixou vocês entrarem? – perguntou Maddy.

O menor dos dois pássaros pulou da cama para cima do braço de Maddy e bicou o biscoito em sua mão. Maddy deixou o biscoito cair, e o pássaro o pegou no meio do ar, carregando-o para o canto do quarto. O corvo maior se pôs a persegui-lo, e o que se seguiu foi uma perversa rixa de garras e bicos quando os dois se puseram a disputar a comida. Um candelabro de porcelana – um dos dois – caiu sobre o guarda-fogo e se despedaçou.

— Parem com isso! – ordenou Maddy, só conseguindo salvar o segundo candelabro.

Os corvos não lhe deram atenção alguma.

Maddy olhou para eles desamparadamente. Que idiota ela fora, pensou – tão ansiosa por acreditar que seu sonho fora real que pensara que um par de corvos sujos podia ser um par de mensageiros de outro mundo! Ela olhou em volta procurando algum tipo de arma – uma vassoura, um batedor de tapetes, talvez – com a qual enxotaria os pássaros para longe.

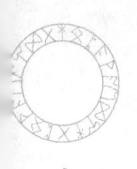

Uma voz – a mais apagada das vozes – veio até ela como se viesse de um sonho.

– *Uns patifes, os dois* – a voz sussurrou e riu.

– Odin? – chamou Maddy.

– *Crauk. Crauk.*

Os pássaros pararam de brigar imediatamente. Pareceram estar esperando por alguma coisa; dois pares de olhos dourados fixados em Maddy.

– Eu não sei o que vocês desejam – disse ela.

Crauk. Crauk.

– Por que não me falam? – Maddy estava começando a perder a paciência.

Então ela de repente soube o que fazer – era tão simples que não dera pela coisa; mas se os pássaros fossem o que ela esperava, então havia um modo de saber com certeza.

Ela fez o sinal de *Ós* com a mão.

– *Uma coisa nomeada é uma coisa domada* – disse ela numa voz um pouco estremecida.

Dois pares de olhos piscaram.

Maddy fez o sinal novamente.

– Eu os nomeio *Hugin* e *Munin* – falou ela. – Espírito e Mente, na velha língua. Agora vocês vão me dizer o que estão fazendo aqui?

Os dois pássaros desapareceram imediatamente e foram substituídos por duas figuras esfarrapadas, uma estendida na otomana, outra empoleirada na cama. Para Maddy eles pareceram quase idênticos, exceto pela diferença em gênero e tamanho, e a larga listra branca nos cabelos longos da garota. Os dois estavam vestidos de negro brilhante, e ambos usavam uma grande quantidade de joias de prata: anéis em cada um dos dedos, braceletes enroscados até a metade de cada braço, brincos que balançavam ruidosos com penas e sinos e cordões e mais cordões de cintilantes contas cor de azeviche.

Pareciam-se com o povo do Caos para Maddy, e cada um carregava um desenho em preto que ela não reconheceu – a mulher sobre o braço direito, o homem sobre o braço esquerdo:

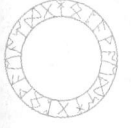

– Brilhante – disse o mais alto.

A outra criatura sorriu e exibiu seus dentes.

– Hugin e Munin? – perguntou Maddy.

– Não atendemos mais por estes nomes – disse a mais alta das criaturas. – Chame-me de Hughie. É íntimo o suficiente. Esta é minha irmã Mandy. Arranje uma bebida para nós, sim? E talvez um bocadinho de alguma coisa pra comer. Viemos voando um longo trajeto pra ver você, e você vai querer escutar o que temos a dizer.

8

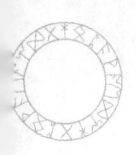

Mente e Espírito, uma ova, Maddy pensou com amargor quando, momentos depois, liquidando o que pareceu metade do que havia na despensa de Ethel Parson, seus dois visitantes desembucharam sua história. *Eles estão mais para vinhos e bebidas*. Deuses, quem são essas pessoas?

Mas Maddy logo percebeu que, lidando com Hughie e Mandy, certas coisas tomavam tempo. Tempo e comida, ao que parecia – julgando o tamanho de seus apetites, os dois eram mais gafanhotos do que pássaros. Um grande pastelão de carne de carneiro; um presunto assado frio; várias fatias de pão; alguns bolos, incluindo um pudim de ameixa deixado de lado para o Yule; um queijo; uma barrica inteira de biscoitos; vários vidros de geleia, conservas, cerejas no conhaque, damascos secos; e mais vinho, uma garrafa de hidromel e, por fim, chá com seis torrões de açúcar.

– O quê, sem creme? – perguntou Maddy.

Mandy sorriu e fez um som muito semelhante ao *crau* de um corvo.

– Ela não fala muito nesse Aspecto – explicou Hughie se desculpando. – Mas é uma pensadora temível.

– Então, o que vocês querem de mim? – pediu Maddy. O relógio na parede dava nove horas, e era apenas uma questão de tempo, ela pensou, até que um dos deuses viesse procurar por ela e a encontrasse entretendo convidados.

– Bem, se você tem uma dúzia de ovos, eu não rejeitaria uma omelete...

– *Fora* comida – disse Maddy. – *E* bebida.

Hughie pareceu desapontado.

– Bem, você já sabe o quê, naturalmente. Temos uma mensagem do General.

Por um momento Maddy mal conseguiu respirar.

– Um Olho? – disse ela numa voz sufocada.

– Sim, ele. Ele nos chamou do Sonho.

Maddy lançou sua mente de volta à última vez que falara com o General. Isso havia sido três anos antes, nos limites devastados de Hel. *Procure por mim nos sonhos*, ele dissera. Maddy fizera precisamente isso, esperando e ansiando por um sinal de que seu velho amigo havia sobrevivido de algum modo – em espírito, se não em Aspecto. Mas Maddy havia tomado suas palavras como um pouco mais que um frio conforto. Um Olho em sonhos não era o mesmo que Um Olho em carne e osso, e, com o passar do tempo, ela viera finalmente a crer que os sonhos eram tudo que haviam restado dele.

– Odin ainda está *vivo*? – perguntou ela.

– Bem... sim e não – disse Hughie. – Foi por isso que ele teve que mandar a gente, entende?

Crau.

– Deixe eu falar – pediu Hughie, dirigindo-se a Mandy. – Agora, qual era essa mensagem, hein?

Crauk.

– Não, eu não esqueci.

Crau.

– Mandy, eu fico ofendido com isso. *Não* estou embriagado. – Ele articulou a palavra com todas as sílabas, abrindo seus braços para dar ênfase e derrubando um vaso. Maddy estremeceu por dentro. Ethel era ciumenta com suas bugigangas e, mesmo em seu Aspecto como Frigg, a Vidente, não aceitaria bem esses intrusos em sua casa.

– Eu não entendo – disse Maddy. – Odin *está* vivo, ou não está?

Hughie deu de ombros.

– Isso é um pouco difícil de dizer. O Sonho governa todos os Nove Mundos, incluindo a Morte e a Danação.

– Mas você disse que ele mandou uma mensagem para mim...

Mandy crocitou impacientemente.

– Sim, sim. Dê um tempo. – Hughie pareceu tentar organizar seus pensamentos. – Então, ficamos sabendo que houve uma profecia. Com respeito à ascensão do Primeiro Mundo...

Maddy fez que sim.

– Está certo. – Ela lutou para recordar as palavras da Vidente.

O Berço caiu há uma era, mas o Fogo e o Povo vão erguê-lo.

Em apenas doze dias, no Fim dos Mundos; uma dádiva vinda da sepultura.

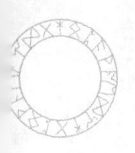

– *Crauk*. – Era Mandy, tentando falar. – *Crauk. Crau.*
– Psiu... – disse Hughie.
– Mas o que isso significa? – perguntou Maddy. – O Berço? Isso é Asgard, não é? Como pode alguém construí-lo novamente, ainda mais em doze dias? E toda essa coisa sobre Fogo e Povo...
– O que isso significa é encrenca – respondeu Hughie. – E você está certa na essência. Você pensa que essas coisas que saem do Sonho estão chegando até você por acaso? As cobras, os cupins marinhos, aquelas-coisas-que-não-sei-como-você-pode-chamar, efêmeras... – Ele parou para coçar uma axila emplumada.
– A brecha entre os Mundos – balbuciou Mandy.
Hughie interrompeu-a.
– Sonhos precisam ser invocados, mulher. E para isso precisam de um sonhador.
Mandy fez um sinal aprovador ao ouvir isso e bateu os braços para estimular.
– *Sonha-dor. Sonhador. Crau.*
– Eu não entendo – falou Maddy. – Você está dizendo que isso é alguma coisa mais? Que alguém está nos atacando através do Sonho?
– Tire alguma coisa do Sonho, mulher, e ele não será mais um sonho.
Maddy sabia, naturalmente, que o Sonho, por sua própria natureza, era... *complicado*, para dizer o mínimo. Um Mundo varrido por verdades contraditórias; um estado sem regra ou lei natural nenhuma; um rio que corre por todos os Nove Mundos, proveniente de uma fonte que nunca seca.
Mas ele poderia ser desviado assim? E quem iria querer fazer tal coisa?
– Quem? – indagou Maddy. – Não resta ninguém. A Ordem acabou. O Murmurador... – Aí seus olhos se arregalaram. – O *Murmurador*...
Ele podia ter sobrevivido, ela disse para si mesma. Naqueles trinta segundos de Caos, quando a Morte, o Sonho e a Danação se tornaram uma coisa só, Mimir, o Sábio, podia ter fugido. Fugido para a Danação, para o Sonho – e dali, para encontrar outro hospedeiro...
Um sonhador?
Por um momento Maddy analisou seu próprio sonho. Nele, Odin tinha mencionado um artefato – tinha lhe dito para procurar o Velho Homem das Regiões Selvagens. Será que ele teria querido dizer o Murmurador? Parecia mais que provável, ela pensou, à luz do que acabara de

ouvir. O Murmurador em conspiração com um sonhador de habilidade extraordinária – eles teriam que ser alguma coisa especial, ela pensou, para fazer o que Hughie havia descrito.

– Olhe, o que foi que Odin disse, exatamente?

– É isso que estou tentando lhe dizer – falou Hughie, parecendo aflito. – Antes de tudo, ele disse para confiar em nós. Nós falamos pelo General. Somos seus olhos e ouvidos nos Mundos. Isso nos torna praticamente da família.

Maddy olhou para ele com desconfiança.

– É uma marca de runa que você tem aí? – perguntou ela.

– É sim, fêmea. É isso mesmo. – Hughie alisou as penas com o bico vaidosamente um pouquinho. – É *Ea*, a runa da eternidade. Uma das runas do Novo Manuscrito que vai erguer a nova Asgard. Somos importantes assim, fêmea! É por isso que você tem que fazer o que dissermos.

– Hum... – disse Maddy. – Que mais ele falou?

– Ele disse que devíamos dizer para você recordar seu sonho. Aquele na Colina, com o jogo das nuvens. Depois, você deve encontrar a Sonhadora. Ela vai levá-la ao Velho Homem. Mas não deve dizer uma palavra disso a ninguém, entendeu? Especialmente para os outros deuses.

Maddy ficou perplexa.

– Mas por quê? – perguntou ela. – Se o Murmurador está por perto, então...

– Você não pode contar para eles – advertiu Hughie. – O General foi muito claro quanto a isso. *Apenas encontre a sonhadora*, foi o que ele disse. Depois disso, tudo ficará iluminado.

Encontre a sonhadora. Sim, certo.

Como todos os planos de Odin, naturalmente, esse parecia absurdamente simples. Tão simples quanto encontrar o Murmurador no túnel sob a Colina, uma missão que terminara em Inferno e Danação e na quase destruição de todos os Mundos.

Era demais para ser simples, Maddy pensou. Com Odin, nada nunca era simples.

– Essa sonhadora pode estar em qualquer lugar. Eu não saberia por onde começar a procurar! – disse ela.

– Mas nós *sim* – explicou Hughie impacientemente. – O que você acha que nós fizemos esse tempo todo, voando de Mundo a Mundo, espionando para o General? Seu nome entre os integrantes do Povo é Rede. Maggie Rede. Você sabia? Maggie Rede de Fim de Mundo.

– Rede? – Isso pareceu familiar.
– É sim. Siga-a até o Velho Homem. É o que o General diz.
– Mas, como ele a conhece? – perguntou Maddy.
– Ele ficou de olho nela por um longo tempo – respondeu Hughie. – Ficou observando-a desde antes da guerra.
– Mas se Odin *sabia* que ela estava lá o tempo todo, então...
Hughie deu de ombros.
– Você está perguntando para mim? Ele tinha outras preocupações naquela época: a guerra contra o Povo e a Ordem; seu próprio povo dolorosamente dividido. Se os Vanir tivessem sabido de um patife em Fim de Mundo, e um do próprio parentesco do General, aliás...
– O que quer dizer com *do próprio parentesco do General*?
Mandy soltou um *crau* agudo.
– Não, *eu não* esqueci – falou Hughie. Ele se virou mais uma vez para Maddy e exibiu seu sorriso enlouquecido e radiante. – Então, é isso aí – disse ele. – Ah, sim! Há apenas mais uma coisa que você deve saber sobre Maggie Rede de Fim de Mundo. O General disse para lhe contar primeiro, caso se tornasse um choque grande demais...
– Contar-me *o quê*? – indagou Maddy.
– Ora, fêmea. Ela é sua irmã.

9

Em um quarto no distante Fim de Mundo, Maggie Rede estava tentando sonhar. Nas últimas vinte e quatro horas ela havia aprendido uma grande quantidade de coisas com Adam Goodwin, incluindo certo número de verdades, meias-verdades e mentiras completas sobre sua vida, sobre o Povo do Fogo, seus planos e como combatê-los. E Maggie ouvira com os olhos arregalados o seu relato, com sua marca de runa ardendo na nuca como se alguma coisa quente tivesse sido colocada ali.

Adam havia encontrado um lugar para ficar num dos bairros mais elegantes da Cidade Universal. Um apartamento de cobertura perto do Passeio dos Inspetores, a menos de dez minutos da Praça do Santo Sepulcro – com uma sala de visitas, uma sacada, um lustre, uma banheira com pés de garras, um sofá tipo otomano e uma enorme cama de dossel com cortinas de veludo carmim.

Maggie nunca vira uma casa tão luxuosa. Isso a deixava ligeiramente desconfortável – quanto dinheiro Adam teria? Além do que, ela dizia a si mesma, com certeza um homem da Ordem, acostumado à oração e à abstinência, iria preferir cercanias menos opulentas, um lugar mais apropriado para a sua tarefa.

– Não se preocupe, dormirei no sofá. – Adam havia notado o desconforto de Maggie.

Ela corou.

– Não é o que eu quis dizer. Eu...

Adam fez um gesto pedindo que ela não se importasse com o assunto. Na verdade, ele também estava se perguntando por que a Voz em sua mente havia sido tão insistente em gastar o ouro. Ele deu o motivo mais óbvio.

– Escolhi este lugar – disse ele –, porque se a sua sra. Blackmore falar, e ela *falará*, então em poucos dias notícias de nós dois estarão correndo pela cidade. Eles procurarão por nós em estalagens baratas, em tavernas e restaurantes populares. Estarão procurando por dois vagabundos. Eles nunca esperarão nos encontrar aqui.

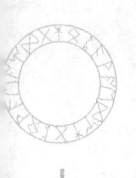

Tudo isso era verdade, naturalmente, mas o motivo *real*, Adam suspeitava, era uma coisa muito diferente. Entre eles, ele e seu passageiro estavam preparando Maggie para desempenhar um papel numa missão de grande importância. Adam já havia juntado uma boa quantidade do que a Voz havia deixado escapar e, porque não era tolo, havia adivinhado que papel ela havia escolhido para *ele* desempenhar. Não o incomodava de modo algum que a Voz o estivesse usando. A vingança era a cola que os ligava – vingança contra o Povo dos Deuses e, muito especialmente, contra Maddy Smith, cuja interferência havia custado tão caro, a ele *e* ao seu passageiro, três anos atrás nas margens do Sonho.

Nas últimas vinte e quatro horas Adam e seu passageiro haviam observado como Maggie explorava sua força magnética. Era um trabalho difícil, e às vezes frustrante; Adam a tinha advertido para não esperar resultados imediatos. Inspetores da Ordem, ele disse, podiam esperar até trinta anos pelo poder da Palavra; alguns, a despeito de todos os seus esforços, nunca haviam conseguido ganhá-lo de modo algum. Mas Maggie, com sua marca de runa, com seus instintos destreinados, já era muito mais poderosa que qualquer simples Inspetor.

Com Adam ao seu lado, ela aprendeu a flexionar sua força magnética como um músculo; desenredá-la em formas simples; fazê-la transformar-se em chama como um fósforo. Com a ajuda de Adam, ela aprendeu a lançar *Bjarkán* para a percepção; *Thúris* para a força; *Hagall* para golpear um inimigo.

Em apenas um dia Maggie havia mudado além de todo reconhecimento; seu medo e incerteza eliminados tão facilmente como seu cabelo ceifado. Isso foi em grande parte por obra de Adam, naturalmente; em vinte e quatro horas Maggie começara a confiar no jovem implicitamente. Não apenas porque ele a protegeu quando a sra. Blackmore viu sua marca de runa, mas porque ele parecia aceitar Maggie como ela realmente *era* – aceitá-la e até mesmo gostar dela.

Agora, em sua cobertura, um pouco antes de o dia raiar, Maggie fechou os olhos por fim e tentou banir o mundo ao redor.

– Eu não sei se posso fazer isso – disse ela, abrindo um olho novamente.

– Concentre-se – retrucou Adam. – Mantenha-se fixada nas palavras do Livro.

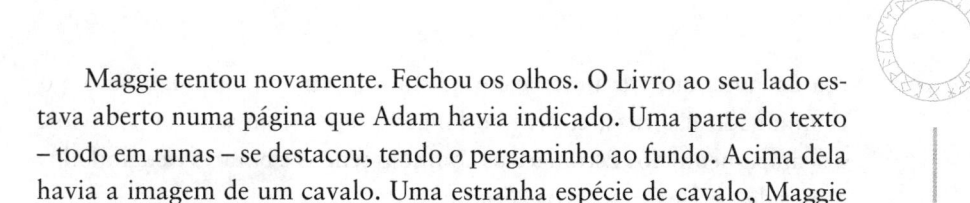

Maggie tentou novamente. Fechou os olhos. O Livro ao seu lado estava aberto numa página que Adam havia indicado. Uma parte do texto – todo em runas – se destacou, tendo o pergaminho ao fundo. Acima dela havia a imagem de um cavalo. Uma estranha espécie de cavalo, Maggie pensou. Ele parecia ter oito patas.

– Mas eu nem mesmo sei o que as palavras *querem dizer*...

– Confie em mim. Isso não importa – falou Adam.

Maggie suspirou e tentou novamente. Concentrou-se nas palavras do Livro. Fechou os olhos e tentou sonhar...

Na sua nuca, a marca de runa *Ác* se iluminou com um súbito clarão prateado.

– Você tem certeza de que isso é seguro? – perguntou ela.

– Você confia em mim, não confia?

Maggie fez que sim.

– Então, confie em mim agora. Abra sua mente. Abra sua mente e deixe-a flutuar. Não se preocupe. Eu estou mantendo guarda. Nada vai acontecer com você.

Maggie deu outro suspiro.

– Farei o melhor que puder.

– Você deve estar exausta – disse Adam. – Feche os olhos. Deixe-se levar.

Ela deitou-se na cama. Estava *realmente* cansada. Mais de vinte e quatro horas haviam se passado desde que dormiu pela última vez. Fechou os olhos. A cama era macia – mais macia que qualquer outra que tivesse conhecido. O travesseiro estava estofado com penas de pato; a colcha era de seda bordada.

Adam puxou a colcha sobre seus ombros delicadamente.

Ótimo, uma Voz suave sussurrou.

– Ótimo – repetiu Adam.

Então Maggie flagrou-se flutuando, erguendo-se delicadamente no ar; levantando-se para fora de si mesma, do quarto, flutuando sobre a rua. Por um momento ela se viu, seus cachos ceifados ardendo com luz de runa. Viu Adam ao seu lado, olhando-a com uma curiosa – e não inteiramente satisfeita – expressão, e por uma fração de segundo ela o viu desmascarado, viu a maldade, a arrogância por baixo do belo exterior.

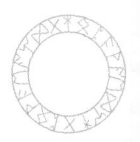

Ela tentou chamá-lo, mas já caíra no sono, elevando-se sobre as ruas silenciosas, as pequenas lojas e antros de bebida desertos agora na fria pré-aurora. Viu a Praça do Santo Sepulcro, iluminada como uma coroa de lanternas; viu a estalagem da sra. Blackmore; viu o labirinto e o emaranhado das ruas; e, bem ao longe, o porto com seus altos navios, o acampamento dos Estrangeiros com suas tendas e bazares e engradados cheios de cavalos e escravos adormecidos.

– Isso é espantoso! – disse Maggie.

– *Mais alto* – falou a Voz sussurrante. Era um pouco parecida com a voz de seu pai: discreta, inteligente e um pouco seca. – *Está tudo bem. Sou um amigo* – garantiu a voz.

– Um amigo de Adam?

– *Sim. Isso mesmo. Estou aqui para não deixar que você seja ferida.*

Agora Maggie estava se erguendo ainda mais alto, muito acima da Cidade Universal. Agora podia ver as avenidas, dispostas como raios de uma roda-gigante em torno da Universidade das Verdades Imutáveis, com todos os seus colégios, bibliotecas, capelas, pátios encaixados no traçado como escudos num campo de batalha; a curva do rochedo azul de um lado e a fila das colinas verdes no outro; e, no centro de tudo, a grande catedral de cúpula de vidro do Santo Sepulcro...

– É tão belo! – exclamou Maggie.

– *Mesmo destronada* – falou a voz – *Asgard sempre foi bela.*

– Asgard? – perguntou ela. – Mas essa não foi...?

– *Sim. Destruída há mais de uma era. Mas a semente nunca cai muito longe da árvore. Você não concorda, Maggie Rede?*

– Você sabe o meu nome – comentou Maggie.

Veio o sussurro de uma risada.

– *Ah, eu sei muito mais que isso. Eu já fui um oráculo.*

– Já foi? O que aconteceu? – perguntou ela.

De novo, aquela risada distante. Ela fazia Maggie sentir-se incomodada, de algum modo. Que tipo de sonho era este, afinal? Que tipo de sonho dava poder para voar, para falar com espíritos e oráculos? Seria este o lugar contra o qual ela fora advertida, onde os demônios, o Povo dos Deuses e os Faërie esperavam uma oportunidade para roubar sua alma? E se Adam sabia sobre a Voz, por que não dissera a ela?

– *Não tema, Maggie* – disse a voz. – *Nenhum mal acontecerá a você quando estiver comigo.*

– Quem é você? Um demônio? Um deus?

– *Nem uma coisa nem outra* – respondeu a Voz seca. – *Mas se você ainda sente a necessidade dos nomes, então pode Me chamar de... Mestre.*

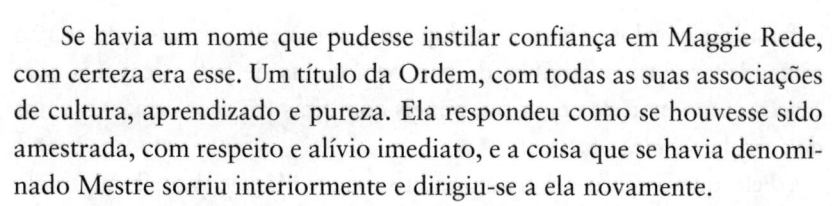

Se havia um nome que pudesse instilar confiança em Maggie Rede, com certeza era esse. Um título da Ordem, com todas as suas associações de cultura, aprendizado e pureza. Ela respondeu como se houvesse sido amestrada, com respeito e alívio imediato, e a coisa que se havia denominado Mestre sorriu interiormente e dirigiu-se a ela novamente.

– *Vamos viajar através do Sonho* – disse a Voz. – *Você poderá ver coisas que a perturbarão.*

– Que tipo de coisas?

– *Você verá...*

E agora ela estava voando ainda mais alto: muito mais alto que os topos dos telhados; mais alto que a agulha da catedral. Nuvens como tapeçarias de musselina se repartiam para deixá-la passar; um casal de pássaros negros – corvos, talvez – bradou suas advertências, que ecoaram pelo céu.

– *O Sonho é um rio* – disse a Voz. – *Carrega toda espécie de destroço. Nada aqui fica perdido para sempre. Tudo retorna no fim. O que você quiser, encontrará aqui, em algum lugar, em meio às ilhotas do Sonho. Contanto que você saiba o que está procurando...*

– E o que é que *nós* estamos procurando?

– *Um Cavalo.*

Mais tarde, quando Maggie tentou recordar sua viagem através do Sonho, descobriu que só restavam fragmentos – pedaços de um quadro maior – dos quais apenas detalhes sobreviveram. Lembrou-se de um rio, todo envolto em névoa, com ilhas que se erguiam e afundavam como homens que submergiam na superfície; e, quando olhou, Maggie entendeu que cada ilha era um sonhador, cada um em seu próprio pequeno mundo fugaz.

Havia sonhos com encontros casuais e sonhos com o passado; com comida; com ser enterrado vivo; com gatos; com deveres não cumpridos; com batalhas travadas; com ficar nu em lugares públicos; com voar; com navios ao mar e edifícios abandonados; com oceanos, batalhas e os mortos. Um redemoinho de coisas sombrias estridentes tomou forma monstruosa ao redor dela – uma criatura com um olho no lugar da cabeça lançou-lhe um olhar feroz do vórtice.

– *Ignore-as* – disse a Voz do Mestre. *Elas não são nada. Apenas efêmeras. Procure o Cavalo.*

– Mas *que* cavalo? – O Sonho estava recheado de cavalos. Cavalgando, saltando, pastando, correndo; cavalos de carrossel com crinas enfeitadas; cavalos selvagens galopando livremente; cavalos de tração puxando arados; cavalinhos de pau com cintas de palha; cavalos com cascos como martelos de forja; pôneis com fitas em suas crinas; cavalos de corrida – *e eles sumiam!*

Pelo que pareceu um tempo muito longo, Maggie vasculhou através das ilhotas do Sonho. A Voz lhe assegurara que ela saberia o que estavam procurando quando visse, mas até ali ela não tinha ideia alguma do que era.

E, então, por fim, ela viu uma coisa. Uma coisa num daqueles sonhos transitórios que falavam com ela como uma recordação. À primeira vista, não pareceu nada de mais: apenas duas figuras sobre uma colina, muito, muito abaixo dela. Mas alguma coisa em torno delas captou sua atenção. Lançando a *Bjarkán*, Maggie viu uma meada de luz brilhante que entrecruzou a colina e se ergueu no céu da manhã...

– O que era aquilo? – perguntou ela. – O Fogo do Santo Sepulcro?

Não que ela houvesse algum dia visto tal coisa – exceto, naturalmente, nos livros. Mas a aurora boreal – ou Fogo do Santo Sepulcro, como eram mais conhecidas em Fim de Mundo – era uma coisa que ela sempre quisera ver, a despeito das histórias que a cercavam; histórias de demônios celestes nas nuvens que carregavam o incauto para um lugar conhecido como Asgard.

– *Não, é uma assinatura* – disse a Voz. – *O emblema do Povo do Fogo. Aproxime-se agora. Você vê o Cavalo?*

Maggie apertou sua vista mais uma vez. Seus olhos haviam se transformado em olhos de águia; a cena abaixo dela era nítida e clara. E agora ela estava bem em cima da Colina – uma colina que estava coberta de neve pela metade –, baixando os olhos para a forma de um cavalo recortada em barro vermelho.

– Um cavalo! – exclamou ela, surpresa. – Um cavalo vermelho...

– *Está certa* – confirmou o Mestre. – *Há um antigo ditado das Terras do Norte que diz: Se os desejos fossem cavalos, então os mendigos cavalgariam. Conhece este ditado?*

– Não.

A Voz em sua mente deu uma gargalhada áspera.

– *Bem, é isso que estes mendigos vão fazer. Rumar diretamente para Asgard.*

10

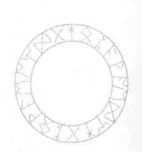

Lá em Malbry, Maddy Smith estava lutando para aceitar a informação.
– Você está dizendo que essa garota é minha irmã?
Hughie fez que sim.
– Sim, sua gêmea. Magni, filha do Carvalho do Trovão, gêmea de Modi, a Cinza do Relâmpago. O General passou anos procurando por ela, mas nunca conseguiu encontrá-la. E o tempo todo ela estava em Fim de Mundo, bem no colo da Ordem. Difícil de acreditar, não é, fêmea?

Maddy apertou os olhos sobre ele. Na verdade ela achava muito fácil de acreditar. Que Odin houvesse negligenciado contar a ela uma coisa tão importante como esta, que a tivesse enganado depois e ainda tivesse a audácia de esperar que ela o obedecesse agora sem questionamentos, mesmo que estivesse tecnicamente morto.

– Minha irmã... – disse ela lentamente. Como ela ansiara por ouvir estas palavras! Ter uma irmã de sua própria idade com quem dividir seus pensamentos, seus sonhos! Mae, a outra filha de Jed, era tão diferente de Maddy quanto as flores da primaveras são de caranguejos; mas quando Maddy soube de seu parentesco *real*, teve esperança de que um dia seu sonho pudesse se tornar realidade. Naturalmente, ela sabia que o Deus do Trovão precisava ter *dois* filhos; mas os oráculos frequentemente falhavam em revelar as coisas que são da maior importância. Depois da guerra com a Ordem, três anos antes nas planícies de Hel, Maddy havia finalmente suposto que sua irmã tão ansiada estava perdida no Sonho, não nascida em meio às ilhotas, nunca podendo despertar nos Mundos Médios. Mas, agora, ali estavam mensageiros de Odin dizendo-lhe que a garota estava viva e trabalhando com o inimigo.

– Vocês têm *certeza* de que essa é a mesma garota?
– Ah, sim. O General foi muito específico.

Sim, isso parecia bem coisa de Um Olho, tudo certo, Maddy pensou amargamente. Ele sabia tudo sobre sua irmã gêmea – talvez desde sua mais tenra infância – e, por motivos próprios, havia decidido não lhe contar. Por quê? Será que tivera medo, até naquela época, de dividir as lealdades de Maddy?

Mais uma vez ela pensou na profecia. *Vejo uma poderosa Cinza que se ergue ao lado de um poderoso Carvalho...* Será que aquilo queria dizer que ela e sua gêmea iriam trabalhar *juntas*? E quanto ao resto da profecia? Onde o Velho Homem entrava nisso? Por que sua irmã iria querer lançar efêmeras contra Loki?

Maddy franziu o cenho. Ela entendia agora por que não podia contar aos seus amigos. Seria anunciar ao Povo dos Deuses que um dos seus havia se tornado renegado em Fim de Mundo, e a instável aliança entre os Æsir e os Vanir se transformaria em conflito imediatamente. Os Vanir iriam querer matar o traidor; os Æsir, recuperá-lo de volta. E o inimigo – quem quer que fosse – teria pouco mais a fazer do que ficar observando enquanto os deuses se dilaceravam uns aos outros.

Mas se Maggie *era* o inimigo...

Maddy rejeitou o pensamento meio formulado. Segundo Hughie, sua irmã havia vivido no colo da Ordem desde que era menina. Ela não tivera nenhum Um Olho, nenhum Æsir para ensiná-la o significado de família. Quão solitária – quão diferente – ela deve ter se sentido! Quão fácil deve ter sido para alguém – alguém como Um Olho, talvez – moldá-la aos seus propósitos e fazê-la acreditar que era seu amigo!

– E quanto ao Velho Homem? Minha irmã o tem? – perguntou ela.

Hughie balançou a cabeça.

– Ainda não.

– E ele *é* o Murmurador?

Hughie deu de ombros.

– Não posso dizer. Você deve apenas encontrá-la, disse o General. Trazê-la para casa, não importa o que custar. Ela não deve entrar em contato com ele.

Mas Maddy, desconfortável desde o princípio com essa conversa perturbadora, se sentia cada vez menos à vontade. A comunicação através dos sonhos era, na melhor hipótese, um meio da maior imperfeição, e Odin – se fosse Odin de todo – havia conseguido transmitir apenas fragmentos do conjunto. O *coração* de Maddy queria acreditar que o espírito de Odin havia sobrevivido no Sonho, mas ela havia mudado nos três últimos anos. Não era mais a garotinha inocente que havia aberto o Olho do Cavalo naquele dia. Suas negociações com Odin de Um Olho haviam-lhe ensinado o valor da desconfiança. E quanto a Hugin e Munin – eles podiam ter sido leais um dia, mas quem podia dizer que eles não houvessem trocado de lado e estivessem trabalhando para o inimigo?

– Então, como posso saber que isso não é um truque?

Hughie pareceu ofendido.

– Um truque? Ora, quem nos Mundos iria fazer isso?

– Ah, vamos ver... – disse Maddy. – A Ordem, o Caos, os velhos deuses, os novos deuses, demônios, o Povo do Gelo, o Povo do Túnel, efêmeras, serpentes voadoras, duendes, foragidos do Mundo Inferior, artefatos mágicos com vontade própria ou qualquer um com um machado para destroçar. Os Mundos estão cheios de inimigos. Você quer a lista completa?

Houve uma pausa mais ou menos longa. Os corvos trocaram olhares de relance. Mandy, cuja transição de pássaro ao Aspecto de ser humano ainda parecia um tanto incompleta, crocitou com o que pareceu uma espécie de frustração e bicou o pilar da cama furiosamente.

Hughie disse reprovadoramente:

– Você tem questões muito sérias de confiança a resolver, fêmea.

Maddy deu de ombros.

– Então, pode me persuadir.

Mas Hughie estava ficando agitado; ele baixou o pote de açúcar vazio e deu alguns passos em torno do quarto. As penas em seu traje – que parecia ser em parte uma túnica, em parte um manto – se desdobraram como asas negras no ar.

– Teremos que fazer isso agora – falou ele.

Mandy soltou um *crau* agudo.

– O General disse que ela seria assim. Disse que teríamos que persuadi-la.

Mandy deu um sinal de encolher o corpo inteiro que fez Maddy lembrar-se de Açúcar. Depois, estendendo a mão para sua manga esfarrapada, puxou um pedaço de pano azul desbotado. Hughie tomou-o dela e estendeu-o para Maddy.

– O que é isso? – perguntou ela.

– Abra-o.

Maddy abriu. Dobrada no pedaço de pano havia uma tira de couro do tamanho de um polegar, dentro da qual estava preso um pedaço de aço. Uma fivela, ou talvez um broche, ela pensou, o metal escurecido e marcado com pequenos sinais de velhice. E havia runas gravadas nele:

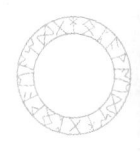

Tyr, Raedo e *Úr,* o Boi – unidas para formar um sigil que Maddy sabia ser o de Odin.

– Onde vocês conseguiram isso? – perguntou ela.

Hughie sorriu para ela.

– Brilhante, hein?

Com uma das mãos que não estava completamente firme, Maddy lançou a runa *Bjarkán* e olhou através dela para a forma da runa. Sua força magnética estava quase destruída pelo fogo; apenas uma delicada cintilação de azul-borboleta animava o sigil. Mesmo assim, despertou nela uma poderosa sensação de nostalgia. Isso havia pertencido ao seu mais velho amigo; sua assinatura estava nela. Uma súbita onda de aflição e perda ameaçou subjugá-la.

– Onde vocês conseguiram isso? – perguntou ela de novo.

Hughie deu de ombros.

– Retirei-a do Sonho, procurando pelo General.

Maddy apertou os olhos, cuja atenção havia se distraído novamente e estava investigando agora os conteúdos de uma caixinha de chá sobre a prateleira do fogão de Ethel.

– Estamos falando do Sonho – disse ela. – Não se retira coisas assim do Sonho, como se fossem madeiras flutuantes do rio.

– Nós retiramos – afirmou Hughie. – Nós supervisionamos os Nove Mundos. Estamos fazendo isso há quinhentos anos, procurando restos de naufrágios como este... – Ele gesticulou em direção à tira de couro. – Você sabe o que é isso, fêmea?

Lentamente, Maddy balançou a cabeça.

– É da rédea de um cavalo. Onde há uma rédea, haverá um cavalo. E onde houver um cavalo, haverá um cavaleiro.

Um cavaleiro, ela pensou. *Um general.*

Estaria Odin *realmente* por trás de tudo isso, orquestrando a própria libertação?

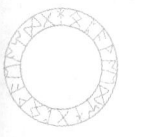

Tais pensamentos haviam cruzado sua mente anteriormente. Mas ela sempre os repelira. Odin podia ter escapado da esfera de Hel durante aqueles segundos de Caos, quando o Sonho transbordou de suas margens e o Mundo Inferior liberou suas efêmeras para os Mundos – uma coisa assim havia acontecido antes, mas as probabilidades eram tão desesperadamente baixas que Maddy tinha medo de sequer ter esperanças.

O Sonho era um estado perigoso no qual, se ele havia escapado, seu velho amigo poderia ter sido levado à loucura – isto é, supondo que ele houvesse conseguido evitar seus companheiros de viagem de Hel: demônios, efêmeras, diabos do fogo, povo das sombras e Aspectos de Juízo Final, bem como um mundo todo de sonhos vívidos, letais como um rio de serpentes. E, no entanto, Loki havia conseguido. E por onde um passara, outros poderiam passar. Qual era o plano de Odin?, pensou. Como sua irmã gêmea estaria envolvida? E quem – ou o quê – era o Velho Homem?

– Difícil de provar – disse ela por fim. – Agora, se você trouxesse o próprio Cavalo...

Mandy bateu as asas e crocitou.

Hughie pareceu perplexo.

– Mas, fêmea...

– Pare de me chamar de *fêmea*! – ordenou ela.

– Maddy, então. Mas eu pensei que você conhecesse.

– Conhecesse o quê? – perguntou Maddy.

– O Cavalo do General. Sleipnir, nascido de Loki e Svadilfari, que construiu os muros da Cidadela do Céu. Sleipnir, a montaria de oito patas de Odin, que, de acordo com a lenda, tem um pé em cada Mundo, exceto no Pandemônio...

– Sim? – exigiu Maddy impacientemente. – Por favor, Hughie, acabe logo com isso, pelo amor dos deuses!

– Sim, bem, está bem aqui.

– O que você quer dizer com *bem aqui*? – questionou ela.

– Quero dizer que estava aqui o tempo todo. Quinhentos anos, desde a Guerra do Inverno, praticamente sob seus narizes. Escondido em plena vista, você pode dizer. É, o General é um sujeito esperto. E ele *sempre* tem um plano.

Maddy proferiu uma praga silenciosa contra o General, seus planos e seus corvos. Mas agora, por fim, ela sabia para onde ir. Onde mais Odin teria escondido o Cavalo que poderia transportá-lo entre os Mundos? Onde mais ele poderia escondê-lo em plena vista sem despertar suspeitas? Onde mais ele poderia estar certo que nem o Povo nem os Faërie iriam interferir em seus planos?

Onde mais, pensou Maddy, *senão na Colina do Cavalo Vermelho?*

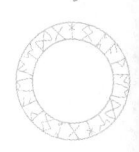

11

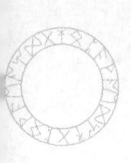

O Inverno nas Terras do Norte significava que, por quase três meses do ano, o sol mal roçava o horizonte. Naquele dia ele tinha se erguido alto só até o ponto suficiente para iluminar os Sete Adormecidos, mas a Colina do Cavalo Vermelho ainda estava nas sombras.

Bem, pensou Maddy, talvez o negócio em andamento fosse melhor conduzido longe da luz. Mesmo para Maddy, que tinha visto tantas coisas estranhas nos três últimos anos, a ideia de que Sleipnir, o Cavalo do General, pudesse realmente estar sob a Colina do Cavalo Vermelho era difícil de engolir.

Ela não o teria visto se fosse assim?, pensou. Ela não o teria sentido ali, assim como havia sentido o Murmurador? E se Um Olho sabia que ele estava ali, por que pelos Mundos não havia ele próprio tentado despertá-lo?

Hughie pareceu ligeiramente desconfortável.

– Algumas coisas não gostam de ser despertadas – disse ele. – Quero dizer, num momento lá está você, belo e relaxado debaixo do chão, espantando o Fim do Mundo para longe com seu sono, e no momento seguinte vai ser despertado outra vez. É este o motivo pelo qual você ficará um pouquinho, ah, *furioso*.

Mandy, que havia retomado seu Aspecto de corvo para sua pequena viagem ao alto da Colina, soltou um áspero, impaciente *crau*.

– Alguma coisa está vindo – disse Hughie. – Posso sentir no ar.

Ele estava certo, Maggie pensou. Alguma coisa estava se erguendo no ar como a estática antes de uma tempestade; alguma coisa que vinha, não de por baixo da Colina, mas de tudo ao redor deles. E com a estática vinha um som – um som distante, rompedor, *dilacerante*, como se alguma coisa realmente estivesse rasgando seu caminho através do tecido dos Mundos em direção a eles, fazendo a terra erguer seus filamentos e as árvores de inverno se curvar e sacudir.

O som estava ficando mais próximo. Um tremor percorreu o chão coberto de neve. Acima deles, as nuvens pareceram se encrespar e torcer.

— O que, em nome dos Infernos, é isso? — perguntou ela.

Hughie lançou-lhe um olhar assombrado.

— Alguma coisa está saindo do Sonho. Corra! Você tem que despertar o Cavalo do General antes que chegue aqui!

— E como faremos *isso*? — pediu Maddy, erguendo sua voz contra o som. — Uma xícara de chá e alguns soldadinhos de brinde?

Mas então a voz do corvo se perdeu num estrondo final dilacerante do que quer que fosse aquilo que havia saído do Sonho. Um clarão de luz esmagador; outro tremor que sacudiu a Colina e lançou Maddy ao chão, e depois...

Silêncio. Uma calma mortal.

Maddy, levantando-se desordenadamente, teve tempo de ouvir os pássaros retomarem seu canto; de ouvir o som de ovelhas no vale; de captar o cheiro distante de fumaça nas chaminés da aldeia. Hughie, de volta à sua forma de pássaro, estava grasnando asperamente acima da cabeça de Maddy. Tudo parecia tão *normal*! pensou ela, como se o que houvesse acontecido há apenas um momento fosse apenas um fragmento de um de seus sonhos.

O que havia vindo através da brecha? Que demônio, que efêmera, havia parido a si mesmo dentro dos Mundos? Ela olhou ao redor. Não havia nada ali. Nenhuma cobra, nenhum guerreiro esquelético, nenhum lobo, nenhum enxame de abelhas assassinas. Nada senão uma jovem em pé a não mais que três metros e meio de distância, analisando Maddy através de olhos de granito dourado tão diretos e luminosos quanto os dela.

Por um momento Maddy encarou a si mesma.

A si mesma? Não, não completamente. Uma túnica escarlate, desbotada e puída, no lugar do manto de pele de lobo de Maddy. Isso e o cabelo cortado rente marcavam a diferença entre elas. Mas, exceto por esses detalhes, a garota sobre a Colina podia muito bem ser o reflexo de Maddy; a figura era ligeiramente transparente, como se estivesse sendo vislumbrada através de um espelho escurecido.

Então a garota deu um passo à frente, e de repente Maddy pôde vê-la mais claramente: o penacho de sua respiração no ar frio; o brilho de suor em sua testa. A garota não era uma efêmera; parecia tão sólida quanto a própria Maddy. *Bem, quase*, Maddy corrigiu. Um levíssimo bruxuleio no ar, como uma névoa de calor de verão, como o mais transparente dos véus, se ergueu entre ela e a garota de vermelho.

Maddy indagou:

– Você sabe quem eu sou?

Os lábios da outra garota se moveram silenciosamente.

– Pode ouvir o que estou dizendo?

Mais uma vez os lábios da garota não fizeram som algum.

– Você é minha irmã? O que você quer?

– Nem se importe em falar com ela – disse Hughie, retomando seu Aspecto humano. – Ela deve estar atrás do Cavalo do General. Sem ele, não poderá passar completamente do Sonho para esta parte do Mundo. Mas se conseguir o Cavalo do General, ela terá entrada em todos os Mundos, exceto o Pandemônio. Será capaz de falar com você então. Será capaz de usar a Palavra...

– Você quer dizer que ela é real? Que está *viva*? – questionou Maddy.

De novo a garota pareceu falar.

– Claro que ela está viva – disse Hughie. – Você não...

Ao mesmo tempo um tremor percorreu a Colina. Foi um pequenino movimento, mas eriçou todo capim de relva como os pelos na nuca de um cão e fez a neve caída se mover como um lençol sobre alguém que estivesse dormindo inquieto.

– Você disse... a *Palavra*? – perguntou Maddy.

Hughie bateu seus braços para ela.

– Por favor, mulher, não há muito tempo! Ela ainda está pela metade no Sonho, não está preparada, não estava esperando encontrar-nos aqui. Mas com sua força magnética e aquela marca de runa, ela é mais forte do que pensávamos. E...

Ack! Ack! No alto de suas cabeças, os chamados de Mandy se tornaram cada vez mais urgentes.

– Por favor, Maddy! Estamos perdendo tempo! – A voz de Hughie era quase um grito, e Mandy, ainda em forma de corvo, baixou em ataque e sobrevoou em torno de suas cabeças com agitação crescente. – Faça agora. Pegue as rédeas. Sem o Cavalo, ela não pode passar...

– Que rédeas? – perguntou Maddy.

– O bridão! Pegue o bridão!

O pedaço de tira estava no bolso de Maddy. Ela o retirou rapidamente. Velho e desgastado como estava, ainda tinha força magnética;

Maddy podia senti-la. E o sigil de Odin havia começado a brilhar com uma ousada luz azul que ela reconheceu.

– É isso mesmo – disse Hughie. – Agora, use-o, pelo amor dos deuses!

Mas a Colina estava se movendo sob seus pés. Muito suave no início, mas dando sinais decisivos de que despertara. Para Maddy, parecia um ombro gigante sob uma montanha de cobertores quando o adormecido se vira, abre um olho e diz que estará em pé dentro de cinco minutos.

Ela tentou um comando.

– Sleipnir, venha a mim!

Nada mais aconteceu. O sigil brilhou. A passagem para o Mundo Abaixo, aberta pelas máquinas escavadoras e pela Palavra, se ergueu, toda feita de rocha bruta e terra crestada, num círculo de neve derretida. Do ar devia se parecer com o olho de um cavalo prestes a sair a galope – enorme, branco e aterrorizado.

Ela tentou outra vez.

– Sleipnir, venha a mim!

Desta vez ela *puxou* a rédea. Não com sua mão, mas com sua *mente*, e com toda a força da runa *Úr*, o Poderoso Boi...

Como que em resposta, as outras nove runas que cercavam o Cavalo Vermelho começaram a se iluminar, uma por uma – *Madr*, marrom; *Raedo*, vermelho; *Yr*, verde; *Bjarkán*, branco; *Logr*, azul; *Hagall*, cinza; *Kaen*, violeta; *Naudr*, anil; *Ós*, dourado – cada faixa de luz de runa se ligando com as outras até formarem uma rede fechada de runas que encobriu o Cavalo Vermelho completamente.

As rédeas, pensou Maddy. *É claro. As runas...*

– Mas onde está o Cavalo? Eu tenho as runas. Agora, onde estará o Cavalo do General?

Subitamente ocorreu a Maddy que ela nunca havia montado num cavalo, quanto mais num efêmero. *E se ele me jogar para longe?*, se perguntou. *E se ele não me deixar montá-lo?*

Os olhos de Maddy se voltaram para sua gêmea. Enquanto lutava para assumir as rédeas, a garota de Fim de Mundo não estivera ociosa. Filamentos de luz de runa agora saíam em vaivém da ponta de seus dedos. Sua boca pronunciava frases sem sons; seus dedos combinavam formas fantasmagóricas de runas. O que ela estava fazendo? Em torno do Cavalo, a garota de vermelho estava tecendo *outro* berço de luz, outra série de rédeas com a força magnética que se derramava do Olho do Cavalo...

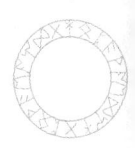

Deuses, mas ela é veloz!, pensou Maddy. Não tanto quanto Loki, talvez, cujo estilo atrevido de lançamento de runas era quase rápido demais para o olho seguir, mas veloz o bastante para Maddy saber que, em matéria de força magnética, a garota era no mínimo igual a ela. Ela levantou a mão direita, e a marca de runa *Aesk* cintilou em sua palma como um relâmpago.

Ao mesmo tempo sua gêmea ergueu a mão esquerda. Nela, um minirrelâmpago de força idêntica ardeu como uma pepita de vidro derretido.

Por um momento as gêmeas se encararam mutuamente, perfeitas imagens de espelho, exceto por suas roupas e o comprimento de seus cabelos. A luz de runa ia e vinha em torno delas; cada uma delas segurava uma série de rédeas numa mão e um relâmpago mortal na outra.

– Você tem que detê-la! – disse Hughie. – Atinja-a com tudo o que você tem!

Naturalmente, ele estava certo, Maddy disse a si mesma. Mas esta era a sua irmã, sua gêmea há tanto tempo perdida. Desviada pela Ordem, corrompida, desorientada, incapaz de ouvi-la – mas, mesmo assim, uma filha de Thor e Jarnsaxa. Fossem quais fossem as ordens do General, ela não podia agredir sua gêmea – no mínimo, não desse jeito, sem saber por que elas se encontravam em lados opostos.

– Lembre-se do que o General disse – crocitou Hughie, rouco de ansiedade.

– Mas Um Olho não está *aqui* – disse Maddy, e desviando de seu alvo, ela descarregou sua força magnética; *Aesk*, a *Cinza*, com toda força possível no Olho do Cavalo.

Precisamente nesse momento sua gêmea fez o mesmo, embora a runa mental que ela usou fosse nova para Maddy – na verdade, era *Ác*, o Carvalho do Trovão, arremessada com toda a força magnética destreinada de Maggie. Quando colidiu no meio do ar com *Aesk*, houve um trovejante estrondo duplo e uma súbita, maciça liberação de força magnética que lançou Maddy ao chão e saiu rasgando pela Colina como um terremoto, e todas estas coisas aconteceram de uma vez só:

Hughie e Mandy abriram as asas e fugiram.

Maddy deixou cair a correia quebrada.

O Olho do Cavalo se abriu completamente, e um tremor percorreu toda a encosta da colina.

Um som de relincho cortou o ar. Não soava como qualquer espécie de cavalo que Maddy Smith houvesse jamais conhecido, mas fez os pelos de sua nuca se eriçar e trouxe um gosto de cobre à sua boca.

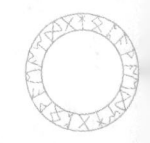

A garota de Fim de Mundo, ainda em pé, sorriu e ergueu um punhado de runas.

U*ma coisa* saiu lentamente da Colina – uma coisa que veio encurvada, forçada e arrastada, toda carregada de barro e feitiço – e pariu a si mesma penosamente, centímetro a centímetro, brotando do chão, de tal modo que pareceu a Maddy como se toda a Colina estivesse tentando se estruturar, adquirindo costelas, pernas, narinas, crina, cascos do tamanho de blocos de rocha e um olho que se fixou na garota que se sentava sem medo no topo de sua espinha, segurando na mão esquerda uma força magnética que Maddy reconheceu brilhar com um radiante azul-borboleta contra o obscurecido céu de inverno.

Quando Maddy lutou para manter o equilíbrio, ou por alguma coisa firme em que se apoiar, percebeu que Sleipnir não estava apenas *saindo* da Colina. Sleipnir era a *própria* Colina, e se ela quisesse sobreviver, teria então que alcançar a terra firme, ou seria engolida, quando a totalidade da Colina do Cavalo Vermelho lenta, mas seguramente, começou a desabar.

Loki, pensou ela, não teria demorado a assumir o Aspecto de pássaro e voado para longe. Mas a mudança de Aspecto precisa de prática, e Maddy, cujo sangue do Caos corria apenas pelo lado de sua mãe, nunca fora muito boa nisso. Para ser justa, ela nem realmente havia tentado desde sua última experiência, havia dezoito meses, de assumir a forma de uma gaivota. O resultado sem asas de seu esforço matutino ficara mais parecido a um frango meio depenado do que qualquer outra coisa, e Maddy havia passado o resto do dia recolhendo penas de seu cabelo. Até Açúcar havia achado difícil manter uma expressão séria quando ela estava por perto. Desde esse dia Maddy havia tentado se concentrar em suas forças ao invés de suas fraquezas, o que significava que qualquer tentativa de mudança terminaria certamente em desastre.

Não, ela teria que tentar outra coisa. Desesperadamente, olhou ao redor. Tinha que haver uma saída para isso. A Coluna estava se partindo ao meio: uma copa de barro vermelho brotava em sacudidelas do chão; grandes pedras tombavam longe de seus flancos. A neve estava em maior parte derretida ali, embora ao longo do flanco mais protegido da Colina, onde a neve líquida havia se recongelado e depositado em fendas entre as rochas, Maddy pudesse ver uma longa extensão de gelo, quase como um escorregador, que ia desde as mais altas encostas da Colina direto para baixo, rumo à estrada de Malbry.

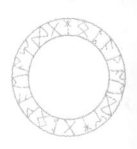

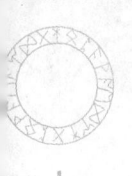

Em dias mais simples Maddy Smith, montada numa bandeja de chá, havia descido velozmente escorregadores de gelo deste tipo, gritando como uma selvagem. Houvera algumas colisões, naturalmente. Mas na maior parte do tempo funcionara razoavelmente bem.

Ela deu um olhar de relance para baixo do declive. Parecia na maior parte livre, exceto por um único amontoado de pedras de que, com sorte, ela esperava poder se desviar. Era mais íngreme do que seus escorregadores de infância, e naturalmente ela estava sem a bandeja de chá, mas mesmo assim Maddy pensava que o princípio devia ser o *mesmo*.

Bem, lá vou eu, disse a si mesma, e, lançando Yr para sua proteção, ela se arremessou para baixo pelo declive vítreo.

A passagem era até mais íngreme do que ela pensara, e por um momento teve certeza de que perderia controle de sua descida. Mas ela rapidamente lembrou-se de sua velha técnica, usando as mãos e os pés para guiar. Desviando-se, assim, do amontoado de pedras por uma polegada, rapidamente ganhou impulso e disparou tão rapidamente quanto um raio mental pela Colina do Cavalo Vermelho abaixo, seu cabelo enfunando como uma bandeira pirata e seu velho e desafiador grito de guerra soando pelo ar quando, com um poderoso chicotear de sua juba, o Cavalo do General desdobrou suas pernas e se ergueu por fim de seu longo, longo sono.

Um banco de neve interrompeu sua descida, mas mesmo assim Maddy ficou apenas meio aturdida com o impacto. Por um minuto ou dois ela ficou estendida de costas, erguendo os olhos para o monótono céu amarelo e tentando adivinhar *onde estava. Lá no alto, dois corvos voavam.*

Dois corvos... Maddy pensou como num sonho.

Ela se ergueu, batendo no cabelo para retirar a neve. Virou seu rosto em direção à Colina – ou ao menos para o que dela restava. Porque, como Maddy agora percebia, a coisa que uma vez fora a Colina do Cavalo Vermelho, a coisa que devastara oito Mundos e galopava na velocidade do Sonho, agora se erguia diante dela em seu Aspecto – e não era realmente cavalo algum, mas uma coisa que desafiava a descrição; uma coisa nascida de pesadelos.

Parecia mais o cavalo saído do sonho de um louco. As proporções do corpo eram quase corretas; mas as pernas – todas as oito, não menos – eram grotescamente longas e finas, como as de uma libélula de tempo quente, penetrando tão fundo no chão podiam ser raízes de árvores e erguendo-se tão acima dela que Maddy teve que jogar sua cabeça para trás, a fim de ver a criatura se erguer diante dela, suas cores parecidas à do Fogo do Santo Sepulcro, obscurecendo metade do céu.

Sua crina tinha todos os matizes de vermelho, do rosa choque ao vermelhão e ao quase negro. E, em meio a essas cores berrantes, Maddy viu a rede de runas – com a força magnética de Odin a mantê-la no lugar, exatamente como as rédeas de um cavalo comum, selado, atrelado e preparado para cavalgar.

Quando ela arregalou os olhos, meio atônita com a visão, a garota de Fim de Mundo baixou os olhos sobre ela e disse numa voz calma e estável:

"*Uma coisa nomeada é uma coisa domada.*"

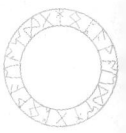

12

Fora um sonho longo e estranho. Maggie nunca tivera um sonho assim, nunca em seus dezessete anos, e em vários pontos nesse sonho ela havia estado prestes a fugir, a dizer a Adam que não podia fazer isso, que algumas coisas nunca deveriam ser sonhadas e que não era uma guerreira.

Mas sua coragem, misturada à Voz que estava em sua cabeça, mantivera o seu impulso; embora, mais do que tudo, fosse a perspectiva do desapontamento de Adam que a houvesse impedido de apenas abrir seus olhos e deixar Malbry entregue aos seus monstros.

A coisa que se puxara para fora da Colina era ruim o bastante, Maggie pensou. Mas agora ela podia ver o que vinha depois dela; o que fervilhava na brecha que ela havia aberto; o que gorgolejava sombriamente em seu rastro, esperando uma chance de entrar no mundo.

Parecia uma mancha de fumaça negra, ou uma nuvem de tinta, ou um enxame de abelhas, e Maggie podia ouvi-los sob o chão – dez mil vozes clamando; dez mil passos; dez mil prisioneiros torturados, todos se agarrando e arranhando no esforço por nascer.

Mas o mais perturbador de tudo era a garota deitada sobre a neve aos seus pés. Uma garota de aparência tão comum, com uma túnica de couro, um manto de pele de lobo e o cabelo trançado como uma Estrangeira.

Isso era realmente o inimigo? A Voz em sua cabeça havia lhe dito que sim. No entanto, ela parecia tão normal, tão não demoníaca! Maggie sabia que os demônios podiam assumir a forma que escolhessem, mas aquele garota – aquela garota muito *familiar* – parecia uma escolha tão estranha! Ela a conhecia? Uma parte de seu pensamento dizia que talvez ela conhecesse. Esses olhos, essa boca teimosa...

Ora, essa garota é igualzinha a mim!

– *Rápido! A Palavra!* – disse a Voz em sua cabeça. – *Rápido, enquanto você ainda tem a chance!*

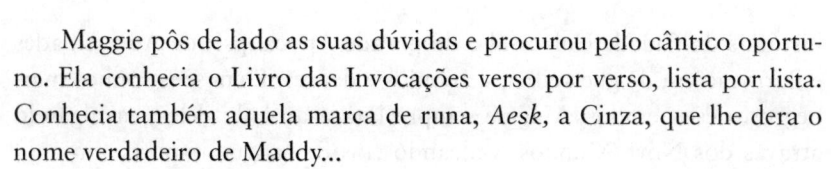

Maggie pôs de lado as suas dúvidas e procurou pelo cântico oportuno. Ela conhecia o Livro das Invocações verso por verso, lista por lista. Conhecia também aquela marca de runa, *Aesk*, a Cinza, que lhe dera o nome verdadeiro de Maddy...

Ela segurou a rédea de luz numa mão e recitou as palavras do Bom Livro:

– "Eu vos chamo de Modi, Filho do Trovão. Eu vos chamo de Aesk, Cinza do Relâmpago. Eu vos chamo Destruidor e Construtor de Mundos. Eu vos chamo..."

O cântico estava funcionando. A garota – o demônio – estava despertando. A Palavra parecia ter este efeito entre os de sua espécie; cada sílaba, um sopro. Agora ela se estendia desamparada aos pés de Maggie, um traço de vermelho em torno de sua face onde alguma coisa – um espinheiro – a tinha arranhado. A Palavra a tinha privado de fala, mas sua respiração ainda formava vapor no ar frio – e foi quando Maggie percebeu que nada disso era mais um sonho; que de algum modo tudo isso era *real*...

– *Acabe com ela! Enquanto ainda há tempo!*

A Voz do Mestre era autoritária. Mas Maggie Rede nunca se acostumara à obediência cega, irrefletida. A Ordem nunca mandaria nela, nem mesmo se fosse um menino. Matar em um sonho era uma coisa, pensou ela. Mas matar daquele jeito, usando a Palavra, numa maneira oposta a todos os ensinamentos da Ordem e sem nem mesmo saber a menor coisa sobre esta garota que se parecia tanto com ela...

– Não se importe com isso – disse a Voz asperamente em sua mente, o ser que se denominava Mestre. – *Faça como eu digo, garota! Acabe com ela! Lembre-se do Livro do Apocalipse! Maggie, este é o seu destino!*

Destino? Maggie pensou. Como todos os filhos da Ordem, ela acreditava muito fortemente nessas coisas. Ela lembrou-se do Livro do Apocalipse, o verso que abordava o Fim dos Mundos:

E virá um Cavalo de Fogo,
E o nome de seu Cavaleiro é Carnificina.
E virá um Cavalo do Mar,
E o nome de seu Cavaleiro é Traição.
E virá um Cavalo do Ar,
E o nome do Cavaleiro é Loucura...

Poderia aquele ser seu destino? Maggie Rede de Fim de Mundo estava predestinada a cavalgar o Cavalo do Fogo? Ela sonhara com isso por muitos anos, sozinha em seu labirinto subterrâneo. Ela lera muitas histórias da Cidade Universal e do grande Apocalipse; de Adversidades e Purificações; de guerreiros, demônios e deuses. E em seus sonhos mais negros, desesperados, Maggie sempre lutara ao lado deles, cavalgando através dos Nove Mundos, vadeando rios de sangue impuro, um anjo com uma besta nas mãos.

No entanto, em três anos ela nunca matara nada maior do que um rato; e agora, com o rosto de seu inimigo – tão parecido com seu próprio rosto – erguendo-se da neve para encará-la, Maggie descobria que simplesmente não podia obedecer à Voz sem questionamentos.

– Quem é você? – perguntou ela à garota aos seus pés. – Quem é você, e como você usa o meu rosto?

A garota ergueu-se penosamente até os joelhos. O cântico a tinha silenciado momentaneamente, mas agora sua força magnética – e sua voz – havia retornado. Sua marca de runa reluzia ferozmente na palma de sua mão, uma cor acobreada brilhante, mas ela não fez qualquer movimento visível *para atacar*.

– *Faça o que pedi, Maggie! Acabe com ela!* – A Voz havia perdido sua autoridade tranquila; seu tom agora era de aflição. – *Maggie Rede, EU ORDENO QUE VOCÊ...*

Mas a atenção de Maggie estava voltada para a garota. Sua voz estava quase sumida em meio ao som da voz do passageiro fantasmagórico de Maggie, mas, mesmo assim, ela pôde ouvi-la – uma voz agradável, muito parecida com a sua, mas com um traço do sotaque das Terras do Norte.

– Maggie. Ouça. Essa voz em sua cabeça. A que lhe diz o que você tem que fazer.

Maggie sentiu sua garganta se apertar.

– Como você soube meu nome? – questionou ela. – Como você soube da Voz?

A presença em sua mente havia se tornado um animal selvagem, rugidor.

– *VOCÊ VAI OBEDECER À MINHA ORDEM!* – gritou a Voz.

Maggie jogou o Mestre de lado como um cão rateiro jogando um rato. Isso doía, mas ela era mais forte; ela sentiu a raiva e a frustração dele se debatendo pelo controle de sua mente...

– Como você soube?

– Eu adivinhei – disse a garota. – É o Murmurador. Um inimigo do meu povo e do seu. Eu já havia visto pessoas sob efeito de seu feitiço. E eu sei que você não é realmente uma assassina.

Maggie franziu o cenho.

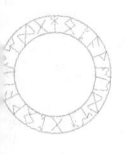

– Você está mentindo – disse ela. – Você é um *deles*. O inimigo. O imundo e traiçoeiro Povo do Fogo.

– Isso é verdade – retrucou a garota. – *Eu sou* um deles. Mas nós não somos o inimigo. O Murmurador é o inimigo. Ele mente. Ele quer usar você. Ele sabe quem você é e está usando-a para descarregar vingança contra sua família.

– Eu não acredito em você – disse Maggie. – O Povo do Fogo matou minha família.

– Isso não é verdade – falou a garota do Norte. – Maggie, eu sou sua ir...

Foi nesse momento que o chão começou a explodir. Um gêiser de terra, pedras e grama entrou em erupção a três metros e meio à esquerda de Maggie, seguido por outro bem em frente a seu monte espectral. O Cavalo Vermelho empinou, arreganhou os dentes, um fogo frio brotou de suas narinas. No mesmo instante alguma coisa começou a escorrer incontrolavelmente para fora da Colina; uma onda de vida gritante e de risos abafados que brotou como enxame dos buracos no chão partido e espalhou a neve contínua com seu sopro.

No mesmo momento Maggie sentiu alguma coisa *trombar* em seus pensamentos, como um anzol pego dentro de sua mente. Era seu passageiro outra vez, lutando com sua vontade contra a dela. Por um momento sua visão ficou borrada. Um espinho de dor penetrou em sua cabeça. Suas mãos feitas de sonho agarraram o emaranhado de rédeas até com mais força do que anteriormente.

Abaixo dela, a garota das Terras do Norte estava lutando para ficar em pé. Terra e cascalho as cobriram, rolando da crosta de neve. A cabeça de Maggie estava latejando agora; sua visão se duplicou, triplicou. Ela ficou vagamente consciente da garota do Norte, virando uma vez para olhá-la, depois começando a correr por sobre a neve.

Acima dela, dois corvos circulavam misticamente.

O anzol na mente de Maggie puxou novamente, pressionando-a a ceder, a obedecer.

– *VOCÊ NÃO PODE RESISTIR A MIM, MAGGIE REDE. EU ORDENO QUE VOCÊ ME OBEDEÇA! LIQUIDE A GAROTA! USE A PALAVRA! FAÇA ISSO JÁ, ANTES QUE SEJA TARDE DEMAIS!*

Mas Maggie não era Adam Scattergood para ser puxada na linha de pesca como um peixe apanhado.

– *PARE COM ISSO!* – disse ela, e *empurrou* a presença invisível com toda a considerável força de sua vontade. O Cavalo Vermelho abaixo dela se empinou, quase como que para incentivá-la.

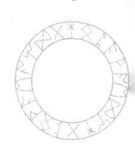

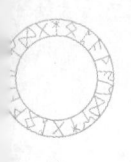

Ela sentiu o espanto do Mestre.

– *SAIA!* – ordenou ela, e se arremeteu novamente. Mais uma vez o Cavalo respondeu.

A Voz ficou queixosa, suplicante.

– *Por favor, Maggie. Deixe-Me explicar...*

– PELOS DIABOS, SAIA DA MINHA CABEÇA! – gritou Maggie e deu um empurrão final violento. Abaixo dela, o Cavalo deu um salto violento; houve um súbito clarão de luz...

Maggie abriu os olhos outra vez e descobriu-se de volta à Cidade Universal, sentada na cama com o Bom Livro aberto ao seu lado, Adam observando-a de olhos arregalados, e os velhos sons familiares da cidade soando como música em seus ouvidos que despertavam.

Por um momento, ficou tão aliviada de se ver de volta à casa que quase não percebeu o fato de que ela e Adam não estavam sozinhos. Um som a trouxe de volta à realidade; um relincho suave e familiar – do tipo que você pode ouvir em qualquer esquina e em qualquer lugar onde a criação de animais é mantida.

Maggie se virou e viu um cavalo erguendo-se ao lado da cama. Tinha a aparência exata de um cavalo comum – um ruão manchado com uma longa crina negra. Tinha o número habitual de patas. Por que ela então teve tanta certeza de que não era um animal comum? E o que ele estava fazendo em seu quarto?

Ela se virou para olhar para o Bom Livro, ainda aberto na imagem do estranho Cavalo de oito patas. Teria a imagem causado seu sonho? Ou sonhar a teria levado à loucura?

A imagem no Bom Livro mostrava o Cavalo com um cavaleiro. Aquele cavaleiro estivera lá anteriormente? Maggie não conseguia lembrar. Mas estava tão escuro no quarto que ela provavelmente não o notara. Uma pequenina figura com cabelo preto cortado, usando uma túnica escarlate...

Maggie fechou o Bom Livro e trancou-o com a chave dourada. Depois, virou-se para olhar novamente para o Cavalo através do círculo do indicador e do polegar. Através da runa *Bjarkán* ela captou um breve, inefável lampejo de vermelho. E em sua rédea, um clarão de azul assinalou a presença de alguma espécie de força magnética.

Ela pensara que havia sido um sonho. Mas não. Ali estava ele, no mundo real. O Cavalo Vermelho dos Últimos Dias...

Que agora, ao que tudo indicava, pertencia a *ela*.

LIVRO TRÊS
O Cavalo de Odin

Eu vi um cavalo de quatro pernas trotar
(Deixa de besteira, seu bebum delirante!)
Nove Mundos existiam em seu olhar
(Deixa de besteira, seu bebum tratante!)
Canção de bebedeiras em Fim de Mundo

1

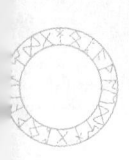

Os deuses (com exceção de Maddy, é claro) não sabiam de nada a não ser do resultado. Por quinhentos anos o Cavalo Vermelho havia dormido, esperando pela hora dos Últimos Dias. Agora estava desaparecido, a Colina não existia mais, e o Sonho – o Sonho cru, não diluído, incontrolável – estava à solta sobre o vale.

Foi a maior onda de efêmeras que os deuses haviam visto desde o Ragnarók. Começou aos pés da Colina do Cavalo Vermelho, onde todos os detritos do Mundo Abaixo – Faërie, duendes e outros indesejáveis, incluindo Loki, que ainda estava em desgraça – haviam se alojado fora do alcance dos Æsir, dos Vanir e do Povo.

Ela chegara muito cedo naquela manhã, quando o sol mal roçava a Colina. Os aldeões de Malbry estavam na maioria em suas camas, exceto por uns poucos madrugadores e pela Louca Nan, que acordava na aurora para alimentar seus gatos e vira as assinaturas caóticas no céu acima da Colina. Para a maioria, contudo, o primeiro sinal havia sido uma espécie de som roncador, como se fosse de uma tempestade iminente, seguido por uma explosão, como se todos os gêiseres do Mundo Abaixo houvessem decidido entrar em erupção ao mesmo tempo.

Os ratos o sentiram primeiro e fugiram para o alto aos milhares, saindo em enxames das profundezas mais escuras, movendo-se em grande número através de cavidades na rocha porosa, guinchando, mordendo e dilacerando-se uns aos outros – e dilacerando qualquer outra coisa que se pusesse em seu caminho –, numa luta cada vez mais frenética por fugir.

Açúcar, com Thor na casa do ferreiro, descobriu o pátio cheio deles: marrons, negros, cinzentos e albinos de olhos vermelhos, brotando de esgotos e escoadouros como se o Mundo Abaixo houvesse se preparado para uma evacuação maciça. Alguns até estouravam para fora do chão como rolhas de garrafas de cerveja de gengibre, e Açúcar viu que uma nuvem de pássaros havia começado a se formar sobre a aldeia; águias, carniceiros, falcões, corvos, gralhas e gaivotas, agitados pelo enxame de presas, estavam circulando sobre Malbry em números até então nunca vistos.

Maddy, fugindo o mais rápido que pudera da cena na Colina do Cavalo Vermelho, teve tempo para lembrar-se da ocasião quando, três anos antes, ao tentar capturar um duende, havia acidentalmente invocado *todos* os animais nocivos de Malbry para dentro do porão da sra. Scattergood. A presente ruptura era uma coisa como aquela, só que ampliada dez mil vezes. *Alguma coisa* estava vindo – alguma coisa grande –, liberada por sua gêmea e pelo Cavalo que havia despertado sob eles. Enquanto corria para se salvar, Maddy não conseguia deixar de pensar por que Maggie não havia feito um só movimento para atacar enquanto estivera deitada em desamparo e aturdida aos pés da Colina.

Teria ela perdido o controle do Cavalo? Teria simplesmente ficado sem força magnética? Teria deixado a missão de liquidar com o inimigo ao que quer que emergisse do Mundo Abaixo? Seria algum vestígio de lealdade, um senso de parentesco, que havia detido sua mão? Ou seria por que ela de algum modo sabia que Maddy também havia desobedecido a ordens, preferindo perder o Cavalo Vermelho a golpear sua irmã? Estaria sendo usada pelo Murmurador, uma inocente enredada em seus planos? E se assim fosse, poderia ela ser salva de si mesma e trazida de volta à sua família?

Não havia uma única resposta a estas perguntas, naturalmente. Hughie e Mandy estavam desaparecidos havia muito tempo, perdidos no redemoinho crescente de pássaros. A rédea de Odin também desaparecera. O plano de atrelar Sleipnir havia dado para trás do modo mais espetacular, e, quanto a ir para a Cidade Universal, isso estava certamente fora de questão, agora que aquela nova ameaça havia apontado sua cabeça.

Não, devemos lidar com este ataque primeiro, Maddy disse a si mesma enquanto fugia. E, então, percebeu que por enquanto o que acontecera na Colina teria que continuar um segredo – pelo menos até que ela soubesse a verdade sobre o Murmurador e sua gêmea misteriosa. Revelá-la aos deuses nessa altura seria nada menos que desastroso – e se Maggie, a despeito do ataque, havia sentido alguma espécie de ligação com ela, então Maddy devia descobri-la.

Ela preparou sua força magnética para o inevitável, enquanto ao seu redor o céu enegrecia com os pássaros, e o chão pululava de animais daninhos, saindo em enxames de buracos e fendas na terra em direção à aldeia de Malbry.

Enquanto isso, Loki, para quem nenhum movimento sob a Colina permanecia ignorado, havia sentido a ruptura imediatamente e assumido sua forma de pássaro, enquanto a malha de laços de armadilha e runas que havia posto no lugar naqueles quinhentos anos era despedaçada como uma teia de aranha. E primeiro os ratos, e a seguir uma onda gigantesca de efêmeras se ergueu repentinamente do Oitavo Mundo, arrastando todas as coisas que encontrou pelo caminho.

Sua fuga se deu não mais que um momento depois. Quando ele pairava no Aspecto de um falcão acima do caos no chão, surgiu uma onda de turbulência que quase o derrubou do céu, embora tivesse tido tempo para ver a assinatura de Maddy desaparecendo no redemoinho e para pensar no que ela poderia estar fazendo ali. E o que era aquela *outra* assinatura, submersa na confusão geral? Teria ele a imaginado? Estaria simplesmente vendo estrelas?

Então a terceira onda saiu da Colina, e Loki perdeu o interesse em tudo, exceto em ficar tão longe do epicentro quanto possível. Um súbito jorro de água – água fria como gelo do Sétimo Mundo – foi expelido com violência das fissuras na terra, de tal modo que o rio Strond aumentou dez vezes mais o seu tamanho normal na mesma quantidade de tempo. As barreiras contra enchentes da Margem do Rio Malbry foram rompidas, e a primeira grande onda de inundação investiu como uma manada de búfalos sobre a Rua Principal de Malbry; passou pela igreja, derrubando as casas de madeira mais próximas ao rio antes de se espalhar pelas fazendas e pastagens, por todo o caminho até a Borda de Nether.

Essa não era uma inundação comum, Loki sabia. Era o rio Sonho, liberado, lotado com os destroços do Caos. Em face de uma ameaça tão poderosa, Loki não se arriscou e, abandonando todas as lealdades, voou em Aspecto de pássaro o mais rápido que pôde em direção aos Sete Adormecidos, onde o Desfiladeiro de Hindarfell, recentemente aberto, lhe ofereceria melhores meios de fugir ao que quer que estivesse em sua perseguição.

Na aldeia, o Povo estava no caos. Alguns corriam para fora, a fim de ver o que estava acontecendo e eram rapidamente carregados para longe pela inundação. Alguns fugiam para a igreja para ficar em segurança; alguns levantavam sacos de areia e terra em frente às suas portas para formar um quebra-mar contra as ondas. Mas a água não era o fim de tudo: agora era fogo que brotava do chão; e ainda lama fervente, a qual, encontrando-se com a água da enchente, fazia com que grandes gotas de vapor se erguessem violentamente do já inchado Strond, rolando como trovão através da terra, de tal modo que alguns dos mais velhos lembraram-se das histórias de lobos-demônios que engoliram o Sol, trazendo trevas até mesmo à época do verão.

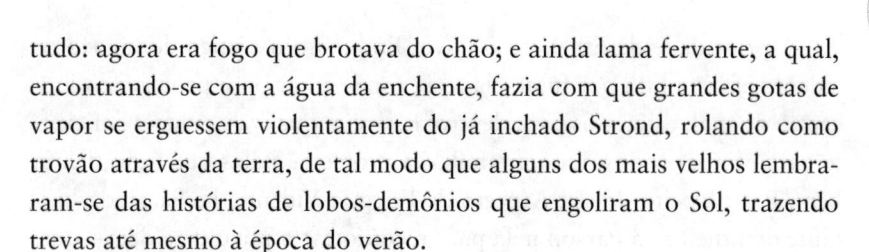

Maddy viu-o chegando e recorreu à árvore mais próxima para subir. Num carvalho mirrado, mas grande o suficiente, ela depositou suas esperanças de suportar a maré de água e lama. Alojando-se numa forquilha no tronco, ela ergueu os olhos para o céu turvo, tentando em vão distinguir as formas dos corvos de Odin em meio aos milhares de pássaros que circulavam.

– Hughie! Mandy! Vocês estão por aí?

Crau. Crauk.

Ela acreditou ouvir da nuvem a mais débil das respostas.

– Aproximem-se! – gritou ela.

De novo, aquela áspera nota em resposta.

De seu refúgio na árvore, Maddy sacou sua espada mental, pois agora, depois de fogo e dilúvio, vinha o resto: o Pandemônio liberado.

Depois das ondas de vapor, das pragas de ratos e das águas subterrâneas, surgiam Criaturas que apenas o Sonho poderia ter gerado: coisas com garras, coisas voadoras e coisas com as feições dos mortos. A espécie mais letal de efêmera, modelada com a substância crua do Sonho e gerada dos poços do Caos, rasgando seu caminho através da brecha nos Mundos em direção ao covil do Povo do Fogo.

Os *Æsir* foram rápidos em reagir à ameaça. Assumindo seu verdadeiro Aspecto, o máximo que podiam invocar, com espadas mentais e armas de runas, eles tomaram posição contra o inimigo que avançava. Nenhum deles estava na melhor forma, naturalmente – marcas de runas quebradas ou invertidas; instintos embotados; sujeitos a todas as imperfeições de seus corpos hospedeiros. Ainda assim, tomaram posição. Ainda assim, lutaram.

Do lado de fora da Paróquia o Tyr de Coração Corajoso, a despeito de seu tamanho inferior, estava fazendo um bom trabalho em liquidar todo rato que surgisse em seu caminho. Eles se estendiam aos montes em torno da praça, com seus corpos criando uma barreira contra a água que subia.

A prioridade de Ethel era o Povo. Enquanto o pânico dominava os aldeões em sua luta por fugir, ela tecia runas no ar para proteger os inocentes do mal; dirigia-os para dentro da igreja, que era grande o suficiente para abrigar todos; reunia famílias e prometia a elas que tudo ficaria bem. E a despeito de seu Aspecto de Frigg, a Vidente, havia ainda bastante de Ethelberta Parson nela para reconfortar o povo da aldeia – que, não fosse assim, podia muito bem ter suposto que os estrangeiros eram os culpados por tudo e virado sua raiva contra seus protetores.

Enquanto isso os Vanir não haviam ficado parados. De por debaixo dos Adormecidos, eles também haviam visto a praga de ratos que brotara da Colina, inundando as muitas passagens que partiam do subsolo do Olho do Cavalo; a maré nociva que viera depois deles – as ondas de efêmeras vindas do Sonho, o daninho gêiser do Mundo Abaixo que brotara para preencher cada buraco, cada rachadura, cada fissura no gelo.

Agora, de sua caverna de gelo subterrânea, Njörd trabalhava para fazer recuar o dilúvio enquanto Bragi golpeava poderosos acordes em sua guitarra. Frey havia desembainhado sua espada mental e estava ceifando metodicamente através das fileiras do inimigo enquanto Freya, em seu Aspecto de Ave Carniceira (que ela desprezava na maior parte do tempo por não ser nada glamoroso, mas cujas feições esqueléticas eram suficientes para causar medo até no coração do Sonho), voava em torno da cena de batalha, guinchando e atacando com suas garras, desalojando apinhados de estalactites que caíam como lanças do teto e sobre as cabeças do inimigo.

Lá na aldeia, contudo, Thor estava tendo problemas com os auxiliares. Posto em face da nuvem de efêmeras, as parasitas devoradoras de almas do Mundo Inferior, ele muito compreensivelmente supôs que seu poderoso martelo estaria ao seu lado durante a refrega. Mas Jolly parecia menos que desejoso de tomar parte, e o Deus do Trovão passou vários minutos lisonjeando-o antes que pudesse persuadi-lo a pôr de lado seu desjejum e assumir seu Aspecto como Mjolnir.

– Minha torrada vai esfriar – protestou ele. – Você não pode se virar sozinho?

Thor tentou explicar que aquilo era uma senhora crise.

Jolly fez uma carranca.

– Bem, não levo muito a sério a sua pressa – disse ele. – Não consigo tolerar torrada fria de jeito algum. E quanto às minhas salsichas?

Thor tomou um fôlego profundo, sorriu e prometeu a Jolly todas as salsichas que ele pudesse comer – mas, mais tarde, quando eles tivessem protegido os Mundos.

– Diga *por favor* – disse Jolly.

Neste momento a paciência de Thor findou de vez, e ele explodiu em Aspecto total na sala de desjejum de Ethel Parson – todos os sete pés do Deus do Trovão, a barba vermelha cuspindo faíscas ardentes, os olhos como tochas, os punhos como bigornas, grossas veias azuis percorrendo seus braços –, e ali estava Mjolnir ao seu lado, ainda parecendo-se estranhamente com Jolly, a enorme cabeça deformada, a dupla marca de runa brilhando, iluminada com forças magnéticas e luzes.

Thor soltou um grunhido de satisfação e, segurando a arma em seu punho, deu largas passadas em direção ao pátio interno outra vez e começou a fazer o que fazia melhor: martelar as coisas.

E havia muitas coisas a martelar. Não a mesma quantidade de efêmeras que os deuses haviam enfrentado no Mundo Inferior havia três anos, mas muito mais que eles haviam visto no Mundo Superior desde o Ragnarók cinco séculos atrás, quando Surt havia marchado para fora do Caos e Asgard havia tombado do céu.

Havia serpentes com plumas e pássaros com dentes; gatos de fogo e macacos da lama; havia aranhas, enxames de olhos voadores, águias com caras humanas, morcegos e coisas que não eram nada mais que tentáculos, como criaturas do Um Mar.

As efêmeras podem assumir qualquer forma, e mesmo quando despedaçadas podem sempre se reagrupar. Mas Thor e Mjolnir formavam uma equipe poderosa, e com o Tyr de Coração Corajoso ao seu lado, matando ratos, bem como Sif – que havia deixado de lado seu Aspecto atual e agora encarava o inimigo como uma feroz porca de batalha, com douradas presas de javali e olhos como brasas –, eles caíram sobre as hordas do Mundo Inferior com o vigor de um pequeno exército.

– O que eles estão *querendo*? – gritou o Tyr de Coração Corajoso, arremessando um raio mental sobre um pelotão de guarda-chuvas que marchavam. Ao contato, os guarda-chuvas se abriam numa chuva de meias-luas, cada uma delas tão afiada quanto a lâmina de uma navalha, e elas cortavam em fatias gritando pelo ar antes de se cravarem no chão congelado.

Thor deu de ombros.

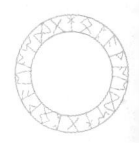

– Como por Diabos eu saberia? – Ele mirou seu martelo sobre um urso polar que se aproximava e lançou-o de volta ao Mundo Inferior uivando. – Não fui eu que abri a brecha...

– Não, quem fez isso foi Loki – disse o Tyr de Coração Corajoso. – Ele finalmente deve ter aberto caminho!

– Bem, se é ele quem eles estão procurando – falou Thor com um grunhido –, serão acolhidos por ele. A qualquer hora. E, levantando seu martelo, o Deus do Trovão retornou mais uma vez à ação que se desenrolava.

2

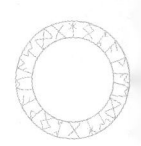

Loki não duvidou por um segundo que era *ele* quem eles procuravam. Ele deduzira automaticamente desde o início que seu trato com Angrboda e seu povo devia ter chamado a atenção do Caos e que aquele ataque era o resultado.

Com certeza, isso fazia sentido. Uma aliança entre os demônios e os deuses podia ameaçar o domínio de Surt, especialmente se a Cidadela do Céu estivesse de fato por ser reconstruída, e o Primeiro Mundo restabelecido como deles. Naturalmente, isso não explicava o que ele havia visto no céu antes da erupção. A assinatura de Maddy era difícil de ignorar, e ele estava mais que familiarizado com as cores do Cavalo do General, que haviam lampejado momentos antes que a Colina começasse a entrar em erupção, emitindo tantas assinaturas que todos os traços de Sleipnir e Maddy haviam sido rapidamente obscurecidos.

Loki, naturalmente, sabia tudo sobre a criatura adormecida sob a Colina. Tecnicamente, no Aspecto de Cavalo, ele era o pai de Sleipnir – uma relação que ele preferia esquecer –, e como tal poderia ter despertado o Cavalo muito facilmente; mas não tinha interesse em fazê-lo. Muito à parte do fato de que Odin o haveria despedaçado membro por membro se ele tentasse alguma coisa desse tipo, o Astuto não gostava muito de cavalos, preferindo seu Aspecto de pássaro a qualquer coisa de quatro ou oito patas. Maddy, ao que parecia, não tinha esses escrúpulos. A presença de sua assinatura tão próxima à fonte da erupção sugeria que ela havia levado o Cavalo. Talvez ela houvesse suposto que o resultado lhe daria camuflagem adequada para fazê-la escapar antes que alguém estabelecesse a ligação. Talvez, agora que Odin estava morto, pensou ele, seu poder tivesse sido demasiado para ela resistir.

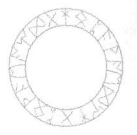

Razão a mais, Loki pensou, para que ele empreendesse sua fuga enquanto pudesse. Maddy não poderia ajudá-lo agora, mesmo que quisesse. Se ele pudesse chegar ao Hindarfell, poderia ter uma chance de encontrar abrigo fora do vale e depois disso abrir caminho em direção ao sul, penetrando na Cidade Universal e mais além, onde, pensava, poderia encontrar oportunidades melhores, mais seguras e mais confortáveis para desenvolver suas habilidades.

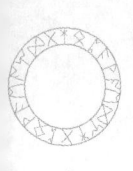

Mas Heimdall de Olho de Falcão, em seu posto nos Adormecidos, havia esperado por um movimento assim, e seus olhos penetrantes foram rápidos em notar o pequeno pássaro marrom voando em direção ao Hindarfell. Ignorando o caos abaixo dele, assumiu seu próprio Aspecto alado – aquele de uma águia do mar – e partiu em perseguição ao pássaro, cujo rastro de assinatura violeta-brilhante o definia conclusivamente como o Astuto fugitivo.

Por alguns momentos pareceu que o pássaro menor poderia quase fugir de seu perseguidor. Mas Loki estava cansado, Heimdall era mais forte e as muitas erupções do Mundo Abaixo haviam conspirado para criar uma turbulência no ar rarefeito da montanha que golpeou e sacudiu o Astuto até que, por fim, ele foi forçado a baixar ao chão bem quando chegava aos Adormecidos.

Com a branca águia do mar em seus calcanhares, Loki rumou para um espaço entre dois picos, onde, a meio caminho da descida da montanha, um lago de névoa branca se espalhava por baixo de uma geleira, obscurecendo parcialmente o cenário lá embaixo. Se ele apenas pudesse alcançá-lo, pensou, então poderia talvez encontrar algum lugar para se esconder...

A névoa era espessa e cremosa, como a espuma em um copo de cerveja. Ele mergulhou nela, sentindo a queda na temperatura tão logo atravessou a camada de nuvens. Assim que pousou numa saliência de rocha, Loki teve um momento para apreciar a *espessura* incomum do nevoeiro – sua palidez fantasmagórica; seu frio nauseante; o mau cheiro que envolvia tudo em seu alcance –, antes que alguma coisa acontecesse para fazê-lo esquecer seu perseguidor, sua fuga; aquilo o levou, assustado, a sair de sua forma de pássaro e retornar ao Aspecto humano, fazendo-o estatelar-se desajeitado sobre a neve em sua pressa de fugir.

A águia branca do mar baixou investindo ao vê-lo, mas Loki mal via o caminho. Ele simplesmente se deitou tremendo onde tinha caído, os olhos se arregalando em incredulidade quando uma coisa veio saindo da névoa à sombra da geleira. Uma coisa grande. Uma coisa escura. Uma coisa monstruosamente familiar...

Loki engoliu em seco, penosamente.

– Jorgi? É você? – perguntou ele.

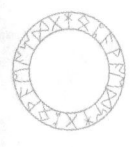

3

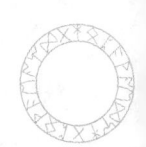

O temor de Loki não era sem razão. Na última vez que ele havia enfrentado a Serpente do Mundo – também conhecida como Jormungand –, as circunstâncias haviam sido menos que amigáveis. Mas ao menos ele estava então em pleno Aspecto, com Maddy ao seu lado, e com o (um tanto relutante) apoio de Hel, a Guardiã do Mundo Subterrâneo.

Desta vez ele estava sozinho, gelando de frio e, pior ainda – uma das desvantagens de mudar para o Aspecto de pássaro era que ele tinha que deixar suas roupas para trás –, vestido com nada exceto a própria pele. Não era desse jeito que ele havia vislumbrado o reencontro deles – na verdade, pensou Loki, o único jeito a que ele teria se submetido de boa vontade a esse reencontro seria com um grande exército postado entre ele e a Serpente (que estaria seguramente presa por runas – Loki não via mérito algum em obter trunfos pessoalmente).

Ele olhou para as mandíbulas abertas do monstro, arreganhou os dentes num sorriso sem graça e disse:

– Jorgi. Faz tempo que a gente não se vê...

Heimdall, enquanto isso, ao reconhecer a tentativa de fuga de sua presa, havia feito um rápido mergulho no lago de névoa branca. A primeira coisa que viu ao chegar foi Loki, completamente nu, recuado o mais longe possível contra uma saliência de rocha branca, e tal era a ânsia do Vigilante de liquidar finalmente seu inimigo que demorou vários segundos para que notasse a monumental, escura e inegável cabeça da Serpente do Mundo olhando de soslaio por baixo da geleira, seus intermináveis rolos perdidos na névoa, suas mandíbulas semiabertas e chuviscando veneno sobre a neve.

– Heimdall! – disse Loki com gratidão.

O Vigilante retomou seu Aspecto.

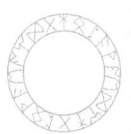

Jormungand soltou um bocejo monstruoso e deslizou para frente mais uns quatro metros. Heimdall lançou um olhar maligno sobre Loki e invocou um punhado de runas de fogo – embora não pudesse se definir facilmente se estas seriam usadas como armas ou simplesmente destinadas a combater o amargo frio.

– Fugindo de nós, Loki? – perguntou ele. – Eu sempre soube que você faria isso algum dia. E agora eu encontro você aqui: com *isso*, e todo o Inferno o seguindo...

– Dê-me um tempo – disse o Astuto. – Pareço ter um desejo de morte? Se você se lembra, Jorgi e eu não nos separamos no que você chamaria de termos amigáveis.

– É mesmo? – falou Heimdall com sarcasmo. – E isso depois de você também libertá-la do Mundo Inferior. Você deve achar que ela deveria lhe demonstrar um pouco de gratidão. – Ele baixou a força total de seu olhar azul-gélido sobre o Astuto acocorado. – Então, eu tenho que engolir que você *não teve* nada a ver com o que está acontecendo neste exato momento sob a Colina? Que você *não* abriu uma passagem para liberar as hordas do Mundo Inferior e que você *não* está agora planejando executar sua fuga com a ajuda de sua filha monstruosa, a Serpente do Mundo?

– Bem, *realmente...* – balbuciou Loki.

Mas o que ele estava prestes a dizer se perdeu na súbita agitação de asas quando outro pássaro – um pássaro estranho, com plumagem roxa e escarlate – adejou através do véu de névoa e pousou sobre a saliência de rocha. Loki mal teve tempo para reagir antes que o pássaro se tornasse Angrboda, vestida da cabeça aos pés num longo manto encapuzado de pele escarlate e botas de neve com saltos ousados, sentando-se na rocha elevada e observando-o com desaprovação.

– Estou *muito* desapontada – disse ela.

– Angie, por favor. Eu posso explicar...

– Você está me dizendo que *não estava* fugindo?

– É mais do que certo que eu não estava – afirmou Loki. – Caso você não tenha reparado, há uma pequena crise se desenrolando. Eu estava cobrindo a retaguarda, assegurando que o desfiladeiro ficasse seguro, enquanto Goldie e a turma cuidavam dos Adormecidos, e Thor e os outros lidavam com a Colina. A propósito, agradeço pelo Martelo. Grande carinha. Eu já estou sentindo falta dele.

Angie sorriu.

– Eu achei que você sentiria.

– Com licença? – Heimdall arreganhou seus dentes. – Posso perguntar que Inferno está acontecendo?
– Fique frio, Douradinho. Ela está do nosso lado. Nós fizemos um trato, lembra?
– Com *isso*, nós não fizemos – disse Heimdall, com um olhar de esguelha para a Serpente do Mundo.
– Bem, é aí que você se engana – retrucou Angie, descendo num pulo do poleiro congelado. – Jormungand vai nos ajudar. Vocês, deuses, pensam que são muito inteligentes, com suas forças magnéticas e seus raios mentais, mas a Jormungand ali pode abocanhar efêmeras do mesmo modo que um urso polar abocanha um peixe. Vocês precisarão dela *e* do resto de nós, se quiserem ter alguma chance contra o que vai acontecer.
– E, segundo você, o que *vai* acontecer? – Os olhos de Heimdall estavam muito brilhantes.
– A guerra, é claro – disse Angrboda. – A batalha pela Cidadela do Céu.
– Perdemos essa batalha há muito tempo. Como podemos ter esperança de vencê-la agora? Isso é uma artimanha... – Ele se virou mais uma vez para Loki, com a runa *Hagall* tremulando na palma de sua mão.
Loki elaborou *Yr*, a runa Protetora, com dedos entorpecidos de frio.
– Jogue limpo – falou Angrboda. – Ou levarei seus brinquedos embora. – Ela fez um gesto com a mão, e alguma coisa brotou das pontas de seus dedos: uma chuva de faíscas roxas que derrubou a Hagall da mão de Heimdall e banhou Loki de saraivadas.
Loki lembrou-se da runa que vira anteriormente em seu braço, e então se perguntou silenciosamente como Angie poderia ter obtido uma força magnética tão poderosa. As runas haviam sido presentes dos deuses havia muito tempo, do próprio Pai Supremo Odin – quebradas ou invertidas na derrota no Ragnarók; com o General desaparecido, ele pensou, certamente não podia existir mais nenhuma.
E, no entanto, ela o atingira com *alguma coisa*, ele pensou; alguma coisa muito diferente das forças magnéticas vistosas e desgovernadas de sua espécie. Loki sentiu-se muito inquieto.
– Ora, vamos, Angie. Estou com frio – disse ele. – Se você está aqui para ajudar, então acabe com isso.
Angie deu-lhe um olhar apaziguador.
– Estamos aqui para provar aos seus amigos arrogantes que eles vão precisar da gente ao lado deles. E para garantir que vocês não desistam de

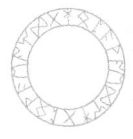

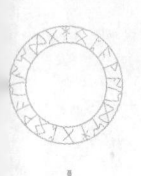

fazer sua parte e se disponham a ter ideias, como voar para o sul e buscar climas mais ensolarados...

Heimdall apertou seus dentes dourados.

– Não haverá qualquer recusa ao trato – garantiu ele.

– Ótimo – disse Angrboda. – Podemos discutir isso depois, quando Jormungand esclarecer a confusão.

– Esclarecer a confusão? – disse Heimdall. – Você está dizendo que ele *não* é o responsável?

– Claro que não. Você não estava ouvindo? Alguma coisa aconteceu na Colina. Alguma coisa que abriu a brecha no Sonho e liberou todos esses bichos daninhos. Mas não há nada que indique que nós éramos na verdade seu objetivo. Na verdade, é possível que isso não tenha sido feito em absoluto *contra nós*.

– Quem era, então? – perguntou Heimdall.

– Isso será apurado – respondeu a Tentadora, com um olhar de esguelha para Loki. – Mas seja lá o que for, quem quer que seja o responsável, eles nos deixaram com um monte de provas.

– Como assim? – indagou o Vigilante, com os olhos apertados.

A Tentadora ergueu uma sobrancelha.

– Eles vieram a nós através do Sonho – explicou ela. – Como saberemos melhor sobre eles senão através de seus próprios sonhos? – Dito isso, ela rumou em direção a Jormungand e pulou sobre seu pescoço escamoso, segurando-se no lugar com a ajuda de uma correia colocada sob as mandíbulas da Serpente. – Verei vocês novamente lá na aldeia – continuou. – Há alguém lá que precisa de nossa ajuda. – Depois, virando-se com um sorriso: – Ah, e pelo amor dos deuses, rapazes, vistam algumas malditas roupas!

4

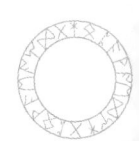

Ninguém além de Maddy tinha visto o Cavalo parir a si mesmo a partir do interior da Colina. Mas os sinais de sua passagem eram suficientemente claros. Alguma coisa grande havia se libertado; e, considerando a assinatura que havia deixado, era apenas uma questão de tempo antes que chegassem à óbvia conclusão.

A onda inicial de efêmeras vindas da Colina havia se reduzido a um limo nocivo, e os Æsir haviam se juntado aos Vanir agora, que em seus Aspectos animais haviam corrido pelos Adormecidos abaixo em direção à fonte do ataque. Agora, reagrupando-se junto à Colina do Cavalo Vermelho – ao menos, ao que dela restara –, eles examinavam os danos com olhos ansiosos, quando a horrível verdade lhes surgiu.

– Então, o tempo todo aquele Cavalo miserável havia estado bem aqui debaixo de nossos narizes? – disse Frey. – Mas quem poderia saber onde encontrá-lo? E por quê?

– Loki – falou Thor. – Ele *fez* a maldita coisa.

Sif, ainda em Aspecto de uma porca de batalha, grunhiu sua aprovação.

– Mas por que essa confusão toda? – gritou Idun, a única que, dentre todos do Vanir, não tinha qualquer Aspecto animal e havia assumido a forma de uma avelã, que Njörd carregava em suas garras. – Ele não poderia ter roubado apenas o Cavalo sem despertar metade do Mundo Inferior?

– É de Loki que estamos falando – disse Bragi. – Quem sabe por que ele faz essas coisas?

Ninguém soube responder. Mas o que estava claro para todos era que o que um dia pareceu pouco mais que uma brecha entre os limites dos Mundos, havia agora se tornado uma ferida escancarada. Não havia meio de saber quando outra onda de efêmeras poderia atacar. Mas numa coisa todos os deuses estavam de acordo. Esse dano aos limites entre os

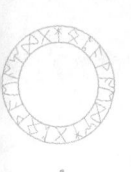

Mundos não havia acontecido desde o Ragnarók, e até onde lhes dizia respeito, Loki era o culpado.

Havia algumas justificativas para isso. Afinal, fora ele que provocara a abertura inicial no Sonho. Mais tarde, na Colina do Cavalo Vermelho, fora função de Loki vigiar o Olho. Mas agora o Olho havia sido pulverizado, e Loki estava desaparecido, seu rastro conduzia para o sul, com uma assinatura azul-gélida que podia apenas pertencer a Heimdall disparando atrás dele na perseguição.

– Quando eu puser minhas mãos no fujão – disse Thor, lançando seu martelo sobre um grupo de demônios gigantescos. – Vou usá-lo como um palito de dentes.

– Eu vou reduzi-lo a uma isca de peixe – comentou Njörd.

Freya, no Aspecto de ave carniceira, disse asperamente:

– Eu farei um colar de seus dentes.

Sif grunhiu através de suas presas.

– Eu vou espalhá-lo daqui até Campos Lisos.

Jolly retomou seu Aspecto por tempo longo o suficiente para observar, com um sorrisinho malicioso:

– Bem, eu não o vejo voltando para cá tão cedo, não com esta turma para enfrentar. Opa, cuidado, eles vêm aí outra vez...

A trégua na batalha se provara apenas passageira. Mais uma vez a Colina vomitava um novo jorro farto de efêmeras, tomando forma à medida que iam se aproximando, vindo em direção a eles com cascos e asas de pesadelo que obscureciam o sol no céu.

Mais uma vez os deuses se prepararam para encarar outra ofensiva.

Bragi puxou sua guitarra e produziu um acorde de grande poder. Uma bateria de pequenas notas agudas se espalhou sobre a encosta da colina, derrubando as efêmeras em seu caminho, embora elas ainda continuassem vindo.

Bragi franziu o cenho e apertou uma corda.

– Estou afinado? – perguntou ele.

Thor deu de ombros com indiferença. Dorian Scattergood era incapaz de distinguir sons, e ele mesmo nunca fora particularmente interessado por música. Até onde dizia respeito ao Deus do Trovão, guitarras, flautas – ou, ainda pior, *alaúdes* – eram melhores quando evitados.

Ele preferiu lançar seu martelo novamente, abrindo fendas no chão do vale que iam para baixo, penetrando no Mundo Abaixo. Açúcar brandiu sua espada mental, Frey sua foice de lâmina dupla. Mas para cada demônio extraviado que eles conseguiam deter, para cada raio mental que atingia o alvo, para cada pedaço de efêmera que era lançado de volta ao esquecimento, mais dez fugiam pelo ar, tornando-se incorpóreos, adquirindo a forma de vapores e nuvens, ou afundavam de volta no chão pantanoso, seguindo raízes, rios, correntezas, descobrindo seu caminho para o Um Mar, apanhando sonhos conforme iam flutuando.

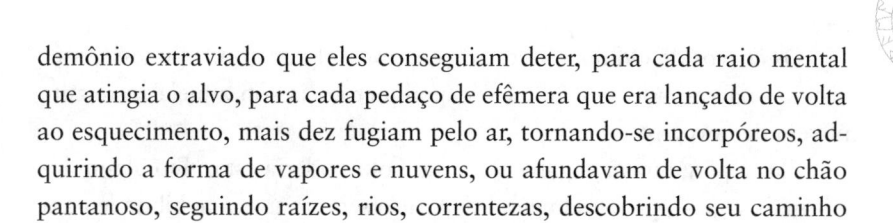

Por toda a extensão de Malbry a Fim de Mundo, as pessoas sentiam suas presenças. Bebês acordavam gritando; cachorros bons tornavam-se maus da noite para o dia; velhos familiares morriam durante o sono; coelhos comiam seus filhotes. O Sonho havia virado outra página. A Adversidade se aproximava.

Enquanto isso, lá na Colina do Cavalo Vermelho, a situação parecia irremediável. Os deuses ficaram reduzidos de dez mil para um. Envenenados pelo ar tóxico, as penas chamuscadas, a força magnética destruída, cortados, feridos e doloridos, passo após passo e golpe após golpe, foram forçados a recuar para longe da Colina.

Tyr tinha um bom número de mordidas de rato. O braço direito de Frey pendia inútil. A guitarra de Bragi tinha uma corda partida. Até Thor estava mancando, embora Jolly parecesse estar se divertindo. E o fluxo de efêmeras que saíam da Colina estava firme como sempre.

Maddy, a menos de um quilômetro e meio de distância, havia se saído ainda pior que os Æsir. Pendurada num carvalho mirrado, um rio de lama e fogo aos seus pés, ela havia conseguido, com runas e sua espada mental, combater o pior do ataque. Os seres que haviam emergido fora da Colina em sua maior parte tinham-na evitado, mas um choque com uma coluna de formigas-navalhas, algumas sanguessugas gigantes e uma coisa que se parecia com um pterodátilo (embora, claro, ela nunca tivesse visto um) tinham-na deixado com cortes, arranhões, além de um talho por sobre toda a testa, que sangrava com força. Misturado com os gases do Mundo Abaixo e os contínuos ataques à sua força magnética, isso agora a deixava muito enfraquecida, sua espada mental reduzida a pouco mais que uma lasca, seu apoio no tronco da árvore – agora escorregadio devido ao seu sangue – finalmente começando a falhar.

Embora seus amigos estivessem próximos, estavam fora de alcance. O ar estava carregado de efêmeras. Suas presenças formavam uma espécie de nevoeiro – um nevoeiro repleto de estilhaços de rajadas invisíveis – que se agarrava ao cabelo e às roupas de Maddy, gelando seus membros, puxando-a para abaixo, esgotando sua resistência.

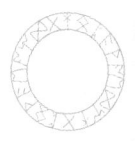

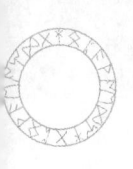

Os corvos de Odin não estavam em parte alguma onde pudessem ser vistos – na verdade, era difícil ver qualquer coisa sob aquela rastejante nuvem de nevoeiro.

Ela se perguntava vagamente onde Loki poderia estar. Em algum lugar mais seguro, provavelmente. O Astuto sempre tivera habilidade para não estar presente quando os problemas surgiam – um fato que fizera pouco para granjear a confiança dos *Æ*s*ir* durante o atual conflito. Além do mais, o que saía agora da Colina teria posto à prova a fé do mais fiel dos poucos amigos restantes de Loki.

Como antes, começou com um ronco vindo dos canais do Mundo Abaixo; o fluxo de efêmeras vacilou e parou, como um cano de água bloqueado por alguma espécie de obstrução. E veio um som como o de mil chaleiras prestes a explodir todas de uma vez só; um som gritado, sibilante, matraqueador.

Então Jormungand fez sua entrada.

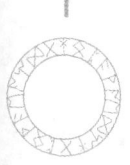

5

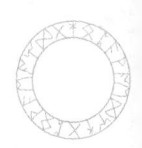

Foi uma entrada impressionante, como Maddy admitiu mais tarde, depois que limpou o pó dos cabelos e ficou maravilhada com os fragmentos de pedra – alguns de pedras preciosas que o Povo do Túnel teria vendido suas mães para adquirir – projetados tão altos no ar que cinco minutos depois estavam ainda tombando como estrelas cadentes sobre Malbry.

Naturalmente, ela já havia visto a Serpente do Mundo. Mas Jormungand em Aspecto era uma visão para desafiar os nervos de qualquer um. Sua cabeça era tão grande quanto uma junta de bois, sua crina como um monte de feno de luz de runa. E suas mandíbulas – que estavam escancaradas para engolfar os enxames de efêmeras – eram como um par de portas de estábulos cercadas por dentes no formato e no tamanho de cimitarras.

Maddy estendeu a mão procurando sua espada mental, sabendo que era inútil. Jormungand empinou a cabeça maciça; Maddy juntou suas forças derradeiras e se preparou para partir para a briga. Ela podia sentir o hálito venenoso da Serpente, sentir o calor de sua aproximação. Mas ela não atacou. Simplesmente se recostou indolentemente e abriu a boca para ela, a não mais que vinte passos de distância. Talvez a tivesse reconhecido, ela pensou. Talvez estivesse ouvindo a razão.

Maddy baixou a espada mental.

– Lembra-se de mim? – perguntou ela.

Maddy ainda estava longe de sentir-se confiante. A última vez que ela e a Serpente haviam se encontrado havia sido três anos antes, numa das masmorras da Fortaleza Negra, e embora ela *tivesse* ajudado os deuses a fugir, isso se devia muito mais a Loki, que havia se usado como isca humana para induzir o monstro a dar livre curso à sua destruição.

– Eu sou... uma amiga de Loki – disse ela.

Jormungand soltou um longo silvo.

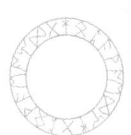

– Bem, nem tanto uma *amiga* – emendou Maddy apressadamente. – Mais o que você chamaria de uma aliada.

A Serpente do Mundo fez um som indefinível e enrolou-se em seu lençol de muco viscoso. Seu fedor era quase palpável. Maddy ficou pensando no que poderia impedir a Serpente de apenas abrir suas mandíbulas e engoli-la como uma uva. Mais uma vez estendeu a mão à procura de sua espada mental. Reduzida a não mais que um palito de dentes agora, ela mal teria detido um rato. A Serpente do Mundo soltou um enorme bocejo...

E então se ouviu uma risada de garota e uma voz aguda de lá do alto que dizia:

– Ah, *querida*. Ponha isso *pra lá*...

Maddy ergueu os olhos, bem a tempo de ver a Bruxa da Floresta de Ferro pular de sua posição no flanco da Serpente, em peles escarlates da cabeça aos pés e parecendo muito satisfeita consigo mesma. Ao seu lado, os Irmãos Lobos davam cambalhotas como marionetes desgovernadas no rastro da devastação.

– Acho que você pode usar uma escada – disse ela. – Suba a bordo, e eu vou levá-la para casa. – Ela olhou seriamente para Jormungand, que havia voltado sua atenção para um bando de efêmeras que estava passando. Abrindo suas enormes mandíbulas, ela inalou e puxou as efêmeras para dentro de sua boca com a facilidade de uma baleia ingerindo plâncton.

Angie afagou sua crina limosa.

– Com fome, querida? *Esta* é minha garota! – Ela sorriu para Maddy. – Minhas garotas sempre tiveram um apetite saudável – disse ela. – Agora vamos lá, doçura, leve Maddy para casa. Você pode ir comendo uns petiscos pelo caminho.

Enquanto isso, não longe da aldeia, os deuses estavam tomados pela apreensão. Um punhado de forças magnéticas era só o que lhes restava; estavam mancando, exaustos, próximos à derrota. Reagrupando-se num terreno mais elevado, haviam visto o rio subir, enquanto o Povo se juntava em grupos aqui e ali, em torno dos edifícios mais sólidos – principalmente a igreja e a Paróquia, onde Ethel havia permanecido para prestar ajuda – alguns carregando seus bens, outros silenciosamente olhando com fúria para aqueles que haviam lhes trazido aquele desastre sobre a cabeça.

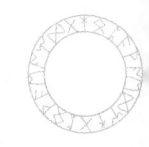

A Louca Nan Fey estava em meio à multidão, embora soubesse perfeitamente que os deuses não eram de modo algum responsáveis pelo que estava acontecendo. Tudo isso estava escrito no Bom Livro e nas cantigas de ninar de sua infância – que iriam todas mostrar, disse a Louca Nan, que as velhas histórias das esposas que a Ordem desprezava não eram tão tolas quanto afirmavam, e que se alguém de algum modo pudesse ter evitado aquela longa espera pelo Apocalipse, teria sido mais provavelmente uma velha esposa...

Então veio um estrondo todo-poderoso, e saindo do pouco que havia restado da Colina surgiu Jormungand em pleno Aspecto, lançando para o alto uma chuva de pedras ao brotar violentamente do chão. Pedaços flamejantes de pedra semiderretida salpicaram o vale como estrelas cadentes, e Nan e os aldeões foram forçados a correr em busca de um abrigo qualquer enquanto os deuses se viravam para encarar o novo ataque.

Demorou cerca de cinco minutos para que o pó e os detritos baixassem o suficiente e os deuses pudessem perceber que a Serpente do Mundo não estava sozinha. Um trio de lobos a acompanhava, e também um pássaro do fogo, uma águia do mar e um pequeno falcão marrom cuja assinatura rabiscada pelo céu o designava inequivocamente como...

– *Loki*. Eu devia ter desconfiado – grunhiu Thor, agarrando Jolly pelos pés.

Mas Jolly havia dado uma olhada em Jormungand e retomado seu Aspecto de duende.

– Essa desgraçada viscosa me engoliu um dia – disse ele. – Maldito seja eu se cair na sua boca outra vez.

O Deus do Trovão, achando-se desarmado, soltou um uivo de fúria.

– Você volte aqui *imediatamente*! – rugiu ele.

– Ou senão o quê? – disse Jolly, mexendo nos dentes.

– Mas isso é a *Serpente* do Mundo! – exclamou Thor queixosamente.

– E daí que ela seja? Está do nosso lado.

Quando os deuses contemplaram em silêncio, ficou claro que Jolly estava certo. Se estar ao lado dos deuses significava engolir efêmeras, beber sombras, devorar sonhos, abocanhar demônios aos bandos com o que parecia um apetite insaciável, então a Serpente *estava* do lado deles.

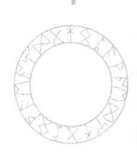

Além do mais, ela tinha uma cavaleira. Quase obscurecida pela luz das runas, ela parecia estar pendurada à sua crina, sua assinatura castanho-avermelhada brilhando através do miasma. Os três lobos que tinham visto estavam ainda nos seus flancos; e embora ao lado da Serpente estes parecessem não maiores que gatinhos, os deuses podiam ver por suas assinaturas que não eram lobos comuns, mas criaturas de terrível poder e força. Acima de todos eles voava o pássaro de fogo – um pássaro diferente de qualquer outro dos Nove Mundos, seu rastro colorido daquele púrpura sobrenatural do fim do Arco-Íris que os deuses associavam ao Caos.

– O que pelos Infernos está acontecendo? – grunhiu Thor em frustração. – Aquilo não é Maddy cavalgando a serpente?

Os outros apertaram os olhos sobre a cena e finalmente concordaram que era.

– Ela está vindo para cá – disse Freya. – Posso ver suas cores agora.

– Graças aos deuses ela está a salvo – falou Njörd.

Bragi pegou sua guitarra e dedilhou um acorde de vitória.

– *E virá um Cavalo de Fogo* – disse Ethel em sua voz discreta. – *E o nome do Cavalo é Carnificina. E virá um Cavalo do Mar. E o nome do Cavaleiro é Traição.*

– O que é isso? – perguntou Njörd. – Uma profecia?

– É do Livro do Apocalipse. – Ethel, cujo papel como mulher de um pároco havia incluído ajudá-lo numa tarefa *muito* oficiosa, a de preparar seus sermões semanais, tinha mais que apenas um conhecimento passageiro dos conteúdos do Bom Livro. – O Cavalo de Fogo, a Colina do Cavalo Vermelho e agora, talvez, o Cavalo do Mar...

– O quê? A Serpente? – disse Freya.

– Mas uma serpente não é um cavalo... – começou Njörd.

– E o Bom Livro é frequentemente impreciso – disse Ethel em sua voz calma. – Mas se eu estiver certa, então o Fim dos Mundos está mais próximo do que imaginamos. Dois dos Cavaleiros já estão aqui. Temos que encarar o inimigo.

– Pensei que era isso que *estávamos* fazendo – disse Thor.

Ethel balançou sua cabeça.

– Não. Isto é apenas uma diversão. A batalha final terá lugar em Fim de Mundo. *Dentro de apenas doze dias, no Fim dos Mundos...*

– O quê? – perguntou Thor.

– Onde mais? – retrucou ela. – É onde Asgard tombou, afinal. Eles até construíram um memorial.

– A Catedral do Santo Sepulcro.

Por um momento houve silêncio enquanto os deuses refletiam sobre o Fim dos Mundos. Açúcar em particular sentia-se muito apreensivo.

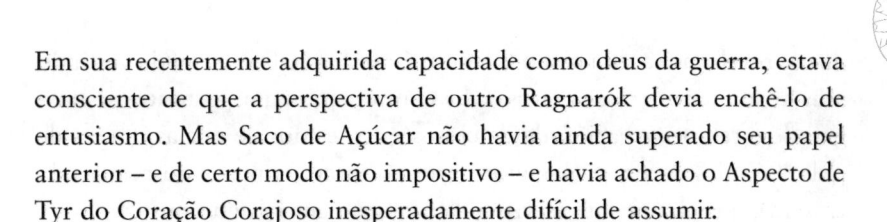

Em sua recentemente adquirida capacidade como deus da guerra, estava consciente de que a perspectiva de outro Ragnarók devia enchê-lo de entusiasmo. Mas Saco de Açúcar não havia ainda superado seu papel anterior – e de certo modo não impositivo – e havia achado o Aspecto de Tyr do Coração Corajoso inesperadamente difícil de assumir.

Talvez, pensou Açúcar, quando Asgard fosse reconstruída, ele assumisse o Aspecto mais prontamente. Mas, por enquanto, ele achava matar ratos uma provação, e a ideia de uma batalha final o deixava de pelos arrepiados.

– Um Cavalo cujo nome é Traição – disse Thor. – Isso tem que ser Loki, não?

– Não vamos tirar conclusões precipitadas, ok? – falou Ethel, ainda observando a aproximação da Serpente. Ela estava se movimentando muito depressa agora, embaçando toda a estrada de Malbry, e agora os deuses podiam sentir seu cheiro também, como uma extensão de terrenos pantanosos ao sol; um fedor salgado que travava suas gargantas e fazia seus olhos lacrimejar. Por fim ela parou, e Maddy desceu de onde estava se agarrando; Maddy com um talho em sua cabeça e três enormes lobos em seus calcanhares.

– Está tudo bem. Jorgi está do nosso lado – disse ela, vendo Thor quase pronto para atacar.

– O que aconteceu? – perguntou Idun, no Aspecto da deusa. – Você está bem? Coma um pouco de maçã...

As maçãs de Idun eram lendárias – uma cura para a velhice, para a doença, bem como para os ferimentos de guerra. Ela carregava suprimentos para todo lugar que fosse; a fruta estava seca, mas ainda boa, e Maddy aceitou um pedacinho, não tanto por suas propriedades de cura quanto como pelo pretexto que ele lhe fornecia para ficar em silêncio alguns minutos a mais. A ideia de mentir para seus amigos era quase assustadora demais para ser levada em consideração; e até a presença de Jorgi e os lobos agora surgia como uma bem-vinda distração.

Freya, também no aspecto de Deusa, puxou um lenço de mão perfumado (que pertencia a Ethel, cujo guarda-roupa estava diminuindo rapidamente) e aplicou-o sobre seu pequeno nariz.

– Ela pode ser uma aliada – observou Freya –, mas por que tem que cheirar tão mal?

– E, pelos Infernos, o que *eles* estão fazendo aqui? – grunhiu Açúcar, cujos pelos da nuca haviam se eriçado instintivamente à visão dos lobos, que se revelavam agora como Caveira, Grande H e Fenris, ainda vestindo seus costumeiros trajes pretos, mas com o acréscimo posterior de uma grande e reluzente variedade de cintos guarnecidos de tachas, faixas de pulsos e joias de prata (a maior parte elaborada a partir do motivo da caveira), que claramente servia como equipamento de guerra.

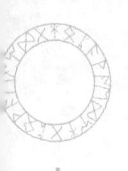

Fenny baixou os olhos sobre Açúcar com desprezo.

– Foi nisso que os Æsir se transformaram? – indagou ele. – Recrutando calouros para lutar em sua guerra?

Saco de Açúcar grunhiu novamente.

– Quem você está chamando de calouro? – perguntou ele.

Fenny deu de ombros.

– Um tanto pequenino você, não é mesmo? Estou surpreso que consiga até segurar uma espada. Quanto ao *último* deus da guerra...

Caveira e Grande H trocaram sorrisos.

– Ele era um tipo bem grandão – disse Caveira.

– Sim. Tinha um monte de carne nele, cara – confirmou Grande H.

Açúcar grunhiu e apertou seus punhos. Fenny lhe lançou um sorriso irregular e exibiu a Cruz do Lobo em seu braço. Eles podiam até ter chegado a trocar socos se, naquele momento, o pássaro de fogo não houvesse pousado em frente aos deuses, adotando o Aspecto de Angrboda, a Tentadora da Floresta de Ferro.

– Você! – disse Freya com relutância.

– Tenho que dizer que esperava *um pouquinho* mais de gratidão – falou Angie.

– Gratidão? – grunhiu Thor.

Angie mandou-lhe um beijo com a mão.

– Eu disse que vocês precisavam de mim – advertiu ela. – E de meus adoráveis Garotos Lobos, é claro. Imaginem só em que confusão vocês estariam se Jorgi não estivesse aqui para ajudar.

Thor franziu o cenho e apertou os olhos. A Serpente do Mundo, que havia recuado depois de depositar Maddy no chão, estava agora enrolada amigavelmente em torno do que restava da Colina do Cavalo Vermelho, parecendo-se com alguém ao fim de um longo e muito satisfatório jantar da festa do Yule; cheia de carne e de batatas, mas ainda capaz de dar uma beliscada satisfeita numa torta de carne, num chocolate, num punhado de passas, em algumas avelãs...

– Vocês estão dizendo que não *estavam* por trás de tudo isso? – questionou Thor, com desconfiança.

– Claro que não – disse Angie. – Por que deveria estar? Eu quero minha sala em Asgard.

– O que nos leva a Loki novamente – falou Thor, olhando de relance para o céu, onde o falcão e a águia estavam começando a fazer sua descida. – Bem, quando eu puser minhas mãos sobre ele...

– Por que culpar Loki? – disse Maddy.

– Porque *sempre* é Loki – argumentou Thor.

Maddy se mexeu desconfortavelmente. O Deus do Trovão tinha razão. Tempo após tempo, quando os problemas surgiam, o Astuto estava por trás deles. Desta vez ele era inocente, e apenas ela poderia provar. Afinal, fora *sua* culpa; *ela* havia despertado o Cavalo Vermelho; *ela* deixara Maggie levá-lo dela. Naturalmente, se contasse a verdade aos deuses, teria que trair sua irmã – sua gêmea –, e qualquer chance de redimir Maggie seria perdida. A ligação dela com o Murmurador iria queimá-la para sempre aos olhos deles. Mesmo que finalmente ficasse provado que Maggie havia sido uma simplória inocente, os deuses exigiriam vingança. Maddy imaginou a irmã acorrentada nos subterrâneos, ou banida para o Mundo Inferior. Ela não podia deixar isso acontecer, de modo algum. Mas se mentisse para proteger sua gêmea, então era certeza de que Loki levaria a culpa...

Antes que ela pudesse tomar sua decisão completamente, a águia do mar branca e o pequeno falcão marrom haviam pousado numa cerca nas proximidades, tornando-se Heimdall e Loki novamente.

Sif, voltando seu olhar para eles, deu um grunhido de indignação.

– Olhem! Vejam só o que o gato nos trouxe!

O rosto de Thor assumiu a expressão de alguém que, há muito tempo surpreendido pelos acontecimentos, finalmente enxerga um propósito em sua vida. Ele se arremeteu para a frente, e em menos de um segundo Loki estava balançando, pendurado em seu pulso, enquanto todos os deuses se juntavam ao redor para observar.

– Muito bonito – disse o Astuto, totalmente exausto, a esta altura. – Belo modo de tratar um cara que acabou de salvar a vida de todos.

Seus olhos verdes ardentes se acenderam ao ver Maddy, e uma expressão de alívio surgiu em seu rosto. Se Maddy estava ali, disse a si mesmo, então seria capaz de testemunhar a seu favor. Fossem quais fossem seus motivos para levar o Cavalo, ela nunca deixaria um amigo em apuros.

– Então, como você *salvou* nossas vidas? – perguntou Frey.

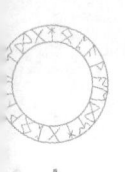

– Bem, se vocês me derem uma chance de explicar... E, a propósito, eu não quero parecer puritano aqui, mas *há* senhoras presentes – disse Loki, apontando seu estado de nudez e acrescentando com um sorrisinho malicioso – Ah, e Sif e Freya, naturalmente.

– Cale a boca e vista isso – falou Heimdall, que já havia encontrado uma coisa para vestir a si mesmo e agora atirava uma trouxa de roupas para Loki. Com sua habitual economia de palavras, o Vigilante explicou a situação como a entendia ao pequeno grupo de deuses perplexos, enquanto Loki lutava com uma camisa emprestada (grande demais para ele). Angie contemplava tudo com um sorriso de ternura, enquanto Fenny e seus lobos-demônios ficavam ao redor, sorrindo e mostrando os dentes, exibindo os músculos e tatuagens da Cruz do Lobo.

O Grande H dirigiu-se ao Astuto.

– Cara – disse ele. – Você está com uma aparência horrível.

– Amigos seus? – perguntou Heimdall.

Mais uma vez Loki começou a explicar. Não foi uma explicação direta. Ele estava acabando de chegar à parte onde, destemidamente, havia assumido a forma de pássaro para verificar as montanhas, quando mais dois pássaros – na verdade, dois corvos – pousaram sobre a cerca da Paróquia.

Hughie e Mandy, Maddy pensou; mas antes que ela pudesse dizer qualquer coisa, uma súbita e violenta comoção brotou.

Os Irmãos Lobos, todos os três agindo como um só, rapidamente haviam retomado seus Aspectos e, com um único salto gigante, avançado para a cerca da Paróquia. Ao mesmo tempo, os novos visitantes voaram, abatendo-se sobre as cabeças dos lobos, crocitando ruidosa e impudentemente. Os três lobos uivaram de frustração quando os pássaros ficaram fora de alcance com segurança. Fenny tentou abocanhar o corvo maior, que respondeu bicando-lhe o nariz.

– Ah, de onde eles vieram? – perguntou Angie, contrariada. – Sempre causando problemas...

Maddy não pôde deixar de sorrir ao ouvir isso. Do que ela conhecia da Tentadora até aí, era *a ela* que os problemas pareciam perseguir.

– Parem com isso! – exigiu Angie asperamente, dirigindo-se aos corvos e lobos. – Nós estamos em trégua, lembram-se?

– Uma trégua? – perguntou Hughie, retomando seu Aspecto humano. – O quê, com esses bobos?

Ferris lançou sobre Hughie um olhar furioso, segurando seu nariz com as duas mãos.

Açúcar, que havia rejeitado os lobos ao vê-los, segurou sua espada mental e recuou, mal-humorado.

Maddy notou que Mandy, que também havia retornado à sua forma humana, estava agora usando o brinco de garra de dragão de Fenny. Seus dourados olhos brilhantes estavam iluminados pela malícia. Ela abriu a boca e crocitou.

Loki fechou os olhos para eles por um momento, depois baixou o olhar para si mesmo novamente.

– Sabem? – refletiu ele. – Isto aqui pode ser a camisa de uma senhora.

– Não se preocupe – falou Heimdall soturnamente. – Você não vai precisar usar por muito tempo. – Ele se virou para Maddy. – Diga-me, o que exatamente aconteceu aqui?

Mais tarde, Maddy percebeu que aquela fora sua chance final para confessar seu papel nos acontecimentos do dia. Uma janela de oportunidade, e estupidamente ela a havia perdido. Mas a percepção tardia é uma falsa amiga, do tipo que mete você em encrenca, depois fica lhe seguindo parecendo uma santinha e dizendo: *Viu só? Eu bem que lhe falei...*

Se alguém perguntasse a ela, talvez ela pudesse ter confessado. Alguém como Njörd, Ethel, Freya ou até Bragi, cuja ideia de uma repreensão era cantar para o culpado o mais alto que pudesse. Mas Heimdall, cujos olhos eram duros como aço temperado e quase tão implacáveis quanto este; Heimdall, que tudo via, tudo ouvia, e não confiava em ninguém, e nunca dormia...

– Fale então, Maddy – disse Loki, sentindo sua hesitação. – Diga a eles que não foi culpa minha. Você esteve lá. Você viu.

Maddy desviou os olhos.

– *Por favor...*

Loki se dirigiu ao círculo de deuses.

– Pessoal, eu sei que não parece – disse ele. – Mas desta vez não tem nada a ver comigo. Eu estava sob a Colina, lá na minha casa, cuidando da minha própria vida, e de repente... *bum!* Surpresa. Perguntem a Maddy. Ela estava lá. Ela deve ter visto tudo.

Maddy balançou sua cabeça.

– Sinto muito, Loki. Eu não posso – falou ela.

– Que você quer dizer? – indagou Heimdall.

– Quero dizer que não vi nada. Nada além de efêmeras. Mas com certeza você não pode achar que Loki teve alguma coisa a ver com *aquilo*.

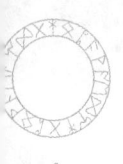

– Não posso? – questionou o Vigilante. – Considere que eu o surpreendi tentando empreender uma fuga bem quando as coisas começaram a ficar graves por aqui. Uma situação pela qual ele é certamente responsável. Sem mencionar o surgimento da Serpente do Mundo, o Lobo de Fenris e agora Sleipnir. São *três* dos filhos de Loki até aqui; ao menos três dos que conhecemos... – Ele se virou para Loki. – Então, onde está Hel?

Loki pareceu perplexo.

– Hel? Você sabe que ela não deixa seus domínios...

– Não até agora – disse Heimdall. – Mas com as coisas do jeito que estão, por que não deixaria? Talvez ela saiba como estamos desesperados. Talvez esteja apenas esperando por alguém, alguém como *você*, para dar a ordem.

– Exatamente isso – concordou Freya cheia de rancor. – Ele monta um plano com a Tentadora. Ele nos seduz a fazer um trato com o Caos, dá a Thor um martelo que só funciona quando lhe dá na telha, começa uma batalha que ninguém pode vencer e então, quando os dois lados estão de qualquer modo envolvidos, foge correndo para recolher o saque, deixando a serpente no controle da Colina e o resto de nós virtualmente impotentes. Isso não é quase certo?

Loki lançou a Maddy um olhar angustiado.

– Conte a eles, Maddy. *Por favor* – pediu ele.

Mais uma vez Maddy desviou o olhar.

Heimdall arreganhou seus dentes dourados e virou-se para Angrboda.

– E aí, Tentadora? O que você diz? – Sua voz era surda e perigosa.

– Deixe-me lembrá-lo – disse Angie. – Fizemos um acordo, os deuses e eu. Vocês prestaram um juramento. Rompê-lo agora... – Ela sorriu. – Poderia haver... *consequências*.

Heimdall lançou um olhar feroz.

– Os deuses mantêm sua palavra.

– Bem, isso é bom – disse Angie, sorrindo para ele. – Na última vez um deus que deixou de cumprir trato foi mandado lá embaixo para os domínios de Hel, três anos atrás. E todos nós sabemos o que aconteceu *depois*, não sabemos?

Os deuses trocaram olhares, seus rostos sombrios.

Finalmente o Vigilante falou:

– Você obterá o que foi prometido, Tentadora. Você terá sua sala em Asgard. Mas não fizemos promessas quanto a Loki, e se ele nos traiu...

– Traiu vocês? Como? – questionou Angie.

– Alguma coisa aconteceu aqui – falou Thor. – Alguma coisa que partiu a Coluna em pedaços e libertou o Cavalo do General. Loki estava ali. Loki fugiu. Loki sabe mais do que está dizendo.

– Além disso, há o Bom Livro – disse Freya. – O nome do Cavaleiro é *Traição*...

– Sejam justos – pediu Loki desesperadamente. – Vocês estão citando uma profecia do Povo. Vocês sabem como estas coisas são distorcidas. Só para começar, meu nome é *Astuto*. Não *Traição*. Há uma diferença, vocês sabem.

– Não muito grande – grunhiu Sif.

– Quase nenhuma diferença – disse Frey.

– Deixem-me extrair a verdade dele a marteladas – sugeriu Thor, parecendo quase alegre com a perspectiva.

– Por fim, uma solução prática – disse Frey. Ele se virou para apoiar o deus da guerra, que fingiu estar olhando para outra coisa. Açúcar era ainda em maior parte um duende, e a perspectiva de deitar mãos violentas sobre o Capitão era praticamente impensável.

– Eu não acho que precisemos ir *tão* longe – interveio Njörd. – Mas eu gostaria de obter algumas respostas.

– Concordo – disse Bragi. – Voto para que fiquemos de olho nele até que saibamos o que está acontecendo.

Loki deu seu sorriso retorcido.

– Por *ficar de olho nele*... – disse ele – estou deduzindo que o que vocês querem realmente dizer é *prendam-no com ferros e fechem-no longe daqui até que possamos provar que ele é culpado?*

– Precisamente – confirmou Thor, movendo-se para a frente novamente.

– Era o que eu pensava – disse Loki.

Dito isso, ele assumiu seu Aspecto de Fogo Selvagem e disparou pelo pátio num rastro lampejante de chamas. Naturalmente, os deuses estavam esperando por isso; mas sob o efeito da batalha recente, a força magnética estava reduzida e os reflexos, embotados. Uma dúzia de raios mentais disparou através do pátio, mas nenhum deles acertou Loki, que, ziguezagueando em torno da Paróquia, havia saltado pela janela entreaberta, ricocheteado a partir do fogão da cozinha, terminado na lareira e desaparecido numa nuvem de faíscas antes que qualquer um pudesse apanhá-lo.

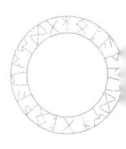

Até onde os deuses sabiam, isso provava sua culpa conclusivamente. Maddy Smith sabia mais, naturalmente, porém não podia se permitir ficar do lado de Loki. Não contra Maggie, sua gêmea muito querida; Maggie, cujos motivos eram ainda obscuros, mas que, ela tinha certeza, precisava de sua ajuda.

Loki podia cuidar de si mesmo – afinal, ele tinha uma longa história de escapar de encrencas. E se ela tinha que fazer uma escolha, bem...

Um Cavalo do Mar, ela pensou implacavelmente. E um Cavalo cujo nome é Traição...

Pois que seja Traição, então, ela disse a si mesma com um suspiro interno, e, sem esperar por desdobramentos posteriores, deixou os deuses travando sua discussão e partiu novamente em direção à Colina, onde o Cavalo Negro dos Últimos Dias estava esperando para conduzi-la até Fim de Mundo.

6

Adam Scattergood olhou fixamente para o Cavalo que Maggie havia trazido consigo para fora do Sonho. Sua comunicação com seu passageiro, pela primeira vez em três anos, o tinha deixado sem a presença dele em sua mente, e embora o intervalo de separação houvesse durado apenas alguns minutos, isso o fizera sentir-se terrivelmente vulnerável, como se todo o conhecimento que ele havia adquirido houvesse sido súbita e brutalmente arrancado de si, deixando-o sem direção, sem defesa, ignorante e...

Livre?

O pensamento foi uma revelação. Que ele podia ser livre, realmente livre, nunca havia passado por sua mente. Começou com um tremor em sua espinha, que se espalhou até a boca de seu estômago e saltou como fogo selvagem para seu cérebro, enchendo-o de partes iguais de terror e empolgação.

Sua cabeça girou, sua garganta ficou seca; por um momento sentiu como se pudesse estar tendo uma convulsão. Em três longos anos de escravidão, de servir a cada capricho de seu passageiro, de viver no terror do que ele poderia fazer se Adam ousasse desagradá-lo, a ideia de simplesmente se afastar dele nunca lhe havia ocorrido.

Eu poderia ser livre, pensou Adam; e de repente ele se viu pondo de lado seu fardo e sua espada; esquecendo seus sonhos de destino – que não eram sonhos totalmente *seus*, ele entendia, mas da presença que o havia habitado por tanto tempo que, até agora, ele era incapaz de distinguir onde ele terminava e seu passageiro começava. *Eu poderia fugir*, pensou Adam, e o terrível tremor se intensificou. Eu poderia fazer isso *imediatamente*!

Se ele ousaria ou não fazer isso permanece especulação. Ele poderia realmente ter simplesmente ido para casa, posto de lado seu destino e voltar a ser Adam Scattergood: administrando a Estalagem dos Sete Adormecidos; mantendo boa relação com seus vizinhos; casando-se jovem, como seu pai; engordando, como sua mãe; indo à igreja todo Domingo e tentando ao máximo esquecer que ele poderia ter sido magnífico?

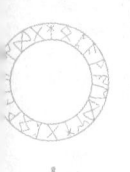

Em todo caso, não havia tempo para pensar. O tremor mal teve um momento para plantar seus anzóis enganosos em sua mente quando seu passageiro voltou empurrando-o com tal força que derrubou Adam no chão e prendeu-o ali, machucado, trêmulo e aterrorizado, como se a coisa que um dia fora Mimir, o Sábio, se lançasse de volta ao lugar em sua mente como um hóspede petulante numa poltrona muito usada.

Pensando em sua traição, Adam começou a gemer. O Inominável podia ser cruel e sabia como punir rebeliões. Mas hoje estava preocupado. Adam sentiu ao mesmo tempo uma furiosa e frenética empolgação, e um arrebatamento de raiva que suplantava qualquer coisa com que houvesse se deparado desde aquele dia nas margens do Sonho, quando os dois tinham pela primeira vez se tornado um só.

– *Como ela se atreve? Como ela SE ATREVE a recusar a Mim?* – gritava ele.

Adam deu uma olhada para Maggie, que o estava observando com alguma preocupação.

– Adam? Você está bem? – perguntou ela. Ele não parecia bem, Maggie pensou. Ela o vira estremecendo. – Adam? Por favor. O que aconteceu?

– Não é nada – disse Adam. – Passou agora. – Ele se endireitou. – Diga-me o que aconteceu.

Sentada ao lado dele na cama, Maggie recontou sua jornada através do Sonho, da Colina do Cavalo Vermelho à sua fuga pelas nuvens, à sussurrante, condutora Voz, que ela havia banido de sua mente quando tentara controlá-la.

Os olhos azuis de Adam se arregalaram.

– Você fez isso?

Maggie fez que sim.

– Em meu sonho. Mas não era realmente um sonho, era? – questionou ela, com um olhar de relance para o Cavalo ruão.

– O Sonho é um rio que corre através dos Nove Mundos – disse Adam, que precisava não dar corda ao assunto. – É um lugar perigoso e tão real quanto qualquer outro lugar. Mais ainda, talvez, porque no Sonho você pode ver as coisas como elas realmente são, despida de seus disfarces.

– Disfarces? – perguntou Maggie.

Ele olhou para o Cavalo.

– Bem, eu suponho que ele parece diferente do modo que era quando você estava no Sonho.

– Mas por que ele está aqui? – perguntou Maggie. – E de quem era a Voz? E quem era aquela garota? E por que ela se parece comigo?

O passageiro falou na mente de Adam:

– *Diga a ela que você não pode discutir isso agora. Diga a ela que há uma coisa que você precisa que ela faça. Diga a ela que é muito importante. E, pelo amor dos deuses, diga a ela para parar de fazer perguntas!*

Mas Maggie estava olhando para Adam através do círculo de indicador e polegar. Seu amigo parecia febril, ela pensou, nauseado, ansioso e temeroso; e toda vez que ela falava com ele, ele punha a cabeça de lado um pouquinho, como se esperasse instruções antes de responder a ela, ou como se estivesse escutando uma voz que só ele podia ouvir.

Ela lembrou-se do que a garota do Norte lhe dissera sobre a Voz em sua cabeça. De que ela a chamara? De Murmurador? E será que Adam a ouvia também?

Ela focalizou a atenção sobre a runa *Bjarkán*, procurando as cores de Adam. Ela viu – um estranho cordão de luz de runa em sua assinatura. Adam se encolheu; suas cores flamejaram – e foi aí que Maggie teve certeza. Outro alguém estava observando-a, um observador silencioso e fantasmagórico...

Ela baniu a runa.

– Mestre? – perguntou ela. – Não é preciso se esconder. Eu sei que você está aí.

Na mente de Adam, o passageiro se retorceu e cuspiu como uma cova de serpentes.

Adam, com um tremendo esforço, se forçou a permanecer calmo.

– Eu não tenho ideia do que você está falando...

– Não minta para mim, Mestre. Você tentou assumir o controle de minha mente. Tentou me fazer obedecer você. Aquela garota na Colina disse que você faria isso. Ela disse que você era o inimigo.

– Não – disse Adam. – Isso não é verdade.

– Então, onde *está* você? – exigiu Maggie. – E por que não me diz o que está acontecendo?

– *Eu vou dizer* – respondeu ele na voz de Adam. – *Mas primeiro preciso de sua obediência.*

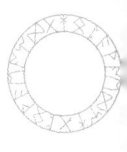

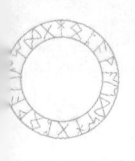

Adam, vocalizando as palavras de seu mensageiro, podia sentir a intensidade de sua raiva. Sentia que ele estava à beira de alguma erupção colossal:
Como ela se atreve a questionar a MIM!
Ele se encolheu. Maggie se flagrou estranhamente comovida. Quando Adam lhe aparecera pela primeira vez no labirinto sob a Cidade Universal, ela o havia achado um tanto arrogante. Depois disso ela ficara ligeiramente espantada com aquele jovem que sabia tantas coisas. Mas agora que vira suas verdadeiras cores por fim, sentia uma ternura peculiar. Ele era apenas humano, ela pensou; e a coisa que se autodenominava Mestre o tinha sob seu poder.
– Eu quero que você liberte meu amigo.
– Maggie, não – pediu Adam.
– Liberte-o – repetiu ela. – Depois podemos conversar.
Adam estava suando agora.
– Por favor – disse ele. – Você não sabe com o que está lidando. Ele salvou minha vida no Mundo Subterrâneo. Agora ele me diz o que fazer. Ele sabe o que estou pensando. Misericórdia, *por favor...* – Ele gemeu e caiu de joelhos.
– O que houve? – perguntou Maggie.
Pela voz de Adam, o Mestre disse:
– *Foi você quem fez isso, Maggie Rede. Eu não gosto de causar dor.*
Adam começou a malhar e gritar, arranhando o chão com suas mãos.
– Por favor, Maggie! Faça-o parar!
– Deixe meu amigo em paz – ordenou ela.
– *Não antes que você concorde com minhas condições.*
– Que condições?
– *Todas elas.*
Maggie pôs a mão sobre a boca. Percebeu que estava tremendo.
– Não – falou ela. – Eu farei o que você quer. Juro que farei.
– Jura pelo seu nome verdadeiro?
– Sim! Sim!
Imediatamente, a presença na mente de Adam desprendeu-se dele. O jovem arrastou-se até seus joelhos e vomitou. A garganta de Maggie estava apertada ao máximo. Ela nunca sentira tanto terror em sua vida. Ela queria nunca mais senti-lo.
O que está acontecendo comigo?, pensou ela. *O que é esta fraqueza traiçoeira?*

– *Eu não queria fazer isso* – disse o Mestre pela voz de Adam. – *Mas vocês dois precisavam de uma lição, e nosso tempo está ficando cada vez mais curto.*

Adam olhou para Maggie.

– Obrigado – sussurrou ele e pegou a mão dela.

Por um momento Maggie segurou-a, não sabendo muito bem o que sentir. Sozinha e sem amor por tantos anos, aquele simples contato humano parecia estranho e exótico – e emocionante. Ela ficou imaginando como seria beijar Adam e flagrou-se corando violentamente.

– Ele se foi? – perguntou ela, por fim.

– Ele nunca vai realmente embora – contou Adam. – Mas creio que estamos bem para conversar.

Isso não era totalmente mentira. Ele sabia que, se a enganasse, ela veria o engano em suas cores – mas não era toda a verdade. Na verdade, ele ainda podia ouvir seu passageiro, sua Voz apagada e esperta dentro de sua mente, e sabia que, se cometesse um erro, a represália viria a seguir.

– Você queria respostas, Maggie – disse ele. – Você tem certeza de que está preparada?

Ela fez que sim.

– Tudo bem. Eu lhe contarei tudo. Então, se você ainda não confia em mim...

– Eu confio em *você* – garantiu Maggie. – É em seu Mestre que não confio.

Adam pareceu desconfortável.

– Espero poder mudar sua opinião sobre isso. Eu preciso de você, Maggie...

Maggie sorriu. Parecia muito estranho usar tal sorriso, como tentar usar algum item de vestimenta inabitual. Ela lembrou-se de sua sensação de desagrado quando Adam havia descoberto a força magnética em sua nuca; sua relutância em retirar seu *bergha* em frente a um homem que não era de sua família. Agora essas sensações pareciam infantis, absurdas. O que havia ali a ser temido?

Quando menina, ela vira seus pais morrerem e seu mundo se dissolver no Caos. Se ela soubesse então o que sabia agora, podia tê-los salvado – tê-los ajudado –, ou no mínimo reagido com luta. Mas agora as coisas seriam diferentes. Agora ela tinha *força magnética* – aquele fogo misterioso que transformava pessoas comuns em deuses. Melhor ainda, tinha um amigo. Alguém que a ouvia. Alguém que *se preocupava* com ela.

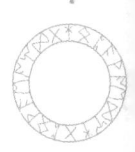

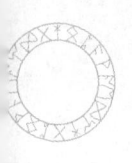

Maggie havia sonhado em curar Fim de Mundo, em Purificar uma cidade em anarquia. Agora seu sonho ficara menor, de algum modo; menor, e, no entanto, mais significativo. Bibliotecas perdidas, comerciantes sórdidos, a decadência da Lei e da Ordem – até seu desejo de vingança contra os agentes do Caos –, tudo havia cedido caminho a um tipo mais poderoso e profundo de desejo.

Maggie não tinha nome para ele. Ela mal sabia que ele existia. Tudo que ela sabia era que alguma coisa havia mudado; alguma alavanca havia sido puxada ou empurrada, pondo em movimento um mecanismo que nunca havia sido usado. E como outra pequena peça de uma intrincada armadilha que houvesse caído lentamente no lugar, Adam Goodwin sorriu para si mesmo, enquanto o Cavalo Vermelho dos Últimos Dias começou a mascar as borlas de seda da colcha e, pela primeira vez em quinhentos anos, Mimir, o Sábio, ficou satisfeito.

7

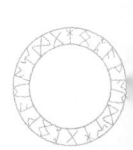

Quando Maddy se aproximou dos restos da Colina, descobriu, para sua surpresa, que tudo estava calmo. As consequências da batalha haviam sido poucas em termos de escombros, já que a maior parte das perdas havia sido das efêmeras, e elas haviam fugido para o Mundo Abaixo, ou desaparecido no nada. As poucas criaturas restantes, que haviam escapado ao apetite da Serpente do Mundo, em sua maioria inofensivas, estavam espalhadas através dos campos de inverno: um unicórnio; um ou dois duendes; um grupo de dragões bebês transportados pelo ar como sementes de dente-de-leão.

E por toda a volta da Colina se estendia um cobertor de névoa clara e pálida; não era um banco de nuvem comum, mas alguma coisa que brotara do Mundo Abaixo e inundara as planícies em torno da Colina de um modo que Maddy reconheceu...

O rio Sonho, ela pensou; a maior parte de seu poder estava esgotado agora; a força de sua erupção se apaziguara, seus vapores estavam inertes. De todo modo, ela se aproximou dele com cuidado, conhecendo a potência do Sonho, incerta do que podia ainda estar oculto sob o manto de névoa branca.

– Jormungand? – chamou ela, por fim.

A Serpente do Mundo, refestelada sobre o Sonho, pareceu relutante em responder.

Erguendo a voz, ela tentou novamente, não querendo entrar no banco de névoa. Mas o vapor umedecera tudo, e as formas de sonho que ela havia visto no começo – aquele zoológico de criaturas Estranhas – haviam se reduzido a quase nada. Apenas a névoa fantasmagórica permanecia, um resíduo da batalha, talvez, e sobre o chão uma espécie de cinza, espalhada com fragmentos de sujeira, como borralho da forja de um ferreiro.

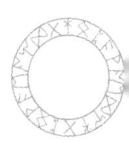

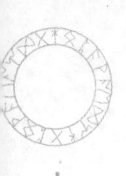

A nuvem estava bem em frente a ela agora. Maddy podia ver uma linha ondulante, como a linha da maré numa praia, que assinalava o limite do Sonho.

– Jormungand? – repetiu ela.

Veio um ronco da nuvem de sonho. Maddy lançou a runa *Yr* e deu um passo em direção ao Sonho. Nada aconteceu. Ela deu mais um passo. A névoa era fria e perturbadora, de um modo que Maddy não conseguia explicar totalmente. Ela – que havia visto o Mundo Inferior em toda a sua espantosa multiplicidade, que havia olhado a Hel Seminascida dentro dos olhos e havia caminhado na estrada para o Mundo Subterrâneo toda cercada pelas almas dos mortos – flagrou-se tremendo de medo diante de nada mais que um banco de nuvens.

Mas, conforme foi penetrando mais longe no Sonho, ela começou a ver o que estava acontecendo. O que supôs que fosse apenas nuvem era uma coisa muito mais sinistra: parecia a Maddy quase como se o ar, as árvores, as rochas, o chão – o tecido todo da realidade – estivessem se dissolvendo em torno dela, desenredando-se dentro da nuvem de sonho como uma peça de tricô, reduzindo-se às suas partes componentes.

Quando ela olhou, um rato marrom que rastejava sobre um pedaço de pedra diminuiu sua marcha, se embaçou e depois *estourou*, abandonando a existência diante de seus olhos, deixando apenas uma mancha no ar para indicar onde havia estado. A própria pedra imitou-o, e ela percebeu que a cinza aos seus pés era o resíduo deste processo, uma dissolução gradual de tudo que estava dentro da nuvem. Quanto tempo levaria para um ser humano? E o que isso significava para o próprio vale?

Mais uma vez ela chamou Jormungand. Desta vez a Serpente ouviu-a. Soou um temível ronco dos restos explodidos da Colina, e a cabeça da Serpente do Mundo emergiu do chão partido como uma minhoca poderosa farejando a chuva e ergueu seu olhar para Maddy.

– Ouça – disse ela. – Eu estava pensando se você poderia me ajudar.

Jormungand simplesmente abriu a boca para ela de um modo que redefinia a apatia.

Maddy tentou uma aproximação mais vigorosa.

– Eu preciso chegar à Cidade Universal – disse ela. – Quero dizer, eu preciso que *você* me leve.

A Serpente emitiu um bocejo colossal. Seu hálito era asqueroso o bastante, Maddy pensou, para deter qualquer grupo de efêmeras. Por um momento ela pensou em desistir e realmente *andar* até a Cidade Universal. Mas se era para encontrar Maggie Rede antes que Heimdall e os outros deuses soubessem de sua existência, ela tinha que chegar lá imediatamente – o que naturalmente significava viajar através do Sonho – e, faltando Sleipnir, Maddy pensava, Jormungand teria que servir.

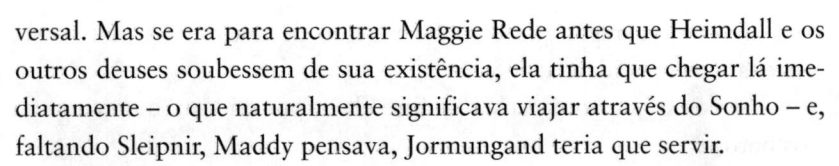

– Então, você vai me levar?

Uma longa pausa, na qual a Serpente pareceu tão bovina quanto sempre.

Maddy deu um suspiro impaciente.

– Eu desejaria poder saber se você entendeu. Você não tem uma forma humana?

– Ela tem – disse uma voz por trás de Maddy –, mas este é de longe seu Aspecto mais atraente.

– Loki – disse Maddy, sem se voltar.

– Ah, então você *realmente* se lembra de mim – falou Loki numa voz displicente. – Chame-me de paranoico se quiser, mas depois de sua defesa *espetacularmente* leal a mim lá junto aos deuses, eu fiquei pensando se não teria feito alguma coisa errada.

– Você fez? – perguntou Maddy.

– Não. E *você*?

Maddy virou-se para olhar para ele. Ele assumira seu Aspecto original – fácil de fazer no Sonho, naturalmente – e a estava observando de uma distância cautelosa, seus olhos verdes brilhando de malícia. No Sonho, ela viu, como no Mundo Inferior, que sua marca de runa não estava mais invertida, e suas cores brilhavam mais violentamente que jamais haviam brilhado no Mundo Superior.

– Ouça, eu lamento aquilo – disse ela.

– Tudo certo, então. – Os lábios de Loki se retorceram num sorriso perigoso. – Porque eu estava pensando, por algum motivo, que foi *você* quem abriu a Colina, tirou o Cavalo Vermelho de Odin e deixou metade do Mundo Subterrâneo escapar no processo; e agora está se preparando para partir em segredo com Jorgi, deixando seu Caro Amigo levar uma surra – e não estamos falando de uma surra nos nós dos dedos aqui, mas alguma coisa muito mais permanente – sem dar sequer uma explicação.

Maddy lançou a runa *Bjarkán* e disparou um olhar rápido para Loki. Esta abordagem casual, ela sabia, era simplesmente um cálculo para pegá-la de guarda baixa, e tão logo ele visse uma chance de atacar, tentaria cair sobre ela. Ela podia ver isso em suas cores agora – um fio verde-ácido de malevolência misturado com o vermelho de sua raiva – neste caso, perfeitamente justificada.

– Se é isso que você pensou – disse ela –, por que então não contou aos outros?

Ele deu de ombros.

– Você acha que eles teriam acreditado em mim? Dificilmente eu seria o cara mais popular nos Mundos Médios neste momento. – Ele apertou seus olhos sobre Maddy e sorriu. – De qualquer modo, eu estava curioso. Qualquer que tenha sido a sua razão para soltar o Cavalo Vermelho da Colina, deve ter sido alguma coisa importante.

Maddy lançou-lhe um olhar penetrante.

– Você acha que eu sabia que o Cavalo estava lá?

– Ah, por favor – disse Loki impacientemente. – Não banque a inocente comigo. Lembre-se, eu conheço a Colina do Cavalo Vermelho. Conheço cada rachadura e fenda. Você acha que eu nunca suspeitei que uma coisa grande estivesse enterrada ali?

– O Murmurador... – balbuciou Maddy.

– Foi o que eu supus a princípio – disse Loki, com seu sorriso desarmador. – Mas eu estava errado, não estava? Mimir nunca foi o objetivo principal. Odin estava planejando usá-lo para trazer os deuses de volta para o seu lado antes de revelar seu plano principal.

– Que plano? – perguntou Maddy.

– A Guerra com o Caos – revelou Loki. – O Fim do Mundo. Asgard retomada. Está tudo lá, no Bom Livro; com o Cavalo cujo cavaleiro é a Carnificina. Carnificina. *Horror*, na linguagem da Velha Era. E você sabia, por uma estranha coincidência, que este ocorre ser um dos nomes de Odin?

Maddy balançou sua cabeça silenciosamente.

– Mas o Murmurador o traiu – continuou Loki implacavelmente. – Você partiu para o Mundo Inferior; ele estava vendado; os deuses se voltaram contra ele. Ele teve que reavaliar o plano. Mesmo assim, quase funcionou; mas sem o Cavalo ele era inútil. Fracassou. Nós todos pensamos que ele tinha desaparecido. Então, de repente, eu não tive tanta certeza. Coisas estranhas começaram a acontecer. Como Angie fazendo um trato com os deuses e dando de volta a Thor o seu martelo. E então este negócio agora com a Colina. E se não eram os corvos de Odin que estavam lá, então terei apenas que me demitir de minha posição de exilado mais brilhante de Asgard...

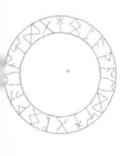

– Aonde você quer chegar? – perguntou Maddy.

– O General sobreviveu, não? – Os olhos de Loki flamejaram em seu verde ardente. – Ele conseguiu escapar de algum modo e não quer que os outros saibam. Isso é bom. Eu concordo com isso. Quero dizer, ele deve ter suas razões. E se ele está trabalhando com o Caos agora... bem, eu entendo completamente. Não seria a primeira vez.

– Odin nunca faria isso! – exclamou Maddy.

– Sinto muito – disse Loki. – Foi erro meu.

– Eu estou falando sério – disse Maddy furiosamente. – Odin *nunca* faria isso. Eu não posso explicar seu plano neste momento, mas trair os deuses não faz o tipo dele.

– Ok. Sinto muito. Esqueça o que falei. Então, ele *realmente* tem um plano?

Maddy olhou-o com desconfiança.

– O que você quer, Loki? – pediu ela.

Loki deu de ombros.

– O mesmo de sempre. Deixe-me ir com você até Fim de Mundo. É lá que vai começar, certo? A guerra entre a Ordem e o Caos? Eu não sei por que você está mantendo isso tão em segredo, ou o que pensa que pode fazer sozinha, mas se o General *realmente* sobreviveu, eu sei que ele gostaria que eu a ajudasse.

Ajudar-me? O mais provável é que você queira ajudar a você mesmo. Maddy pensou ter entendido. Loki, como sempre, estava disfarçando suas apostas. Sem contar com o favor dos deuses, ele esperava ganhar a proteção de Odin, ou no mínimo colocar alguma distância entre si e a carnificina na Colina do Cavalo Vermelho. Ela podia até ter sucumbido ao seu charme – sozinha e insegura como estava –, mas pensou em Maggie Rede. Loki, ela sabia, não tinha escrúpulo algum, e se descobrisse sobre Maggie, não hesitaria em usar a informação para recuperar sua posição junto aos deuses – ou, pior ainda, para barganhar com o Caos.

Maddy odiava deixá-lo daquele modo, mas simplesmente não podia correr o risco de expor sua irmã a ameaças futuras. E então se virou para Loki e sorriu, e esperou que ele entendesse.

– Olhe, eu realmente sinto muito. Prometo que vou lhe contar tudo. Mas primeiro eu tenho que fazer *isso*...

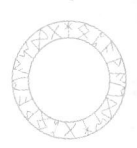

E com estas palavras ela invocou toda a sua considerável força magnética e arremessou-a com toda a força que lhe era possível. Apenas para deter a marcha dele enquanto fugia – Loki no Aspecto não era moleza, nem mesmo para ela, mas a força magnética que escolhera instintivamente entre todas que estavam sob seu comando calhou de ser a nova runa que ela pegara naquela manhã de sua visitante fantasmagórica.

Por um segundo *Ác* ardeu em branco prateado na ponta de seus dedos, e depois, sem qualquer estímulo adicional, rapidamente se fundiu com sua própria runa, *Aesk*. Ela mais sentiu que ouviu o *clique* quando as duas runas se juntaram, e depois um raio mental disparou de sua mão aberta, derrubando Loki de seus pés; a seguir, bateu-o com força contra o chão a cerca de cinquenta metros dela.

A princípio ela temeu que ele estivesse morto. Mas, apertando seus olhos, Maddy viu que a assinatura dele estava lá, embora sua potência estivesse embaçada.

Ela analisou a força magnética que havia arremessado sobre ele. Parecia uma runa de combinação comum – *Ác*, o Carvalho do Trovão –

– cruzada com *Aesk*, a Cinza do Relâmpago –

– mas, neste caso, claramente, *Ác* e *Aesk* haviam se juntado para inventar uma coisa muito mais poderosa –

– uma força magnética que fizera o Astuto tombar gelado (e em seu mais poderoso Aspecto, não menos) com tanta facilidade quanto matar uma mosca com um tapa.

Assim que Maddy concluiu que Loki não estava fingindo – que realmente *estava* inconsciente –, ela se flagrou diante da embaraçosa escolha entre deixá-lo ali à mercê do Sonho ou arrastá-lo até céu aberto, onde sua assinatura imediatamente trairia sua localização para Heimdall e sua gente.

Ela optou pela segunda escolha, esperando que Loki compreendesse. Os deuses ficariam furiosos com sua fuga, e provavelmente o fariam passar por apuros, mas ele se safara de coisas piores anteriormente, e Maddy tinha certeza de que ele aguentaria.

Quanto à sugestão dele de que Odin podia ter virado a casaca e feito um trato com o inimigo, ela dispensou-a com um balançar de cabeça. Odin podia ser tortuoso – às vezes até desonesto – mas nunca trairia os deuses. Ela não tinha escolha alguma senão seguir seu coração e partir em busca de sua irmã, e esperar que sua busca a levasse até o Velho Homem.

Ela deixou o Astuto inconsciente bem do lado de fora da nuvem de sonho e correu de volta ao Olho do Cavalo, onde Jormungand, agitada pela derrota de seu pai, estava dando sinais de nervosismo – balançando a crina, silvando e no geral dando a impressão de uma Serpente preparada para qualquer coisa.

Maddy deu-lhe uma olhada cautelosa.

– Estamos do mesmo lado, certo? – perguntou ela.

Jormungand fez um horrível som de cachorrinho.

– E você sabe para onde temos que ir? Certo?

Jormungand quase brincou.

– E quando chegarmos lá, você vai se comportar? Você jura que não comerá ninguém? Eu estou falando sério. Isso seria *ruim* – disse ela.

Jormungand deu de ombros e começou lentamente a se desenrolar. Maddy agarrou um punhado duplo da crina da Serpente do Mundo e se elevou, ficando em posição. *Eu espero que você saiba o que está fazendo*, pensou ela.

E elas partiram numa guinada para dentro do coração do Sonho.

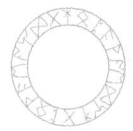

8

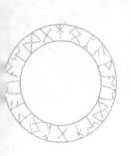

Loki despertou com uma dor de cabeça. Não tanto uma dor de cabeça, na verdade, quanto uma dor que começava no topo de sua cabeça e se estendia até onde o seu corpo podia alcançar. Até seu cabelo doía – o que, depois de pensar um pouco, ele concluiu que não era tão surpreendente assim, dado que alguém o usara para puxá-lo rapidamente até seus pés.

Thor parecia a aposta mais provável – embora, para ser justo, o Astuto pensou, podia com a mesma facilidade ter sido Heimdall. Ou Frey. Ou Njörd. Ou até Angie. Se ela houvesse estado em algum lugar por perto, sua melhor aposta teria sido Skadi do Povo do Gelo, também conhecida como a Rainha dos Sapatos de Neve, a Caçadora, e a Loba da Neve.

Felizmente, ele disse a si mesmo, Skadi estava fora de cena para o bem de todos. Nas semanas que precederam o Ragnarók fora ela que o havia acorrentado a uma pedra com uma serpente cuspindo veneno em seu rosto, e na última vez em que eles haviam se encontrado quase conseguiu derrubá-lo com seu chicote de runas.

Ele cerrou os olhos contra a luz áspera – o sol havia finalmente se erguido sobre a névoa que se derramava do Mundo Abaixo, e seu ofuscamento sobre a neve caída foi suficiente para cegá-lo por momentos.

Ele tentou recordar o que havia acontecido.

Por um momento não conseguiu lembrar-se de nada. Depois, a coisa começou a voltar: Maddy, a nuvem de sonho, Jormungand – e a imagem de uma força magnética que ele nunca vira antes ardeu em suas retinas:

Ele gostaria de refletir um pouco mais sobre tudo isso. Mas a situação presente, ele sabia, exigia sua total atenção. Mais uma vez, cauteloso, ele abriu os olhos. A princípio havia muita luz para que ele visse qualquer coisa; então as coisas começaram a retornar aos seus lugares: a névoa, a neve, o céu brilhante, um par de olhos dourados brilhantes examinando-o de sob um emaranhado de cabelos negros de corvo.

Loki piscou frente aos olhos dourados, tentando ler sua expressão.

Crauk, disse Mandy.

– Arre, você está acordado! – disse Hughie, dando passos à frente.

– O que aconteceu? – perguntou Loki, tentando inutilmente se livrar da mão que estava presa em seu cabelo.

– Nós pensamos que talvez você quisesse nos contar tudo – disse Hughie com um sorriso animador. – Nós o encontramos desmaiado perto da Colina do Cavalo Vermelho, cercado por pedaços quebrados de força magnética.

– Maddy – falou Loki. – Ela me pegou desprevenido. E está levando a Serpente do Mundo com ela.

Crauk, disse Mandy.

Hughie sorriu.

– Ela mencionou para onde estava indo?

– Ela mencionou Fim de Mundo.

– Fim de Mundo? Tem certeza? – Esta nova voz veio por detrás dele. A mão pareceu apertar mais dolorosamente. – Se você está mentindo, Estrela do Cão...

O Astuto ficou rígido. Ele conhecia a voz. Ele finamente conseguiu livrar-se e virou-se para encarar sua dona, e sentiu toda a força se esvair de suas pernas quando se flagrou olhando para um familiar par de olhos azuis gélidos como uma navalha.

– Ah, *desgraça*... – disse Loki.

– Olá, novamente – saudou Skadi.

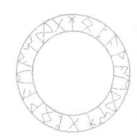

9

Enquanto isso, no tráfego intenso do Sonho, Maddy havia concluído que qualquer outra forma de viagem teria que ser preferível a esta. Certamente era o meio *mais veloz*; mas movimentando-se em descida através do Sonho numa velocidade que ela uma vez julgara inimaginável, agarrada à crina da Serpente com mãos que haviam perdido toda a sensação, tentando não olhar para as *coisas* que guinavam, a arranhavam e tentavam agarrá-la enquanto ela e Jorgi se arremessavam pela série asquerosa de redemoinhos e quedas que compunham os limites entre os Mundos, Maddy começou a perceber que sua caminhada através da Fortaleza Negra do Mundo Inferior não havia sido nada comparada àquilo.

Havia focos de efêmeras como explosões mortais de fogos de artifício; havia nuvens de parasitas devoradores de carne humana, chuvas de facas e gêiseres em chamas. Depois vinham os mortos, naturalmente: um montão de frios e ávidos dedos descarnados agarrando-se a ela, de vozes sussurrantes que lhe faziam súplicas.

Ajude-nos, Maddy. Ajude-nos a viver...

A viagem durou apenas alguns minutos, embora quando ela houvesse saído do Sonho, parecesse que havia viajado pela metade de sua vida. Abriu seus olhos para a escuridão; e por um momento acreditou que tudo isso havia sido um sonho *real*, que ela ainda estava em sua cama em casa e que nada disso havia acontecido.

Mas não havia roupas de cama ao seu redor, e o lugar tinha um som ressonante – e um fedor de serpente que Maddy conhecia muito bem. Não. Isso não era um sonho. Isso, ela pensou, deve ser Fim de Mundo.

Ela lançou a runa *Sól* e se flagrou em alguma espécie de depósito subterrâneo, cujo teto havia parcialmente desabado sob o peso de Jormungand, que se pôs a repousar no chão do alto com sua cabeça recostando alegremente sobre Fim de Mundo, e com o resto dela escondido no Mundo Abaixo.

– Eu lhe disse para ser *discreta* – sibilou Maddy reprovadoramente, e ficou surpresa ao ver a cabeça da Serpente começar a mudar de Aspecto, tornando-se um grande e peludo cavalo negro com uma cauda tão longa que roçava o chão. Não era um animal especialmente belo, e seu hálito parecia suspeitosamente carnívoro, mas serviria, Maddy pensou; pelo menos até que ela localizasse Maggie.

Ela afagou o cavalo negro cautelosamente.

– Assim está muito melhor, obrigada – disse ela. – Agora, vamos ver para onde você me trouxe.

10

– Você parece surpreso – disse a Caçadora.

– Bem, eu não estou exatamente na minha melhor forma – disse Loki, esfregando a cabeça dolorida. – Além do mais, eu estava com a impressão de que você havia retornado ao seu povo.

– Eu retornei, a princípio – confirmou Skadi, segurando seu chicote de runas. – Isto é, até que os rumores começaram. Rumores de danos sob a Colina. E de um Cavaleiro cujo nome é Traição.

– E então você supôs que eu fosse o culpado. Bem, *eu* tenho novidades para vocês, pessoal...

– Cale a boca, Estrela do Cão! – exigiu Skadi. – Você não está aqui para defender sua inocência. Se eu pudesse agir do meu modo neste momento, você seria acorrentado a uma pedra no Mundo Inferior, tendo serpentes venenosas como companhia. Isso ainda pode acontecer se você quiser me confundir.

Loki lançou um olhar cauteloso para ela.

– Eu não vou tentar lhe confundir – falou ele. – Então, onde estou, e o que você quer?

Skadi lhe deu um olhar frio.

– Você está perto dos Sete Adormecidos – esclareceu ela. – Há uma caverna a cerca de cem metros daqui que leva à montanha. É seca o suficiente, e há água nas proximidades. Acho que você ficará bem confortável. Naturalmente, terá que ficar escondido – continuou ela. – Senão eles vão rastrear você. E pela impressão que você me dá agora, eu não superestimaria suas chances. Um Cavaleiro cujo nome é Traição, quem mais poderia ser senão o Astuto?

Loki fez que sim.

– Ok – concodou ele.

Sua mente estava funcionando desesperadamente. Será que a Caçadora estava tentando ajudar? Parecia um tanto improvável. E por que os corvos de Odin estavam com ela? O General teria realmente sobrevivido? Ou isso era o prelúdio de outra coisa – alguma forma de interrogatório?

Quase imperceptivelmente, Loki começou a procurar por sua força magnética.

Crauk, disse Mandy de um jeito acusador.

Skadi ergueu seu chicote de runas. Seus rolos deslizaram por sobre a neve como cabos de eletricidade.

– Eu estou lhe avisando – disse ela com os dentes cerrados. – Já é bem ruim ter que salvar sua vida, mas tente novamente e isto aqui vai doer.

– Ok. – Loki ergueu as mãos.

– Muito sensato – falou Hughie. – Mandy não *fala* muito, mas ela pode *ver* através dos Nove Mundos.

– Está vendo *isto aqui*...? – Loki fez um gesto de mão obsceno. Depois ele se virou para a Caçadora. – Então, perdoe minha natureza desconfiada, mas... Por que você iria querer salvar minha vida? Não é por sermos melhores amigos.

– Você entendeu *isso* certo – comentou Skadi. – Mas Balder queria que você vivesse, e suponho que ele tivesse suas razões. Quanto ao General, onde quer que ele esteja...

Mandy crocitou.

Skadi parou de falar. Ao lado dela, o Espírito e a Mente de Odin ergueram dois pares de olhos dourados sobre o renegado Astuto.

– Ah – disse Loki. – Então é assim, não é? – Seus lábios marcados se retorceram em apreciação. – Ouça, se Odin está vivo em alguma parte, se é *por isso* que você está me protegendo, por que não me revelar tudo? Eu posso entender completamente por que você não iria querer que o Vanir soubesse. Mas eu sou irmão dele, pelo amor dos deuses, e se ele está planejando fazer um trato...

– Que tipo de trato?

Loki deu de ombros.

– Maldito eu seria se soubesse. Mas alguém está puxando as cordinhas direitinho. O Cavalo Vermelho está às soltas, o Cavalo Negro está livre; tudo que precisamos agora é do Cavalo do Ar, e teremos tudo a bordo do ônibus dos Faërie para Ragnarók!

Skadi deu-lhe um olhar de desprezo.

– Já tem tudo calculado, não tem?

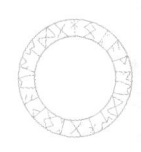

– Bem, não foi difícil. – Loki sorriu. – Talvez o General tenha sobrevivido. Talvez ele queira assumir o comando. Mas o equilíbrio de poder mudou em três anos: Heimdall fez uma aliança com o Caos, e de repente Odin não está mais seguro de quantos amigos ficaram do seu lado. Então ele fez um pouco de recrutamento secreto. Não é muito difícil conseguir que Maddy fique do seu lado. Mas quanto ao Seu Amigo aqui, eu entendo. Nós tivemos nossas diferenças no passado. Mas você pode dizer a ele, Skadi, que eu mudei. Estou do lado da Ordem agora.

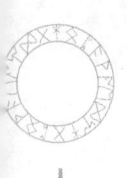

Os olhos azuis gélidos de Skadi cintilaram.

– Bem, talvez seja este o problema – disse ela. – Mudar de lados é a sua especialidade. Portanto, o que você vai fazer é o seguinte. Vamos colocar alguém cuidando de você. Alguém para colocá-lo no trilho certo. Alguém para garantir que você não mude de lado.

Isso pareceu ameaçador, Loki pensou.

– Você não acha que eu vou abandonar o General?

– Você já fez isso, no Ragnarók.

Loki deu de ombros. Ele podia ter explicado as razões para a sua deserção. Passara os meses anteriores ao Ragnarók acorrentado a uma pedra enorme no Mundo Abaixo, sem amigos e abandonado, com uma serpente pingando veneno em seu rosto (cortesia de Skadi, naturalmente). Apenas sua esposa fiel, Sigyn, havia ficado, recolhendo as gotas de veneno – e para ser honesto, Loki pensou, a serpente fora melhor companhia. Havia alguma coisa quanto à lealdade total, à devoção sem crítica, à paciência infindável, à perpétua complacência e à inabilidade geral para acreditar que um ser amado podia fazer *qualquer coisa errada* em Sigyn que, francamente, lhe dava arrepios.

Um pensamento horrível lhe ocorreu.

– Por favor. Você não tem que me prender. Eu não sou o segundo Cavaleiro. Eu juro. Quero dizer... *eu* lá iria cavalgar numa serpente gigante?

Skadi lhe deu um sorriso gélido.

– Gerador de Serpentes? Pai das Mentiras?

– Isso fere meus sentimentos – disse Loki.

– Bem, considere-se sortudo por eles serem a única coisa que foi ferida. E ela não será uma carcereira ou algo assim. Pense nela mais como uma guardiã. Uma amiga. Alguém para tomar conta de você...

– Ela? – perguntou Loki.

– Não consegue adivinhar?

Loki empalideceu.

– Ah, não. Ela *morreu*...

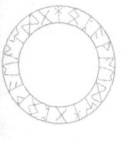

Skadi sorriu.

– Você abriu o Inferno. Você deixou um montão de pessoas mortas à solta.

– Mas as dificuldades de tirar alguém para fora...

– Eu acho que você deve ser apenas sortudo – disse ela.

Então a Caçadora deu um passo para o lado a fim de abrir caminho para uma recém-chegada, e toda cor que restava sumiu da assinatura de Loki e de seu rosto.

Para um observador casual poderia ter sido difícil de determinar por que; pois a mulher baixa e de rosto redondo que se aproximou parecia tão inofensiva quanto uma pessoa do Povo. Seus cabelos eram castanhos e presos com simplicidade; seu vestido era comum e prático. Seus olhos eram o melhor de suas feições, grandes e azuis e expressivos como eram, e estavam agora fixos com adoração sobre o Astuto.

– Bem, você não vai dizer nada?

Loki encarou sua ex-mulher. Sua *falecida* ex-mulher, corrigiu. Sua falecida, *não lamentada* ex-mulher – tenaz como um cão de caça; teimosa como uma mula com insolação; ciumenta como um gato doméstico; louca como uma caixa de rãs.

Ele pensara que rever Angie havia sido um golpe de azar. Mas se juntar com *duas* ex-parceiras na mesma semana – sem mencionar Fenny e Jormungand – parecia perseguição.

Ele fechou os olhos.

– Deuses, isso é o Inferno.

– O que você disse?

– Eu disse... eu *disse*... Olá, Sig.

Sigyn respondeu com um grito agudo e lançou-se sobre Loki.

– Eu *sabia* que você ficaria feliz por me ver! – exclamou ela. – Eu senti tanto a sua falta! Ah, *docinho*. Você sentiu falta de mim? *Eu sei* que você sentiu, e agora podemos ficar *juntos* outra vez!

Loki estava tentando o melhor que podia desviar-se da barragem de beijos.

– Excelente. Sim. Obrigado, Sig.

Ela não havia mudado nada, ele pensou, meio sufocado por seu abraço perfumado. Ainda tão carente; ainda tão doce; ainda tão louca quanto um peixe debaixo daquele sorriso – e que marca era aquela na palma da sua mão? Parecia uma marca de runa, Loki pensou, embora Sigyn nunca tivesse tido alguma anteriormente.

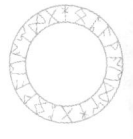

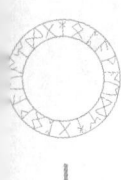

– Onde você conseguiu isso? – perguntou ele. – E o que, em nome dos Infernos, é isso?

– Em nome dos Infernos está certo – disse Skadi. – Nós a chamamos de *Eh*, o Matrimônio. Outra runa do Novo Manuscrito.

Mas então Sigyn desfez seu abraço e examinou Loki criticamente.

– Você está com uma aparência *medonha* – observou ela. – Angie, aquela asquerosa, não tem cuidado de você *de modo algum*? Ela não tem *alimentado* você?

– Sigyn, eu estou bem – garantiu Loki.

Sigyn olhou-o com olhos apertados.

– Então... ela ainda está por aqui? Você a tem *visto*?

– Bem... – disse Loki.

– Não importa. Realmente. Eu sei. Aposto que você a tem visto o tempo todo. Você a tem visto, não tem? Depois de tudo que fiz por você. Seu pequeno *rato* mentiroso, trapaceiro! – E ela deu no Astuto uma sonora bofetada.

– Mas você estava morta – protestou ele.

Sigyn o esbofeteou novamente.

– Eu entendo. É a sua *desculpa*, não é? – enfureceu-se ela. – Só porque eu estava *morta*, você pensou que se envolveria com aquela *desclassificada* outra vez!

Skadi disfarçou um sorrisinho.

– Os homens são tão facilmente seduzidos! Você tem que vigiá-los o tempo todo.

– Ah, eu planejo isso – falou Sigyn, e, erguendo sua mão, ela traçou com o dedo um sinal que dourou o ar com luz de runa. Ao mesmo tempo uma coisa apareceu em torno do pulso de Loki; uma coisa que se parecia com uma fina corrente de ouro.

– O que é isso? – indagou o Astuto.

Sigyn proferiu um feitiço:

– *Eh byth for eorlum.* – E uma força magnética similar apareceu em torno de seu próprio pulso direito, ligando os dois.

Loki disse:

– Por favor, não faça isso.

Skadi deu de ombros.

– É para seu próprio bem. Ou você vai preferir aquela rocha no Mundo Inferior?

Os olhos azuis de Sigyn se iluminaram ao ouvir isso.

– Sabe? Aquilo pode ser *mais seguro*... – disse ela. – Eu ficaria feliz demais em ficar com ele lá. Eu levaria suas comidas, cantaria para ele e seguraria uma bacia sobre seu rosto para que a horrível serpente não pudesse feri-lo...

– Que serpente? – quis saber Loki.

– Bem, teria que haver uma serpente, querido – falou Sigyn num tom de sensatez. – Você sabe, como nos velhos dias. Só você, eu e a serpente, naturalmente...

– Eu não acho que isso será necessário – disse Skadi, interrompendo-a. Entre eles, *Eh*, o Matrimônio, cintilava e estalava com luz de runa. – Loki, não tente fugir – disse ela. – Sigyn, tome conta dele direitinho.

Sigyn deu um sorriso radiante.

– Ah, eu vou tomar. Eu *prometo* – assegurou ela. – Eu vou cuidar dele *tão bem*! – Ela então se virou para Loki. – Você está com fome, docinho? Eu tenho chá e bolo na caverna.

– *Chá? Bolo?* – perguntou Loki.

Gentilmente, Sigyn afagou sua mão.

– O quê? Você pensou que eu o deixaria morrer de fome? E depois poderemos ter uma conversa adorável. Agora que eu tenho você todo para mim...

– Não, espere! – disse ele, vendo a Caçadora se afastar.

Mas Skadi apenas o ignorou, retomando seu Aspecto favorito. Na forma de um lobo branco da neve ela se afastou sem ruído através da neve, enquanto acima dela o Espírito e a Mente de Odin partiam voando pelo ar cintilante.

De lábios apertados, Loki viu-os partindo. Ele fora um prisioneiro muitas vezes – em masmorras, no Mundo Inferior, sob a Colina, no reduto do Povo do Túnel, nas cavernas do Povo do Gelo –, mas nunca sentira seu aprisionamento de modo tão aguçado. A corrente dourada em torno de seu pulso era fina como fio de teia de aranha, mas inquebrável, restringindo seus movimentos, embora enganosamente fácil de ignorar – exceto por Sigyn, a encarnação da constância, que nunca estava mais que a poucos passos de distância, seus olhos fixados com idolatria sobre ele.

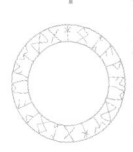

Loki estremeceu. Isso era ruim – pior ainda que o Mundo Inferior. Na Fortaleza Negra ele ao menos podia gritar. Ali, ele não podia nem isso. Ao contrário, tinha que ser simpático, tomar chá, bater um papinho com sua falecida ex-esposa. Em torno de seu pulso, o Matrimônio cintilava e tremeluzia impiedosamente, prendendo o Astuto ao seu destino mais uma vez até o Fim dos Mundos; algemado aos grilhões do amor.

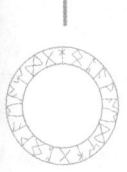

11

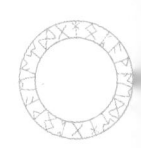

"No princípio havia a Palavra. E a Palavra criou Nove Mundos, do Firmamento ao Mundo Além. E o Inominável reinava sobre tudo, mantendo a Ordem e o Caos em seus lugares, reforçando as Leis do Universo.

"Ora, naqueles dias o Povo do Fogo estava sempre em guerra com o Povo do Gelo, e eles queriam possuir o Mundo, para derrotar seus inimigos de uma vez por todas. Então enviaram um dos seus para barganhar com o Inominável. Este era Odin, filho de Bór, e ele falou em construir uma cidadela para proteger os Mundos do Caos. Mas o Inominável não confiou nele e quis uma prova de sua boa-fé. Então Odin ofereceu um sacrifício – um de seus olhos em troca da Palavra, e uma promessa de manter a Ordem. O Inominável concordou, e o Povo do Fogo construiu a Ponte que atravessava os Mundos e começou a construir a sua cidadela."

Agora que Sleipnir havia sido deslocado (não sem alguma dificuldade) para os estábulos, Adam se sentia muito mais confortável. Um suborno do pessoal doméstico significava que as explosões ocasionais de Maggie poderiam ser facilmente ignoradas; mas o súbito aparecimento de um cavalo numa luxuosa suíte acima do Passeio dos Inspetores teria certamente atraído uma espécie errada de atenção.

Então, por fim, Adam contou sua história, enquanto Maggie ouvia atentamente. Era uma história que ela conhecia bem, tendo lido muitas versões diferentes. Ainda assim ela ouvia ansiosamente.

– Como eles puderam construir uma coisa dessas? – quis saber ela, quando Adam fez uma pausa para tomar fôlego. – Quero dizer, era no alto do céu, não é? Como eles conseguiram ficar lá em cima?

– É complicado – disse Adam. Na verdade, nem ele mesmo tinha uma ideia disso.

Maggie fez uma expressão de expectativa.

– E aí?

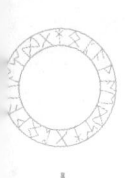

Dentro da mente de Adam, seu passageiro suspirou. *Nada surge do nada*, ele disse, e Adam ecoou obedientemente:

– O que você faz quando está construindo uma casa? A primeira coisa é derrubar árvores. A criação funciona por meio da destruição. Bem, a Palavra se comporta do mesmo modo. Ela derruba os blocos de criação e os modela conforme o seu propósito. O Sonho se torna realidade. A realidade ajuda a modelar o Sonho. É por isso que a Palavra é tão perigosa. Foi aí que o Inominável cometeu seu erro.

Maggie encarou Adam com olhos arregalados. Em nenhum lugar do Bom Livro ela havia visto alguma vez uma referência ao Inominável cometendo um *erro* – ou mesmo a sugestão de que tal coisa fosse possível. Soava quase como blasfêmia. Mas a esta altura ela confiava em Adam até mais do que confiava no Bom Livro, e seus olhos simplesmente se arregalaram ainda mais.

– Um erro? – repetiu ela.

– Ah, sim. – Adam sorriu. – Até o Inominável comete erros. Mas Odin era um trapaceiro bem-falante, e ele parecia estar do lado da Ordem. Foi só muito mais tarde que ficou claro que Odin tinha aliados de *ambos* os lados, incluindo um traidor do próprio Caos, atraído por seus dons de tapeação, e o Inominável começou a se arrepender de sua confiança e a ter cautela com o Povo do Fogo. E assim fez uma armadilha para eles, esperando com isso cortar suas asas e afirmar um pouco de seu poder.

– Então, ele invocou um demônio do Mundo Além, um ser chamado Svadilfari, escravizou-o com a força da Palavra e deu-lhe o formato de um grande Cavalo. E o Inominável ofereceu-se para ajudá-los a completar a Cidadela em menos de uma semana, sem ajuda, exceto a do Cavalo, por um preço a ser determinado.

"Parecia bom demais para ser verdade, a princípio. Uma tarefa que teria tomado anos ao Povo do Fogo seria completada em menos de sete dias. Mas Odin de Um Olho era cauteloso. Ele já havia pagado um preço alto por sua barganha com o Inominável. Fazer um contrato sem sequer saber o quanto custaria seria o ato de um homem insano. Mas Loki, seu irmão do Caos, persuadiu-o a fazer o trato. O trabalho nunca seria terminado a tempo, ele disse; o risco era, portanto, mínimo. E assim eles fizeram um acordo, e o trabalho começou. Mas Svadilfari era por sua própria natureza um arquiteto de castelos no ar, e runa por runa, força magnética por força magnética, a Cidadela do Céu começou a tomar forma."

"Cinco dias de contrato e o Povo do Fogo estava ficando ansioso. Odin em particular estava inquieto, nada menos porque seu povo estava começando a cochichar que fora sua intenção desde o início dividir sua parte com o Inominável. Tipicamente, ele culpou Loki, que, vendo onde a terra estava, partiu apressadamente para se safar antes que eles o atirassem do céu."

Maggie não tinha ouvido esta parte da história. Até mesmo nos Capítulos Fechados do Bom Livro, a menção ao Povo do Fogo havia sido mantida a um mínimo, e tudo que ela sabia que era que de algum modo eles haviam dominado o Primeiro Mundo através de trapaças, e assim fazendo haviam se transformado em deuses.

Ela pensou no Cavalo que eles haviam deixado nos estábulos, alimentando-se placidamente de um fardo de feno. Ele se parecia tanto com qualquer outro cavalo que mesmo ela mal podia acreditar em seu verdadeiro Aspecto – aquela coisa, metade Cavalo, metade aranha, que havia parido a si mesma do flanco da montanha com metade do Sonho em seu terrível rastro...

– O Cavalo Vermelho... – arriscou ela timidamente. – Ele é Svadilfari?

Adam balançou a cabeça.

– Não completamente. Loki sabia como mudar sua forma, uma tarefa fácil no Primeiro Mundo. Então assumiu a de uma pequena égua branca, muito *bonita*, e atraiu o cavalo-demônio de volta ao reino do Sonho. O Inominável tentou chamá-lo de volta; mas Svadilfari estava apaixonado, e ele e a égua branca desapareceram por dois dias e duas noites inteiros. Assim o prazo de sete dias passou, e a Cidadela foi deixada inacabada. E o Inominável teve que admitir a derrota, então perdeu Asgard para os deuses.

– E o Cavalo? – perguntou Maggie.

Adam deu de ombros.

– Ninguém o viu novamente – disse ele. – Mas quando Loki voltou à sua forma natural, trouxe de volta com ele um potro de oito patas, filho do demônio e da égua branca. Chamou-o de Sleipnir e deu-lhe a Odin como um suborno, em troca de ser autorizado a ficar quando todos os outros o queriam fora dali.

Maggie encarou Adam, assombrada.

– Então... Loki era a sua *mãe*? – espantou-se ela. – Como ele conseguiu fazer isso?

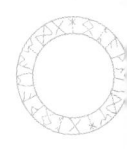

– Você não acreditaria em todas as coisas desagradáveis que Loki conseguia fazer em seu tempo – disse Adam, tomando a mão de Maggie e olhando seriamente para ela. – Mas agora ele é nosso. O Cavalo de Odin. Sleipnir. O maior corcel dos Nove Mundos.

– Mas por quê? – questionou Maggie. – Por que trazê-lo para cá? Ele ainda é perigoso? Além do mais, pensei que sua missão era destruir demônios e não os libertar para penetrarem nos Mundos...

– Paciência – disse Adam com um sorriso. Na verdade, a esta altura ele estava se sentindo totalmente impaciente com Maggie, mas três anos vivendo com a coisa em sua mente haviam lhe ensinado a ter uma dose de autocontrole. – Acredite em mim, eu entendo como você se sente. Eu já fui assim um dia. Naturalmente, odeio trabalhar com demônios tanto quanto você, mas às vezes os fins justificam os meios, e desta vez o mal menor é trazer estas criaturas para dentro dos Mundos, para que uma ameaça muito maior possa ser derrotada para sempre.

– O Povo do Fogo – disse Maggie.

– É isso mesmo – confirmou Adam.

– Mas o Bom Livro diz que os Cavaleiros vão...

– Anunciar a Adversidade? – Adam sorriu. – Está certo – disse ele novamente. – O Fim dos Mundos. Ragnarók. Apocalipse. A Guerra do Inverno. Mas desta vez nós vamos tomar a decisão. Estaremos no comando. Nós designaremos o prazo. – Ele pôs suas mãos nos ombros de Maggie e olhou dentro de seus olhos de um cinzento dourado. – Você não vê o que isso significa? – falou ele. – Isso nos dá a chance de fazer as coisas certas. Extrair a Ordem do Caos. Salvar os Mundos do Povo do Fogo.

– Você quer dizer que podemos impedir a Adversidade?

Adam fez que sim.

– É claro que podemos. Você tem o que é necessário para derrotá-los. Você já tem o Cavalo Vermelho. Agora tudo de que precisamos é mais uma coisa: um artefato da Velha Era que vai nos ajudar a destruí-los de uma vez por todas.

– Um artefato? – Ela olhou para ele.

– As pessoas chamam-no de Velho Homem.

– O que é isso?

Adam deu de ombros.

– Tudo que eu sei é que precisamos dele.

– Mas e quanto... – Maggie baixou sua voz. – Quanto ao Mestre, Adam? Quem, *o que* ele é? E não podemos libertá-lo, de algum modo?

Adam ficou pálido e balançou a cabeça.

– Você não sabe do que está falando – disse ele numa voz baixa e urgente. – Meu mestre está aqui para ajudar-nos. Eu sei que lá ele pareceu diferente, mas você tem que acreditar em mim. Ele está do nosso lado. É... complicado. Tudo certo?

– Tudo certo – disse Maggie ainda com dúvidas. – Mas me diga, quem era aquela garota na Colina? Aquela com a marca de runa, que é igualzinha a mim?

Na mente de Adam, seu passageiro proferiu um aviso distante.

Deixe isso comigo, Adam disse. *Eu sei como lidar com ela.*

Melhor saber, advertiu seu passageiro. *Ou eu parto vocês dois em pedaços.*

Adam refletiu brevemente se uma rápida prece a Loki seria considerada como blasfêmia naquele estágio. Ele sabia pela Voz em sua mente que o Astuto havia estado um dia em situação parecida, havia sofrido esta mesma comunhão e de algum modo havia se livrado por fim...

– Confie em mim, Maggie – disse ele, e sorriu. – Você me perguntou uma vez se eu era um sonho. Bem, é aí que tudo começa. É aí que você encontrará suas respostas. Sonho. Você confiará em mim?

– Sim, confiarei.

Então Adam começou a contar sua história.

12

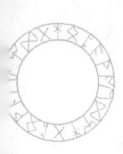

Maggie Rede desconfiava de sonhos, bem como de sonhadores. Mas Adam explicou tudo muito bem; agora ela começava a entender como o Sonho fora rompido pelo Povo do Fogo para liberar o Caos dentro dos Mundos, e como desse Caos eles planejavam reconstruir a Ponte do Arco-Íris e, de lá, tomar posse do próprio Firmamento, o Primeiro Mundo da Criação.

– E assim você vê – disse Adam. – A resposta para tudo está nos sonhos. *Seus* sonhos, Maggie; seus e meus. Foi assim que libertamos o Cavalo de Fogo. Será assim que rastrearemos o Velho Homem. E será assim que derrotaremos o Povo do Fogo e traremos a Ordem de volta aos Nove Mundos.

– Mas por que tem que ser eu? – perguntou Maggie.

– Por causa de quem você é – respondeu Adam. – Porque você carrega o sangue deles nas veias.

– *Mas eu não carrego* – protestou Maggie. – Meu tio era um Inspetor. Meus pais eram gente da Ordem. Meus irmãos estavam ambos na Ordem.

Adam tocou a sua nuca, onde a marca de runa *Ác*, o Carvalho do Trovão, ainda brilhava sob o cabelo tosado.

– Você não recebeu isso de Donal Rede. Ou de sua esposa Susan.

– Então, de quem eu recebi? – questionou Maggie.

Adam suspirou e tomou sua mão.

– Você me perguntou sobe a garota – disse ele.

Maggie olhou para ele ansiosamente. Desde seu retorno a Fim de Mundo ela havia ansiado por saber mais sobre a garota na Colina que se parecia tanto com ela, a chamara pelo nome e sabia sobre sua família.

– Isso pode ser um choque – disse Adam. Na verdade, ele estava se divertindo. Pela primeira vez desde que seu passageiro fizera residência em sua mente, ele estava experimentando a alegria de exercer poder.

– Quem é ela? – perguntou Maggie. – Ela me disse que não era uma inimiga.

– Talvez não para você – disse ele. – Mas para mim, para meu mestre, para todos os Mundos, para tudo que nós mais amamos...

– O que você quer dizer? Quem é ela?

Ele sorriu.

– Seu nome é Maddy Smith – disse ele. – Eu a conheci; *lutei* com ela há muito tempo, antes de conhecer meu mestre. Ela parece bastante comum, mas na verdade é uma das mais perigosas e poderosas integrantes do Povo-Vidente. Ela me odeia. Ela sempre me odiou. E...

Adam fez uma pausa para causar efeito.

– Sim?

– Maggie, *ela é sua irmã.*

Ele esperara lágrimas, histeria, talvez; para Adam, isso teria sido normal. Mas Maggie Rede não era uma garota comum, e embora seus lábios houvessem se apertado momentaneamente, sua expressão permaneceu estranhamente calma. Seu choque e repulsa ao descobrir a marca de runa em sua nuca agora parecia a uma eternidade de distância; na verdade, Adam pensou com ressentimento, ela era igual à própria Maddy: insolente, teimosa e inteligente demais para seu próprio bem.

– Como podemos ser irmãs? – perguntou ela. – Eu nunca nem mesmo a encontrei.

Adam deu um sorriso apertado.

– Claro que vocês não se encontraram – disse ele. – Mas vocês *são* irmãs, mesmo assim. Vocês são as filhas gêmeas de Thor e Jarnsaxa, do Caos e do Povo do Fogo. É por isso que meu mestre quer que você a mate enquanto tem chance. O elo que as une é perigoso, e até que ele possa ser cortado, sua alma vai sempre permanecer na balança, e o Povo-Vidente nunca a deixará em paz.

Por um longo tempo Maggie não disse nada. Será que em um mundo uma pessoa poderia parecer tão inofensiva – até mesmo gostável, em aparência – e em outro ser tão tortuosa e destrutiva como Adam Goodwin parecia sugerir?

Ela pensou no Cavalo Vermelho lá embaixo nos estábulos. Ele parecia um animal tão comum! E, no entanto, em outro mundo, ele era o Cavalo Vermelho dos Últimos Dias. *Será* que o que Adam dissera era verdade? Será que o inimigo era a própria irmã gêmea de Maggie?

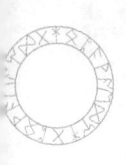

Adam pôs o braço sobre seu ombro.

– Eu sei que você não quer isso, Maggie – falou ele. – Tal como eu também nunca quis. Mas tudo isso mudou quando eu a conheci. Juntos, podemos encarar qualquer coisa. Juntos, com a ajuda do meu mestre, podemos mudar os Nove Mundos, pegar o que foi destruído e construí-lo de novo.

– Podemos? – questionou Maggie.

– Claro que podemos.

E ao dizer isso ele olhou dentro dos olhos dela, e todo o senso comum de Maggie se dissolveu numa névoa cor-de-rosa. Ali estava alguém que conhecia seu coração; alguém que a aceitava; alguém com quem ela podia partilhar qualquer segredo, por mais sombrio que fosse.

Sua mão se dirigiu para a sua nuca, onde a marca de runa *Ác* estava brilhando como um tição.

– Você não acha que eu estou manchada? Por *isto*? – perguntou ela.

– Claro que não. – Adam sorriu. – Na verdade, eu acho que você é bonita.

Maggie olhou para ele com surpresa. Ela nunca fora uma beldade, naturalmente; nem mesmo antes de haver cortado seus cabelos. Pobre demais para adquirir as roupas caras que estavam na moda em Fim de Mundo, ela sempre fora considerada comum – alta demais; masculinizada demais; inteligente demais; insolente demais; sem vontade de desempenhar os jogos de sedução praticados por outras garotas de sua idade. Seus olhos luminosos eram diretos demais; seus cabelos, que *haviam* sido bonitos, estavam sempre escondidos sob um lenço. Agora até isso se acabara, e bem no momento em que Maggie, pela primeira vez na vida, havia começado a se preocupar com sua aparência.

Naturalmente, Adam sabia disso perfeitamente bem. Maggie Rede e Maddy Smith eram iguais em mais que feições; elas compartilhavam um temperamento similar, e mesmo suas diferentes formações haviam feito pouco para alterar essa semelhança. Ambas haviam sido crianças solitárias – Maddy passando horas sozinha na Floresta do Pequeno Urso, Maggie em seus covis subterrâneos sob a velha Universidade. Maggie tinha o orgulho de sua irmã; sua coragem e sua confiança. Mas por baixo de tudo, tudo que ele podia ver era que Maggie ansiava por alguém em quem pudesse confiar; por um amigo com quem pudesse trocar confidências – ou por quem, talvez, pudesse se apaixonar...

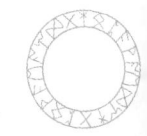

Amor? Maggie Rede teria rido à simples ideia há apenas alguns dias. Agora havia alguma coisa em seus olhos; um calor que tocava seu rosto simples com algo próximo à beleza. Adam Scattergood havia mudado também do mimado e taciturno jovem que fora um dia. Aos dezessete anos, ele era bonito; tinha um ar de mistério; sabia muitas coisas; era diferente de todos os outros homens jovens que ela conhecera. E o mais importante de tudo: estava dizendo a Maggie o que ela queria ouvir – que ele *precisava* dela, que ele a queria –, e para Maggie, ser necessária era o maior de todos os atrativos.

Ele delicadamente puxou o *bergha* que cobria o cabelo tosado de Maggie.

– Você precisa mesmo usar isso? Agora que eu a vi sem ele...

Mais uma vez, e desta vez pela última, Maggie hesitou.

– Mas Adam, meus cabelos...

– Eu gosto deles desse jeito. Eles a tornam diferente – disse ele.

Fora a primeira vez que Maggie ouvira esta palavra usada como tudo, menos uma negação.

– Diferente? – perguntou ela, permitindo que ele desfizesse o lenço de cabeça e o afastasse para longe.

Adam tocou ternamente seus cabelos.

– Lindos – repetiu ele.

Ele puxou Maggie para si; ela pousou a cabeça em seu ombro. A testa dela parecia feita para aquele abrigo; ela fechou seus olhos e se instalou ali.

– Eu ainda não confio em seu mestre – disse ela.

Adam sorriu.

– Você confia *em mim*?

Maggie concordou lentamente.

– Então, venha comigo – falou Adam. – E sonhe...

13

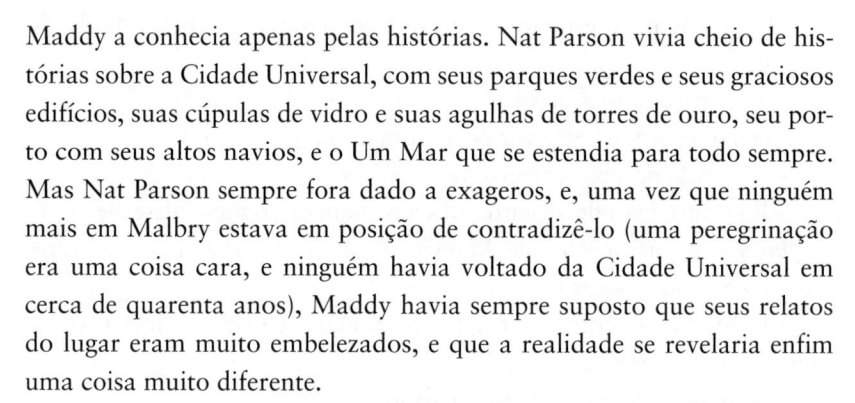

Maddy a conhecia apenas pelas histórias. Nat Parson vivia cheio de histórias sobre a Cidade Universal, com seus parques verdes e seus graciosos edifícios, suas cúpulas de vidro e suas agulhas de torres de ouro, seu porto com seus altos navios, e o Um Mar que se estendia para todo sempre. Mas Nat Parson sempre fora dado a exageros, e, uma vez que ninguém mais em Malbry estava em posição de contradizê-lo (uma peregrinação era uma coisa cara, e ninguém havia voltado da Cidade Universal em cerca de quarenta anos), Maddy havia sempre suposto que seus relatos do lugar eram muito embelezados, e que a realidade se revelaria enfim uma coisa muito diferente.

Mesmo assim, ela se descobriu despreparada. As escuras e estranhas catacumbas, os túneis tão parecidos àqueles do Mundo Abaixo, as bibliotecas ocultas infestadas de ratos se pareciam mais com as ruínas de um império do que qualquer espécie de cidade. Explorando o labirinto sob os antigos prédios, ela descobriu-se maravilhada com o assombro de riquezas, aparentemente abandonadas ali: fragmentos de prataria escurecida, retalhada e escondida por saqueadores que haviam se perdido na escuridão e cujos ossos ainda atapetavam as catacumbas; blocos de mármore; arcos derrubados; pedras preciosas brutas como pepitas de fogo; papéis e livros-razão velhos de séculos; e livros – centenas, *milhares* deles, alguns enxameando de traças, outros ainda intactos, alguns trancados, alguns codificados, alguns prodigamente iluminados, alguns escritos em línguas estrangeiras, alguns contendo mapas e gráficos do Mundo Além do Um Mar.

Maddy teria gostado de ter tempo para investigar. Certamente entre aquelas coisas esquecidas ela podia esperar encontrar o Velho Homem. Mas ela também precisava encontrar Maggie Rede; porque se tudo que suspeitava fosse verdade, então era apenas uma questão de tempo até que o Povo-Vidente descobrisse o caminho para Fim de Mundo. E Maddy precisava do Velho Homem – não só porque Odin havia lhe dito isso, mas porque se, como ela acreditava, o Velho Homem *era* o Murmurador, ela podia usar isso para provar aos outros deuses que Maggie era uma inocente, um joguete nas mãos do inimigo deles.

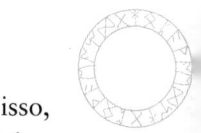

Mas primeiro ela tinha que encontrar sua gêmea para tentar explicar a verdade a ela. Isso podia não ser fácil, ela sabia. Maggie era uma nativa de Fim de Mundo, formada sob o regime da Ordem. Por tudo que Maddy sabia, sua irmã podia ser uma crente, devota ao modo do Bom Livro, uma convertida voluntária às fraudes de Mimir, uma soldada do Inominável. Levara a Um Olho seis anos para ensinar a Maddy o que ela precisava saber. Maddy tinha apenas dias, na melhor hipótese, para garantir que Maggie estivesse preparada.

O Berço caiu há uma era, mas o Fogo e o Povo vão erguê-lo.
Em apenas doze dias, no Fim dos Mundos; uma dádiva vinda de dentro de um sepulcro.

Os Æsir haviam suposto (rápido demais) que os doze dias da profecia se referiam à construção de Asgard. Agora parecia provável a Maddy que os doze dias fossem uma contagem regressiva conduzindo ao Ragnarók, estivessem os deuses preparados ou não.

Dois dias inteiros já haviam passado desde que Ethel fizera a profecia. O que deixava nove dias para encontrar o Velho Homem, que podia estar enterrado em qualquer parte. Nove dias para encontrar sua irmã e persuadi-la que ela não era uma inimiga.

Assim Maddy deixou as catacumbas e, usando *Sól* para iluminar seu caminho e com uma mão segurando a crina de Jorgi, conseguiu encontrar um caminho na superfície que penetrava na Universidade.

Eles emergiram bem ao sul do Grande Mosteiro, uma vez um lugar de meditação, recentemente convertido num mercado formigante de gente repleto de barracas e comércios. Foi sorte Maddy ter feito isso; pois entre as multidões de Estrangeiros, escravos, dançarinas e animadores, mulheres cobertas de véus e mulheres pintadas, ladrões e batedores de carteiras, cortadores de gargantas e mercenários, nem mesmo uma rústica do Norte e seu cavalo estranhamente inverossímil poderiam atrair muita atenção.

Ela tentou passar despercebida, mas achou difícil ignorar um cão com duas cabeças; uma cobra dançarina; um profeta tatuado falando em idiomas estranhos; um homem vendendo dedos decepados.

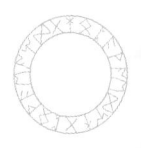

– Que espécie de lugar é este? – disse ela a si mesma enquanto vagava de um salão a outro, entre as teias de aranha e os candelabros, evitando as rachaduras nos pavimentos de mármore, ouvindo a reclamação de vozes desconhecidas contra fantasmas de muito tempo atrás. Ela esperava encontrar ali um santuário para a Ordem; um monumento por seus inimigos derrotados. Isso teria sido apropriado. Dez mil homens haviam morrido, afinal de contas, em nome daquilo em que acreditavam. Maddy descobriu, para sua surpresa, que ela sentia mais simpatia pelos seus adversários mortos do que pelos nativos de Fim de Mundo, que pareciam ter se entregado inteiramente à busca do prazer e do lucro agora que a Lei e a Ordem haviam desaparecido.

– Quer comprar um feitiço, senhora?

Maddy virou-se e viu um artífice dirigindo-se a ela, seu rosto quase totalmente escondido sob um lenço amarelo encardido, sua figura alta escondida sob os mantos coloridos dos Estrangeiros.

– Feitiço? – indagou Maddy.

O artífice sorriu, e Maddy pensou ter visto um lampejo de olhos azuis brilhantes acima do lenço amarelo.

– Feitiço de amor, senhorita? Você parece do tipo.

Ela balançou a cabeça.

– Na verdade, não sou.

– Então, que tal um talismã de boa sorte? Peça genuína da Velha Era. Para você, apenas dois níqueis.

Ainda sorrindo, o artífice estendeu uma bandeja. Trazia uma pilha de pepitas de pedra negra. Elas se pareciam com as cinzas da forja de Jed Smith – leves e pontudas e pontilhadas de buracos. Algumas portavam pequeninos cristais incrustados na superfície; outras, o fantasma de um Arco-Íris.

– Eu não tenho dois níqueis – disse Maddy.

– Ah, vamos lá – falou o artífice. – Peça genuína de Asgard, esta. Reduzida a cinzas pelo Estridente Lorde Surt em pessoa. Caiu nos campos como chuva negra. Vá em frente. Faça-me uma oferta.

Discretamente, Maddy tateou a *Bjarkán*. No círculo entre seu indicador e seu polegar – uma cintilação de luz de runa do Arco-Íris.

– Então, você consegue ver as cores, hein? – O artífice examinou Maddy, e mais uma vez ela captou um lampejo de seus olhos acima do lenço amarelo encardido. Ela o tomara por um homem mais velho a princípio, mas aqueles olhos azuis eram claros e animados. Ela supôs que ele tinha quarenta anos no máximo; talvez fosse até mais jovem.

– Se eu fosse você – disse ele a ela –, não faria muita coisa com isso. Há gente demais olhando. Estão prestes a mostrar interesse.

Maddy baniu a runa *Bjarkán*. O mais tênue brilho de azul-martim-pescador bruxuleou entre seus dedos. Ela havia imaginado isso? Provavelmente. Ela o fizera muitas vezes antes. Seu velho amigo estava morto havia três anos, e ela ainda o via por toda parte – através de uma janela de carruagem; sentado junto a uma fonte; numa multidão em dia de feira; caminhando ao lado de uma estrada. Isso doía – talvez fosse doer para sempre. E, no entanto, ela quase temia a hora em que não pudesse mais ver Um Olho no rosto dos artífices de Fim de Mundo até o distante Norte...

Ela olhou para o homem mais de perto.

– Não o conheço de algum lugar? – perguntou ela.

O artífice deu de ombros.

– Pode ser – disse ele. – Eu estive num monte de lugares.

Aquela voz também era familiar. O coração de Maddy deu um titubeio esperançoso. Ela estendeu sua mão e puxou o lenço que envolvia a cabeça do artífice, expondo suas feições completamente. A boca torcida e ligeiramente irregular; o cabelo puxado para trás com uma tira de couro; as sobrancelhas móveis, humorísticas – tudo era mais que familiar, mas o rosto era o de um desconhecido.

O artífice ergueu uma sobrancelha.

– Perdão?

Ela desviou os olhos.

– Pensei que você fosse outra pessoa – disse ela.

– Sim, bem, isso é a vida – comentou o artífice, apontando sua bandeja de mercadorias. – Leve estes pedacinhos de pedra. Você não acharia que um dia eles foram partes de uma coisa que atravessava os céus. Olhe para eles agora, todos queimados. E, no entanto, há força magnética dentro deles, como sementes esperando apenas para subir e crescer...

Maddy olhou para ele.

– Força magnética – disse ela. – Ela ergueu uma das pedras negras. – De qualquer modo, onde você achou isso?

– Elas estão por toda parte da cidade – afirmou ele. – Isto é, se você souber onde procurar. A maior parte das grandes foi recolhida, mas você ainda pode encontrar fragmentos jogados por aí, e, naturalmente, há as histórias.

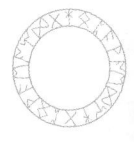

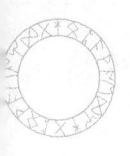

Maddy pensou na Colina do Cavalo Vermelho.
– Que tipo de histórias?
– As habituais. Que isso é que o restou da Cidadela do Céu que caiu durante a Adversidade. Fragmentos do Sonho que o Povo do Fogo trouxe para construir a Ponte entre os Mundos...
– Qual é o seu nome? – perguntou Maddy.
O artífice deu de ombros.
– O que há de importante num nome? Chame-me de Lorde Perth, se tiver vontade. E você pode ser Lady Madonna. E nós dois podemos fingir para nós mesmos que não somos apenas um par de maltrapilhos, revolvendo as pegadas dos deuses.

Um arrepio desceu pela espinha de Maddy. Ela lançou a runa Bjarkán mais uma vez e olhou para ele através de seus dedos. E desta vez ela viu sua assinatura, vermelha como o coração de uma rosa do meio do verão, que brilhava como um farol, e sobre seu braço, um fragmento de luz...

Uma marca de runa?
– Mostre-me seu braço – disse ela.
Perth lançou-lhe um olhar cômico.
– O quê? *Aqui?*
– Seu *braço* – repetiu ela, e, agarrando seu pulso, empurrou para cima a manga de seu manto azul.

E lá estava: uma nova runa, vermelho-rosa e ardendo em força magnética.

– Com que você está brincando? – sibilou Perth, puxando a manga para baixo para cobrir a marca. – Isso não é uma demonstração pública, garota. Faça algo assim novamente e ficarei apto a terminar no tronco. Ou mesmo na ponta de uma corda.
– Sinto muito – disse Maddy. – Eu não sabia.
– Naturalmente, é apenas uma tatuagem – falou ele. – Mandei fazê-la no Dia do Santo Sepulcro depois de tomar umas a mais. Poderia ter me chutado depois disso, não sei o que deu em mim. Afinal de contas, a última coisa de que preciso é outra série de marcas de diferenciação.

Maddy fez que sim. Ela estava pensando com dificuldade. Ela sabia que runa não era tatuagem. Perth acreditava mesmo que era?
– Então, o que isso significa? – questionou ela por fim.

Ele balançou sua cabeça.

– É apenas o meu nome. Perth, ela diz, em alguma língua estrangeira. Devia me trazer boa sorte, mas não me trouxe nada senão azar até aqui.

– Verdade? – interessou-se Maddy. – Como assim?

Perth apenas balançou a cabeça outra vez.

– Eu preferia não discutir isso aqui. E se você tem algum bom senso de todo, esconda a sua. Sim, *claro* que eu a vejo – disse ele. – Bem aí na palma de sua mão. Use luvas, pelo amor dos deuses! A Ordem pode ter desaparecido, mas há escravocratas nesta cidade que pagariam um bom dinheiro por uma garota como você, isto é, se você não for linchada antes.

Maddy pôs a mão em seu bolso e franziu o cenho. Havia tanta coisa que ela não sabia sobre os costumes de Fim de Mundo! Escravocratas, mercenários, ladrões – como nos Mundos ela iria achar sua irmã? Perth – quem, *o que* quer que ele fosse, com sua marca de runa e sua pilha de pedras – dificilmente seria um aliado confiável. Mas ele poderia ajudá-la a encontrar Maggie? Ou seria melhor ela agir sozinha?

Ela o examinou novamente, através da *Bjarkán*. Sim, havia fraude em suas cores, um fio verde-dourado que percorria sua força magnética. O homem era mais do que capaz de mentir para ela, ou de vendê-la, roubá-la, fazer uma falcatrua com ela. Ele já fizera estas coisas, ela sentiu. E, no entanto, a despeito de tudo isso, Maddy não lia nenhuma malevolência ali; nenhum sinal real de perversidade. Ela concluiu que ele era inofensivo o bastante, contanto que ela não lhe confiasse a sua bolsa. Além do mais, ela precisava terrivelmente de um guia através do labirinto que era essa cidade.

– Ouça, Perth – disse ela por fim. – Eu sou uma estrangeira aqui. Posso precisar de ajuda. Talvez possamos ajudar um ao outro.

Perth pareceu duvidar.

– É mesmo? – perguntou ele. – Eu pensei que você não tivesse dois níqueis.

Maddy estalou seus dedos, invocando a runa do dinheiro, *Fé*. Ela rebrilhou provocadoramente em sua palma, em ouro de guinéu e cheia de força magnética.

Os olhos azuis de Perth se iluminaram imediatamente.

– Belo truque.

– Vou ensiná-lo a você.

– Negócio fechado! – Perth sorriu. Eles trocaram um aperto de mão.

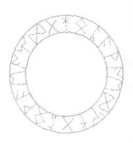

– Então, o que você veio procurar em Fim de Mundo? E que espécie de cavalo *é* esse, exatamente? – Ele apertou seus olhos sobre Jormungand, que estava aparentemente investigando uma banca de peixe fresco numa barraca do mercado nas proximidades. Quando Perth e Maddy olharam, o Cavalo ociosamente abocanhou uma caranguejo-real vivo como se fosse um monte de palha.

Maddy puxou a rédea de Jorgi.

– *Não!*

O Cavalo do Mar rolou seus olhos. Por um momento as patas aracnídeas do caranguejo-real se retorceram e arranharam sua boca aberta. Então houve um som de engolida e um relincho de satisfação.

O vendedor que tomava conta da barraca de peixe, que mal tinha tempo de cuidar dela toda, esfregou seus olhos em incredulidade.

– Você viu isso? – perguntou ele a Perth.

– Vi o quê? – perguntou Perth inocentemente.

– Esse *cavalo* – disse o peixeiro, parecendo abalado.

Perth olhou simpaticamente.

– Sei como você se sente – disse ele amavelmente, pondo seu braço em torno dos ombros do homem. – A bebida ordinária que estavam vendendo aqui na noite passada foi suficiente para fazer qualquer um começar a ver coisas. Se eu fosse você, eu só me sentaria, tiraria o peso dos pés por um momento...

O peixeiro, um homem corpulento, sentou-se pesadamente no chão. Quando ele fez isso, Maddy viu Perth aliviá-lo habilmente da bolsa volumosa que trazia no cinto. Ela olhou ferozmente para Perth em advertência; o artífice deu-lhe um sorriso ensolarado.

– Vamos lá, você – silvou Maddy, puxando Jorgi para longe pelo meio da multidão.

Perth sorriu e seguiu-os, ainda carregando sua bandeja de pedras.

– Isso vai ser *divertido* – falou ele.

Jorgi deu um arroto de peixe.

Maddy fechou seus olhos, em desespero.

Eles começaram a entrar na Cidade Universal.

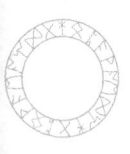

14

Enquanto isso, em Malbry, os deuses e seus aliados do Caos estavam envolvidos numa enérgica discussão. O desaparecimento de Maddy, bem como o da Serpente do Mundo, já havia causado preocupação suficiente; mas as assinaturas que ela havia deixado – os feitiços gastos, sua luta com Loki, o inconfundível rastro de cor de sua fuga para dentro do Sonho – haviam detonado mais divisões entre os Æsir e os Vanir.

Uma facção (na maior parte de Thor) tinha certeza de que ela havia sido sequestrada, embora seus rastros fossem confusos. Por um lado, a presença do rastro de Loki indicava alguma espécie de emboscada. Por outro, estava claro que ela *derrotara* Loki – o que parecia sugerir que, qualquer que fosse a razão, Maddy havia penetrado no Sonho por vontade própria. Como ela havia feito isso, se Loki ainda estava ou não com ela, e se a presença da Serpente do Mundo podia positivamente identificar os dois, ela e a Serpente, como o Cavaleiro cujo nome era Traição, permanecia uma questão em debate.

O lado de Heimdall estava fortemente a favor de encontrar Loki e fazê-lo falar. Mas para os Æsir, a brecha no sonho – que agora crescia num ritmo visível – permanecia a preocupação mais imediata.

– Ela tem que ser lacrada – argumentava Frey, cujo sinal de runa, *Madr*, o marcava como um amigo do Povo. – Se não a lacrarmos, então o Povo do vale não terá chance alguma.

A Sif de Cabelos Reluzentes deu um grunhido de desprezo.

– *Lacrá-la?* Você e a tribo de quem? – perguntou ela. Na verdade, Thor havia passado a maior parte da tarde trabalhando em torno da brecha no Sonho, batendo no chão e explodindo-o com runas, finalmente usando Mjolnir, seu poderoso martelo, para dar pancadas no lugar da fuga do Cavalo. O único resultado visível foi a fila de enormes buracos cavados pelo martelo que agora cercavam a Colina do Cavalo Vermelho.

O Deus do Trovão parecia ressentido.

– Isso não é como consertar um vazamento, querida – disse ele, com o olhar severo que um dia havia arrasado gigantes. – Estamos falando sobre a ruptura fundamental entre o tecido dos Mundos, não sobre uma curva em U defeituosa.

Sif deu um ronco muito parecido ao de uma porca.

– Mais bolo, querida? – sugeriu Thor.

A essa altura a Caçadora havia se juntado aos deuses na sala frontal da Paróquia, e, com suas peles e seu chicote de runas, estava parecendo muito deslocada na otomana de seda azul de Ethel. Os corvos de Odin – em forma humana – se empoleiraram silenciosamente ao seu lado.

– Eu sei que tivemos nossas diferenças – disse Skadi, olhando para Njörd. – Mas esta brecha no Sonho ameaça todos nós. Tem que ser fechada. Custe o que custar.

– Você acha que não tentamos? – argumentou Thor.

– Sei que vocês tentaram – disse Skadi. – Mas a brecha está crescendo o tempo todo. É como uma coisa derretendo um buraco no gelo, e todos nós estamos prestes a mergulhar nele.

A imagem, embora crua, foi poderosa o bastante. Os deuses trocaram olhares temerosos. Apenas Jolly pareceu despreocupado; aparentemente esquecido da chegada iminente do novo Ragnarók, ele estava pegando o gelo e formando uma pilha de *cupcakes* que Ethel havia feito para o chá da tarde.

Não que ela quisesse *chá*. Mas em seus dias como mulher de um pároco, Ethel havia se acostumado a confiar em certas rotinas, razão pela qual a mesa estava disposta como o habitual, com sua série de pequenos sanduíches, broinhas e bolos. Skól deu uma fungada esperançosa nos *cupcakes*, mas Jolly não estava disposto a dividir. Ele arreganhou os dentes para o lobo-demônio e deu um longo grunhido. Por um momento Skól ficou tentado a aceitar o desafio, mas, vendo a expressão feroz de Jolly, decidiu sensatamente não o fazer. Além do mais – um lobo em luta com um martelo? Cara, isso era *esquisito* demais!

– Eu não entendo – disse Heimdall por fim. – A princípio a profecia parecia clara. Asgard reconstruída pelo poder do Sonho. Mas, até aqui, a brecha no Sonho não nos trouxe nada senão Caos.

Ele olhou pela janela da Paróquia, onde a brecha era claramente visível ao sol da tarde que caía – uma coluna de nuvens que pairava acima do que restava da Colina do Cavalo Vermelho. Ele calculou seu diâmetro em quatrocentos metros – não grande, mas crescendo firmemente, expandindo-se, devorando arbustos, rochas, relva, árvores a um ritmo de cerca de um metro por hora. Todos os deuses podiam ouvi-la agora – um som como o *cricrilar* de grilos; um som dentro do qual todos os outros sons eram derrotados por uma parede de ruído.

Bragi dedilhou sua guitarra. Ainda desafinada depois da batalha, ela soltou um irritante som lamentoso.

– Ah, por favor – disse Freya. – Se eu escutar mais um dos cantos fúnebres de Bragi, eu vou me matar.

Bragi pareceu magoado.

– São as cordas – explicou ele. – Você sabe como é estar fora de Aspecto. Se apenas pudéssemos retomar Asgard!...

Freya fungou.

– Sim, eu sei. Em Asgard, tudo é magnífico. Em Asgard, Sif consegue seu perfil de volta, Tyr consegue brincar com os garotões, Thor consegue martelar quem quer que ele queira, eu tenho a oportunidade de roupas e de um banho, e você consegue tocar seu alaúde novamente sem fazer os *ouvidos* de ninguém sangrar. – Ela atirou para trás uma mecha de seu cabelo de um vermelho dourado. – O único problema é que, naturalmente, Asgard foi destruída há uma era, levando nossos Aspectos com ela, e a única chance de obtê-la de volta é decifrar uma profecia desajeitada que nem mesmo *rima*.

Fenny deu uma risadinha maliciosa.

– Calouros. Você não tem uma pista, tem, garota?

– Quem você está chamando de garota? – retrucou Freya, com seu Aspecto de Carniceira começando a aparecer.

Heimdall teve que intervir antes que a coisa ficasse um tanto mais feia.

– *A chave para o portal é um filho do ódio, um filho dos dois e de nenhum.* Vocês acham que esse trecho pode se referir a Maddy? Afinal, ela é a filha de Thor e do demônio Jarnsaxa. Agora, porque ela seria uma filha do ódio...

– Loki – disse Frey com convicção. – Ele é o filho de demônios, e todos *o odeiam*. Mais ainda, foi ele quem abriu o portão para o Mundo Inferior da primeira vez. Quem mais poderia ser?

– Não tenho certeza de que aprecio o termo *demônios* – disse Angie, interrompendo. – Algumas pessoas podem achá-lo ofensivo.

– Então, o que você preferiria? – perguntou Heimdall.

– Pessoas de origem Caótica?

– *Deuses!* – explodiu Heimdall. – Maddy está perdida, Loki fugiu, o Fim dos malditos Mundos está próximo, e você está me fazendo sermão sobre correção política? – Mas Ethel havia de repente ficado muito imóvel. – O que houve *agora*? – questionou ele.

– Maddy não está perdida – disse ela. – Como é que eu deixei passar isso? É óbvio.

– O que é? – disse Heimdall.

– *Eu vejo um poderoso Cinza que se ergue ao lado de um Poderoso Carvalho*. Todos nós pensamos que a Cinza era Yggdrasil, mas...

– O sinal de Maddy é o Cinza – disse Frey. – Você quer dizer que Maddy está envolvida com isso? Se isso é verdade, quem é o Carvalho? E quanto à *Traição, à Carnificina e à Loucura*?

– Os Três Cavalos dos Últimos Dias. – Ethel deixou cair seu trabalho de tricô (um chapéu) e, pela primeira vez, pareceu agitada. – O Cavalo de Fogo é Sleipnir, é claro. O Cavalo do Mar é Jormungand. E o Cavalo do Ar está provavelmente a caminho. E se Maddy é a chave para tudo isso, então Fim de Mundo é o lugar para onde ela vai se dirigir. Foi lá que Asgard tombou, afinal de contas. E é lá que nós devíamos estar neste exato momento.

– Por quê? Para que a pressa? – quis saber Saco de Açúcar.

Ethel lançou-lhe um olhar opressivo.

– *Dentro de apenas doze dias, no Fim dos Mundos; uma dádiva saindo de dentro de um sepulcro*. Vocês todos se lembram da profecia que eu fiz anteontem. Isso significa que dentro de nove dias, em Fim de Mundo, onde Asgard tombou no fim da guerra, o conflito final vai ocorrer.

Houve silêncio quando os deuses ouviram isso.

– E quanto ao Povo? – comentou Frey. – Partimos agora, e eles estarão acabados.

– Se partirmos tarde demais, *nós é que* estaremos acabados!

Frey suspirou.

– Ethel está certa – disse ele.

– E quanto a Loki? – perguntou Angie, com um olhar de curiosidade sobre Ethel. – Sendo o Astuto, e tudo mais, você não acha que precisaremos dele?

– Precisar dele? – indagou Thor. – Eu quebrarei seu pescoço.

– Não se eu quebrá-lo primeiro – interveio Frey.

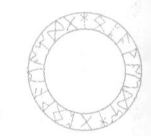

– Deixem-no em paz – disse Skadi. – Não temos tempo para persegui-lo agora. Quando tivermos acabado em Fim de Mundo, poderemos lidar com ele com folga. – Ela olhou ao redor para os outros deuses. – De acordo?

Thor deu de ombros.

– Vamos para Fim de Mundo, então.

– De acordo – disse Ethel com um sorriso.

E foi por isso que, ao pôr do sol, alguém que estava observando a estrada de Hindarfell (através do círculo de indicador e polegar) pôde ver o bando desordenado – alguns a cavalo, outros trotando a pé, outros correndo, outros pairando no ar – se aproximando da estreita brecha nas rochas e saindo do vale.

A observadora, armada de visão verdadeira, pôde ver suas assinaturas, ameaçadoras como a borda de uma tempestade, atravessando o cair da noite como um Arco-Íris quando eles penetraram na sombra das montanhas.

A observadora, caso eles a tivessem visto na varanda junto à estrada de Malbry, suspirou, balançou sua cabeça e resmungou: "*Moleques, o que eles vão fazer agora?*", antes de puxar sua camisa sobre seus joelhos e dar coices com seus calcanhares numa dança jubilosa. Ela não era uma bela visão, para ser claro, com suas velhas pernas inchadas nas suas longas meias listradas, mas a Louca Nan Fey podia dançar uma jiga tão alegremente quanto o homem mais próximo quando a ocasião o exigia, e ela havia esperado por um longo tempo para ter exatamente esta oportunidade. O Velho Homem lhe havia prometido um talismã de força magnética só seu e um lugar ao seu lado entre os Faërie, se ela apenas fizesse o que ele lhe dissera para fazer quando chegasse próximo a ele no Sonho.

A Louca Nan Fey acreditava em sonhos. Sempre acreditara, mesmo quando tentaram lhe dizer que os sonhos iriam roubar sua alma. Eles nunca roubaram – talvez a alma de Nan fosse velha e seca demais para que os demônios do sonho se importassem com ela –, mas ao longo dos últimos três anos parecia que toda vez que ela fechava os olhos via mais do que quando os abria. E agora ela vira o Velho Homem no Sonho – ah, sim, e seus passarinhos negros também –, e eles lhe ensinaram uma canção de pular corda igual àquelas ao som das quais dançava quando era criança:

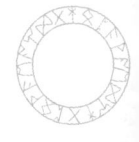

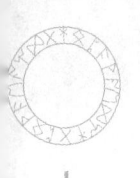

O Berço caiu há uma era,
Mas o Fogo e o Povo vão erguê-lo...

O que, pelo menos para a mente de Nan Fey, significava que tudo devia fazer uma volta circular novamente, como a Serpente com sua cauda em seu rabo circundando os Nove Mundos, e ela havia sorrido e balançado a cabeça, porque ela conhecia o Bom Livro, incluindo o Livro do Apocalipse, no qual o fim de um Mundo e o começo de outro são anunciados.

Para Nan, os sinais eram muito claros. O Fim do Mundo estava chegando. O primeiro sinal havia sido o surgimento de novas runas da Era Mais Nova; depois, a libertação dos velhos deuses da Fortaleza Negra do Mundo Inferior. A seguir, viera o Inominável e sua derrota a custo da vida do General. Então, viera a brecha do Sonho, derramando-se no Mundo Médio. E ainda depois houvera o retorno do Cavalo de Odin e a fuga da Serpente do Mundo.

Depois disso, como todos sabiam, não haveria mais que um passo a dar para os Últimos Dias. Quando os deuses convergissem para Fim de Mundo, dizia-se que Três Cavaleiros viriam aos Mundos, três Cavaleiros sobre Três Cavalos – vermelho dos fogos do Mundo Abaixo, negro pelas profundezas do Um Mar e branco pelas nuvens do Firmamento –, eles conquistariam os Nove Mundos e Asgard pertenceria a eles:

E virá um Cavalo de Fogo,
E o nome de seu Cavaleiro é Carnificina.
E virá um Cavalo do Mar,
E o nome de seu Cavaleiro é Traição.
E virá um Cavalo do Ar,
E o nome do Cavaleiro é Loucura...

E agora Nan Fey ria alto. Por anos o povo havia zombado de suas visões, chamando-a de louca e lunática e dizendo que tinha a cabeça nas nuvens. Bem, muito em breve ela mostraria para eles. Eles veriam quem era louco. Nan Fey iria cavalgar o Cavalo do Ar para a Ponte que levava ao Firmamento, e a marca com a qual ela havia nascido – uma forma quebrada e invertida da runa *Fé* – se tornaria uma força magnética do Novo Manuscrito, completa e cheia de poder.

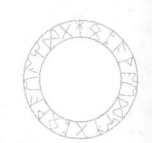

Enquanto isso, assim dissera o Velho Homem, tudo que Nan tinha a fazer era sonhar. Portanto ela voltou à sua casinha, sentou-se sobre sua cama estreita – o mesmo catre de caixote que havia usado quando garota, quando era Nancy Wickerman, a filha do fazedor de cestos – e dobrou as mãos como pétalas murchas sobre o colo de seu vestido; então, esperou que o Sonho a conduzisse para dentro das nuvens e além da lua e através do Mar em direção a Asgard.

Enquanto isso, assinalava-se velho Horten, tudo que Yau agira a favor era contra Bonanno, sim então a sua própria sorte se unia, ela concretizava - uma estratégia de esforço que lhe vai saido quando parava baiada em Nuno Waltham, tolhia do teor do tempo - o lobo que mata como presa a metade e que o que se supõe de sua brando, então, os pouca que o Sando e dificilmente nele devindo das nuvens catre da flora sutra de trás em direção à Angola.

LIVRO QUATRO
O Velho Homem das Regiões Selvagens

Havia uma velha senhora tão louca, se dizia,
Que voava dentro de uma cesta pelo ar.
Ela voou para a Terra do Rosbife
Aguardente em seu cantil a levar.
Nas nuvens entrou, foi além da Lua,
em Terra dos Videntes pôde penetrar – ah
ali onde as Fadas brincam o dia todo
e de cerveja é feito todo mar – ah!
Cantiga infantil das Antigas Divisões

1

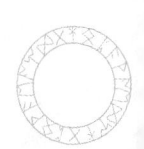

– Ah, *por favor* – disse Loki impacientemente. – Se eu ouvir outra cantiga infantil, ou canção folclórica, ou conto de Fadas, ou anedota divertida das vidas cotidianas dos recém-ressuscitados, juro que vou me suicidar.

Sigyn pôs o alaúde de lado e deu de ombros.

– Bem, eu acho que você é muito ingrato – retrucou ela. – Qualquer um poderia pensar que você não me *quer* aqui.

Loki baixou os olhos para o pulso direito, onde *Eh*, na forma de uma fina corrente de ouro, faiscava e brilhava inofensivamente. A princípio ele tentou quebrá-la, mas foi inútil; o pulso ficou entalhado com marcas raivosas. Mudar para a forma de pássaro não havia ajudado; até em seu Aspecto Animal a runa do Matrimônio ainda o prendia com força, e horas depois ele teve que aceitar o fato de que a fuga era impossível.

Pior ainda era o fato de que Sigyn estava *feliz*. Nada do que Loki podia dizer ou fazer parecia ter algum efeito duradouro sobre ela. Ela permaneceu implacavelmente animada diante de sua raiva inicial, e depois, diante de sua persistente grosseria e de seu mudo ressentimento, enchendo-o de comida e bebida e tentando mantê-lo entretido com histórias e canções de sua terra natal.

Sigyn tinha uma voz mais ou menos bonita, e, tal como tocava o alaúde, conseguia tocar tanto a harpa quanto o bandolim. Com forças magnéticas ela conseguira transformar a caverna num arejado toucador, com cortinados de seda, vasos de flores e pratos de doces sobre todas as superfícies, mas até aí seus esforços não haviam dado frutos, e Loki parecia tão aborrecido e não cooperativo como sempre.

– Eu *não* quero você aqui – dizia ele. – Vá embora e me deixe em paz.

Sigyn sorria incertamente.

– Ora, você sabe que isso não é verdade. É só porque você está cansado e fora dos eixos. Deixe-me lhe fazer alguma coisa para comer, e eu vou lhe cantar uma cantiga de ninar...

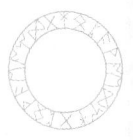

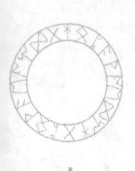

– Eu não quero uma cantiga de ninar – respondeu ele asperamente. – E eu *não* estou *fora dos eixos*!

Sigyn deu de ombros e se afastou.

– Não vejo por que você tem que ser tão malvado – disse ela, com um tremor em sua voz. – Eu ia lhe fazer uma cama de plumas, com travesseiros de penugem e lençóis de seda. Eu ia lhe trazer vinho quente temperado, doces de pétalas de rosa e bolo de mel. Eu ia lhe cantar minhas mais doces canções, até mesmo dormir no chão se você quisesse... – Agora seus olhos estavam encharcados de lágrimas e sua boca havia se reduzido a um traço de teimosia. – E por toda a afeição que você me demonstra em retribuição, eu poderia muito bem ser uma serpente venenosa. Bem, se é assim que você quer...

Ela bifurcou um pequeno sinal com a mão, e de repente a runa Matrimônio se tornou uma série de algemas ligadas a uma corrente tão pesada que Loki caiu ajoelhado. No mesmo momento, o contorno tremeluzente de uma coisa longa e sinuosa apareceu no ar acima dele, como algo por trás de uma tela de seda. Um som distante de rasgadura o acompanhou.

Loki já tinha ouvido aquele som nos portões do Mundo Inferior e uma segunda vez na Colina do Cavalo Vermelho. O tecido dos Mundos pareceu se esticar e escancarar, e Loki de repente percebeu que os poderes de *Eh*, a runa do Matrimônio, iam muito além das forças magnéticas.

– Er... espere um minuto – disse Loki, preso ao chão pelo peso da corrente.

Sigyn fingiu não escutar. Ela bifurcou outro sinal com sua mão, e então Loki viu algo como a cabeça de uma serpente pressionada contra o ar agitado, como a mão de uma criança pressionada contra um balão. Ela cintilou com um brilho nauseante de bolha de sabão, adquirindo substância quando ele olhou.

– *Sigyn, minha doçura...*

Ela olhou para ele.

– O que foi?

– Você entendeu tudo errado. – disse Loki. – Claro que eu apreciei tudo que você fez. E, sim, talvez... – Ele rangeu os dentes. – Talvez eu *estivesse* um pouco fora dos eixos.

A expressão de Sigyn suavizou novamente. As algemas caíram dos pulsos de Loki, mais uma vez se tornando uma corrente fina. A bolha (com a serpente dentro dela, como um verme no olho de um homem morto) teve sua existência apagada.

Loki tomou um fôlego profundo.
– Onde você aprendeu a fazer isso? – perguntou ele.
– Fazer o quê? – disse Sigyn.
– Você sabe, ah...
Sigyn o ignorou.
– O doce de pétalas de rosa? – Ela estendeu o prato. Era feito de porcelana cor-de-rosa e explodira para a existência tão rapidamente e sem esforço quanto à serpente havia desaparecido dela.
– Ah sim. Isso seria ótimo. – Loki pegou uma rosa açucarada e a pôs cautelosamente em sua boca, tentando não pensar no fato de que Sigyn, com seu estado de espírito atual, poderia provavelmente transformá-la numa barata, numa pedra ou numa lâmina de barbear... – Delicioso – disse ele, forçando um sorriso.
– Eu sei que eles são seus favoritos – falou Sigyn. – E agora... – prosseguiu ela, e começou a cantar:

Havia uma velha senhora tão louca, se dizia,
Que voava dentro de uma cesta pelo ar.
Ela voou para a Terra do Rosbife
Aguardente em seu cantil a levar.

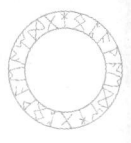

2

Nan Fey também conhecia as velhas cantigas infantis. Havia histórias ocultas em todas elas – relatos do Povo-Vidente e de seu tempo, transformados em absurdos à medida que os anos reescreviam a linguagem, distorcendo-os sutilmente e transformando-os em invocações solenes, boatos de epidemias, e as profecias, os heróis, os amantes, os generais e os deuses se tornavam por fim canções de pular corda e acalantos; mesmo quando suas histórias foram classificadas como fora da lei pela Ordem, as palavras do Povo-Vidente haviam permanecido nas bocas e corações das crianças.

A Jovem Nancy Wickerman havia sido uma coletora de canções de pular corda e cantigas infantis desde que era nada senão uma criança, e agora, envelhecida e louca (como o povo dizia), ela percebia que, mesmo dentro de seus maiores absurdos, aquelas palavras tinham um curioso poder.

A Terra do Rosbife, por exemplo. Absurda como era sem dúvida alguma, Nan a ouvira, mencionada em mais de uma história – um lugar onde as leis naturais não se aplicavam; onde o povo comum podia voar pelo ar, e as nuvens como crinas de cavalos que galopavam pelo céu de verão. De acordo com a lenda, a Terra do Rosbife era um lugar onde a comida nunca faltava e a bebida era sempre farta, onde a Morte fora banida para sempre, e da qual a fortaleza do Povo-Vidente, a lendária Cidadela do Céu, aparecia como um castelo no céu, cada tijolo e cada telha reluzindo como um encantamento.

O povo de Malbry agora identificava a terra mítica como uma versão romantizada de Fim de Mundo, mas Nan acreditava que havia mais nas velhas histórias do que o sonho de um ignorante da Cidade Universal. O Velho Homem já lhe revelara o quanto; o Velho Homem que vinha a ela em sonhos. Segundo as velhas histórias, a Cidadela do Céu havia estado ligada a Fim de Mundo por uma fabulosa Ponte, uma construção de forças magnéticas e efêmeras, nascida do Caos, mas a serviço dos deuses, e visível para o olho humano apenas quando o sol e a chuva combinavam. Era esta ponte, o Velho Homem dizia, que ainda existia nas cantigas das crianças, seu verdadeiro nome – Bif-rost – invertido e corrompido, como a própria runa de Nan, e oculto por quinhentos anos, esquecido até o Fim do Mundo.

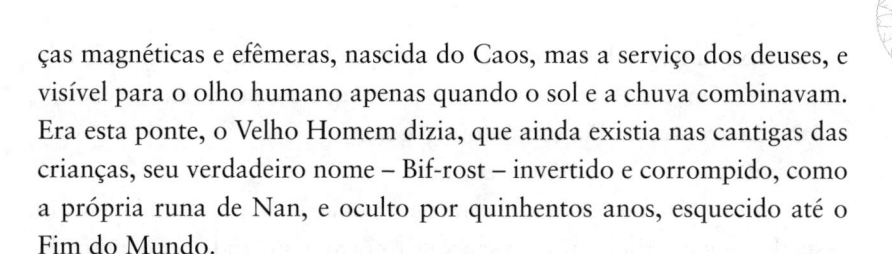

Mas agora o Fim do Mundo estava perto. Chegara a hora da Louca Nan Fey. Já dois dos três Cavaleiros da Profecia estavam a caminho para Fim de Mundo. O terceiro ainda carecia de um corcel, naturalmente, mas a Louca Nan não estava perturbada por detalhes triviais como este. Ela possuía um bom número de cestas, uma delas uma cesta de vime para roupas de lavar de um tamanho mais do que confortável – certamente generosa o suficiente para levar uma velha senhora e qualquer quantidade de aguardente.

Nan gostava de aguardente, especialmente quando o tempo estava frio. Ela a fazia de maçãs no verão, e quando os meses escuros vinham, ela fantasiava que podia sentir o gosto do sol em cada engolida. Os sonhos, naturalmente, vinham com mais facilidade quando havia tomado um gole ou dois – o que ficava mais crucial quando os sonhos sérios eram necessários. E agora ela abria os velhos olhos brilhantes e estendia a mão para pegar uma garrafa ao lado de sua cama, e sentia o gosto dos dias ensolarados de antigamente, e a magia dos verões passados tornavam seus pés e as pontas de seus dedos mais leves.

Nas nuvens entrou e foi além da lua, e em Terra dos Videntes pôde penetrar, ah, pensava Nan e, refrescada, levantou-se e foi procurar a velha cesta de vime para roupas de lavar. Segundo a canção, ela sabia, aquele era o meio para alcançar as nuvens, e, louca ou não, Nan Fey tinha a séria intenção de alcançá-las e cavalgar seu Cavalo do Ar pelos céus a caminho de Bif-rost.

A cesta estava um pouco empoeirada, ela achou, tendo sido mantida no porão. Ainda assim, o vento daria um jeito nisso. Nan empurrou-a para dentro da cozinha e muito cuidadosamente pisou dentro dela. A garrafa de aguardente no bolso de seu avental fazia um reconfortante som de líquido agitado. Ela estava usando seu xale de pelo de bode mais quente (pode fazer muito frio nas montanhas) e o gorro que usava para funerais. Fechou os olhos e se aprumou; a cesta seca estalou e se queixou com seu peso. Seu coração estava batendo a ponto de explodir; a excitação a deixava febril. Ela tomou outro gole de aguardente – para acalmar os nervos, Nan disse a si mesma – e esperou que a cesta se elevasse.

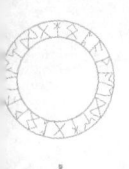

Nada aconteceu. Ela tomou outro gole.

Ainda assim a cesta não se elevou.

A Louca Nan começou a se sentir um pouco ridícula, sentada em sua cesta de roupas para lavar com seu xale e gorro, esperando ser conduzida para a Terra do Rosbife – um tanto ridícula e um tanto louca. Talvez o Povo estivesse certo, afinal – talvez ela realmente *fosse* louca. Ela ficou tentada a abrir os olhos, só uma vez, para ver se alguém estava olhando. Mas o Velho Homem tinha lhe dito o que fazer, e Nan não estava propensa a desobedecer. Ela fechou os olhos bem fechados e pensou no Sonho, e desta vez pensou ter sentido alguma coisa se mexer e raspar no chão abaixo dela. Sua cabeça flutuava com a aguardente, mas ela mantinha seus olhos resolutamente fechados. Enquanto isso, a sensação de movimento aumentava, de tal modo que agora ela se sentia como o cavalinho de brinquedo que Nancy tivera quando menina pequena, um cavalo de pau que ela batizara de Epona, que seu pai havia jogado no fogo quando Nancy começou a conversar com ele, contando-lhe histórias, fingindo voar...

Fazia cerca de setenta anos que Nan havia pensado em Epona. Agora a sua imagem retornava, e Nan se rejubilava com a lembrança. Tinha sido um tempo feliz, ela pensou; um tempo em que até mesmo uma marca de runa quebrada podia atingir o olho de um general. Nan havia sido forte e alerta como um pônei de montanha; ansiando por servir ao General, por aprender com ele, por ajudá-lo em seu plano. Ele poderia ter-lhe pedido qualquer coisa. Ela teria se aventurado sob a Colina. *Ela* teria levado o Murmurador até ele. Ela teria atacado a própria Ordem, se ele apenas lhe ordenasse. Mas aquela marca de runa quebrada dela era insuficiente para os propósitos dele, e o tempo havia passado, sua juventude se fora, e Odin nunca fizera uso algum dela.

E então surgira Maddy Smith; Maddy, com sua marca de runa. Especial desde o primeiro dia – uma estrela mais brilhante que o próprio General. A princípio Nan havia tentado ser amiga da garota, ensinando-lhe suas canções e histórias. Mas Odin de Um Olho tinha se apoderado dela. Pior ainda, havia dado a ela aquilo por que Nancy ansiara a vida toda, deixando Nan se defender sozinha quando os Æsir reclamaram seus direitos de nascimento.

Mas então o Velho Homem viera até ela, prometendo salvação. A juventude, sua saúde, uma força magnética só sua; o retorno de tudo que ela havia perdido no curso de uma vida desperdiçada. O que mais ela podia esperar? Os Æsir haviam perdido seu General; os Vanir estava fracos e dispersos. A Ordem havia sido aniquilada. As runas – fossem velhas ou novas – haviam se provado inadequadas em face da ameaça do Mundo Inferior, a brecha entre os Mundos que reduzira todas as coisas a um cobertor de cinza e escória.

Mas o Velho Homem poderia dar um jeito naquilo tudo. Ele era, afinal de contas, um oráculo. Quando a Ponte fosse reconstruída e a brecha no Mundo Inferior consertada, todas as explicações seriam por fim dadas, e o equilíbrio retornaria aos Mundos.

Nan abriu um olho. Ela estava sonhando, sabia; isso explicava a sensação de voar. Quando olhou ao redor agora, viu que o chão coberto de neve estava muito longe lá embaixo e que a cesta de vime estava cavalgando no topo de uma nuvem ampla e reforçada, com uma crina toda prateada pela luz do luar que se estendia até a metade do céu e com uma barriga que estava inchada de chuva...

Epona, pensou Nan. *O Cavalo do Ar...*

Da sombra dos Sete Adormecidos, Loki ergueu os olhos para um céu que estava polvilhado de frias estrelas de meio de inverno, e por um momento ele a viu, cavalgando lá no alto, brilhando sob a luz da lua, com um rastro de força magnética correndo atrás dela como a cauda de um cometa, e disse a si mesmo:

– *Que Inferno seria aquilo?* – E tateou a corrente em torno de seu pulso.

Em Fim de Mundo a peça final de um plano intrincado caíra agora em seu lugar, e o Cavaleiro cujo nome era Loucura (ainda enfiado em sua cesta de roupas para lavar) cavalgava Epona à Terra do Rosbife, onde o Velho Homem esperava por ele.

3

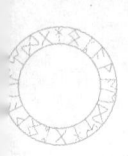

Em Fim de Mundo, Maggie também estava prestes a entrar no reino do Sonho. Desta vez, montada sobre Sleipnir, ela não teve necessidade de dormir, mas pôde atingir a fonte do Sonho diretamente, conscientemente, em seu próprio Aspecto. Desta vez ela não teve medo. O Sonho não era mais uma ameaça para ela, mas uma trilha brilhante que conduzia ao Velho Homem; à vitória sobre seus inimigos; e à libertação de Adam da servidão.

Havia um único pequeno problema. Fora dos sonhos, Maggie Rede nunca havia realmente montado num cavalo. E o animal vermelho no estábulo ao lado, que se alimentava placidamente de um fardo de feno, parecia alarmantemente grande para ela agora que iria montá-lo.

– Tenho que fazer isso agora? – Maggie apelou a Adam.

Adam fez que sim.

– Nosso tempo é curto. Quanto antes descobrirmos o Velho Homem, melhor.

Mais uma vez Maggie olhou para o Cavalo. Ele parecia com qualquer outro cavalo – isto é, até que ela o perscrutou através do círculo de seu indicador e polegar, então viu a chama de sua assinatura e as runas que brilhavam de seus arreios. No Sonho, ele assumira o seu verdadeiro Aspecto novamente – aquele flamejante meio-cavalo, meio-aranha que havia se arrastado para fora da Colina? E, supondo que encontrassem o Velho Homem, o que aconteceria então? Qual era o plano do Mestre?

O Livro do Apocalipse falava de guerra; mas, embora Maggie confiasse implicitamente em Adam, ela ainda não confiava tão completamente em seu passageiro. Havia muitas perguntas não respondidas que ele ainda se recusava a responder. O que ele queria exatamente? Que poder tinha sobre Adam? O que – ou *quem* – era o Velho Homem? E quanto à garota de seu sonho, que Adam dissera ser sua irmã?

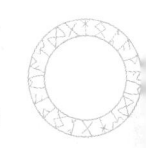

Sua irmã. O pensamento ainda lhe vinha como um choque. Por três anos inteiros Maggie Rede se julgara sozinha no mundo, e a notícia de que ela tinha uma família enchia-a de confusão. Ela nunca fora íntima de seus irmãos; nunca tivera irmãs com quem conversar. Donal Rede havia sido orgulhoso de seus filhos, indiferente à filha; Susan, que havia ansiado por uma garota que gostasse de belas roupas e trabalhos de costura, havia achado Maggie um tanto decepcionante. Agora Maggie sabia por quê. Ela nunca fora uma Rede. Ela havia sido um cuco em seu pequeno ninho doméstico, enquanto em alguma outra parte, sua *tribo* real lutava na Ordem, trazendo a calamidade, liberando demônios do Mundo Inferior e geralmente procurando minar tudo em que ela acreditava...

A menos, é claro, que ela os detivesse. Esse era o seu destino, Adam havia dito. Construir um mundo melhor, ele disse. Devolvê-lo aos poderes do bem. A Ordem estava morta. Fim de Mundo estava em desordem. Maggie sozinha se erguia entre os Æsir e sua cidadela. Mas com Sleipnir, a Palavra e o Velho Homem, ela ainda podia ter a esperança de desafiá-los; frustrar seus planos; libertar os Mundos do Caos para o bem, pondo um fim à Adversidade de uma vez por todas.

Mas o Caos que estava em seu sangue falava de possibilidades. E se a guerra não fosse o único meio de encerrar o conflito e sanar os Mundos? Se o Sonho pudesse ser usado para o bem *e* para o mal, por que o Caos não podia fazer o mesmo? E, sendo assim, ela não poderia achar um meio de fazer as pazes com o Povo do Fogo?

Tais eram os pensamentos de Maggie quando ela se içou sobre o lombo de Sleipnir. Pensamentos atormentados, inquietos, violentos, repletos de contradições.

Ela olhou para Adam.

– Muito bem – disse ele. – Agora, diga a ele aonde você quer ir. Meu mestre vai guiá-la pelo resto do caminho.

Maggie baixou os olhos nervosamente por sobre o Cavalo. Ele parecia calmo o suficiente por enquanto; na verdade, podia até estar dormindo. Não havia sela em seu lombo, mas ela manteve uma das mãos nas rédeas e apertou a outra em sua crina. Na sua mente, o Mestre era uma presença leve e experimental.

– Sem mais truques – falou ela a ele. – Tente alguma coisa como a que você tentou da última vez e...

– *Sem truques, Maggie* – disse ele. *Confie em mim. Nós estamos do mesmo lado.*

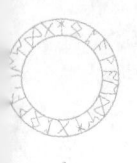

Ela voltou sua atenção para o Cavalo, que não havia feito qualquer movimento desde que ela o montara.

– Eu quero que você encontre o Velho Homem – disse ela, tão ousadamente quanto pôde.

Sleipnir abriu um olho.

Ótimo, disse a voz em sua mente.

E, com isso, o ar estremeceu em frente a eles, houve o clarão flamejante de uma luz de runa, o Cavalo deu um só passo à frente, e os três deslizaram para longe, para dentro do Sonho.

Sleipnir realmente nunca dormia, mas seria verdade dizer que ele tampouco ficava completamente acordado. Sendo uma criatura com um pé equilibrado em cada um dos oito Mundos, uma parte dele estava sempre no Sonho e ele se movia pela trilha dos Mundos com a facilidade de um raio de sol. A Morte, o Sonho, os Mundos Superiores – todos eram a mesma coisa para o Cavalo de Fogo, e ele conduziu os viajantes velozmente ao longo das margens do rio, onde pássaros negros voavam e a coisa que eles buscavam – que ocorria ser também a sua caça – brilhava entre as pequenas ilhas costeiras do Sonho, uma solitária luz azul no deserto.

Adam não estava dormindo, naturalmente. Pelo contrário: mantinha guarda nos estábulos e observou assombrado quando Maggie subiu desajeitadamente no Cavalo, desaparecendo com Sleipnir no meio do ar, deixando nada além da cocheira vazia e do ensolarado cheiro de feno no rastro de ambos. Mais uma vez a ausência do Murmurador deixou-o sentindo-se estranhamente leve, e por um momento ele abrigou um pensamento perigoso: "E se eles nunca mais voltassem?", e sentiu uma pontinha de esperança. Depois, deixou de lado a ideia como se fosse absurda e se acomodou no feno para esperar.

* * *

Enquanto isso, Maggie estava cavalgando através de um vasto e desértico plano nivelado, o terreno obscurecido pela névoa vinda do chão, o céu uma tampa de aço manchada. No horizonte, um rio corria – ou talvez uma parte do Um Mar. Certamente Maggie nunca havia visto um rio tão amplo como aquele, nem mesmo em seus livros roubados.

Por outro lado, ela estava consciente de uma sensação de desapontamento. Isso era muito distante da empolgação da Colina do Cavalo Vermelho. Até Sleipnir parecia normal ali – um plácido velho ruão vermelho trotando através do ermo.

– Que lugar é este? – indagou ela em voz alta.

– *Estamos muito perto da nascente do Sonho.* – A Voz em sua mente soou quase presunçosa. – *Pode ver o rio? As ilhas? Isso significa que estamos nos aproximando.*

Maggie olhou por sobre toda a planície. O rio a distância estava apenas debilmente perceptível; um movimento contra aquela camada de névoa. Fogos-fátuos emitiam clarões aos pés deles, mas de resto não havia nada a ser visto, e nenhum som, exceto a muda batalha dos cascos de Sleipnir contra o chão e o de seu próprio coração, como a batida de uma asa de mariposa numa catedral vazia.

– Perto? Mas nós estamos aqui há *horas*! – disse ela.

– *O tempo funciona de modo diferente no Sonho. Creia em mim, estamos nos aproximando.*

Bem, Maggie pensou, o rio ao menos não parecia estar mais perto do que estivera quando eles haviam penetrado neste mundo. E ela não conseguia avistar qualquer ilha – apenas um amontoado informe de nuvens contra o horizonte distante. Exceto que, se estreitasse seus olhos, conseguia ver estranhas formas naquela confusão de nuvens; formas que de algum modo se transformavam em rostos de pessoas que ela havia conhecido um dia. Seu pai. Sua mãe. Seus irmãos. Sua amiga de infância, Molly Carr, que havia morrido quando ela tinha apenas oito anos. Maggie teve um sobressalto de surpresa – ela não pensava em Molly havia muitos anos – e fez menção de desmontar.

– *Não!* – exclamou a Voz em sua mente. – *Não coloque seu pé neste chão. Nem mesmo por um momento!*

– Por quê? – perguntou Maggie. – O Cavalo não parece estar tendo problema algum.

– *Você tem que questionar tudo?* – A Voz soou quase queixosa. – *Você não pode agir conforme lhe digo por nenhum momento? Encontrar o Velho Homem e partir?*

– Bem, não vejo como alguém pode achar qualquer coisa nessa névoa – disse Maggie. – Acho que se eu caminhar um pouco... Quero dizer, como você sabe que o Velho Homem está aqui? Ele poderia estar bem aos seus pés, por tudo que você sabe.

– *Eu não tenho que saber* – respondeu asperamente a Voz. – *E você não tem que pensar, graças aos Deuses. Tudo que temos a fazer é cavalgar. Pode fazer isso, Maggie?*

Maggie deu um suspiro de tristeza.

– Tudo bem. Não há necessidade de ser grosseiro – disse ela. – Eu só queria...

– *Sim, eu sei* – cortou a Voz em sua mente. – *Você só queria caminhar um pouco. Devo lhe mostrar o que aconteceria então? Isso a deixará feliz?*

Ela deu de ombros.

– *Há uma faca em seu bolso. Tire-a.*

– Como você...?

– *Eu apenas sei* – disse a Voz. – *Agora a retire de seu bolso, garota. Estenda-a por todo o comprimento de seu braço. Depois, deixe-a a cair aos pés do Cavalo. Bem, o que você está esperando?*

– Vou ser capaz de encontrá-la novamente? – perguntou Maggie, ainda segurando a faca de bolso.

– *Eu duvido muito* – respondeu a Voz secamente. – *Mas talvez sua curiosidade interminável seja satisfeita.*

Maggie deixou a faca cair. Por um momento pensou que ela havia desaparecido no meio do ar; depois, foi atingida por uma percepção tão desmedida que quase caiu no lombo de Sleipnir. Ela soltou um grito, olhou para cima e apertou as mãos na crina de Sleipnir até que os nós dos dedos ficaram brancos. Acima dela, a lasca de metal que havia sido sua faca de bolso penetrou no céu cinza-ferro...

Só que não era o céu de modo algum, como Maggie então subitamente entendeu. Eles estavam viajando de *ponta-cabeça*. A névoa aos seus pés eram *nuvens*, ela viu; os fogos-fátuos eram relâmpagos distantes; enquanto a tampa cinzenta sobre eles era *o chão*, a certa grande e incompreensível distância.

– *Eu lhe disse que as coisas eram diferentes aqui* – disse a Voz com um traço de arrogância. – *E especialmente aqui, no âmago do Sonho, as viagens raramente são lineares.*

– Era por isso que precisávamos do Cavalo? – perguntou Maggie, tentando não ficar nauseada. A que distância de suas cabeças ficava o chão? Oitocentos metros? Dezesseis quilômetros? E como é que *ele* não caía?

– *Sleipnir não é apenas um cavalo. Ele é um filho das efêmeras, que recebeu a forma externa de um cavalo. No Sonho, ele pode adotar a aparência que quiser. Como esta...*

E, só por um momento, Maggie se flagrou no leme de um longo e alto navio com velas vermelho-vivas, todas se agitando com flâmulas e bandeiras ao longo dos cordames.

– *Ou esta...*

Então Sleipnir tornou-se um elefante, sua cabeçada ornada com rubis, portando uma torre em seu lombo e todo pintado de barro vermelho.

– *Ou talvez esta...*

A transformação final do Cavalo foi numa coisa que Maggie nunca vira. Parecia-se com alguma espécie de carruagem estofada de veludo vermelho que se movia muito mais velozmente que qualquer veículo que ela houvesse conhecido; desaparecendo de um Mundo para entrar em outro com a velocidade de um Sonho e fazendo um som semelhante ao do trovão...

Maggie apertou os pulsos.

– Pare com isso!

Imediatamente o Cavalo retornou à sua forma, tão plácido e troteador como sempre.

– Como você *faz* isso? – quis saber Maggie.

– *Eu não faço* – retrucou a Voz. – *Eu simplesmente redirecionei sua força magnética que, a propósito, é impressionante. Como tenho certeza de que você sabe, Maggie, eu não tenho uma presença física ainda. Mas isso logo mudará. Tão logo eu consiga o Velho Homem.*

– Então – disse Maggie –, onde exatamente está o tal Velho Homem?

– *No Sonho, naturalmente* – respondeu a Voz.

– Sim, mas...

– *O Sonho é um lugar em movimento perpétuo, feito de infinitas ilhas. Algumas são muito pequenas, enquanto outras podem conter mundos inteiros. Algumas duram apenas fragmentos de tempo, outras podem durar mais. Tenho razão para crer que o objeto que buscamos se prendeu num desses fragmentos de sonho.*

– Então, você realmente não *sabe* qual deles.

– *Se eu soubesse isso, por que precisaria de você ou do Cavalo?* – A arrogância se fora, para ser substituída mais uma vez pela irritação habitual da voz. – *Uma coisa pode ser retirada do Sonho apenas se for uma entidade física. Mesmo um pedaço de pedra pode servir, se...* – Ela parou abruptamente. – *O que foi isso?*

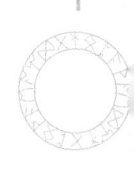

Parecia-se com uma faixa de luz brilhante se arremessando entre os cascos do Cavalo. Pela primeira vez em sua estranha viagem, Sleipnir mostrou sinais de nervosismo. Ele empinou as orelhas, balançou sua crina e soprou faíscas de suas narinas. As faíscas eram vermelhas e alaranjadas e os circundaram como vaga-lumes.

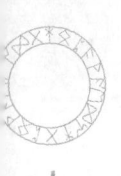

– Será que é a coisa? – perguntou Maggie.
– Não, não é. – A Voz foi concisa. – *Mas podemos não ser os únicos a estar procurando o Velho Homem.*

Maggie olhou de esguelha para as nuvens, tentando não pensar no infinito espaço abaixo dela. Descobriu que era muito mais confortável recordar a ilusão de uma planície recoberta de névoa, sob a qual fogos-fátuos ocasionais lançavam seus clarões. A luz que ela vira não era nada parecida a eles: para começar, era muito mais luminosa; e, depois, parecia mover-se por debaixo deles com uma intenção definida. Estava também chegando perto. Maggie viu-a lançar seu brilho, ainda mais luminoso que o núcleo de uma forja.

– Será que é alguém do Povo do Fogo? Será minha irmã? – indagou Maggie.
– *Espero que não* – comentou a Voz secamente. – *Depois do que aconteceu na Colina do Cavalo Vermelho, eu não estou exatamente confiante.*
– Isso não é justo! – disse Maggie. – Eu não sabia que ela era um deles.

O Murmurador deu de ombros, mentalmente.
– *O fato é que você não é de confiança. Suas lealdades estão divididas. Posso ver isso em sua mente. Você acha que pode convertê-la.*

Maggie pareceu desafiadora.
– Bem, talvez eu *pudesse* convertê-la – sugeriu ela. – Se eu apenas pudesse *conversar* com ela...
– *Ouça, Maggie* – disse a Voz, soando muito fria agora. – *Eu sei que você não confia em Mim. Eu entendo. Espero que chegue uma hora em que você o faça. Mas você se preocupa com Adam, não se preocupa?*
– Sim.
– *Então, em consideração a Adam, faça como eu digo. Eu lhe direi o que fazer. E quando tivermos o Velho Homem, eu libertarei o rapaz.*

Maggie fez que sim.
– Tudo bem.

Por debaixo deles, a luz estava ofuscante agora; um escudo de fulgor sob a névoa. Era difícil ver detalhes sobre a nuvem, mas por um momento Maggie julgou ter podido ver a forma de uma coisa por trás do fulgor. Ela apertou os olhos, então, lembrando-se de que isso era o Sonho e de que ali sua visão interior era muito mais forte, fez um círculo entre o indicador esquerdo e o polegar e espiou por dentro dele para a luz que se movimentava.

O resultado foi dramático. Ela viu de repente, no coração ardente da radiação, a imagem de uma mulher velha – oitenta, noventa, cem anos de idade –, seus cabelos brancos revoando atrás, suas pernas enfiadas sob o corpo, suas mãos agarradas fortemente às laterais de uma...

Aquilo era realmente uma cesta de *roupa para lavar*?

Por um momento Maggie pôde apenas ficar olhando fixamente. A coisa certamente se parecia com uma cesta; sua forma espectral dançava no ar, e sob ela, sustentando-a por todo o trajeto, havia uma coisa semelhante a um cavalo...

Naturalmente, ele não possuía semelhança alguma com os cavalos que Maggie já havia visto. Mas na verdade ela o fez pensar em Sleipnir – Sleipnir no Aspecto que havia assumido na Colina do Cavalo Vermelho. Mas enquanto Sleipnir era bestial em Aspecto, esta criatura – se é que ela estava viva de todo – era muito claramente um espírito do ar. Parecia feita de filamentos de luz, trançados como uma teia de aranha luminosa através da escuridão. Sua cauda se estendia ao longe interminavelmente; sua crina era uma nebulosa ardente. E, escarranchada nele, a velha mulher em sua cesta de roupa de lavar sorriu, cacarejou e acenou para ela.

Deuses! Ela me vê, pensou Maggie.

Mas o Murmurador estava mostrando sinais de agitação.

– *Perca-os de vista!* – ordenou a Voz em sua mente. – *Não os deixe nos seguir mais.*

– Ela é alguém do Povo do Fogo?

– Não, é pior que isso – disse a Voz. – *Desperte o Cavalo Vermelho da Adversidade, e logo os outros despertarão também. Se você fez seu trabalho na Colina do Cavalo Vermelho.* – Maggie ouviu a Voz estalando o pensamento como alguém cortando a cabeça de uma rosa. – *Não se importe com isso agora* – disse ela. – *Mas precisamos deixá-lo para trás. Ele quer seguir Sleipnir.*

Como se tivesse ouvido seu nome pronunciado em voz alta, Sleipnir deu um relincho nervoso. Maggie notou que ele estava começando a regredir ao seu Aspecto bestial – faíscas partiam de sua crina e cauda; suas pernas começaram a se alongar; a teia de força magnética que o freava começou a ficar de um azul brilhante – e Maggie notou que dentro de alguns momentos o animal vermelho iria mais uma vez se tornar a criatura que ela parira do Olho do Cavalo.

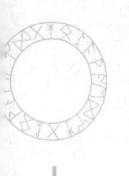

– *Aguente firme!* – avisou o Murmurador. – *Podemos ter que viajar em terreno difícil.*

Mas antes que houvesse terminado a sentença, o tecido do Sonho já estava se modificando em torno deles. Desaparecidas estavam as ilusões de terra e céu; desaparecidos estavam o rio distante, as nuvens no horizonte. Agora não havia horizonte algum, mas um ajuntamento de luzes ao longe, em direção ao qual Sleipnir começou a acelerar numa velocidade incompreensível.

– *Mantenha o controle firme das rédeas!*

Mas Maggie não tinha a intenção de soltá-las. Sua única cavalgada anterior através do Sonho havia sido mansa em comparação a esta e ela não tinha a experiência de viajar pelo Mundo Inferior que Maddy possuía. Isso era totalmente diferente, e se não fosse por Adam, ainda esperando por ela na Cidade Universal, teria banido o Murmurador de sua mente e escapado aos horrores através dos quais ela agora voava...

– *Ilhas* – avisou a Voz.

Para Maggie, elas não eram parecidas como qualquer ilha de que ela tivesse ouvido falar. Mas elas realmente flutuavam; como balões de Dia de Feira elas derivavam em torno dos viajantes, movendo-se em todas as direções, algumas circulando, outras se elevando, algumas revestidas de força magnética, outras quase escuras. Algumas pareciam estar voando de ponta-cabeça – cidades inteiras flutuando no meio do ar com suas agulhas de torres espetando o leito do rio; embora por tudo que Maggie sabia, ela era a única que havia perdido o senso de perspectiva.

Havia lugares que quase se pareciam com sua casa, com suas ruas estreitas e seu porto. Havia vales e picos, florestas e clareiras. Havia momentos roubados; amores perdidos; beijos secretos; pensamentos culposos. Havia diamantes enterrados a milhões de quilômetros de profundeza, junto com medos ocultos e amigos perdidos havia muito tempo. Havia gente em exposição no lugar do mercado, vestida de nada além da pele, o que uma multidão de Anciões da aldeia observava com desaprovação. Havia criaturas no formato de instrumentos musicais; galinhas com cabeças iguais a trombetas e porcos barrigudos com corpos em formato de tubas. Havia nadadores no Um Mar à noite observando as estrelas cadentes lá no alto. Havia gente descalça descendo por um corredor interminável, com terríveis criaturas em seus calcanhares. Havia a lembrança do nascimento e a certeza da morte. Não havia nada; havia tudo – e através de tudo isso cavalgava Maggie Rede e o Cavalo de Fogo, enquanto a Louca Nan e o Cavalo do Ar os seguiam em seu rastro turbulento.

E então, com a mesma velocidade com que iam, eles pararam de repente, e Maggie se flagrou flutuando num pequeno barco a remo vermelho, descendo por um rio de movimento veloz. Não havia remos nele, e, no entanto, ele se movia bem livremente, sacudindo violentamente de lá para cá. Maggie, consciente das transformações anteriores de Sleipnir, manteve a mão firme no leme e tentou evitar os detritos que pareciam se erguer e afundar na água suja. Ela logo percebeu que o Cavalo do Ar juntara-se a ela – mais uma vez se tornando a cesta de roupa para lavar na qual a Louca Nan havia começado sua jornada –, mas, pressionada pela velocidade crescente da Voz dentro de sua mente, ela concentrou todos os seus esforços em seguir a correnteza em direção a uma terceira embarcação, que parecia à deriva, visível somente através da densa névoa que se elevava da água. A terceira embarcação estava desocupada, mas havia alguma coisa lá, do mesmo jeito; alguma coisa que Maggie podia quase distinguir na forma de runa mostrada pelo indicador e o polegar...

– Aquilo é o Velho Homem? – perguntou ela.

Fosse o que fosse, ela pensou, era brilhante. O brilho inutilizava sua visão real. Era como olhar para alguma coisa contra o sol; e ela descobriu que mesmo através da *Bjarkán* não conseguia determinar o tamanho da coisa, ou se ela estava viva.

– *Não perca tempo!* – disse o Murmurador. *Apenas estenda a mão para pegá-lo quando passar!*

– *Pegá-lo?* Com o quê? – indagou Maggie. – Eu não tenho nem mesmo um pedaço de corda.

Mas o momento para discussão já havia passado. O rio Sonho, ali em sua nascente, se movimenta com incrível rapidez, e o pequeno barco a remo de Maggie estava sendo carregado a tal velocidade que, dentro dos quatro ou cinco segundos de sua conversa, eles já haviam quase alcançado seu alvo. A Louca Nan não estava muito atrás – talvez a uma distância do comprimento de dois barcos – e Maggie podia ouvi-la rindo e cantando para si mesma acima do rugido do rio.

– Deixa disso! – cacarejava a Louca Nan. – Você não pode superar Epona!

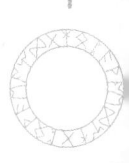

Com isso Maggie muito erroneamente concluiu que Epona era o nome daquela velha mulher-demônio e perdeu desnecessários segundos tentando lembrar se o ouvira anteriormente, ou em realidade por que o bizarro espetáculo de uma mulher velha cavalgando numa cesta de roupa para lavar despertava em sua memória o som de sua falecida mãe cantando e uma súbita vontade de comer rosbife...

– *Detenha-a!* – o Murmurador quase gemeu. – *Deixe-a chegar diante de você, e todo o Meu trabalho terá sido em vão...*

Maggie manteve a mão sobre o barco enquanto tentava ver por sobre o ombro. A velha louca estava a cerca de dois metros de distância. Por um momento os olhos de granito dourado de Maggie se encontraram com os olhos de um azul apagado de Nan, e então ergueu a mão, onde a runa *Ác* fez um clarão, preparada para atacar...

– Maddy Smith! – cacarejou Nan. – Fabuloso encontrá-la aqui! Vamos para a terra, garotinha! – gritou ela, balançando sua cabeça alegremente. – A Terra do Rosbife, onde as Fadas brincam e ninguém nunca fica com fome!

Talvez tivesse sido ao ouvir esse nome, Maggie pensou, que ela mais tarde recordou o que acontecera. Ou talvez fosse a repentina ideia de que a velha havia retirado um pensamento de sua mente. De um modo ou de outro, isso arruinou seu alvo, e Ác passou voando inofensivamente pela cabeça de Nan e desapareceu na corrente de ar deixada pelo barco.

Ao mesmo tempo, uma onda propeliu a cesta de roupa de Nan uma fração *à frente* de Maggie. O braço magro de Nan se estendeu e agarrou alguma coisa do terceiro barco; depois, o Cavalo do Ar disparou, adernando através das águas do Sonho e se erguendo no ar arrebatador, com a voz de Nan guinchando de alegria em seu rastro, e a fúria do Murmurador, imensa e totalmente consumidora, esmagando Maggie como um rugido em sua cabeça:

– *NÃO! NÃO! ELE ESTAVA EM NOSSAS MÃOS!*

E então o impossível aconteceu. A Louca Nan deixou cair sua posse. Talvez fosse a empolgação, ou a fadiga daquela cavalgada aos portões do Inferno, ou o fato de que seus velhos braços não eram tão fortes como costumavam ser. Em todo caso, ela deixou-a cair, e por um momento o objeto que os dois buscavam caiu como uma estrela sobre a superfície do Sonho.

Maggie, que havia esfriado com o pensamento do que seu fracasso poderia significar para Adam, flagrou-se agindo por um instinto que ela nunca pensara ter. Com velocidade sobrenatural, ela lançou as rédeas de Sleipnir para frente como uma linha de pescar e *puxou* o objeto que caía.

Por um instante achou que não havia conseguido... e depois ele estava de algum modo em suas mãos – uma coisa que podia ter sido uma pedra, mas que cintilava com um curioso azul-martim-pescador.

E depois, num momento, ela estava de volta. O Sonho se fechou como uma cortina por trás dela. Ela quase caiu quando o Cavalo Vermelho deu uma ansiosa guinada em direção ao emaranhado de feno sobre sua cocheira. A cavalgada devia ter-lhe dado um enorme apetite, pensou Maggie, segurando-se ao objeto que ela havia retirado do Sonho; depois, ela desceu deslizando do lombo do Cavalo e mergulhou nos braços de Adam.

– Adam, eu consegui! O Velho Homem!

– *Deixe-me vê-lo* – disse o Murmurador, retomando seu lugar na mente de Adam.

O rapaz não era um hospedeiro ideal, teria sido muito melhor possuir a garota, com sua maravilhosa, pura, inquebrável força magnética, mas ele já sabia por experiência que Maggie era forte demais para ser quebrada. A menos que ela cedesse por vontade própria, os suplicantes não tinham escolha.

– *Pegue-o!* – ordenou ele, e Adam obedeceu, ao mesmo tempo se perguntando o que era tão maravilhoso num pedaço de pedra. Parecia-se com um vidro vulcânico que há muito, muito tempo, ele e seus amigos tinham usado para escavar os flancos da Colina do Cavalo Vermelho, embora este fosse de longe o maior pedaço que Adam houvesse visto. Era mais pesado do que esperava, e quando o virou nas mãos, quase conseguiu ver suas feições ali, grosseiramente modeladas na pedra.

– Não parece grande coisa – disse Maggie. – Você tem certeza de que é ele mesmo?

Adam fez que sim.

– Absoluta. – Ele passou as mãos sobre a superfície polida. Era quente; muito mais quente que a pedra comum, como se pudesse quase estar viva. E então ele até se lembrou, embora sua convivência com a encarnação anterior do Murmurador houvesse durado apenas minutos – a maior parte deles passada em terror abjeto enquanto os deuses e demônios guerreavam no Inferno para valer...

Ele se lembrou do duende, que havia se apoderado da pedra Cabeça e a arremessado dentro do rio Sonho – onde o ser que havia sido Mimir, o Sábio, havia tentado possuir Maddy Smith e falhado; e como naquele momento uma Voz em sua mente...

– *Está certo* – interrompeu o Murmurador. – *Foi por isso que eu precisei de você por tanto tempo. Um veículo para a Minha consciência. Naturalmente, você foi apenas uma solução temporária. Não tinha potencial para mais. Nem mesmo uma marca de runa quebrada para entrar em Asgard. Eu fiz o que pude com o que tinha, mas sabia que um dia eu teria que me mudar.*

– Você quer voltar para *lá*? – perguntou Adam.

– *Voltar para minha velha cela? Ah, não. Eu tenho uma coisa um tanto melhor em mente. Além do mais, ela já está ocupada.*

Maggie estava se sentindo inquieta. Incapaz de seguir a conversa entre Adam e seu passageiro, ela voltara sua atenção para a pedra que lutara tanto para recuperar.

O que havia de tão especial nela, então? Maggie formou a runa *Bjarkán* e perscrutou o objeto através de suas lentes. O que ela viu foi uma coisa que se parecia mais com um grande repolho dentro de uma rede de compras; mas a rede era feita de luz de runas – dúzias e dúzias de fios trançados – e o repolho...

Ela deu um grito sufocado e repeliu a runa.

– Está vivo! – exclamou ela. – Ele olhou para mim!

O ser que um dia fora Mimir, o Sábio, sentiu uma rara pontada de diversão. Ele usou a voz de Adam para dizer:

– *Olhou agora? Devo apresentá-lo a você?*

Maggie arregalou os olhos diante da pedra Cabeça. Agora que ela sabia como olhar, podia ver as feições muito claramente: o contorno de um queixo magro; um nariz ressaltado; uma boca inteligente agora apertada por linhas duplas de aflição; e do outro lado de uma cavidade ocular vazia uma marca de runa que ela reconheceu como uma forma quebrada de *Raedo*, o Viajante, ao contrário.

Em sua cocheira, o Cavalo de Fogo fez um som esganiçado, inquieto.

– Em nome da misericórdia, quem está *ali dentro*?

Adam olhou para ela e sorriu.

– Maggie, conheça o General. Também conhecido como o Velho Homem.

4

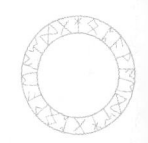

Maggie encarou fixamente o pedaço de pedra. Então, era este o Velho Homem de quem tanto ouvira falar; a coisa que Adam valorizava tanto. Olhando-o de mais perto agora através do círculo de indicador e polegar, podia ver claramente suas feições, confusamente iluminadas dentro do vidro vulcânico, e se ela se concentrasse com força, julgava até poder ouvir sua voz...

Eles haviam levado o objeto para a suíte onde Maggie e Adam tinham seus quartos. Agora, com as cortinas prudentemente baixadas, os dois jovens examinavam seu prêmio.

– Está vivo? – quis saber Maggie.

O Murmurador riu com a voz de Adam.

– *Vivo, e à Minha mercê. Sim.*

– O que é isso? *Quem é isso?*

– *Não se importe. O que importa é seu valor para nós. Com seu poder e Meu conhecimento, não há nada que não possamos conquistar.*

Mais uma vez Maggie olhou fixamente para a pedra. O ser que parecia estar preso ali dentro articulou frases frenéticas e silenciosas. Dentro do abrigo de runas, ele brilhava com uma débil luminescência, e um brilho mais luminoso se estendia em seu núcleo, como um pedaço de uma estrela caída.

– Uma estrela caída? – disse o Murmurador. – *Sim, suponho que você possa chamá-lo assim. Caída do Firmamento nas profundezas do Mundo Subterrâneo; resgatada do reino do Sonho; e agora, depois de muito tempo, finalmente Minha prisioneira, presa pelas suas próprias forças magnéticas no Aspecto no qual eu fiquei preso por tanto tempo...*

– Mais uma vez Adam deu a risada do Murmurador. – *Como é, General, sentir-se tão desamparado como eu estava?*

– Você quer dizer que ele é do Povo do Fogo? – comentou Maggie, incrédula. – É um demônio que está preso aí?

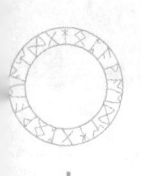

– *Um demônio, ou um deus. Quem se importa? Quase não há diferença. Faça-o falar* – pediu ele. – *Você pode fazer isso. Você tem a força magnética. Você pode fazê-lo profetizar. Você pode fazer com que ele lhe dê as runas do Manuscrito Mais Novo, aquelas que vão reconstruir Asgard e fazer-nos senhores dos Nove Mundos.*

– Eu posso? – perguntou Maggie, duvidando. Ela pôs as mãos sobre o pedaço de pedra. A luz em seu âmago brilhou impacientemente. Ela seguiu os contornos de seu rosto, traçando suas feições na pedra. – O que é preciso para levá-lo a fazer alguma coisa? É uma *pedra*, pelo amor dos deuses!...

Com um esforço, o Murmurador tentou conter sua impaciência.

– *Você tem o Bom Livro. Use-o!*

Maggie lançou para Adam um olhar duvidoso. Aquela nota áspera em sua voz não era dele, ela sabia, mas da voz de seu passageiro. Ela odiava o fato de que seu amigo pudesse ser manipulado dessa maneira, como uma marionete num espetáculo de feira; e ela não ligou muito para a maneira brusca com a qual o Mestre falou com ela.

– Você prometeu que soltaria Adam – disse ela. – Eu mantive minha parte da barganha...

– *Barganha?* – questionou o Murmurador. A nota áspera estava mais ríspida do que nunca. – *Devemos falar de barganhas quando o Fim dos Mundos se aproxima de nós? Temos o Velho Homem em nosso poder, e você está regateando com isso como se fosse uma fatia de pão numa padaria de aldeia?*

Maggie abriu a sua boca para responder, mas Adam interrompeu.

– Está tudo certo, Maggie – disse ele, falando agora com sua própria voz. – Os modos de meu mestre podem ser abruptos. Mas se queremos salvar os Mundos, estas novas runas são tudo de que precisamos.

Maggie pareceu insegura.

– Quantas novas runas?

– Ninguém sabe ao certo – falou Adam. – Sabemos que o Povo do Fogo tem pelo menos duas. – Ele deu um olhar de relance para o Velho Homem, que agora brilhava com mais intensidade ainda. – Maggie, esta é nossa chance – disse ele. – Esta coisa é uma espécie de oráculo. Pode nos revelar sobre o Povo do Fogo. Sobre seus planos. Seus poderes. Seus números. Com as runas, podemos detê-los. Podemos ganhar esta guerra antes que ela sequer tenha início.

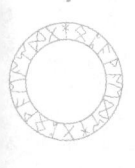

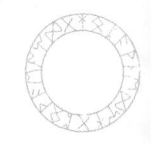

Maggie olhou para o Bom Livro que se estendia aberto ao seu lado. Um texto, todo em runas, parecia emitir um brilho da página onde *Raedo* cintilava num azul-martim-pescador.

– É este o texto?

Adam fez que sim.

Maggie tocou a runa do Viajante. Mesmo para suas mãos destreinadas, ela pareceu anormalmente poderosa. Ela a apontou para a pedra Cabeça, fazendo seu abrigo de runas emitir um clarão, e começou a fazer uma leitura do Bom Livro:

Eu te nomeio Odin, filho de Bór.

Seria aquilo um pequenino lampejo de resposta, no mais profundo do âmago da pedra? Seria apenas um reflexo da luz do sol vindo através das cortinas? Ou podia ser uma piscadela, ela pensou, de um único olho cintilante?

– Tenha cuidado – advertiu Adam. – É perigoso.

Maggie fez que sim e prosseguiu: *Eu te nomeio Grim e Ganglari, Herian, Hialmberi...*

A Cabeça estava reluzindo ferozmente agora, como se o ser dentro da pedra soubesse que ela estava sob ataque. A própria cabeça de Maggie começou a doer, e ela percebeu que isso era parte da defesa da coisa; este demônio, com sua força magnética quebrada, era muito mais forte que o Murmurador. Ela já estava a meio caminho do verso quando uma voz falou alto dentro de sua voz – uma voz que era, para um demônio, ao mesmo tempo surpreendentemente culta e vagamente divertida. Ela vacilou e parou no meio da sentença.

– *Maggie Rede. Até que enfim...* – falou a voz. – *Posso dizer quão orgulhoso estou?*

– O quê? – disse Maggie.

– *Não seja modesta. Para uma torturadora em sua primeira tentativa, eu acho que você está se saindo muito bem. Embora tenha que trabalhar mais em sua entonação.*

– Quem disse que eu ia torturá-lo?

– *A julgar pela companhia em que está, pareceu uma suposição lógica.*

– Você não sabe nada sobre mim – disse Maggie, voltando-se para o Livro.

– *Você está enganada. Eu sei tudo sobre você. Eu sempre soube tudo sobre você em toda a sua vida. Você achou que estava sozinha, sob a ve-*

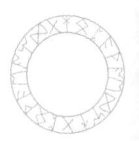

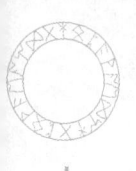

lha Universidade? O que você achava que estava fazendo lá? Nunca lhe ocorreu que toda vez que você lia aqueles livros estava declamando no mais alto que podia para qualquer um que pudesse ouvi-la?

Maggie olhou de volta para o Bom Livro.

– Você está tentando me distrair – disse ela.

– De modo algum – garantiu o Velho Homem. – *Sem dúvida, sinta-se livre para prosseguir. Você é muito poderosa, diga-se de passagem. Você na certa fez com que meu irmão Loki se escondesse da luz do sol. A serpente foi um detalhe inteligente, eu achei. Fico pensando no que você sonhará para mim.*

Maggie lançou um olhar para o Velho Homem e voltou ao cântico.

– *Eu te nomeio Bolverk* – continuou ela. – *Grimnir, Blindi, Har-Har-bárd...*

– Harbard – corrigiu o Velho Homem. – *O acento na primeira sílaba, por favor. E tente não gaguejar. Uma pessoa suscetível poderia tomar isso por zombaria.*

– Eu não preciso de sua ajuda – disse Maggie.

– *Não? Estou propenso a pensar que sim.*

– Apenas me deixe ler o cântico. *Depois* poderá me ajudar no que quiser. – Ela prosseguiu com o antigo texto, lendo o Bom Livro, e, conforme lia, as runas na página iluminavam-se, uma por uma, com uma luz febril.

– *Eu te nomeio Omi, Elevadíssimo.*

– *Eu te nomeio Sann e Sanngetal.*

O cântico estava funcionando. Quando ela falou, a rede de runas fez um clarão, cada runa se iluminando por sua vez. Ao fazer isso, Maggie sentiu o poder do Velho Homem recuar e falhar; sua força magnética não era páreo para a dela.

– *Maggie, por favor. Isso dói.*

Ela se encolheu. A coisa incorpórea podia sentir. Sua angústia fez com que ela ficasse muito nervosa, como se caminhasse sobre vidro quebrado. Ela tentou se enrijecer para seguir em frente, mas de repente sua boca ficou seca. O Velho Homem estava certo, ela disse a si mesma. Ela realmente era uma torturadora.

– *Maggie, você tem que me ouvir. O Povo do Fogo está a caminho. Você não pode detê-los, faça o que fizer. Mesmo que você me mate agora...*

Maggie apertou os dentes.

– *Eu te nomeio Vili, e Wotan, e Ve...*

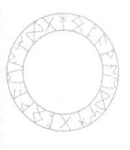

– *Maggie! Por favor! Ouça-me só um pouquinho! É esta a Ordem com a qual você sonhou?*

Maggie vacilou, depois parou.

Ela pensou em Adam, um prisioneiro do ser que se autodenominava Mestre. Pensou em seus pais, mortos na epidemia, e nos irmãos, mortos na Glória. Pensou na Cidade Universal, infestada de cortadores de garganta e ladrões. E depois pensou em si mesma, sonhando com a morte e a destruição, extraindo alegria na perspectiva de ver seus inimigos sofrerem e sangrarem...

O Velho Homem estava certo, Maggie pensou. Não havia Ordem em tudo isso. Por três anos sua vida não havia sido nada exceto Caos, angústia e solidão. Poderia o Velho Homem lhe dar alguma coisa diferente?

Adam estava parecendo impaciente.

– O que você está *fazendo*, Maggie? – chiou ele.

Boa pergunta, Maggie pensou. O Velho Homem estava à mercê dela agora. Uma sentença a mais quebraria sua vontade. Mas alguma coisa dentro dela se recusava a prosseguir. Ela havia tocado a mente da criatura. Ela conhecia a angústia que a Palavra provocava. E torturar um ser reflexivo, racional – mesmo sendo alguém do Povo do Fogo –, era a *esse* ponto que ela chegara? Era esse o preço da Ordem?

As resistências do Velho Homem estavam se enfraquecendo agora. Falar as derradeiras palavras de um cântico, aniquilar este antigo ser enquanto ele ainda estivesse em seu poder, agora parecia tão desnecessário quanto cruel.

Maggie fechou o Bom Livro. As últimas duas linhas do cântico – o encantamento final que iria prender o Velho Homem à sua vontade – permaneceram impronunciáveis.

A criatura no pedaço de pedra deu uma espécie de suspiro mental.

– *Obrigado, Maggie. Fico te devendo.*

Na mente de Adam, o Murmurador deu um uivo de frustração.

– *Não pare! Não pare! O que há de ERRADO com ela? Diga a ela para terminar... terminar isso AGORA!*

Mas a mente de Maggie estava focada em outra parte. Em sua mente a presença do Velho Homem estava se abrindo como uma flor. O que ela falhara em tomar pela força estava se oferecendo por vontade própria, página após página, como um livro aberto – texto, iluminuras, mapas – espalhados ali em gloriosa profusão.

– O que é isso? – perguntou ela.

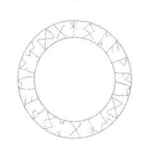

– *Você queria me conhecer. Aqui estou.*

E então veio uma cascata de imagens, algumas estranhas, outras perturbadoramente familiares. Histórias da Velha Era; rostos e lugares e *sigils* e forças magnéticas; batalhas e banquetes e fragmentos de sonho; heróis e monstros e amigos há muito perdidos; velhas traições, amores perdidos; e, por baixo de tudo isso, uma dor tão profunda, um mundo tão grande de aflição e perda que Maggie, nada inexperiente em matéria de perda, mal conseguia suportar pensar nele.

O Velho Homem era *velho*, ela percebeu. Mais velho que a Ordem; mais velho até que a Cidade Universal. Odin, filho de Bór, tinha visto a Árvore do Mundo crescer a partir de um broto novo; tinha visto um império se erguer e cair; tinha visto os filhos crescerem e morrerem; tinha visto a dança da Ordem e do Caos conforme moviam-se através dos séculos. Tinha tapeado a Morte; sobrevivido no Sonho; tinha escapado até da Danação.

E tudo para quê? Estava sozinho. Seu povo estava disperso, sem rumo, em conflito. Dois de seus filhos estavam mortos; o terceiro ainda vagueava, enfraquecido, entre os integrantes do Povo do Fogo. De todo o seu povo, apenas seus netos, apenas as gêmeas importavam agora; Modi e Magni, filhas de Thor, o Carvalho e a Cinza que iriam reconstruir os mundos...

Maggie abriu os olhos em choque.

– Não, eu não acredito nisso!

A voz do Velho Homem em sua mente era seca.

– *Acredite ou não. Você viu o que viu.*

– Você está mentindo!

Acho que nós dois sabemos que não.

Por um momento Maggie ficou atônita demais para pensar. A paisagem da mente do Velho Homem continuou se abrindo ao redor dela, mas ela era incapaz de olhá-la; esmagada por aquela verdade simples, monumental...

Se ela era irmã de Maddy, então...

O Velho Homem era seu avô.

Com um feitiço, ela repeliu o laço que prendia a mente do Velho Homem a ela. O alívio a inundou, um alívio tão forte que seus joelhos cederam e ela caiu no chão. Começou a tremer.

– O que houve? – perguntou Adam.

Maggie descobriu que mal podia falar. Uma massa de emoções lutava dentro dela – emoções que mal podia reconhecer. Finalmente ela se agarrou a uma que ela podia realmente entender; uma que ela havia experimentado ao longo de toda a sua curta e problemática vida.

Raiva.

– Por que você não me *contou*? – indagou ela, e sua voz foi suficiente para fazer Adam se encolher. O ar estalou com força fugaz magnética, eriçando os pelos de seus braços.

No fundo de sua mente, seu passageiro sussurrou palavras de advertência:

– *Não mexa com isso, garoto.*

Mas Adam não precisava de aviso. Ele já vira Maggie furiosa, e sabia que ela podia ser perigosa.

– O que ele lhe contou, Maggie? – perguntou ele. – Ele lhe ensinou o Novo Manuscrito?

Ela balançou a cabeça. Sabia que sua raiva não era propriamente contra Adam, mas ainda assim não confiava em si mesma. Tomou um fôlego profundo, sentiu-se zonza e agarrou-se à coluna da cama para se apoiar.

– Aquela coisa – disse ela. – O Velho Homem. Você sabia que ele era meu avô?

Adam sabia *sim*, e havia temido a hora em que Maggie pudesse descobrir a verdade. Uma mentira seria desastrosa – ela a veria em seu rosto imediatamente – e então ele simplesmente fez que sim com a cabeça e disse:

– Eu sabia. Ah, Maggie. Sinto muito.

Maggie sentiu sua raiva regredir, deixando-a muito próxima às lágrimas.

– Por que você não me contou? – perguntou ela.

– Eu queria protegê-la. – Adam se ajoelhou ao lado dela. – Pensei que você nunca teria que descobrir... – Ele posicionou seus braços em torno dela. Por um momento ela se enrijeceu; depois, depôs sua cabeça na curva do ombro dele e soluçou.

– Não chore, Maggie – disse Adam. – Você não é a primeira a ser tapeada. Meu mestre, sua irmã, até eu...

– Minha irmã?

Adam beijou seus cabelos.

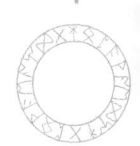

– Ela tem sido um peão no jogo dele o tempo todo. Ele a usou para se aproximar do meu mestre, depois a usou novamente para chegar até você. Agora ele quer se apropriar de você também. É por isso que temos que dar um jeito nele rapidamente. E nos outros do Povo do Fogo.

Maggie fez que sim. Tudo isso fazia sentido. O Velho Homem a tinha desorientado; fingindo cooperar, descobrira sua fraqueza e depois aplicara nela seu golpe. Fora assim que ele se apropriara de Maddy Smith? Jogando com suas lealdades?

Ela voltou seu olhar para Adam.

– Ele me disse que eles estavam a caminho.

– Quem? – disse Adam.

– O Povo do Fogo.

Por um momento Adam não disse nada. Em sua mente, seu passageiro ficara muito imóvel e muito alerta. Ele se preparou para a raiva da criatura, mas quando o Murmurador finalmente falou, sua voz foi calma e sedosa.

– *O Povo do Fogo está vindo?* – perguntou ele. – *Tudo bem. Deixe-o vir.*

– Você não parece muito preocupado, disse Adam.

– *Não estou* – respondeu o Murmurador. – *O caminho para Fim de Mundo não é fácil, especialmente para os membros daquele povo. Mesmo que consigam de algum modo resolver suas diferenças pessoais, ainda têm o Povo com que lidar. Homens da lei, possessões, patrulhas da fronteira; tudo isso vai diminuir sua marcha; testar suas forças; drenar sua força magnética. E se precisarmos intervir, bem, temos nossa sonhadora.*

– *Maggie* – disse ele com a voz de Adam. – *Tudo isso exauriu você. Por enquanto você devia descansar um pouco. Amanhã podemos tentar novamente.*

Maggie olhou para ele com gratidão.

– Da próxima vez farei certo – falou ela. – Prometo que não vou desapontá-lo.

E, então, mais uma vez, o Murmurador falou silenciosamente com Adam, interrompendo ocasionalmente suas instruções para verificar se o rapaz havia entendido. Adam ouviu atentamente, e se estava surpreso por algumas das coisas que seu mestre requeria, sensatamente evitou comentários.

Um garoto das Terras do Norte, disse a si mesmo, nunca devia ter se envolvido naquela batalha pelos Mundos, e ele há muito tempo havia desistido de qualquer anseio de poder. Estava chegando a hora em que seria livre, a Voz em sua mente lhe assegurou. Tudo o que precisava fazer era obedecer, e muito em breve Adam poderia fazer o que quisesse – ir para casa, se fosse de sua escolha; ou ficar em Fim de Mundo e obter sua recompensa final.

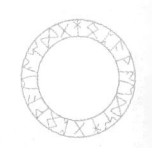

– *Faça exatamente o que eu disser, e eu lhe darei tudo que você sempre desejou. Tudo com que você sempre sonhou...*

– Não quero mais sonhos – pensou Adam. – *Se eu tivesse poder de realizar um desejo, seria este.*

Dentro de sua cabeça, o Murmurador deu uma risada.

– *Garantido* – disse ele. – *Agora faça o que eu digo.*

Adam Scattergood obedeceu.

5

Naquela noite, a despeito de sua fadiga, Maggie mal dormiu. A riqueza do que a cercava, a maciez da cama de quatro colunas, a lembrança da voz do Velho Homem como uma carícia sombria em sua mente – tudo conspirou para mantê-la acordada, até que por fim ela não pôde mais suportar. Saiu furtivamente da cama, deixando Adam dormindo no sofá azul-celeste, e se encaminhou até a janela, onde uma lua de fazer lobos uivarem estava se erguendo acima da cidade, dourando os topos de telhados e lançando enfeites de luz e sombra sobre o piso da suíte.

O Velho Homem estava sobre um plinto junto à cama, em silêncio sob um lençol. Estaria dormindo? Estaria morto? Uma parte de Maggie esperava que estivesse. Mas a maior parte não queria mais que a oportunidade de interrogar seu prisioneiro; perguntar-lhe sobre sua família – e, mais que tudo, sobre sua irmã – sem alertar Adam, ou a sombria presença no interior do rapaz da qual ela estava sempre consciente.

Maggie foi andando na ponta dos pés para o plinto e delicadamente puxou o lençol de lado.

– Você está aí? – sussurrou ela.

Alguma coisa bruxuleou dentro da pedra.

– *Maggie. Você parece perturbada* – disse ele.

– Eu preciso entender uma coisa.

A cor do Velho Homem brilhou outra vez, quase como um pequeno sorriso.

– *Deixe-me adivinhar. Você está perturbada porque eu lhe mostrei de onde veio. Você é uma filha dos Æsir, nosso último encontro provou isso. Como se pudesse haver alguma dúvida, em vista dessa marca de runa que você carrega!*

O sorriso era ainda mais luminoso agora, lançando traços de cor e luz através do quarto de dormir escurecido.

Maggie franziu o cenho.

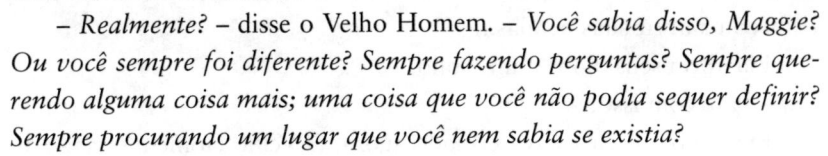

– Mas como pode ser? Eu nasci aqui, em Fim de Mundo. Meus pais eram Susan e Donal Rede.
– *Realmente?* – disse o Velho Homem. – *Você sabia disso, Maggie? Ou você sempre foi diferente? Sempre fazendo perguntas? Sempre querendo alguma coisa mais; uma coisa que você não podia sequer definir? Sempre procurando um lugar que você nem sabia se existia?*
Os olhos de Maggie se arregalaram.
– Como você conseguiu saber disso?
– *Eu estive no Sonho por um longo tempo. Eu vi um monte de coisas lá.*
– Você viu meus sonhos?
– *Maggie, eu tenho lhe observado desde o fim da Era Antiga. Eu sei como você deve ter se sentido sozinha, mas acredite nisso: eu nunca esqueci você. Nem por um só momento. Todo este tempo eu esperei por minha chance para levá-la para casa, para seu povo.*
– Eu não acredito em você!
– *Eu acho que acredita. Por que outro motivo teria vindo aqui me procurar?*
Não havia resposta para isso, naturalmente. Maggie sabia que ele estava certo. A despeito de toda sua desconfiança, de toda a sua raiva, havia uma coisa que a atraía para o Velho Homem; uma coisa ainda mais forte que aquela que a atraía em Adam. Era errado – desleal, talvez –, mas não havia maneira de negá-la. O conhecimento de que tinha uma família havia alterado a paisagem de sua mente. Agora uma cadeia de montanhas se erguia onde um dia não houvera nada senão deserto. Sua irmã. Seu pai. Seu avô. Todos a esperando para acolhê-la em sua casa...
– Você me disse que eles estavam a caminho – lembrou Maggie.
– *Eu lhe disse a verdade.*
– Para que eles estão vindo?
– *Para buscá-la, naturalmente.*
A voz do Velho Homem era suave agora, como se ele sussurrasse e exercesse persuasão dentro da mente de Maggie: *Magni, filha do Deus do Trovão, eu te nomeio; Magni, filha de Thor; eu te nomeio filha de Jornsaxa; nascida da Ordem e do Desgoverno; eu te nomeio Ác, Carvalho do Trovão; irmã de Aesk, Cinza do Relâmpago; eu te nomeio Construtora, Destruidora; Realizadora da Guerra e Rompedora do Arco; Sonhadora e Despertadora e Mãe da Era Passada...*
E agora, ao ouvir as palavras, Maggie começou a experimentar uma curiosa sensação. Da sensação de irritação e inquietude, ela passou a

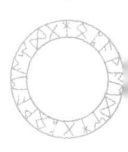

sentir-se quase sonolenta. Seus olhos pesados começaram a fechar. Sua boca se curvou num pequeno sorriso. O Sonho, em toda a sua sedução, começou a abrir suas pétalas...

Ela abriu seus olhos num estalo.

– Pare com isso!

Ela viu o que ele estava fazendo agora. O Velho Homem estava tentando encantá-la, tirá-la de equilíbrio, subjugar sua vontade para fazê-la entrar facilmente no mundo do Sonho, onde ela poderia ficar suscetível ao mesmo tipo de possessão que o Mestre de Adam havia tentado e falhado em lhe infligir.

O pânico trouxe seus pés de volta ao chão.

– Está tudo bem – disse o Velho Homem. – *É só você ouvir por um momento mais...*

Mas o grito de Maggie havia despertado Adam.

– O que você está fazendo? – perguntou ele, alarmado.

A voz na cabeça dela cresceu em urgência.

– *Eu não estava tentando feri-la* – garantiu ela. – *Você precisa entender. Eu cometi erros; eu fiz coisas ruins. Mas eu nunca a machucaria. Nós somos sua família, Maggie. Nós a amamos. Queremos você. Precisamos de você...*

– Eu falei *pare*!

E, dizendo isso, Maggie arremessou a runa *Ác* com toda a força sobre o prisioneiro. Um uivo de angústia veio da criatura de dentro da pedra, e a teia de runas que o encobria reluziu tão intensamente que seu desenho ficou impresso nas retinas dela por vários minutos depois.

Maggie protegeu seus olhos contra o súbito clarão de luz de runa. Depois, tão abruptamente quanto brilhara, a Cabeça ficou escura.

– Pelos Mundos, com que você esteve brincando? – Adam estava em pé atrás dela.

– Eu não conseguia dormir. – O coração de Maggie estava batendo como um martelo. – Eu me levantei para conversar com o Velho Homem, e então ele tentou me tapear...

Ela olhou para a Cabeça escurecida com desgosto.

– Eu não o matei, matei? – perguntou ela.

Adam balançou sua cabeça.

– Não. Mas você o pôs fora de ação. Conte-me exatamente o que aconteceu – pediu ele.

Hesitando, Maggie tentou explicar. Sobre sua curiosidade; sobre a ânsia que ela sentira de falar sozinha e sem estorvos com o objeto; depois, como ele a atraíra, seduzindo-a com palavras e cânticos...
– O que ele disse a você? – repetiu Adam.
Maggie deixou sua cabeça pender.
– E aí? Ele mencionou sua família? – A voz de Adam era insistente. – Ele disse que precisava de você? Queria você? *Amava* você, talvez?
Maggie concordou com a cabeça, sem palavras.
– Claro que ele disse tudo isso – comentou Adam. – Eu lhe falei que ele era perigoso. Eu a avisei, Maggie, não a avisei? Eu disse que ele tentaria seduzir você.
– Eu sei. Eu *sei* disso – disse Maggie. – Eu só pensei...
– Você conseguiu argumentar com ele? – perguntou Adam numa voz seca. – Você acha que ele realmente se importa com você? Você acha que porque você é quem você é ele não iria sacrificá-la de uma tacada, caso isso fosse da conveniência dele?
E então Adam contou-lhe sobre Maddy Smith: sobre como Odin de Um Olho a tinha amparado quando ela tinha apenas sete anos, e treinado para fazer seu trabalho, e a mandado sob grande risco para o Mundo Abaixo – sem mesmo dar-lhe uma advertência – a fim de encontrar uma força magnética dos Dias Antigos que os Æsir chamavam de Murmurador...
– *Era assim* que ele se preocupava com ela – concluiu Adam triunfantemente. – Ela tinha sete anos. Uma inocente. Ele a atraiu para longe de sua família. Corrompeu-a. Ensinou-a a matar. Transformou-a numa assassina. Portanto, não fique alimentando pensamentos cor-de-rosa sobre como ele pode ser remissível. *Nenhum* deles é. Eles são o inimigo. Eles nunca a quiserem antes, e o único motivo pelo qual a querem agora é você ser o Cavaleiro da Carnificina.
Maggie suspirou.
– Entendo isso agora. Suponho que você pense que sou muito ingênua.
– Não, Maggie. Eu entendo melhor do que você pensa.
Ela olhou para ele.
– Você entende?
– É claro. Você acha que *eu nunca* estive sozinho? Você acha que *eu nunca* me perguntei como seria ter alguém para amar? – Ele desviou os olhos, e do canto de seu olho viu Maggie observando atentamente. – Ninguém nunca me quis – prosseguiu ele numa voz baixa. – Nenhum pai,

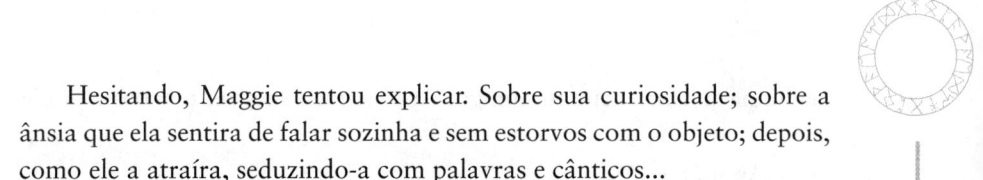

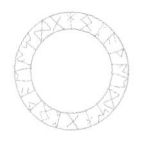

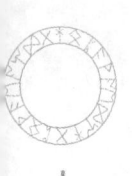

nenhuma pessoa, nenhum amigo. Apenas meu mestre, e agora... – Ele parou.

– Agora o quê?

– Nada. Esqueça. Volte para a cama – disse Adam laconicamente. Para um observador externo, podia parecer que ele lutava com uma emoção longamente represada. Na verdade, ele estava tentando não rir. – Por que você se importaria com aquilo que *eu* sinto? – indagou ele. – Não sou nada para você, afinal de contas.

Maggie pôs a mão sobre seu ombro.

– Isso não é verdade. Você é meu único amigo...

– Eu não quero ser seu *amigo* – falou ele, virando-se para ela abruptamente. – Eu tentei, mas não consigo. Eu amo você...

Ela olhou para ele, sobressaltada.

– O *que* você disse?

– Eu amo você – disse ele, tocando o rosto de Maggie. Os olhos azuis olharam dentro dos olhos de um dourado cinzento. Por dentro, ele estava rindo.

– Adam, eu...

– Psiu... – disse ele, e atraiu-a delicadamente para si. O gesto pareceu tão natural que Maggie mal pensou nele. Sua cabeça procurou a parte do ombro dele que parecia ajustá-la mais perfeitamente, e então fechou os olhos com um longo suspiro. As mãos de Adam baixaram delicadamente à cintura dela. Ele começou a conduzi-la em direção à cama.

Por um momento ele sentiu resistência. Maggie, ele sabia, havia sido criada para acreditar em pureza acima de todas as coisas. Por três dias ele vinha fazendo um grande esforço para romper suas crenças e substituí-las pelas crenças do passageiro; mas, mesmo assim, ele sabia que aquele era o teste derradeiro de sua lealdade.

– Eu a amei desde o dia em que nos conhecemos – disse ele numa voz sonhadora, lisonjeira. – Desde aquele dia nos túneis eu achei que você era a mais corajosa, a mais bela garota que eu vira em toda a minha vida. E não temo morrer na batalha com o Povo do Fogo, mas nunca me perdoarei se entrasse nela sem ao menos revelar a você como eu me sinto.

E então ele a beijou na boca, e Maggie esqueceu o Fim dos Mundos, o Velho Homem e o Murmurador; ela esqueceu os Æsir, sua irmã e sua família; ela esqueceu até o Bom Livro e todas as suas regras de castidade. Na verdade, ela esqueceu tudo exceto o toque das mãos de Adam, o cheiro vago e indolente que ele tinha, e as palavras de amor que ele sussurrava para ela, mais poderosas que qualquer encantamento de runa...

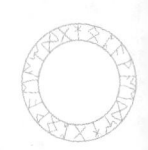

E quando os dois se entrelaçaram na gigantesca cama de quatro colunas, Mimir, o Sábio, sentiu um estremecimento de alegria ao ver finalmente seu objetivo assegurado; e o Velho Homem das Regiões Selvagens, silencioso em seu leito de pedra, manteve seus pensamentos secretos e dormiu, e sonhou, como todos os escravos, em tornar-se senhor.

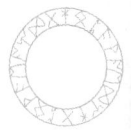

6

Enquanto isso Nan e o Cavalo do Ar estavam deslizando sobre os domínios de Hel. Não era a primeira vez que Nan via o Inferno – a Louca Nan estava acostumada aos mundos nas cercanias do Sonho e passara muito tempo de sua vida ali. Desde a infância, desperta ou adormecida, ela sempre se sentira mais à vontade no Sonho que em qualquer outra parte, razão pela qual as pessoas sempre a chamavam de louca e evitavam a sua companhia.

Alguns até acreditavam (Nat Parson entre eles) que suas viagens através do Sonho haviam roubado tanto a sua alma quanto a sua sanidade; e tinham-na convocado para ser Examinada; mas a despeito da marca de runa em sua testa – uma mal reconhecível corrupção da runa *Fé* –

Nan não mostrava nenhum outro sinal de possessão, e assim a missão foi abandonada. Afinal, Nan Fey tinha suas utilidades. Ela era uma excelente parteira; tinha um jeito especial para lidar com ervas medicinais; e para os poucos como Maddy Smith que ouviam suas histórias, era uma fonte de velhas fábulas, cantigas e folclores meio esquecidos.

Agora Nan pairava sobre o Inferno e se perguntava o que devia fazer para realizar o melhor. Ela havia fracassado em trazer de volta o Velho Homem, o que era um problema, mas não um problema insuperável. Odin de Um Olho tinha um jeito especial para lidar com problemas. Além disso, onde quer que estivesse, estava melhor lá do que flutuando no Sonho como uma rolha, esperando pelo Caos abocanhá-lo.

Ela resolveu voltar para Malbry. Já havia passado tempo longo demais no Sonho, onde o Tempo funciona de um modo um tanto diferente daquele que funciona nos outros Mundos, e havia em casa preocupações mais urgentes do que ficar ruminando sobre o Velho Homem. Seus passarinhos iriam lhe dizer o que fazer a seguir. Mas com os deuses tendo partido para Fim de Mundo, a situação na Colina do Cavalo Vermelho estava atingindo um ponto bem avançado de crise, sem ninguém lá para lidar com isso exceto a própria Nan – e, naturalmente, Epona. Como exatamente uma mulher idosa e uma cesta de roupa para lavar poderiam ser capazes de tapar uma brecha no Sonho que nem os Æsir nem os Vanir haviam conseguido fechar nos últimos três anos, ou lidar com a nuvem de sonho que até agora se espalhava velozmente em direção a Malbry, reduzindo tudo que tocava a fragmentos de cinzas brilhantes, Nan ainda não sabia. Mas o Cavaleiro cujo nome era Loucura tinha o otimismo de um lunático, acreditando que havia sempre um jeito; de modo que ela prontamente pressionou o Cavalo do Ar de volta aos Mundos da vigília.

Algum tempo depois ela estava acordada e sentada em sua cesta de roupa para lavar como havia estado quando partira para sua jornada extraordinária; se não fosse pelo fato de naquele momento ser noite alta e o fogo da cozinha estar apagado, misturado à rigidez em suas velhas pernas e à acidez na boca de seu estômago, ela podia quase pensar que não havia passado tempo algum desde que ela e o Cavalo do Ar haviam desaparecido sobre Malbry.

E falando do Cavalo do Ar...

Nan saltou da cesta e olhou pela sua janela. No jardim Epona estava pastando a grama congelada junto à porta, embora agora seu Aspecto houvesse mudado para o de uma égua branca um tanto velha com um olho leitoso e outro escuro, que cintilaram vergonhosamente sobre Nan à luz da lua, como se o velho Cavalo não quisesse outra coisa a não ser provocar problemas de uma forma ou de outra.

Nan foi para o ar livre. Estava cheio de neve, é claro. Delicadamente, ela afagou a crina da égua e tirou um torrão de açúcar do bolso de seu avental. Epona aceitou o torrão com um ronco guloso e balançou a cabeça, querendo mais.

– Esta é uma boa velhinha – disse Nan. – Você fez muito bem. Descanse agora, enquanto eu alimento os gatos.

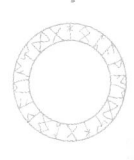

Os gatos de Nan eram em maioria selvagens, embora alguns deles se aventurassem pelo interior da casa. Manter um gato por qualquer outro propósito que não apanhar ratos não era uma prática comum em Malbry, e muitos dos aldeões tomavam esta pequena fraqueza de Nan como uma prova a mais de sua excentricidade. Nan gostava de seus gatos, contudo, e sempre os alimentava às cinco e meia toda tarde, hora em que todos se juntavam do lado de fora da casinha e erguiam um coro suplicante.

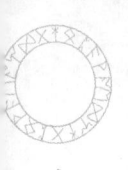

Naquele dia Nan estava bastante atrasada. A luz havia brilhado por horas a fio e o coro de miados havia crescido até um gemido. Ela correra para fora com seu balde de restos de comida para ser saudada por mais de uma dúzia de gatos – malhados e ondulados e de pelagem preta e branca – coleando entre seus pés e pernas e ronronando alta e ansiosamente. Tão ruidoso era esse ronronar coletivo que Nan quase não percebeu o som da brecha entre os Mundos, agora avolumado até se parecer ao som de uma cachoeira durante o degelo da primavera, e quando ela finalmente o ouviu, ficou chocada por quanto sua voz havia crescido durante sua ausência de poucas horas.

Ela deixou uma panela de pão com leite para os gatos e correu para a estrada de Malbry. A aldeia ficava a alguns quilômetros de distância – tão longe que num dia tranquilo Nan podia distinguir o som dos sinos da igreja –, mas naquela noite o som da brecha no Sonho estava muito claramente audível, o que significava, Nan pensou, que em sua ausência a nuvem de sonho havia se arrastado visivelmente para mais perto da aldeia; naquele ritmo, dentro de uma semana ou menos ela estaria à soleira das portas dos aldeões. Se olhasse com bastante força podia vê-la também, serpenteando contra o céu estrelado como a Serpente com o rabo na boca, preparada para devorar a si mesma.

– Ah, minhas Leis! – disse a Louca Nan.

Crauk, uma voz soou por trás dela.

Ela se virou e viu um corvo empoleirando no mourão da cerca. Ela o reconheceu como um dos passarinhos do Velho Homem – o menor, com a cabeça branca –, e enfiou a mão no bolso de seu avental para pegar outro torrão de açúcar. Ela o lançou para o corvo; Mandy apanhou-o no bico e transferiu-o imediatamente para suas garras, girando-o habilmente, como um quebra-cabeça que estivesse tentando solucionar.

Nan sorriu.

– Aí está você. Eu acho que já o vi faz pouco tempo. Calculo que já saiba das notícias sobre o Velho Homem?

Ack. O corvo bicou o torrão de açúcar. *Ack. Ack.*

– *Ataque* – traduziu Nan.

Crauk. Ele terminou de comer o torrão.

– *Bol.*

– Eu não tenho *bolo* nenhum – disse Nan. – Você me deixou sem nenhum da última vez, realmente.

Esp. Esp. Disse o corvo.

– Arre, *espere*! – falou Nan. – Você quer que eu espere.

Im, disse o pássaro.

Nan franziu o cenho. Os passarinhos do Velho Homem nunca haviam sido algo que você pudesse considerar fácil de lidar. O grande, Hughie, conversava muito bem, mas raramente dizia alguma coisa útil. O menor era melhor para carregar e lembrar mensagens, mas tendia a achar difícil falar. Agora ele saltava de seu poleiro e bicava energicamente no chão congelado.

– Esperar – repetiu Nan. – Quanto tempo?

O corvo crocitou outra vez. Mais uma vez bicou no chão frio. Mas desta vez seu bico deixou uma marca na neve – uma marca que ficou ressaltada à luz da lua.

– O que é isso? Uma pequena força magnética? – disse Nan.

Im.Im.Im.

Isso parecia ser tudo que o pássaro tinha para dizer. Depois de vários minutos de bicadas no chão, de gritos lancinantes, de empinar e descer, de pular sobre o mourão da cerca e retornar, Mandy finalmente pareceu perder o ânimo e, com um *crauk* final acusador, bateu as asas e desapareceu no céu.

Nan analisou a marca sobre a neve. Ela com certeza parecia uma pequena força magnética. Uma do Novo Manuscrito, provavelmente; embora como ela pudesse usá-la, só os deuses soubessem.

Ainda assim, o Velho Homem acharia um jeito. Ele sempre achava, ela disse a si mesma. Fosse como fosse, onde quer que estivesse, ele estava onde queria estar. E se os passarinhos lhe tinham dito para esperar, então esperar era tudo que ela tinha a fazer.

E assim o Terceiro Cavaleiro voltou para dentro da casa e fez para si mesmo um bule de chá, enquanto Epona pastava a grama no quintal, e na estrada que partia da Colina do Cavalo Vermelho a serpente da névoa se aproximava cada vez mais, dissolvendo tudo que havia pelo seu caminho em substância de sonhos.

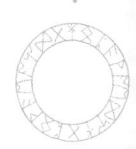

7

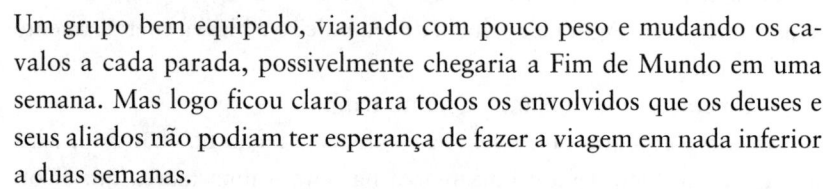

Um grupo bem equipado, viajando com pouco peso e mudando os cavalos a cada parada, possivelmente chegaria a Fim de Mundo em uma semana. Mas logo ficou claro para todos os envolvidos que os deuses e seus aliados não podiam ter esperança de fazer a viagem em nada inferior a duas semanas.

Não era apenas a distância a ser coberta, bastante significativa, mas o número de postos avançados pelos quais tinham que passar, com todas as formalidades tediosas que acarretavam – credenciais examinadas, bagagem vasculhada, nomes e identidades exigidos –, formalidades que iriam, na melhor hipótese, causar grave retardamento ao grupo.

Melhor viajar pelo campo, eles disseram, evitando os postos avançados o máximo possível e mantendo-se distantes das cidades. Isso acrescentaria algum tempo à jornada, mas os pouparia de ter que lidar com demasiada frequência com o Povo, que, com sua profunda desconfiança de todas as coisas Estrangeiras, não facilitaria uma passagem sem inspeção.

Em Aspecto, ou em disfarce animal, poderiam ter atravessado os quilômetros facilmente. Mas fora-se o tempo (para a maioria deles) em que tal força magnética podia ser usada sem apresentar custo. Agora os deuses estavam cautelosos, reservando sua força para o que viria, sabendo que cada quilômetro que eles cruzassem naquele caminho os deixaria mais fracos quando chegassem, para encarar um inimigo ainda indefinido.

Mas Heimdall (que era o responsável pelos suprimentos) estava dolorosamente consciente de que o próprio tempo estava agora ficando escasso demais, e que se eles esperavam chegar a Fim de Mundo antes que o tempo restante houvesse transcorrido, teriam então que conquistar alguma coisa bem impressionante em termos de velocidade e trabalho de equipe. O que era lamentável, Heimdall pensava, porque até aí nem trabalho de equipe nem velocidade haviam se provado conquistáveis.

Vinte e quatro horas já tinham se passado desde que haviam partido de Malbry. Nesse tempo haviam conseguido cobrir não mais que trinta quilômetros, ou a distância entre Malbry e Hindarfell. Uma noite desanimada, insone a maior parte do tempo, havia se passado numa cabana montanhesa ao lado da estrada. O dia seguinte fora em grande parte ocupado pelas queixas de Freya quanto a seus pés; Idun parando para colher ervas; os Irmãos Lobos comendo tudo que surgisse à vista e caçando todo coelho que estivesse dentro do raio de um quilômetro da estrada; os corvos de Odin provocando os lobos; Bragi tentando animar as pessoas com uma variedade de canções; Skadi discutindo com Njörd; Jolly discutindo com Açúcar; Thor discutindo com todo mundo. O anoitecer chegou como um grande alívio, a despeito de seu avanço penoso, e quando eles pararam para dormir, Heimdall estava exausto.

Eles encontraram uma pequena estalagem chamada Lua e Estrelas, na qual, por um generoso pagamento (providenciado, naturalmente, pela runa do dinheiro, *Fé*), o Vigilante pôde, primeiro, subornar o proprietário, que reclamou que nunca havia visto movimentação tão estranha, e segundo, pagar por meia dúzia de quartos – não suficientes para todos, mas o proprietário havia insistido que nenhum animal era permitido no local, o que significou que vários elementos do grupo tiveram que ser banidos para o celeiro, incluindo Sadi, que naturalmente se ofendeu por ter que compartilhar o espaço com os Irmãos Lobos, e Njörd, que se juntou a eles para tentar manter a paz.

Isso se revelou um erro, como Heimdall logo descobriu. Ao fim da noite, Hughie e Mandy haviam descoberto o caminho para a despensa, onde haviam começado uma festa de improviso (à qual somente eles foram convidados), no transcorrer da qual conseguiram fazer tanto barulho e tumulto que o proprietário acordou e, encorajado pela raiva justa, bem como pela perspectiva de uma compensação generosa, disparara para o quarto de Heimdall a fim de exigir uma explicação.

Ficara decidido que durante o transcorrer da viagem Heimdall devia representar o grupo. Ele sempre fora mais próximo do Povo; falava bem e era apresentável, além de ser um negociador hábil, enquanto a ideia de Skadi quanto a negociações era primeiro bater e depois negociar, e Thor nem mesmo sabia como soletrar "negociação".

Fora por isso que o proprietário, cujo nome era sr. Mountjoy, havia corretamente suposto que Heimdall estava na chefia, e que o Vigilante o encontrara então, a uma da madrugada, em pé à cabeceira da cama com uma camisola de dormir e um gorro, todos os pelos de seu rosto eriçados de indignação.

– Senhor, eu devo protestar! – disse ele.

Sorte para o sr. Mountjoy que Heimdall dormia com um olho aberto. Se despertasse Thor daquele modo, podia ter havido sérias consequências. Mesmo assim, o Vigilante ergueu-se e arreganhou os dentes para o proprietário.

– Isso não pode esperar até de manhã? – perguntou ele, com uma postura ameaçadora.

– Certamente não – disse o sr. Mountjoy. – Posso lhe dizer, senhor, que em vinte de anos como proprietário do Lua e Estrelas, e mais outro tanto de vida, se posso assim me expressar, mais que ciente dos modos dos viajantes e Estrangeiros e Naturais das Regiões Selvagens como vocês...

Heimdall pensou em usar um feitiço para fazê-lo calar-se, mas sabia que devia preservar sua força magnética. Simplesmente apertou os olhos e disse:

– Por favor. Vá direto ao ponto, tudo bem?

Mas o sr. Mountjoy estava apenas começando.

– Que seja sabido, senhor – prosseguiu ele –, que nunca vi comportamentos como os que testemunhei nesta noite. Pássaros, mulheres licenciosas, anões, cães selvagens, *lobos*. Faço saber que não me relaciono com *lupinos*, sejam eles domesticados ou não, se movimentando às soltas pelo ambiente, aterrorizando os fregueses...

– *Mas nós somos as únicas pessoas aqui!* – bradou Heimdall com frustração.

– Mesmo assim, os princípios devem ser mantidos.

– Tudo bem, tudo bem – falou o Vigilante, quase rosnando. – Quanto custa para silenciar seus... *princípios*?

O sr. Mountjoy coçou a cabeça.

– Bem, há quatro xelins pela torta de vitela que eu estava guardando para o almoço de amanhã; vinte pelos dois sacos de açúcar; dez por uma porção da melhor manteiga batida; dez por uma saca de maçãs; seis pelos danos causados ao pudim que eu havia guardado para os festejos do Yule. Ah, e o pão, naturalmente. Digamos vinte. Mais a aflição e a perturbação... Digamos, uns cem redondos.

Heimdall apertou seus olhos ainda mais. Aqueles pássaros três vezes malditos estavam ficando mais do que problemáticos. E a julgar pelos sons que ele tinha ouvido ao tentar pegar no sono, vindos por trás do celeiro, deduzia que logo seria solicitado a pagar pelos danos causados aos outrora ocupantes de um galinheiro por três lobos-demônios e uma águia do mar.

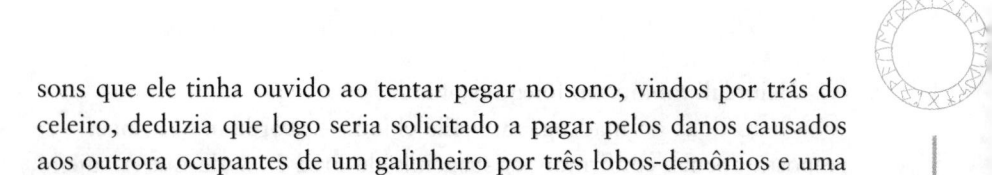

Será que eles pensavam que ele era *feito* de dinheiro? Heimdall perguntou a si mesmo queixosamente. Mesmo com a runa *Fé*, dinheiro não era algo que ele podia apanhar do meio do ar sem sérias consequências à sua força magnética, e a Cidade Universal ainda estava a uma longa distância. Dentro de apenas sete dias, uma coisa grande ia acontecer em Fim de Mundo, e se ele houvesse interpretado os sinais corretamente, aquele era um acontecimento para o qual nenhum deles podia dar-se ao luxo de chegar atrasado.

Pela primeira vez em sua vida Heimdall começou a lamentar a ausência de Loki, cuja língua de azougue e frases violentas teriam feito pouco de seu problema.

– Aqui está o seu dinheiro, senhor – disse ele. – Agora, vai deixar-me dormir um pouco?

Como era de se prever, ele conseguiu dormir menos de uma hora até que o proprietário estivesse de volta outra vez. Saco de Açúcar, mais duende do que deus quando diante da perspectiva de uma bebida forte, havia se enfiado na adega, onde Jolly já estava esperando por ele, tendo entornado um barril inteiro de cerveja.

Isso havia resultado num bate-boca, liberalmente pontuado por garrafas de cerveja, que rapidamente levara a uma briga quando Jolly ficou ofendido por ser chamado de Baixinho e respondera dizendo que Açúcar era gordo.

A esta altura o proprietário havia chamado Frederick Law, que, entrando na cena do crime, havia encontrado os dois infratores estendidos, cegos de bebedeira, junto a uma silenciosa poça de cerveja derramada. Ele os carregara para a prisão local; depois retornara com o sr. Mountjoy para assegurar que Heimdall fosse devidamente informado.

– Porque o estatuto dezenove das Leis do Município claramente decreta – disse o homem da lei – que um homem deve assumir responsabilidade pelos atos de seus subordinados, incluindo os danos causados pelos sujeitos, e se estes dois anões pertencem ao senhor, como sou levado a crer... – Ele parou para olhar analiticamente para Heimdall.

– *Sim?*

– É só que não vemos muitos anões por aqui, senhor. Que espécie de negócio o traz a estas partes, exatamente?

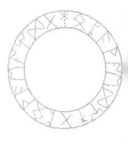

Heimdall tomou um fôlego profundo.

– São duas da madrugada. – Ele chiou. – Acorde-me às nove. – A resposta apenas confirmou as suspeitas de Fred Law de que o sujeito com dentes dourados e armadura elegante era alguma espécie de senhor de guerra das Regiões Selvagens sem qualquer respeito pela propriedade ou pela Lei; e assim ele convocou seus guardas e colocou-os para vigiar a Lua e Estrelas, precavendo-se para o caso de o grupo decidir desmontar as barracas e partir sem pagar as contas.

Este foi o motivo pelo qual naquela manhã, às quatro horas, quando Njörd e Skadi deixaram o celeiro para penetrar num lugar mais distante para caçar, a primeira coisa que viram foi um grupo de guardas do Povo, armados com lanças e bestas, abrigados na varanda da taverna olhando-os com espanto.

A primeira coisa que o homem da lei fez foi ir reclamar com Heimdall novamente, o que deixou o Vigilante sem outra escolha senão ordenar ao seu gado que voltasse ao celeiro – agora fechado com um cadeado – e esperar que nada mais acontecesse.

Seu otimismo – fosse como fosse – teve vida curta. Ele foi acordado mais uma vez (desta vez no amanhecer) pelo som de vozes alteradas. Levantando-se depressa para descobrir a causa da agitação, encontrou a guarda toda reunida na menor das duas salas de jantar da taverna, onde Freya, incapaz de resistir à tentação de se exibir, estava sendo alvo da corte – em Aspecto – de uma dúzia de ruidosos admiradores. Enquanto isso, na sala de jantar maior, Thor estava comendo um assado de boi inteiro, Frey atacava uma costela de vaca, Sif protestava em altos brados em frente a um prato de salsichas, Bragi e Idun estavam cantando um dueto e Ethel estava calmamente embebendo biscoitos no chá enquanto o Inferno todo estava às soltas na porta ao lado.

– Acho que estamos tendo um pequeno problema.

– Ah, deuses – disse Heimdall.

A cena na sala de jantar menor já estava muito além de desastrosa. O Povo era fácil de encantar. A deusa do desejo tinha-os todos competindo ridiculamente por seus encantos: olhos e narizes haviam ficado escurecidos e machucados; peças de mobília tinham sido reviradas no tumulto promovido ao disputar sua atenção.

Um sujeito se estendia aos seus pés como um cão; outro se apressava em lhe levar um copo de vinho; vários haviam tentado escrever poesia, com resultados verdadeiramente medonhos; e até Fred Law e o sr. Mountjoy sorriam como tolos enquanto Freya – toda vestida de branco, a marca de runa cintilando como ouro da guiné contra o ombro nu, e o longo cabelo ruivo se derramando pelas costas como alguma espécie de fabuloso véu de noiva – os olhava através de cílios pudicamente rebaixados e sorria como a lâmina de uma faca dourada.

O Vigilante imediatamente expulsou o feitiço lançando a runa *Fé* revertida.

Freya, em Aspecto humano, bateu os pés.

– *Você!* – Ela cuspiu em Heimdall. – Você *sempre* tem que estragar as coisas!

Heimdall lançou um olhar conciliador.

– Você não se dá o respeito, senhora – falou ele.

– Não me chame de *senhora*, seu desmancha-prazeres! Eu estava *me divertindo* até você chegar! Por que você não me tranca no celeiro com os outros? Ou com Sif no chiqueiro...?

– Sif não está no chiqueiro – protestou Heimdall, olhando inquieto de relance para o homem da lei.

– Bem, talvez seja porque ela tenha Thor para protegê-la. Eu estou completamente *sozinha* no mundo... – Ela secou os olhos com seu lenço de mão. – Eu não tenho *ninguém em absoluto* para tomar conta de mim...

– Pare com isso! – disse Heimdall rapidamente, vendo a expressão vidrada, adoradora, retornar aos olhos dos homens da guarda. Ele deu passos firmes em direção a Freya e carregou-a para o fundo da sala. – Nós estávamos tentando passar *despercebidos*! – sussurrou ele no ouvido da deusa. – E até aqui, o deus da guerra está na prisão, bem como seu martelo Mjolnir. Skadi e Njörd estão trancafiados no celeiro com aquilo a que o taverneiro humoristicamente se refere como "nosso gado". Demais para os nossos *"aliados"*. Tudo que me falta agora é a Bruxa da Floresta de Ferro aparecer e... – Ele parou para tomar novo fôlego e, bem nesse momento, viu Angrboda descendo pelas escadas, discretamente trajada em botas de cano alto, um colete de peles e escamas de dragão, e soltou um gemido audível de desespero.

– Por que eu? Por que eu?

Fred Law lançou-lhe um olhar precavido.

– Pergunto-me se pode me reservar alguns momentos, senhor? Mas antes de irem embora, eu preciso saber de seu negócio e de seus planos...

Meu negócio é só salvar os Mundos, Heimdall pensou. *Como se tudo fosse assim tão fácil!*

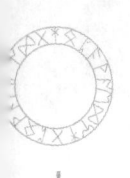

Nos bons velhos dias da Era Antiga, ele teria simplesmente usado um feitiço ou dois para submeter o homem à sua vontade. Mesmo agora, ele sabia que entre si os deuses tinham força magnética mais do que suficiente para derrotar uma guarda do Povo. Por outro lado, eles podiam mesmo se dar ao luxo de alarmar cada homem da lei daquele lado do Hindarfell com suas presenças? Podiam lutar com o Povo por todo o trajeto até Fim de Mundo? E quanto tempo (e força magnética) isso iria custar?

Ele conseguiu esboçar um sorriso forçado e ergueu-o em direção ao homem da lei.

– Naturalmente – disse ele em meio a dentes travados. – Ficarei mais do que feliz em responder a todas as suas perguntas. Mas, primeiro, deixe-me pagar um café da manhã a todos vocês – ele fez uma carranca para Angrboda –, enquanto eu, ah, consulto minha *colega* aqui...

– Problemas? – perguntou Angie numa voz baixa quando Heimdall se aproximou dela.

– Percorremos dezoito milhas. *Dezoito milhas!* – gemeu o Vigilante em desespero. – Como iremos chegar a Fim de Mundo? Partimos há trinta e seis horas e mal saímos do vale!

Angie deu de ombros.

– Vocês precisam de Loki.

Heimdall, que havia alimentado exatamente o mesmo pensamento, soltou então um uivo de frustração.

– Não!

– Eu não acho que vocês tenham escolha – disse Angie. – A menos que *você* possa pensar numa história plausível para explicar tudo isso ao homem da lei.

Heimdall lançou para Angie um olhar duro.

– Dado que você e sua ninhada de lobos são um tanto responsáveis por *tudo isso*, como você diz...

Angie se eriçou de indignação. Ela era despreocupada na maior parte do tempo, mas qualquer ataque aos seus filhos e ela voltava ao seu Aspecto da Floresta do Ferro: fria e sombria e letal.

– Não envolva Fenris nisso – falou ela numa voz baixa e ameaçadora.

– Por que não? – questionou Heimdall – *Você* envolveu.

– Porque nós precisamos dele – afirmou ela. – De Fenris, e dos Garotos Lobos.

– Precisamos deles *para quê?* – gritou Heimdall. – Tudo que eles fizeram até aqui foi comer e nos meter em encrencas! E agora você está

sugerindo Loki. Loki, cujo *nome* do meio é Problema, como o melhor meio de resolver nossos problemas?
A Vidente, que havia observado a cena da soleira da porta da sala de jantar maior, olhou para Heimdall com simpatia.
– Talvez Angie esteja certa – disse ela. – Talvez nós *realmente* precisemos de Loki.
– Mas não temos ideia de onde ele está... – balbuciou Heimdall queixosamente.
– Bem, engraçado você dizer isso – comentou ela. – Na verdade, eu sei exatamente onde encontrá-lo.
– Onde? – perguntou Heimdall, os olhos brilhando.
– Ele está numa caverna nos Adormecidos – revelou ela. – E acho que neste momento ele ficará mais do que feliz em cooperar.
Heimdall levou um momento para pensar.
– Mas se você sabia onde ele estava o tempo todo...
– Eu o queria *vivo* – disse Ethel. – Pelo jeito que vocês falaram ontem, o teriam linchado antes que ele pudesse abrir a boca.
Heimdall começou a protestar contra isso, depois decidiu não o fazer.
– Então você realmente acha que podemos confiar nele? – perguntou ele.
– *Confiar* nele? Claro que não. – Ethel sorriu. – É de Loki que estamos falando. Ele é um mentiroso, covarde, trapaceiro e muito provavelmente um traidor também. Mas diante de uma situação como esta a quem Odin teria recorrido?
Heimdall rosnou.
– Odin não está aqui.
– Mais uma razão para fazer o que eu digo.
E foi por isso que, alguns minutos depois, um falcão pôde ser visto com suas asas partindo do Hindarfell, sua assinatura de um berrante azul percorrendo o nebuloso céu invernal da aurora. Ele pousou cerca de trinta minutos depois numa grande pedra do lado de fora da caverna que Ethel havia descrito para Heimdall.
Loki, percebendo sua aproximação, sentiu uma onda de esperança desesperada. Ele sabia o que aquela visita significava. Ou os deuses queriam-no morto ou tinham um trabalho para ele. Ele olhou para o adorado rosto de Sigyn (ela estava aos seus pés, tocando a harpa) e tentou reprimir um estremecimento. As duas opções, ele disse a si mesmo, viriam como libertação.

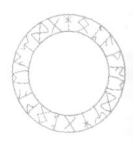

8

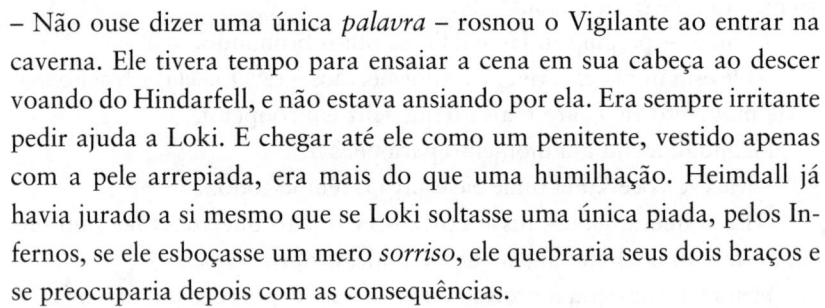

– Não ouse dizer uma única *palavra* – rosnou o Vigilante ao entrar na caverna. Ele tivera tempo para ensaiar a cena em sua cabeça ao descer voando do Hindarfell, e não estava ansiando por ela. Era sempre irritante pedir ajuda a Loki. E chegar até ele como um penitente, vestido apenas com a pele arrepiada, era mais do que uma humilhação. Heimdall já havia jurado a si mesmo que se Loki soltasse uma única piada, pelos Infernos, se ele esboçasse um mero *sorriso*, ele quebraria seus dois braços e se preocuparia depois com as consequências.

Loki leu os sinais, naturalmente, e cuidadosamente assumiu uma expressão neutra. Um pequeno e polido gesto para Sigyn valeu a Heimdall um conjunto de roupas – sim, elas eram efêmeras, como o poder magnético de Sigyn, e por isso pouco faziam para protegê-lo do frio, mas ao menos a dignidade do Vigilante ficava salvaguardada; e foi portanto com beligerância ligeiramente menor que ele se dirigiu ao Astuto deste modo:

– Agora preste atenção, Estrela do Cão. Eu vim lhe oferecer um trato. – Ele então continuou explicando a situação por completo no Lua e Estrelas, simultaneamente observando Loki à procura de qualquer sinal de humor impróprio.

– Então, basicamente – concluiu Loki, ainda sensatamente mantendo uma expressão neutra –, você está dizendo que precisam de mim.

– Rrr... – disse Heimdall, entre os dentes.

– Sou um mentiroso e um traidor e mereço morrer, mas... – os lábios cicatrizados de Loki se retorceram irrepreensivelmente – mesmo assim, vocês precisam de mim.

Heimdall começou a calcular exatamente quantos dos ossos de Loki ele podia se permitir quebrar antes que ele perdesse sua validade. Loki o viu pensando nisso e resistiu à tentação posterior de demonstrar uma satisfação maldosa.

– Tudo bem. Conte comigo – disse ele. – Quero dizer, tudo pela família. Tem só uma coisinha... – Ele sorriu. – Se eu vou ajudá-los a chegar a Fim de Mundo a tempo, precisarei de uma coisa em troca.

– Não estou aqui para barganhar – retrucou Heimdall. – Nós lhe daremos sua liberdade de volta, o que já é mais do que você merece.

– É claro. – O sorriso de Loki se ampliou. – Estou apenas dizendo que posso precisar de algum apoio, até de proteção talvez, se meu plano para salvar o dia não receber total aprovação dos deuses.

Heimdall franziu o cenho.

– Então... você tem um plano?

– Ah, não – disse o Astuto. – *Não* é assim que funciona. Você quer minha ajuda? Leve-me com você. Faça os outros fazerem como eu digo. Eu prometo que, se você fizer isso, estarei com todos vocês em Fim de Mundo na manhã do sétimo dia.

– Impossível! – exclamou Heimdall. – A viagem dura uma quinzena.

– Confie em mim, não vai durar. Você tem minha palavra. Contanto que jure fazer o que eu digo.

Heimdall apertou seus olhos sobre Loki, agora a encarnação da inocência.

– Estou pedindo menos que uma semana – disse Loki. – Depois da qual você estará livre para dar qualquer retribuição que julgar apropriada, desde que eu não tenha cumprido minha palavra.

Houve uma longa pausa, durante a qual Heimdall repassou em sua mente todos os casos em que os deuses haviam sido obrigados a levar adiante – embora com muita relutância – um ou outro dos planos de Loki. Foram muitos; mas, em cada um deles, até Heimdall tinha que admitir, o Astuto havia sempre achado uma solução.

– Você é *tão* bom assim? – perguntou ele por fim.

Loki deu de ombros.

– Eu sou Loki.

Dez minutos depois, o falcão teve ao seu lado uma companhia – um falcãozinho marrom veloz com um anel de ouro em torno de seu pé do qual pendia uma corrente fina. Era *Eh*, o Matrimônio, com a presença de Sigyn agora habitando um pequeno talismã dourado em formato de bolota na ponta da pequena corrente. Tanto Loki quanto Heimdall haviam tentado inutilmente persuadi-la a cortar o talismã de runa e ficar onde estava, mas Sigyn fora irredutível. Fim de Mundo era um lugar perigoso.

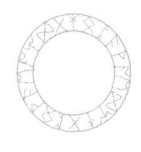

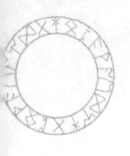

Qualquer coisa podia acontecer lá. E se Loki se metesse em alguma encrenca? E se fosse ferido?

Heimdall achava que isso era provável demais, mas sensatamente guardou o pensamento para si mesmo. Sigyn era bem-vinda, ele disse, desde que não se intrometesse. Loki concordou, um tanto tristonhamente – mas uma bolota num bracelete era melhor do que uma bola e uma corrente de presidiário, e, além do mais, disse a si mesmo quando voava, quem podia saber que inspiração alguns dias nas Estradas poderiam trazer?

No momento, contudo, ele simplesmente tentava se concentrar no problema imediato: o de transportar sete deuses, cinco deusas, três lobos, uma pessoa de origem Caótica, dois corvos e um martelo através de quatro municípios em menos de uma semana sem gastar força magnética demais ou atrair qualquer atenção indevida. Não era a mais fácil das tarefas, ele sabia; mas *realmente* tinha um plano, e com a ajuda de Heimdall...

Sorriu para si mesmo, e suas cores se iluminaram enquanto voava. Quer o plano funcionasse ou não, prometia ser muito divertido.

E se ele fracassasse?

Expulsou o pensamento. Preocuparia-se com isso quando chegasse a hora.

9

Era quase meio-dia no Lua e Estrelas, o tempo usado por Heimdall e Ethel para convencer os deuses de que confiar em Loki era a sua melhor chance. Thor e Freya estavam particularmente resistentes à ideia: ambos tinham bons motivos para lembrar a última vez que Loki havia tentado alguma coisa desse tipo – uma ocasião que terminara com Freya prometendo casamento contra sua vontade e Thor, na posição de noiva, disposto a destruir a festa.

Skadi também teria protestado mais violentamente se tivesse sido de algum modo consultada. Mas com as marcas de runa invertidas e a força magnética se esgotando; com pouco dinheiro e suprimentos ainda mais escassos; com Açúcar e Jolly ainda na cadeia; com o homem da lei e sua guarda pressionando para obter informações e os Irmãos Lobos trancafiados no celeiro com Skadi e Njörd, os deuses restantes estavam começando a entender o valor de um pouco de subterfúgio.

– Bem, eu não vou me vestir de mulher outra vez! – declarou o irado Deus do Trovão.

– Por que não? Foi divertido. Você ficou tão *bonitinho*!

Thor se arremessou sobre o Astuto, mas Heimdall interceptou o golpe.

– Eu lhes disse. Ninguém toca nele – falou ele, e rangeu seus dentes dourados. – Pelo menos não até o sétimo dia. Depois disso vocês podem bater nele o quanto quiserem.

O sujeito em questão sorriu e se acomodou mais confortavelmente na poltrona favorita do sr. Mountjoy. Ele havia chegado em seu Aspecto de falcão, mas planejava retornar com mais barulho depois, e havia mandado Frey sair em forma de lobo para fazer os arranjos necessários.

– Então, vou precisar de um pouco de papel e tinta de escrever – disse ele. – E tinta de pintar, tela, cola, madeira, e, ah, algumas garrafinhas de água.

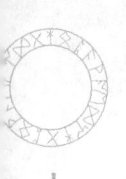

Tendo estes suprimentos providenciados, os deuses deixaram-no sozinho uma hora, depois da qual ele surgiu, ligeiramente manchado de tinta de escrever, mas satisfeito consigo mesmo e brandindo um certo número de páginas cuidadosamente escritas. Ethel pegou uma e examinou-a.

– *Pequeno Circo Pandemônio do Felizardo* – leu ela em voz alta. – *Um Paradigma de Excelência! Monstros e Prodígios! Maravilhas e Aberrações! Trazidos a vocês das Desvairadas Regiões Selvagens, venham ver.* – Ela ergueu uma sobrancelha. – *Sr. Músculos, o Homem Forte! Os Assombrosos Garotos Lobos! A Rainha dos Porcos!*

Os olhos de Sif se estreitaram perigosamente.

– Rainha *do quê*? – disse ela.

Loki fez uma expressão humilde.

– Atraente, não? Também tem Helga e seus Cães de Trenó, Dunhilde Dançarina e seus Anões, Biddy, o Encantador de Pássaros. *Além disso*, venderemos A Poção Purgativa para Todos os Fins do Professor Pinkerton (garrafas de água, para vocês e eu), a Cura Para Qualquer Coisa, da calvície à incontinência, principalmente quando temos Idun por perto com um feitiço curativo escondido em sua manga. – Loki lançou sobre eles seu sorriso brilhante. – E aí? Sou um gênio ou não?

Por alguns minutos o barulho foi grande demais para que se distinguisse qualquer resposta individual. Heimdall ficou ocupado demais em cuidar do seu protegido impenitente da chuva de raios e mísseis mentais que sobrevieram para dar muita atenção a qualquer outra coisa.

A salvo por trás da runa *Yr*, a causa de todo aquele tumulto estava apenas sentada e observando de um modo entediado, e brincava com a bolota dourada que pendia da corrente em seu pulso. Era uma corrente muito delicada, embora muito mais poderosa do que aparentava, e embora ainda atasse as mãos de Loki, dava-lhe liberdade de movimento sem nunca lhe permitir esquecer que estava ali.

– Você está louco – bradou Bragi, quando o barulho enfraqueceu. – Estamos tentando passar discretamente, e você quer que nos exibamos como um *circo*!

Loki deu de ombros.

– É a melhor saída – disse ele. – Ninguém questiona um show itinerante. Quanto mais bizarro, melhor. Vocês serão acolhidos de braços abertos. E, contanto que o povo seja entretido, pagará nossa viagem com comida e suprimentos e nos passará através dos postos avançados. Além do mais, você poderá tocar sua guitarra.

– É mesmo? – Bragi fez uma expressão esperançosa.

– Rainha dos *Porcos*? – repetiu Sif.

– A menos que você prefira ser a Dama Barbada...

– Barbada *o quê*?

Ethel sorriu.

– Sabem? – disse ela. – Isso pode realmente funcionar.

– Rainha dos *Porcos*! – protestou Sif.

– Deixem-me dar uma martelada nele! – disse Thor.

– Você não fará uma coisa dessas – advertiu Ethel. – Ele está sob minha proteção agora. – Ela fez uma pausa para permitir que o tumulto diminuísse. – Pensem nisso, todos vocês. Se ele é um traidor, então a melhor coisa a fazer é mantê-lo conosco, onde não pode causar nenhum mal. E se ele não é – sua expressão se ensombreceu –, bem, isso não importará realmente a nenhum de nós a menos que cheguemos a Fim de Mundo a tempo.

Loki lançou sobre Ethel um olhar cauteloso. A Vidente nunca gostara dele, nem antes da morte de Balder, e ele estava fortemente surpreso por ela falar em sua defesa.

– Obrigado – disse ele.

Ela sorriu para ele. Mas era um sorriso curioso, perturbado, que nada fez para reconfortá-lo.

– E você, naturalmente, será o Felizardo – falou ela. – Diretor de circo, gerente... General?

Loki sorriu.

– Quem mais?

Ethel continuou sorrindo.

E assim o Astuto impôs sua saída, e foi com o mais agudo prazer que ele se pôs a distribuir papéis, esmiuçar detalhes e assegurar que todos soubessem com precisão o que ele queria deles. Poucos dos deuses acolheram a ideia com entusiasmo. Mas, precisando enfeitiçar todo homem da lei, todo guarda de posto avançado, todo taberneiro desconfiado entre o Hindarfell e a Cidade Universal, precisando manter seus Aspectos por sete impossíveis dias inteiros sem a chance de reabastecer sua força magnética, eles tinham que concordar – relutantemente – que o método de Loki era o mais rápido.

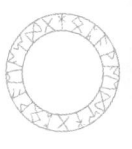

Ethel permaneceu serena como antes, falando pouco, mas sempre alerta. Loki achava isso amedrontador. Ainda assim, ele pensava, a Vidente sempre havia sido um enigma para ele, e este novo Aspecto dela era duplamente enigmático. Além do mais, ele não se importava; não estava planejando ficar por ali muito tempo. Quanto à Adversidade...

Loki tinha visto um Ragnarók e não queria mais saber disso. Guerra com o Caos... o Fim dos Mundos – desta vez ele tencionava estar bem longe quando o Inferno todo fosse liberado. Talvez em algum navio em outra parte, em seu caminho para as Terras Distantes. Havia ilhas lá, Loki sabia, onde nenhum floco de neve jamais havia caído; onde frutas tropicais cresciam o ano todo; e onde a coisa mais extenuante que um homem fazia o dia todo era tomar outro drinque, ou decidir qual das garotas locais era a mais bonita, ou escolher de uma mesa farta qual preciosa iguaria ele desejaria saborear em seguida.

Ele merecia isso, Loki pensou. Ele já salvara os Mundos uma vez. Daquela vez, ele prometia a si mesmo...

Os *Æsir* poderiam se virar sem ele.

10

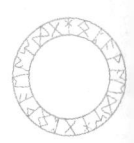

Quatro dias inteiros já tinham se passado desde que Maddy e Jorgi haviam chegado a Fim de Mundo. No meio-tempo, ela havia percebido que sua tarefa estava longe de ser simples. A Cidade Universal era muito maior que qualquer cidade que ela havia imaginado ou sonhado. Ela se estendia como uma colcha de retalhos de praças e ruas e passagens estreitas; de arcadas, pátios internos pavimentados, minaretes, jardins murados e pequenas fontes. Havia lojas e feiras, negociantes e ladrões, artistas de rua e shows de animais e marinheiros de folga com dinheiro para torrar. Havia colégios e catedrais, os quais, embora nunca tão grandes quanto Nat Parson afirmava, ainda assim conseguiam se erguer até o dobro da árvore mais alta, roçando o céu com suas agulhas de vidro dourado. Havia estátuas de antigos dignitários, há muito tempo desprovidas de seu revestimento dourado, e listradas de fuligem e esterco de pássaro. Havia canais com filas de iates ao longo de casas graciosas cercadas por árvores. Numa praça havia um pedestal de mármore sobre o qual se erguia um general gigantesco cavalgando sobre uma serpente, ambos intrincadamente esculpidos em pedra e cercados por pequenos jatos de água que se elevavam e caíam a intervalos. Olhando mais de perto, Maddy quase teve certeza de reconhecer as feições de Njörd no mármore, embora Perth a assegurasse de que esse fora um dos grandes reis antigos – um rei da Velha Era chamado Knut, cujo poder havia sido tão grande que conseguia repelir as ondas do Um Mar e invocar os monstros marítimos conforme sua vontade.

Perth era cheio de histórias. Maddy não tinha meio de saber se qualquer uma delas era verdadeira, mas mesmo assim estava muito consciente do quanto precisava de sua orientação nesta cidade de perigosas maravilhas. Menos de uma hora depois de chegar, ela já havia percebido que encontrar sua irmã não seria uma missão tão simples como havia suposto; com a visão real, logo ficara claro que a cidade estava repleta de assinaturas – algumas brilhantes, outras embaçadas, todas se movendo em vaivém incessante, como fios numa intrincada tapeçaria. Poderia levar semanas para encontrar Maggie Rede – se, na verdade, ela conseguisse de fato encontrá-la.

– Ah, por que você precisa procurar por ela? – Perth vinha lhe fazendo as mesmas perguntas no transcorrer dos últimos quatro dias. – Não podemos apenas fazer negócios aqui? Com suas habilidades e as minhas, poderíamos chegar ao *céu*!

Mesmo em tempo tão curto, Perth havia se provado um discípulo muito apto no uso de runas, manuseando os toques de dedos com a mesma facilidade sem esforço que demonstrava em bater carteiras e surrupiar moedas. Sua própria força magnética era quase tão brilhante quando a de Maddy, o que a levara a pensar que a runa que ele carregava devesse ser uma do Novo Manuscrito. Ela a batizara simplesmente de *Perth*, e esperava que Ethel pudesse ajudá-la a identificar com mais clareza se as duas ainda viessem a se juntar.

Mas ensinar as runas para Perth tomava tempo. E também tomava tempo impedi-lo de se meter em encrencas. Deixadas aos seus próprios arbítrios, as novas habilidades de Perth teriam provavelmente o levado para a cadeia dentro de uma semana, e quando ela o flagrou tapeando nas cartas mediante o uso da runa *Bjarkán* para olhar para as mãos de seus adversários, teve que explicar ao seu novo amigo que as runas não eram coisa para se brincar.

A força magnética era um dom perigoso, ela disse, para ser usado apenas raramente e em segredo. Os dias da Ordem podiam estar abalados, mas ainda havia enforcamentos em Fim de Mundo.

Perth escutou o sermão com todo sinal de contrição, depois voltou a fazer precisamente o que fizera anteriormente, usando a *Fé* para fazer ouro de tolo ou *Kaen* para tapear nas juntas dos dedos, de modo que a maior parte do tempo Maddy se ocupou de tentar mantê-lo sob controle.

É o mesmo que tentar controlar o Fogo Selvagem, ela pensava, e percebera com dor no coração o quão terrivelmente sentia falta de Loki. Dos outros também – de todos eles. Ela esperava apenas que eles entendessem, supondo que ela sobrevivesse para explicar, por que os havia desorientado e por que, quando ela partira para a cidade à procura de ajuda, escolhera agir sozinha.

Ensinar Perth era uma das razões pelas quais Maddy havia feito tão pouco progresso na Cidade Universal. A segunda razão era mais simples.

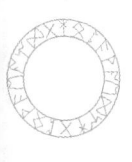

Pela primeira vez em sua vida Maddy Smith estava com medo. Ah, não dos perigos da grande cidade, ou do que pudesse encontrar em sua busca; mas do que poderia ter que fazer quando finalmente encontrasse sua irmã.

Criada por um homem que a recriminava pela morte de sua mãe no parto, a mais jovem e mais franca irmã de Mae, a garota mais bonita da aldeia, Maddy havia passado sua infância sonhando encontrar a verdadeira família, a tribo que a aceitaria pelo que ela era. Ela a havia encontrado nos Æsir. Descobrira um pai em Thor, um avô em Odin. Mas desde que Loki havia lhe contado a verdade, Maddy havia desejado conhecer sua gêmea desconhecida com um anseio silencioso, desesperado. A ideia de que poderia ter uma irmã pelo mundo, nascida na família errada, sonhando os mesmos sonhos e esperando que Maddy a encontrasse, a tinha sustentado nos três últimos anos. Mesmo depois do ataque sobre a Colina do Cavalo Vermelho ela não havia perdido nunca a esperança. Assim, em vez de alertar os Æsir para o perigo que ameaçava todos, ela havia deixado o Astuto levar a culpa e fugira sozinha para Fim de Mundo.

Agora o maior medo de Maddy era de que seu instinto a tivesse enganado, de que Maggie fosse o *inimigo*, e que por suas ações ela própria pudesse atrair o Fim dos Mundos. Ela desejava que os corvos de Odin viessem lhe dizer o que fazer a seguir. Ou que o próprio Odin lhe falasse novamente através do Sonho – mas os únicos pássaros que vira até ali tinham sido os pombos de aparência desmazelada que infestavam a cidade, e seus únicos sonhos haviam sido coisas confusas, fragmentadas, que não faziam sentido quando ela despertava.

E assim ela ficou com o único amigo que havia conseguido encontrar em Fim de Mundo. Perth conhecia o lugar como a palma da mão; além disso, seu trabalho nas feiras da cidade significava que Maddy teria a oportunidade de observar montes de pessoas passando. Um dia desses, ela dizia a si mesma, uma daquelas pessoas seria sua irmã.

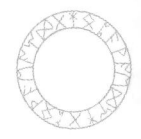

LIVRO CINCO
O Circo do Pandemônio

Não hesite em tirar vantagem de um otário.
(Velho provérbio Interiorano)

1

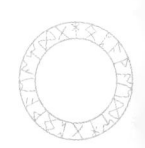

Enquanto isso, na estrada para as Divisões, um espetáculo sem igual desde a Velha Era abria caminho para Fim de Mundo com o objetivo de chegar bem a tempo do Ragnarók. Viajando agilmente dia e noite, mudando cavalos a cada parada – mil quilômetros em sete dias não seriam uma pequena proeza para esses cavalos, mesmo com runas de resistência costuradas em seus arreios – e com duas apresentações diárias, o Pequeno Circo Pandemônio do Felizardo, agora em seu terceiro dia de existência, abrira seu caminho descendo pelo Hindarfell, atravessando as Divisões do Norte em direção a Fim de Mundo, apresentando-se em aldeias ao longo do caminho – para deslumbramento e aplausos do Povo.

Um circo – mesmo um de pequenas dimensões – tende a atrair atenção, e quando ele ostenta atrações como um Garoto Lobo, uma Rainha dos Porcos, Helga e Seus Brutamontes e a Mais Bela Mulher do Mundo, passar despercebido geralmente deixa de ser uma opção. Loki havia entendido isso desde o princípio, mas sabia que às vezes esconder-se à vista de todos era mais fácil que tentar passar despercebido.

Loki estava, sem dúvida, gostando imensamente da coisa. Ele era um *showman* natural. Suas palavras mantinham o público hipnotizado, e com iluminação inteligente e um punhado de feitiços, eles os trazia na palma da mão. Ficaria ainda mais feliz se Sigyn não estivesse com ele, mas a despeito de seus esforços para livrar-se dela, ela havia permanecido ao seu lado, ligada a ele pela fina corrente de ouro; ora em seu próprio Aspecto, ora na forma da pequena bolota dourada que havia assumido durante sua fuga de Malbry.

No entanto, nem isso podia diminuir a satisfação de Loki. Acrescente-se às atrações principais Jolly e Açúcar, em figurinos coloridos, dirigindo uma pequena carroça puxada por um par de perus; os Irmãos Lobos e Angie, em Aspectos; o Homem Mais Forte do Mundo (este era Thor); Heimdall, em seu disfarce de falcão, num ato duplo com a águia do mar de Njörd, e (ou assim o Astuto afirmava) o Pequeno Circo Pandemônio do Felizardo teria sucesso garantido.

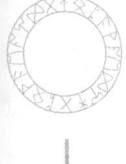

Os deuses e seus associados tinham sentimentos mais desencontrados. Freya, no seu papel atual de Mais Bela Mulher do Mundo, estava naturalmente mais que satisfeita. Repousando em Aspecto total numa tenda dourada e branca, ela sustentava uma corte de admiradores que, com a ajuda de um ou dois feitiços, estavam mais que ansiosos por doar suprimentos, dinheiro, presentes ou o que quer que Freya (ou mais frequentemente Loki) desejasse. Bragi, agora anunciado como o Rouxinol Humano, deleitou-se em passar seus dias cantando e fazendo música para uma multidão de adoradoras do povo. Até Skadi, em seu papel de Helga, com seus Cães de Trenó, teve boa vontade para tolerar a tolice até certo ponto, embora estivesse certa de que, mesmo com os cavalos em cada posto e o contínuo apoio do Povo, Loki falharia em conduzi-los até Fim de Mundo a tempo, e ela estava mais era satisfeita com a perspectiva de ver o Astuto comer o pó – como comeria, na manhã do sétimo dia, se neste dia eles não houvessem chegado aos portais da Cidade Universal.

Sif, no entanto, estava menos satisfeita. Petula, Rainha dos Porcos, havia se provado quase tão popular quanto a própria Freya, especialmente entre as crianças, que sempre traziam consigo cestas de comida, pois Loki havia garantido às multidões pasmadas que a Rainha dos Porcos consumia não menos que catorze pães por dia, bem como seis galões de maçãs, uma costela de bife, uma perna de carneiro, uma truta defumada, uma torta de frango, um bolo de sementes, um bolo de ameixa, cinco dúzias de tortas de geleia (Loki tinha uma queda por tortas de geleia), um quarto de galão de leite *e* uma dúzia de garrafas da melhor cerveja – e isso, naturalmente, era Inverno, que, conforme Loki lhes disse, era um tempo de jejum para a Rainha dos Porcos; do contrário, teria ficado tão pesada que mesmo uma junta de bois teria achado impossível transportá-la.

A história conveniente garantiu que o Pequeno Circo Pandemônio do Felizardo ficasse sempre bem provisionado; embora, naturalmente, também significasse que Sif havia passado os últimos três dias em fúria perpétua, tempo em que Thor havia sensatamente se mantido longe dela – isto é, quando ele não estava já empenhado em erguer carroções de feno, brigar com touros a unha, fazer malabarismo com bigornas e apresentar todas as outras proezas esperadas do Homem Mais Forte do Mundo.

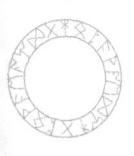

A viagem estava indo muito bem. As estradas estavam em sua maioria livres da neve. Desde que passaram o Hindarfell, haviam conseguido cobrir trezentos quilômetros – excelente marca para as estradas mais ao norte – e pela noite de seu terceiro dia estavam se aproximando da fronteira nas Terras Baixas.

A fronteira era marcada pelo rio Vimur, e o único ponto de travessia a oitenta quilômetros passava por uma cidade chamada Rhydian. Era um centro de comércio de certa importância, um cidade de mercados industriais repleta de operários, fazendeiros, tecelões, pedreiros, curtidores, barqueiros movendo sua carga rio abaixo em direção a Fim de Mundo; e cobrindo o rio em sua parte mais estreita, ficava a maravilhosa Ponte de Rhydian, conhecida em todo o Interior como uma das maravilhas da Era.

Ninguém se lembrava de quão velha ela era. Alguns afirmavam que era um trabalho de Jonathan Gift, o gênio que havia projetado a catedral do Santo Sepulcro. Com aproximadamente cento e vinte metros, suspensa de quatro grandes pilonos de pedra por dezesseis cabos de aço trançado, a ponte havia coberto o Vimur desde antes que alguém pudesse lembrar, quase intocada pela passagem do tempo. Rezava a lenda que havia antigas runas embutidas nas fundações da ponte que impediam as pedras de se esfarelarem, os delicados cabos de aço de se enfraquecerem. Fosse como fosse, as habilidades exigidas para projetar e construir tal maravilha havia muito tinham sido perdidas nas névoas do tempo, com o resultado de que, ao longo dos séculos, Rhydian havia se tornado a maior cidade fora de Fim de Mundo, um centro de comércio e indústria que ficava em segundo lugar apenas para a própria Cidade Universal.

No meio da tarde, em meio a uma névoa que se erguia, eles já conseguiam ver a Ponte de Rhydian, solitária contra o céu que escurecia. Podiam até sentir o cheiro da fumaça da cidade e dos curtumes nas margens do rio, um cheiro repulsivo, desagradável e químico; mas para Loki – que estava reclinado sobre uma pilha de peles na parte traseira de seu vagão, bebendo de uma garrafa de vinho e comendo uma das tortas de geleia de Sif –, aquele era o cheiro do dinheiro.

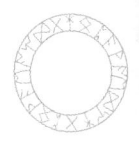

O lugar mais apropriado para um circo, ele pensou. Gente com dinheiro e mercadorias para negociar estava sempre em expectativa de divertimento. Esta não era uma aldeia das Terras Altas, que negociava com baguetes de pães e fardos de cerveja. Ali haveria cavalos, ouro, peles, vinhos finos, talvez até escravos. O povo, embora talvez não tão sofisticado quanto os habitantes de Fim de Mundo, teria a mesma espécie de gostos caros que acompanhava o dinheiro do extremo norte. Com sorte e o tipo certo de patrocínio, o circo poderia seguir viagem fornido por pelo menos uns cento e sessenta quilômetros antes de ter que se abastecer novamente, o que os colocaria a um voo de corvo de seu destino.

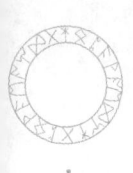

Em todo caso, os viajantes não tinham outra escolha além de cruzar o Vimur pela Ponte de Rhydian. O desvio para o próximo ponto de travessia significaria mais de um dia extra de jornada, toda ela através de estradas menores, e Loki não podia se dar ao luxo de perder nem meio dia no intrincado itinerário que havia planejado. Já estavam no terceiro dia de viagem para Fim de Mundo. Havia jurado que os conduziria através dos portões da cidade na manhã do sétimo dia – o que significava que tinham que se mover rapidamente se quisessem chegar lá a tempo.

Ele não estava esperando problemas. Por três dias os deuses haviam se provado mais que capazes de lidar com os poucos contratempos com que haviam se deparado: um par de bandos de foras da lei, rapidamente despachados por Thor; uma ou duas patrulhas oficiosas de fronteira, que haviam se provado incapazes de resistir ao encanto de Freya; estradas obstruídas por montes de lama ou neve – em resumo, nada fora do comum, e as coisas iam tão perfeitamente bem que o Astuto havia até se permitido ficar um pouquinho complacente.

Agora, com Rhydian à vista e, além dela, as amplamente fáceis estradas das Terras Baixas, ele se permitiu baixar a guarda...

Foi seu único erro.

A princípio a coisa parecia muito promissora! As primeiras impressões contam, e com isso em mente, o Astuto havia tomado grande cuidado com os três vagões que compunham sua comitiva, cada um deles puxado por um par de cavalos e com estas palavras, em dourado, sobre um fundo escarlate:

O PEQUENO CIRCO PANDEMÔNIO DO FELIZARDO!
UM PARADIGMA DE EXCELÊNCIA!
MONSTROS E PRODÍGIOS!
CURAS DA NOVA ERA!
MISTÉRIOS DOS DIAS ANTIGOS!
VENHA UM, E VENHAM TODOS!

Esta propaganda um tanto cabotina havia funcionado muito bem em outras cidades, e o Astuto estava satisfeito com o efeito. Os artistas

em pessoa flanqueavam os vagões – Thor, nu até a cintura para exibir seus músculos; Sif cavalgando ao seu lado, no Aspecto de Porca, em gorro e túnica. A seguir vinham Idun e Bragi – Idun lançando pétalas de flores sobre a multidão (além de suas habilidades de cura, ela parece ter a habilidade de produzir flores e frutas de qualquer espécie, sem esforço, fora ou dentro da estação); Bragi tocando sua guitarra.

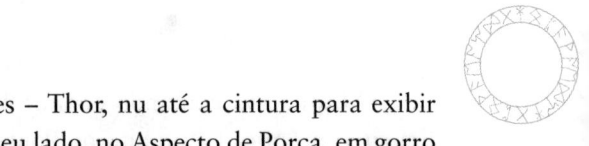

Na retaguarda vinham Angrboda com Fenris e os Garotos Lobos, todos os três em Aspectos, com coleiras e correntes, trotando obedientemente em seus calcanhares, embora um pouco à frente do comboio, Jolly e Açúcar – rebatizados de *Resmungão* e *Toquinho* por Loki, para a sua grande indignação – seguiam em seu carrinho puxado por perus, jogando folhetos e punhados de doces sobre as multidões que se enfileiravam nas ruas...

Pelo menos até chegarem a Rhydian.

Mas em Rhydian não havia multidões. Ninguém saiu para ver o show. Nenhuma criança correu atrás dos cavalos; ninguém riu dos anões no carrinho. Loki, que geralmente conduzia a procissão, ficou a princípio intrigado, depois confuso, e por último ferido.

O que pelos Mundos havia de errado com esse Povo? Não era excesso de zelo Ordeiro que mantinha os empurradores de barcos longe do show; não havia em Rhydian qualquer lei contra o circo itinerante. *Não podia* ser falta de interesse; a menos que esse Povo fosse uma raça diferente de todas as outras que Loki havia conhecido, devia haver uma porção de apreciadores de monstros e prodígios e curas milagrosas.

Finalmente, quando já estavam em Rhydian havia cerca de uma hora e ninguém, exceto alguns cães, um andarilho e uma velha com um *bergha* negro, havia aparecido para ver o show, Loki fez a pergunta.

– O que é há com este lugar? – indagou ele, dirigindo-se à anciã, que estava sentada no meio-fio bebendo uma garrafa de cerveja das Divisões. – Não tem ninguém aqui que aprecie as artes?

A velha senhora deu de ombros e sorriu para ele, expondo uma série de finos dentes de madeira.

– Claro que tem, rapaz – falou ela. – Mas teremos que esperar até o sol se por. É quando a cidade fica viva, entende? É quando o povo sai para se divertir.

– Ah – disse Loki.

A anciã sorriu novamente.

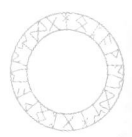

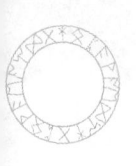

— Mas não vá contando com os ovos da galinha ainda. Nós temos um circo próprio. Lá no alto da Ponte Meridiana. — Ela usava o termo mais arcaico para a ponte, o que a tornava uma das poucas sobreviventes que se lembrava do verdadeiro nome da Rhydian. — Oferece um show danado de bom também. Todo dia quando o sol se põe. Aposto que eles poderiam ensinar uma ou duas coisinhas para vocês.

— Você acha? — perguntou Loki.

— Acho sim — respondeu a anciã. — Acho que vocês terão que comer muito arroz e feijão até encontrar coisa melhor que o Carnaval do Capitão Caos. Mas não precisam levar em conta minhas palavras. Vejam por vocês mesmos. Estejam na ponte ao pôr do sol. Vai ser um Inferno de show...

E, dito isso, a idosa lançou-lhes um sorriso que exibia cada um de seus dentes de madeira, então voltou a beber sua cerveja das Divisões.

2

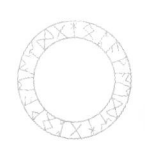

Desde seu último encontro desastroso com o Velho Homem dentro da pedra, Maggie havia tentado interrogá-lo mais duas vezes. Nas duas falhou em despertar sequer uma faísca por parte do prisioneiro. Maggie se culpava por isso. A batalha de mentes entre eles e a força do golpe que o havia atingido deixara a Cabeça de pedra sem vida e escura, sem qualquer indício de quando – ou *se* – seu ocupante pudesse redespertar.

Mesmo assim, uma parte dela estava secretamente aliviada. Sua última conversa com Odin a tinha deixado raivosa e confusa, torturada por dúvidas quanto a si mesma e incertezas, preparada para questionar até aquelas verdades pelas quais sempre vivera.

Suas tentativas de localizar o Povo do Fogo haviam sido igualmente frustrantes. A pedido do Murmurador, ela havia tentado várias vezes encontrá-los através do Sonho; mas ou eles haviam se protegido, ou a turbulência da brecha entre os Mundos os tinha ocultado das vistas.

Para seu alívio, o Murmurador havia demonstrado uma paciência surpreendente. O Velho Homem falaria por fim – era apenas uma questão de tempo. O Povo do Fogo não era uma ameaça imediata; mais cedo ou mais tarde seria encontrado. Enquanto isso, Maggie ficava na cobertura, jogando damas com Adam, conversando ou praticando com suas runas, e o tempo transcorria quase pacificamente, de tal modo que às vezes horas a fio se passavam sem um único pensamento sobre a guerra, ou sobre o Fim dos Mundos, ou sobre os Æsir, ou o Velho Homem, ou até o Bom Livro.

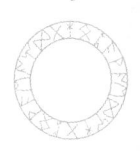

Todo dia Adam passava uma ou duas horas fora da cidade, observando as cercanias, comprando suprimentos e checando o Cavalo Vermelho. Maggie sempre ficava fechada em casa – não era seguro para ela, Adam dizia, mostrar seu rosto ao ar livre. Quando ele retornava, era sempre com algum presentinho – flores, ou frutas, ou pastéis, ou um colar de contas vivamente coloridas – que Maggie aceitava com grata surpresa. Fazia tanto tempo que ninguém lhe dava um presente! Ela queria dar-lhe alguma coisa em troca, mas exceto pelas novas runas, ou por alguma espécie de mapa indicando a posição do Povo do Fogo, Maggie não tinha nada a oferecer.

Agora, em seu terceiro dia de ócio, ela estava se sentindo cada vez mais inquieta. O dia fora claro e acolhedor: a primavera estava enfim a caminho, e de repente Maggie sentiu-se desesperada para passear ao longo do Passeio dos Inspetores; para sentir o cheiro dos pés de tílias ou talvez comprar um ou dois pastéis...

Ela deu uma olhada suspirante pela janela. Adam havia dito que estaria de volta por volta do meio-dia, mas o relógio da catedral havia batido duas horas e Maggie estava ficando com fome.

Com certeza, ela pensou, não podia haver mal algum em abrir uma fresta na janela. Ela entreabriu-a cerca de cinco centímetros e o perfume da cidade inundou o ambiente – um complexo aroma de especiarias e cerveja, de perfumes e fumaça de madeira e sal marinho, de lixo, flores e carne assada –, e com ele vinham os sons de vozes familiares e cascos sobre as ruas de paralelepípedos; de vendedores ambulantes vendendo suas mercadorias; de cães e gaivotas guinchantes e o do vento passando pelos topos dos telhados; a multidão de sons urbanos de que Maggie tão terrivelmente sentia falta.

Com uma mão, ela lançou a *Bjarkán*. Se houvesse algum perigo em alguma parte, a verdadeira visão o revelaria. Mas nada de incomum apareceu, e assim Maggie abriu a janela um pouco mais e deu um passo para o terraço. Era bom estar ao ar livre. Olhou para além do terraço e tomou um profundo fôlego do ar da cidade. Os açougues especializados em carnes e casas de café estavam todos abertos para negócios, e o cheiro de cozinha se ergueu das ruas, fazendo a boca de Maggie se encher de água.

Havia um vendedor bem abaixo dela e o grito:

– *Pastéis doces! Meninos gordos! Marzipã para sua mulher!* – Fez sua boca se encher de água ainda mais.

Ela podia ir até lá e voltar num piscar de olhos, disse a si mesma. Sair só o suficiente para comprar um par dos bolinhos de farinha fritos, açucarados, que os habitantes de Fim de Mundo chamavam de Meninos Gordos. Significaria deixar o Velho Homem por não mais que cinco minutos. Certamente isso não faria mal algum.

Ela lançou *Bjarkán* com um piparote sobre o Velho Homem. Ele não mostrou sinal de ter despertado.

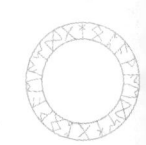

Abaixo dela, na rua apinhada de gente, o vendedor de pastéis anunciava suas mercadorias aos gritos.

– *Marzipã! Meninos Gordos!*

Maggie se virou em direção à porta. Cinco minutos. Isso é tudo. Que mal cinco minutos podem fazer? E com uma última olhadela para o Velho Homem, ela saiu do quarto, fechando a porta, e correu pelos degraus abaixo para a rua.

3

Os pássaros estavam esperando quando ela entrou, com um Menino Gordo açucarado em cada mão. Dois corvos, um empoleirado no parapeito da janela, outro, com uma pena branca na cabeça, na verdade *dentro* do quarto, alisando as penas com o bico e observando Maggie com olhos de um curioso dourado de anel de matrimônio.

Maggie pôs os Meninos Gordos sobre a mesa de cabeceira.

– *Fora! Fora!* – disse ela aos pássaros, acenando suas mãos ameaçadoramente.

Os corvos pareceram totalmente impassíveis. O maior deles empinou a cabeça e coçou a asa languidamente. O menor – aquele com a pena branca – olhou para os Meninos Gordos junto à cama e fez um crocitar esperançoso.

Kaik! Kaik!

– De jeito nenhum – falou Maggie. – Agora vocês dois vão cair fora daqui?

O pássaro maior pulou sobre a cama.

O menor soltou um grito áspero: *Crauk. Kaik.*

– Caiam fora! – exigiu ela novamente.

– Ora, isso não é ser hospitaleira – disse uma voz ao lado de Maggie. Virando-se, ela viu que o corvo havia se transformado num homem maltrapilho, de olhos escuros e vestido de preto, com uma grande quantidade de joias de prata, sentado de pernas cruzadas sobre a colcha e observando-a com um sorriso radiante.

Os olhos de Maggie se arregalaram.

– Quem é você? O que quer?

– Bem, eu não recusaria uma mordidinha... – Ele se serviu de um Menino Gordo. – Eu sou Hughie, e esta é Mandy, e nós fizemos um longo trajeto para vir falar com você.

O corvo terminou seu Menino Gordo com uma velocidade que era quase sobrenatural e arremessou o outro para sua companheira, que, enquanto ele falava, assumiu o Aspecto de uma jovem com uma listra de prata em seus cabelos e um anel de unha de dragão na orelha esquerda.

– *Kaik* – disse Mandy afavelmente, comendo o Menino Gordo com a velocidade de um relâmpago.

Maggie examinou-os com desconfiança. Será que aquelas duas criaturas *poderiam* ser o Povo do Fogo? Tudo era possível. E havia alguma coisa no par que a fazia lembrar-se do Cavalo Vermelho: aquela insinuação de Caos por trás do Aspecto parecia quase comum – sem dúvida principalmente em Fim de Mundo, onde até o mais Estrangeiro dos equipamentos mal fazia erguer uma sobrancelha. Cada um deles trazia uma tatuagem sobre o braço – uma tatuagem ou uma marca de runa, Maggie não tinha certeza.

Ela invocou a runa Bjarkán e deu uma olhada no par através da visão real. Como Sleipnir, seus Aspectos eram diferentes quando vistos através do círculo de indicador e polegar: não mais humanos, nem mesmo aves, mas algo híbrido de um pesadelo das duas coisas, o desenho negro sobre seus braços agora brilhando com luz quase insuportável.

Maggie rapidamente invocou *Tyr*, a runa guerreira, pelas costas.

– Que são vocês? Demônios? Povo do Fogo?

Hughie sorriu e balançou a cabeça.

– Mensageiros, fêmea. Apenas mensageiros.

– O que vocês querem?

– Fazer um trato. Para chegar a algum arranjo.

– Que espécie de arranjo você quer dizer? – A runa *Tyr* ainda estava preparada para atacar.

Hughie lançou-lhe um olhar cômico.

– Fêmea, se quiséssemos confusão – disse ele –, já poderíamos ter começado uma a esta altura.

Os olhos de Maggie moveram-se rapidamente em direção ao pedestal, onde o Velho Homem permanecia silencioso sob o lençol. Nada parecia ter sido perturbado. Ela se permitiu relaxar um pouco.

– Então, o que vocês *realmente* querem?

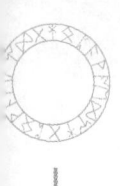

– Queremos sua ajuda. Hugin e Munin, a seu dispor. Viajantes dos Nove Mundos. Outrora mensageiros do próprio Velho Homem, ora em necessidade de um emprego bem remunerado.

– Que espécie de emprego bem remunerado? – perguntou ela.

– Qualquer coisa que você queira, fêmea. Podemos viajar através da Morte, através do Sonho. Nós vemos coisas. Sabemos coisas. Montes de coisas.

Maggie olhou-o com desconfiança.

– E você acha que vou confiar em vocês? Você acabou de me dizer que trabalhavam para o Velho Homem.

– Ai – disse Hughie –, não trabalhamos mais. *Você* é o Cavaleiro da Carnificina, fêmea. Isso significa que nós pertencemos a *você* agora.

Os olhos de Maggie se arregalaram.

– A *mim*? – indagou ela.

Mandy concordou com um crocito.

– Você quer dizer, como criados ou algo assim?

Hughie coçou sua axila.

– Criados, espiões, sentinelas; transportadores, carregadores de escudos, cavalgaduras, bagageiros, fornecedores de coisas brilhantes e geralmente paus para toda obra. Então... o que você diz, hein?

Mandy crocitou e suspirou esperançosamente pelos farelos de Meninos Gordos à mesa junto à cabeceira da cama. Maggie se flagrou querendo rir. As criaturas podiam ser bem perigosas, com suas runas misteriosas e sua habilidade de se transformar em pássaros, porém mais que tudo lhe faziam lembrar-se de crianças selvagens, caóticas – estranhamente afetuosas, cheias de diversão, efervescendo com energia incansável.

Ela lançou *Bjarkán* uma última vez. Uma vez mais ela viu as criaturas em Aspectos; mais uma vez ela examinou suas assinaturas. Ela viu uma tendência a roubar, uma grande dose de malícia, alguma vaidade e um constante apetite por coisas doces e objetos brilhantes, mas não havia traço de maldade ali entre as cores frenéticas. Fosse o que fosse o que mais eles tencionassem, os corvos não significavam nenhum mal para ela.

– Como vocês podem me ajudar? – perguntou por fim. – Vocês podem me dar as novas runas?

Hughie balançou sua cabeça.

– Então, vocês podem despertar o Velho Homem?

Ele deu de ombros.

– Sinto muito, fêmea.
– Então, o que exatamente vocês *podem* fazer?
– Nós podemos lhe dar o Povo do Fogo.

E, tendo dito isso, Hughie enfiou a mão no bolso e retirou uma bola amarrotada de papel cor-de-rosa, que passou para Maggie. Por um momento seus olhos dourados, inumanos, se fixaram nos olhos cinzentos de Maggie. Ele deixou a bola de papel cair na sua mão aberta.

Crawk, disse Mandy. *Crawk. Crawk.*

Maggie desdobrou a folha amarrotada. Ela viu uma única página pobremente impressa fazendo propaganda de alguma espécie de show:

O PEQUENO CIRCO PANDEMÔNIO DO FELIZARDO!
MONSTROS E PRODÍGIOS!
MARAVILHAS E ABERRAÇÕES!

Ela franziu o cenho, confusa, diante da página. Um circo? O que pelos Mundos aquilo queria dizer? Como poderia um circo itinerante estar ligado ao Povo do Fogo? Então seus olhos se arregalaram, e ela entendeu.

– É *assim* que eles estão fazendo? É assim que estão passando despercebidos? Quão perto eles chegaram? Quanto tempo até que cheguem a Fim de Mundo?

Hughie coçou a cabeça e crocitou.

– Eles chegaram até Rhydian. É uma velocidade muito boa, fêmea. Naturalmente, eles têm que agradecer Loki por isso. Ele é um que nunca deixa de apresentar um plano, *se* sua vida depende disso.

Os olhos de Maggie ainda estavam sobre o papel.

– Eles vão chegar aqui a tempo?

– Sim, nesse ritmo, sem dúvida – disse ele. – Embora talvez haja um meio de retardá-los ou pará-los completamente.

– Como?

Ele pareceu hesitar.

– Bem, isso pode ser uma tentativa com pouca chance de sucesso... – disse ele. – Mas há uma coisa adormecida em Rhydian. Uma coisa que, se for despertada, pode fornecer a solução para seu problema e o nosso.

– Você quer dizer, adormecida como o Velho Homem? – perguntou Maggie.

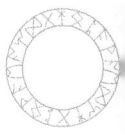

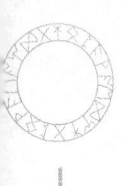

– Não exatamente. É mais como uma armadilha, ou uma corda de tropeçar. Penso que você achará que é mais que suficiente para lidar com gente da espécie do Povo do Fogo. Mas... – Hughie fez uma pausa. – Se eu fosse você, não diria nada ao seu amigo, ou ao seu pequeno passageiro. Na verdade, não nos mencionaria de modo algum. Melhor não deixá-lo saber como ocorreu de você chamar-nos.

– Chamá-los? Eu não chamei! – disse ela.

Hughie sorriu.

– E, no entanto...

Maggie pensou bastante, ainda olhando para o pedaço de papel amarrotado. Se Hughie estivesse certo, e o Povo do Fogo tivesse chegado perto da fronteira das Terras do Norte, então alguma coisa precisava ser feita. Por direito, ela devia contar tudo a Adam, mas não confiava em seu passageiro. O Murmurador já havia tentado fazê-la matar sua irmã. O que aconteceria se ela lhe contasse sobre o Povo do Fogo?

Franzindo o cenho, ela se virou para Hughie novamente.

– Você disse que essa coisa retardaria a marcha deles. Como uma espécie de armadilha, você disse.

Hughie fez um sinal positivo.

– É sim, fêmea.

– Minha irmã está com eles?

– Não.

– Então me diga o que fazer – pediu ela.

Ele sorriu.

– Apenas sonhe um sonho.

Quando Maggie despertou, os pássaros tinham ido embora e Adam estava sentado ao lado dela.

– Eu devo ter caído no sono – disse ela, com uma olhadela para a janela aberta. – Sinto muito. Eu sei que não devia ter...

– *O Velho Homem falou?* – perguntou ele, e ela viu o Murmurador em seus olhos.

Maggie balançou a cabeça.

– Nem uma palavra.

– *E nada mais aconteceu?* – A voz do Murmurador era desconfiada e seca como um punhado de poeira de cemitério.

Mais uma vez Maggie balançou a cabeça, e qualquer sensação de culpa que ela pudesse ter por enganar Adam se afastou para longe. O

Murmurador era perigoso demais para ela confiar em Adam naquele momento. Quem sabia que tipo de punição seu mestre poderia infligir a ele, e tudo porque Maggie Rede não conseguira manter sua boca fechada? Além do mais, o que ela realmente tinha feito? Aberto a janela cerca de cinco centímetros? Comprado um par de Meninos Gordos? Tirado uma soneca? Sonhado um sonho?

Ela ergueu seus olhos e lhe lançou o mais doce e o mais aberto dos sorrisos.

– Eu tive o sonho mais maravilhoso – disse ela. – Agora, que tal um beijo?

E quando ele puxou-a em sua direção e agarrou sua nuca, Maggie sentiu dentro de si uma onda de alguma coisa poderosa demais para que a expressasse. Ela não tinha palavras para descrevê-la; mas sabia que preferiria morrer a ver Adam sofrer por causa dela. Se tudo corresse conforme o plano, ela pensou, o Povo do Fogo logo seria subjugado, o Velho Homem lhe daria as novas runas, e Adam ficaria finalmente livre.

E quanto aos corvos de Odin...

Maggie enfiou as mãos em seu bolso e sentiu o papel amarrotado ali. Assim que pudesse, disse a si mesma, ela o jogaria dentro do fogo. Não restaria nenhum traço dos dois pássaros – nenhuma partícula de açúcar, nenhuma assinatura, nem mesmo um pedacinho de farelo de Menino Gordo para indicar que eles haviam estado ali. Talvez ela houvesse apenas sonhado com eles, e tudo isso fosse somente um delírio provocado por um excesso de Meninos Gordos.

Em todo caso, Maggie pensou, tudo aquilo acabara agora.

Adam não precisava saber.

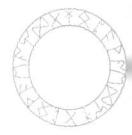

4

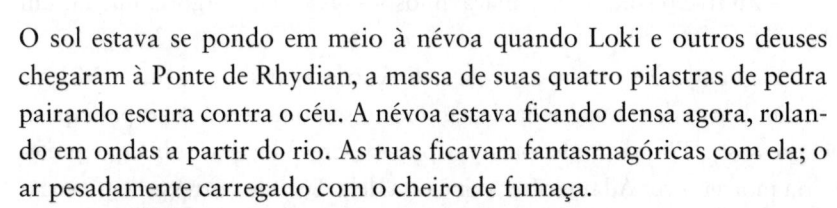

O sol estava se pondo em meio à névoa quando Loki e outros deuses chegaram à Ponte de Rhydian, a massa de suas quatro pilastras de pedra pairando escura contra o céu. A névoa estava ficando densa agora, rolando em ondas a partir do rio. As ruas ficavam fantasmagóricas com ela; o ar pesadamente carregado com o cheiro de fumaça.

– Pelos Deuses vivos, isso *fede*! – disse Jolly.

Por uma única vez, Açúcar concordou com ele. Não era apenas a fumaça, ele pensou, ou mesmo o odor forte e desagradável dos curtumes. Era alguma coisa pior que essas; algo como o fedor da morte.

O povo da cidade parecia não notar. Eles olharam sem qualquer hostilidade, mas sem qualquer interesse aparente, quando o circo se aproximou da Ponte de Rhydian. Enquanto o céu escurecia, Rhydian ia se iluminando; primeiramente, com as lâmpadas das calçadas, suspensas de postes de metal; depois, com as lanternas nas janelas; com tochas, fogos e braseiros, e cordões de multicoloridos globos de vidro, cada um contendo uma luz de pequena vela votiva, que se estendiam de prédio a prédio, dando à cidade uma aparência de carnaval.

Loki sentiu seu ânimo erguer-se novamente. Um carnaval significava dinheiro para gastar, vinho para ser bebido, bolsas gordas para serem saqueadas. E se *houvesse* outro circo na cidade? Rhydian era grande o bastante para isso. E além do mais, o Astuto não conseguia ver outro carnaval tendo a esperança de competir com o Pequeno Circo Pandemônio do Felizardo.

O que a mulher idosa tinha dito a ele? Que a cidade ficava viva ao anoitecer? Bem, já era anoitecer, e, de fato, ao longo de todas as margens do rio, Rhydian estava ganhando vida. Restaurantes e tavernas estavam começando a abrir suas portas. De uma delas vinha um cheiro de vinho quente; de outras, pão fresco, peixe grelhado, tortas de fruta com canela. Os deuses flagraram suas bocas ficando cheias de água; os escassos suprimentos de sua última parada consistiam na maior parte de comida seca e feno para os cavalos, e a perspectiva de comida caseira era de repente muito atraente. Loki começou a ficar muito alegre; e até a ideia de competir com o carnaval nativo de Rhydian transformou-se por fim não numa tarefa penosa, mas num prazer.

A névoa havia se adensado ainda mais quando os deuses chegaram ao pé da ponte. Agora eles podiam começar a compreender a colossal, sólida *escala* da coisa: aquelas pilastras penetrando na névoa; aqueles cabos sustentando a estrutura do lugar como uma cama de gato de metal e pedra. A outra ponta da ponte estava mergulhada em nevoeiro; apenas as luzes nas pilastras permaneciam visíveis, como bolas de fogo na escuridão.

– Deuses, isso é impressionante! – disse Thor, que, no Aspecto de Dorian, apreciava uma bela obra de engenharia.

– Não posso ver o outro lado de modo algum – comentou Heimdall, apertando os olhos através da *Bjarkán*. – Este nevoeiro deve ser excepcionalmente espesso.

Mas Loki tinha outras coisas em mente.

– Então, onde está o outro circo? – perguntou ele. – E por que não o escutamos?

– Eu escuto alguma coisa, sim – disse Bragi, invocando um feitiço. – Parece alguém tocando uma flauta.

Idun fez que sim.

– Eu ouço também. Vem vindo daquele lado... – E ela apontou para alguns degraus de ferro que pareciam conduzir para *baixo* da ponte.

Loki deu um passo para frente. Havia definitivamente alguma coisa ali. Agora que ele sabia, conseguia ouvir também. Um som de muitas vozes, abafado pelo peso do nevoeiro; e música, música distante, e o cheiro de uma coisa deliciosa...

Ele deu uma olhada de esguelha para a névoa luminosa.

– Isso deve ser o carnaval – disse ele. – Que tal a gente dar uma olhada?

Os outros pareceram inclinados a concordar.

– É lá embaixo – indicou Freya, apontando entre os pés da ponte. – Loki, eu vejo as luzes...

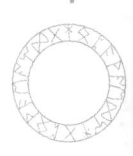

Os deuses e seus aliados no Caos deixaram seus vagões para dar uma olhada. De fato, entre as pilastras estava reunida uma multidão de pessoas. A visibilidade era pobre, e a multidão se parecia mais com fantasmas, mas havia homens, mulheres e crianças ali; e vendedores de pastéis, barracas de cerveja, mascates vendendo bugigangas. O cheiro de comida ficou subitamente esmagador.

– Isso parece muito promissor – disse Loki com seu sorriso torto. – Vamos descer, armar o show, conseguir alguma coisa para beliscar e sair antes da meia-noite. Estou morrendo de fome.

Fenris e os Garotos Lobos grunhiram sua aprovação ao plano.

Jolly e Açúcar, que haviam se animado ao cheiro de cerveja, agora pareciam quase alegres.

Angie disse:
– Eles têm animais.

De fato, um som de ronco, como de bestas enjauladas, subiu do lugar.

– E um palco – falou Freya, baixando os olhos sobre os degraus ao seu redor. – E alguma coisa escrita em luzes lá...

Mais uma vez Loki olhou de esguelha para a névoa e se flagrou perguntando-se por que não vira isso anteriormente. Um grande painel quadrado, cercado por luzes de lâmpadas de vidro, que proclamava:

O CARNAVAL DE CATACLISMA E CATÁSTROFE DO CAPITÃO CAOS!
TODOS OS SEUS SONHOS MAIS LOUCOS TRAZIDOS À VIDA!
VEJA O PODEROSO ELEFANTE!
O ESPELHO MÁGICO!
O HOMEM DE AÇO!
O MELHOR DOS NOVE MUNDOS, OU SEU DINHEIRO DE VOLTA!

Loki descobriu-se preso entre a diversão e a indignação. Era óbvio que este Capitão Caos não tinha uma baixa autoestima.

– Podemos fazer uma matança aqui – disse ele aos outros. – Esperem para ver. Deve haver umas mil pessoas ali, isso são mil bolsas maduras para se apanhar. Mil fregueses satisfeitos esperando só para demonstrar sua apreciação com ouro.

Só Ethel olhou com dúvida.

– Eu não acho que seja uma boa ideia – afirmou ela. – Não podemos simplesmente atravessar a ponte e seguir em frente?

– O quê? – perguntou Loki. – E perder a maior atração de todas as Divisões do Norte? Sem contar uma refeição decente...

Heimdall fez que sim.

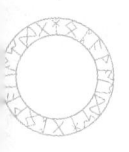

– Vamos embora – disse ele. – É só uma pena que não possamos levar os vagões.

Ethel balançou a cabeça.

– Eu ficarei. Vocês não precisam de mim para o show, de qualquer modo. E eu não gosto da aparência dessas escadas.

Loki deu de ombros.

– Bem, faça o que lhe agradar. Mas eu ainda penso que você está perdendo.

E assim deuses e demônios (e lobos e pássaros) desceram pelas escadas espirais que levavam para o subterrâneo da Ponte Meridiana. Era um longo caminho de descida, e os degraus eram mais velhos e ainda mais raquíticos do que haviam parecido a princípio. Era visível que as ferragens sob a ponte não eram tão bem mantidas quanto em cima, e a infraestrutura foi fazendo inquietantes sons de tique-taque conforme o grupo foi descendo.

Mas quando chegaram lá embaixo, encontraram uma cena de tal euforia que todos esqueceram suas dúvidas. Loki havia suposto a presença de umas mil pessoas – agora ele calculava o dobro deste número, todas apinhadas no espaço que ficava sob os pilares de pedra –, uma ampla passagem de pedra que dava para o rio e era iluminada por muitas lanternas que ficavam suspensas sob a ponte.

O efeito, especialmente com a névoa, era o de um enorme salão com estandes de comida, mascates, artistas de todo tipo – comedores de fogo, malabaristas –, todos vendendo seus produtos aos latidos com o máximo de suas vozes, enquanto a multidão se movia placidamente de uma atração a outra, fazendo *uhs* e *ahs* e jogando moedas.

E lá estava o palco, cercado por luzes. Uma cortina vermelha opulenta foi descerrada, e um homem trajando uma capa de lantejoulas e chapéu alto anunciou uma espécie de performance. Freya já estava lá, olhando da parte da frente, seu rosto tão extasiado quanto o de uma criança.

O Carnaval do Capitão Caos, pensou o Astuto, e sorriu para si mesmo; parando apenas para apanhar um Menino Gordo da bandeja de um vendedor que passava, ele foi em frente através da multidão animada para verificar o rival.

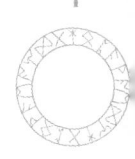

A primeira coisa que ele fez foi lançar a *Bjarkán*. Não estava esperando encrenca, mas informações nunca fazem mal algum. Quais truques o circo tinha em reserva? Haveria alçapões ali? Ilusões? O que estava oculto por trás daquela cortina?

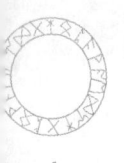

Mas, no clarão das luzes do palco, a *Bjarkán* não encontrou nada para revelar. Via-se um pequenino rabisco de uma assinatura, alguma coisa que podia ser uma runa quebrada – mas, além disso, tentasse o que tentasse, Loki não conseguia discernir os detalhes. Ainda assim, ele pensou, não era muito. Só um par de feitiços. Nada que pudesse desafiar *a ele*. Ele se acomodou para desfrutar do show.

O Capitão Caos se revelou um homem de altura mediana, com cabelo ruivo sob chapéu alto e um sorriso sem-vergonha, torto, ao qual Loki tomou imediata aversão. Seus modos eram igualmente descarados, embora ele tivesse um estilo cativante, um matreiro giro de frase e um ar cômico que colocavam a plateia aos gritos.

– E agora, para seu deleite e desfrute – disse ele (que *clichê!* pensou Loki). – Vindo lá das profundezas do Sonho – uma bateria repicou, uma guitarra golpeou um acorde –, a delirante, totalmente irresistível Diva do Desejo, a Diaconisa do Prazer, a primeira e única *Dulcineia, a Mais Bela Mulher dos Nove Mundos!*

Freya enrijeceu.

– Como ele *ousa*?

Por um breve momento Loki pensou em calar sua boca com um feitiço. Mas a deusa do desejo em fúria não era coisa para se brincar, e se Loki sentiu que poderia ser insensato para Freya interferir naquele ponto, sensatamente guardou suas ideias para si mesmo. Algumas forças são incontroláveis – uma mulher ciumenta é uma delas. Então ele preferiu finalizar seu Menino Gordo e se acomodou para ver Freya saltando em pleno Aspecto para o palco e entrando sob as luzes.

O Capitão Caos pareceu indiferente à interrupção. Na verdade, seu sorriso se ampliou um pouquinho.

– Já tive o prazer de conhecê-la? – perguntou ele, estendendo uma mão em sinal de boas vindas.

Freya, cega pelas luzes e descobrindo mil pares de olhos subitamente fixados nela, lançou um olhar feroz.

– Senhoras e senhores – disse ele. – Parece que temos um desafio. Por esta noite, por apenas esta noite, Dulcineia vai dividir o palco com, er...?

Loki, vendo Freya prestes a cair no ridículo, pulou para cima do palco, ficando ao seu lado.

– *Deixem-me* apresentar-lhes – disse ele. – Esta é a sra. Gylfa, da Groenlândia. Gylfa, a Grande, a Gloriosa Deusa da Magnificência...

O Capitão Caos arreganhou seus dentes.

– Muito bem. Faça seu lance. Nós vamos competir. O vencedor leva tudo – sugeriu ele.

– Lance? – indagou Freya, perplexa.

– Faça uma aposta, senhora. A Melhor dos Nove Mundos, ou seu dinheiro de volta. Não é esta a regra, pessoal?

A plateia rugiu sua aprovação. As moedas começaram a chover sobre as tábuas do pequeno palco.

Por um momento Freya hesitou. Depois ela invocou a runa do dinheiro, *Fé*, e arremessou um punhado de moedas de prata.

O Capitão Caos ergueu uma sobrancelha, e Loki viu que, por debaixo das luzes ofuscantes, as moedas de Freya haviam revertido para a substância de sonho de onde provinham, deixando apenas um punhado de pó que brilhou sobre as tábuas de madeira.

Ele depressa enfiou uma das mãos no bolso e retirou um punhado de moedas reais. O Capitão Caos sorriu para ele quando elas tilintaram sobre a pilha crescente.

Mais uma vez a plateia uivou. Loki fez uma profunda reverência.

O Capitão Caos o imitou.

– Tudo certo. Agora, pessoal. *Deixemos o show começar!*

E por de trás da cortina vermelha saiu uma mulher de tal beleza, tal graça, que até os deuses, que estavam habituados a essas coisas, não puderam deixar de parar e olhar fixamente. Uma runa cintilante adornava sua testa.

Era o reverso da runa Fé, runa de fogo e destruição – e embora depois ninguém que a tivesse visto pudesse concordar totalmente com a cor exata de seus cabelos, ou do tecido de seu vestido, Thor olhou com tal fixação que Sif esbofeteou seu rosto; Fenny e os Garotos Lobos quase babaram de desejo; o queixo de Bragi caiu; Idun olhou ferozmente; e Loki agradeceu aos céus por Sigyn estar guardada em sua cápsula de bolota de carvalho.

E então Dulcineia começou a dançar ao som lânguido de um violino, e cada nota era um primeiro beijo, e cada passo um coração partido, e a plateia começou a balançar e gemer numa espécie de êxtase mudo...

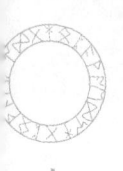

Por um momento Freya se ergueu. Em Aspecto, ela era deslumbrante. Seus cabelos eram um pôr do sol de inverno, sua boca uma romã cortada. Parecia impossível que qualquer mulher pudesse rivalizar com ela...

Mas Dulcineia era como a seda; como o creme; como as rosas; como a luz das estrelas. Perto dela, os cabelos de Freya pareciam pretensiosos e vulgares; seus lábios cheios demais; seu rosto duro demais; sua cintura apertada demais; seus olhos fendas raivosas; seus punhos fechados, feios nós.

– Temos uma vencedora? – perguntou o Capitão Caos com um sorriso.

A plateia começou a cantar em coro:

– *Dul-ci-neia! Dul-ci-neia!*

– Vocês têm certeza? – incitou o Capitão Caos.

A cor sumiu do rosto de Freya.

– *Dul-ci-neia! DUL-CI-NEIA!*

Ainda assim, ela continuou a encará-los. A cantoria ficou mais alta. Alguém gritou:

– Tirem a prostituta do palco! Queremos Dulcineia!

E, ouvindo isso, com um grito de indignação, a deusa do desejo fugiu, estalando de luz de runa e ira, sob risadas e aplausos irônicos da multidão.

Pensativo, Loki ficou olhando-a ir embora. Não que ele tivesse qualquer simpatia pela humilhação de Freya. Na verdade, ele gostava muito dela. Ainda assim, havia alguma coisa nisso que o deixava um pouco inquieto. Talvez fossem aquelas luzes ofuscantes que o haviam impedido de usar a *Bjarkán*... Ele quase pensou em arrumar as malas e partir. Afinal, eles ainda tinham suprimentos. Os cavalos poderiam durar mais uma noite, com runas de resistência para mantê-los velozes. Depois daquela devia haver um montão de aldeias pela estrada afora que ficariam felizes de assistir ao seu show.

Mas a ideia de deixar um rival vencer era demais para Loki aceitar. O Carnaval do Capitão Caos não podia ser tão bom quanto alardeava ser. *O melhor dos Nove Mundos, ou seu dinheiro de volta?*

Isso soava como uma provocação. *Uma aposta.*

E se havia alguma coisa que ele não recusava...

E assim, sem mais resistência, o Astuto surrupiou mais um par de Meninos Gordos e se preparou para encarar o inimigo.

5

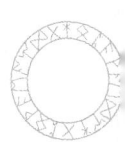

Perth morava num pequeno e estreito iate junto às docas, num bairro conhecido como Ratos D'Água, um lugar onde os pescadores negociavam suas mercadorias. Foi sorte para Maddy que ele morasse ali, pois ela logo havia percebido que Jormungand, mesmo sob o Aspecto de Cavalo, precisava de mais que feno para se alimentar.

No seu primeiríssimo dia em Fim de Mundo, o Cavalo do Mar havia, como quem não quer nada, mascado meia dúzia de lagostas, um balde de camarões, um barril de arenques salgados e um bacalhau fresco inteirinho em seu caminho, antes que Maddy pudesse impedi-lo, e agora estava com ordens expressas para permanecer sob o calçadão, preferivelmente em um de seus menores Aspectos, e para se alimentar apenas à noite, bem longe de olhares curiosos.

A insinuação de Perth de que um cavalo comedor de peixe ajudaria a atrair os empurradores de barcos foi recusada por Maddy, cuja primeira impressão dele fora apenas reforçada quando o vira em ação. Perth conseguia vender *qualquer coisa* – desde pedaços de pedra a sacos de batatas – e, se fossem itens roubados, ainda melhor. Ele tampouco tinha escrúpulos quanto a bater carteiras de seus fregueses quando partiam, e Maddy, tentando garantir que nenhum deles atraísse o tipo errado de atenção, achou a tarefa mais e mais difícil.

Depois de cinco dias em Fim de Mundo, Maddy estava se sentindo desesperada. De acordo com a Vidente, o Fim dos Mundos seria dentro de um prazo de quatro dias, e ainda não havia sinal algum tanto do Velho Homem, quanto de Maggie, ou mesmo dos corvos de Odin, que seriam capazes de guiá-los na direção certa. Jorgi estava pior que inútil; ficando indolente sob o calçadão de dia, caçando focas e lagostas à noite, não mostrava sinal de lucidez, nem qualquer inclinação para ajudar, e a frustração de Maddy cresceu até que mal conseguia comer ou dormir, a fim de não perder alguma pista vital para os problemas que escapavam dela.

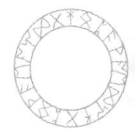

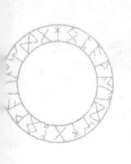

À noite ela andava de lá para cá. Mordia os punhos. Anotava a profecia de Ethel e a estudava interminavelmente. Ela até mesmo lançava suas runas e tentava ler seu futuro, mas as pedras se mantinham teimosamente caídas de cara para baixo, de modo que finalmente ela as deixou de lado, pensando um tanto se tudo isso – Perth, Maggie, sua fuga para Fim de Mundo, Jormungand, todos os acontecimentos dos últimos três anos – não havia sido simplesmente um sonho terrível, do qual ela podia esperar despertar a qualquer momento para descobrir que Odin *não estava* morto, que Maggie *não era* sua irmã e que o Apocalipse profetizado pela Vidente era simplesmente um capítulo num conto de fadas ainda não escrito, para ser relatado em torno de uma fogueira de acampamento para netos também ainda não nascidos.

Infelizmente, não era sonho algum; Maddy estava quase pronta para desistir de ter esperanças e para se juntar aos seus amigos quando aconteceu uma coisa que lhe fez mudar de ideia.

Era dia de feira de peixe em Ratos D'Água. Havia quatro dessas feiras toda semana – uma para peixes, outra para tecidos, outra para flores, outra para frutas e legumes. Perth estava ajudando numa barraca, vendendo arenque em conserva (e surrupiando uma bolsa ou outra, apenas para não perder a prática). Jorgi estava sob o calçadão como de hábito, abocanhando tudo que calhasse de passar pelo seu caminho. E Maddy, com seu rosto envolto num xale (para tentar abafar o cheiro de peixe), estava sentada observando o povo passar e sentindo-se quase sonolenta com o barulho e o zumbido da multidão de dia de feira.

De repente ela ficou consciente de que uma mulherzinha rechonchuda estava olhando para ela. A mulher, usando um *bergha* negro, havia passado com um pouco de eglefim na cesta. Agora havia parado no meio do caminho e encarado Maddy com persistência tão furiosa que fora arrancada de seu devaneio.

– Então, minha senhora! – disse a mulher. – *Foi* aí que você terminou! Misturando-se com os Ratos D'Água. Eu devia ter *sabido*! Há! – E deu uma pequena fungada desdenhosa, fazendo o sinal bifurcado contra o olho maligno.

– Sinto muito, conheço a senhora? – perguntou Maddy.

– Me conhece? – retrucou a mulher. – Eu pensaria que sim, sua coisinha descarada. Pensa que eu não lhe conheço, Maggie Rede?

A fadiga de Maddy sumiu imediatamente.

– *Como* a senhora me chamou?

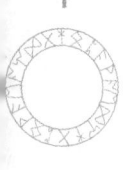

— Eu lhe chamei pelo seu *nome*, Maggie Rede — disse com veemência a mulherzinha rechonchuchada. — Você pode esconder sua cabeça debaixo de um xale agora, mas eu sei o que está escondendo.

Maddy afastou o xale, mostrando deliberadamente seu rosto. Seu longo cabelo ondulado se derramou sobre os ombros.

Os olhos da pequena mulher se arregalaram.

— O quê? Seu *cabelo*... — Ela vacilou. — Era... como pôde...? — Depois ela parou, esfregou seus olhos e, com um esforço, disse: — Peço desculpas. Foi engano meu.

— A senhora pensou que eu era outra pessoa? — perguntou Maddy, tentando ocultar sua empolgação. Obviamente esta mulher conhecia Maggie Rede. Talvez ela até soubesse onde ela se encontrava.

Ela invocou um feitiço de runa disfarçadamente. A *Logr* de língua prateada e sedutora tomou forma entre seus dedos.

— Sinto, sra... como é mesmo?

— Blackmore — disse a mulher, ainda parecendo perplexa. — Sra. Blackmore, se posso lhe ser útil, senhorita, e, peço desculpas, mas você é ela sem tirar nem pôr...

— Essa Maggie Rede. Quem é ela? E o que ela fez exatamente?

E sob o encantamento entorpecedor da *Logr*, a sra. Blackmore contou sua história: como ela havia acolhido a garota miserável, dando-lhe um lar decente, alimentando-a, vestindo-a, tentando criá-la apropriadamente; só para ser recompensada com o Desregramento, a ingratidão e a falsidade. Terminou contando a Maddy como a garota fora à sua casa uma manhã, havendo permanecido fora a noite toda, com o cabelo podado como o de uma selvagem e aquela terrível marca de runa em sua nuca — e com um homem jovem, nada menos, a reboque; um homem jovem com olhos iguais aos de um demônio.

Mas aí o conhecimento da sra. Blackmore acabava. Ela não podia nem dizer quem o jovem era, nem para onde o par havia fugido; e finalmente Maddy lhe deixara ir embora, sentindo-se ao mesmo tempo animada por ter finalmente notícia de sua irmã, mas desanimada de que esta trilha tão promissora houvesse se revelado um beco sem saída, uma luz fugazmente vislumbrada e logo depois perdida na escuridão.

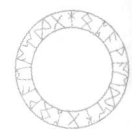

6

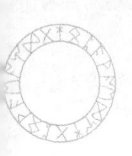

Esperando junto à Ponte de Rhydian, Ethel estava se sentindo inquieta. Não havia qualquer razão aparente para isso. A *Bjarkán* não havia revelado surpresa alguma. A ponte, embora antiga, era apenas uma ponte. O espaço sob as pilastras era apenas um local conveniente para reuniões.

Então, qual era o problema se o Povo de Rhydian fosse um pouco distante? Se os degraus sob a ponte fossem velhos e um tanto pobremente cuidados? A Vidente tinha nervos mais fortes que isso e estava ligeiramente irritada por seu eu mais fraco – a mulher que uma vez fora Ethelbert Parson – parecer ter desenvolvido um inaceitável caso de nervosismo.

Ela havia esperado por quase uma hora quando a Mente e o Espírito de Odin baixaram num voo para juntar-se a ela ao lado da ponte. Nos últimos dias, Hughie e Mandy haviam sido visitantes ocasionais do Pequeno Circo Pandemônio do Felizardo, mas o Astuto há muito parou de esperar que fizessem qualquer espécie de contribuição valiosa. Às vezes eles podiam ser atraídos com frutas, ou biscoitos, ou torrões de açúcar; mas na maior parte do tempo agiam como lhes dava na telha, desaparecendo pelo dia todo, e depois retornando como se nada houvesse acontecido, grasnando com suas vozes ásperas – *Kaik. Kaik. Kaik.*

Ethel gostava dos corvos. Eles eram tudo que lhe havia restado de seu marido. A parte Vidente dela recordava quando eles raramente saíam do lado dele, tão parte do Pai Supremo quando seu manto azul e seu chapéu de aba larga. O Ragnarók mudara isso, naturalmente, como havia mudado muitas coisas. Mas enquanto Hugin e Munin viajavam pelos céus, ela sentia que ainda havia esperança.

Ela enfiou a mão no bolso e retirou um punhado de passas. Espalhou-as no chão.

Ack-ack!

– Vocês estão aí, meus maltrapilhos. – Ela usou um dos nomes que Odin dava para eles e sentiu uma onda de nostalgia. Os corvos bicaram a oferenda, depois se bicaram um ao outro maldosamente.

Quando a comida acabou, eles adotaram de volta seus Aspectos humanos e se empoleiraram – Hughie à esquerda, Mandy à direita – em dois grandes abacaxis de ferro que adornavam os corrimões da ponte.

Ethel olhou-os com uma mistura de divertimento e irritação.

– Por onde vocês dois têm andado? – quis saber ela.

Hughie deu de ombros.

– Ah, aqui e ali. Fim de Mundo. Sonho. O de sempre.

– Alguma notícia dele?

– Talvez. Saberemos mais daqui a um tempinho.

– E o Cavaleiro da Carnificina? – Ethel tentou disfarçar a impaciência de sua voz.

– Estamos trabalhando nisso. Dê um tempo. – Hughie soltou um bocejo monumental. – Não é fácil, fêmea, você sabe. Não é como nos velhos dias. As coisas mudaram.

– Eu sei – disse a Vidente. – Mas o tempo é curto. E nós temos o pequeno problema de uma profecia a cumprir.

– Bem, você já *levou em conta* – falou Hughie – que a profecia pode bem ser cumprida façamos nós *qualquer* coisa ou não? Quero dizer, depende de você adotar o ponto de vista de que tudo é predeterminado, portanto não importa o *que* façamos; ou você concorda com a teoria de que todas as ações são governadas pelo livre-arbítrio cósmico?

Ele parou, notando uma passa que ele e Mandy não tinham percebido. Mudando para sua forma de corvo, pulou de seu poleiro e recolheu-a com o bico. Depois, mudou de Aspecto outra vez e foi ficar ao lado de Ethel.

– Eu sinto falta dele – disse ela.

– Eu sei que sim.

– A profecia não torna isso claro. Será que estamos fazendo a coisa certa?

Hughie pôs seu braço sobre o ombro dela. Seus anéis de prata reluziram à luz das lâmpadas.

– Só o tempo dirá, fêmea. Só o tempo dirá.

De repente Mandy, que ainda parecia estranhamente parecida a um pássaro, a despeito de seu Aspecto humano, crocitou.

– O que foi, Mandy?

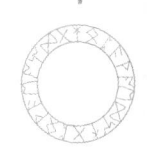

Ack-ack-ack. Crawk.

Hughie, que parecia entender a linguagem de Mandy não importando o que ela falasse, escutou, com a cabeça empinada para um lado. Ele franziu o cenho em concentração.

Mandy falou novamente. *Crawk.* Sua voz era áspera e urgente. *Crawk. Ack-ack. Crawk. Ack-ack.*

Hughie voltou a olhar para Ethel.

– Mandy diz que é a hora – falou ele.

Ethel fez que sim com relutância.

– Parece um risco tão grande! – falou ela. – E nós ainda podemos perder tudo...

Ele deu de ombros.

– Quando estamos jogando tudo, você tem o risco de perder tudo.

Ela sorriu.

– Você até soa como ele agora. Ele tem certeza disso? Ele está em segurança, ao menos?

Hughie deu de ombros.

– Esteja certa disso: onde quer que ele esteja, o Velho Homem está onde quer estar.

E, dizendo isso, ele retomou seu disfarce de corvo, e os dois pássaros de Odin partiram num alvoroço de asas para dentro da névoa que se erguia por debaixo da ponte de Rhydian.

7

O Carnaval da Confusão do Capitão Caos tinha provado possuir mais truques ocultos sob a sua cortina vermelha. Enquanto Freya ora se abanava, ora recaía numa mansa histeria, os artistas do Pequeno Circo Pandemônio do Felizardo, envergonhados do fracasso de um dos seus, agora tentavam reparar o equilíbrio.

Nunca haviam se deparado com uma plateia tão exigente; nunca haviam experimentado tão humilhante fracasso. Tanto os Æsir quanto os Vanir compartilhavam da mortificação de Freya, e até os demônios estavam ansiosos por provar que seu lado era o mais forte; como resultado, o Capitão Caos – com seu sorriso agora mais amplo que nunca – estava quase esmagado por pessoas preparadas para reagir ao desafio.

O melhor dos Nove Mundos, ou seu dinheiro de volta! Essa havia sido a aposta; e o desparramo de moedas sobre o pequeno palco havia agora se transformado num tapete – um tapete escorregadio e tinente de riquezas que fazia os olhos do Astuto brilhar.

O problema com o dinheiro dotado de força magnética, naturalmente, era que ele atraía atenção. Custava-lhes dispêndio de força magnética e, depois de algumas horas, revertia à substância de que era feito: pó, areia, cinzas, pedras. Usá-lo significava arriscar exposição – talvez até prisão –, razão pela qual os deuses haviam recorrido *a trabalhar* seu caminho através das Estradas.

Se eles vencessem esta aposta, então poderiam pagar seu caminho a Fim de Mundo sem ter sequer que se esforçar por outra tentativa – razão pela qual, mesmo agora, Loki não havia desistido da chance de ganhar seu dinheiro de volta.

Depois de Freya, os deuses haviam discutido quem deveria tentar da próxima vez.

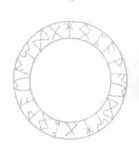

– Eu irei – disse Sif com um grunhido, assumindo seu Aspecto de Javalina. A apresentação sem brilho de Freya a tinha enchido de supremo desprezo; e embora ela se ressentisse profundamente do papel, também sabia que, como Rainha dos Porcos, ela não tinha igual em majestade, músculos e apetite nos Nove Mundos.

A aposta foi devidamente feita. A taxa, que havia dobrado desde Freya, foi paga, e Petula, Rainha dos Porcos, entrou no palco sob gritos de encorajamento da multidão. Loki apresentou-a com seu habitual topete, e nunca Petula havia se mostrado tão régia, tão peluda, tão rósea ou tão robusta; nunca comera tantas tortas de geleia de uma vez só ou mostrara tão primorosa dança de ponta de pés de seus reluzentes trotadores.

O Capitão Caos ficou olhando em silêncio. Depois, quando a plateia uivou pedindo mais, ele introduziu seu segundo ato: Olívia, a Elefanta, a Oligarca dos Elefantes, seu tronco como o da Árvore do Mundo, seu apetite insaciável. O palco era muito frágil para sustentá-la; ela preferiu soerguer seu caminho através da multidão como uma baleia terrestre, parando apenas para devorar trinta e nove bandejas de Meninos Gordos, uma dúzia de barris de cerveja, um espeto inteiro de frangos assados *e* uma criancinha da plateia – recuperada bem no último instante dentre as suas mandíbulas desdentadas, para aplauso frenético da multidão.

A decisão foi (quase) unânime. O Capitão Caos reconheceu o mérito da desafiadora, mas a vencedora era claramente Olívia, e restou a Loki pagar a conta por tudo que Sif havia consumido (uma quantia que passava um tanto mais do que ele próprio cuidara de apostar).

A seguir veio Bragi, o Rouxinol Humano, emparelhado com Linni, a Cotovia Humana. Bragi tocou sua guitarra e cantou tão docemente que a plateia chorou; mas quando seu rival subiu ao palco (Linni era uma bela mulher com a marca de runa Sól invertida sobre seus seios), alguns dos membros mais sensíveis da plateia de fato *morreram*, e até mesmo Skadi verteu uma lágrima (uma coisa que Loki julgava impossível).

– Não foi culpa minha – gemeu Bragi. – Eu já tinha dito a vocês. As *cordas* estão desgastadas...

– Ah, cale a boca! – replicou Heimdall asperamente, dando passos largos para subir ao palco. – Meu nome é Heimdall-Olho-de-Falcão, e eu aposto que posso acertar mais longe que qualquer um que vocês chamarem.

Mas o campeão do Capitão era Sam de Olho-de-Águia, e, a despeito de estar perfeitamente no páreo, Heimdall falhou – e perdeu a aposta.

Um por um, os deuses tentaram sua sorte, e um por um foram desclassificados.

Njörd, o Homem do Mar, que apostara que ele podia superar em nado qualquer homem vivo, perdeu uma corrida para Freddy Finn, o Peixe Humano.

Os Garotos Lobos e Fenris perderam contra um número chamado o Poderoso Cérbero.

Até Angrboda falhou em superar em encantamento Sassy, a Encantadora de Serpentes.

Loki achou que já bastava.

Não, ele não estava recuando. Ele perdera demais para parar de jogar agora. Apostara seus cavalos, seus vagões, sua comida; e sua única esperança era ganhá-los de volta antes que seu povo tivesse que seguir em frente.

Mas pelo que ele jogaria? Ele já perdera tudo. Nada restava – nem uma moeda, nem um farrapo, nem mesmo a camiseta nas suas costas.

Ainda assim, a próxima parada, ele pensou, seria uma que eles estavam certos de vencer. A Beleza, Loki disse a si mesmo, era certamente apenas uma questão de gosto. E os números animais eram sempre notoriamente imprevisíveis. Mas num simples teste de força – sem truques, sem adulação, apenas a *força* pura...

Quem poderia se equivocar? Thor era simplesmente o homem mais forte dos Nove Mundos. Mesmo com a runa invertida, ele poderia arrancar as tripas de qualquer um dos integrantes da equipe do Capitão Caos. Foi, portanto, com um senso pomposo (ainda que prematuro) de vitória que Loki então subiu ao palco e, sem mesmo se importar de levantar a plateia com sua eloquência, anunciou o poderoso Deus do Trovão.

O Capitão Caos pareceu impressionado. Ele também anunciou o campeão. O Homem de Aço encarou o Deus do Trovão em frente à cortina escarlate.

O teste era familiar. Maddy o reconheceria dos Dias de Feira por todo o Norte. Um sino no topo de um poste pintado preso a um simples contrapeso. De um lado, uma roldana e corrente, permitindo que o peso se movesse suavemente para cima e para baixo do poste. Do outro, um amortecedor de pressão de borracha. O teste era atingir o amortecedor com força bastante para lançar o peso animando a corrente com velocidade suficiente para fazer o sino soar. Um malho de ferro foi providenciado para o propósito.

Loki deu uma olhada no malho e riu.

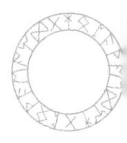

– O Deus do Trovão iria parti-lo em pedacinhos com um simples sopro – disse ele para o Capitão Caos. – Sorte de vocês que ele traz suas próprias ferramentas... – E ele apontou para Jolly, em seu Aspecto como Mjolnir, enfiado elegantemente sob o braço de Thor.

Isso era o que tornava a aposta segura, ele pensou. Thor com seu martelo, Mjolnir, não tinha igual nos Nove Mundos. E embora estivesse agora claro para o Astuto que o Capitão Caos não era o que parecia, ele sentiu-se certo de que, neste caso, seu campeão era imbatível.

Por um momento, o Capitão Caos pareceu só um pouquinho hesitante. Ele apertou os olhos sobre Jolly e murmurou um pequeno feitiço. Depois seu sorriso retornou e ele disse:

– Eu não vejo por que não, amigo. Contanto que meu homem possa fazer o mesmo. Como se sabe, ele também prefere trabalhar com seu próprio instrumento.

Loki, que dava como fato seguro que nada era mais forte que o Mjolnir, fez um sinal com a mão em aprovação. O Homem de Aço era grande, naturalmente – talvez só um pouquinho mais alto que Thor –, mas o tamanho não era tudo. Para começar, ele era canhoto, enquanto Thor privilegiava sua mão direita, o que lhe dava uma ligeira vantagem. Além disso, naturalmente, Thor tinha a força de cem homens e Mjolnir. Não havia meio de ele perder – o que era bom, porque desta vez os deuses não tinham mais nada a apostar.

Eles jogaram uma moeda para decidir quem ia primeiro. Thor venceu.

Ele arregaçou as mangas. Ergueu Jolly. Golpeou o amortecedor. O peso chacoalhou a meio caminho, subindo pelo poste, depois caiu de volta no lugar com um estrondo.

O Capitão Caos deu de ombros.

– Primeira vez. Faremos melhor de três, não faremos?

Na segunda vez, Thor atingiu o amortecedor com cada grama de sua considerável força. O peso chacoalhou buliçosamente subindo pelo poste, quase – mas não totalmente – roçando o sino.

Um longo suspiro brotou da multidão.

– Melhor – disse o Capitão Caos. – Daremos a vocês uma nova tentativa. É justo. Vocês talvez não estejam acostumados com nossa máquina.

Thor cerrou os dentes. Apertou com força a cintura. Flexionou os músculos. Estalou os nós dos dedos. Esfregou poeira nas palmas das mãos suadas para garantir que o cabo do Mjolnir não escorregasse. Ergueu seu poderoso martelo para o alto e baixou-o com força assombrosa.

O peso agitou a corrente ao subir – depressa, e depois perdendo impulso. Só mais cinco argolas para chegar – quatro – três – dois – um...

Todos os deuses prenderam o fôlego.

Ting!

O peso apenas beijou o sino.

Um alfinete caído teria feito mais som.

Mas Thor havia vencido a máquina.

A multidão aplaudiu. Fez uma reverência. Loki enxugou o suor de seus olhos. E então chegou a hora do Homem de Aço assumir sua vez no desafio.

Loki olhou com um sorrisinho. Os deuses sabiam quem era aquele Homem de Aço, mas nem era preciso dizer que ele não era páreo para Thor. O martelo que ele trouxera sobre o palco era ligeiramente maior que Jolly, mas Loki estava se sentindo no topo dos Mundos, e ele simplesmente aplaudiu o Homem de Aço quando ele assumiu sua posição diante da máquina.

Os deuses e seus aliados no Caos haviam se apinhado em torno do Astuto.

– Teria que ter sido melhor – disse Heimdall entre os dentes dourados. Loki notou que Heimdall estava com uma aparência um pouco pálida, e sorriu.

– Relaxe. Você se preocupa demais – falou ele. – Não há chance de ele vencer o Deus do Trovão.

– Melhor que não vença – grunhiu Skadi. – Porque se Thor perder, nós *todos* perdemos. Você principalmente, Estrela do Cão.

Loki fez um ruído de displicência, reparando que Skadi também estava parecendo um pouco mal-humorado.

– Vocês se preocupam demais, todos vocês. A fé de vocês em mim é espantosa. Agora, só deem uma recuada. Apreciem o show. Isso vai ser muito *divertido*.

O Homem de Aço ergueu o martelo.

A multidão prendeu seu fôlego...

O martelo baixou com violência. A corrente subiu sacudindo pelo poste tão rapidamente que nem o olho do Vigilante conseguiu segui-la. O sino emitiu um ressoante *clang* – e depois, como se não bastasse, disparou para longe do topo do poste em direção à parte de baixo da ponte.

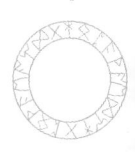

Ouviu-se um som metálico distante quando o sino atingiu uma das escoras da ponte, e então, alguns momentos depois, um espatifar na água quando ele caiu no rio. A multidão aplaudiu como louca; moedas de ouro choveram sobre o palco e Loki empalideceu até a raiz dos cabelos.

Skadi rangeu seus dentes.

– *Oops*...

– Batida firme – disse o Capitão Caos.

Por um momento Loki pensou em fugir. No Aspecto de Fogo Selvagem, ele poderia correr até o topo da ponte antes que os deuses o alcançassem. Mas Ethel estava lá, com os vagões; e se não o detivesse, havia Njörd em seu Aspecto de águia do mar e Heimdall, em seu disfarce de pássaro; sem mencionar os lobos e Skadi, todos os quais ficariam mais do que satisfeitos de descarregar a frustração sobre sua pele.

Heimdall lançou sobre Loki um olhar gozador.

– Bem, isso foi *muito divertido* – disse ele. – Só a expressão no seu rosto já praticamente indica que você está inventando uma desculpa por ter perdido todo nosso equipamento de viagem numa *aposta*!

Mas Loki não estava ouvindo. Ele subitamente sentiu-se incrivelmente fraco. Ele devia ter abusado de sua força magnética, porque suas pernas não o sustentavam. Ele sentou-se na beira do palco, sentindo-se pior que nunca. Sua cabeça doía; sua visão flutuava; sua assinatura parecia tão débil que mesmo Thor, que havia saído do palco com a intenção de quebrar todos os ossos de seu corpo, pensou melhor e sentou-se também.

Pensando bem, refletiu o Deus do Trovão, ele não estava se sentindo muito animado tampouco. Não era sempre que ele perdia uma chance de usar seus punhos sobre o Astuto; mas, realmente, o sujeitinho não estava com boa aparência. Thor esperava que não fosse nada contagioso.

– Loki, você está com uma aparência terrível – comentou Idun, que entre todos os deuses (exceto Sigyn, que não contava) era a única que ainda tinha fé no Astuto. – Posso lhe trazer um pouco de maçã?

Mas o Capitão Caos havia descido do palco com um pulo, parecendo mais vibrante do que nunca. Seus olhos eram como estrelas, seus dentes eram como quartzo e sua capa faiscava de maneira deslumbrante. Nunca Loki havia visto alguém que parecesse tão completamente *vivo* – e a despeito da névoa, sua assinatura era um Arco-Íris mais amplo que uma estrada de rodagem.

– Hora de pagar, pessoal – disse ele. – Foi uma boa luta, mas negócio é negócio.

Loki tentou se levantar, mas falhou.

– O que você fez comigo? – perguntou ele.

– Nada – respondeu o Capitão Caos.

– Você está mentindo – disse o Astuto. – Há alguma coisa por trás daquela cortina. Uma força magnética. Eu acho que já a tinha visto, mas não consegui discernir o que era. Você nos tapeou, de algum modo. Deuses! Ai, *maldição*, minha *cabeça*! Um ferrão de dor espetou sua têmpora; mais uma vez sua visão flutuou nauseada.

– Se eu fosse você – falou o Capitão Caos –, cairia fora enquanto ainda consegue se mover. – Ele se virou para os deuses. – Hora de pagar.

– Com quê? – questionou Thor. – Você nos limpou.

– Não totalmente – disse o Capitão Caos.

– O que quer dizer? – perguntou Loki, que já sabia a resposta.

O Capitão Caos sorriu para ele.

– Eu acho que você sabe, Astuto – afirmou ele. – Eu o possuo agora, corpo e alma. Pague e seus amigos podem pegar a estrada. Eu não tentarei impedi-los. Mas se você tentar renegar seu trato, eu reterei todos. Você sabe que eu posso.

E, então, por fim, através da névoa em sua mente, Loki percebeu a verdade. Ele se virou para seus companheiros, mas sabia que era inútil. Todos que haviam subido no palco estavam na mesma situação que ele: apáticos, drenados de sua força magnética, a assinatura reduzida a um fogo baixo. Nenhuma chance de mudar de Aspectos agora ou tentar fugir para isso; até mesmo se afastar, a esta altura, poderia se provar muito difícil em seu estado enfraquecido.

Somente Idun estava intocada – Idun, que não havia participado do jogo –, e Loki agora se agarrava ao seu ombro como um homem que se afoga se agarraria a uma corda estendida.

– Por favor – sussurrou ele. – Ajude-me a ficar em pé...

Foi a primeira vez *na vida* que Idun pôde se lembrar do Astuto pedindo ajuda. Ele devia estar realmente fraco, ela pensou; e seu coração bondoso se inchou de compaixão quando ela o pôs em pé. Loki oscilou, mas ficou aprumado, e virou seu rosto para o Capitão, cujo braço agora portava a marca de runa *Kaen*, não invertida e intacta.

– É um espelho, não é? Não admira que Thor não pudesse vencê-lo. Ele estava combatendo seu próprio reflexo em Aspecto, com Mjolnir. E Freya, foi o próprio Aspecto *dela* que ela viu, outra versão dela mesma. É por isso que nós nunca poderíamos vencê-lo. Foi por isso que você foi capaz de roubar nossa força magnética...

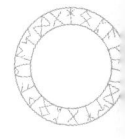

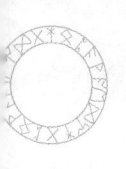

– *Roubar?* – disse o Capitão Caos. – Vocês me deram por vontade própria. Fizemos uma aposta, lembra-se? – Seu sorriso se ampliou. – O que quer que vocês fizessem, vocês fariam a *vocês mesmos*. Você nunca viu um pássaro bater a cabeça contra seu próprio reflexo numa vitrine?

– O que é isso? – perguntou Loki. Agora que ele parara de lutar, sua força estava retornando lentamente. Não o suficiente para usar a força magnética, mas pelo menos o suficiente para ver claro. – O que é isso? Ou devo dizer quem é *você*?

Mais uma vez o Capitão Caos sorriu.

– Bem, hoje, eu sou *você* – disse ele. – Ou pelo menos uma *versão* de você. Amanhã, quem sabe o que eu serei? Tenho que dizer que nunca me diverti tanto com um jogo desde o Fim dos Mundos. Um circo itinerante? É genial. Entendo que foi ideia sua?

– Eu perguntei o que você era – falou Loki. – Vamos lá. Você sabe que eu estou impotente. Você pegou tudo que eu tinha. Dê-me ao menos isso. O que *é* você?

O Capitão Caos olhou para ele.

– Meu nome era Svallin – revelou ele finalmente. – Lembra-se de Svallin, o Escudo do Sol? Eu viajava pelos céus com *Sól*, o Sol. Eu refletia sua luz por sobre todos os Mundos. Agora estou preso nas Terras do Norte, Lugar Nenhum, nas fundações de uma ponte. Sim, *foi* onde eles me puseram – disse o Capitão, quando Loki demonstrou sua surpresa. – Eles me encontraram, depois de Ragnarök, quando eu havia caído do céu. Viram minhas runas e souberam que eu tinha força magnética. E então eles me enfiaram dentro desta ponte, e...

– E você tem estado aqui desde então. Como uma aranha em sua teia. E todas essas pessoas sob a ponte – Loki apontou a multidão em suas costas –, elas não são pessoas comuns, não é? São pessoas que você apanhou ao longo dos últimos quinhentos anos. Todas são apenas reflexos, através de um espelho escuro... – Seus lábios marcados se retorceram. – Bem, parabéns – disse ele. – Você me pegou direitinho. O que vai acontecer agora?

O Capitão deu seu sorriso maligno. *Meu sorriso*, Loki acrescentou de forma um tanto amarga para si mesmo. *Tudo nele – os truques, a conversa, a falsidade – foi extraído direto de mim. E agora...*

– Agora, naturalmente, você não pode me deixar ir embora. É isso mesmo, não é?

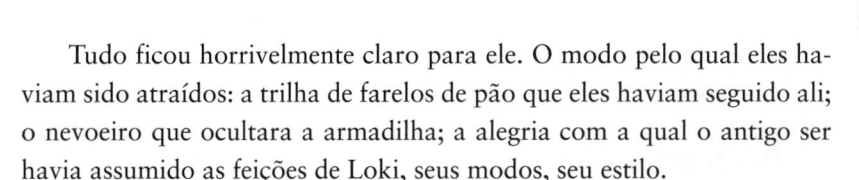

Tudo ficou horrivelmente claro para ele. O modo pelo qual eles haviam sido atraídos: a trilha de farelos de pão que eles haviam seguido ali; o nevoeiro que ocultara a armadilha; a alegria com a qual o antigo ser havia assumido as feições de Loki, seus modos, seu estilo.

Por um momento a incerteza cruzou as feições do Astuto. Como eles *haviam* caído na armadilha? Ele entendia como o Escudo do Sol podia haver roubado força magnética do Povo-Vidente assim que eles haviam entrado em seu domínio, mas como ele sabia que eles estavam vindo? Quem o havia alertado sobre sua aproximação? E como ele havia conseguido se esconder?

Os olhos de um verde ardente do Capitão Caos brilharam.

– Eu sabia que você adivinharia – disse ele. – O negócio é que eu não *quero* deixá-lo ir embora. Aqueles outros, talvez, mas não você. Você é o melhor divertimento que eu já tive em quinhentos anos. E eu não quero voltar a refletir multidões vulgares de dia de feira, ou barcaças sobre o rio. Além disso, trato é trato – emendou ele. – Você jogou, você perdeu. Eu sou seu dono.

Loki lançou um olhar desesperado para os rostos que o cercavam. Todos estavam impassíveis, exceto o de Idun, que estava orvalhado de aflição.

– Você não pode estar falando sério – falou ele. – Além do mais, se pode manter a memória do que o Escudo reflete, então por que precisará do original?

– Porque ela não *dura* – disse o Capitão. – Eu trabalho com força magnética emprestada. Quando ela se esgota, a imagem se apaga. Eu não posso viver de sombras para sempre.

Mais uma vez Loki deu uma olhada para seus amigos. Ele podia ver para onde isso estava rumando. A plateia havia muito se dispersara e retornara aos seus divertimentos – aos malabaristas e comedores de fogo e vendedores de pastéis que abundavam na margem do rio; agora apenas o Capitão Caos permanecia, encarando os deuses com um sorriso zombeteiro. Seria demais, Loki pensou, supor que os deuses fossem lutar por ele.

Com que o Capitão comparara a coisa? *Um pássaro batendo a cabeça contra seu próprio reflexo?*

– Ora, vamos lá – disse ele delicadamente.

Freya deu de ombros com desprezo.

– Você provocou isso – falou ela. – Não espere apoio de nós.

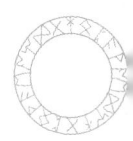

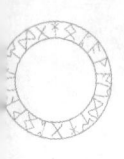

Sif arreganhou as presas.

– Se você acha que nós vamos arriscar nossas vidas para pagar seu vício de jogo...

Os olhos de miosótis de Idun estavam úmidos.

– O que você vai fazer com ele? – perguntou ela ao Capitão Caos.

O Capitão sorriu.

– Não se preocupe – respondeu ele. – Eu não vou ferir Loki. Quero dizer, eu *sou* Loki sob tantos aspectos! Juntos, nós poderemos ser fabulosos.

Loki pensou sobre aquilo por um momento, e percebeu que era quase verdade.

– Você ficará seguro ao meu lado – disse o Capitão. – Ninguém poderá mais tocar você. Nem os Æsir, nem os Vanir, nem mesmo Lorde Surt poderão se aproximar de você. O Fim dos Mundos pode ir e vir, mas você estará seguro como em uma família.

– É mesmo? – perguntou Loki, sentando-se.

– Claro – assegurou o Capitão Caos. – Eu sobrevivi ao Ragnarók, não sobrevivi? Eu posso suportar o calor do Sol. E se você me tirar daqui, então nós dois poderemos ser livres novamente. Exceto que você será invencível. O que acho que não o incomodará.

Loki sorriu.

– Não, eu acho que não me incomodaria.

Por fim ele estava começando a entender o que o Capitão Caos queria deles. Afinal, não era a primeira vez que ele encontrara um artefato da Velha Era que havia se tornado um malfeitor. Ele sabia o quão perigoso isso podia ser – quão perigoso, e quão útil. A ideia de possuir o Escudo do Sol – de *possuir*, ao invés de ser possuído – ficou subitamente muito atraente. Se ele pudesse removê-lo da ponte e colocá-lo a seu serviço, então todas as suas preocupações ficariam para trás.

Naturalmente, isso podia não ser fácil. Os pensamentos do Capitão refletiam os seus. Era mais que provável que, enquanto ele estava meditando sobre a fraude, sua imagem estivesse fazendo a mesma coisa. Ainda assim...

Eu posso vencê-lo, Loki pensou. *Talvez não em força magnética, mas em astúcia...*

Idun ainda estava parecendo preocupada. Ela lançou sobre o Capitão Caos um olhar de dúvida.

– Eu não acho que você deva confiar nele – disse ela. – Eu acho que ele está tentando tapear você.

Loki sorriu.
– Não é preciso ter pressa. Vamos explorar o que está sendo oferecido.
Por trás deles, os deuses estavam se recobrando o suficiente para manifestar interesse. Heimdall estava parecendo desconfiado novamente; os longos dentes de Skadi estavam arreganhados.
– Típico do Astuto – disse Freya. – O rato abandonando o navio que naufraga.
– É melhor você não fugir de nós – advertiu Angie numa voz baixa.
– Por que ele não fugiria? – grunhiu Sif. – É isso que a doninha sempre faz.
Loki deu uma olhadela por sobre o ombro.
– Você tem que se livrar deles primeiro – falou ele. – Eu não quero você compartilhando poder com *eles*.
O Capitão Caos ergueu uma sobrancelha.
– Tem certeza de que seus amigos o deixariam para trás?
Loki ergueu um pouco sua voz, o suficiente para que os deuses pudessem ouvi-lo.
– Eles não são meus amigos – disse ele. – Você ouviu o que eles disseram agora há pouco. Você não acreditaria no que eles já me meteram. Ameaças, torturas, serpentes, casamento. Diga uma coisa, e eles já a fizeram. Duas vezes, em alguns casos. Retire-os daqui, deixe-os irem embora, e *depois* podemos falar de negócios.
– Tem certeza? – perguntou o Capitão. – O negócio é que eu sou seu dono. Se eu deixar seus amigos ficarem, então algum dia eles pagarão seu débito. Do contrário, você será meu de uma vez por todas.
– Para mim, está bem – disse Loki. – Ora, que são os outros para você? Eu quero que eles desapareçam, com sombras e tudo. Eles não me deixam ser como eu quero. Mande-os embora... – Ele se interrompeu, baixou os olhos e disse: – Eu quero dizer, mande-os embora, *Mestre*.
Por um momento o Capitão pareceu inseguro. Seus olhos saltaram de Loki para os deuses, e depois voltaram para Loki mais uma vez. Depois, ele fez que sim.
– Tudo bem. Mas lembre-se, eu o conheço, Astuto. Se você está pensando em me enganar...
– Por que eu o enganaria? – indagou Loki. – Pense no que está oferecendo. Eu seria louco se recusasse. Além do mais, você ouviu o que eles pensam de mim. Eles pensam que eu sou uma doninha, um vira-casaca.

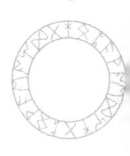

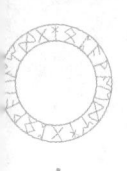

Um rato abandonando um navio que naufraga. – Mais uma vez o Astuto baixou seus olhos, não tanto por submissão, mas pela necessidade de ocultar um sorriso. – Talvez eles estejam certos em pensar assim – disse ele. – Eu nunca demonstrei lealdade a ninguém. Nunca fiz nada senão por mim mesmo. Talvez eu mereça ser posto de lado. Ninguém nunca me amou. Eu só espero – ele deu um suspiro – que eles possam de vez em quando pensar em mim com alguma coisa parecida à afeição. Talvez quando eu desaparecer, eles venham a se lembrar como eles se divertiam quando Loki estava por perto, e venham a dizer a si mesmos: *Ele não era tão mau, um tanto louco, talvez, mas...*

Jolly soltou um urro explosivo.

Idun rompeu em lágrimas ruidosas.

O Capitão olhou para eles pensativamente, depois dirigiu a palavra ao Astuto.

– Eu acho que você está certo – disse ele por fim. – Pessoal, vocês ouviram. Estão livres para ir embora.

Por um momento os deuses ficaram perplexos, incertos do que fazer. Idun chorava firmemente. Freya parecia confusa. Açúcar assoou o nariz com força e tentou parecer que era alergia. Thor franziu o cenho para Loki. A pavorosa suspeita de que o Astuto pudesse realmente ter feito uma coisa nobre começou muito lentamente a penetrar em sua mente.

Ele grunhiu.

– Não posso deixá-lo fazer isso.

Loki soltou uma praga por dentro e sinalizou com os braços para o Deus do Trovão.

– Vão em frente! Sumam! – gritou ele. – Esqueça que eu um dia estive aqui, tudo bem? – Ele se virou para Idun. – Ponha-os para fora. Dê um pouco de maçã para eles, não importa para quê, e caia fora de Rhydian, pelos Infernos!

– Mas e quanto a você? – indagou Idun, com os olhos arregalados.

– Esqueça-me. Eu sei o que estou fazendo.

Então, quando Idun e os deuses enfraquecidos saíram do palco e de suas forças magnéticas, Loki ergueu os olhos para seu duplo e forçou seu sorriso mais inocente.

– Então. Diga-me onde está – disse ele.

Os olhos do Capitão se apertaram.

– O Escudo do Sol?

– Bem, se vou libertar nós dois, precisarei saber onde você o guarda.

O Capitão deu um sorriso torto.

– Tudo bem – disse ele. – Mas há uma pequena coisa que... – E ele arregaçou o punho da camisa para revelar uma bolota dourada numa corrente em torno de seu pulso direito, a imagem-reflexo daquela que Loki vinha usando nos últimos cinco dias. – O que é isso?

Loki estremeceu. Ele vinha esperando manter aquele segredo ao menos por um tempinho mais.

– É... um talismã – falou ele.

– Tire-o – disse o Capitão.

– Por quê?

– Apenas tire-o – disse ele. – Há alguma coisa nele que me perturba.

Em segredo o Astuto concordou; mas alguma coisa lhe dizia que naquele caso sua bola de presidiário podia ser útil.

– Ele tem... valor *sentimental* – disse ele. – Eu preferia não o tirar.

– É mesmo? – perguntou o Capitão Caos. – Você não me parece desse tipo. – E, puxando a runa *Kaen*, agora brilhando, sem inversão, sobre seu braço, ele ergueu-a até o Astuto. Uma bola de luz violeta lúgubre tomou forma em torno de seu punho fechado, silvando como um punhado de serpentes.

– Eu sei que é uma espécie de força magnética – disse ele. – Eu posso senti-la sobre mim. Por isso, não tente nada estúpido, certo? – Ele lançou o punhado de fogo purpúreo quase sobre o rosto de Loki. – Um espelho tem mil olhos. *Eu* não vou sofrer se você ficar cego.

A boca de Loki ficou muito seca.

– Tudo certo, tudo certo, é uma força magnética – confessou ele. – Os deuses puseram-na em mim há cinco dias. É algum tipo de runa de aprisionamento, é tudo que eu sei. Eu tentei retirá-la, mas não consegui. Eles haviam me acorrentado ao vagão.

O Capitão ergueu uma sobrancelha.

– Então, você é um prisioneiro também? – disse ele. – Por que não me disse isso antes?

– Ora, vamos lá – falou Loki. – Ser levado para cá e para lá como um cão numa corrente, dificilmente teria sido meu momento de maior orgulho. Perdoe-me por não ter querido que ninguém dos Nove Mundos desse uma boa risada à minha custa.

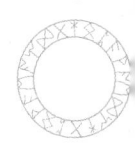

Perto o bastante da verdade, ele pensou, para seu captor ser enganado. Ou assim ele esperava – aquela bola de fogo poderia causar um monte de danos. Por um momento, o Capitão examinou-o cuidadosamente através da *Bjarkán*. Depois, pareceu relaxar novamente.

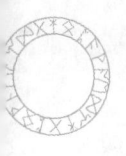

– Tudo bem, acredito em você – disse ele. – Talvez possamos lidar com isso depois. Por enquanto, temos trabalho a fazer. – E, ainda segurando a bola de fogo, ele começou a explicar seu plano a Loki, enquanto acima deles, sobre a Ponte de Rhydian, o Pequeno Circo Pandemônio do Felizardo partia novamente num ritmo sacudido, e a Mente e o Espírito de Odin o observavam sob a Ponte, asas negras dobradas contra a escuridão, os olhos em formato de contas sem dar uma só piscadela.

8

Ethel não ficou muito satisfeita ao descobrir que Loki havia sido deixado para trás.

– Vocês *o deixaram* lá? Como *puderam*? – perguntou ela, quando Heimdall lhe explicou o estado das coisas.

Heimdall ficou taciturno.

– Não tínhamos escolha. Além do mais, era o que ele queria.

Ethel fez um som de desaprovação.

– Desde quando isso importou? Precisamos dele!

Mas Ethel estava em minoria. A maioria dos outros estava inclinada a considerar a sua perda uma bênção. Sif estava abertamente satisfeita, enquanto Freya, batendo de leve sobre seus olhos com um lenço de mão rendado muito pequeno, tentava fingir (sem sucesso) que não estava totalmente eufórica por ter abandonado o Astuto.

Thor parecia culpado por ter fugido; Bragi cantou uma canção fúnebre; Fenny disse "Isso é duro, cara"; e Skadi estava desdenhosa, dizendo ao Æsir que sabia o tempo todo que o Estrela de Cão iria fugir e empilhando desprezo sobre Idun, que ainda parecia absurdamente esperançosa de que Loki logo iria alcançá-los, talvez do outro lado...

– Em todo caso – disse Heimdall –, por que nós precisamos dele? Eu sei que você gosta dele, Ethel, mas encare os fatos, ele é um risco. Nós não precisamos dele para chegar a Fim de Mundo...

– Não é essa a questão – argumentou Ethel. Suas feições, geralmente serenas, agora pareciam contraídas e ansiosas. – Eu não vou continuar sem ele. Eu esperarei sozinha, se for preciso.

– E se ele não aparecer?

– Ele aparecerá.

– Isso é uma profecia? – indagou Heimdall.

Ethel lançou-lhe um olhar penetrante.

– O que você quer dizer?

Heimdall deu de ombros.

– Você parece saber mais do que eu, só isso.

– As profecias são coisas perigosas – disse Ethel, parecendo cansada. – Elas começam significando uma coisa e terminam significando o contrário. Loki tinha que estar aqui. Pelo menos, era o que eu pensava...

A esta altura eles estavam no meio da travessia da ponte, deixando Rhydian para trás. A lua estava alta, as estrelas estavam brilhantes, e a margem oposta do rio estava clara, enquanto às suas costas, no lado de Rhydian, a pálida névoa pairava como uma muralha flutuante, silenciosa e opressiva. Todos sentiram seus espíritos se erguer quando deixaram a cidade de fantasmas para trás, e até Heimdall tremeu ao pensar nisso; mas se não fosse por Loki, eles podiam ter permanecido todos lá, afogados em sombras, enfraquecidos e perdidos, pálidos reflexos de si mesmos...

Heimdall praguejou baixinho. Ele odiava a ideia de ficar agradecido por qualquer coisa ao Astuto. E, no entanto, de acordo com seu código pessoal, ele estava. Mesmo que, como Skadi sustentava, Loki houvesse agido apenas por puro interesse pessoal, o fato permanecia: ele havia salvado a todos.

Os deuses haviam chegado ao par final de pilastras quando sentiram um tremor vindo sob a ponte. Foi um breve, mas violento solavanco, que sacudiu a estrutura inteira, empurrando os vagões e fazendo os cavalos empinarem nervosamente.

– Que Inferno foi isso? – perguntou Frey.

Por trás deles, a névoa estava estranhamente imóvel. Nenhum som, nenhuma luz, nenhum sinal de vida. Podia não haver cidade alguma ali; a ponte seguia em frente para todo o sempre.

Veio um segundo e mais violento solavanco. Desta vez os cavalos dispararam, com os olhos enlouquecidos, os cascos arrancando faíscas da estrada. Um dos vagões perdeu uma roda; os cavalos puxaram-no de qualquer modo, metal batendo estridente contra metal, rabiscando uma assinatura de fogo através das últimas jardas da ponte.

– O que vocês *acham*? – perguntou Heimdall quando eles finalmente saíram da ponte. A ponte estava visivelmente tremendo agora, com os tremores soando mais regularmente. Ouviu-se um som metálico distante em alguma parte por trás da muralha de névoa, e quando eles olharam da margem do rio, viram a estrutura maciça bambear como se estivesse sob terrível pressão. – É Loki, naturalmente. Que arda no Inferno. Quem mais nós conhecemos que causa destruição em toda parte para onde vai?

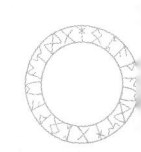

Ethel sorriu.

– Eu lhe falei – disse ela.

E assim, silvando de frustração, o Vigilante retornou à sua forma de pássaro e pairou no céu enluarado, enquanto Hugin e Munin, achando seu poleiro subitamente instável, dispararam de por debaixo da Ponte de Rhydian como Fogo Selvagem saindo do Mundo Inferior.

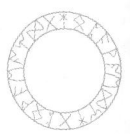

9

Enquanto tudo isso acontecia, o Fogo Selvagem em pessoa estava pensando muito. A despeito do que ele dissera ao Capitão Caos, não tinha qualquer intenção de penhorar lealdade a mais um artefato renegado.

Mas o Escudo do Sol era uma poderosa força magnética, que – se ele pudesse controlar – lhe daria o tipo de liberdade com que sempre sonhara: independência de Asgard; segurança física; proteção contra seus inimigos, fossem eles a Ordem ou o Caos. Era uma perspectiva tentadora, e Loki sempre estava disposto a especular para acumular.

Mas o Capitão Caos havia se provado mais perigoso do que o Astuto pudesse ter previsto. Agora, erguendo-se de ponta-cabeça, noventa metros acima do Rio Vimur, de uma viga mestra enferrujada sob uma ponte que estava pronta a desmoronar a qualquer instante, Loki estava começando a perceber que seu plano era mais arriscado do que pensara.

O Escudo do Sol estava posicionado entre os primeiros dois pilonos da Ponte de Rhydian, num ângulo que dava para o chão. Era convexo, o que significava que refletia uma boa parte da própria cidade, bem como da margem do rio, e embora os anos o tivessem embaçado, as runas sobre ele eram bastante claras; *Bjarkán; Sól; Thuris; Fé; Raedo; Úr; Kaen; Ár* – poderosas runas de proteção e luz para defender a carruagem do sol.

No Ragnarók, o sol havia desaparecido devido aos Devoradores – Skól e Haiti, agora Caveira e Grande H – e seus apetites insaciáveis. Mas o Escudo era indestrutível, e, como o Mjolnir, havia encontrado sua saída do Mundo Inferior, através do sonho, passando pelos Mundos Médios.

Ao menos, era assim que Loki teorizava; o Capitão estava ocupado demais para conversar, e Loki achou mais prudente guardar suas reflexões para si mesmo. Agora, depois de uma longa e dificultosa escalada, ele estava pendurado de cabeça para baixo em frente ao espelho solar, enquanto sua imagem, observando desde o chão, o guiava através do que se transformava rapidamente numa operação muito complicada.

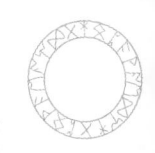

Uma grande rede de pescar estava espalhada entre as pilastras, preparada para apanhar o Escudo assim que ele caísse. O plano era que Loki o puxasse, usando sua força magnética se necessário, o deixasse cair na rede, depois assumisse o disfarce de falcão e descesse voando da ponte para voltar a se reunir aos seus companheiros.

– Se você pudesse me dar uma *mão*... – disse ele. – O que foi? Tem medo de altura?

Loki *não* tinha medo de alturas – ao menos não em circunstâncias normais. Mas ao escalar por debaixo de uma ponte de metal que tinha quase quinhentos anos de idade, se pendurar de ponta-cabeça em frente a um espelho magnético com um feitiço de runa de *Tyr* em uma das mãos, e depois quebrar pedacinhos da estrutura de metal que mantinha o artefato no lugar, com a ferrugem e a fuligem caindo nos olhos e a ponte perdendo estabilidade a cada minuto que se passava, Loki estava começando a sentir que talvez ele *estivesse* nervoso, afinal de contas.

– Acabe logo com isso – disse o Capitão Caos. – E lembre-se: nada de truques.

– Sem truques. – Loki estava desconfortavelmente consciente do quão vulnerável se encontrava na atual posição. Com a *Kaen* nivelada do chão até sua altura, ele dificilmente estaria propenso a tentar alguma coisa ardilosa, ou assim ele pensava que o Capitão pensaria; ao menos até que fosse tarde demais. Inteligente da parte do Capitão, ele pensou, manter a vantagem assim; usar Loki para libertar o Escudo significava que ele próprio poderia observar de uma posição de segurança, e que tão logo Loki deixasse cair o Escudo, ele poderia recuperá-lo e usá-lo tão rapidamente quanto sua força magnética emprestada lhe permitiria.

Mas Loki tinha um plano diferente. Ele não tinha intenção de deixar o Escudo cair. Seu duplo era cauteloso e esperto o suficiente para prever alguma espécie de ardil – mas Loki também era cauteloso e esperto, e ele tinha uma desconfiança de que, assim que o Capitão tivesse o Escudo, ele teria força magnética mais que suficiente para dispensar Loki permanentemente.

Era, afinal, o que *ele* teria feito se as situações houvessem sido invertidas, e Loki ficou consciente de uma pontada – não, não de remorso, mas do ressentimento por ser tão previsível.

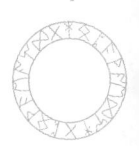

Pois, se o Astuto estava vulnerável, o Capitão Caos estava longe de estar seguro. Contanto que a imagem de Loki aparecesse na superfície polida do Escudo, seu duplo teria a vantagem; mas se ele pudesse deslizar *por trás* do Escudo e usá-lo antes que o Capitão o fizesse, então o Capitão Caos não existiria mais e Loki estaria livre...

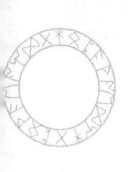

Tais ideias perigosas estavam passando pela cabeça do Astuto enquanto ele quebrava em pedacinhos o Escudo do Sol. Era um tanto grande para um escudo – quase um metro e meio de extensão, perfeitamente redondo e repleto de runas inscritas em suas bordas. O resto dele era liso como vidro, embora o tempo houvesse dado à sua superfície uma espécie de pátina esfumaçada. Se o espelho fosse removido, a cidade voltaria à vida? Milhares de almas sob a ponte, que haviam sido capturadas pelo reflexo, se libertariam, ou apenas desapareceriam? E quanto à própria ponte? Ela ainda ficaria em pé quando o Escudo do Sol desaparecesse? E – talvez o mais importante – Loki teria tempo para usá-la?

– Está ponte está se quebrando – disse ele. – Eu não acho que ela vá aguentar muito mais.

Certamente a ponte parecia saber que o Escudo estava sendo atacado. As vigas mestras gemiam, os rebites saltavam fora, séculos de ferrugem pulverulenta começaram a cair do metal. Ela caía sobre as roupas e os cabelos de Loki; ela enchia a sua boca com o gosto de sangue.

– Depressa! – rugiu o Capitão Caos.

Loki soltou um suspiro profundo. Ele estava começando a se sentir absolutamente inquieto. O Escudo do Sol era mais que um artefato; ele já vira prova disso. O Capitão Caos também havia se provado mais que um simples reflexo. O que aconteceria quando o Escudo do Sol fosse libertado? O Capitão Caos teria finalmente uma vida própria? E o que aconteceria com ele quando não fosse mais necessário?

De repente, através da ferrugem que caía, Loki pensou ter visto alguma coisa sob a ponte. Um vulto escuro – um pássaro talvez – estava pousado sobre uma das vigas. Mesmo sem posição para lançar a Bjarkán, Loki reconheceu um dos pássaros de Odin – aqueles corvos irritantes que Ethel parecia haver adotado.

Ele esperava que eles não estivessem tentando ajudá-lo. A última coisa que queria, naquele estágio, era a interferência de alguém. Estendeu a mão em torno do Escudo do Sol à procura de alguma coisa a que se agarrar. A bolota que pendia de seu pulso esquerdo estava agora escondida na palma de sua mão. Ele a deixou cair por trás do Escudo do Sol e começou a sussurrar um feitiço.

O corvo soltou um *crauk* agudo e pulou um pouco mais para perto, trazendo para baixo uma dispersão de pó de ferrugem sobre o Astuto invertido. Loki viu que ele tinha uma cabeça branca, o que o identificava como Mandy.

– Jogue-o no... *Crauk*! – disse ela.

– O quê?

– Jogue-o no rio. Dê o fora. *Ack-ack*! – A voz de Mandy era premente e áspera; mesmo admitindo as limitações vocais do corpo que a hospedava, a mensagem era inconfundível. *Jogue o Escudo do Sol no rio. Dê o fora o quanto antes você puder.*

Loki não ousou erguer a voz para que o Capitão Caos não o ouvisse. Em vez disso, falou num sussurro, mal movimentando seus lábios cicatrizados: "Por favor! Deixe-me em paz!"

Mandy bicou a viga. *Crauk*! Outro punhado de pó de ferrugem caiu beliscando nos olhos do Astuto.

– Ai! – Ele afastou o detrito de seus olhos com uma esfregada, transferindo a *Tyr* para a mão direita. O Escudo do Sol estava quase livre agora; ele se mexia ligeiramente sob suas mãos, e Loki sentiu a ponte se mexer no mesmo ritmo.

– Suba depressa! – ordenou o Capitão Caos.

– Eu peguei, acho – disse o Astuto. Ele deu uma olhada de novo para o Corvo e viu que a ele se juntara o seu companheiro. Dois pares de olhos circundados pela cor dourada o fixavam na escuridão. – Ouçam, eu não preciso da ajuda de vocês – assegurou Loki com o mesmo sussurro cauteloso. Ele sabia que a audição do Capitão Caos seria no mínimo tão aguçada quanto a sua, e ele já vira o quanto sua imagem-reflexo estava desconfiada dele. Mais uma vez ele silvou para os corvos: – Sumam! Eu posso dar conta disso!

Hughie assumiu sua forma humana de pernas cruzadas sobre a viga. Escondido entre as sombras, era quase invisível se visto do chão, suas joias prateadas escondidas sob o manto de plumas que o cobria.

– Nós sabemos o que você está pensando – disse ele.

– Não, vocês não sabem – silvou Loki. – Por favor. Vocês querem que eu seja morto?

– Você está planejando roubar o Escudo do Sol e ficar com ele para você – disse Hughie.

Os lábios cicatrizados de Loki se apertaram:

– E daí?

– Daí que é muito perigoso. E quanto à sua promessa, hein? E como ficará o Fim dos Mundos?

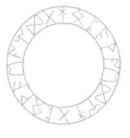

— Os Mundos podem acabar sem mim — disse Loki, baixando os olhos sobre o abismo. — Eu já vi esse espetáculo e, creiam em mim, não tenho pressa de vê-lo novamente.

— Mas você é *necessário* — falou Hughie. — Você é uma parte da profecia. Apenas jogue o Escudo no rio e caia fora o mais depressa que puder. Faça qualquer outra coisa e se meterá numa fria.

— Quem foi que disse isso? — resmungou o Astuto.

Hughie crocitou em frustração.

— Você nunca faz o que lhe mandam fazer? A sobrevivência do Povo dos Deuses depende do que você fará a seguir!

Loki deu de ombros (coisa nada fácil de fazer quando se está dependurado de ponta-cabeça numa ponte). A duzentos pés da rede, ele supôs. Podia levar três ou quatro segundos para despencar. Três ou quatro segundos exposto, no meio do ar, para girar o Escudo e usá-lo antes que o Capitão Caos pudesse interferir. Três ou quatro segundos de risco terrível; e mesmo que ele não *tentasse* assumir o controle do Escudo do Sol, o que impediria o Capitão de jogar Loki para fora do céu no momento em que o artefato fosse dele?

Ele silvou:

— Porque o Povo dos Deuses se importa tão pouco com *a minh*a sobrevivência...

— O que você está sussurrando aí em cima? — A voz do Capitão Caos soou penetrante.

— Eu peguei — gritou Loki. — Está se soltando...

De fato, o Escudo do Sol estava finalmente saindo das amarrações. Com um estalo de luz de runa, o disco solar descolou-se da pilastra, e imediatamente a ponte começou a balançar como uma carroça com um eixo quebrado.

— Jogue-me o Escudo — disse o Capitão.

— Jogue-o no rio — sugeriu Hughie. — Isso vai distraí-lo, e enquanto isso você poderá fugir. Do contrário, ele vai derrubá-lo...

Mas o Astuto tinha outro plano. Ignorando Hughie e Mandy, ele sussurrou um pequeno feitiço. Por trás do Escudo, o talismã da bolota de carvalho retomou seu Aspecto de Sigyn. Tolhida, confusa e desorientada, ela abriu a boca para gritar...

— Shh, Sigyn, por favor... — pediu ele.

Por trás do Escudo do Sol, os olhos de Sigyn se arregalaram em estupefação.

– O que estamos fazendo aqui? – perguntou ela. – Onde estão os outros? O que você *fez*?

– Eu? Nada. – Loki silvou. – Apenas salvei a vida de todos e arrisquei minha pele na barganha. Agora faça como eu digo, e tudo vai ficar cer...

Uma bola de fogo purpúrea atingiu a ponte a pouco mais de um metro acima da cabeça de Loki. As vigas mestras de ferro se espalharam como palhas da estrutura que se desintegrava.

– Esse foi um disparo de advertência, Astuto! – gritou o Capitão Caos lá do chão. – Eu quero esse Escudo, e quero agora!

– Espere um minuto! – disse Loki. Acima dele, rachaduras estavam aparecendo na ponte. Pedaços de pedra estavam caindo no rio lá embaixo.

– Sigyn, *agora*! Vire o Escudo...

– *Ack-ack!* – disseram os corvos, levantando voo quando seu poleiro despencou.

– Vire o quêêê...?! – gritou Sigyn quando a viga mestra na qual Loki estava dependurado começou a se romper por sua vez. Mais três segundos e eles cairiam em direção ao Vimur.

O segundo raio mental não foi uma advertência. Passou a três centímetros da cabeça de Loki, incendiando o Escudo do Sol e desaparecendo no ar acima de Rhydian. Um jorro de faíscas violetas, cada uma tão letal quanto um disparo de besta, derrapou através da ponte danificada e caiu dentro da água.

Loki teve tempo para agarrar-se ao Escudo antes que ele e Sigyn começassem a cair. Ligados com aperto pelo Matrimônio, eles se retorceram e reviraram no meio do ar; Loki tentando sacudir o Escudo, Sigyn lutando pela vida, com a luz de runas emitindo clarões a partir de suas mãos. Alvenaria e metal retorcido encheram o ar em torno deles; Hugin e Munin batiam as asas e crocitavam, tentando distrair o Capitão; enquanto o duplo de Loki, na margem, vociferava e berrava com fúria.

Seu terceiro raio mental atingiu Loki direto entre os ombros, e se Sigyn não estivesse protegendo os dois – não com o Escudo do Sol, mas com *Yr* – poderia ter sido muito pior para ele. Mesmo assim, ele caiu, uivando, em chamas, atravessando diretamente a rede e despencando no rio.

A água era veloz e muito fria. Por um momento o Astuto perdeu a consciência. Arrastado para o fundo pelo Escudo do Sol e pelo peso do Matrimônio, ele sentiu a terrível força do rio esmagá-lo e puxá-lo para baixo; abriu a boca e a água entrou imediatamente, enchendo seus pulmões, consumindo-o...

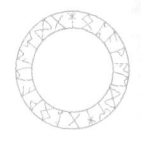

Em circunstâncias diferentes teria sido um truque fácil para ele assumir algum Aspecto diferente – o de um peixe, talvez, ou de uma cobra aquática – e nadar para a margem em segurança. Mas o raio mental o havia aturdido a ponto de ficar meio sem sentidos, sua força magnética estava quase esgotada; além do que, lá estava a corrente de ouro ainda apertada em torno de seu pulso esquerdo, e Sigyn, agora um peso morto, puxando-o ainda mais para o fundo da água.

O Escudo do Sol! Mesmo agora, a ideia era prioritária na mente do Astuto. Ele devia ter caído através da rede; a ressaca o tinha levado. Ele abriu os olhos, mas a escuridão era tão completa que não faria diferença se estivesse cego. Ele estava se movendo rapidamente também, arrastado para baixo pela ressaca, aspirando água, vendo estrelas, colidindo com força tremenda contra uma pilha de madeira flutuante...

Mais estrelas.

Estrelas? Ai!

Certa mão em seus cabelos, puxando-o para fora. Mais mãos sobre seu corpo. Ele se sentiu sendo carregado, depois atirado de costas sobre a margem do rio. A boca de alguém estava presa na sua; o ar em seus pulmões era como fogo frio. Seu cabelo estava chamuscado; sua camisa era um farrapo carbonizado; suas costas estavam ardendo como se tivessem sido marcadas com ferro em brasa.

Então, conseguiu ouvir vozes; vozes que pareciam vir de longe; vozes que ele reconheceu...

– Loki, fale comigo...

– Ele está vivo?

– Ele está, que azar. Rápido, deixe-me bater nele antes que desperte...

Rapidamente Loki abriu os olhos. À luz das estrelas, um círculo de rostos, borrados a princípio, entrou sem sua visão: Heimdall, Freya, Ethel, Thor. Idun, cuja voz ele reconhecera a princípio, estava segurando uma fatia de maçã. Como sempre, ela parecia doce e bondosa; ajoelhando-se ao lado dela, a Vidente também estava observando-o com uma expressão de preocupação.

Depois ela esbofeteou seu rosto, com força.

– *Ai!* – disse ele. – Eu estou consciente.

Ethel falou:

– Estava só verificando, querido.

Loki levantou-se um pouco.

– O Escudo do Sol...

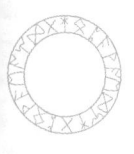

Ethel lhe lançou um de seus olhares.

– Sigyn está bem – disse ela em voz alta. – Só um pouquinho abalada, é tudo. Mas eu lhe direi que você perguntou. Você deve a ela a sua vida, espero que saiba disso. Foi ela quem o puxou até à margem. Foi ela quem...

– *O que houve com o Escudo do Sol?* – Loki repetiu desesperadamente.

– Virou isca de peixe. Não há tempo para recuperá-lo. Pode estar a meio caminho do Inferno agora. – Ethel baixou a voz novamente. – Meus corvos me contaram tudo.

– Ah – disse Loki. – Eu posso explicar.

– Não se preocupe com explicar – falou Ethel, e voltou para ficar esperando junto aos vagões.

Eles partiram novamente dentro de uma hora; e o Astuto, que havia esperado que Ethel revelasse a todos sobre sua fracassada deserção, estava inclinado a pensar que ela o libertara facilmente. Talvez ela pensasse que ele tivesse sido punido o suficiente – afinal, ele perdera o Escudo –, embora, ao olhar para seu rosto impassível enquanto ela cavalgava ao seu lado pela estrada abaixo, Loki não pudesse ver ali qualquer sinal de complacência ou afeição.

Ele reparou que ela agora só falava com ele por necessidade; o resto do tempo ela passava lendo um livro ou murmurando para seus corvos, e mais de uma vez ele se flagrou pensando com inquietação sobre como ela podia odiá-lo tanto, enquanto ao mesmo tempo o protegia.

Ainda assim, quem realmente sabe o que um oráculo pensa? O Astuto pensou enquanto eles trotavam pelo caminho. E logo sua mente se voltou para outras coisas enquanto o Pequeno Circo Pandemônio do Felizardo deixava a ponte arruinada para trás e começava a caminhada final de sua viagem ao longo da estrada para Fim de Mundo.

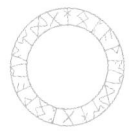

LIVRO SEIS
Enxofre e Bolo de Noiva

*Acredite em mim. Não é à toa que chamam isso de
"laço de matrimônio".*
Lokabrenna, 5:19

1

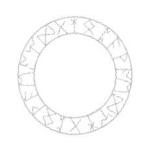

Sete dias haviam se passado desde que Maddy chegara a Fim de Mundo com altas esperanças de encontrar o Velho Homem, solucionando a profecia e contatando sua irmã.

Nenhuma dessas coisas havia acontecido até aí. Sua procura havia se provado infrutífera. Desde o encontro com a sra. Blackmore, não houvera menção adicional de Maggie Rede, e o Velho Homem era um mistério tão grande quanto fora uma semana atrás. Jormungand era inútil, preferindo passar seu tempo junto às docas a ajudar Maddy em sua busca. Até os corvos de Odin haviam falhado em aparecer.

Agora, com apenas dois dias para o Fim dos Mundos, ela estava começando a pensar novamente se não devia simplesmente ir para casa quando, no dia da feira de sexta-feira – oitavo dia de Maddy na cidade –, viu uma coisa que mudou sua opinião. Ou melhor, ela viu *alguém*, e a visão dele fez seus pelos se arrepiarem do mesmo jeito que sempre haviam feito.

Impossível, disse ela a si mesma. *O que ele estava fazendo ali?*

Ele se transformara num belo jovem – embora seus olhos fossem ainda tão malvados como sempre haviam sido quando era um garoto e seu andar fosse identicamente arrogante enquanto dava largas passadas entre as barracas da feira.

Adam? Adam Scattergood?

Maddy se escondeu atrás de uma tenda que vendia artigos de cozinha. Perth lançou-lhe um olhar esquisito, mas ela fez um sinal para ele ficar calado. Atravessando um vão ao lado da tenda, ela ficou olhando quando o jovem passou vagando por ali.

Por um momento seu coração quase parou quando ele se deteve diante de uma barraca de tecidos nas proximidades e apontou um rolo de seda amarelo-pálido.

– Quanto custa isso?

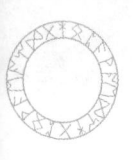

A vendedora, uma mulher estrangeira de véu azul, murmurou um preço.

Adam deu de ombros.

– Eu vou levar – disse ele, e jogou para baixo um punhado de moedas. De seu posto ao lado da tenda, Maddy captou o cintilar do ouro.

Então, Adam estava rico agora? Suas roupas eram de fina qualidade, ele carregava uma espada ao lado, e ficava claro por suas maneiras que ele se punha acima de ficar pechinchando com comerciantes. Ela ficou pensando em como ele viera a Fim de Mundo, e qual seria o seu negócio ali.

A mulher estrangeira estava dobrando a seda.

– Bem? O que a senhora está esperando? – disse Adam. – Embrulhe rapidamente. Eu não quero que suas mãos sujas fiquem todas sobre ela.

Maddy achou que o rosto da mulher havia ficado um pouquinho mais escuro por baixo de seu véu.

– Ocasião especial, senhor? – balbuciou ela.

Adam olhou para ela e sorriu. Não era um sorriso inteiramente agradável, mas seus olhos azuis brilharam com diversão.

– Na verdade, é sim – revelou ele. – Veja bem, eu vou me casar.

2

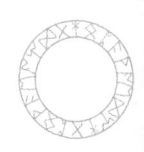

– *Casar?* – Maddy quase gritou. Ver Adam ali já era um choque suficiente para ela, mas saber que ele iria se casar. Adam, que, quando garoto, aos doze anos havia gostado de atirar bombinhas nos gatos vadios e pedras nos mendigos, mesmo nos deuses... Era absurdo demais para ser levado em conta. Quem iria querer se casar com ele? E o que ele estava fazendo ali, de qualquer modo?

Perth estava observando-a com curiosidade, um brilho de interesse em seus olhos.

– Velha paixão? – insinuou ele, assim que Adam havia se afastado.

– Longe disso – falou Maddy, ainda seguindo Adam com seus olhos. Ela hesitou, fez uma carranca para si mesma, e depois tomou uma rápida decisão. – Vamos atrás dele – disse ela. – Eu quero saber o que ele está fazendo.

– Mas e quanto ao nosso negócio? – perguntou Perth.

– Mais tarde – respondeu Maddy. – Siga-o primeiro. E tente ser discreto.

– Você realmente acha que é importante? – indagou Perth.

Maddy fez que sim.

– Pode ser. De qualquer modo – ela acrescentou –, ele é rico. Você pode roubá-lo se quiser.

Perth deu de ombros.

– Bastante justo. – O roubo não era realmente seu jogo, mas ele estava sempre aberto a sugestões.

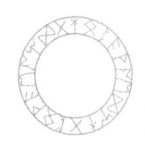

Foi fácil seguir Adam através das multidões e tendas e barracas de feira. Muito menos fáceis eram as ruas abertas, as vielas e as passagens. A Cidade Universal era vasta e fora construída em grande escala: as ruas principais eram amplas e espaçosas, com longas, nuas extensões de pavimentação, e apenas uma fileira de pés de tília providenciando alguma sombra. Maddy havia pego um *bergha* cor-de-rosa de uma barraca de passagem, que usava agora em torno da cabeça à maneira de algumas nativas de Fim de Mundo; combinava mal com sua túnica e suas botas, que a marcavam como uma garota do Norte, mas pelo menos ocultava seu rosto, ela pensava, e tentava ficar logo atrás de Perth – envolto como ele estava em mantos azuis – enquanto foram caminhando através da Praça do Santo Sepulcro com sua fonte de mármore e sua grande catedral, e desceram diretamente para o Passeio dos Inspetores, penetrando no coração da cidade.

Aquela era a maior (e mais cara) rua comercial em todo o Fim de Mundo, e Maddy começou a se sentir muito notória enquanto ela e Perth seguiam Adam, passando pelas fileiras de lojas com toldos coloridos – joalherias, armarinhos, chapelarias, cafés e relojoarias, lojas de cristal e porcelana. Até aí o tempo de Maddy havia se passado em torno das docas e em Ratos D'Água, bem como em favelas de operários, e esta nova face de Fim de Mundo surgia como uma surpresa total para ela.

Ali as calçadas tinham três metros de largura e eram incrustadas com ornamentos de bronze. Ali havia carruagens puxadas por parelhas de cavalos, landôs para viúvas milionárias e veículos ousados de assentos elevados para os jovens e a sociedade chiques. Ali havia damas com chapéus feitos com plumas de pássaros exóticos; havia jovens fanfarrões vestidos com peles e ricos estrangeiros com suas fileiras de esposas, cobertas de véus negros da cabeça aos pés, os olhos escuros pudicamente baixados.

Havia ali serviçais de todas as raças, alguns carregando mensagens, alguns sozinhos, outros transportando pacotes nos rastros de seus donos. Maddy reparou que muitos carregavam a marca de um ferro em brasa sobre o braço – não exatamente uma runa, mas um símbolo como duas pontas de flecha opostas.

– O que este sinal significa? – perguntou ela.

Perth deu de ombros.

– Marca de escravos – disse ele. – Pessoas, criminosas na maioria, ou gente que não pode ou não vai pagar suas dívidas, ou prisioneiros feitos em batalhas pelos Estrangeiros e desembarcados aqui. Antes do colapso da Ordem, os criminosos apenas iam para a cadeia, ou eram castigados, ou Purificados, ou postos nos troncos. Mas atualmente há um mercado de escravos a cada três semanas na Praça do Santo Sepulcro, e é para lá que a maioria dos malfeitores acaba indo. Alguns são mandados para o trabalho de construir estradas, quebrar pedras em pedreiras ou trabalhar em fazendas como operários. Alguns, se tiverem sorte, ou souberem ler, terminarão como escravos domésticos para os ricos e repulsivos.

Maddy lançou sobre Perth um olhar de curiosidade. Ele vinha parecendo especialmente furtivo desde que haviam entrado naquele trecho da cidade, e agora, a meio caminho da descida para o Passeio dos Inspetores, estava visivelmente desconfortável. Ela havia se perguntado por que ele se vestira daquele jeito, nos longos mantos de um estrangeiro, quando era claramente um nativo de Fim de Mundo (e com o sotaque para prová-lo). E agora ela se lembrava da forma da marca de runa que Perth havia jurado ser uma tatuagem.

E via como ela podia ser mudada facilmente – com ferro e fuligem, ou tinta de tatuador – da marca de um prisioneiro para um novo distintivo de liberdade.

– Perth, você foi um *escravo*?! – exclamou ela, quase esquecendo, em sua surpresa, que a intenção deles era perseguir Adam.

Perth estremeceu e puxou seu lenço de cabeça por sobre o nariz e a boca.

– Está certo. Vá em frente, conte a todo mundo. Eu fui um escravo nas galés. Você tem uma ideia do que eles me farão se eu for apanhado novamente?

– Sinto muito – lamentou Maddy. – Eu não sabia...

– Seu amigo está ficando longe de nós – avisou Perth, com um sinal de cabeça em direção a Adam.

– Ah – disse Maddy, e apressou seu passo.

A multidão da feira se abriu para deixá-los passar.

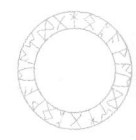

3

Nove dias haviam se passado desde que Maggie havia encontrado Adam Goodwin nas catacumbas sob a velha Universidade. Desde então, um grande número de coisas havia acontecido. Em nove dias a vida de Maggie havia sofrido uma reviravolta completa. Ela soubera que o Fim dos Mundos estava perto; havia falado com demônios e com deuses; cavalgado através do Sonho sobre um Cavalo de Fogo e lutado com os Æsir. O último desses dias havia terminado numa batalha de vontades com o Velho Homem, durante a qual a força magnética do General havia sido tão totalmente esgotada que mal restava uma faísca de consciência dentro do pedaço de pedra. A despeito de todos os seus esforços desde então, o Velho Homem permaneceu mudo, e as runas do Novo Manuscrito ficaram onde estavam, trancadas no interior daquela teimosa Cabeça de pedra.

Mas algo mais havia acontecido para Maggie naqueles nove dias; uma coisa tão inesperada, tão nova, que lançava todas as suas outras aventuras na sombra. Maggie Rede havia se apaixonado – com um amor precipitado, bronco, turbulento – e Adam a tinha pedido em casamento naquela manhã de Domingo às oito horas na catedral do Santo Sepulcro.

O Murmurador, surpreendentemente, havia recebido a proclamação com muito pouco protesto.

– *Vejo que vocês dois estão determinados* – dissera ele, pela voz de Adam. – *Eu só espero que isso não acabe em lágrimas.*

– Por que acabaria? – perguntou Maggie. – Você parece minha mãe falando.

– *Ah, deixe-Me ver. O Fim dos Mundos?*

– Não vejo o que *isso* tem a ver com o casamento.

– *Bem, alguém pode argumentar* – disse o Murmurador – *que com a guerra no horizonte, com o Caos devastando os Mundos Médios, com os demônios escapando do Inferno, com os Cavaleiros da Loucura e da Traição já a caminho, e com as runas do Novo Manuscrito ainda*

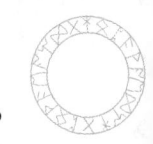

trancadas ali... – Ele usou a mão de Adam para apontar na direção do Velho Homem, ainda em silêncio sob seu lençol de poeira. – *Com todas essas coisas acontecendo, algumas pessoas podem apenas esperar que você tenha certas prioridades que não a de escolher tecidos.*
– Adam e eu estamos apaixonados. Por que esperar?
– *Por que realmente?* – retrucou o Murmurador.

A velha e desconfiada Maggie podia ter pensado por que o passageiro de Adam havia acolhido a notícia tão prontamente. Ela podia até mesmo ter perguntado a si mesma como seu papel vindouro de Cavaleiro da Carnificina poderia combinar com seu papel de noiva; mas o feroz contentamento do amor havia nublado suas desconfianças.

Além do mais, havia mais coisas em sua mudança de ânimo do que a empolgação de se apaixonar. Maggie, que há nove dias estava mais que preparada para encarar o inimigo; Maggie, que havia sonhado tomar parte da Adversidade, agora se flagrava apavorada com a ideia de guerra. Alguns de seus receios tinham vindo das revelações do Velho Homem. Outros tinham vindo de seu encontro com Hugin e Munin. Mas a maior parte deles derivava do fato de que, pela primeira vez desde que a Glória havia arrebatado sua família, Maggie Rede tinha *alguma coisa* a perder – e a ideia de perder Adam agora era cruel demais para ser considerada.

Essa era a razão pela qual Maggie havia tentado enredar os deuses em Rhydian. Era a razão pela qual não havia revelado a presença dos corvos de Odin. Se o Povo do Fogo pudesse ser impedido de até mesmo chegar a Fim de Mundo, então a guerra nunca aconteceria, ela pensava; e a profecia ficaria sem ser cumprida.

E, assim, longe de sonhar com a guerra, o relutante Cavaleiro da Carnificina preenchia seus dias com sonhos de amor e, contanto que o Velho Homem continuasse dormindo, era quase capaz de acreditar que a batalha *não* era inevitável.

Quanto ao Murmurador, ele estava contente. Seu plano estava funcionando perfeitamente. A garota estava em seu poder agora. O General estava impotente. E, quando possuísse o Novo Manuscrito e todas as peças estivessem no lugar, *então* lidaria com o Povo do Fogo – embora não antes que Odin entendesse a extensão de sua derrota e humilhação; não antes que ele percebesse o quanto ele havia apostado e perdido.

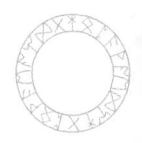

Até onde dizia respeito ao Murmurador, esperar aumentava o prazer. Dois dias restavam até o Fim dos Mundos; dois dias para o General encontrar sua voz. Não havia dúvida de que ele ainda guardava um truque na manga; não havia dúvida de que ele tentaria falar com a garota. O Murmurador esperava por isso; isso também era parte do plano. Maggie Rede não estava mais disposta a ser seduzida pelas promessas do Velho Homem. Ela era uma mulher apaixonada. E isso a deixava muito vulnerável – bem como muito perigosa.

Agora, na tarde de sexta-feira, enquanto o Murmurador fazia seus planos e Adam saía em compras de seda nupcial, o objeto de toda a especulação estava sentado à janela da cobertura, como estivera por toda a semana passada, olhando para as ruas e sentindo-se muito entediado.

Uma semana do mesmo velho cenário, das mesmas instruções para não sair; uma semana de nada além de ficar esperando enquanto Adam fazia os preparos e ela ainda mantinha vigilância sobre o Velho Homem – que não havia dito uma só palavra desde sua tentativa de enfeitiçá-la e que talvez não fosse tentar outra vez, ao menos até o Fim dos Mundos.

Não que *ele* parecesse provável. De acordo com o Bom Livro, a Adversidade era prenunciada por toda espécie de sinais e presságios: estrelas cadentes; aguaceiros de rãs; chuvas de enxofre; maremotos e tempestades. Naquele momento, Maggie pensou, tudo parecia tão banal! Havia chovido *sim* uma ou duas vezes, mas chuva muito comum, cinzenta com a fuligem da cidade, sem um traço de enxofre e até mesmo do menor dos anfíbios. Sleipnir, mastigando aveia em seu estábulo, se comportava igualzinho a um cavalo comum. Não havia sinal dos Æsir; nenhum sinal dos Cavaleiros dos Últimos Dias. Até seus sonhos vinham sendo banais, a maior parte deles com Adam.

Mas agora Maggie subitamente achou que estava se sentindo inquieta. Mesmo a emoção de um casamento a planejar – um casamento tão romântico também, tal qual nos velhos dias da cavalaria – não era suficiente para compensar a perda de sua liberdade. Ela queria ar fresco; queria seus livros; mas, mais do que tudo, queria que a espera *terminasse* – para que Adam ficasse livre por fim, e tudo isso se tornasse uma lembrança.

– Por que tenho que ficar aqui dentro? Por que não posso sair com você? – perguntara ela a Adam inicialmente.

Ele lançou um sorriso apertado.

– Sempre fazendo perguntas – disse ele. – *Tenho* um casamento a preparar.

Maggie suspirou.

– Suponho que sim. Mas...

– Você não confia em mim?

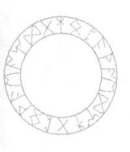

– É claro que eu confio!

E, no entanto, sua mente se recusava a relaxar. Ela estava cheia de perguntas não respondidas. Casamentos em catedrais não eram baratos. Como Adam podia se dar ao luxo de um? Como ele conseguira arrumar uma coisa assim em menos que uma semana de prazo? Seu relato de um cancelamento de última hora a tinha convencido mais ou menos; sua recusa em discutir os arranjos – ou até mesmo de deixá-la sair da cobertura para ir às compras – ela tomava como prova de sua preocupação; mesmo assim, Maggie não podia deixar de se sentir ligeiramente excluída dos procedimentos.

– Mas por que eu não posso ir com você hoje?

O sorriso de Adam era um pouco forçado.

– Eu já lhe disse, não é seguro. E, além do mais, alguém tem que ficar e manter vigilância sobre o Velho Homem.

– Ah. *Ele.*

Adam franziu o cenho.

– Lembre-se, Maggie, é perigoso. Não o deixe atraí-la novamente. Não converse com ele em minha ausência. Apenas observe-o e conte-me se ele falar.

Ela fez que sim.

– Ótimo. Agora, espere por mim. Tentarei ser o mais rápido que puder.

E assim Maggie havia esperado, tentando não se sentir ansiosa ou impaciente. Na verdade o casamento em si era uma questão indiferente para ela. Maggie teria preferido se casar com simplicidade, sem alarde, a ficar suportando até o fim uma cerimônia extravagante quando tantas coisas estavam por ser feitas. Adam (um romântico) se recusava a ouvir qualquer coisa que não fosse um casamento de catedral. Se Maggie iria assumir seu nome, ela merecia uma cerimônia apropriada. Uma coroa; um véu de seda primaveril; flores; lembrancinhas de noivado para atirar à multidão – em resumo, tudo com que uma jovem garota sonhava, e Maggie, que não se importava nem um pouco com essas coisas, ficou, mesmo assim, comovida pela devoção de Adam a ela, e tentou com muita força fazer o que ele dissera. Mas a solidão trazia reflexão da espécie que Maggie mais odiava, e agora, sentada junto à janela tentando se imaginar como uma noiva, as dúvidas que desapareciam assim que Adam entrava no quarto retornavam como um enxame de moscas de verão.

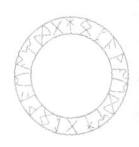

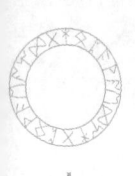

Havia tanta coisa que ela ainda não sabia sobre o homem que amava! Quem *era* Adam, realmente? Como ele soubera onde encontrá-la? O que ele fazia para viver e como esperava poder sustentá-los? De onde ele era? Quem era seu povo? Que lealdade ele devia à coisa que chamava de Murmurador?

Ela se afastou da janela. *Estou sendo apenas tola*, ela disse a si mesma. *Toda noiva em Fim de Mundo sofre de nervosismos pré-nupciais.*

E, no entanto...

Ela olhou para o plinto, onde a cabeça do Velho Homem ainda permanecia, envolta em mística escuridão. Odin havia tentado lhe dizer alguma coisa antes que ela o silenciasse. Desde então Maggie viera a se arrepender da violência de sua reação. Portanto, lançou a *Bjarkán* sobre a Cabeça, esperando por um sinal de vida.

– *Você está acordado?* – sussurrou ela.

Nada. Só a escuridão.

– *Por favor* – pediu Maggie. – *Eu preciso conversar.*

E aquilo não era um brilho de resposta, lá no fundo da pedra? O coração de Maggie bateu mais depressa. *Por favor. Eu não vou feri-lo. Apenas converse comigo...*

Um som por trás dela fez com que se encolhesse. Ela se virou para ver um corvo pousado no corrimão do terraço. Outro estava empoleirado sobre o parapeito da janela, a pena branca isolada em sua cabeça se erguendo como a crista de um guerreiro. Quando Maggie se aproximou da janela, ele bicou o vidro com impaciência.

– Vocês de novo! – disse Maggie, abrindo a janela.

Imediatamente Hughie voou para dentro e assumiu seu Aspecto humano, parecendo muito satisfeito consigo mesmo. Mandy se juntou a ele na forma de corvo, empoleirando sobre seu ombro. Ele estava usando um pingente brilhante que Maggie não havia visto anteriormente; um disco redondo, com runas inscritas, que captava a luz como um espelho.

– Você disse que não ia falar com ele – lembrou Hughie, com uma olhada de relance para o Velho Homem.

Maggie deu de ombros.

– Eu não ia – disse ela. – Eu não me importo se ele nunca despertar.

Mandy crocitou.

– Não há chance alguma *disso*. Você logo terá que despertá-lo. Você precisará das novas runas, para começar, antes de encarar o inimigo.

Mandy crocitou novamente. *Ack!*

– Ainda assim, há tempo para isso – disse Hughie. – A boa coisa é que estamos aqui para ajudá-la, não é? O Fim dos Mundos está perto, fêmea, e nós temos um monte de coisas que conversar. O Povo do Fogo está a caminho. O Cavaleiro da Loucura está junto deles. Há guerra e carnificina no ar, e tudo vai ficar *brilhante*!

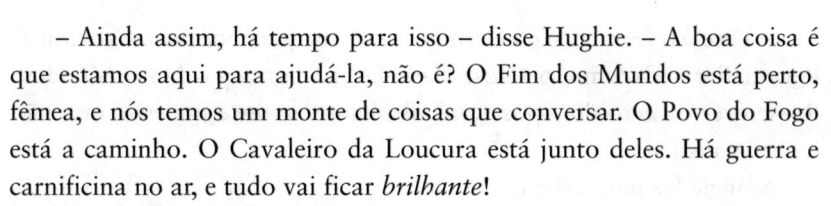

Maggie balançou sua cabeça.

– Não, obrigada.

– Não, *obrigada*? – repetiu Hughie. Ele empinou a cabeça, parecendo mais do que nunca com um corvo. – O Fim dos Mundos está vindo e você está nos dizendo não, *obrigada*?

– É isso mesmo – confirmou Maggie. – Não, obrigada. Eu já tive o suficiente. Eu lutei contra o Povo do Fogo no Sonho; eu roubei o Cavalo Vermelho da Carnificina; eu tenho o Velho Homem preso dentro de um pedaço de pedra ao lado da cama. E isso – ela apontou para o Bom Livro, apoiado contra o pilar da cama –, o tempo todo eu acreditei que o Livro guardava a resposta para tudo. Mas não guarda, não é? Eu costumava crer no Inominável; na luta pela perfeita Ordem. Mas agora não há mais Ordem; apenas dois lados que têm estado em guerra desde antes de os Mundos começarem. Então, o que eu estou fazendo no meio de tudo isso? Quem diz que eu tenho que ir para a guerra?

– Mas, fêmea... – protestou Hughie.

– Eu não sou sua fêmea! – disse Maggie. – Agora, me ouçam, vocês dois. Eu vou me casar depois de amanhã. Casar. Na catedral. Casar-me com o homem que amo. E nada, nem o Fim dos Mundos, nem o Povo do Fogo, nem o próprio Caos, irá impedir isso. Fui totalmente clara?

Hughie e Mandy trocaram olhares.

Hughie deu de ombros.

Mandy crocitou.

– Posso tomar isso como um sim?

– Bem, aqui está o problema – disse Hughie. – Na manhã de Domingo, este é o dia de depois de amanhã, fêmea, caso você tenha esquecido, haverá guerra. A vidente predisse isso. O que torna este o lugar para corvos e aves de rapina, não véus de casamento e bolos de noiva. E o quanto antes você encarar isso...

Crawk, disse Mandy lugubremente.

– Todos ficam dizendo isso – falou Maggie impacientemente. – Guerra, guerra, o Fim dos Mundos, isso é o que todo mundo fala.

Hughie empinou a cabeça para o lado.

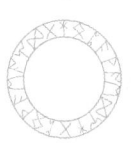

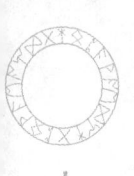

– Você é o Cavaleiro da Carnificina. Acha que pode mudar o futuro? Reconciliar a Ordem e o Caos? Cancelar a Guerra dos Nove Mundos? Reescrever o Livro do Apocalipse? Brilhante, se você pudesse, mas não muito realístico.

Maggie fez uma careta.

– Eu não vejo por que precisa haver guerra.

– Sim, é o que o Deus da Guerra diz. Engraçado, isso. Mas nós vemos mais. Vemos dentro de todos os Mundos, passado e presente, vivos e mortos, e conhecemos *todas* as profecias. A mão que balança o Berço governa os Nove Mundos, assim se diz. Está escrito na própria Pedra Fundamental da catedral. E a menos que a Vidente tenha entendido mal, a mão pertence a você, fêmea, e você precisará de toda a ajuda que puder obter. É por esta razão que nós estamos aqui.

– Bem, obrigada. Mas a menos que vocês queiram ser as garotas que carregam os buquês...

– Pelos deuses, você é a mais teimosa das criaturas? Podemos abrir Mundos, moça. Poderíamos abrir os portais do Inferno, ou do Mundo Inferior, se você quisesse.

– Eu não quero abrir portais. Ou berços de pedra, por falar nisso.

– Que importa o *que* você quer? – Agora Hughie estava ficando irritado. – Eu lhe digo, tudo está escrito. Você é a escolhida, goste ou não. *A chave para o portal é uma filha do ódio, uma filha de dois e de ninguém.* Isso é você, ou eu sou um pombo. Que mais você precisa, hein? Você tem alguma ideia do que acontecerá se o Cavaleiro da Carnificina não cavalgar?

Então Mandy, que havia ficado vigiando a rua, soltou um grito de alerta. *Crawk!*

– O que é isso, Mandy? – perguntou Hughie.

Crawk, repetiu ela. Ela parecia estar tentando falar; palavras ásperas saíam de sua boca numa linguagem que não era nem de gente nem de pássaro.

– Alguém está vindo – disse Hughie. – Estou supondo que seja seu jovem. Agora, ouça. Isto é importante. – Ele se virou mais uma vez para Mandy. – Vamos lá, você pode fazer isso, fêmea – disse ele, com um sorriso animador. – Ela não fala muito – ele explicou –, mas quando ela fala, é melhor que a gente ouça.

Mandy bateu as asas empoeiradas com crescente agitação.

– *Crawk! Ack-ack!*

– Vamos lá, Manddy.

E então o corvo começou a falar. As palavras eram asperamente pronunciadas, mas compreensíveis, e Maggie flagrou-se ouvindo uma cantiga de ninar que conhecera quando criança:

Veja o Berço (crawk!)
Bem acima da cidade.
O Povo do Fogo vem descendo
Para trazer o bebê.
A caminho do portão de Hel
O Povo do Fogo está rumando.
Fazendo beicinho, fazendo beicinho,
Tudo está desmoronando.

E, então, como se a fala humana houvesse se provado um esforço grande demais, o corvo de cabeça branca desceu pulando de seu poleiro e voou para o terraço da janela.

Hughie seguiu.

– Você ouviu o que ela disse?

– Sim, mas... – protestou Maggie.

– Não há tempo! – disse Hughie, saindo do terraço. – O Povo do Fogo está a caminho. O Fim dos Mundos está vindo. Logo você terá que fazer uma escolha. Você sabe como nos encontrar.

Maggie abriu a boca para dizer que não, ela não sabia como encontrá-los, além do mais, ela não tinha intenção de tentar, mas Hughie já havia revertido para o Aspecto de pássaro, e antes que ela pudesse sequer encontrar as palavras, tanto ele quanto Mandy levantaram voo, e não se tornaram nada além de manchinhas no céu da cidade.

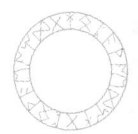

4

Adam tinha avistado o par em seus calcanhares assim que eles haviam saído da feira. Ele poderia ter se livrado deles a qualquer momento; tudo o que tinha que fazer era entrar num carro de aluguel, ou entrar numa daquelas lojas chiques, ou gritar por socorro e fingir que havia sido roubado. Mas a presença do Murmurador sempre estava de tocaia na mente de Adam e advertiu-o a ser cauteloso e permitir aos dois que o seguiam a perseguir seus passos através da cidade.

– *Tome cuidado, garoto* – disse o Murmurador. – *Não os deixem ver que você está ciente da presença deles.*

– Por quê? – perguntou Adam. – Quem são eles?

Em sua mente o Murmurador fez um som de impaciência.

– *Quem você acha, idiota? Agora, vamos para casa, e rapidamente! Não temos mais tempo a perder!*

Assim, com Maddy e Perth em perseguição impetuosa, Adam voou pelas ruas de Fim de Mundo. Ele chegou para encontrar Maggie esperando por ele junto à janela aberta, portando uma expressão inocente. Talvez um pouco inocente demais, mas Adam não notou isso; ele estava preocupado demais com seus próprios interesses.

– O Velho Homem falou? – quis saber ele.

Maggie suspirou.

– O Velho Homem... isso é tudo com que você se importa?

– Não, mas... – Adam vacilou.

– Fiquei esperando aqui o dia todo. Você nunca me pergunta como eu passo meu tempo. Você desaparece por horas e depois tudo em que consegue pensar é *naquela* coisa... – Ela gesticulou desesperadamente apontando o plinto, onde a Cabeça de pedra se erguia impassivelmente. Ela de repente ficou furiosa. Não com Adam, mas com a Cabeça; o Velho Homem que se recusava a falar, cuja teimosia agora se punha no caminho da chance de liberdade de Adam.

Na mente de Adam, o Murmurador tentava conter sua impaciência.

– *Pelo amor dos deuses, garoto, dê um beijo nela! A última coisa que preciso neste momento é que ela não coopere conosco.*

Adam lançou para Maggie seu sorriso mais doce.

– Eu lhe comprei um presente. Eu o escolhi para você. – Ele pôs seu pacote de seda ao lado dela. – Vá em frente. Abra-o – disse ele.

Maggie sentiu sua raiva retroceder. Agora ela se sentia apenas culpada. Mais uma vez ela se perguntou se deveria contar a Adam sobre os corvos. Mas o Murmurador podia ficar furioso, ela pensou; poderia até punir Adam.

Ela pegou o pacote e abriu-o. Olhou para o rolo de seda primaveril, suave como o brilho do sol, costurado com pérolas. *Este é meu véu de casamento*, ela pensou, e seus olhos se encheram com lágrimas repentinas.

– Amei! – exclamou ela. – E eu amo você!

Desta vez foi mais fácil esquecer os acontecimentos da tarde. Profecias e cantigas de ninar – até boatos de uma guerra – eram fáceis de esquecer quando postos diante de um presente como este.

– É maravilhoso – disse ela, desdobrando-o e envolvendo seus ombros com ele. – Deve ter-lhe custado os Nove Mundos...

– Você tem certeza de que o Velho Homem não falou?

– Nem uma palavra. Por que pergunta?

– Acho que podemos ter um problema. Alguém pode estar nos espionando. Estou quase certo de que fui seguido até aqui.

– Espiões? – perguntou Maggie com dúvidas, pensando nos corvos.

Adam olhou para ela seriamente.

– Você acha que eu *queria* mantê-la aqui enquanto vou para a cidade sozinho? Não podemos nos permitir que você seja vista. E os Æsir farão tudo que puderem para impedir-nos de ficar juntos.

Os olhos de Maggie se arregalaram.

– Por que eles fariam isso?

Adam deu de ombros.

– Um garoto do Norte se casar com uma integrante do Povo do Fogo? O orgulho deles jamais permitiria – explicou ele. – Se eles descobrirem, me matarão, igual mataram seus pais e amigos e todos que você amou um dia...

– Matar *você*? – O coração de Maggie gelou e depois disparou a estremecer.

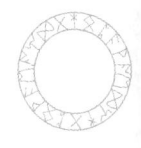

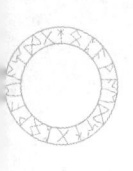

De todos os medos que ela podia ter com relação à sua família há tanto tempo perdida, nunca realmente ocorrera a ela que os Æsir poderiam querer ferir Adam. E por quê? Por causa de seu orgulho monstruoso, que se recusava a aceitar que uma filha do Fogo pudesse aprender a amar um filho do Povo?

– O que você quer dizer? – indagou ela.

Adam suspirou.

– Quero dizer que eles querem recuperar você. Tudo que eles fizeram há muito tempo foi feito apenas com este propósito. Eles separaram você de tudo. Eles mataram sua família de criação. Eles se asseguraram de que você estava totalmente sozinha antes de tentar fazer contato com você. A única coisa que eles não previram foi que você e eu poderíamos nos apaixonar. Mas quando eles realmente descobrirem – e eles *descobrirão* –, teremos que estar preparados para lutar contra eles. E se os espiões deles me seguiram até aqui...

Mais uma vez Maggie pensou nos corvos. Eles *poderiam* ser espiões? Claro que sim. Mas eles haviam se oferecido a *ela*, a Maggie, o Cavaleiro da Carnificina. Eles tinham mostrado a ela como deter o Povo do Fogo em Rhydian. Mas de acordo com Hughie, os deuses haviam escapado. E se eles descobrissem sobre Adam...

– O que você quer que eu faça? – perguntou ela.

Ela sabia a resposta para isso, naturalmente. Os corvos tinham-na previsto. Ela sabia que não podia mais esperar o Velho Homem encontrar sua voz outra vez. As runas do Novo Manuscrito estavam naquela Cabeça, esperando para revelarem-se.

Adam olhou-a ternamente.

– Você sabe que é a hora, não sabe? – perguntou ele.

Maggie soltou um longo suspiro. Isto era o que ela vinha receando. Desde que ela falara com o prisioneiro dentro da Cabeça; desde que ele lhe contara da relação entre eles, ela soubera que não demoraria a chegar o dia em que ela teria que quebrá-lo. Ela teria que fazer a escolha entre torturar o Velho Homem e arriscar a vida do homem que ela amava. Não era uma escolha justa que se pedisse para que ela fizesse. Ela odiava a ideia de fazê-la. Mas os Æsir haviam ameaçado Adam. Ameaçar Adam era cruzar um limite. Se isso significava guerra, então, que fosse guerra. O Povo do Fogo a tinha declarado.

Ela se virou para Adam mais uma vez, seus olhos como pontinhos de aço.

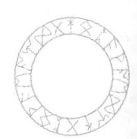

– As runas vão lhe manter seguro?

Adam fez que sim.

Maggie sorriu.

– Então você as terá, eu prometo – garantiu ela. – Desta vez ele me contará *tudo*.

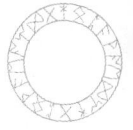

5

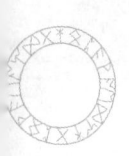

O Bom Livro ainda estava no lugar onde Maggie o havia deixado junto à cama. Um giro duplo da chave dourada e os Capítulos Fechados se revelaram. Sobre seu plinto, o Velho Homem permanecia em silêncio pétreo; mas a faísca de consciência que Maggie vira anteriormente através da runa *Bjarkán* permanecia como o brilho de um olho meio aberto.

Odin estava desperto, ela sabia, observando cada movimento que ela fazia.

Ela abriu o Livro das Invocações, seguiu o texto com seu dedo, escolheu o cântico relevante e leu as palavras rituais em voz alta:

Eu te nomeio Odin, filho de Bór.
Eu te nomeio Grim, Gan-glàri...

As palavras pareciam quase familiares agora, como as de uma canção muito repetida. Desta vez ela não tropeçou nem errou os nomes secretos. Sobre sua nuca, a marca de runa *Ác* começou a brilhar num branco prateado.

Maggie. Você não tem que fazer isso.

Maggie ignorou a voz aduladora e se insensibilizou para um contra-ataque. O Velho Homem na certa logo tentaria alguma coisa, assim que soubesse sua intenção.

Eu te nomeio Ialk e Herteit.
Eu te nomeio Vakr e VarmaTyr.
Eu te nomeio Pai dos corvos.
Eu te nomeio Andarilho de Um Olho...

Então a cabeça de Maggie começou a doer. Sua visão se duplicou; tremeu; flutuou. A luz no coração do pedaço de pedra começou a brilhar como vidro derretido.

Por favor, isso dói, disse o Velho Homem.

– Sinto muito, disse Maggie silenciosamente. *Eu não tenho escolha. Isso tem que ser feito. Eu te nomeio Pai da Desordem...*

Maggie! Por favor!

O berço de runas estava agora tão luminoso que Maggie mal conseguia olhar para ele. A dor de cabeça ficou pior – um capuz de dor pressionando seu crânio.

– Pare com isso! – gritou Maggie alto, e então, com sua força magnética, *puxou* o berço de luz de runas como uma coleira sufocadora de cão perigoso. – *Uma coisa nomeada é uma coisa domada...*

A voz em sua cabeça deu um uivo de dor. *Misericórdia!*

Mas aquele era um sentimento que Maggie não podia mais se permitir. Ela ergueu os olhos do Bom Livro e concentrou toda a sua força magnética sobre a Cabeça.

Assim, estás nomeado, e servil à minha vontade.

Por fim, a luta havia terminado.

E então ela se virou para o Velho Homem em sua rede de luz de runas.

– Sinto por ter tido que fazer isso – lamentou ela. – Mas o tempo está se esgotando. Você sabe o que eu quero. As runas do Novo Manuscrito...

O prisioneiro deu um suspiro mental.

– *Você podia ter apenas me pedido* – falou ele. – *Em vez de me submeter a todo este martírio.*

– Sim. Como se você fosse *me* dizer...

– *Claro que eu diria* – afirmou o General. – *O Novo Manuscrito é seu de direito por nascimento. Como seu nome, seu verdadeiro nome, ele é uma coisa de notável poder. Tome cuidado para não o revelar insensatamente.*

– O que você quer dizer com revelar?

– *Ah, você descobrirá bem depressa. Eu não tenho que ser um oráculo para saber o que o Murmurador vai lhe pedir em breve.*

– O que vai ser? – disse Maggie.

– *Ele vai ordenar que você me mate, naturalmente.*

Maggie protestou.

– Eu não faria isso...

– *Ah, mas você fará* – disse o Velho Homem. – *Você fará isso porque não terá escolha. Eu posso até lhe mostrar as runas que você usará para me lançar na eternidade.*

– As runas – comentou ela.

– *Sim, Maggie. As runas.*

E agora, por fim, elas apareciam. As runas. As novas runas do Manuscrito Mais Novo, com todas as suas cores, como flâmulas ao vento.

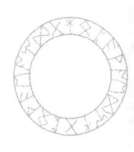

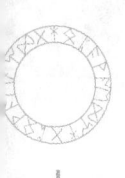

Aesk e *Ác*, *Eh* e *Ea*, *Ethel* e *Perth*, *Daeg*, *Wyn* e *Iar*. Suas cores passaram tremulando tão rapidamente que Maggie mal captou seus nomes. Mas isso não importava; ela entendia. Ela já sabia como usá-las. E sabia que podia invocá-las a qualquer momento e curvá-las a seu propósito.

– Nove runas. Isso é tudo?

– *Não, há mais uma* – disse o Velho Homem. – *Uma última, da maior importância, a que vai mudar a forma dos Mundos...*

– Qual é? Mostre-me! – pediu ela.

– *Não fique tão impaciente, garota* – disse o Velho Homem em sua voz seca. – *Se você vai me matar, pelo menos me deixe falar primeiro. Um homem pode plantar uma árvore nova por qualquer motivo. Talvez o homem seja afeiçoado a árvores. Talvez ele precise do abrigo. Ou talvez ele saiba que em algum dia próximo precisará da lenha. Plante suas sementes com cuidado, então. De cada Bolota, um Carvalho pode brotar.*

– O que tudo *isso* quer dizer? – perguntou Maggie quando o Velho Homem caiu em silêncio.

– *Você que tente solucionar* – disse o Velho Homem. – *Eu falo como devo, e não devo me calar.*

– Mas quem era o homem de que você estava falando?

– *Eu falo como devo, e não devo me calar.*

– É alguém que eu conheço? – insistiu ela.

– *Eu falo como...*

– Desejo realmente que você pare de dizer isso! – Maggie olhou para suas mãos. – Por favor. Conte-me o que você tem a dizer.

Por um momento o Velho Homem fez uma pausa, e a luz dentro da Cabeça da pedra brilhou de satisfação.

– Maggie – disse ele baixinho –, *tenho procurado por você desde o fim da Era. Isso me tomou mais tempo do que eu pensava, mas acredite nisso. Eu nunca esqueci você. Nem por um momento. Todo este tempo eu tenho tentado encontrar uma chance de levá-la de volta para seu povo.*

– Meu povo? – perguntou Maggie, erguendo os olhos. – O Povo do Fogo matou meu povo.

– *Não* – disse o Velho Homem em sua mente. – *O Inominável matou seu povo. O ser que você chama de Mestre, e que Adam chama de Murmurador, matou-os todos com uma única Palavra...*

– Foi a Glória que fez isso – disse Maggie.

– Não houve Glória – disse o Velho Homem. – *Apenas um exército de dez mil almas, que foi enviado para destruir os Æsir. Sua irmã salvou os Mundos naquele dia. Mas agora o Murmurador tem você, o Cavaleiro cujo nome é Carnificina, e ele tenciona destruir os deuses e reivindicar Asgard para ele mesmo...*

– Você está mentindo!

– *Eu não posso mentir. Sou um oráculo.*

Por um longo tempo Maggie ficou em silêncio, olhando através da runa *Bjarkán*. Através dela, o Velho Homem ardia em luz, mas ela não conseguiu detectar nenhum traço de engano, nem mesmo uma bruxaria de mentira.

O Inominável havia matado seus pais.

O Murmurador era o inimigo.

Por um momento Maggie sentiu como se sua vida inteira houvesse se despedaçado. A Ordem; o Bom Livro; a Adversidade; todas as verdades imutáveis em que ela fora levada a crer – de repente parecia que nada daquilo tudo havia sido exatamente o que ela pensara. Era como se alguém houvesse lhe contado que os Nove Mundos *não* estavam alojados nos galhos do Mundo Três, como sempre acreditara, mas estivessem de algum modo flutuando à sua volta no céu, suspensos por nada além de magia. Era estarrecedor; não fazia sentido; e, no entanto, ela entendeu, era verdade.

O Murmurador havia provocado a Glória. A coisa que habitava Adam era uma entidade perigosa, vingativa, voltada à destruição do Povo do Fogo. A irmã que ela nunca conhecera havia causado o Fim dos Mundos e salvado os deuses no processo – e agora o Velho Homem, seu avô, queria que ela fizesse o mesmo: cavalgar junto com eles para a batalha e ajudar a reivindicar seu reino perdido...

– E quanto a Adam? – perguntou ela por fim.

– *Quanto a ele?* – repetiu o Velho Homem.

– O Murmurador disse que você o mataria.

– *Por que eu iria querê-lo morto?* – contestou ele. – *Maggie, eu sou um oráculo. Este casamento não vai acontecer. Não importa o quanto você possa desejá-lo...*

Maggie começou a interromper, mas o Velho Homem continuou.

– *Portanto, Adam não é problema nosso* – disse ele. – *Seu passageiro, contudo, é um grande inimigo nosso. Remova um do outro, e Adam não nos diz mais respeito.*

Maggie lutou para entender o que o Velho Homem estava lhe dizendo. Os Æsir não queriam Adam morto. E, no entanto, o casamento não aconteceria. Como isso poderia ser? – perguntou ela a si mesma. Como isso poderia ser, se Adam estava seguro?

Ansiosamente, ela agarrou a ideia que estava à frente das outras em sua cabeça.

– Você jura não o ferir, então? Assim que o Murmurador o libertar?
– *Naturalmente que juro.*
– Pelo seu próprio nome?
– *Pelo meu próprio nome, juro.*

Maggie suspirou. Ela sabia o bastante para entender que o juramento era irrevogável.

– *Naturalmente, se você me matar, as apostas estão retiradas* – continuou o Velho Homem. – *Na verdade, é mais que provável que os outros venham atrás de vocês dois. Sua irmã, em particular. Você é muito parecida com ela, a propósito. É uma grande pena que vocês tenham sido criadas longe...*

E agora uma série de imagens passou rapidamente pela sua mente como um pacote de cartas de baralho de uma leitora de sorte; de rostos e lugares que ela quase conhecia...

Uma garotinha com cabelo longo e desgrenhado, sentada na forquilha de uma árvore; a mesma garotinha, agora mais velha, lançando uma runa num garoto com olhos malvados e uma mancha úmida em suas calças. Uma garota numa colina; um homem com um pacote sentado ao lado dela, fumando um cachimbo. A mesma garota, mais velha, debaixo da terra, baixando os olhos para um poço de fogo onde uma bola de vidro derretido guinava para cima e para baixo como uma isca de pescador. A mesma garota mais uma vez, numa planície que parecia se estender para todo o sempre...

E então, em algum lugar na cidade abaixo, um homem numa capa e aquela garota novamente, olhando através da runa *Bjarkán*.

– Ela está aqui? – perguntou Maggie. – Minha irmã está aqui, em Fim de Mundo? Ela seguiu Adam até aqui? E quanto ao Povo do Fogo? Onde eles estão agora? A que distância? Como eles escaparam de Rhydian? E eles podem ir ao Santo Sepulcro a tempo de impedir o casamento?

O Velho Homem suspirou.

– *Eu falo como devo, e... etc. e tal. Acho que você conhece o refrão a esta altura.*

– Mas e quanto ao casamento?

Odin suspirou outra vez.

– *Por favor, Maggie. Tente se concentrar. Há mais coisas do que bolo de casamento nisso. Mundos podem se erguer ou cair com isso tudo, e mesmo os planos mais elaborados podem se tornar uma coisa tão minúscula quanto um beijo de namorado.*

E, dizendo isso, o Velho Homem caiu em silêncio de novo, e Maggie Rede abriu os olhos.

– O que ele falou? – perguntou Adam. Naturalmente, ele tinha ouvido apenas metade da conversa de Maggie. – Ele lhe deu o Novo Manuscrito? O que ele lhe contou sobre mim?

Maggie balançou a cabeça, ainda confusa.

– E então? – insistiu Adam impacientemente.

Maggie olhou dentro dos olhos de Adam e viu o Murmurador ardendo neles.

– Primeiro, nós temos um trato – disse ela. – Você disse que libertaria Adam.

– *E assim farei* – garantiu o Murmurador. – *Você achou que eu quebraria Minha promessa? Mas você tem um papel a desempenhar nisso. Depois, o garoto pode ir embora livremente.*

– O que você quer dizer? Que papel? – indagou ela.

O Murmurador soltou um suspiro teatral.

– Sempre com *as perguntas* – disse ele. – *Muito bem. Deixe-Me explicar. No Sonho, eu sou desincorporado. Mas Minha consciência nos Mundos Médios requer uma presença física. Até agora, Meu jovem amigo serviu a este propósito. Mas até que eu possa me mudar para um hospedeiro apropriado, temo que devo me impor sobre sua boa vontade por um pouquinho mais de tempo.*

Maggie pensou naquilo por um momento.

– Um hospedeiro apropriado? – repetiu ela.

O Murmurador fez Adam dar de ombros.

– *Naturalmente* – disse ele. – *Você não acha que eu gosto de ficar preso neste corpo patético? Eu preciso de alguma coisa mais permanente.*

Ele apontou para a Cabeça de pedra. Sua força magnética estava completamente escura agora, e apenas através da *Bjarkán* ela pôde ver a rede de runas que a prendia. Que qualquer coisa pudesse viver ali já era difícil o suficiente de aceitar; que o Mestre de Adam pudesse *escolher* fazê-lo era quase inconcebível.

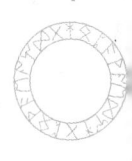

– Você entraria *naquilo*? – perguntou Maggie.
– *Não, Maggie, não é isso. Mas uma coisa com a força magnética.* – Os olhos de Adam cintilaram. – *Alguma coisa bonita, com runas, talvez...*
– Como o quê? – indagou Maggie.
– *Apenas deixe isso Comigo. Basta dizer que, na noite de Domingo, tanto eu quanto você teremos o que queremos.*
– Mas e quanto ao Velho Homem?
Mais uma vez o Murmurador deu de ombros.
– *Agora que você tem as novas runas, não precisamos mais dele. Quando você estiver preparada, apenas diga a palavra e mande-o para o Inferno, que é o lugar de onde ele saiu.*
– Você quer dizer, matá-lo? – perguntou Maggie.
– *Bem, é claro* – confirmou o Murmurador. – *Este é Odin, o General dos Æsir. Nosso maior e mais perigoso inimigo. O que você achou que nós íamos fazer? Mandá-lo para a cama com um copo de leite?*

Agora Maggie via a armadilha em que fora presa e amaldiçoou o Velho Homem interiormente. Ele sabia que isso aconteceria? Naturalmente. Ele podia ter até planejado a coisa deste modo? Isso também parecia provável. Este era Odin, filho de Bór. Sua perversidade era lendária. Odin, cujos planos eram impenetráveis; que, mesmo reduzido à maior fraqueza – desincorporado, um prisioneiro –, sabia cair como ave de rapina sobre a mente de sua vítima.

Tinha que ganhar tempo, Maggie disse a si mesma. Ela tinha que encontrar uma saída disso. Matar o Velho Homem era impensável – ao menos até que ela encontrasse um meio de proteger Adam da vingança dos Æsir. Mas desobedecer ao Murmurador – isso também era impensável. Adam ainda estava em seu poder; ele podia dilacerar a sua mente...

– *O que é, Maggie?*

A voz do Murmurador despertou-a de seus pensamentos desagradáveis.

– O Velho Homem me falou que você diria isso. Ele disse que, tão logo você tivesse as runas, me ordenaria a matá-lo.

– *Ele lhe falou mesmo, foi?* – retrucou o Murmurador, suavemente. – *E... Ele falou mais alguma coisa?*

Maggie deu levemente de ombros. Ela esperava que ele parecesse petulante, em vez de culpado. Ela sabia que teria que tomar grande cuidado com *o que* contasse ao Murmurador. Um pouquinho demais, e quem sabia que mal isso poderia causar a Adam antes que ela o subjugasse. Um excesso, e ela perderia o controle.

Sim, ela teria que ser cuidadosa, pensou.

– *E aí, garota, o que você está esperando?* – disse o Murmurador impacientemente. – *Você vai se casar no Domingo. Então, dê-Me o que eu quero, as runas, e eu lhe darei Adam. Temos um trato?*

Teimosamente, Maggie balançou a cabeça.

– Não até que você liberte Adam.

Por um momento, houve silêncio. Maggie podia sentir o Murmurador lutando para conter sua fúria. Num momento a coisa iria explodir, e Adam seria o único a padecer.

Mas quando ele falou novamente, sua voz era calma, suas cores suavizadas.

– *Maggie, por que você não confia em Mim?* – perguntou ele. – *Uma semana atrás você estava do Meu lado. Você acreditava em Mim e na Ordem. Uma semana atrás você não podia esperar para derramar um pouco de sangue do demônio. O que ele lhe falou que mudou sua opinião?*

– Ele não mudou minha opinião! – garantiu ela.

– *Então, o que foi que ele disse?* – quis saber o Murmurador.

Maggie olhou dentro dos olhos de Adam. Ela odiava ocultar a verdade dele, mas isso era para seu próprio bem. Se seu passageiro suspeitasse que ela estava tendo pensamentos ocultos...

– Ele fez uma profecia – disse ela. – Avisou que eu teria que fazer uma escolha entre meu Povo e a família. E eu fiz minha escolha. Se o Povo do Fogo vier aqui no Domingo, eu lutarei. Mas não deixarei Adam ser sacrificado. Quero sua palavra de que o manterá seguro. Nós nos casaremos na catedral às oito horas, e então, só *então*, eu lhe darei as runas e mandarei o Velho Homem embora.

Por um longo tempo Adam ficou em silêncio.

– *Domingo* – disse ele.

Ela fez que sim.

– Às oito.

– *E então você Me dará o Novo Manuscrito?*

– Eu juro. Por meu próprio nome.

Por um momento, Maggie sentiu a quase aterradora intensidade da satisfação do Murmurador.

– *Muito bem* – falou ele por fim. – *Se é assim que você quer. Ótimo!* – E quando Maggie olhou, sua presença se retirou, deixando apenas Adam, parecendo pálido, mas em posse de si mesmo, no lugar.

Ela deu a ele um sorriso que Adam achou quase arrepiante em sua ternura.

– Eu consegui – disse ela. – Você ficará a salvo. E ninguém vai interromper nosso casamento.

Depois, ela se virou em direção à cama e pegou o pedaço de seda amarela. Ajeitou-o em dobras sobre seu cabelo tosado; o sol tardio bateu sobre as dobras e ela ficou transfigurada, linda, uma deusa em Aspecto, com olhos parecidos ao sol...

Naturalmente, Adam pensou para si mesmo, o amor e o tipo certo de iluminação podem transformar numa beldade até a mais comum das garotas. Mesmo assim, ele sentiu uma pontada de desconforto. Ela se parecia tanto com sua irmã naquele terrível dia nas margens do Inferno! Bela e perigosa, como uma coisa saída de um sonho sobrenatural. *Mais um dia*, ele disse a si mesmo. Só mais um dia e estaria livre.

A ideia era tão agradável que Adam sentiu uma onda de algo quase parecido à afeição, como você sentiria por um cão vadio que inesperadamente se revela um rateiro muito útil.

– Maggie – disse ele –, você será a mais bela noiva em Fim de Mundo!

E então ele a beijou, e mais uma vez Maggie se esqueceu de tudo o mais, exceto do rosto de Adam – os lábios de Adam, a voz de Adam, os olhos de Adam. Enquanto isso, na rua abaixo, sua irmã gêmea olhava para ela através da runa *Bjarkán*, e o Velho Homem dormitando, satisfeito, embalando seus sonhos de Asgard.

6

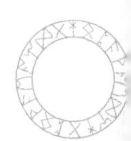

Nan não tinha medo dos sonhos. O Sonho era a fonte viva de tudo. O Sonho liga a Ordem e o Caos, ela sabia; o Sonho liga a Morte ao Mundo Médio. Um sonhador pode falar com os mortos, caminhar com os deuses, construir maravilhosos castelos no ar.

E nada sonhado está perdido, e nada está perdido para sempre...

Sete dias haviam se passado desde que Nan Fey se tornara o Cavaleiro da Loucura. Durante esse tempo ela havia seguido as instruções que lhe eram retransmitidas pelos pássaros do Velho Homem, esperando, com alguma apreensão, pelo momento em que seria convocada a agir – embora o que exatamente se esperava que ela fizesse fosse ainda uma coisa misteriosa. Até então, tudo que tivera que fazer fora alimentar seus gatos e Epona, cuidar de sua casinha e esperar até que a nuvem de sonho que viria da Colina do Cavalo Vermelho rastejasse até às proximidades da aldeia.

Na verdade, ela não estava mais rastejando. Na manhã de Domingo a nuvem se tornara uma asa espalhada sobre o vale, lançando sua sombra de Bons Campos até às margens do Strond. A casa de Nan estava longe o suficiente para dar a ela alguns dias a mais de segurança; mas Malbry estava bem em seu caminho. Grupos de refugiados já haviam se mudado conforme a nuvem avançava – alguns chegando à Floresta do Pequeno Urso –, mas a maior parte dos aldeãos de Malbry nunca havia saído do vale, e a ideia de deixá-lo agora, mesmo em face de tal perigo, era demais para que suportassem.

Nan esperou por tanto tempo quanto pôde. Mas na noite de sexta-feira, com a nuvem de sonho cobrindo o céu e sufocando até o som do Strond com seu rugido surdo, odioso, ela concluiu que não havia tempo a perder. Com ou sem as ordens do Velho Homem, ela tinha que fazer *alguma coisa* para ajudar. Sozinha, fora de Aspecto, ela duvidava se seria de qualquer utilidade para os aldeões. Mas talvez se cavalgasse Epona...

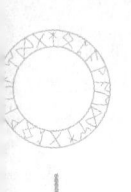

Ela pôs suas botas mais reforçadas, o xale e o chapéu que usava para os dias de festa. Depois saiu para o quintal a fim de dar uma olhada no Cavalo do Ar.

Em seu presente Aspecto ela pareceu (para Nan, que nunca havia realmente cavalgado) muito mais atemorizante do que parecera quando elas haviam voado juntas através do Sonho. Não portava nem sela nem rédea; então inspecionou-a cheia de dúvidas e se perguntou se ela conseguiria carregá-la. Uma queda em sua idade significava a morte; e isso parecia provável demais para Nan, cujos velhos ossos quebradiços temiam o mais ligeiro choque e doíam quando chovia.

Ainda assim, ela disse a si mesma, uma pessoa que havia voado através do Sonho numa cesta de roupa para lavar não deve temer nada de uma velha égua, e então pegou na crina do Cavalo e, pondo-se em pé sobre um velho cepo de árvore, sussurrou no ouvido de Epona:

– Agora, então, velha garota. Vamos cavalgar, direitinho e suavemente, para Malbry.

Epona ergueu sua cabeça e relinchou.

– Boa garota – disse a Louca Nan. E com um esforço, ela pôs sua velha perna sobre o lombo do cavalo branco e içou-se no lugar, agarrando-se bem e com força, com as suas duas mãos apertando a crina do Cavalo. – Esta é minha boa garota – repetiu Nan quando, sem mais prelúdio, o Cavalo do Ar começou a caminhar, depois a trotar, e finalmente a galopar pela estrada de Malbry abaixo enquanto Nan se segurava para sobreviver, e o som da brecha no Sonho aumentava gradualmente de um rugido distante para o de uma tempestade.

Acima dela, dois corvos circulavam, mas o som dos trovões na brecha no Sonho engoliu seus gritos, como engoliu tudo mais.

– Boa garota – falou Nan Fey outra vez e, batendo com seus calcanhares, ela cavalgou o Cavalo Branco dos Últimos Dias em direção à nuvem de sonho, enquanto em Fim de Mundo, o Velho Homem dormia, e um Cavaleiro cujo nome era Traição vagava a esmo pelas ruas da Cidade Universal, ainda ignorante do fato de que o *verdadeiro* traidor era outra pessoa...

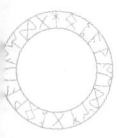

7

Mesmo sobre o Cavalo do Ar, a Louca Nan levou dez minutos para entrar em Malbry. Nesses dez minutos a nuvem de sonho havia rastejado aproximadamente dez centímetros para mais perto do portão da Paróquia; mais adiante, erodira um celeiro de grãos que pertencia a Tyas Miller; acabara com um galinheiro, incluindo todos os seus ocupantes; e um cachorro marrom peludo que estava dormindo à porta da igreja, onde a maioria dos cidadãos sobreviventes de Malbry e de seus povoados vizinhos agora esperava, vigilantes e aterrorizados, mães apertando seus filhos, na expectativa da catástrofe iminente.

Nan Fey havia esperado muito tempo por isso. Noventa e tantos anos haviam se passado esperando pela hora em que poderia ser finalmente necessária, quando seu aparecimento seria acolhido com suspiros de alívio, e não com gritos de hilaridade e desprezo. Ela não era de natureza vingativa, mas Malbry não a tinha tratado bem, e agora que o destino do lugar pairava em suas mãos, ela planejava desfrutar do momento.

Ela contornou a nuvem de sonho, que agora se erguia a doze metros acima dela, deixou Epona na extremidade da igreja e entrou pela porta lateral. A cena com que se deparou foi lastimável. A igreja estava iluminada a velas. Mais de duzentos aldeões sentavam-se agachados contra a parede dos fundos. Alguns eram crianças; alguns eram velhos. Alguns eram fazendeiros, esforçando-se por parecer firmes. Alguns choravam. Alguns rezavam. Nan viu Mae Smith – agora Mae Dean, naturalmente –, que estava em visita a Malbry quando a nuvem de sonho isolou a estrada; assim como seu novo marido, Zebediah Dean, um homem de relativa importância que se esperava que fosse o novo Bispo. Matt Law e seus guardas estavam lá – Tyas Miller, Dan Fletcher, Patrick Dunne, Jack Sheperd, Ben Briggs –, mas mesmo eles pareciam estar de olhos arregalados e perdidos, os rostos pálidos, as mãos estendidas, alguns ainda apertando posses salvas das casas desmoronadas. Um tremor de som percorreu a igreja assim que Nan Fey abriu a porta; alguém começou um cântico, mas imediatamente caiu em silêncio.

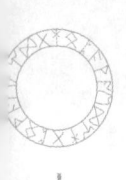

Todos os olhos se voltaram para Nan; e ela descobriu que, a despeito dos noventa anos sendo o alvo das piadas de todos, sentia um precioso pequeno prazer ao ver as mesas sendo viradas. Outro tipo de mulher podia se sentir tentada a tripudiar um pouco, mas a Louca Nan Fey tinha bom coração e, vendo a desgraça dos aldeões, ergueu a voz e gritou para eles tão alto quanto pôde:

– Ouçam-me, todos! Eu acho que sei como nos ajudar!

Um silêncio acolheu as palavras de Nan. Talvez fosse uma medida do desespero e da infelicidade coletivos que ninguém houvesse rido ou desprezado suas palavras, mas olhado para ela com dúvida e medo (e talvez um pouco de esperança também).

– O que alguém pode fazer para ajudar? – A voz era de Damson Ploughman, vindo de uma das pequenas propriedades entre Malbry e a Estrada da Colina do Castelo. – Minha fazenda desapareceu na névoa maligna, sim, e todos os meus cavalos também, e quando meu filho partiu atrás deles...

– Sim! – falou Mags, a mulher do lavrador, uma senhora que algumas pessoas chamavam de enérgica (e outras, de apenas estridente). – O Fim do Mundo chegou para nós, sua esquisita! E foi *seu* povo que o trouxe aqui!

– Meu povo? – perguntou Nan Fey.

– Sim, o seu. O Povo-Vidente!

Ouvindo isso, um número de vozes se ergueu em acordo. Os gritos de Mae Dean eram mais estridentes do que os da maioria (o povo de Malbry não havia esquecido que fora a *sua* irmã quem havia começado tudo isso). Zeb Dean ouviu com aprovação; ele se casara com Mae (ainda uma beldade) contra a advertência de seu tio-avô Torval, e estava feliz por ver que ela, por fim, não tinha simpatias desiguais.

– Aí está, aí está – dizia ele, pegando afetuosamente a mão de sua mulher. – Não precisa se aborrecer, minha querida. Eu ainda tenho alguma influência aqui, e você pode ter certeza de que quando isso chegar à atenção de meu tio-avô, a questão será abordada.

Nan escutou os gritos raivosos e balançou sua velha cabeça em reprovação.

– Eu achei que vocês teriam percebido a esta altura – disse ela, erguendo sua voz por sobre o tumulto. – Não veem que é o Povo-Vidente que os ajudou todos esses três anos?

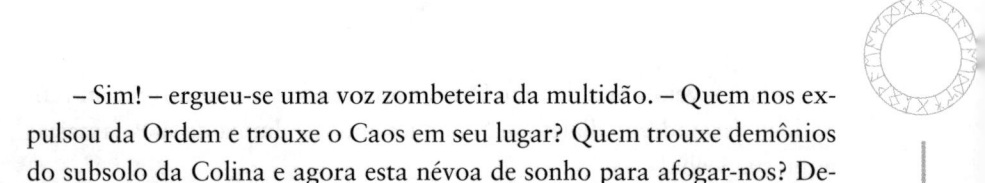

– Sim! – ergueu-se uma voz zombeteira da multidão. – Quem nos expulsou da Ordem e trouxe o Caos em seu lugar? Quem trouxe demônios do subsolo da Colina e agora esta névoa de sonho para afogar-nos? Devíamos estar ajoelhados neste exato momento, agradecendo aos deuses por sua misericórdia!

Era Dan Fletcher, um dos guardas de Matt, conhecido no vale como um cínico e livre-pensador; conhecido por Nan Fey desde que era um menino.

– Eu me lembro de você, Dan Fletcher – disse Nan. – Eu posso lembrar-me de você quando não era nada além de um rapaz, fazendo-me perguntas sobre sonhos. Você estava sempre sonhando naqueles dias, mesmo quando sua mãe batia em você por isso.

– Sim – falou Dan –, e olhe onde isso nos trouxe! Aquela névoa saiu do rio Sonho, e não ouse negar isso.

Nan sorriu para ele aprovadoramente. Dan sempre fora inteligente, ela pensou, e era bom que ele estivesse ali.

– Eu *não* nego isso, Danny – disse ela, e um tremor percorreu o povo reunido. – Este é o início do Fim dos Mundos, e ele começa, como devido, no centro. O Povo-Vidente partiu em marcha para Fim de Mundo, os três Cavaleiros estão cavalgando, o rio Sonho rompeu suas margens... – Ela apertou os olhos sobre os refugiados. – *Fazendo beicinho, fazendo beicinho*. Vocês certamente sabem o que *isso* significa.

Os aldeões trocaram olhares silenciosos.

– Sim. Significa que ninguém pode nos salvar – falou Dan. – Por baixo da fanfarronada, seu tom era triste. – Podemos correr, podemos nos esconder, podemos tentar lutar, tudo isso significará nada no fim. Nada além de névoa e cinzas.

– Errado – corrigiu Nan. – Ouçam isso. *O Berço caiu uma era atrás, mas o Fogo e o Povo vão erguê-lo...*

E então Nan citou a profecia que o Velho Homem havia lhe dado, tentando preencher sua velha voz desconjuntada com o mesmo ar discreto de autoridade. Não funcionou completamente – porque no meio do caminho, Mags Ploughman piou com sua voz estridente, interrompendo as palavras do Oráculo:

– Para que vocês a estão ouvindo? – gritou ela. – Ela sempre foi louca, seus malucos, e agora ela está em aliança com o Povo-Vidente. Acho que devemos *jogá-la* na névoa maligna e ver o que acontece então, isso sim!

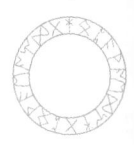

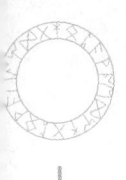

– Sim – veio a voz de Mae Dean, esquecendo seus modos recém-refinados e recaindo no dialeto. – Não queremos nenhuma de suas fantasias aqui, sua velha!

Houve gritos de *"Sim"* e *"Jogue-a lá"*. E então surgiu uma dúzia de mãos ansiosas tentando agarrar Nan Fey, e uma onda de pessoas, incitadas pelo medo, empurrando-a em direção à porta.

Mas Dan Fletcher se interpôs no caminho delas.

– Ela pode ser tão louca como vocês dizem – lembrou ele –, mas, de qualquer modo, vocês não vão lhe fazer mal.

Por um momento pareceu que iriam: punhos foram erguidos; socos ameaçados; alguém chutou Dan no tornozelo e fez com que ele cambaleasse.

Mas então Matt Law se ergueu ao seu lado; e Tyas Miller e Ben Briggs. A violência parecia inevitável. Alguém derrubou uma estátua. Outro alguém ergueu uma pá. Nan se afastou da multidão linchadora e escancarou a porta da igreja, mergulhando no escuro, onde Epona, o Cavalo do Ar, se erguia como um fantasma na névoa.

Duas figuras esfarrapadas a ladearam.

– Hugin e Munin, em seu verdadeiro Aspecto. Contra um muro de névoa eles se pareciam com sombras do próprio Inferno. A multidão raivosa engoliu em seco e recuou.

– Demônios! – gritou Zebediah Dean.

Nan olhou para Hughie.

– Vocês não se apressaram – falou ela.

– E *você* foi aconselhada a esperar, Nan Fey.

Nan deu de ombros.

Mandy crocitou. Mesmo neste Aspecto, ao que parecia, ela tinha problemas com a linguagem.

Hughie pôs a mão no pescoço, onde um pingente do tamanho de uma moeda – alguma espécie de talismã – brilhou, refletindo a luz das velas. Ele puxou o objeto pela cabeça e estendeu-o a Nan Fey.

– O que é isso? – perguntou Nan.

– Uma lembrança do Velho Homem – disse Hughie. – Use isso quando achar utilidade.

E, dizendo isso, ele e sua irmã mudaram para a forma de pássaro, levantaram voo e desapareceram dentro da névoa.

Nan olhou para o objeto com dúvidas. Era redondo, com runas inscritas, e em sua superfície espelhada ela viu ela mesma, de ponta-cabeça, mas alterada, *iluminada*...

Por trás dela, a multidão de aldeões havia começado a se recobrar e reagrupar. Logo, ela sabia, seu medo abriria caminho para a ameaça de violência outra vez.

Mas agora Nan os encarou em seu novo Aspecto – o do Cavaleiro cujo nome era Loucura – e de repente ela *soube* o que fazer, e riu como uma criança diante da facilidade da coisa.

– Isto é loucura – disse Zab Dean. – Vamos ficar ouvindo fantasias e fábulas de uma anciã louca e um casal de pássaros?

Nan sorriu.

– Louca? – disse ela. – Sim, talvez eu *seja* louca. Mas a Loucura é uma das ilhas do Sonho, e eu conheço aquelas águas *muito bem*.

Ela levantou o pingente que Hughie tinha lhe dado. Dele, a luz das velas parecia agora reluzir tão clara como o sol. Parecia um pouco maior também; não era mais uma moeda, mas um prato de jantar.

E nesse momento a runa quebrada *Fé* começou a brilhar sobre a testa enrugada de Nan Fey. Ela brilhou um branco claro e luminoso, e ao fosforescer, pareceu *mudar*, de modo que qualquer aldeão que ousou erguer seus olhos para o rosto da velha mulher viu a marca de runa fosforescendo ali, quando ela mudou de uma duna fosca e defeituosa para uma brilhante e luminosa força magnética do Novo Manuscrito.

Mae soltou um grito e se encolheu. Ela conhecia uma marca de runa ao ver uma – e vira a que havia na mão de sua irmã fosforescer exatamente deste modo assustador.

– Que as Leis salvem todos nós! – falou Zab Dean. – Isso devia ser registrado!

Mas Dan Fletcher estava olhando para Nan, com um brilho de apreciação em seus olhos.

– O que é isso, Nan? – perguntou ele baixinho. – Que travessura você andou aprontando agora?

Nan sorriu.

– Nenhuma travessura, eu juro. Eu naveguei pelo céu numa cesta de roupa para lavar, flutuei sobre as ilhas do Sonho, cavalguei um Cavalo do Ar pelas nuvens e agora eu vim ajudar meu Povo...

– *Ajudar*-nos? – Mae gemeu. – Você ferrou todos nós com seus sonhos!

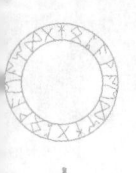

Nan se perguntou (e não pela primeira vez) como qualquer irmã de Maddy Smith poderia ter se tornado tão burra.

– Ouçam-me! – ordenou ela. – Nunca houve nada que temer nos sonhos. Isso foi apenas uma história armada pela Ordem, que com toda razão temia seu poder.

Os aldeões se olharam com dúvidas ao ouvir isso, a maioria deles tendo acreditado desde a infância que sonhar era terrivelmente perigoso. Alguns (como Mae) *nunca* tinham sonhado; alguns o tinham feito em segredo. Um desses era Dan Fletcher, naturalmente, e agora ele olhava para o Cavalo do Ar, que se erguia placidamente nas proximidades. Como a maioria dos aldeões, ele conhecia todos os cavalos no vale, bem como conhecia seus proprietários, e este era desconhecido para ele – além de parecer estranhamente *insubstancial*, como o pálido reflexo de um cavalo sobre um trecho de água de enchente.

– Daqui a pouco você vai dizer que ele veio aqui através do Sonho.

Nan lhe lançou seu sorriso travesso.

– Não subestime o Sonho – falou ela. – O Sonho é um rio que flui pelos dois lados, da Ordem para o Caos e vice-versa. O Sonho é a nascente da criação; nem a Morte é páreo para ele. *Nada sonhado se perde, e nada está perdido para sempre.* Isso é o Velho Homem nos contando que o que é destruído pode ser reconstruído, sim, até mesmo castelos nas nuvens!

– Castelos nas nuvens – disse Dan. – Eu optaria por uma cama e uma refeição.

– Optaria mesmo? – perguntou Nan, ainda sorrindo para ele. – Eu me lembro de você querendo mais que isso.

Dan pareceu grosseiro.

– Que bem os sonhos podem trazer agora?

– Eu lhe mostrarei – disse Nan, montando em Epona com uma agilidade da qual, havia apenas algumas horas, ela nunca teria se imaginado capaz. A força magnética especular dos pássaros de Odin estava agora quase do tamanho de um prato de coleta que Nat Parson passava por toda a igreja depois de todo ofício. Nan não tinha nenhuma ideia de para que servia, mas era uma forcinha magnética, por certo, ela pensou; e segurando-a em suas duas mãos, com os dois calcanhares escoiceando os flancos do Cavalo, a Louca Nan Fey pressionou Epona diretamente para a nuvem de sonho.

– Não! – gritou Dan, dando um passo.

Mas Nan apenas riu.

– *Ele flui para os dois lados!* – E, com isso, ela entrou na nuvem de sonho num galope, o longo cabelo branco escorrendo longamente por trás dela, e desapareceu na névoa maligna sem lançar sequer uma olhada para trás.

– E agora o quê? – questionou Matt Law.

– Agora nós esperamos. E rezamos – afirmou Dan.

A nuvem de sonho estava na entrada agora, roçando a soleira da porta. O Povo havia recuado para a igreja na esperança de que ela poderia providenciar refúgio; mas uma vela deixada na entrada e uma cópia do Bom Livro haviam se dissolvido em pilhas idênticas de cinza, e agora a entrada, reduzida a um polimento por séculos de pés veneradores, estava começando a ficar leitosa e desaparecer...

E então uma figura deu um passo, saindo da névoa.

– Demônios do Caos! – gritou Mae; mas Ben Briggs estendeu sua mão e, arriscando-se a perdê-la, agarrou a figura fantasmagórica e puxou-a para a entrada.

Por um momento houve silêncio quando todos olharam fixamente para a aparição.

Depois Damson Ploughman deu um grito.

– *Deuses! Graças aos deuses!* – exclamou sua esposa.

Era Sam, seu filho desaparecido, e por vários minutos depois disso o Povo ficou ocupado demais disputando por tocar o recém-chegado – puxando seu cabelo e checando seus dentes e tripudiando com prazer e surpresa à menor coisa que ele fizesse – para prestar atenção aos protestos de Zebediah Dean, que sustentava que o jovem Sam era um demônio disfarçado, e que todos eles seriam duplamente amaldiçoados, e que quando seu tio soubesse disso, haveria sérias consequências...

– Ah, cale a matraca, Zeb – disse Mags. – Ele se *parece* com um demônio para você?

– Bem, ele está bastante feio, por certo – opinou Damson, cujos olhos ainda estavam transbordando de lágrimas.

Sam sorriu. Todos riram, exceto, claro, Zeb Dean e Mae.

– *Tudo que vocês têm que fazer é sonhar* – disse Dan Fletcher em deslumbramento. – Foi o que ela quis dizer. É isso!

Sam fez que sim.

– Eu concordo. Eu me lembro de ter entrado na névoa; então nada mais até que Nan Fey...

– Como foi que ela fez isso, Sam? – perguntou Mags.

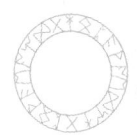

– Eu acho... Eu acho que ela *sonhou* isso, Mãe!
Dan se virou para os aldeões.
– Bem, o que é que estamos esperando? – indagou ele. – Se Nan pode fazer isso, nós também podemos!
– Nós? Sonhar? – perguntou Mae Dean.
– Por que não? – respondeu Matt Law, nunca o mais imaginativo dos homens, mas obstinado quando entendia a questão. – Que mais temos a perder agora?

Houve uma agitação entre os aldeões, mas ainda nenhum deles ousava se aproximar da névoa.

– O quê? Nenhum de vocês sequer deseja tentar? – Dan Fletcher fechou os olhos e mergulhou na nuvem de sonho, para retornar com um cão peludo em seus calcanhares, um cão peludo marrom, sua pele ainda molhada, sua longa cauda balançando furiosamente.

– Charlie! Oh, Charlie, seu tratante! – disse Dan, agarrando o indisciplinado cão de caça. – Eu pensei que você estava morto e liquidado, garoto! – Então, virando-se para os aldeões, ele disse: – Viram? Nós podemos fazer isso. Nós todos podemos. Tudo que temos que fazer é sonhar, e nada precisará estar perdido para sempre...

Depois disso houve uma correria em direção à borda da nuvem de sonho. Imaginar nunca foi uma coisa que viesse facilmente, mas naquela noite a colheita excedeu qualquer uma que houvesse sido conhecida.

Cães, gatos, cavalos, pássaros – todos tão reais quanto o jovem Sam Ploughman – começaram a emergir da névoa maligna, estourando para a existência novamente como uma fileira de bolhas contendo pequenas bolsas de ser, liberadas de volta ao Mundo Médio com a mesmíssima facilidade com que o tinham deixado.

Por momentos a empolgação deixou-os todos um pouco loucos. Mesmo os cínicos logo estavam se juntando a eles na boca-livre, tentando recordar pessoas perdidas, possessões de valor, fragmentos de suas vidas despedaçadas. Mags Ploughman penetrou na névoa e retirou a caixa de música de sua mãe, que ela julgava desaparecida com o resto das suas coisas; Joe Grocer recuperou seu contador de dinheiro; crianças resgataram seus brinquedos favoritos. As pessoas de Malbry subitamente descobriram que tudo que tinham que fazer era se concentrar no que havia sido perdido para lembrar em todos os detalhes, convocá-lo de volta da névoa, e com certeza ele viria para elas, como destroço sobre a água...

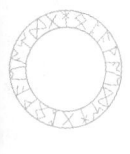

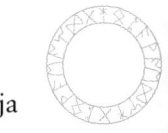

A guarda de Matt Law foi despachada para assegurar que a igreja permanecesse segura; e muito depressa foi notado que a névoa havia recuado mais ou menos três centímetros, deixando, em vez da grama e das pedras que cercavam a pequena igreja, uma faixa estreita de sedimento que brilhava nas cores do Arco-Íris. Ninguém realmente notou-a. O povo estava ocupado demais retricotando suas vidas, centímetro por centímetro, pedra por pedra. E quando Nan Fey e o Cavalo do Ar emergiram por fim da nuvem de sonho, foi para uma visão muito incomum: uma igreja preenchida pela metade com parafernália exótica, na qual parte de um bangalô (ele pertencia a Ben Briggs) havia começado a aparecer, como o crescimento de uma árvore; onde um grupo de crianças sem supervisão havia conseguido invocar alguns filhotes de gatos e uma bola vermelha; e onde, por sobre o telhado (que havia caído), um carvalho gigante estava crescendo agora, nos galhos dos quais um bando de pássaros estavam cantando como se para despertar os mortos.

Nan Fey deu um pequeno sorriso e uma afagadinha no Cavalo do Ar. Logo haveria coisas maiores que pássaros e cães perdidos a invocar. A força magnética especular havia lhe mostrado muita coisa; não era por nada, ela sabia, que *pensamentos* eram conhecidos como *reflexões*. Por um tempo longo demais pensar e sonhar haviam sido considerados o trabalho de mãos ociosas. Se a Cidadela do Céu estava por ser construída, então sonhos e reflexões a construiriam. E mesmo que a batalha fosse perdida, ela sabia que o Velho Homem ficaria orgulhoso. Nan Fey havia conquistado o que ninguém mais conseguira. Viessem o Inferno, o dilúvio ou a Adversidade.

Pela primeira vez em quinhentos anos, o povo de Malbry estava sonhando.

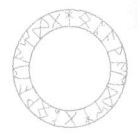

LIVRO SETE
O Cavaleiro da Carnificina

Se desejos fossem cavalos, os mendigos cavalgariam.
Velho provérbio popular

1

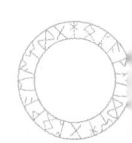

Por mais que ela houvesse gostado de crer que isso não era mais que um pesadelo, Maddy não estava sonhando. Três horas haviam se passado desde que ela e Perth tinham seguido Adam à suíte próxima ao Passeio dos Inspetores. Lá, a surpresa do casamento pendente de seu velho inimigo se transformara em nada comparada ao desgosto de Maddy ao conhecer a identidade da noiva.

Adam Scattergood e Maggie Rede? Adam e Maggie noivos? Maddy percebeu imediatamente que isso devia ser parte de algum plano perverso, embora como Adam Scattergood estivesse envolvido nele permanecesse um mistério para ela.

Maggie sabia quem era Adam? Como eles teriam se conhecido? Estavam apaixonados? Adam podia realmente ter sentimentos pela irmã de sua inimiga? E como, pelos Mundos, a gêmea de Maddy podia estar apaixonada por Adam Scattergood? Adam, cujo coração era tão malvado e amargo quanto uma maçã do final de Novembro, destinada a nunca amadurecer, mas a cair tão logo as primeiras geadas chegassem?

Agora ela olhava através da runa *Bjarkán*, escondida nas sombras, na esperança de captar um vislumbre de sua irmã, ou alguma pista do que ela estava fazendo ali. Mas não havia nada de estranho para ser visto, exceto o Cavalo Vermelho nos estábulos. Não tinha havido violência ali – nenhum sinal de luta, nenhuma explosão de força magnética –, e embora ela pudesse discernir o rastro de Maggie, uma meada mais clara na tapeçaria de assinaturas que se enfileiravam na rua, não havia nada que indicasse que sua irmã houvesse perdido o juízo, ou explicasse o que uma filha de Thor podia enxergar em Adam Scattergood.

Exigira de Perth todo o seu poder de persuasão para impedir que Maddy subisse até o apartamento em frente e depois simplesmente arrombasse a porta.

– O que você acha que acontecerá – disse ele – se entrar atacando?

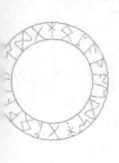

Maddy olhou para ele.

– Sim, mas...

– Ouça. Isso precisa de planejamento cuidadoso. Você não a quer chamando a Lei para nós, nem quer dar início a uma encrenca, quer?

Relutantemente, Maddy concordou que talvez não fosse o melhor plano.

– Então, o que faremos?

Perth deu de ombros.

– Ela conhece você. Se ela a vir aqui, desconfiará de alguma coisa. Mas se eu puder entrar e investigar...

– *Você?* – perguntou Maddy.

– Por que não? Não há uma cobertura em Fim de Mundo em que eu não possa entrar *e* de que eu não possa sair. Confie em mim. Eu posso fazer isso.

Maddy sorriu.

– *Confiar* em você? Perth, se você está tentando fingir que isso é qualquer coisa que não vontade de roubar a prataria, ou quaisquer outros objetos de valor que possam estar esperando lá dentro...

Perth tentou fazer uma expressão magoada.

– Atire em mim se quiser – disse ele. – Mas você sabe que eu posso. E se um par de candelabros, uma bolsa ou uma caixa de rapé de prata calhar de cair *acidentalmente* em meu poder... bem, que mal há *nisso*, hein? – Ele deu um amplo e desavergonhado sorriso, e não pela primeira vez Maddy ficou impressionada por sua semelhança com Loki. A parecença não estava tanto na coloração ou em qualquer das feições, mas no modo como se movia; em seus olhos; em suas expressões mutáveis. O irmão mais velho de Loki, talvez; não tão destrutivo, mas ainda com aquela faísca mercurial, aquele pequeno traço de fogo selvagem em si.

Ocorreu a ela que talvez fosse assim que Um Olho devia ter sido em seu início, e uma onda de nostalgia a dominou. *Teria* seu velho amigo sobrevivido de algum modo? Sua irmã teria sabido disso, se assim fosse? E quais eram as suas ligações com o Velho Homem das Regiões Selvagens?

– Tudo bem – concordou ela, dirigindo-se a Perth. – Você vai. Mas seja cauteloso. Eu não quero que você se machuque. Olhe, não toque em nada, depois volte e me conte o que viu. Entendido?

Perth sorriu.

– Entendido.

– E nada de candelabros, nem caixas de rapé, ou algo do gênero. Certo?

Perth deu de ombros.

– Desperdício.

E, assim, à noitinha, uma figura indefinível em marrom avermelhado escalou rapidamente por um telhado do estábulo, vindo de um beco dos fundos do Passeio dos Inspetores, depois subiu por um cano de escoamento, passou por um fosso, sobre uma série de cumeeiras, metade de suas telhas devoradas pelo musgo, e finalmente chegou a um telhado em declive que dava para a cobertura. Sem seus coloridos mantos de Estrangeiro, Perth podia passar por um pedreiro, um varredor de chaminés, ou até mesmo um escravo; em todo caso, estava bem escondido, inteiramente invisível da rua, enfiado confortavelmente por trás de uma pilha de chaminés.

Ele lançou a *Bjarkán* sobre a cobertura e olhou para o cenário através dos dedos. Por um momento, viu apenas luz: as cortinas estavam puxadas de tal modo que apenas uma estreita fatia do quarto era visível a olho nu, e mesmo com a visão real, tudo que pôde ver foram os traços de uma assinatura que cruzava o quarto, como se alguém estivesse dando passos de lá para cá por trás das cortinas entrecerradas.

Devia ser a irmã de Maddy, ele pensou. Apenas uma integrante do Povo do Fogo deixaria tal rastro. Ele estreitou o foco da *Bjarkán* e se aproximou um pouco mais. Mesmo daquele ponto de observação pôde ver pouco além de sua assinatura e seus movimentos, os dois revelando agitação, e sua sombra na janela, movendo-se rapidamente de lá para cá.

Então se ouviu um som de asas, e um pássaro pousou no cano da chaminé bem acima de sua cabeça. Um corvo de tamanho peculiar, que olhou atentamente para Perth.

– Xô – fez Perth.

Crawk. Crawk.

Então outro pássaro se juntou ao primeiro; um segundo corvo, este com uma pluma branca em sua cabeça. Ele soltou um grito áspero – *Ack-ack-ack!* – e bicou o pássaro maior na asa.

Perth bifurcou uma forma de runa. O pássaro maior saltou de seu poleiro. Mas em vez de fugir voando, ele pousou diretamente sobre o topo do telhado próximo a ele e, num segundo, assumiu o Aspecto de um homem jovem vestido de negro, com cabelos desgrenhados e um sorriso amplo.

– Isso não foi muito educado – disse ele, sentando-se de pernas cruzadas sobre o telhado.

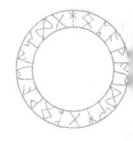

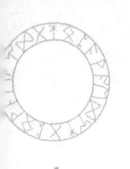

Perth pensou em lançar a *Hagall*, depois decidiu que não. Mesmo que o pássaro-homem pudesse ser detido por tais métodos, o uso de uma força magnética tão poderosa iria alertar a garota na cobertura.

– Quem é você e o que você quer?

– Chame-me de Hughie – disse o pássaro. – E essa é minha irmã Mandy. Ajudantes do Cavaleiro da Carnificina, e tudo que *queremos* é ver esse Cavaleiro preparado para o Fim dos Mundos, a menos que você tenha aí um torrão de açúcar sobrando, ou talvez um pedaço de bolo...

Kaik! Kaik!, fez o pássaro menor, bicando a tampa da chaminé.

Perth lançou-lhe um olhar desconfiado.

– O Cavaleiro da Carnificina?

Hughie sorriu. Para Perth, o sorriso pareceu tão real quanto uma bolsa cheia de ouro ilusório, mas era a chance de descobrir mais sobre sua nova amiga Maddy e sua misteriosa irmã. Perth não sabia muito sobre profecias ou fábulas da Velha Era, mas conhecia a Canção dos Três Cavalos do Livro do Apocalipse, e não precisou de muito tempo para entender que o Cavalo Negro que Maddy chamava de Jorgi, com seus apetites peculiares e a tendência a mudar de Aspectos, não era cavalo coisa alguma, mas alguma criatura saída do Sonho disfarçada de cavalo. E ali estava Hughie falando de um Cavaleiro cujo nome era Carnificina...

– Quem *é* o Cavaleiro da Carnificina? – perguntou ele. – É aquela garota na suíte?

Hughie deu seu sorriso cintilante.

– É sim. Ela poderá ser, se cavalgar...

– E o que isso tem a ver comigo?

– Acho que pode ter tudo.

Perth parou um momento, pensando firme. Será que Maddy sabia de tudo isso? De seu ponto de vista, sua nova amiga havia sido reservada de modo muito irritante. Desde que chegara a Fim de Mundo, ela não dissera nada sobre sua família, suas origens, a fonte de sua misteriosa força magnética. Quem era a garota que ela viera procurar? Quem era o Velho Homem das Regiões Selvagens? Como uma garota das Terras do Norte viera a aprender tanto sobre runas? O que Perth realmente sabia sobre Maddy? Que ela era nova na cidade; que ela tinha uma força magnética e sabia como usá-la; que tinha inimigos poderosos.

Poderia ser ela um dos Cavaleiros? Poderia ser Jorgi o Cavalo Negro? Parecia a Perth que talvez fosse. E quanto mais pensava nisso, mais provável ficava parecendo que algum tipo de ganho podia ser obtido de tudo isso: um tesouro do Mundo Abaixo, talvez, ou um conhecimento pelo qual a pessoa certa podia pagar.

– Diga-me – falou Hughie por fim. – Como chegou a ficar sabendo de uma coisa chamada o Velho Homem das Regiões Selvagens?

Perth balançou a cabeça. Era uma frase que ele ouvira Maddy usar um bom número de vezes, mas não tinha ideia do que era. Uma pessoa? Um objeto? Um pouco das duas coisas?

– O que é?

– Um tesouro – disse Hughie. – Um tesouro saído do Mundo Abaixo, mais precioso que ouro e rubis.

– É mesmo? – perguntou Perth. – E você sabe onde ele está?

– Sim. Está bem ali, na cobertura.

– Verdade? – indagou Perth.

Mandy crocitou.

– E o que vocês querem de mim? – questionou ele.

– Queremos que você o roube – respondeu Hughie.

– *Roubá-lo*? Mas vocês disseram que eram...

– Ajudantes do Cavaleiro da Carnificina. O que significa que servimos aos interesses do Cavaleiro. Mesmo quando o próprio Cavaleiro não sabe onde ficam seus interesses.

– E vocês estão me dizendo que o Cavaleiro precisa de...

– ... Um ladrão – concluiu Hughie. – Um ladrão *danado* de bom. – Seu sorriso se ampliou mais do que nunca. – Um que possa escalar o terraço no meio da noite. Um que possa entrar sem fazer barulho algum e levar o Velho Homem de onde ele está escondido. Um que possa desfazer os nós de força magnética que o prendem sem alertar ninguém. E, finalmente, um que possa carregá-lo de volta à segurança, onde ninguém possa encontrá-lo, e começar a recolher as recompensas...

– Que recompensas? – interessou-se Perth.

Hughie fez um gesto vago. Os anéis de prata em torno de seus braços fizeram um som tilintante agradável. Perth, que sabia como calcular o valor de um anel de prata sem sequer avaliá-lo, sentiu um arrepio agradável ir da ponta de seus dedos ao seu cinturão de dinheiro.

– Qualquer coisa que você quiser – afirmou Hughie. – Ouro, força magnética, o desejo de seu coração...

– Meu coração é *muito* exigente.

– E o Velho Homem é *muito* generoso – disse Hughie. – Contanto que você seja *muito* discreto.

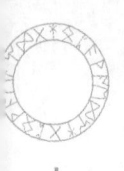

Mais uma vez Perth pensou um pouco sobre o assunto. Ele deveria falar disso a Maddy? Certamente ela iria querer saber. Mas o que ele realmente *devia* a ela? Obviamente ela também estava atrás daquele prêmio que dava a um homem o desejo de seu coração – por que mais ela o teria mandado ali sem sequer lhe dizer o que *era*?

Ele pensou sobre Maddy Smith. Gostava da garota. Realmente gostava. Mas a amizade, em sua experiência, raramente era um bom investimento, enquanto dinheiro na mão... bem, *isso* era uma coisa que ele entendia. E por muito que ele lamentasse desapontar uma amiga, a ideia de obter o desejo de seu coração era suficiente para embotar sua consciência. Não era como se alguém fosse ficar magoado, afinal de contas.

Ele invocou a runa *Bjarkán* novamente e olhou através da janela da cobertura. Através das cortinas viu a cama de quatro colunas, uma colcha de veludo, um plinto, os filamentos de luz de runa que assinalavam os movimentos da ocupante e uma bola de alguma coisa azul que brilhava...

– É aquilo?

Hughie fez um sinal positivo.

– É sim.

E agora ele podia quase *ouvi-lo* também: uma voz débil, apagada no fundo de sua mente que sussurrava seu nome:

– *Perth, Perth...*

– Ele fala! – exclamou ele.

– Faz mais do que isso. Mas primeiro você tem que libertá-lo.

– Libertá-lo? – perguntou Perth. – Por quê? Ele é um prisioneiro?

– Sim, amigo – respondeu Hughie. – Um escravo.

Por um momento Perth analisou a missão. Não parecia difícil demais. O ponto de entrada óbvio era o terraço; o risco maior, os cinco metros de espaço aberto entre o alvo e a cama. A melhor ocasião era durante a madrugada: a garota estaria dormindo, e ele empreenderia sua fuga pelo telhado. Tudo parecia muito simples; um pequeno roubo fácil. Naturalmente, a escalada não era fácil, e ele teria que ser *muito* discreto...

– E aí? – perguntou Hughie. – Você tem um plano?

Perth sorriu.

– Eu sempre tenho.

2

Naquela noite, em sua cobertura, Maggie estava traçando planos próprios. Ela esperou até que Adam dormisse, depois silenciosamente se esgueirou para fora da cama. O Velho Homem estava escuro sobre seu plinto ensombrecido; ela supôs que ele também estivesse dormindo.

Ótimo, pensou Maggie. *Deixe-o dormir.* Desta vez sua presa estava em outra parte. E graças aos corvos de Odin ela sabia exatamente onde encontrá-los. Na estrada para Fim de Mundo, em algum lugar ao sul de Rhydian, o Pequeno Circo Pandemônio do Felizardo estava preparando sua apresentação final.

Ela lançou a runa *Bjarkán* – Sonho – e deixou sua consciência desaparecer. Desta vez sabia exatamente o que estava procurando; e sua mente penetrou facilmente no Sonho, roçando a superfície de suas águas delicadamente, como uma ave marinha à caça de peixe.

Dessa vez foi muito mais fácil do que antes; Maggie quase se surpreendeu. O Cavaleiro da Carnificina não precisa de Cavalo algum para mergulhar no mundo do Sonho. Tudo que ela precisara era de saber exatamente a que altura o Povo do Fogo havia chegado; o resto das necessidades poderia ser invocado a existir tão facilmente quanto à serpente que quase matara Loki na Colina do Cavalo Vermelho.

Ah. Lá.

Lá estava ele. O Pequeno Circo Pandemônio do Felizardo, descendo pela estrada de Fim de Mundo. Maggie avançou ansiosamente, prestando atenção a cada detalhe.

Então, pensou ela. *Esta é minha família.* Ela quase sorriu à ideia daquilo – a Rainha dos Porcos, o Homem Forte, os Garotos Lobos, o Rouxinol Humano –, como uma criança poderia sorrir diante de um personagem de uma história familiar, bem-amado, ainda lembrado... até que ela se lembrou do *porquê* de estar ali.

Uma voz em sua cabeça falou secamente:

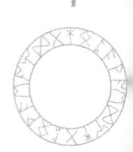

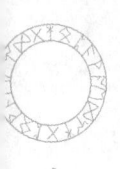

– *E para que* isso, Maggie? – perguntou a voz. – *Você acha que pode detê-los? É isso que acha?*

Maggie abriu os olhos.

– Quem está aí?

O Velho Homem sobre seu plinto no escuro bruxuleou com algo parecido à ironia.

– O que você está dizendo? – silvou Maggie. – Que ninguém pode deter o Povo do Fogo?

– *Ah, eles podem ser detidos* – disse o Velho Homem. – *Mas isso não vai impedir a Adversidade. O Cavaleiro da Carnificina irá cavalgar, está escrito.* Não *está escrito: "Depois do casamento, o Cavaleiro da Carnificina oferecerá uma recepção regada a champanhe, seguida por uma dança campestre e um bolo de noiva."*

– O quê? – perguntou Maggie, inteiramente confusa.

– *Não importa* – retrucou o Velho Homem. – *O que quero dizer é que todos nós temos um papel a desempenhar nisso. Adam inclusive, para maior infelicidade, embora se você me perguntar, eu não entenda o que você veja nele de modo algum. Um filho do Povo. Esse Filho do Povo. Esse pequeno, conivente, falso...*

– Pare com isso! – exigiu ela. – Pare de dizer essas coisas! Eu o *amo!*

A voz do Velho Homem em sua mente adotou um tom de terrível paciência.

– *Maggie, você* não *o ama. Você nem mesmo o conhece. Para começar, seu nome não é Goodwin. É Scattergood. Ele lhe revelou isso? Ele lhe revelou que pelos últimos três anos tem tentado destruir sua família? Que ele não se deteria diante de nada para ver-nos liquidados? Que ele não a ama, e nunca amou, e que seu casamento foi totalmente uma ideia de seu mestre?*

Maggie disse desdenhosamente:

– Como meu casamento poderia ser parte disso?

– *Não é seu casamento* – explicou o Velho Homem. – *Mas o presente de casamento...*

E então, em sua mente, Maggie viu outra série de trêmulas imagens, como quadros numa pasta de recortes. Ela mesma – um pouco mais velha, talvez –, seu cabelo mais uma vez coberto por um *bergha*. Mas não um dos lenços brancos usados pelas donzelas de Fim de Mundo. Era negro – um lenço de viúva – e sobre seus joelhos ela segurava uma criança – um garoto com a marca do Povo do Fogo.

Por um momento Maggie mal conseguiu respirar.

– Você não *pode* saber disso – disse ela. – Ninguém poderia saber. Eu *pensei*... mas é cedo demais para ter certeza...

O brilho do Velho Homem se intensificou.

– *Não seja tola. Você sabia desde o início. Desde o primeiro momento em que se deitou com ele. Você o sentiu. Você sabia por que eu sabia. O filho que você carrega, o fruto do Carvalho, determinará o destino dos Æsir. Sua marca de runa, seu presente, é a runa derradeira. A décima runa do Novo Manuscrito.*

E então o Velho Homem recitou a profecia da Vidente:

O Berço caiu há uma era, mas o Fogo e o Povo vão erguê-lo.

Em apenas doze dias, no Fim dos Mundos; uma dádiva vinda de dentro de um sepulcro.

Mas a chave para o portal é um filho do ódio, um filho de todos e de ninguém.

E nada do que se sonhou se perde, e para sempre nada se perderá também.

– É *disso* que se trata? – indagou Maggie, esquecendo-se de baixar sua voz. – Você está sugerindo que Adam *sabia* que isso iria acontecer? Talvez você pense que ele planejou desse modo, somente para se apossar da marca de runa?

O Velho Homem suspirou.

– *Eu não penso. Lembre-se, eu sou um oráculo. Mas se seu filho vai sobreviver para ser uma dádiva para os deuses, ou para seus inimigos... bem, Maggie, isso cabe a você.*

Por um longo tempo Maggie ficou em silêncio junto à Cabeça de Pedra obscurecida. A marca de runa *Ác* em sua nuca ardia como uma mancha febril.

Por um momento o que o Velho Homem dissera quase fez uma espécie de sentido – o modo com que Adam a procurara; o modo com que seu mestre a tinha usado, primeiro para recobrar o Cavalo Vermelho e dar busca ao Velho Homem. E quando ela se rebelou, ele havia jogado com ela, explorando suas simpatias recém-descobertas, ameaçando seu novo amigo, enquanto o próprio Adam jogava com sua solidão, lisonjeava-a e adulava-a, deixando-a pensar que ele a amava...

Mas era claro que o Velho Homem *teria* que dizer isso.

Teria que dizer? Mas ele não pode mentir...

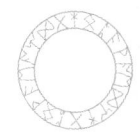

Ele não teria que mentir, ela pensou. Tudo que ele tinha a fazer era distorcer a verdade para os seus propósitos. Era Odin, afinal – Odin, o mestre manipulador. Prevendo que o casamento não teria lugar, jogando com seus medos e desejos, cuidadosamente alimentando-a com fiapos de verdade, tiradas de seu contexto e adotadas sob seu singular ponto de vista, ele esperava erodir suas simpatias, enchendo-a de esperança, dúvida e desconfiança, e finalmente faria a sua lealdade pender em direção ao Æsir.

Tudo isso fazia sentido perfeito, ela pensou. O Velho Homem queria sua lealdade. Ele queria que seu filho – seu bisneto – fosse um filho dos Æsir. E seu orgulho – seu lendário orgulho – não permitiria que um filho do Povo tivesse qualquer participação na dinastia. Então, o nome de Adam não era Goodwin? E daí? Um homem pode mudar de nome, ela pensou, por inúmeras razões. Isso não o tornava um mentiroso ou significava que ele não a amasse. Ele jurara destruir os Æsir? Ela mesma jurara também, uma vez. Isso não a tornava desonesta ou lançava qualquer dúvida sobre o amor de ambos. Muito ao contrário, ela pensou. Se, afinal, ele ainda podia amar a filha de seus inimigos, isso não tornava Adam *melhor* do que eles? Isso não o tornava mais nobre?

E assim ela dispensou seus pensamentos sombrios, como um pesadelo que parece real por algum tempo, e depois desaparece no nada. O amor não é uma vela que possa ser apagada ao primeiro sopro de dúvida, e Maggie era jovem e otimista o suficiente para acreditar que, se *tivesse havido* alguma fraude, ela tinha provindo do Murmurador, e não de seu noivo.

Que se separasse Adam de seu passageiro maligno, e tudo poderia ter início outra vez. Adam, Maggie e o filho deles: um perfeito, inquebrável círculo de três pessoas. Uma família para substituir a que fora perdida; e agora que ela ia ser uma mãe, certamente o casamento *devia* ir em frente...

De repente ela ouviu um som do lado de fora, no terraço. Alguém estava tentando – silenciosamente, espertamente – abrir as janelas do quarto.

Maggie invocou a runa *Hagall*, afiando-a até ficar penetrante em sua mão. Ela não sabia quem era o intruso, mas ele viera em má hora. Maggie era uma mãe agora. Não importava que seu filho mal fosse um feto. Não importava que seu filho fosse a chave para o destino dos Nove Mundos. Algum instinto feroz e primitivo havia despertado dentro dela.

Ela entrou nas sombras e esperou.

3

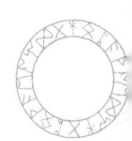

Fazia muito tempo que a meia-noite havia passado quando as luzes na cobertura finalmente se apagaram. Alguém estava achando difícil dormir, e Perth não queria fazer sua aproximação antes de ter certeza de que não era observado. Estava frio no alto do topo de telhado; até a túnica de couro que ele usava não era suficiente para impedir os arrepios. Perth tremia; seus dedos doíam, então ele os enfiou sob as axilas.

Até aí o plano vinha se cumprindo com tranquilidade suficiente. Assim que tivesse certeza de que Maggie e seu jovem estavam dormindo, subiria até a cobertura. Usando uma corda e grampos de ferro, se atiraria balançando sobre o terraço; abriria a janela em silêncio; rastejaria em direção ao plinto; enfiaria o Velho Homem numa sacola pendurada em suas costas; e empreenderia sua fuga do modo como viera.

Mas até onde dizia respeito a Perth, roubar o Velho Homem sem ser apanhado era apenas o estágio inicial do plano. A segunda parte, um tanto mais perigosa, era fugir de Maddy; sobre os topos dos telhados parecia a melhor aposta, embora Perth não tivesse certeza de quanto tempo teria antes que ela ficasse impaciente e percebesse o logro.

Finalmente as luzes se apagaram. Ele esperou mais uma hora. Depois subiu no terraço, abriu a janela (estava trancada, mas Perth havia trazido suas ferramentas) e entrou sem fazer ruído no quarto. Seus olhos levaram um momento para se ajustar à escuridão. Lá fora, a lua estava cheia. Uma respiração lenta e regular vinha da vasta cama abobadada. Ele deu um passo em direção ao plinto, onde havia visto a bola de luz azul...

E parou, congelado. Uma figura de branco estava em pé ao lado da cama. Uma garota de cabelo tosado e olhos grandes e negros, segurando uma lasca de fogo na palma da mão.

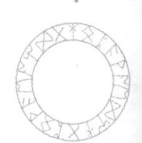

Seu primeiro pensamento foi de assombro pela semelhança da garota com Maddy. Ele sabia que elas eram irmãs, claro, mas mesmo assim, achou-se despreparado. Mas exceto pelo cabelo, cortado muito curto, ela era a própria Maddy: a mesma boca teimosa, o mesmo rosto vívido, a mesma expressão de concentração feroz...

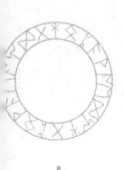

Ela girou a coisa flamejante em direção a Perth. Ele se abaixou; bateu no chão. A arma – uma espécie de raio mental, ele pensou – passou por sobre sua cabeça e atingiu a parede. Houve um estrondo e um clarão de luz; Perth pulou em direção ao plinto, bifurcando a *Yr* para proteger-se. Sua mão estava na verdade tocando a coisa que Maddy chamava de Velho Homem – então alguma coisa atingiu-o nas costas com força atordoante e espetacular, e ele caiu, vendo estrelas, sobre o piso da cobertura.

O Velho Homem caiu com ele, e por pouco não atingiu seu crânio ao bater no chão. Por causa disso, roçou seu ombro e rolou até fazer uma parada ao lado dele.

Perth praguejou e se revolveu de dor; sobre seu braço a marca de runa *Perth* acendeu um ameaçador rosa-vermelho. Ele viu a garota erguer-se diante dele, uma mão estendida, segurando a força magnética, a outra apertada sobre a barriga.

– Abaixe isso – ordenou a garota.

Os olhos de Perth baixaram sobre a runa na mão dela. Era *Hagall*, a Destruidora. Não havia tempo para lançar uma força magnética protetora; se ela o atingisse, ele estaria assado. Naturalmente, isso era verdade para a garota também: se ele disparasse um raio mental agora, ela não teria tempo de proteger-se. Sua força magnética poderia derrubá-la, mas a dela provavelmente o pulverizaria.

A questão era: *ela* sabia disso?

Ele se levantou muito lentamente, ainda segurando a runa na palma da mão. *Perth* e *Hagall* se encararam mutuamente cabeça a cabeça, como martelos.

– Solte a força magnética – exigiu a garota.

– Por que *você* não solta a sua? – retrucou Perth.

– Porque esta é *Hagall*, a destruidora – contou ela. – Se eu resolver atingi-lo com ela, você terá mais do que uma dor de cabeça.

– Bem, esta é *Perth* – retorquiu Perth, com um tanto mais de confiança do que sentia. – Perth, a, er, Todo-Poderosa. E se eu acertá-la com *ela*, então...

Maggie pareceu cética.

– E então? – perguntou ela.

– Bem, não será bonito – disse Perth, encolhendo-se em direção à janela.

Os olhos de Maggie vacilaram. A mão sobre sua barriga se moveu protetoramente para baixo.

– Você se parece bastante com sua irmã – disse Perth.

– Sim, já me disseram isso – retrucou Maggie. – Foi ela que o mandou aqui?

Perth fez que sim.

– Para me matar?

– Não.

Ela deu uma olhada para ele através da runa *Bjarkán*. Por um longo tempo não disse nada. A Bjarkán iluminou o seu rosto com uma clara luz azul; em sua mão a runa *Hagall* brilhava com seu letal brilho prateado. Finalmente, ela baniu as runas ergueu seu olhar de granito dourado para Perth.

– Volte para a minha irmã – disse ela – e diga a ela que eu não vou à guerra. Diga a ela que, quando a Adversidade vier, eles estarão desprovidos de um dos Cavaleiros.

– Você está me deixando ir embora? – perguntou Perth.

Maggie fez que sim.

– Assim, sem mais nem menos?

Ela deu um sorrisinho implacável.

– Teria preferido que eu o tivesse nocauteado um pouquinho a princípio?

– Er... não particularmente – disse Perth.

– Então, apenas entregue a mensagem – disse ela. – E se eu lhe vir outra vez, vou matá-lo. Ok?

Deve ser alguma espécie de armadilha, Perth pensou. A garota devia saber que ele estava blefando. Com seu ombro ainda entorpecido do golpe que recebera, ele supôs que houvera um estrondo em sua força magnética, depois do qual ele ficara sob domínio dela. E mesmo assim ela havia escolhido deixá-lo ir embora...

– Por quê? – indagou ele.

Maggie pareceu prestes a responder. Então, ouviu-se um som vindo da cama de quatro colunas. Maggie se encolheu. Perth invocou sua força magnética. Adam havia finalmente despertado.

– O que está acontecendo? – quis saber ele.

Perth se virou para fugir.

– Maddy, detenha-o! Ele está fugindo!

O pé de Perth tropeçou sobre a cabeça do Velho Homem. Rapidamente ele se curvou para puxá-lo...

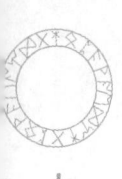

E, com isso, Adam agarrou a primeira coisa que lhe surgiu à mão – que aconteceu, ironicamente, de ser um candelabro de prata – e jogou-o com a maior força que pôde no intruso. Ele atingiu Perth no lado da cabeça. Um golpe que apenas o roçou, mas foi dolorido. Ele cambaleou; instintivamente, descarregou seu raio mental contra a parede.

A luz de runa explodiu no cenário; através de uma névoa de dor, Perth reconheceu o jovem elegante da feira. Ele arremessou outro raio mental – o instinto se sobrepondo ao medo – e um borrifo de faíscas vermelhas como bombinhas se espalhou pelo quarto.

Adam protegeu seu rosto com seu braço; Maggie lançou a *Yr* para proteger os dois; e, jogando o Velho Homem dentro da sacola que estava pendurada em seu ombro, Perth fechou os olhos e correu a toda velocidade sobre o pequeno terraço.

Ele não usou a corda, mas simplesmente se arremessou dentro da noite, os braços girando, as pernas bombeando; sessenta metros até os paralelepípedos lá embaixo e nada a que se agarrar senão a lua.

Mas Perth não caiu; a cinco metros abaixo, ele agarrou um pedaço solto de calha, e, a despeito da dor em seus ombros e suas costas, conseguiu içar-se até uma vala feita por encanamento de água; dali foi para um telhado pontiagudo, depois para um declive, circundou um cano de chaminé, e atravessou topos de telhados como um gato, o Velho Homem na sacola, balançando contra sua cintura conforme corria, até que por fim não conseguiu mais correr, e escorregou, caindo num cano de escoamento nos fundos do beco que seguia paralelo ao canal de drenagem.

Ali ele parou para recuperar o fôlego. Dessa vez fora por um triz, ele pensou. Se soubesse como a garota podia lançar sua força magnética, teria pensado duas vezes antes de entrar. Levando isso em conta, até que tivera sorte, disse a si mesmo. Escapara com nada senão arranhões; conseguira roubar o Velho Homem e *se livrar* de Maddy ao mesmo tempo.

Estava se sentindo um tanto satisfeito consigo mesmo, e decidira até celebrar em uma das tavernas locais, quando uma voz em suas costas disse: "Pare em nome da Lei!" e uma mão caiu sobre seu ombro.

Perth congelou. Sua força magnética desaparecera totalmente; ele não tinha força para fugir ou lutar. Virou-se: dois homens da lei, com porretes pesados, se erguiam na entrada do beco. O terceiro, com uma mão sobre o ombro de Perth, olhou para a sacola com desconfiança. Teriam-no visto sobre o telhado? Se tinham, ele estava encrencado. Se não

– e isso parecia mais provável –, então talvez ele pudesse livrar-se sendo descarado. Tentou dar um sorriso.

– Oficiais. Como posso ajudar?

O homem da lei mais próximo dele grunhiu:

– O que há dentro do saco?

– O quê? Isso? – disse Perth. Ele abriu a sacola que escondia o Velho Homem, tomando cuidado para não se mover depressa demais. Alguns homens da lei eram conhecidos por serem zelosos demais com seus cassetetes, e Perth não tinha intenção alguma de dar a eles a menor desculpa para usá-los. O Velho Homem dentro da sacola parecia-se com um torrão de pedra, um pedaço de vidro vulcânico, talvez, ou um bloco de cinza.

Os homens da lei inspecionaram-no atentamente, com idênticas expressões de suspeita.

Por fim:

– O que é isto? – perguntou um deles.

Perth pareceu magoado.

– É uma escultura. Não podem ver? É uma cabeça de pedra. Eu quero dizer, não está terminada, mas vocês certamente podem ver a arte. A nobreza de suas feições. A altivez da testa. A escarpada sabedoria do nariz...

– E estas coisas? – O homem da lei apontou as ferramentas que Perth trouxera consigo: a faca de cortar vidro; o pé-de-cabra curto; o pequeno martelo para arrombar e penetrar.

– São as ferramentas de meu trabalho – disse Perth. – Vocês não veem que sou um *artista*? – E tal foi seu ar de indignação que mesmo a Lei ficou convencida, quando os três oficiais olharam solenemente para a Cabeça de pedra e reconheceram que, sim, ela *tinha* alguma coisa, e que Perth estava livre para ir embora.

E então, bem quando eles estavam prestes a ir embora, um dos homens da lei – o mais velho, com olhos azuis frios sob o chapéu – baixou o olhar e se enrijeceu. Perth havia enrolado as mangas de seu casaco quando entrara na cobertura. Agora, num facho de luar, a marca de runa apareceu sobre sua pele tão clara quanto um salpico de tinta.

– O que é isso? – perguntou o homem da lei.

– É uma tatuagem de estrangeiro – disse Perth.

– Parece com uma marca de ferro em brasa – falou o homem da lei.

– Uma marca de escravo que foi adulterada.

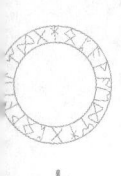

Perth viu sua posição se enfraquecer rapidamente. Os homens da lei, já desconfiados, agora tinham descoberto sua marca de runa. Em um momento um deles iria sugerir que ele os acompanhasse até a cadeia...

Ele se virou para fugir. Parecia o melhor plano. Podia já ter feito isso, sem o Velho Homem e a sacola. Mas a mão do homem da lei pegou a tira da sacola, e no segundo que ele levou para soltá-la, os outros dois haviam se aproximado. Antes que Perth pudesse invocar sua força magnética, ou mesmo pensar numa mentira plausível, um daqueles pesados porretes havia atingido o lado de sua cabeça, e em segundos suas mãos estavam algemadas, e ele e os conteúdos da sacola foram carregados para a cadeia.

Dez minutos depois, despido de suas ferramentas e de qualquer coisa que o pudesse ajudar a escapar, Perth estava sentado numa cela sob a cadeia do Portão do Santo Sepulcro. Sua cabeça doía, suas mãos estavam algemadas, e através do alçapão que levava à cela – um escuro buraco desprovido de janelas no chão –, o oficial de prisão leu-lhe seus direitos tais como estabelecidos pelo Livro da Lei.

Naturalmente, como ele ressaltou, se Perth *era* um fugitivo – um fato que breve se revelaria depois de um Exame –, então não tinha direito algum, e, a menos que fosse reclamado por seu proprietário, acabaria nas minas, ou nas galés, ou, mais provavelmente, na forca, que sem dúvida alguma era onde merecia estar.

Perth não disse nada. Ele aprendera que nestas circunstâncias o silêncio era sempre a melhor resposta. Até aí havia se recusado a revelar aos homens da lei qualquer coisa – nem mesmo seu nome –, o que podia lhe valer respeito por um dia, ele esperava, antes que a gigantesca máquina da Lei retornasse com toda força para esmagá-lo. A esta altura, ele esperava ter elaborado um plano. Não era a primeira vez que estivera numa cela e entendia plenamente a necessidade de jogar leve e cuidadosamente.

– Perdeu a língua, hein, malandro? – disse o homem da lei. – Terá sorte se for *só isso* que perder assim que a Corte houver decidido sobre você.

Ainda assim, Perth não disse nada.

– Claro que você não quer nos revelar seu nome. Nós vamos arrancá-lo de você de qualquer modo, portanto você bem que nos podia poupar o trabalho.

Perth fingiu ir dormir.

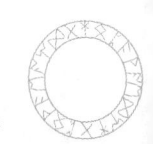

– Tudo bem, então – disse o homem da lei. – Mas se quiser comer, ou beber, ou dormir debaixo de um cobertor, e eu lhe aviso, aqui embaixo fica muito frio, você terá que nos revelar seu nome.

Mais uma vez Perth não disse nada.

Irritado pela falta de resposta do prisioneiro, o homem da lei concluiu o pequeno discurso lançando um objeto pesado pelo alçapão. Ele quase atingiu Perth, a intenção fora esta, mas ele viu-o chegando e desviou, e a coisa atingiu o chão com um baque surdo.

No escuro era difícil determinar o que o objeto realmente era; mas assim que o homem da lei fechou o alçapão, ele parou para fazer seu disparo final e, agindo assim, resolveu o mistério:

– Ah, e a propósito – disse ele –, aí está sua preciosa escultura.

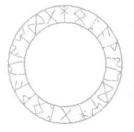

4

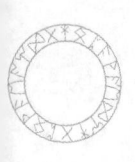

Perth sentou-se no chão da cela e analisou a situação. Em tudo e por tudo, não parecia boa. A cela tinha um metro quadrado e meio, era de terra batida, sem janelas, escura e cheirava como se alguma coisa tivesse morrido nela. Mais provavelmente o ocupante anterior, Perth disse a si mesmo amargamente; e até aí as chances da sobrevivência contínua de seu inquilino atual não pareciam promissoras de modo algum.

Ele lançou a runa *Bjarkán* e deu uma olhada no cenário. Por um ou dois momentos a *Bjarkán* revelou pouco além daquilo que o nariz de Perth já lhe tinha contado, mas agora ele via o Velho Homem, o objeto misterioso que havia caído sobre ele neste ponto a princípio, cintilando com luz de runas e runas de aprisionamento, seu coração azul brilhando como um novelo de fios tecidos com de luz das estrelas.

Ele estendeu os braços com as mãos presas. A Cabeça pareceu quente, como se tocada pelo sol. Ela se iluminou ao contato, um brilho róseo aparecendo quando seus dedos pressionaram a pedra. Ele retirou suas mãos; o brilho diminuiu. Ele tocou a pedra; o brilho retornou.

– *Perth. Perth.*

Aquela voz. A voz sussurrante. Ele pensou que podia tê-la imaginado. O que, pelos Mundos, ele teria roubado?

Mais uma vez ele perscrutou o Velho Homem através do círculo de polegar e indicador. Ele se parecia com uma pedra preciosa que nunca vira, embora os corvos tivessem-no chamado de tesouro. Mas eles também o haviam chamado de escravo, e agora Perth entendia o que queriam dizer: havia uma consciência presa no interior da pedra, alguma coisa que sussurrava em sua mente:

– *PERTH! NÓS NÃO TEMOS TEMPO PARA ISSO!*

Ele retirou suas mãos como se elas houvessem se queimado. A voz em sua mente ficava mais alta – *muito* mais alta – assim que ele punha suas mãos sobre a pedra; quando ele retirava, a voz voltava a ser um zumbido confortável.

– *Perth. Ouça-me, Perth.*
Cautelosamente, ele estendeu as mãos. Tocou a pedra com a ponta dos dedos. Mais uma vez o coração azul aprisionado pulsou em sua teia de luz de runas.
– *Agradeça aos céus por isso* – disse a voz com um traço de irritação. – *Caso você não tenha percebido, nenhum de nós dois tem muito tempo. Agora quero que você ouça...*
– Espere – disse Perth. – E o que *eu* ganharei com isso?
Uma risada veio da pedra.
– *Ganhará a chance de me ouvir. O que você queria? Três desejos?*
– Bem...
– *Estamos falando do Ragnarók. A guerra entre a Ordem e o Caos. A chance de fazer Mundos melhores...*
– Ótimo – disse Perth. – Mas que vantagem levo nisso?
– *Deuses, você soa como meu irmão.* – O Velho Homem suspirou. – *Muito bem* – falou ele. – *Faça como eu digo e eu lhe darei o que quer que seu coração mais deseje. Tudo bem? É o suficiente para tentar sua pequena alma gananciosa?*
Perth deu de ombros.
– Serve. Mas eu estou lhe avisando: minha alma pode ser pequena, mas meu *preço*...
– *Entendido* – disse o Velho Homem. – *Riqueza ilimitada. Poder máximo. Runas para enfeitiçar qualquer mulher... ou homem. Aventura. Excitação. Liberdade...*
– Liberdade? – perguntou Perth.
O Velho Homem brilhou.
– *É claro* – disse ele. *Aproxime-se, Perth, e ouça...*

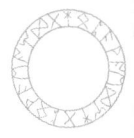

5

Enquanto isso, na cobertura, Maggie Rede parecia estranhamente indiferente, tanto ao roubo do Velho Homem quanto à raiva do Murmurador.

Ela não havia tentado perseguir Perth quando ele fugira pelos topos dos telhados, nem havia parecido preocupada de todo quando o passageiro sombrio de Adam deixara transbordar sua fúria, arremessando objetos pelo quarto, rasgando as cortinas, quebrando ornamentos e se comportando no geral como um bardo depois de uma apresentação particularmente mal-sucedida.

– *Por que ela o deixou FUGIR?* – grunhiu ele.

Adam fez a pergunta.

Maggie deu de ombros.

– Nós o pegaremos. Eu tenho outras coisas em mente.

– *Outras COISAS?* – rosnou o Murmurador. – *Que espécie de coisas? Seu vestido de casamento? Canapés para a festa, talvez? Você praticamente deu o Velho Homem para um ladrão dos topos dos telhados e tem a coragem, o todo-poderoso ATREVIMENTO...*

A única resposta de Maggie foi dar a Adam uma longa e avaliadora olhada.

– Seu nome é realmente Goodwin? – perguntou ela.

Adam a encarou.

– É claro. Por que pergunta?

Ela sorriu para ele.

– Porque – explicou ela –, quando nosso filho nascer, eu quero que tenha o nome de seu pai. Um nome de que ele possa se orgulhar. Seja ele Goodwin... ou Scattergood.

A boca de Adam se abriu, mas nada saiu. Em sua mente, o Murmurador havia de repente caído em grande silêncio.

– *Tenha cuidado, garoto. Ela sabe...*

– Mas como?

– Foi por isso que eu o deixei ir embora – disse ela. – Eu não poderia correr o risco de deixá-lo ferir nosso filho. Você entende isso, não entende? – Sua voz era terna. – Você entende por que eu não pude lutar?

Adam fez que sim em silêncio. Na verdade, ele estava ainda mais confuso. Como Maggie soubera que estava carregando uma criança? Ele devia comemorar? Por que o Murmurador em sua mente estava saltitando como um lunático?

– Você falou com o Velho Homem – disse ele. – Foi assim que você soube, não foi?

Maggie fez que sim.

– Que mais ele disse?

Por um longo tempo Maggie não respondeu. Em vez disso, olhou no rosto de Adam, tentando entender o que havia mudado.

Há uma semana, aquele rosto parecia tão nobre quanto belo. O rosto de um herói de um de seus livros, honesto, corajoso e verdadeiro. Mas agora, de algum modo, a máscara havia caído; ela podia ver por trás de suas feições o garoto de olhar malvado que havia urinado nas calças quando Maddy o tinha atingido na Colina do Cavalo Vermelho. Ela podia ver sua confusão agora, sua fraqueza e seu terrível medo.

Aquele era o presente do Velho Homem para ela, e ela notou, com um doloroso retorcer em seu coração, que nunca mais seria capaz de enxergar Adam totalmente sob a mesma luz novamente.

Mas o Amor é o maior dos encantamentos, fazendo as pessoas verem o que elas mais querem ver, reescrevendo o passado, dourando o futuro, fazendo belo o feio. Para um apaixonado, qualquer vício se torna uma virtude oculta; qualquer traição, um desafio. Adam era apenas humano, ela pensou. E, sim, talvez ele *houvesse* mentido para ela. Mas agora que eles eram uma família, certamente as coisas seriam diferentes. E o que era um herói de contos de fadas comparado ao pai de seu filho?

– Não minta mais para mim – exigiu ela. – Você não pode construir um casamento sobre uma mentira. E agora que será pai, você tem que ser responsável.

– M-mas... como? Quero dizer, o que ele lhe falou?

Ela deu de ombros.

– Isso não importa agora. Só importa o fato de ser verdade. E que você me ame... – Ela olhou para ele com tal intensidade que Adam sentiu seus joelhos se enfraquecerem. – Você *realmente* me ama, não? – indagou ela.

– Sim – respondeu Adam. – Sim. Sim. – E ele fez que sim tão enfaticamente que seus dedos quase chacoalharam em sua cabeça.

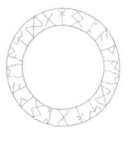

– Tudo bem. Ótimo – disse Maggie, e sorriu. – Isso é realmente tudo que importa. Nós temos um casamento em que pensar, e um dia a mais para nos preparar para ele...

– Mas e quanto ao Velho Homem? – perguntou Adam numa voz trêmula. – Não podemos deixá-lo cair em mãos inimigas. E quanto ao Novo Manuscrito? Quanto ao Povo do Fogo? E quanto a mim, Maggie? Quanto a *mim*?

Maggie sorriu.

– Não se preocupe – disse ela. – Deixe-me lidar com tudo isso. E quanto a *você* – e então Adam viu que ela estava se dirigindo ao Murmurador –, tudo que quero de você é sua palavra de que não tentará interferir. Este casamento está seguindo em frente como planejado. Eu não me importo com o que o Velho Homem diz. Não terei meu filho dizendo às pessoas que seus pais se casaram depois do fato consumado. Ficou entendido?

A cabeça de Adam concordou vigorosamente.

– Ótimo – disse Maggie. – Está combinado, então. Agora, Adam. Você lidará com o casamento. Temos ainda coisas a organizar, e eu não quero que nada saia errado no último minuto. Tudo vai ser perfeito. Nada irá estragar o meu dia.

– M-mas... – balbuciou Adam. – E quanto a você?

Maggie lançou-lhe um olhar terno. Ele era realmente um garoto, ela pensou. Um garoto assustado e inseguro, tão calouro nisso tudo quanto ela. Talvez ele *a tivesse* enganado. Talvez tivesse mentido para ela – a princípio. Mas agora que eles eram uma família, tudo estava predestinado a mudar.

A velha desconfiada Maggie teria lançado a runa *Bjarkán* nessa altura, nem que fosse apenas para *saber* se o amor dele era verdadeiro. Mas a Maggie que deixara o Velho Homem ir embora em vez de arriscar seu filho não nascido não tinha necessidade desse tipo de prova. O amor é construído sobre a confiança, ela sabia; questionar a confiança era matar o amor.

E assim ela teve confiança no amor dele, e descobriu-se o amando ainda mais.

– Não fique irritado comigo – pediu ela. – Naturalmente, eu estarei trabalhando também. Mas eu não quero que você seja ferido. Este meu trabalho pode ser perigoso.

Os olhos de Adam se arregalaram.

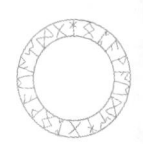

– O que você fará?
– O que eu deveria ter feito desde o início. – Maggie se virou para ele e sorriu. – Eu vou lidar com o Povo do Fogo.

Adam e seu passageiro olharam quando Maggie foi para o terraço. O luar brilhava em seu cabelo tosado, dando-lhe uma coroa de prata. A marca de runa em sua nuca brilhava com uma intensidade sobrenatural.

Por um momento ela se ergueu ali em silêncio, descalça, em sua camisola noturna. Depois murmurou um feitiço e estendeu os braços para a noite.

Por um longo tempo nada aconteceu. Depois, veio um som de asas ruflando.

Dois corvos – um com uma cabeça branca – pousaram no corrimão do terraço. Eles olharam para Maggie e crocitaram. *Quase como se estivessem conversando com ela*, Adam pensou com inquietação.

Dentro de sua mente, o Murmurador silvou e se enroscou como um ninho de serpentes. *Eles estão conversando com ela*, disse ele. *Pelos dentes do Inferno, como ela os invocou? Como ela ficou* sabendo *sobre eles?*

Adam pôde sentir o quão intensamente seu passageiro ansiava por ouvir escondido, e como ele temia agir assim. Ele tentou ouvir o que Maggie estava dizendo, mas captou apenas os gritos ásperos dos dois corvos e algumas frases entrecortadas na voz de Maggie de uma coisa parecida a uma cantiga de infância:

*Veja o Berço balançando
bem acima da cidade.
O Povo do Fogo vem descendo
para trazer o bebê.
Por todo o caminho até o portão do Inferno
o Povo do Fogo está cercado...*

Não fazia sentido algum para Adam, e ele descobriu que não se importava. Mais um dia e estaria livre. O resto não era de sua conta.

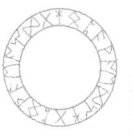

Ele sempre soubera que Maggie era perigosa. Ele sentira isso quase desde o início. Mas esta era uma Maggie Rede diferente daquela que ele encontrara nas catacumbas; a solitária e desconfiada garotinha que não queria nada além de segui-lo. Essa garota se fora, e pela primeira vez em cerca de três anos Adam Scattergood sentia medo de alguém que não era o Murmurador.

Alguma coisa a tinha mudado. O que ela havia dito? *Você vai ser pai?* Como ela podia saber disso? Como era possível alguém saber?

Fosse qual fosse a razão, Adam pensou, havia alguma coisa nova nos olhos de Maggie; um conhecimento sombrio e assassino que não estava ali no dia anterior. Isso o assustava, e não pela primeira vez ele ofereceu uma prece silenciosa a quaisquer deuses que pudessem estar ouvindo-o:

Por favor, não deixem que ela me descubra...

Porque, não importando o que já houvesse sido, Maggie Rede havia passado por uma espécie de transformação. Era como observar uma vagem de algodãozinho do campo que houvesse amadurecido lentamente ao longo do ano subitamente explodir e soltar suas sementes ao vento ávido do verão.

O que o Velho Homem tinha dito a ela?

Qual era o plano de seu passageiro sombrio?

E o que eram aqueles pássaros, aqueles corvos, cuja linguagem ela parecia entender?

Adam não quis saber a resposta para nenhuma destas perguntas. Ele tivera oráculos – e pássaros falantes, e forças magnéticas, e sonhos – o suficiente para lhe valer por uma dúzia de vidas. Mas de uma coisa ele estava seguro: ele não podia dar-se ao luxo de enfurecê-la. Ela não era mais a Maggie que ele conhecera; aquela que fora uma presa tão fácil.

De algum modo, em menos de uma hora, ela havia se tornado o Cavaleiro cujo nome era Carnificina.

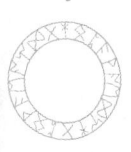

6

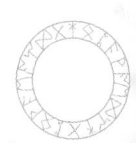

Na última vez que Maggie havia cavalgado o Cavalo Vermelho através do Sonho, o Murmurador havia guiado seus passos. Agora as coisas eram diferentes. Agora a própria Maggie estava no comando. Os sonhos não a aterrorizavam mais. Maggie havia aprendido que até o Sonho era outro mundo a explorar – um Mundo no qual ela era poderosa o suficiente para desafiar até mesmo os deuses.

Enquanto Maddy estava esperando por Perth lá fora no beco por trás da cobertura, Maggie já estava fazendo planos. Na hora em que ela ficou pronta para partir, a lua havia mergulhado por trás dos topos de telhados da cidade, e os primeiros fios esgarçados de uma pálida pré-aurora haviam começado a se pendurar no horizonte.

Maggie colocou seu bergha no lugar e desceu para os estábulos, onde o Cavalo Vermelho dos Últimos Dias estava placidamente comendo um saco de aveia.

Ele ergueu os olhos e roncou à sua aproximação.

Acima dos estábulos, em Aspecto, Hugin e Munin estavam voando em círculos.

Ironicamente, haviam sido os Pássaros quem deram a Maggie a ideia. Uma ideia para um plano que tanto o Murmurador quanto o próprio Velho Homem teriam dispensado como impossível – um plano que resolveria todos os seus problemas, por mais contraditório que parecesse; de modo que, com um só movimento, a guerra seria cessada, a carnificina impedida, Adam libertado, e o filho deles nasceria num mundo de paz.

Rhydian havia sido um erro. De algum modo, o Povo do Fogo havia escapado. Mas daquela vez, Maggie disse a si mesma, não haveria confusão. Daquela vez nem mesmo o Astuto veria a armadilha quando ela se aproximasse dele – ou, de qualquer modo, não até que fosse tarde demais. Daquela vez não haveria nenhuma fuga; nenhuma confusão; nenhuma misericórdia.

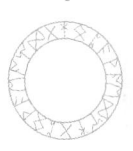

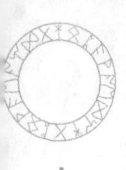

Ao lado dela, o passageiro de Adam estava demonstrando sinais de inquietação.

– *Eu exijo que você Me conte o que está acontecendo!* – queixou-se ele com a voz de Adam.

Maggie lhe deu um sorriso terno.

– Confie em mim. Eu sei o que estou fazendo – garantiu ela. – Tome cuidado. Eu estarei de volta tão logo puder.

– *Mas eu vou com você...* – disse o Murmurador.

– Não, desta vez, não – respondeu Maggie, e então, com um feitiço de *Ós*, ela partiu, ignorando os protestos do Murmurador ao tentar em vão penetrar em sua mente.

Ela voltou sua atenção mais uma vez para os pássaros que giravam em círculos e crocitavam lá no alto. Eles tinham dito que pertenciam a ela. Mas eles iriam realmente obedecer às suas ordens?

Crawk.

Quando ela se ergueu, em Aspecto, para juntar-se ao curso do rio Sonho, ela descobriu que podia ouvi-los debilmente no fundo de sua mente.

É claro que faremos o que você disse, fêmea.

Você é o Cavaleiro da Carnificina.

– Então, levem-me ao Povo do Fogo! – pediu Maggie, e ela e Sleipnir se ergueram acima das ruas da cidade como o Fogo do Santo Sepulcro, e desapareceram na névoa da manhã que estava se erguendo da estrada de Fim de Mundo.

Eles alcançaram o Povo do Fogo a cerca de cinquenta quilômetros da cidade. Suas cores, filtradas pela névoa, se acenderam no céu róseo. Por um longo tempo Maggie não fez nada além de observar o Pequeno Circo Pandemônio do Felizardo se aproximando pela estrada de Fim de Mundo, as três pequenas caravanas pintadas de vermelho movendo-se num ritmo firme, três lobos guardando a retaguarda, um falcão de olho penetrante observando a estrada.

Aquele era seu Vigilante, ela já sabia. A primeira coisa que ela teria que fazer era se esconder de seu olhar penetrante. Aquela névoa serviria para isso, ela disse a si mesma; se apenas ela fosse um pouco mais densa...

Ela murmurou um feitiço de *Isa*.

Um frio congelante pareceu descer das nuvens. A fina faixa luminosa no horizonte se apagou, ficando de um cinzento manchado. O falcão pareceu sentir uma mudança no ar e desceu, voando sobre um dos vagões, onde retomou o aspecto de Heimdall, se acotovelando sob um manto de pele de lobo.

Então Maggie lançou a runa *Bjarkán* e olhou através de suas lentes para o inimigo. Eles já estavam muito perto, ela pensou. Mais perto do que ela havia temido. Como haviam conseguido chegar ali a tempo? Quanto eles já sabiam?

– É melhor isso funcionar – disse ela –, ou eles estarão na cidade ao cair da noite.

Hughie crocitou.

– *É o único jeito.*

Mais uma vez Maggie baixou o olhar sobre o Povo do Fogo através da runa *Bjarkán*. Eles pareciam tão inofensivos, tão desamparados agora, com sua pequena caravana! De um dos vagões ela pôde ouvir o som da guitarra de Bragi, uma dispersão de pequenas notas luminosas nas sombras, e uma súbita tristeza a dominou, um desejo de juntar-se ao grupo a despeito da discórdia que sentia dentro de si...

Não, ela *não* tivera uma mudança de coração. Ela ainda rejeitava seus ancestrais com cada gota de seu sangue de demônio, mas alguma coisa dentro dela lamentava a escolha que tivera que fazer – a família que ela fizera com Adam, ou a família que ela nunca conhecera.

Ninguém escolhe a própria família, Maggie Rede disse a si mesma. A sua fora perversa desde sempre; um ninho de ladrões e assassinos. Ela havia lido tudo sobre eles nos livros; conhecia seus crimes, suas traições.

E ali estava ela finalmente, Maggie pensou. Completamente à sua mercê. Seria fácil derrubá-los, destroçá-los em pedacinhos – e, no entanto, ela não podia fazer isso.

Ela era, afinal, uma mãe agora. Uma mãe não deve ser uma assassina. E como ela poderia explicar ao seu filho que havia matado seu povo enquanto dormiam?

E, no entanto, quando eles chegaram aos portões da cidade...

Fazendo beicinho, fazendo beicinho, tudo desmorona. Maggie sabia o que isso significava. Significava o Apocalipse, o Fim dos Mundos, a segunda Adversidade; todas as coisas que ela uma vez desejara, mas que agora rejeitava com todo o seu coração. O Cavaleiro cujo nome era Carnificina não queria nada além de ver seu filho nascer num mundo de paz e viver com seu marido, discretamente, longe do tumulto da Cidade Universal.

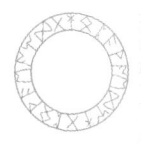

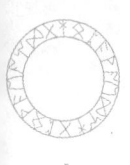

Parecia, à primeira vista, impossível. O Cavaleiro da Carnificina estava predestinado a cavalgar tão logo o Povo do Fogo entrasse pelos portões. Mas se ela juntasse forças com os deuses, o Murmurador iria matar Adam. E, caso se erguesse contra eles, então seria forçada a destruir o Velho Homem, provocando com isso a vingança dos *Æsir*, com Adam tornando-se novamente alvo deles.

Ela não tinha esquecido a Visão que o Velho Homem tinha lhe mostrado: a imagem dela mesma, com seu filho, usando um *bergha* negro de viúva. Qualquer que fosse a escolha que fizesse, colocaria Adam na linha de fogo...

A menos que os deuses nunca chegassem aos portões...

E agora, por fim, graças àqueles pássaros e suas cantigas, Maggie tinha um plano tão simples que se espantava por nunca haver pensado nele. Ela mal tinha que fazer alguma coisa. Apenas uma série de forças magnéticas, e Adam e seu filho estariam a salvo.

Maggie sussurrou um feitiço de Raedo.

– *Reid kveda rossom vaesta.* – E tocou a runa com a mão esquerda.

Veja o Berço balançando
bem acima da cidade...

Abaixo dela, um filamento fantasmagórico se desdobrou sobre a paisagem.

O Povo do Fogo vem descendo
para trazer o bebê.

Mais uma vez Maggie murmurou um feitiço – agora uma versão da *Bjarkán* – e fez o sinal com os dedos. A névoa começou a ficar densa. Lentamente a princípio, depois saindo rastejante das fendas no chão pedregoso; emergindo de rios e arroios e rachaduras na estrada, até que se tornou uma nuvem branca que se estendeu suavemente sobre a terra como neve, tornando tudo fantasmagórico, de tal modo que até mesmo as três caravanas vermelhas pareceram cinzentas e lúgubres e perdidas.

Ótimo.

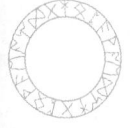

A caminho do portal do Inferno
o Povo do Fogo está cercado...

E então, com um estalo de dedos, Maggie reverteu a runa do Viajante e começou a puxar as meadas de névoa através do círculo de indicador e polegar. Enquanto o fazia, começou a cantar outro feitiço da *Raedo*:
Rad byth on recyde, rinca gehwylcum...
Abaixo dela, a nuvem branca se adensou e agitou. Fogos-fátuos oscilaram em seu centro. Os corvos se moveram em vaivém buliçoso através da névoa, traçando uma garatuja de luz de runa, enquanto Sleipnir, em seu Aspecto feroz, atravessou o céu como Fogo do Santo Sepulcro, as longas patas abrangendo de horizonte a horizonte.

O resultado foi como uma cama de gato de todas as cores imagináveis, da qual uma coluna de névoa foi se tecendo como lã de cor apagada numa roca.

Por todo o caminho até o Portão do Inferno
o Povo do Fogo está cercado...

E na estrada para Fim de Mundo, o Povo do Fogo desapareceu dentro da nuvem. Então as oito patas de Sleipnir teceram teias aracnídeas, e a Mente e o Espírito de Odin voaram investindo com fúria sempre crescente. O sol, a lua e as estrelas foram se apagando conforme Maggie foi cavalgando.

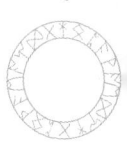

7

Maddy esperou Perth descer do telhado da cobertura até a primeira luz do dia. Mesmo assim, foi uma questão de fé em seu novo amigo ela ter esperado até depois do café da manhã para que ele não voltaria.

Ela encontrou para si um lugar para esperar à janela de um café. Ali, tomou o café da manhã – toucinho e ovos e um bule do forte café de Fim de Mundo – e manteve vigilância sobre a cobertura. Mas quando o sol se ergueu sobre o Portão do Santo Sepulcro e a cidade retornou à vida, Maddy começou a perceber que alguma coisa devia ter dado terrivelmente errado. Perth já devia estar de volta havia horas; e, observando agora através da runa *Bjarkán*, Maddy pôde ver sua assinatura retalhada do outro lado da fachada do prédio, junto com alguns borrifos de luz de runas que revelavam uma história eloquente.

Subindo pela saída de incêndio que corria em volta dos fundos do edifício, Maddy deu uma olhada mais próxima. Tinha havido uma luta ali, ela viu. Perth havia lutado com sua irmã. A assinatura rosa-avermelhada de Perth era clara e a de Maggie era inconfundível. Mas o que era aquele rastro de uma terceira assinatura, e por que parecia tão familiar?

Poderia ser do Velho Homem?

E o Velho Homem seria o Murmurador?

Até agora ela tivera certeza de que era. E, no entanto, essas cores eram de algum modo erradas. O rastro do Murmurador havia sido berrante e luminoso, como um relâmpago dentro de uma garrafa. Mas este era uma coisa diferente – diferente e inconfundível –, esses borrifos de luz de runa, de azul martim-pescador, e aquele traço de *Raedo* invertida no ar...

Um Olho?

Odin?

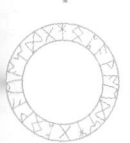

Poderia ser? Maddy mal conseguia acreditar nisso. E, no entanto, a assinatura de seu velho amigo estava rabiscada através dos topos de

telhados. A *Raedo*, invertida, com suas cores. O que significava que o ser que havia sido chamado de Velho Homem, a coisa que ele tinha lhe ordenado a encontrar, não era nada além de seu próprio eu, incorporado, como o Murmurador, naquele pedaço de rocha vulcânica.

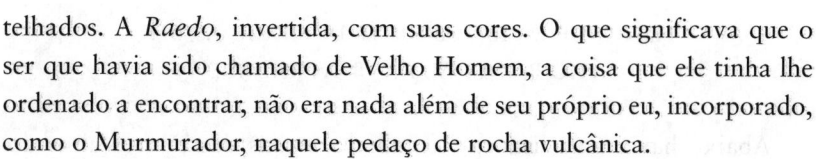

A cabeça de Maddy estava girando agora. Ela sentou-se na saída de incêndio. Por que Odin não lhe contara a verdade? Por que a tinha confundido? Onde estava Perth, e por que ele havia fugido? Estaria ferido? Estaria fora de ação? Ou havia simplesmente virado a casaca, e oferecido Um Olho a mãos inimigas?

Maddy permaneceu sentada por um longo tempo, tentando extrair sentido daquilo tudo. Ela não tinha as habilidades de escalada de Perth. Impossível seguir sua trilha através daqueles topos de telhados perigosos. Mas a assinatura do Velho Homem, ela esperava, devia ser possível de encontrar, especialmente agora que o rastro estava fresco; e assim ela retornou ao Passeio dos Inspetores para procurar traços de seu amigo.

Não era tarefa simples, ela descobriu. A Cidade Universal estava sempre cheia de assinaturas, e mesmo um rastro como o de Odin ou Perth podia ser facilmente perdido na multidão. As horas se passavam: nenhum traço da dupla. Maddy ficou cansada, desanimada e com frio. Ela havia caminhado ao redor em círculos por horas sem encontrar nem mesmo um feitiço partido. O meio-dia soou na Praça da Catedral. Ainda não havia sinal de seus amigos desaparecidos. De acordo com a profecia de Ethel, restavam menos de vinte e quatro horas antes do Ragnarók e do Fim dos Mundos, nas quais ela precisava encontrar Perth, recuperar o Velho Homem, cavalgar o Cavalo Negro da Traição *e* descobrir por que sua irmã ia se casar com Adam Scattergood...

Encare os fatos, pensou ela. *É impossível. Eu falhei com eles. Falhei com todo mundo.*

Na hora do almoço ela comprou pão ázimo e arenques picantes de uma das barracas da Praça do Santo Sepulcro, então sentou-se junto à fonte para comê-los. Quando o fez, seus olhos foram atraídos por uma coisa pregada num quadro de avisos na proximidade.

Este quadro era um espaço de exposição pública geralmente ocupado por anúncios de casamento, horários de feira, cães perdidos, leilões de propriedades, regras do Tribunal e Limpezas Públicas. Normalmente Maddy não teria prestado muita atenção a essas coisas, mas desta vez um aviso no topo do mural a atraíra. Ele dizia:

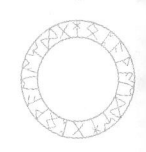

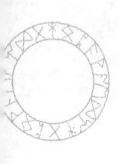

LEILÃO DE ESCRAVOS NESTE DOMINGO ÀS 8H
PÁTIO PRINCIPAL DA UNIVERSIDADE

Abaixo havia uma lista que detalhava alguns dos pontos altos do leilão, incluindo: uma série encadeada de quatro dançarinas Estrangeiras de dezenove anos; um cozinheiro especializado em pratos das Divisões; dois guarda-costas com conhecimento de armas brancas e combate corpo a corpo; certo número de escravos domésticos, escravos braçais e trabalhadores comuns; sete criminosos comuns... E, bem lá embaixo, um curto acréscimo, apenas cinco palavras, manuscritas abaixo do panfleto:

Fugitivo não identificado. Próprio para galés.

Maddy sentiu a garganta apertar. Não. Não era possível. Devia haver dúzias de fugitivos na Cidade Universal. Por que ela devia ter tanta certeza de que aquelas cinco palavras se referiam ao seu amigo? E, no entanto, ela tinha. Perth era seu homem.

O que havia acontecido? Ele havia sido capturado subindo nos telhados? Ele havia tentado voltar depois de tudo? E quanto ao Velho Homem? Teria sido encontrado pelos homens da lei, ou havia Perth conseguido escondê-lo?

– Então, você viu o aviso... – disse uma voz familiar às suas costas.

Maddy se virou. Era Hughie em Aspecto humano, estendido numa borda da fonte, enquanto Mandy, em forma de corvo, estava empoleirando-se na cabeça de uma das serpentes de pedra que a adornavam.

– *Você!* – exclamou Maddy.

Kaik, disse o pássaro.

Maddy deu uma olhada ao redor da praça. Estava cheia, como sempre ficava aos sábados, mas ninguém parecia notá-los. Pessoas maltrapilhas, desclassificadas, havia em abundância na cidade, e qualquer um que lançasse um olhar sobre Hughie iria supor que ele era um negociante Estrangeiro; escuro, exótico, perigoso.

– O que vocês estão fazendo aqui? – perguntou ela, baixando sua voz até reduzi-la a um sussurro.

Hughie exibiu com brilho seus dentes perfeitos.

– Você podia parecer mais satisfeita em nos ver – retrucou ele.

– É mesmo? – ironizou Maddy. – E por quê? Vocês me mandaram para cá em busca de uma agulha no palheiro; não me relataram nenhum dos fatos; deixaram-me sozinha por uma semana sem uma só palavra; e agora aparecem como se nada houvesse acontecido...

– Ah, mas aconteceu, sim – disse Hughie. – Temos visto muita ação. Não temos, Mand?

Mandy crocitou lugubremente, embora se fosse em concordância ou em protesto contra a ausência de bolo, Maddy não tinha como ter certeza.

– Tudo bem. Que novas vocês me trazem? – perguntou Maddy. – Seja rápido. Tenho que encontrar meu amigo.

– Tem mesmo? – disse Hughie. – Bem, podemos ajudá-la nisso. Seu amigo está na cadeia da cidade. Vamos mais direto ao ponto, fêmea.

– Sim, ele pegou o Velho Homem – Maddy olhou ferozmente para Hughie –, que *por coincidência* é Odin. O que ninguém achou conveniente *me contar*...

Hughie deu de ombros.

– Ordens, fêmea. Ele não *queria* que nós lhe contássemos.

– Por que não? Ele não confia em mim?

– Ora, você conhece o General. – Hughie deu seu sorriso de comerciante. – Ele não confia nem *nele mesmo* na metade do tempo.

Maddy tomou um fôlego profundo. Quando – *se* isso acontecesse – o visse novamente, trocaria algumas palavrinhas com o General sobre a questão da confiança e outras coisas. Por enquanto...

– E quanto aos meus amigos?

– Viajando para Fim de Mundo. Cinquenta quilômetros fáceis a percorrer; você os verá de manhã.

Maddy deu um suspiro de alívio.

– Graças aos deuses por isso! Eu estava começando a pensar que eu teria que lutar contra todo o Caos sem eles. – Ela sorriu, sentindo-se subitamente alegre, e lançou seus braços sobre o pescoço de Hughie. – Obrigada. Obrigada por voltarem! Eu estava tão preocupada de ter feito a coisa errada. Mas agora as coisas estão se resolvendo, finalmente. Odin está dando ordens novamente. Os outros conseguiram chegar a tempo. Agora tudo que precisamos fazer é resgatar Perth.

– Perth? – perguntou Hughie.

– Sim, é claro. Você viu o aviso, não viu? Eles o mandarão para as galés. E se ele souber onde o General está...

– Espere um minuto – disse Hughie.

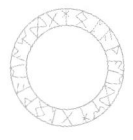

Mas a mente de Maddy havia disparado na frente, já fazendo planos de resgate. Sozinha, ela sabia que não tinha nenhuma chance. A cadeia não era nada parecida ao pequenino xadrez da aldeia de Malbry. Ela não poderia atacá-la sozinha. Mas com a Serpente do Mundo ao seu lado, e com a Mente e o Espírito de Odin...

— Espere. *Espere!* — disse Hughie, pondo a mão sobre o braço de Maddy. No topo da fonte, Mandy bateu suas asas e crocitou.

— Não tenho tempo para esperar! — falou Maddy. — Perth é meu amigo. Você acha que eu iria simplesmente abandoná-lo?

— E sua irmã? Você iria *abandoná-la*?

Maddy parou.

— Minha irmã?

— Sim — disse Hughie. — Eu pensei que você entenderia. Lá, lá *no alto*... — E ele apontou para a folha de pergaminho que cobria metade do quadro de avisos. Maddy ergueu os olhos e viu uma longa lista, escrita em manuscrito pesadamente dourado:

CASAMENTOS
NESTE DOMINGO:
8h: Maggie Rede, com Adam Goodwin
8h15: Priscilla Page, com Franklin Bard
8h30: Jennet Price, com Owen Marchant

E assim por diante, com intervalos de quinze minutos, até cinco da tarde, que era quando o serviço vespertino se encerrava. Casamentos eram um negócio lucrativo na Cidade Universal; aquela cerimônia de quinze minutos na catedral poderia custar quase quinhentas coroas — o preço de uma carruagem de quatro cavalos, ou do aluguel de uma suíte de cobertura por um mês.

Ela balançou a cabeça impacientemente.

— Eu já sei disso — disse ela. — O que importa agora é salvar Perth.

Hughie franziu o cenho.

— Não. Seu amigo pode cuidar de si mesmo. O que importa agora é sua irmã e este casamento que ela planejou. A cerimônia *não deve* acontecer. Não importa o que você tenha que fazer.

— Quem disse isso?

— O Velho Homem. Quem mais você acha?

A esta altura Maddy havia esquecido tudo sobre manter sua voz em baixo volume.

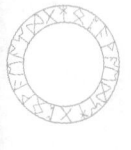

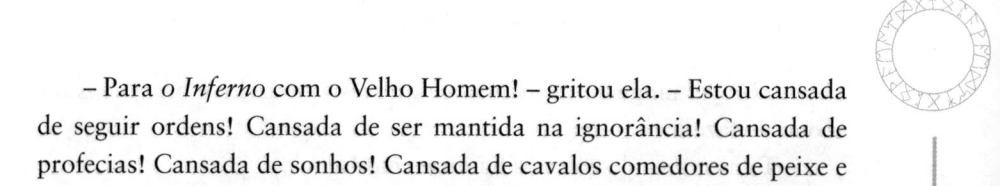

– Para o *Inferno* com o Velho Homem! – gritou ela. – Estou cansada de seguir ordens! Cansada de ser mantida na ignorância! Cansada de profecias! Cansada de sonhos! Cansada de cavalos comedores de peixe e pássaros comedores de bolo! Então é melhor você me contar o que está acontecendo, porque se não for assim eu vou *destroncar seu pescoço*!

Hughie esperou pacientemente até que Maddy houvesse perdido o fôlego.

– Sentindo-se melhor, fêmea? – perguntou ele.

Maddy descobriu que, na verdade, estava.

– Então, me ouça. Ouça o *Velho Homem*. É isso que ele quer que você faça.

Conforme Hughie foi explicando o plano do General, enquanto Maddy o ouvia em silêncio, o rosto dela foi ficando mais e mais pálido.

De repente as multidões de sábado pareceram a ela um exército de fantasmas distantes; a cúpula luminosa da catedral como um escudo manchado sob o sol. Nada lhe parecia mais real. Sua cabeça parecia um balão de Dia de Feira; seu coração era um toque de tambor que preenchia os Mundos.

– E isso é o que ele quer? – indagou ela, quando Hughie finalmente fez silêncio.

– Sim – respondeu Hughie.

– Eu não entendo.

– Ele não *precisa* que você entenda. Ele simplesmente precisa que você faça como ele diz. Você fará, Maddy? Fará como ele diz? Você vai confiar nele, Maggie?

– Eu tentarei.

Hughie deu um suspiro de alívio.

– Brilhante.

Maddy quase riu. Se lhe fossem pedidas palavras apropriadas para descrever o apavorante estado atual das coisas, *brilhante* nunca teria entrado na lista.

Ela olhou para Hughie esperançosamente.

– Mas ele não deve ter outro plano? Desde quando o General não tem um plano?

Hughie deu de ombros.

– Este é o plano. Além disso, não há mais nada. Se este casamento for em frente, então perderemos tudo: Asgard, sua irmã, o futuro do Povo do

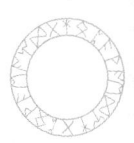

Fogo. Não há ninguém além de você que possa detê-lo, e há apenas um modo de fazê-lo.

– Tem certeza de que não há outro modo?

– O General foi muuuuuito claro. Se você quiser salvar os Mundos, *terá que matar Adam Goodwin.*

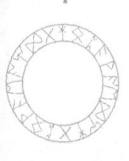

8

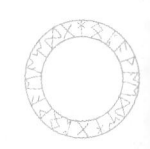

Como a Louca Nan já havia descoberto, no Sonho o tempo não faz sentido. Segundos podem se estender para minutos, horas; horas podem passar numa piscadela de olho. Maggie, sobre Sleipnir, não tinha nenhuma ideia de quanto tempo restava para ela; mas, sobrevoando as ilhotas do sonho à procura de rastros de sua presa, podia sentir o peso dos Mundos se agregando como nuvens de tempestade; uma onda de uma coisa prestes a se romper que preenchia o ar ao seu redor com pequenas notas farpadas de estática.

Até aí tudo saíra melhor do que Maggie havia esperado. Mas lidar com o Povo do Fogo havia sido a parte fácil do plano. Agora vinha o segundo lance dos dados: sua investida contra o Murmurador.

Maggie soubera desde o início que aquela seria a tarefa mais difícil de todas. O Murmurador já estava alerta a cada movimento suspeito; e Maggie sabia que, se ela fracassasse, Adam seria o alvo dele. Ela precisava do Velho Homem; e por isso, precisava rastrear o homem que o tinha roubado da cobertura. Seu breve encontro com Perth a deixara cheia de curiosidade. Ele parecia um malandro rotineiro; um ladrão noturno do tipo que Fim de Mundo tinha em abundância. Mas sua força magnética era uma das novas runas, *e* ele conhecia sua irmã.

Quem quer que ele fosse, Maggie pensou, estava se provando difícil de encontrar. Ela vasculhara em meio ao Sonho pelo que pareceram horas sem encontrar um só sinal do ladrão, ou do que ele havia roubado. Estaria ele protegendo o Velho Homem? Saberia que ela o estava perseguindo?

Agora, enquanto procurava em vão por Perth, Maggie começara a se sentir muito cansada. O esforço de sua cavalgada através do Sonho havia cobrado seu preço em sua força magnética enfraquecida. Seus corvos haviam desaparecido há muito tempo; até o Cavalo Vermelho estava começando a dar sinais de fadiga.

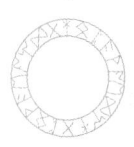

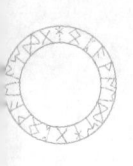

Ela apertou os punhos em frustração. Onde ele estava? Ele não dormira? *Ninguém* vira seu rosto aquele dia?

E então ela descobriu – um fiapo de sonho, nada maior que um pontinho de penugem. Um homem da lei do turno da noite, revendo sua lista de prisões do dia. O homem não era um sonhador, mas havia sentido uma estranheza num de seus prisioneiros. A memória havia se alojado em sua mente; havia se tornado este fragmento partido de sonho.

Maggie o agarrou ansiosamente. Lá estava Perth, trancado numa cela subterrânea da cadeia da cidade. Ela franziu o cenho. *Isso* era irritante. Não havia qualquer sinal de sua irmã nem do Velho Homem no sonho, mas Maggie estava certa de que, no momento em que ela e Sleipnir tivessem concluído seu trabalho com ele, Perth estaria mais do que desejoso de cooperar.

E assim ela esporeou o Cavalo Vermelho para sair do Sonho e entrar no Mundo Abaixo, onde o labirinto que por três anos havia sido seu espaço de lazer e esconderijo estava por se tornar o cenário de uma das maiores fugas do Mundo Médio.

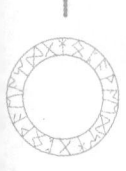

9

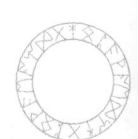

Era fim de tarde em Fim de Mundo. Quase doze horas já haviam se passado desde que Maggie desaparecera no interior do Sonho – uma extensão problemática de tempo para Adam e seu passageiro.

– *Onde está ela? ONDE ESTÁ ELA?*

A voz do Murmurador, furiosa a princípio, havia se reduzido a uma espécie de zumbido suplicante. Adam a ignorava. Ele não se importava. Na verdade, se houvesse sabido que Maggie Rede havia sofrido um acidente fatal, não teria se importado de modo algum com isso, mas sim com o fato de que ela tinha prometido o libertar de seu passageiro.

Ele havia observado de seu terraço enquanto o sol se erguia sobre a Cidade Universal e ouvido os sons distantes dos comerciantes, das carroças nos paralelepípedos, dos garotos de entrega – todos os sons familiares de uma vida que agora parecia muito longínqua.

Achava difícil imaginar-se sequer retornando àquela vida – mais difícil ainda lembrar que um dia já fizera parte dela. Pela primeira vez em muitos meses ele se flagrou pensando em Malbry. Ele havia ficado ansioso por fugir; por experimentar a vida na cidade grande. Agora se lembrava da Colina do Carvalho Vermelho, da Floresta do Pequeno Urso, da margem do rio onde ele e os outros garotos haviam brincado através de todos os longos e doces verões de sua infância. Pensou em sua mãe e na Taverna dos Sete Adormecidos e em seu próprio pequeno quarto sob a calha, nos seus soldadinhos de brinquedo alinhados no parapeito da janela e na ameixeira que havia crescido junto a ela.

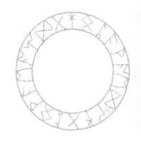

Tudo isso parecia tão distante agora – ele tinha sonhos que pareciam mais reais –, e então tomou consciência de uma dor em seu peito, um nebuloso, surdo latejar, como um ferimento. Adam não era muito dado a pensar sobre seus sentimentos. Se fosse, teria reconhecido aquela dor nebulosa como saudade. O Murmurador *a* reconheceu, e seu desprezo foi devastador. Mas ao longo de três anos Adam havia aprendido a desligar a Voz escarnecedora de sua cabeça.

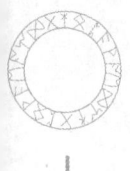

E assim ele apenas se sentou à janela e esperou que Maggie saísse do Sonho, inconsciente das lágrimas em seu rosto, ou do fato de que seus punhos estavam tão doloridamente apertados que suas unhas haviam riscado a sua pele. Na verdade, ele estava tão perdido para o mundo que, quando Maggie finalmente chegou em casa, levou-lhe um momento para entender que ela não era parte de algum sonho acordado, mas a pessoa com que havia prometido se casar no dia seguinte na catedral do Santo Sepulcro.

Ela tinha uma aparência terrível, ele pensou. Suas roupas estavam riscadas, estava sem um sapato, seu *bergha* fora despedaçado. Um corte sobre sua sobrancelha havia sangrado até atingir o cabelo tosado; havia um ferimento ao lado do rosto; os nós de seus dedos estavam cortados e sangravam.

– Que Diabos aconteceu? – perguntou Adam.

Maggie lançou-lhe um sorriso cansado.

– Jornada difícil. Preciso descansar. Há alguma coisa para comer?

Adam olhou ao redor para o quarto.

– Eu... eu posso ir buscar alguma coisa nos restaurantes. Mas...

– Ótimo – disse Maggie. – Estou morrendo de fome. Mas consegui. Dei um jeito em tudo.

Na mente de Adam, o Murmurador estava fervendo e zunindo de indignação. *Vou ser o serviçal dela agora? Vou ficar atrás dela chamando-a? Eu EXIJO que ela Me conte o que aconteceu! Diga-lhe que não aceitarei ser mantido na ignorância!*

Adam retransmitiu a mensagem tão diplomaticamente quanto pôde.

– Meu mestre estava perguntando...

– Eu sei – falou ela. – Diga a ele que eu consegui. Eu prendi o Velho Homem. É tudo que ele precisa saber.

– Mas, *como*? Onde ele está? – gemeu Adam.

Ela balançou sua cabeça.

– Eu o explodi. Mandei-o para o Inferno, tal como o Mestre pediu.

– *O QUÊ?* – gritou o Murmurador. – *Você fez o quê?*

Maggie pôde ver o passageiro de Adam olhando-a através dos olhos de Adam. Parecia como se estivesse olhando para o interior de uma cova de serpentes e aranhas.

Falando baixo com a voz de Adam, ele disse:

– Mas eu queria ver isso sendo feito.

– Eu sei que você queria – disse Maggie. – Se eu pudesse tê-lo trazido de volta...

– *Tê-lo diante de Mim, impotente, totalmente consciente do que havia perdido, sabendo que eu e apenas eu era quem lhe havia causado sua derrota. Era ISSO o que eu queria, garota. Era ISSO o que eu e você tínhamos combinado.*

Maggie podia ver a raiva do Murmurador crescendo a cada sílaba. Ela sabia que teria que ser cautelosa agora: a criatura estava horrivelmente alerta, e iria atacar ao primeiro sinal de fraqueza. Ela o encarou sem tremer, mesmo com o coração prestes a explodir de medo, e dirigiu-se a ele com uma voz que era tão calma a ponto de parecer indiferente.

– Isso teria sido um bônus – disse ela. – Mas temos coisa maior com que nos preocupar. Não podemos nos dar ao luxo de tripudiar sobre nossos inimigos.

Os olhos de Adam se arregalaram de incredulidade.

– *Você está se atrevendo a passar um sermão em MIM?*

– De modo algum – falou Maggie, ainda sustentando o furioso olhar do Murmurador. – Mas você sabe que o Velho Homem era perigoso. Você viu como ele tentou me transformar. Eu não podia me dar ao luxo de deixá-lo vivo.

Ela apontou sua condição em frangalhos.

– Olhe para mim, estou exausta – disse ela. – Uma batalha de vontades teria acabado comigo. E assim eu fiz o que tinha que ser feito. Mantive minha promessa. E você fará o mesmo.

Por um longo tempo, o Murmurador olhou ferozmente para ela com os olhos de Adam. Friamente, Maggie sustentou o olhar, sabendo que tudo dependia disso: seu futuro com Adam; seu filho; sua vida. Em vinte e quatro horas, ela disse a si mesma, ao olhar para aqueles olhos, haverá apenas Adam respondendo ao olhar. O passageiro desaparecerá de uma vez por todas, e não haverá mais mentira alguma, mais nenhum medo...

– E agora preciso comer. Dormir. Um banho quente. Amanhã é meu grande dia e eu não quero vê-lo, nem saber de você até lá. Você me entende?

Por um momento mais longo o Murmurador fez uma pausa. Maggie pôde sentir sua raiva, mas havia outra coisa também: algo como diversão; quase como satisfação.

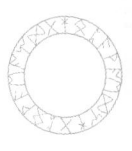

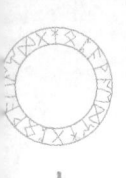

– Você está finalmente amadurecendo – disse ele. – *Odin ficaria orgulhoso de você.*

Depois ele se retirou e Adam voltou, seus olhos azuis arregalados e medrosos.

– Você fez isso realmente? Você matou aquela coisa?

– Eu não quero mais falar – disse Maggie. – Por favor, Adam. Deixe-me em paz.

No fundo de sua mente, a Voz do passageiro sussurrou uma advertência silenciosa.

– *Não faça mais perguntas. Faça o que ela diz. Não podemos deixá-la colocar o bebê em risco.*

Adam deu de ombros.

– Tudo bem – disse ele. – Eu vou lhe buscar alguma coisa para comer.

Maggie se virou para esconder seu alívio e começou a preparar o banho. A água quente saiu de uma torneira em forma de um cisne prateado e espirrou dentro da banheira.

– Então, me traga uma dúzia de Meninos Gordos – disse ela. – E um pouco de cordeiro assado, de arroz frito e sopa de feijão. Ah, e castanhas. Bolinhos de carne de porco, se eles tiverem. Pão ázimo com azeitonas e anchovas. Pães de torresmo. Frango temperado. Torta de peixe. Salsichas. Bolo de fruta. E tortas de geleia. Estou tão *gulosa* por torta de geleias...

Só mais um dia, ela dizia a si mesma enquanto Adam seguia suas instruções. Depois disso, estaria livre. Uma esposa; uma mãe; uma filha do Povo. O Cavaleiro da Carnificina não existiria mais, e todos os acontecimentos dos últimos nove dias – sua irmã, o Cavalo Vermelho, o Velho Homem – poderiam ser páginas viradas do Livro de Palavras a que pertenciam e com a mesma rapidez esquecidos. Contanto que ela pudesse ser forte o suficiente. Contanto que isso funcionasse.

Por favor, faça com que funcione!

Enquanto Adam esquadrinhava o Passeio dos Inspetores à procura de todos os itens da lista de Maggie, o relutante Cavaleiro da Carnificina pisou na banheira com pés de garras e fez a poeira do Sonho desaparecer em milhões de bolhas com cheiro de rosas. Depois disso, quando Adam retornou, ela conseguiu, a despeito de sua fadiga, fazer mais do que justiça a uma refeição que teria humilhado a Rainha dos Porcos; então, desfaleceu na cama e dormiu sem sonhos até de manhã.

10

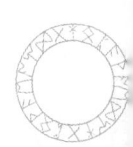

O sol havia se posto na Praça da Catedral, mas Maddy nunca sentira tão pouca vontade de dormir em sua vida. Muito depois que os pássaros de Odin haviam partido, ela permanecera junto à fonte, olhando o povo da feira de sábado passar numa espécie de névoa de sonho. Conforme as sombras foram se alongando, as multidões começaram por fim a se dispersar; mas mesmo enquanto o povo ia embora, a praça estava viva com suas assinaturas: vendedores, falcoeiros, malabaristas, ladrões; videntes, dançarinas, apresentadores de toda espécie. A comitiva do último casamento do dia passou – a noiva de branco, com seu longo véu amarelo-açafrão, rindo e jogando flores.

Maddy viu-a entrar, de mãos dadas com o noivo. Suas assinaturas se ergueram no ar obscurecido, entrelaçadas como colunas de luz de estrelas.

Essa poderia ser minha irmã, ela pensou.

Ela descobriu que estava tremendo. As lágrimas escorriam pelo seu rosto. Ela devia ter chorado por algum tempo, pensou, porque sua pele estava úmida de pranto. Maddy Smith, que nunca chorava, que nunca recuava diante de nada...

Controle-se, ela pensou. *Não é hora para desmoronar*. Como era mesmo que a Louca Nan costumava dizer? *Ocasiões desesperadas exigem planos desesperados...*

Mas que tipo de desespero era aquele? Desde quando um dos planos do General envolvia que ela matasse um inocente?

Bem, talvez não um inocente, Maddy pensou com um sorriso forçado. Mas Adam não era ameaça para os deuses. Era apenas o filho de um taberneiro. Matá-lo seria um assassinato – e se Maggie realmente o amava, então isso iria partir o coração de sua irmã.

Ela poderia fazer isso a Maggie, mesmo que os Mundos dependessem do ato? E se ela fizesse isso, então como sua irmã gêmea poderia um dia perdoar os Æsir?

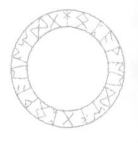

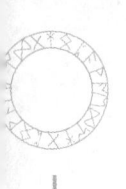

Maddy tomou um fôlego profundo. Odin tinha lhe pedido para confiar nele. Mas como poderia confiar nele quando visivelmente ele não confiava *nela*? Se ele apenas tivesse dado um *motivo*, ela pensou, em vez de emitir ordens daquele modo tipicamente autoritário.

Se o casamento for em frente, então tudo pelo que lutamos estará perdido.

Mas como o casamento *poderia* ir em frente? Os deuses estavam a poucos quilômetros de distância. Pela manhã estariam na cidade e o segundo Ragnarók teria início. O Fim dos Mundos não iria esperar pelo casamento de uma garotinha. Especialmente se essa garotinha fosse também o Cavaleiro da Carnificina...

Maddy franziu o cenho. O que aconteceria, ela pensou, se o Cavaleiro da Carnificina *não* cavalgasse? Poderia ser *isso* o que Odin temia? Aquela guerra era apenas um meio para um fim – seu propósito: recuperar Asgard. Poderia ser este seu meio de assegurar que Maggie estava preparada para cumprir sua parte da profecia? Se fosse assim, e quanto à própria Maddy? Ela estava também desempenhando um papel? Ou podia ser que ambas eram nada mais que peças num tabuleiro de xadrez, movidas por um jogador cujo único pensamento era *ganhar o jogo*?

Odin nunca faria isso, ela pensou. *Seria cruel demais.*

E, no entanto, enquanto seu coração protestava, a sua mente sabia que ele podia. Maddy conhecia Odin bem demais para ficar cega por seus sentimentos para com ele. Ele podia ser cruel, manipulador; ele podia até ser traiçoeiro. Por mais difícil que fosse de admitir, Odin tinha uma longa história de traição, violência e falsidade. E agora que estava de volta dos Mundos – embora dentro de uma Cabeça de pedra – ela supunha que ele devia estar ansioso por fazer quase tudo para recuperar sua fortaleza, seu Aspecto.

Maddy ergueu os olhos e ficou sobressaltada ao ver que a noite havia caído sobre a praça. Algumas poucas estrelas brilhantes enfeitavam o céu; para Maddy, elas pareciam inexpressivas e frias. Ela estava com fome novamente, cansada e rígida; estendendo seus membros, percebeu que havia ficado ali sentada, pensando, por muitas horas. E, no entanto, sentiu-se melhor; mais leve, de algum modo. Como se ela houvesse chegado a uma verdade penosa. Seu rosto assumiu uma aparência implacável, que, se Adam tivesse visto, teria reconhecido imediatamente.

Agora era a hora, ela disse a si mesma, de resolver quem ela *realmente* queria ser. O Cavaleiro da Traição? A irmã gêmea de Maggie? A neta de Odin? A amiga de Perth? O futuro dos Æsir? A defensora do Povo? Ou inteiramente outra coisa – uma coisa que ela escolheria *por si mesma*?

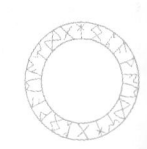

Maddy se levantou e começou a caminhar. Ela sabia apenas para onde ia. Finalmente estava farta de mensageiros e jogos mentais. Qualquer que fosse o papel no circo, ela não seria instrumento de mais ninguém. Se tinha que escolher entre trair sua irmã e trair sua tribo, então não queria mais saber de lacaios.

Os corvos podiam ir para o Inferno, ela pensou.

Maddy precisava conversar com a Cabeça.

LIVRO OITO
Bif-Rost

Quando o arco se quebrar, o Berço cairá...
Cantiga infantil das Terras do Norte

1

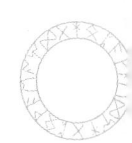

Mais de quinhentos anos haviam se passado desde a criação da Cidade Universal. O homem que a planejara havia desaparecido há muito tempo; e as habilidades que haviam sido aplicadas em sua construção haviam sido esquecidas por séculos. Mas nada nunca está perdido, como se diz, e se Maggie Rede tivesse prestado mais atenção aos conteúdos daquelas velhas áridas histórias, em vez de estudar contos de aventura, ela podia ter se lembrado do nome de certo arquiteto, que uma vez fora um Professor de Matemática na Universidade das Verdades Imutáveis, que, ao fim da Guerra de Inverno, começando com uma simples pedra da desmoronada Cidadela, e, coroando-a finalmente com torres agulhadas e cúpulas, rebatizara-a de Cidade Universal.

O nome daquele homem era Jonathan Gift, e depois de sua morte havia sido sepultado na catedral da cidade, cuja cúpula gigante de cristal havia sido sua realização mais ambiciosa. Mas quando a Ordem emergiu, o nome de Jonathan Gift ficou esquecido, e apenas seu legado permaneceu. Seu sepulcro – a Pedra Fundamental – se tornou um lugar de reverência por todo o Fim de Mundo e as Terras do Sul.

Entalhada com runas e cânticos que ninguém lembrava, a Pedra Fundamental de Fim de Mundo – ou a Pedra do Beijo, como logo ficou conhecida – havia adquirido uma reputação mítica. O Povo ia ali para se casar, ou ser abençoado, para beijar a Pedra a fim de obter boa sorte; e havia relatos de milagres, histórias de curas inesperadas – de vozes e visões de Mundos Além.

Essas histórias haviam sido tão disseminadas que por fim a Ordem declarou Gift como santo – Santo Sepulcro, do Fogo Sagrado –, e no Bom Livro contava a história de como ele, com o auxílio do Insondável, havia reconstruído a cidade em sete dias, com nada senão jejum e cânticos.

Odin podia ter contado muito mais. Mas no momento ele tinha seus próprios problemas – sua morte sendo apenas um deles. Loki também sabia a verdade, embora naquele momento ele tivesse preocupações mais urgentes que preencher as lacunas da história de Fim de Mundo. No sexto dia de sua viagem, com as torres da cidade quase à vista, o Pequeno Circo Pandemônio do Felizardo fizera uma parada frustrante.

Aquela manhã havia trazido uma névoa terrestre que rolara sobre eles enquanto se aproximavam. A princípio ela não lhes causara preocupação; a estrada era larga e bem trilhada, e embora mal pudessem ver a beirada, todos sabiam para onde estavam se dirigindo.

Mas a névoa era fria e persistente; ela privou-os de sua energia. Hughie e Mandy, em forma de corvos que até então haviam estado no ar, pousaram no topo do vagão, com penas intumescidas contra o frio. Angie juntou-se a eles, em Aspecto de pássaro, as cores brilhantes esmaecidas no nevoeiro. Os lobos-demônios correram para mais perto e gemiam; até Jolly perdeu um pouco de sua agressividade natural e foi tropeçando atrás de seu mestre, murmurando sombriamente para si mesmo.

– Mais nevoeiro – resmungou Heimdall, lançando a runa *Sól*. – Eu pensei que havíamos deixado isso em Rhydian.

Loki lançou-lhe um olhar truculento.

– Como se eu precisasse ser lembrado *disso*!

Heimdall não viu o olhar, escondido pela névoa. Na verdade, além da área de abrangência da *Sól*, não havia nada para ser visto, até mesmo através da runa *Bjarkán*, senão um labirinto de assinaturas embaralhadas e a névoa que umedecia tudo.

– Tudo bem – disse o Astuto. – Vamos ver como isso fica ao ser visto lá de cima.

E assim os corvos de Odin foram devidamente despachados para inspecionar o terreno lá do alto. Horas depois, não haviam retornado, e a névoa não demonstrava nenhum sinal de se afastar.

Os deuses viajavam lentamente. As horas passavam. A névoa, se possível fosse, havia se adensado.

Finalmente a noite começou a cair.

– Estamos perto? – perguntou Jolly, cujo estômago vinha lhe falando que a hora de jantar havia passado há muito tempo.

– Sim, pela nona vez – disse Loki.

Ethel lançou-lhe um olhar de esguelha.

– Alguma coisa errada? – perguntou ela.

Loki deu de ombros.

– Não, de modo algum. O que poderia estar errado?

Na verdade, ele estava se sentindo desconfortável. A ausência de estrelas tornava difícil ter certeza, mas Loki estava quase certo de que já deviam ter chegado à cidade. Naquela manhã eles a tinham *visto* – suas torres, suas docas; até o oceano, em nome dos deuses – erguendo-se da névoa diante deles como uma das ilhotas pedregosas do Sonho – e agora...
Nada. Apenas a estrada interminável.

Alguma coisa estava errada, Loki disse a si mesmo; e enquanto avançavam através do nevoeiro (que não dava sinal de se afastar), ele começou a sentir uma crescente inquietação entre suas clavículas. Ele a atribuiu aos seus nervos em frangalhos, com a noite, com a fadiga, e depois com a fome; mas quando o Vigilante gritou, ordenando uma parada três ou quatro horas depois, Loki foi finalmente forçado a admitir que, na única estrada para Fim de Mundo, os deuses de alguma maneira haviam se extraviado.

Todos o culparam, naturalmente.

– Isso é ridículo – disse Freya. – Estamos andando em círculos por horas e *horas*!

– Não em círculos – argumentou Loki. – Há apenas uma estrada. Nós estamos sobre ela.

– Então, por que diabos não chegamos ainda? – indagou Jolly, que queria seu jantar.

Loki deu de ombros.

– Não olhe para mim. Eu não estava guiando. Talvez o Baixinho tenha ido dormir.

Açúcar lançou-lhe um olhar truculento.

– Eu *não* fui dormir – retrucou ele. – E não me chame de Baixinho.

– Bem, eu digo que nós apenas precisamos acampar aqui – sugeriu Njörd sensatamente. – De manhã o nevoeiro terá desaparecido, e poderemos achar nosso caminho outra vez.

– *De manhã?* – exasperou-se Loki.

Heimdall arreganhou seus dentes dourados.

– Não podemos estar a mais que poucos quilômetros – disse Frey.

– Então, por que não seguir em frente? – argumentou Loki.

– Por que não fazemos uma votação? – sugeriu Njörd. – Para ver o que o resto pensa?

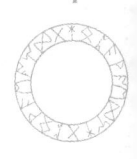

Loki baixou os olhos para o chão arenoso e refletiu sobre sua situação. Ele já tinha uma boa ideia do que todos os outros iriam dizer. Por seis dias ele desempenhara seu papel com completa e desavergonhada vantagem, forçando todos a dançar conforme sua música, na compreensão de que, se ele falhasse em levá-los a Fim de Mundo dentro do prazo combinado, então a proteção relutante de Heimdall cessaria. Esperar até de manhã seria admitir uma derrota da qual as consequências, ele adivinhava, poderiam não ser agradáveis.

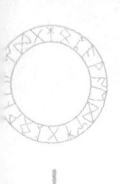

Mas então outra possibilidade brotou espontaneamente na mente do Astuto. Ele se ajoelhou para inspecionar o terreno; arrancou com um golpe uma amostra do solo. A estrada à frente era arenosa, salpicada de mica e pedaços de quartzo. Nenhuma vegetação crescia nas proximidades; tampouco havia algo que sugerisse como eles podiam ter se extraviado da estrada para Fim de Mundo.

Escondendo sua crescente ansiedade, Loki se levantou e se dirigiu ao Vigilante, que sorria maliciosamente.

– Nosso pequeno acordo seguirá até amanhã cedo. Isso significa que oficialmente eu ainda estou no comando.

Heimdall ergueu uma sobrancelha.

– E...?

– E se você retirar minha autoridade – disse Loki com seu sorriso retorcido –, então, lamentavelmente, todas as apostas estarão canceladas, incluindo quaisquer, hum, penalidades pelo fracasso no cumprimento do trato.

Angie sorriu.

– Eu disse que ele era esperto.

Loki deu de ombros.

– É apenas justo.

– Isso quer dizer que eu já posso dar uma martelada nele? – quis saber Thor.

Heimdall fez uma carranca.

– Ainda não – disse ele.

– Quando eu vou poder martelá-lo, por favor? – perguntou Thor.

– Na manhã do sétimo dia, é claro – respondeu Angie, abrindo um sorriso.

– O que significa que você agirá como eu digo – falou Loki –, a menos que declare nosso trato cancelado. Portanto, *eu* digo que continuaremos caminhando.

Por um momento Heimdall olhou ameaçadoramente para ele. Loki teria *realmente* um plano, ele pensou, ou isso seria apenas para ganhar tempo? Ele rapidamente tocou a runa *Bjarkán* e foi recompensado com um vislumbre de segundos das cores desguarnecidas de Loki – um lampejo de inquietação; um clarão de engano; uma fumaça prateada de fanfarronice – antes que ele conseguisse se escudar, usando uma forma da runa *Yr*; o suficiente para Heimdall concluir que Loki estava blefando, afinal de contas.

Não havia plano algum. O Astuto estava perdido – tão perdido quanto o resto deles. Em alguma hora durante a noite, Loki provavelmente tentaria fugir – na forma de pássaro, ou em seu Aspecto de Fogo Selvagem – e Heimdall estaria esperando por ele. A perspectiva era tão prazerosa que ele na verdade sorriu, mostrando seus dentes dourados com total superioridade ao dizer:

– Tudo bem. Você venceu.

– *Venci?* – indagou Loki, ligeiramente perplexo.

– Sim. Estamos em suas mãos. Ao menos até amanhã.

Loki parecia desconfortável agora.

– Tem certeza? Quero dizer, poderíamos todos dormir um pouco...

– Não, eu nem sonharia com isso – disse Heimdall com sua voz mais doce. – Quero dizer, você nos conduziu até aqui; é apenas justo que se permita que você conclua o que iniciou. A menos que você queira reconhecer que está perdido...

– Eu sei *exatamente* onde estamos.

– Ótimo. Não há problema, então.

Loki sorriu entre dentes cerrados. Sua mente estava correndo em disparada furiosa. Ele conseguira ganhar um pouco de tempo, embora para qual vantagem ele não soubesse. Por um lado, dispunha de horas até a madrugada. Por outro, se estivesse certo, então isso poderia ser horas longas de serem atravessadas.

Sozinho – com exceção de Sigyn, naturalmente –, Loki avaliou suas opções. Qualquer tentativa de fugir, ele supôs, resultaria em rápida punição. Ainda assim, se suas suspeitas estivessem corretas, eles podiam ter se extraviado para tão longe de sua trilha que a fuga era carta fora do baralho. Pois Loki havia reconhecido aquela estrada – seu solo arenoso, sua cintilação fugidia, o frio que tudo recobria.

– Por que *eu*? – uivou o Astuto, enterrando o rosto em suas mãos. – Por que essas coisas sempre acontecem *comigo*?

– Vamos, vamos – disse Sigyn, pondo uma mão carinhosa sobre sua cabeça; e foi por causa da aflição de Loki que, nesse momento de angústia, até mesmo a simpatia da mulher mais irritante dos Nove Mundos não foi totalmente mal recebida. Porque, se ele estivesse certo, disse a si mesmo, sabia *realmente* para onde estavam se dirigindo. De algum modo, no caminho para Fim de Mundo, a trilha deles fora desviada. Ela levava a um lugar onde a aurora nunca rompia, uma estrada na qual eles poderiam viajar por anos a fio sem chegar nunca a *lugar algum*.

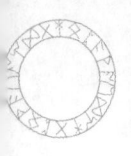

Aquela não era a estrada para Fim de Mundo de modo algum.

Aquela era a estrada para o Inferno.

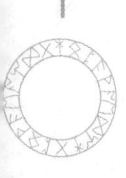

2

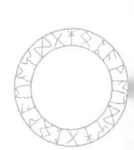

Depois de deixar a Praça do Santo Sepulcro, Maddy se encaminhou para Ratos D'Água. Lá ela encontrou Jormungand sob o píer, parecendo ainda mais lerda que o habitual. O Aspecto de Serpente, que ela parecia preferir, era menos indiscreto ali, de modo que ela podia satisfazer seu gosto por mariscos sem atrair atenção indevida.

Maddy deduziu, por sua postura, que ela estivera caçando focas o dia todo, o que explicava sua aparência intumescida e sua visível desinclinação por fazer qualquer coisa senão abrir a boca e se refestelar (e deixar escapar um ocasional arroto de peixe).

Não adiantava, Maddy sabia, apelar para seu senso de vergonha. Jorgi não tinha ética de trabalho de que falar, e se ela não quisesse se mexer, não havia muito que Maddy pudesse fazer para forçá-la. No entanto, podia tentar.

– Jorgi, preciso de sua ajuda – começou ela.

Jorgi deu uma vomitada monumental que sacudiu o passadouro de madeira todo.

Maddy firmou os ombros.

– Sério, Jorgi – disse ela. – Eu *realmente, realmente* preciso de sua ajuda.

A exibição de indiferença de Jorgi foi quase esmagadora.

– Vamos lá – pediu Maddy, em reforço. – Você é o Cavalo Negro da Traição, pelo amor dos deuses! Você é um dos arautos dos Últimos Dias. Você não pode simplesmente se esconder sob o píer e ficar se consumindo tolamente o tempo todo...

Jorgi sacudiu os ombros relutantemente.

– *Por favor* – insistiu Maddy. – Temos que encontrar o General. Para isso, temos que resgatar Perth. E Perth está na cadeia. O que significa que eu preciso de sua ajuda para entrar. Porque obviamente em não vou simplesmente marchar para lá e exigir sua libertação, vou? Ao passo que, se você me conduzir através do Sonho... Jorgi, você está me ouvindo?

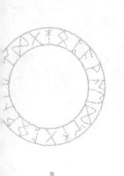

Jorgi abriu um olho.

— Assim é melhor. Eu lhe prometo que, quando nós tivermos acabado, você poderá comer todo peixe que quiser. Mas agora temos que procurar Perth. Entendeu?

Jorgi retomou seu Aspecto de Cavalo Negro, parecendo ainda mais desgrenhado que nunca. Cheirava muito fortemente a peixe também, embora, comparado ao Aspecto da Serpente, estivesse positivamente perfumado. Sua longa crina negra estava engordurada — provavelmente com gordura de foca, Maddy pensou —, mas parecia dócil o bastante quando partiram num trote lento em direção à cadeia da cidade.

Ela era situada a alguns quarteirões de distância da Praça do Santo Sepulcro, num complexo conhecido como os Arsenais. A Ordem o tinha usado como um centro de treinamento para jovens aprendizes, longe das distrações da Universidade. Agora era uma prisão, uma caserna, um depósito de armas e um local de execução.

Era também o local de uma passagem que conduzia no subterrâneo dos Arsenais para o Pátio Magisterial, que corria paralela à Biblioteca da Universidade. Mesmo nos dias da Ordem, muito poucas pessoas sabiam disso; agora, apenas uma pessoa sabia — a pessoa responsável pela cena que agora se desenrolava diante de Maddy e Jorgi à medida que eles foram se aproximando.

Maddy viu a luz de runa até antes de ver o fogo. A assinatura de sua irmã no céu era como uma gigantesca letra à mão — enorme, malformada, inconfundível. Ela iluminava o céu acima dos Arsenais como um segundo pôr do sol — salpicos assombrosos de luz de runa que se estendiam sobre os topos dos telhados, manchando os edifícios de ocre e vermelho, borrando a visão das estrelas.

Tinha havido uma batalha ali, Maddy sentiu; e recentemente. A distância, um cheiro de fumaça e o brilho vermelho-escuro de um edifício incendiado. Ela pressionou Jorgi a avançar através das ruas estreitas até que chegou ao centro dos Arsenais, a cadeia da cidade na Praça da Capital, onde parou para contemplar uma cena da mais pura carnificina.

A cadeia se fora. Duas paredes ainda se erguiam, mas o prédio em si havia sido partido ao meio. Maddy ouvira falar de terremotos — geralmente no distante Norte — que tinham tido este mesmo efeito: profundas fissuras na terra, construções reduzidas a pilhas de pedra. Vigas se espalhavam como lascas de madeira; fogo; o ar ainda denso de poeira. O que quer que tivesse ocorrido, ela disse a si mesma, devia ter sido há apenas algumas horas; os incêndios estavam sob controle agora, o cenário ainda cercado por homens da lei.

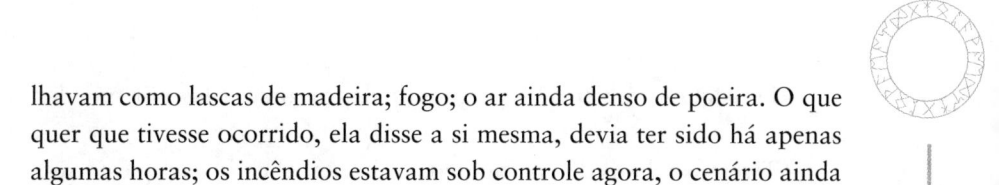

Um deles viu-a se aproximar.

– Afaste-se – ordenou ele. – Alguns destes prédios podem cair.

– O que aconteceu? – perguntou Maddy.

O homem da lei deu de ombros.

– Nós não sabemos. Talvez um terremoto.

Ele não mencionou luz de runa, ou força magnética, o que Maddy achou fora do comum; a maioria desses homens da lei havia servido à Ordem em uma ou outra ocasião, e devia estar mais familiarizada com os sinais de magia. Maddy interpretou isso como se o homem estivesse evitando deliberadamente contar-lhe a verdade – e por que devia agir assim? Ela não era ninguém. Só uma garota das Terras do Norte.

Ainda assim, ela tinha que se informar sobre Perth. Ele estava na cadeia quando o ataque acontecera? E se fosse assim, como podia ter sobrevivido? Deuses, o lugar era só ruína! Tudo que ela podia esperar era que ele estivesse em trânsito para alguma outra locação na ocasião, ou pelo menos que seu fim tivesse sido rápido.

– Alguém escapou? – indagou ela. – Algum dos prisioneiros...?

Mas o homem da lei pareceu não estar ouvindo. Jorgi havia atraído sua atenção. O cheiro, talvez; ou os olhos de peixe; ou o modo desajeitado com que se movia. Maddy de repente percebeu que este não era lugar para ser notada. Devia haver ali pessoas que ainda reconhecessem encantamentos em ação; um núcleo interno de homens da lei que ainda se lembrasse da Ordem.

– Esse é um cavalo muito diferente. – A voz do homem da lei era fria e afável.

– Sim. Ele pertence a um parente.

– O que é, alguma espécie de raça estrangeira?

Maddy fez um sinal de positivo.

– Eu acho que sim. – Ela começou a girar o Cavalo para ir embora, mas a mão do homem da lei se estendeu repentinamente e agarrou a rédea de Jorgi.

– Eu acho que é melhor vir comigo, senhorita – disse ele, e foi quando Maddy notou que ela simplesmente não iria escapar: havia uma expressão no rosto do homem da lei que lhe revelava tudo que ela precisava saber.

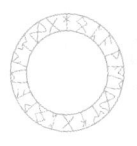

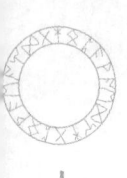

– Há algum problema? – perguntou ela, tocando a *Isa* por trás das costas.

– Tivemos relatos de um fugitivo, senhorita. Uma jovem que corresponde à sua descrição, e cavalgando um cavalo muito diferente. Temos motivo para crer que essa jovem pode ter sido responsável pelo, er, *dano* à propriedade pública.

– É verdade? – indagou Maddy. – Que terrível!

Ela deu uma olhada de relance para ver mais três homens da lei se encaminhando em direção a ela. Mais um momento e estaria cercada. Ela sabia que devia ter ido embora. Mas Maddy estava dividida entre o instinto de fugir e a necessidade de saber mais:

– O que ela fez?

– Você realmente não sabe? – perguntou o homem da lei. Era um homem de meia-idade, alto e de ombros largos em seu uniforme. Seu cabelo grisalho estava cuidadosamente amarrado por trás. Seus olhos eram de um azul frio e penetrante.

Ele se parecia com um Inspetor.

Naturalmente, isso não era possível, Maddy disse a si mesma de imediato. Os Inspetores todos haviam desaparecido. Mas a Ordem realmente tinha guardas, ela pensou; uma rede de espiões e executores. Quem sabia quantos ainda restavam? Quem sabia os segredos que eles possuíam?

– Foi um cavalo vermelho – contou o homem da lei (embora Maddy não mais acreditasse realmente que este *era* um homem da lei). – Um cavalo vermelho, e agora um negro...

Sua mão apertou em torno do pulso de Maddy. Seus olhos se fixaram nos dela.

– *Eu conheço você* – disse ele. – Há alguma coisa com você. Alguma coisa secreta. Igual havia naquele sujeito que eu trouxe para cá hoje. Aquele que não quis me revelar seu nome...

Maddy de repente percebeu que ele estava tentando enfeitiçá-la. Não com a Palavra, mas com a força pura de sua personalidade. Por trás dela, os três outros homens da lei estavam um pouco mais que a um metro e meio de distância. Em um momento estariam em cima dela.

Ela invocou *Isa*, a Gelada, e lançou-a sobre o homem da lei. Imediatamente, o homem ficou congelado no lugar. Seus camaradas recuaram, assustados, e no momento que levou para que reagissem, Maddy agarrou a rédea de Jorgi, e escoiceando em suas laterais, gritou:

– Jorgi! *Tire-nos daqui!*

Seguiu-se uma confusão momentânea. As sombras obscureceram; a luz de runa emitiu clarões; o ar ficou de repente cheio de poeira. A escuridão caiu – uma escuridão tão densa que Maddy quase podia tocá-la. Ela parecia pulverulenta, como ferrugem; até cheirava a fumaça de coisa velha.

Jorgi mais uma vez mudara de Aspecto para o da Serpente do Mundo. Maddy podia sentir sua crina nas mãos; era como segurar a franja de uma lula morta.

Então ela parou, e Maddy deslizou de seu lombo para a pedra fria.

– Onde é isso? No Sonho?

Ela ainda estava cega. Lançando a *Sól*, ela se flagrou num corredor enfileirado de tijolos, coberto de teias de aranha, liso de poeira.

– Nós já não estivemos aqui?

A voz de Maddy ecoou contra as pedras, e ela começou a entender. Aquilo não era o Sonho. Eles estavam debaixo da terra. Jorgi devia tê-los levado para debaixo da cidade, bem como no dia em que chegaram. Esta era uma das passagens que conduziam à Universidade, não usadas desde o fim da Ordem, enclausurada no pó dos séculos.

– Muito bem, Jorgi!

Ela percebeu que eles estavam *sob* os Arsenais. Uma ala da passagem havia parcialmente caído à frente deles, espalhando pedra, tijolos e detritos na catacumba abaixo. E então, olhando através da runa *Bjarkán*, Maddy viu uma coisa que a fez gritar. Uma assinatura, recente – débil, mas reconhecível – percorrendo a pilha de pedras e conduzindo à escuridão.

Perth?

E havia ali mais uma coisa: um traço prateado da runa *Ác* que cortava por meio das sombras como uma lâmina, e, com ele, um rabisco de azul martim-pescador que podia pertencer apenas ao General.

Então fora *assim* que Maggie havia feito, ela pensou. Primeiro através do Sonho, sobre o Sleipnir, e depois cruzando o labirinto subterrâneo para atacar onde era menos esperado.

– Jorgi, eu poderia beijá-la! Se você não *cheirasse* tão mal...

Jorgi arrotou e expandiu seu Aspecto para preencher o total da passagem. Agora ela se parecia com uma lesma gigante – viscosa e muito satisfeita consigo mesma.

– Pode me levar até onde isso vai dar? – Maddy apontou a trilha.

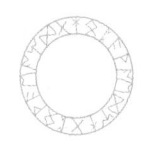

Jorgi encolheu os ombros novamente para atravessar a passagem. Maddy segurou-se nela tão firme quanto pôde, pressionando-se nas costas de Jorgi enquanto ela passava fluente por vários obstáculos. O avanço de ambas foi lento e escorregadio, mas a Serpente do Mundo era ágil e surpreendentemente boa em se espremer para cruzar pequenos espaços. Em pouco tempo elas haviam saído dos Arsenais e abriam seu caminho descendo por um túnel que era amplamente livre de assinaturas – exceto por aquele rastro triplo que levava à escuridão.

Agora Maddy seguia a trilha a pé. A força magnética de Perth estava muito fraca. Os traços que a recobriam eram ofuscantes em comparação, a cobertura de luz de runa sobre as paredes como o sinal de uma violenta erupção. Devia ter havido uma luta ali, ela pensou. Mas quem fora o vencedor?

Ela encontrou Perth noventa metros abaixo, num lugar onde o telhado havia parcialmente caído, encolhido, quase escondido por trás de uma pilha de detrito e pó; por um momento Maddy teve certeza de que ele estava morto.

Ela soltou um grito e começou a retirar os detritos; sob eles, seu amigo jazia imóvel. Sua força magnética estava tão baixa que ela mal pôde vê-la, mesmo através da runa *Bjarkán*. Ele mal estava consciente; estava manchado de pó; dilacerado, ferido e sangrando. E, no entanto, respirava ele estava vivo.

Perth tossiu.

– Água. Por favor.

Rapidamente Maddy encontrou um lugar onde a água vazava através do teto. Parecia limpa; ela recolheu um pouco entre suas mãos em concha e deu para ele beber. Isso pareceu revivê-lo; ele tossiu outra vez e se ergueu com um esforço.

– *Com que o escravo sonha?*

Maddy franziu o cenho para ele, intrigada.

– O quê?

– É uma velha charada que usávamos, quando eu estava nas galés. *Com que é que o escravo sonha? O escravo sonha em ser o amo.* Eu pensei nisso há apenas um minuto atrás, pela primeira vez em anos e anos. – Ele levou uma das mãos sobre a cabeça. – Dói. Deve ter atingido em algum ponto.

– Sem brincadeiras – disse Maddy. – O que aconteceu? Você está com uma aparência terrível.

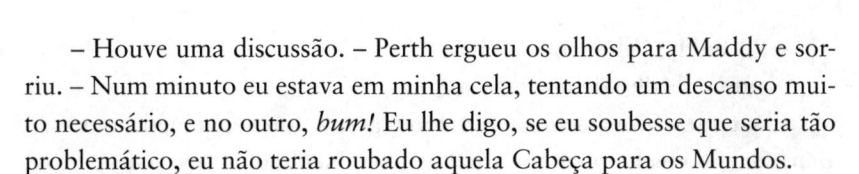

– Houve uma discussão. – Perth ergueu os olhos para Maddy e sorriu. – Num minuto eu estava em minha cela, tentando um descanso muito necessário, e no outro, *bum!* Eu lhe digo, se eu soubesse que seria tão problemático, eu não teria roubado aquela Cabeça para os Mundos.

Maddy estava tremendo de alívio.

– Eu devia ter lhe falado a verdade – disse ela. – Você podia ter sido morto. Se você tivesse...

Perth deu de ombros.

– Se desejos fossem cavalos, mendigos cavalgariam.

Maddy sentiu seu coração se apertar.

– Eu tinha um amigo que costumava dizer isso.

– É mesmo? O que aconteceu?

Ela balançou a cabeça.

– Não importa. Agora está acabado. E se minha irmã pegou a Cabeça...

Perth pareceu surpreso.

– Mas ela não pegou – falou ele.

Maddy arregalou os olhos para ele.

– O quê?

Ele sorriu.

– Eu lhe disse. Houve uma discussão. E eu devo dizer que estou decepcionado por sua suposição de que, numa luta entre mim e uma garotinha, a garotinha fosse vencer...

A cabeça de Maddy estava girando.

– Por favor, Perth. Pelo amor dos deuses, pare de *falar*!

Perth assumiu um ar ofendido.

– Você quer dizer que ainda *o* tem? – perguntou ela.

Mais uma vez Perth sorriu. Estendendo a mão por trás da pilha de detritos, ele retirou um pedaço de pedra vulcânica do qual Maddy se lembrava bem demais. Ela o vira pela última vez nas planícies do Inferno, quando Açúcar o havia lançado para dentro do Sonho...

Por um momento seu coração ficou repleto demais para falar. Ela estendeu a mão para pegar a Cabeça de Pedra. Seria ela realmente o General? Poderia ele dizer o que fazer para impedir o Apocalipse iminente?

Com as mãos trêmulas, ela a pegou. Depois, invocando a runa *Bjarkán*, ela olhou para seu âmago de pedra.

– Odin? Um Olho? Você está aí?

Nenhuma resposta. Nenhum traço de força magnética.

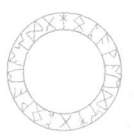

– É Maddy. Odin, você está aí?

Nenhum brilho de resposta surgiu.

Ela tentou novamente, com toda a sua força magnética, mas a *Bjarkán* não revelou nenhum sinal de vida. Nenhum feitiço o despertou; Maddy ficou rouca de tanto tentar.

Finalmente, quando havia tentado todas as runas, todos os feitiços que havia aprendido, Maddy entendeu. A Cabeça era uma casca vazia. Nem mesmo a mais débil das cintilações restava. A pedra era uma pedra e nada mais.

O que quer que ela tenha guardado em seu interior um dia havia desaparecido.

3

Há um velho provérbio das Terras do Norte que diz algo assim: *Quando as mentiras não ajudam, tente contar a verdade*. Loki o conhecia bem, naturalmente, mas preferia sua própria versão, que era: *Quando as mentiras não ajudam, conte mentiras melhores*.

Loki era um excelente mentiroso. Tendo percebido para onde eles estavam se dirigindo, decidiu ganhar tempo e, assumindo um ar de indiferença, assegurou aos deuses ansiosos que tudo estava seguindo conforme o plano.

– Que plano? – perguntou Skadi. – Seu plano de nos levar a lugar nenhum?

Loki fez um aceno com uma das mãos.

– Vamos deixar os vagões para trás. Eles estão nos retardando – disse ele. – Aqueles que possam assumir o aspecto de Pássaros vão assumir; quanto ao resto, podem deixá-los comigo.

Os Æsir pareceram desconfiados ao ouvir isso. O povo dos Vanir e do Caos podiam mudar de Aspecto à vontade; mas eles, com suas marcas de runa quebradas, eram totalmente incapazes de fazê-lo.

– Você está ganhando tempo – afirmou Skadi. – Isso é um truque para dividir-nos para que você possa fugir.

Loki balançou sua cabeça.

– Por favor. Até onde você acha que eu chegaria?

– Tudo bem. Qual é o plano? – quis saber ela.

Loki deu de ombros.

– Só esperem para ver.

Os deuses passaram as poucas horas seguintes tentando imaginar como Loki poderia voar conduzindo Ethel, Thor e a Rainha dos Porcos através de uma determinada extensão de zona rural – sem mencionar suas armas, naturalmente, e as roupas que os Vanir certamente necessitariam quando retomassem aos seus Aspectos humanos.

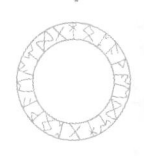

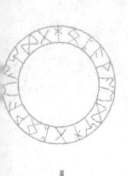

Ninguém acreditava que ele pudesse fazê-lo. Na verdade, Thor estava esperando ansiosamente pelo momento em que Loki finalmente admitisse a derrota e ele pudesse por fim dar-lhe uma martelada.

– Você vai mudar os Aspectos deles – disse Idun, que, com Bragi, gostava de uma boa história, e havia se juntado ao jogo de adivinhação com entusiasmo (ela era na verdade a única que ainda acreditava na promessa de Loki). – Você vai nos transformar em bolotas de carvalho e nos transportar até a cidade.

Loki balançou a cabeça.

– Não.

Idun fitou-o, de olhos arregalados.

– Tudo bem. Você vai pedir ao Povo do Túnel para construir uma magnífica máquina de voar...

Loki suspirou.

– Errado – disse ele.

Bragi fez uma sugestão.

– Você vai invocar Jormungand, sua filha monstruosa, para nos levar para a cidade através do Sonho...

– Nada disso – afirmou Loki. – Errado outra vez.

Na verdade, isso teria sido uma excelente solução, exceto por duas simples desvantagens. Uma: Loki não tinha nenhuma ideia de como invocar Jormungand. Duas: a Serpente do Mundo muito mais provavelmente o engoliria como um biscoito de peixe antes de ajudá-lo do modo que fosse.

Não, a solução de Loki era mais simples. Ele estava planejando fugir.

O único obstáculo a isso estava preso ao seu pulso pelo Anel de Matrimônio; e Loki sabia que, se fugisse, Sigyn certamente soaria o alarme, depois do qual ele não conseguia avaliar suas chances de sobrevivência.

Ele havia tentado tudo que podia – tudo exceto a verdade, naturalmente. Nada havia funcionado. Sigyn era impermeável à lisonja; à argumentação; ao encanto ou às lágrimas ou declarações de amor. Ela era racional, mas implacável; e Loki foi intensamente obrigado a lembrar-se da mulher que, havia cinco anos, tinha recolhido as gotas de veneno que pingavam dos caninos da serpente que Skadi havia pendurado acima de sua cabeça, enquanto doce, mas firmemente, recusava seus rogos para livrá-lo de suas algemas.

Por fim, as mentiras haviam se esgotado. Eles marcharam o dia todo e a maior parte da noite, e ainda não havia nada em vista, nem a aurora, nem o mar, nem os pássaros de Odin, nem as ameias da Cidade Universal. A estrada à frente era interminável, a paisagem ao redor estava flutuando na névoa, e até Thor estava ficando cansado, o que o deixava ainda mais ansioso por martelar a causa de sua irritação.

Apenas Sigyn ainda parecia acreditar que Loki tinha realmente um plano; o que Loki achou tão irritante que finalmente ele a transformou de novo numa bolota e deu a ordem para que todos parassem.

– Er, ouça, pessoal – disse ele aos deuses. – Eu não fui *totalmente* honesto com vocês. A boa notícia é que eu sei onde estamos. A má notícia é que...

– *Conta logo* – exigiu Thor.

Loki deu-lhes a má notícia.

Depois disso, ele sentou-se e esperou que o tumulto se dissipasse. Depois de mais ou menos cinco minutos, ele cessou, e novamente tentou explicar como desta vez *realmente* não fora culpa sua.

– Eu sei como parece – disse Loki.

– *Parece* uma armadilha – falou Heimdall, estreitando os olhos de um azul-aço. – *Parece* que você nos trouxe aqui numa missão inútil, falou sobre planos e basicamente gastou o tempo que pôde para nos manter distante das coisas de Fim de Mundo.

– Olha, eu não fiz isso – disse Loki.

– Por favor. Deixem-me dar uma martelada nele – pediu Thor.

– Estou dizendo *a verdade* – insistiu Loki.

– Deixem-me martelá-lo seja lá como for.

Por um momento Loki resistiu, tentando afastar os deuses raivosos.

– Por favor! – gritou ele. – Apenas me *ouçam!* Eu sei o que está acontecendo aqui!

Pouco a pouco o tumulto cessou novamente, vedando alguma reclamação resmungada.

– Eu sei que a maioria de vocês me odeia – disse ele – e nenhum de vocês realmente confia em mim. Mas, por favor, só *reflitam* por um minuto. – Ele agitou suas mãos apelativamente. – Como eu poderia ter feito tudo isso? Aberto os Mundos, feito com que nós os cruzássemos, criado esta névoa para nos confundir...? – Ele deu de ombros. – Eu nunca tive a força magnética necessária para fazer um truque desses, e, mesmo que tivesse, eu estaria destruído a esta altura. Por isso, antes que vocês brinquem de pular corda com minha espinha...

– Você podia ter pedido ajuda – afirmou Heimdall.

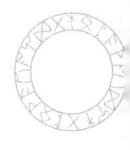

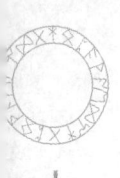

– Sim, porque tenho *tantos* amigos! – Loki falou-lhe amargamente. – Digam-me, alguém se lembra do que aconteceu da última vez que estive aqui? Eu caí nas graças de Hel, que jurou que me mataria se eu desse as caras por aqui outra vez; por isso, acreditem em mim quando digo que não estou exatamente *empolgado* por estar de volta.

– Ele tem razão – disse Angie, que até então havia ficado em silêncio. – Você nos falou que sabia o que estava acontecendo – lembrou ela, dirigindo-se ao Astuto.

– Sim, mas vocês não vão gostar de saber.

Ethel ergueu uma sobrancelha.

– Neste estágio – disse ela baixinho –, eu não acho que você tenha muita coisa a perder. Por que não nos conta?

Loki deu seu sorriso retorcido.

– Eu tenho que admitir, vocês me pegaram – falou ele. – Vocês me pegaram direitinho. O Anel de Matrimônio... – Ele deu uma olhada para seu pulso, onde *Eh* reluzia, com Sigyn, em sua forma de bolota de carvalho, dependurada na ponta da corrente. – Eu supus que tudo foi ideia de Skadi para me impedir de fazer alguma travessura. Mas não foi, foi, Vidente?

Sorrindo, Ethel balançou a cabeça.

– Naturalmente, eu devia saber que alguma coisa estava errada. Desde quando vocês se *importaram* com o que acontece comigo? Vocês sempre odiaram meus atrevimentos. Eu talvez, apenas talvez, merecesse. Então, por que vocês, entre tantas pessoas, *me ajudariam*? A princípio pensei que fosse porque precisassem de mim para chegar a Fim de Mundo. Mas não era esse o motivo. Vocês precisavam de mim para outra coisa. Alguma coisa que ninguém mais sabia.

Os olhos castanhos de Ethel brilharam.

– Muito bem. Eu me perguntava se você conseguiria adivinhar.

– Bem, Astúcia é meu nome do meio. E eu sabia que Angie não podia estar agindo sozinha. Aquela marca de runa dela podia ter vindo somente de alguém que tivesse acesso ao Novo Manuscrito. Alguém que pudesse atravessar os Mundos. Alguém que pudesse falar com os mortos. Alguém que fosse um *oráculo*...

Ethel sorriu.

– Vá em frente – disse ela.

– Foi uma boa representação, entretanto. – O sorriso de Loki era frio e duro. – Você me enganou completamente. Eu pensei que não restasse nos Mundos nada que tivesse o poder de me surpreender. Mas você... você com seu chá e bolo e *devo-dar-uma-de-Mãe*? Deuses! Que *farsa*! Se eu apenas tivesse sabido...

– Sabido o quê? – perguntou Thor.

– Você ainda não descobriu? O Oráculo previu isso. Ela sabia que viríamos juntos até aqui. Talvez ela até tenha feito isso acontecer. Ela sabia, porque fez um trato. É *por isso* que ela precisava de mim.

Loki estava olhando por sobre os ombros deles agora, para apontar à frente da estrada.

– *Vejo um Arco-Íris se erguendo no alto; legado da Morte enganosa.* Morte Enganosa. Eu devia ter sabido.

Ele ergueu a voz e chamou através da névoa.

– Uma vida por uma vida, Hel, não está certo? Não é essa a escolha habitual? Não foi *sempre* esta a sua barganha?

Por um momento ninguém lhe respondeu. Depois a névoa começou a rolar para longe, deixando nua a estrada à frente deles, e familiar a paisagem que os cercava.

Todos já tinham visto o reino de Hel e, no entanto, a sua árida superfície, a nauseante terra desolada por toda a volta e o céu como a tampa de um caldeirão encheram seus corações de medo e desgosto. Nada aliviava seu vazio; nenhum deserto dos Mundos Médios podia se igualar à sua soturna magnificência.

E então surgiu alguém ali diante deles, uma mulher com um rosto como a lua, que mudava conforme ela se movia para a esquerda e a direita, e com um sorriso que se pareceu com um punhado de ossos quebrados quando ela voltou seu olho morto para o Impostor.

Fazia anos que Hel, a Nascida pela Metade, havia sentido algo remotamente parecido à satisfação. E, no entanto, ela pensou, isso se aplicava agora. Ver Loki daquele modo, à sua mercê, traído por alguém de seu sangue. Seu olho morto pousou longamente sobre ele. Ele via muito mais que seu olho vivo. Medo, ódio, angústia, desespero – estas eram as cores que Hel mais amava, e elas estavam presentes em abundância neste momento.

Mas, quando ele falou, o tom do Astuto era tão leve e brincalhão como sempre.

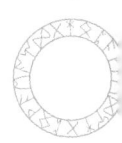

– Então, me diga, quem é? – perguntou Loki. – Quem é que vou resgatar hoje? O Garoto Dourado? Óbvio demais. Ademais, ele é muito bonzinho para se envolver com uma coisa como esta. Não, tem que ser outra pessoa. Agora, deixe-me adivinhar, quem *poderia* ser? Quem poderia valer tamanho sacrifício?

Ethel deu de ombros.

— Você me pegou — disse ela. — Acredite em mim, não é nada pessoal. Vocês todos ouviram a profecia. O futuro de Asgard depende disso. Se eu pudesse ter pensado em outro modo de trazer meu marido de volta dos mortos...

— Então, você fez um trato com Hel. Minha vida pela do General. Esta ideia foi sua, ou dele?

Ethel sorriu.

— Um pouco de cada um.

— Bem. Você fez um bom negócio.

Loki olhou ao redor para o círculo dos deuses. Por suas expressões era visível que a maioria deles concordava com ele. Apenas Idun parecia aflita; seus olhos iam de Ethel para Loki, depois retornavam a Ethel, como se ela esperasse que um deles retirasse a máscara e gritasse *Surpresa!*

— Isso não está acontecendo — disse ela por fim. — Ethel nunca trairia um de nós. Nem para salvar o General. Nem se fosse Loki...

— Idun, meu amor — falou Loki —, nós somos deuses, não santos. Todos nós mentimos. Todos nós enganamos. Todos nós passamos a perna em todos. Bem, talvez *você* não. O que não entendo é isso: como nós chegamos aqui, Vidente? Você não pode nos ter trazido ao Inferno por conta própria. Você deve ter contado com a ajuda de alguém.

Ethel apenas sorriu.

Loki pensou muito.

— Os corvos! — disse ele. — Os mensageiros de Odin. *Eles* conseguem viajar de Mundo para Mundo, através da Morte, do Sonho e da Danação. Eles devem ter agido como intermediários. Minha querida filha fez o resto. E, Angie, eu pensei que você *gostasse* de mim...

A Tentadora deu de ombros.

— Oh, querido, eu gosto. Mas eu queria minha sala em Asgard. Eu queria estar no time vencedor. E queria isso... — Ela mostrou a ele a marca de runa em seu braço, reluzindo em sua luz violeta.

— Então, me proteger era só uma artimanha para garantir que eu sobrevivesse para concretizar seu negócio. — Loki apelou para o grupo de deuses. — Vocês realmente vão continuar com isso? Vão vê-las me sacrificar? Sif, nós tínhamos nossas diferenças, mas...

A deusa da graça e da fartura sorriu.

– Pode apostar que vou ficar assistindo – disse ela. – Eu só queria que tivéssemos pipoca.

– Thor – arriscou Loki. – Nós somos velhos amigos...

Thor deu de ombros.

– Que escolha nós temos? É você ou o General.

– Heimdall... Bragi... Tyr...

O Vigilante exibiu seus dentes dourados.

– Contaremos a todo mundo que você morreu com bravura.

– Eu lhe escreverei um poema épico – disse Bragi.

– Idun... Njörd... Freya. Por favor...

Um por um os deuses se viraram para ir embora. Açúcar lançou-lhe um olhar pesaroso. Jolly abriu as mãos e sorriu. Idun secou uma lágrima. Bragi tocou uma pequena canção triste. Angrboda mandou-lhe um beijo.

Fenris disse:

– Parada dura, cara.

– Bem, um punhado de obrigados – disse o Astuto. – É ótimo saber quem seus amigos são. E pensar que eu arrisquei minha *vida* por vocês! – Seus olhos verdes se apertaram de repente. – É por isso que Maddy não está aqui. Você supôs que ela não iria aderir ao jogo. Então mandou os corvos para atraí-la para longe com alguma história mal contada sobre sua irmã gêmea. – Ele deu uma risadinha amarga. – Eu me perguntei por que você estava me ajudando, Vidente, oferecendo-me sua proteção. Eu achei que você havia resolvido me dar uma chance. Talvez até tivesse me perdoado. Mas no fim você precisava de um sacrifício...

Ethel deu de ombros.

– *Perdoado* você? Você causou a morte de meu único filho. Você acha que eu vou deixá-lo livre?

– Aquilo foi um *mal-entendido*...

– Uma vida por uma vida – disse Ethel. – É hora de manter nossas barganhas.

Hel deu um passo cambaleante para a frente. Mesmo através de seu olho vivo ela podia ver que Loki estava com medo. Um arrepio de prazer percorreu-a, e ela parou para saborear o momento por um instante. Prazeres eram tão poucos, ali, no Reino dos Mortos. E se o Fim de Tudo estava tão próximo quanto se dizia estar, então ela tencionava desfrutar de todo prazer que pudesse antes que a escuridão os reivindicasse todos.

Ela ergueu a corda aprisionante de runas que era a sua arma mais poderosa. Tecida com a runa *Naudr*, ela reluzia com uma malevolência lívida.

– Eu lhe fiz uma promessa, Loki – disse ela. – Eu a fiz bem aqui, há três anos. E Hel *sempre* cumpre suas promessas, como tenho certeza de que você já sabe...

E com isso ela deu um pulo, lançando a runa *Naudr*, que se enroscou com força em torno do pescoço de Loki. Ela puxou-o. Loki caiu de joelhos. Mais uma vez Hel fechou seu olho vivo e se concentrou na assinatura de Loki. Através da runa *Bjarkán* ela brilhou, um fio de violeta contra a escuridão. Então Hel estendeu sua mão seca e agarrou o filamento violeta entre os dedos esqueléticos. Ele brilhou enquanto Loki lutava inutilmente para se livrar do aperto estrangulador de *Naudr*. Era impossível, ele sabia. A morte vence tudo, até o Fogo Selvagem.

Ele ergueu os olhos para o círculo dos deuses. Naudr, a Prendedora, abocanhava sua garganta. Ele tentou falar, para defender seu caso, mas a corda prendedora havia cortado sua voz.

– Uma vida por uma vida – entoou Hel, levando o fio violeta à sua boca. – Odin, filho de Bór, desperte!

Houve um momento de expectativa. Depois, mais outro. Nos desertos de Hel, o vento branco como osso soprou turbilhões de pó por entre as dunas.

– Odin, filho de Bór – disse Hel –, Pai de Thor, General de Asgard, Pai Supremo dos Mundos Médios, eu o invoco à vida! *Desperte!*

Mais uma vez, nada aconteceu. O vento soprou intensamente sobre o chão ácido. Os mortos, sentindo alguma coisa grave acontecer, agitaram o ar enregelante aos bandos. Mas ninguém despertou. Os mortos continuaram mortos. Odin não estava entre eles.

Ethel virou-se para Hel.

– Ah. Isso é um tanto embaraçoso.

– O quê? – disse Hel, parecendo confusa.

– Bem, é claro que meu marido não está aqui.

– Impossível – falou Hel. – Ele morreu. Vocês o *viram* morrer, todos vocês. – Ela puxou a corda em torno do pescoço de Loki. – Você me prometeu. Nós tínhamos um trato...

– Mas você não pôde cumprir a sua parte. Por que eu lhe daria Loki?

– Então, leve outra pessoa – disse Hel, começando a parecer agitada. – Eu lhe darei seu filho, Balder, se preferir. Ou qualquer um. Mas Loki é *meu*!

Por um momento Ethel baixou os olhos sobre o Astuto, que estava de joelhos. *Naudr* o havia privado de voz, mas seus olhos ainda suplicavam eloquentemente. Ela balançou a cabeça.

– Eu não penso assim – disse ela. – Nosso trato era por Odin. Por ninguém mais.

O lado vivo do rosto de Hel assumiu uma expressão de incredulidade.

– Não – clamou ela. – Ele me pertence. Desta vez eu não me importo se os Nove Mundos *acabarem*...

E, como uma costureira aprumando um fio solto, ela mordiscou a linha da vida de Loki com dentes que eram brancos de um lado de sua boca, e do outro eram negros tocos desgastados.

O Astuto pronunciou uma súplica blasfema quando a sentiu cortar sua vida.

Adeus, Mundos Cruéis!

Ele fechou os olhos...

E os abriu para se descobrir erguendo-os para o perfil vivo de Hel, suas feições agora distorcidas pela raiva e a perplexidade. Entre seus dedos, sua assinatura brilhava tão luminosa e intacta quanto sempre.

– O que deu errado? – perguntou Heimdall. – Eu pensei que você devia *cortar* a vida dele, e não passar fio dental em seus dentes com ela.

– Isso significa que Loki *não* morre? – perguntou Sif, parecendo desgostosa.

Ethel sorriu.

– Parece que sim. Como já vimos, a guardiã da Morte não pode romper sua palavra sem sofrer sérias consequências.

Mais uma vez, e com impaciência crescente, Hel tentou romper o fio violeta. Nada aconteceu. A assinatura brilhou. Ela tentou rasgar o fio com suas unhas...

– Pode parar? Isso faz cócegas. – Loki havia afrouxado a corda prendedora e agora estava sentado de pernas cruzadas sobre o chão arenoso, parecendo mais confiante do que se sentia. Ele ainda não tinha nenhuma ideia de por que Hel falhara em tomar a sua vida, mas seu senso agudo do ridículo havia temporariamente suspendido seu medo.

Ele ergueu os olhos para o círculo de deuses, que agora o olhavam fixamente com surpresa. Apenas Ethel parecia impassível, seu rosto sereno como sempre.

– *Da Morte enganosa o legado* – citou Loki, com um sorriso. – É claro. Eu entendo agora. *Morte Enganosa*. Você enganou a Morte. Você forçou Hel a romper sua palavra, usando-me como isca. Você planejou isso desde o início? Você sabia que isso ia acontecer?

Ethel deu de ombros.

– Hel sempre teve um pouco de cegueira moral em se tratando de você. Eu me pergunto por quê.

Agora as feições vivas de Hel estavam escuras de raiva. Mesmo seu lado morto parecia furioso. Ocorreu a ela que a única vez que sentia raiva era quando o Astuto estava por perto. Como ele podia ter enganado a Morte? O que podia estar protegendo-o?

Ela focalizou o olho cego em Loki.

Era isso! Como ela não havia notado? Quase invisível em torno de seu pulso, uma coisa brilhava. Uma corrente dourada. Hel havia ficado preocupada demais em tripudiar do inimigo para notar a corrente, ou o pequeno talismã que estava pendurado nela – uma bolota de carvalho de ouro reluzente. Agora seu olho morto onisciente registrara o seu sentido e ela triturou seus dentes de ira quando viu o Anel de Matrimônio.

Ela olhou ferozmente para Ethel.

– O que é isso? – perguntou ela.

Ethel deu-lhe seu sorriso gentil.

– Segurança, naturalmente – disse ela. – Para caso você tentasse renegar nosso trato.

Um feitiço, e o talismã de bolota voltou a ser a esposa de Loki.

– Amorzinho, o que eles *fizeram* com você? – gemeu ela, ao ver o Astuto. Ela cercou os deuses em sua fúria, uma figura minúscula e feroz com um rosto redondo congestionado e olhos azuis relampejando como estrelas raivosas. – Seus covardes! – gritou ela. – Como *puderam*? Depois de tudo que ele fez por vocês, como puderam tratar o pobre anjo desse modo?

Os deuses – até Heimdall – pareceram confusos.

Ethel disse:

– Muito bem, minha querida.

O pobre anjo sorriu e ergueu os olhos para a sua esposa.

– Eu nunca pensei que diria isso – falou ele –, mas, Sigyn, é *maravilhoso* ver você.

A boca de Hel se contorceu e ela se concentrou mais em Loki.

– Eu posso não ser capaz de matá-lo – disse ela –, mas posso assegurar que ele nunca vá embora. E se o resto de vocês quiser encontrar seu caminho de volta, então sugiro que o deem para mim.

Sigyn se ergueu até sua altura máxima. Não era muito impressionante, mas ela se ergueu firmemente entre Hel e Loki, seu rosto armado em determinação.

– Você perdeu o juízo? – indagou Hel.

Teimosamente, Sigyn balançou a cabeça.

– Estou lhe avisando. Saia do meu caminho...

– De jeito nenhum – garantiu Sigyn.

E então a Guardiã dos Mortos ergueu os olhos e viu uma luz no céu; uma luz que brilhou com a força do sol. E pela segunda vez em quinhentos e três anos seu coração antigo pulou de surpresa quando alguma coisa baixou sobre as planícies do Inferno; alguma coisa que parecia – embora isso fosse *impossível* – exatamente como uma velha cesta de roupa para lavar, brilhando com um fogo sobrenatural...

4

Maggie despertou naquela amanhã se sentindo cansada e não reparada. Era esperado, naturalmente. Era, afinal, o dia de seu casamento. Ela contava em sentir-se nervosa, principalmente em sua condição. Era também a manhã de Ragnarók, e o céu da aurora estava apocalíptico em ouro rosado e rosa-marshmallow, embora Maggie fosse ingênua o bastante para interpretar isso como um bom sinal.

Maddy sabia exatamente o que isso significava, sendo criada no rústico Norte. *Céu vermelho à noite, para o pastor um prazer. Céu vermelho de manhã, sinal ruim deve ser.* Podia não haver muitos pastores na Cidade Universal, mas no dia do Fim dos Mundos, ela pensou, *todo mundo* faria bem em prestar atenção a esse provérbio de velhas senhoras.

Havia escurecido quando ela e Perth retornaram com Jorgi para Ratos D'Água, e nesse momento nenhum dos dois sentia muita vontade de falar. Perth estava exausto, sua força magnética apagada, seu corpo coberto de arranhões. Maddy estava igualmente drenada, sua esperança de evitar o inevitável completamente abalada pela perda do Velho Homem. Só Jorgi parecia animada – provavelmente com a perspectiva de outra noite de caça às focas – e, na chegada, prontamente assumiu sua forma de Serpente e deslizou de volta para a água. O Cavaleiro da Traição não precisava de cavalo para o que tinha que fazer no dia seguinte; embora seu coração vacilasse à ideia de trair sua irmã, o General não tinha lhe dado nenhuma escolha a não ser matar Adam Scattergood.

Naquela noite ela havia tentado dormir, mas o sono nunca fora tão evasivo. Culpa, aflição e preocupação a mantiveram acordada, e às três da madrugada ela estava tão completamente desperta que abandonou toda esperança de descanso e se levantou para se preparar para a traição.

Perth, por outro lado, estava profundamente sonolento, e não se agitou quando ela entrou em seu quarto – nem mesmo quando Maddy lançou a runa *Sól* e, em seu brilho, olhou para seu amigo. Ela teria acolhido bem sua companhia na tarefa que jazia à frente, mas ele parecia tão inocente enquanto dormia, sua cabeça num ângulo infantil, que ela ficou relutante em acordá-lo.

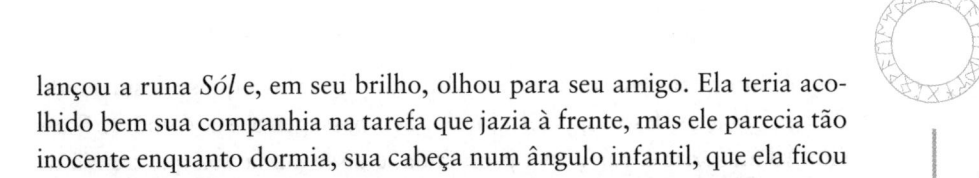

E assim ela foi sozinha até o Passeio dos Inspetores, quando a primeira luz do Último Dia começou a colorir o céu oriental, e, tremendo, esperou no beco que Maggie fizesse sua aparição.

Maggie também estava desperta desde bem antes da primeira luz. Muito embora nunca houvesse sido vaidosa, havia prazer em se banhar e se paparicar; na escolha do cheiro; na pintura das palmas da mão com ocre em desenhos tradicionais; e, finalmente, no prender o *bergha* branco em torno da cabeça, sobre o qual o véu de noiva se estenderia sob sua guirlanda de rosas.

Era quase quinze para as oito.

– Você *ainda* não está pronta? – perguntou Adam, andando para cá e para lá no piso da cobertura.

Maggie se virou e olhou para ele. Belo em seu traje de seda branco, seu cabelo claro cortado na última moda em Fim de Mundo, ele parecia simplesmente um anjo. Um pouco pálido, talvez, ela pensou, embora isso fosse compreensível. Todos os homens jovens ficam nervosos na manhã de seu casamento.

– Quase – disse ela. – Como estou?

Ela deixou cair seu véu – que ela fizera com a seda amarela que Adam havia trazido – e, colocando a guirlanda de rosas sobre a cabeça, olhou para seu reflexo.

Adam sorriu. Não era um sorriso especialmente amigável, mas Maggie, ainda olhando para seu reflexo, falhou em notar sua falta de calor. Ela estava pensando na cerimônia a ser logo realizada na catedral do Santo Sepulcro, quando ela e Adam se ergueriam diante da Pedra do Beijo e declarariam seu amor em palavras ritualísticas do Bom Livro:

Minha mão para a sua mão,
Minha alma para a sua alma,
Meu nome para o seu nome,
Para sempre, seremos um só.

Adam também estava pensando nas palavras da cerimônia de casamento. Ele não tinha ideia de por que seu passageiro achava-as tão

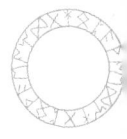

importantes, mas em sua mente o Murmurador estava quase desmaiando de empolgação. Isso logo terminaria. Seu passageiro iria embora. E assim Adam sorriu à sua noiva prometida, e disse numa voz que tremia de expectativa:
– Querida, você parece preparada.

Na rua abaixo, Maddy não se sentia preparada de modo algum. O dia iria ser perfeito, ela pensou: o céu vermelho havia dado uma guinada para um azul angelical; o sol estava brilhando; não havia nuvens. Dentro de poucos minutos, ela disse a si mesma, os sinos do Santo Sepulcro soariam, e Maggie Rede proferiria seus votos de casamento com Adam Scattergood.

Um casamento, mesmo um modesto, sempre atrai atenção, e Adam, ao que parecia, não havia poupado gastos. Um flautista, um tocador de tambor, uma carruagem enfeitada de flores, para ser puxada – por ninguém além do Cavalo Vermelho dos Últimos Dias – até a catedral do Santo Sepulcro, onde o casal se casaria em frente à Pedra do Beijo, de acordo com a tradição que datava de quinhentos anos.

Uma pequena multidão já havia se juntado em torno da carruagem matrimonial, dançando a canção do flautista; a maioria era de crianças, as mãos entendidas e clamando por lembrancinhas – os pequenos biscoitos em forma de coração tradicionalmente atirados aos festeiros.

O coração de Maddy vacilou mais ainda. Isso não seria fácil. A ideia de matar um jovem em seu próprio casamento era bastante terrível; fazê-lo em meio a uma multidão de crianças, qualquer uma delas podendo ser atingida, era quase impensável. Mas aquelas eram as ordens do General, claras e inequívocas, e qualquer chance que ela pudesse ter tido de questionar seu plano fora perdida.

Ela desejou que ele estivesse com ela agora. Não queria fazer isso sozinha. Tudo em torno daquilo parecia errado, mas com tão pouco tempo até o evento crucial, Maddy não podia pensar em qualquer outra solução para impedir o casamento de sua irmã.

Já faltavam dez minutos para a hora. A noiva estava mais que tradicionalmente atrasada. Por um momento, Maddy ousou ter esperança de que Maggie pudesse ter mudado de opinião, de que de algum modo ela pudesse ter percebido o terrível engano que cometera...

E então surgiu uma vigorosa saudação da multidão, e a noiva e o noivo fizeram sua aparição.

Maddy olhou fixo para eles de seu esconderijo no beco. Maggie usava um véu amarelo e carregava um cesto de lembrancinhas; Adam estava resplandecente de branco. A pequena multidão saudou quando eles surgiram, as crianças clamando por lembrancinhas, e o flautista começou a tocar uma alegre canção tradicional chamada *A Dança do Beijo*, que Maddy reconheceu imediatamente dos casamentos de sua própria aldeia.

Ela se aproximou um pouco mais, saindo da entrada do beco. Atraída pela procissão das crianças, hipnotizada pelos rostos vívidos, o rubor rosado no rosto de sua irmã, o modo pelo qual ela ria e trocava gracejos com o povo que agora se enfileirava no Passeio dos Inspetores – alguns cercando a carruagem, outros simplesmente acenando para ela –, Maddy se juntou ao pequeno agrupamento e não precisou de qualquer visão real para revelar-lhe que isso não era representação. A felicidade de sua irmã era real; ela praticamente reluzia de empolgação.

Será que Adam teria mudado? Maddy pensou. Será que o malvado garotinho havia se transformado em alguém que sua irmã podia amar? Será que ele *a amava*?

Não. A ideia era insuportável. O único modo pelo qual ela poderia fazer isso seria se Adam fosse uma autêntica ameaça; mas quanto mais ela tentava imaginar isso, mais ela parecia lembrar-se daquele dia distante na Colina do Cavalo Vermelho, quando ela havia lançado o raio mental e Adam molhara, amedrontado, suas calças...

Num momento a comitiva partiria. Teria que ser feito logo. Feito logo e bem; não haveria nenhuma segunda chance. Ela se aproximou um pouco mais. A carruagem de casamento estava agora a não mais que vinte passos longe dela, e, aproximando-se, Maddy baixou a cabeça, como se para apanhar do chão uma das lembrancinhas que haviam caído nos paralelepípedos, e começou a invocar a runa *Hagall*.

Mas – uma reviravolta do Destino, talvez – o gesto que devia ocultá-la atraiu a atenção de Maggie. A garota ficou paralisada bem quando estava atirando um punhado de lembrancinhas para a multidão, e no momento em que Maddy ergueu o olhar instintivamente, se flagrou olhando para um par de olhos cinzentos tão salpicados de dourado e curiosos quanto os seus próprios olhos...

Por menos de um segundo seus próprios olhos se arregalaram.

Assustada, Maggie prendeu seu fôlego.

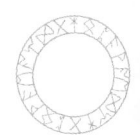

Alguma coisa se passara entre elas – uma força muito maior que *Aesk* ou *Ác* – que lampejou através de suas consciências de gêmeas. Adam, vendo Maddy ali, encolheu-se, e instintivamente ergueu o braço. *O mesmo velho Adam*, Maddy pensou, e começou a erguer o raio mental...

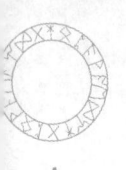

Mas Maggie estava estendendo sua mão, um pequeno sorriso tímido sobre seus lábios.

– Ah, Maddy, eu sabia que você iria... – balbuciou ela.

Olhando em retrospecto mais tarde, Maddy sentiu que aquele fora seu momento. Fora o momento – o segundo de preparo, o teste derradeiro de sua lealdade.

E ela falhou, a runa Hagall descarregando-se inofensivamente no chão bem quando Maggie viu o que estava acontecendo.

– Maggie, espere... – disse Maddy.

Mas Maggie já estava fora de alcance. Seus olhos, tão esperançosos um momento antes, agora ardiam com a traição e o horror. Ela ergueu um punho que de repente se eriçou com luz de runa.

– Eu pensei que você fosse diferente – disse ela. – Pensei que você estivesse do *meu* lado. Está provado que você era um deles, bem como aquela *coisa* disse que você era...

E, arremessando um punhado de feitiços, ela pressionou o Cavalo Vermelho da Carnificina a ir em frente e conduziu-o em trote ágil pelo Passeio dos Inspetores, dispersando a pequena multidão (as crianças ainda clamando por lembrancinhas), as runas estalando como bombinhas por toda a rua pavimentada, o tocador de tambor e o flautista correndo atrás, a guirlanda deslizando de sua cabeça para cair na sarjeta.

O Povo todo reagiu de modos diferentes.

Alguém gritou: Fogos de artifício! Outros continuaram dançando. Outros ficaram boquiabertos olhando para o céu, conscientes de que haviam visto *uma coisa* estranha, mas incapazes de articulá-la em palavras. Alguns ouviram as vozes de pessoas há muito tempo mortas; alguns riram, um tanto desesperadamente; outros choraram – mas, é assim mesmo, todos não choram em casamentos?

Maggie olhou para trás uma vez, com os olhos furiosos, mortais, sob seu véu. Depois tanto ela quanto Adam desapareceram.

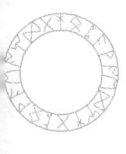

5

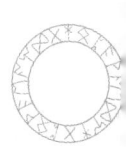

Maddy ficou olhando enquanto a carruagem desceu com alarido pela estrada, afastando-se. Sua mente era uma mancha de infelicidade. E agora? Ela arruinara tudo. Ela falhara com o General e os deuses. Mas pedir a ela para matar um ser humano, mesmo sendo Adam Scattergood...

Teria Odin *realmente* acreditado que ela conseguiria? Ele era certamente capaz de desumanidade, fraude, frieza, até crueldade. Mas ele sempre tivera uma afeição pelo Povo, e Maddy duvidava que até a Morte conseguisse tê-lo mudado muito do homem que ela conhecera.

Odin, sinto muito. Eu o decepcionei.

Mas era tarde demais para arrependimentos, ela sabia. Tantas chances já perdidas! Tantas oportunidades desperdiçadas! E com tão pouco tempo, até a culpa era um luxo que teria que esperar. Era tarde demais para salvar Odin agora. Tarde demais para fazer o que ele a ordenara a fazer; mas talvez não tarde demais para interferir.

Ela fora incapaz de matar Adam Scattergood, mas não podia haver outro meio de desviar a trilha do Caos?

Se eu apenas soubesse por onde começar!, pensou ela.

Mas talvez ela *soubesse*, percebeu. Por que não havia entendido isso antes? A coisa estava cara a cara com ela desde que chegara a Fim de Mundo. Ali, o tempo todo, na profecia, como um dedo apontando para o céu:

O Berço caiu há uma era, mas o Fogo e o Povo vão erguê-lo.
Em só doze dias, no Fim dos Mundos; uma dádiva vinda do...

– Sepulcro! – Os olhos de Maddy se arregalaram. – A catedral do Santo Sepulcro! É lá que eu devo estar!

– *É sim* – disse uma voz às costas de Maddy. – Então, por que você está ainda aí parada, fêmea?

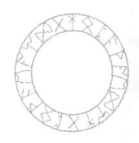

Maddy se virou, surpresa, para ver a Mente e o Espírito de Odin se erguendo ao lado da estrada. Ambos estavam mais ou menos em forma humana, embora Mandy ainda estivesse com suas asas de corvo, dobradas como um manto de penas sobre seus braços magros e cobertos de joias, e ambos pareciam crispados e tensos, com penas amarfanhadas e olhos trapaceiros.

Junto com eles estava Jorgi no Aspecto de Cavalo Negro, parecendo especialmente gordurento e insípido à luz do sol da manhã. Maddy reparou que mesmo os festeiros deram ao Cavalo Negro um largo espaço. Alguns bifurcaram sinais contra o azar; outros desviaram seus olhos ao passar. E por trás do Cavalo da Traição se erguia uma figura num manto azul, seu rosto meio escondido sob um chapéu.

– Perth! O que você está fazendo aqui?

– Eu podia perguntar o mesmo de você – afirmou Hughie. – Vejo que você não seguiu as instruções do Velho Homem.

Maddy balançou sua cabeça.

– Não. Eu não podia fazer o que ele me pediu.

Hughie soltou um *crawk* zombeteiro.

– Sim. Eu devia ter sabido disso. Você tem um coração muito bondoso para matar alguém. Mesmo assim ainda podemos ter uma chance. Contanto que detenhamos sua irmã.

– Detê-la por quê? – perguntou Maddy.

Mandy crocitou impacientemente. *Crawk. Ack.*

– *Não há tempo* – disse ela.

Hughie virou-se para Maddy novamente.

– Não há tempo para explicações agora. Você terá que confiar em mim. Você vai confiar, moça?

Maddy fez que sim.

– Eu terei que confiar – disse ela. – Mas, se vocês são o Espírito e a Mente de Odin, como pode ser que estejam aqui de todo? Quero dizer, ele morreu. Não morreu? Eu encontrei a Cabeça. Não havia nada dentro dela.

Hughie deu de ombros.

– Ela já morreu outras vezes.

– Você quer dizer...

– Ora, ele deve ter um plano. O General *sempre* tem um plano.

Maddy olhou para ele desamparadamente.

– Eu não vejo como...

Crawk. Crawk. Não há tempo!

– Tudo bem. – Ela olhou para Jormungand. – Eu suponho que você não me deixará montar... Temos que chegar lá o mais rápido que pudermos, e eu não acho que ser indiscreto vai nos ajudar neste estágio...

Jorgi deu um arroto de peixe. Ele pareceu entender, no entanto. Num momento o Cavalo se foi, para ser substituído pela Serpente do Mundo em seu Aspecto original; grande e negra e aterrorizante; sua crina eriçando-se com luz de runa; seus olhos como portinholas de vidro negro.

– Você vai montar *nisso*? – perguntou Perth. – Ela cheira *horrivelmente mal*. – Ele estendeu uma mão. Depois, agarrou a crina de Jorgi e fez menção de montar.

– Não, você não – disse Maddy. – Quero dizer, isso pode ser perigoso...

– Nós dois vimos como você se sai quando não está comigo – disse Perth com um sorriso. – Além do mais, é um casamento, não é? Bolsas para roubar? Carteiras para bater? Você realmente acha que eu sou do tipo que perde a oportunidade de um pouquinho de livre iniciativa?

Maddy balançou sua cabeça.

– Não, eu perdi amigos demais. Eu não quero perder mais um...

Perth sorriu para ela novamente.

– Eu posso cuidar de mim mesmo – garantiu ele. – Agora, quer se controlar, garota? Temos um casamento para ir!

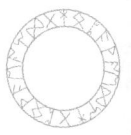

6

– Que Inferno é *aquilo*? – indagou Thor quando o objeto foi arremessado sobre eles.

Visto através das lentes da runa *Bjarkán*, parecia uma criatura voadora – um Cavalo do Ar, ou talvez um dragão celeste –, embora a olho nu seu Aspecto fosse simplesmente o de uma velha mulher sentada num cesto de roupa para lavar, um xale esfarrapado sobre os ombros, os cabelos voando por trás. O céu em seu rastro girava e se escancarava como o caleidoscópio de uma criança, enquanto cores que nunca haviam sido vistas no reino do Inferno desabrochavam através do horizonte.

– Ei! Vocês! – gritou a Louca Nan. – Eu consegui! Eu consegui! Com a ajuda do Povo!

Hel observou Nan através do olho morto. Ela estava se sentindo excepcionalmente cansada. Os contatos com Loki tinham esse efeito sobre ela, e agora Hel não queria nada senão dormir durante os próximos quinhentos anos.

Ela soltou um suspiro profundo – não que ela *precisasse* respirar, naturalmente –, e o Inferno inteiro suspirou em torno dela, rochas e pedras se mexendo de repente, o deserto arenoso dos domínios da Morte estremecendo em cansada frustração.

Ela virou um olho para Loki.

– Por que essas coisas acontecem apenas quando você está por perto? – reclamou ela.

– Pura sorte, eu suponho – disse o Astuto quando a Louca Nan aterrissou sua cesta de roupa para lavar e saiu um tanto vacilante. Na planície de Hel, seu Aspecto não era mais aquele de uma frágil velha enrugada, mas de uma mulher em sua juventude, com cabelo até a cintura, seus olhos de um malévolo e vívido azul.

A runa quebrada agora irradiava um brilhante prateado. Ethel reconheceu-a imediatamente. Era *Iar*, o Castor, quarta runa do Novo Manuscrito, runa de terra, água e ar. *Iar*, o Mestre Construtor...

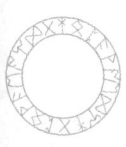

Ela sorriu.

– É bom vê-la, Nan. Alguma notícia do Velho Homem, até aqui?

Nan sorriu.

– Você sabe como ele é. – Seu olhar caiu sobre o Impostor. – Então, você não está morto? – perguntou ela animadamente.

– Não graças a nenhum de vocês – disse Loki. – Olhe, eu odeio ser resmungão, mas alguém pode, *por favor,* me dizer o que está acontecendo?

– Não gosta de ser deixado fora da roda, hein? – Os olhos de Nan brilharam com malícia. – Bem, tudo está na profecia. Se você apenas fizesse um esforço para desvendá-la, em vez de tentar evitar responsabilidades...

Os olhos de Loki se arregalaram.

– Você está pondo a culpa *em mim*? Eu não sou a parte culpada aqui. Pelo último par de semanas fui acorrentado, acusado, intimidado, golpeado, ameaçado, amarrado, casado, vendido, usado como objeto de barganha com Hel e agora...

– Ah, deixe pra lá – replicou asperamente a Guardiã dos Mortos. – Sendo assim, apenas *uma vez* em quinhentos anos você se provou inocente. – Ela se virou para o pequeno grupo dos deuses. – E desde quando isso *lhes* dá o direito de entrar no meu reino e fazer tudo *isso*? – Com sua mão morta, ela apontou para o céu, onde as cores que haviam se seguido à chegada da Louca Nan agora preenchiam o horizonte com luz sobrenatural. – Quero dizer, o que é aquilo, afinal de contas?

– Excelente pergunta – disse Heimdall.

No rastro da chegada de Nan, ninguém havia realmente olhado para o céu. Agora fizeram isso, os rostos erguidos, e seus olhos iluminaram-se de assombro.

O rio Sonho tinha muitos afluentes, tanto dentro quanto fora dos Mundos Médios. Até o Strond, rio de Malbry, estava ligado a esse mais velho dos rios. Mas o Sonho também cruza o Firmamento, onde corre para o rio de estrelas que o Povo chama de Via Láctea. E quando a Cidadela do Céu foi construída, nos dias da Velha Era, o Sonho havia conectado a terra e o céu na forma de Bif-rost, a lendária Ponte do Arco-Íris que havia caído na terra quando Asgard tombara, ainda nos dias passados do Ragnarók. Agora as pessoas mal se lembravam disso, exceto os deuses, os Faërie, e as velhas esposas, que repassavam a fábula em cantigas de pular corda e de ninar:

Quando o arco se quebrar, o Berço cairá...

Nenhum deles havia um dia esperado ver sinal de Bif-rost novamente. E, no entanto, lá estava um diante deles agora – um Arco-Íris claro o suficiente para escalar –, emergindo da névoa súbita, enquanto além dele, o céu bruxuleava e inflava com cores que cambiavam do azul-gelo ao verde-fogo, âmbar e rosa-marshmallow, como um gigantesco espetáculo de lanterna mágica no qual, se os deuses houvessem apertado os olhos e observado mais de perto através da runa *Bjarkán*, poderiam ver a surpreendente variedade de feitios e sombras que pareciam formar o edifício, flutuando dentro e fora de vista como as distantes ilhotas do Sonho.

Havia campos de flores e árvores; havia gatinhos e cãezinhos e bolas de barbante; havia cavalinhos de balançar, frutas proibidas, mobília antiga, moedas espanholas; havia sonhos de acordar de repente cercado por roupa de baixo de senhoras; havia dragões, gnomos e navios piratas. Havia rosbife e bolo de chocolate. Havia anjos, e duendes, e cães de duas cabeças, e estradas que não levavam a parte alguma, e castelos no céu.

Na verdade, todos os sonhos de quinhentos anos estavam flutuando acima das planícies de Hel, e até os deuses acharam difícil de acreditar quando olharam fixamente para o edifício cintilante.

E na ponta do Arco-Íris havia um disco de ouro que refletia milhares de prismas de luz sobre eles como um sol intenso.

– Isso *não pode* ser o que parece – disse Thor. – Isso tem que ser a aurora boreal, ou algo parecido.

Fenny, Caveira e Grande H voltaram seus olhos amarelos para o céu.

– *Cara* – falou Fenris pensativamente. – Aquilo não é aurora boreal de *jeito nenhum*. Longe *disso...*

– O Povo chama isso de Fogo do Santo Sepulcro – disse Ethel com sua voz discreta. – Eu suponho que até eles vão lembrar. *Nada que foi sonhado está perdido, e nada está perdido para sempre.* Nan sabia disso desde o início, naturalmente. A Louca Nan Fey, a Construtora.

Os deuses todos se viraram para encarar Nan, que fez uma pequena mesura.

– Não está totalmente terminado – disse ela modestamente –, mas vocês podem ter uma ideia.

Loki estava olhando para o céu com uma expressão, não de espanto, mas de compreensão crescente.

– Olhem, eu posso estar perdendo alguma coisa aqui – disse ele num tom de sarcasmo exagerado –, mas me parece que a Vidente tem guardado alguns segredos que o resto de nós podia ter achado úteis de conhecer. E, perdoem-me se pareço ingênuo – ele apontou o disco de ouro –, mas aquilo não é o Escudo do Sol?

Ethel deu de ombros.

– Claro que é. Você não acha realmente que eu deixaria isso se perder, não é? Meus corvos resgataram-no do rio e entregaram-no a alguém que podia usá-lo apropriadamente, e pelo bem de todos nós.

– Você quer dizer que sabia que ele estava lá o tempo todo? E você me mandou, sabendo muito bem o que... – o Astuto sufocou. Por um momento quase tão raro quanto a visão que eles haviam acabado de testemunhar ocorreu: Loki estava totalmente perdido com as palavras.

Finalmente ele se virou para Nan.

– E você... *você* fez isso? Tudo sozinha? – perguntou ele, indicando a Ponte do Arco-Íris.

– Bem, não só eu – disse Nan. – Eu tive ajuda do Povo, naturalmente, do Escudo e do meu velho cavalo Epona.

Os deuses seguiram o olhar da Louca Nan.

– Mas isso é apenas uma velha *cesta*... – falou Freya.

Ethel sorriu.

– Você conhece a cantiga de ninar? Aquela sobre a velha senhora que voa para a Terra do Rosbife num cesto?

Loki, que *realmente* a conhecia, fez uma carranca.

– Ah, bem. Por que você não disse? Se eu soubesse que o Ragnarók seria lutado com fábulas de velhas donas de casa...

– Velhas donas de casa sabem mais do que você pensa – disse Ethel, com uma olhada de esguelha para Sigyn, ainda ligada ao Astuto pelo pulso. – Ex-esposas também, se é que lhe interessa. Na verdade, eu acho que a sua acaba de salvar a sua vida. Talvez você devesse ficar agradecido.

Loki deu de ombros.

– Pouco importa – afirmou ele. – A pergunta é: o que a trouxe aqui? Por que não partir diretamente para Fim de Mundo? Eu suponho que você não me trouxe aqui para aconselhamento de casais.

Ethel suspirou.

– Você é incorrigível. Mas está certo. A Ponte do Arco-Íris da Velha Era não era simplesmente a estrada para Asgard. Era uma estrada que nos dava entrada para oito dos Nove Mundos, livre e em pleno Aspecto.

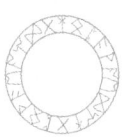

Mas eu sabia que Hel nunca permitiria que puséssemos um pé em seu reino – ao menos, não sem alguma coisa a oferecer em troca. Naturalmente, eu pensei em você imediatamente.

– Obrigado. Fico lisonjeado – disse Loki. – E se você estivesse errada, hein? E se Odin *não tivesse* desaparecido? Você teria me oferecido a Hel?

– Como o Lobo Fenris poderia dizer: Parada dura, cara.

Loki balançou a cabeça.

– Pelos deuses! E eu pensei que eu era o perverso aqui. Então, o que vamos fazer a seguir, hein? Ou eu não devo perguntar?

– Bem, você podia tentar fugir...

– Fugir? – repetiu Loki.

– Sim, fugir – falou Ethel, pulando para dentro da cesta de Nan. Ela mudou de Aspecto imediatamente, tornando-se o Cavalo do Ar novamente; um cavalo branco que era o sonho de um louco, com patas que abrangiam o céu e uma crina que se lançava como um feixe de nuvens. – Se vocês correrem para a Ponte o mais rápido que puderem, poderemos estar no Portão do Santo Sepulcro antes que eles consigam chegar a Fim de Mundo...

– *Eles?* – perguntou Loki, olhando ao redor.

E então o Impostor viu o que estava vindo, e assumiu seu Aspecto de Fogo Selvagem imediatamente. Atrás dele, Thor estendeu o braço para pegar seu martelo, e Heimdall sacou seu raio mental, depois pensou melhor na tentativa de luta e assumiu sua forma de pássaro rapidamente.

Os outros – até mesmo Thor – os imitaram, e um estranho e variado grupo de deuses, lobos e pássaros mitológicos se espalhou através dos domínios da Morte e fugiu em direção à Ponte do Arco-Íris.

Na última vez que Hel havia faltado com sua palavra, a ruptura havia temporariamente aberto as portas do Mundo Inferior, fazendo o Sonho transbordar de suas margens e criar danos inenarráveis. Daquela vez a abertura era mais que uma brecha. Uma muralha de escuridão, como uma onda, emergiu então do Nono Mundo para rolar por sobre a planície de Hel. A certa distância ela parecia lenta – bem como, de muito longe, parecia muda; mas, conforme foi se aproximando, ficou claro demais que a onda estava se movendo numa velocidade monstruosa, apagando tudo que estava em seu caminho – chão, terra, paisagem.

Hel deu uma olhada para a onda e fugiu. Até os mortos sentiram sua aproximação e se apagaram como poeira em seu caminho. Então, minutos depois, veio o som – tão alto que estrondou como um raio mental, fazendo todos os Nove Mundos ressoarem com seu poder.

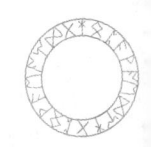

No vale do Strond o Povo ouviu-o como um rugido sobrenatural que vazara da Colina aberta.

Em Fim de Mundo, Maggie ouviu-o como um repique de sinos da Praça da Catedral.

Freya ouviu-o como o despedaçar de mil espelhos.

Thor ouviu-o como um trovão tão alto que seus ouvidos começaram a sangrar.

Tyr ouviu-o como uma colisão de espadas.

Bragi ouviu-o como um acorde perdido.

Os corvos de Odin ouviram-no e sorriram.

Os Irmãos Lobos ouviram-no e uivaram em uníssono.

No Inferno, o Astuto, em disfarce de falcão, quase caiu do céu quando ouviu o estrondo, e foi salvo apenas pela intervenção da águia do mar de Njörd, que o agarrou entre as garras e voou sobre o maremoto para a Ponte, onde a Louca Nan e o Cavalo do Ar, com Ethel, haviam já se juntado ao resto dos deuses, elevando-se a caminho do Arco-Íris.

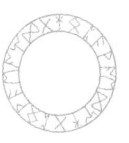

7

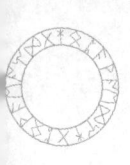

A grande catedral do Santo Sepulcro era conhecida por todo o Interior como uma das maravilhas que haviam restado dos Nove Mundos. A Adversidade havia devorado a maior parte do resto: a Cidadela do Céu, a Ponte do Arco-Íris, a Biblioteca da Universidade, a Sala dos Heróis, o Observatório, o Planetário, o Relógio de Mil Anos, a Fonte Perene – até a esquadra de navios mercantis que um dia velejara até o Mundo Além.

Quinhentos e três anos passados, os saberes que haviam sido utilizados na construção – até na concepção – de tais coisas haviam sido banidos ou esquecidos. O pouco que restava impunha um respeito quase religioso às mentes do Povo da Cidade Universal, um respeito que a Ordem foi rápida em identificar e colocar a seus propósitos.

Agora aquele último vestígio das maravilhas da Velha Era tinha se tornado basicamente um meio de levantar dinheiro – por causa da invasão dos negociantes e a crescentemente alta Taxa da Catedral que todos os nativos de Fim de Mundo tinham que pagar.

Maggie era sob muitos aspectos uma típica nativa de Fim de Mundo. Enquanto os visitantes de toda a Ilha faziam fila (e pagavam) para ver a catedral, ela nunca realmente havia entrado nela, preferindo desfrutar da vista da praça – uma vista que podia ser desfrutada gratuitamente. Os peregrinos pagavam um bônus, naturalmente; mas os nativos eram mais espertos. Qualquer um que pagasse para ver os panoramas da cidade merecia ser depenado, pelo menos era assim que Maggie sempre havia pensado – até que por fim Adam mudara a sua opinião.

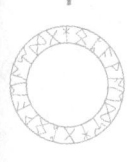

Mas Adam era um romântico, naturalmente. Ele queria que os dois se casassem apropriadamente, na catedral. E *com* um bispo, nada menos – Maggie não ousara pensar no quanto tal luxo custaria. Mas Adam fora determinado; e agora, quando Maggie se aproximava da praça, ela não podia deixar de sentir um arrepio de respeito ao erguer os olhos para ver a cúpula de vidro desenhada pelo arquiteto de Fim de Mundo – o homem que, muitos anos antes de sua morte, havia sido rebatizado de Santo Sepulcro.

Maggie conhecia sua história, tendo-a lido em um de seus velhos livros no Departamento de Arquivos, mas nunca havia feito completamente a ligação entre Jonathan Gift, o matemático, com o santo cujo celebrado martírio (nas mãos de forças sobrenaturais que nunca haviam sido totalmente explicadas) havia sido uma das poucas histórias de ninar que as crianças eram autorizadas a ouvir, nos dias de outrora na Ordem.

Na realidade, a verdade era mais estranha que a ficção. De acordo com os arquivos, Jonathan Gift havia simplesmente desaparecido um dia, depois de uma discussão com um de seus pedreiros-chefes. O homem, cujo nome era James Carver, havia aparentemente questionado uma ordem de Gift sobre o desenho de um friso de mármore e fora ouvido ameaçando o arquiteto no dia em que ele desaparecera. O mau gênio do pedreiro-chefe era famoso, e quando mais tarde o arquiteto foi dado por desaparecido, supôs-se que Carver o tinha matado. Carver negou – mas era natural que o fizesse. Ele foi para a forca negando o crime, numa época em que a lenda de Gift já estava parcialmente estabelecida, e os boatos se espalharam como fogo selvagem. Ao chegar o fim do século (o grande projeto arquitetônico de Gift havia, na verdade, levado trinta anos para ficar pronto, e não os simples sete dias da versão da Ordem), os boatos e as lendas eram tudo que restavam, e ninguém mais se lembrava do homem.

Agora, ao se aproximar da praça, Maggie tentava recapturar a alegria que ela havia sentido cedinho naquela manhã. O encontro com Maddy havia arruinado tudo. Mesmo o fato de que Adam iria finalmente ser libertado falhou em banir sua sensação crescente de que algo muito errado estava por acontecer.

Talvez ela houvesse sentido isso no rosto de Adam; ou na sensação de algo pulverulento no ar; ou até nos sinos da catedral – seu badalar soando estranhamente desafinado, como carrilhões ouvidos debaixo da água.

Ela deu uma rápida olhada no céu. Mesmo ele havia mudado: uma luz esverdeada agora brilhava, vinda do noroeste. Não era o nascer do sol, mas alguma outra coisa – a aurora boreal, talvez? Fogo do Santo Sepulcro? Ela não conseguia dizer. Mas sentira a mudança.

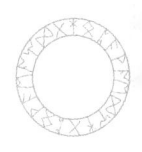

O Cavalo Vermelho parou diante do portão da catedral, o grupo de festeiros em seu rastro começando a se dispersar, por fim. As noivinhas haviam ido embora. Uma garotinha que havia seguido a carruagem desde o Passeio dos Inspetores olhou para Maggie e mostrou a língua.

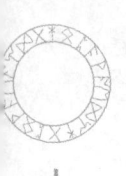

Adam já estava descendo da carruagem, com cuidado para não manchar sua seda branca.

Por um momento, Maggie achou ter visto uma curiosa expressão no rosto dele, quando se flagrou lutando contra a ânsia de perguntar a ele se ele estava *realmente* certo de que era aquilo que queria. Mas fazer isso seria admitir para si mesma que ainda havia uma dúvida em sua mente; e que espécie de noiva tem dúvidas sobre seu marido no dia de seu casamento?

Adam ergueu os olhos para ela e sorriu.

– Maggie – disse ele. – Eu lhe devo tanto! Como poderei pagar-lhe um dia?

Ele estendeu uma mão para ajudá-la a descer da carruagem. O Cavalo Vermelho soprou pelas narinas e bateu as patas.

– Você está falando sério? – perguntou Maggie.

Mais uma vez Adam sorriu para ela.

– Maggie, eu vou ser libertado – falou ele. – Agora pertencemos um ao outro. Você e eu, e nosso bebê. – E ele pôs os braços em torno dela e beijou-a delicadamente na boca.

Na cabeça dele uma pequena Voz, que mal chegava a ser um sussurro, disse: *Ótimo*.

– O que foi isso? – questionou Maggie.

– Apenas o meu coração – respondeu ele.

E, com isso, os dois jovens caminharam de mãos dadas, saindo da luz e penetrando na grande catedral, onde a Pedra do Beijo do Santo Sepulcro – o altar que por séculos o Povo de Fim de Mundo havia usado e reverenciado sem entender o que *era* – estava agora finalmente pronta para servir ao seu propósito.

8

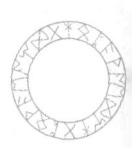

Eles teriam chegado a tempo, ela pensou, se não fosse pelo carrinho do peixeiro. Uma exibição tentadora de lagostas e lagostins, saborosamente disposta sobre algas, numa das muitas barracas no extremo do Passeio dos Inspetores – precisamente o tipo de petisco de fruto do mar de que Jormungand mais gostava. A despeito dos rogos de Maddy, ela parou, retomou seu Aspecto de Cavalo Negro, e languidamente começou a pastar.

– Você não pode fazer isso agora! – gritou Maddy. – Você está nos levando para a Praça da Catedral!

Ela deu uma olhada para o céu. A luz havia mudado de azul solar para verde inquietante. Era bela, mas ameaçadora; uma cortina luminosa que escondia o sol.

– O que é aquilo? A aurora boreal? – perguntou Maddy.

Acima de sua cabeça, Mandy crocitou:

– *Rápido! Rápido! Não há tempo!*

O Cavalo Negro dos Últimos Dias mastigava pensativamente uma lagosta.

Perth puxou a rédea, mas não conseguiu persuadi-lo a se mover um centímetro.

O peixeiro, um jovem robusto com um boné branco sujo, olhou-os com reprovação. Ele não gostava muito de estrangeiros, nem de seus animais domésticos, principalmente quando estes se serviam das mercadorias sem pedir.

– Eu espero que tenham dinheiro – observou ele. – Porque não vai custar nada a vocês olharem, mas se saborearem alguma coisa, terão que pagar.

O Cavalo cujo Cavaleiro era a Traição terminou as lagostas e começou a comer os lagostins.

– Eu disse, espero que possam pagar por isso – falou o peixeiro numa voz mais alta.

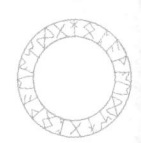

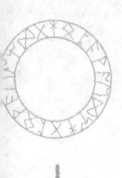

– É claro que podemos, meu bom senhor – disse Perth, enfiando a mão em seu bolso e retirando um punhado de ouro invocado pela runa do dinheiro, *Fé*.

O peixeiro olhou-o com desconfiança.

– Que tipo de dinheiro é esse? – perguntou ele.

– Ouro. O que importa? – respondeu Perth.

– Vamos lá, vamos *lá*! – exclamou Maddy, quase gritando de frustração.

O peixeiro apertou os olhos sobre eles, depois voltou o olhar para as peças de ouro. Cavalos comedores de peixe eram uma coisa, ele pensou. Até pássaros falantes dava para aceitar. Mas as moedas que Perth havia acabado de passar para ele não se pareciam com nada que ele houvesse visto alguma vez: quatro grandes rodas de carrinho de ouro com um animal de um lado e alguma espécie de marca de runa no reverso.

O peixeiro não tinha ideia alguma do que elas eram. Nem Maddy – tais moedas estavam fora de circulação há quinhentos anos antes de ela haver nascido. Odin, caso estivesse disponível a consultas, teria dito a eles que este tipo de moeda – era chamada uma *Lontra* – havia sido parte corrente de Fim de Mundo nos tempos da Velha Era. Ninguém havia usado ou visto tais moedas em quinhentos anos, e quanto a estas em particular...

Enquanto o peixeiro olhava surpreso, as quatro peças de ouro de repente se tornaram oito. Depois, dezesseis. Depois, trinta e duas. Moedas de ouro choveram no chão. O peixeiro, nada intelectual, franziu o cenho diante da pilha crescente. A runa do dinheiro brilhava alegremente toda vez que jorrava cada uma das moedas cintilantes.

Perth deu de ombros pedindo desculpas.

– Eu acho que não estou acostumado a esta marca de runa – disse ele.

– Olhem! – falou o peixeiro. – Eu não vou aceitar ouro falso.

Ninguém prestou atenção nele. Jormungand terminou os lagostins e arrotou, depois começou a comer as algas. Os sinos do Santo Sepulcro começaram a soar. Maddy puxou a rédea do Cavalo.

– Jorgi! Por favor! Vamos *lá*! – disse ela. – Isso significa que a cerimônia está para começar!

Mas Perth estava olhando para o céu.

– Temos um problema – avisou ele.

Maddy seguiu seu olhar.

– Ah.

O céu estava mudando de novo. Um banco de nuvem estava se movendo rapidamente, obscurecendo a aurora boreal. Uma nuvem escura, rápida e ameaçadora corria em disparada, com cacos de relâmpagos. E o pior era que a nuvem estava se movendo, não com o vento, mas *contra* ele.

– Temos que ir – disse Maddy. – *Agora*.

O peixeiro enganchou uma das mãos no braço dela.

– E quanto ao meu peixe? – indagou ele.

– Dane-se o peixe! – falou Perth. – Vamos embora!

O rosto do peixeiro assumiu uma expressão perigosa.

– O *que* você acabou de dizer? – perguntou ele, transferindo seu agarro do braço de Maddy para a nuca de Perth.

Motivo pelo qual, um segundo depois, quando Jormungand retomou seu Aspecto, havia adquirido um passageiro extra. Perth se flagrou incapaz de soltar-se da mão do peixeiro a tempo e, desistindo de lutar, havia simplesmente se pendurado para salvar a pele quando Jorgi, tentando recuperar o tempo perdido, rumou para a Praça do Santo Sepulcro numa velocidade vinte vezes maior àquela aplicada no Sonho, chegando apenas alguns minutos atrasado. As grandes portas da catedral estavam fechadas e barradas com aço pelo lado de dentro. Os últimos festeiros haviam se dispersado. Até os sinos estavam silenciosos.

– E agora? – questionou Maddy.

Perth deu de ombros.

– Acho que perdemos a festa.

Ele desmontou de Jormungand e se dirigiu ao ruão vermelho ainda atrelado à carruagem de casamento. O Cavalo Vermelho soltou um relincho e se debateu furiosamente contra os arreios.

– Calma, velho amigo. Está tudo certo. – A voz de Perth pareceu ter um efeito calmante, e ele foi capaz de libertar o Cavalo Vermelho e conduzi-lo por sua rédea até onde Maddy já estava esperando.

Qualquer um podia ficar decepcionado pelo Aspecto humilde de Sleipnir; mas a luz de runa que o circundava foi rápida em revelar sua natureza. Mesmo sem a runa *Bjarkán*, Maddy sempre conhecera o Cavalo de Odin, e estava espantada com a facilidade com que Perth havia conseguido lidar com ele.

– Tenha cuidado – avisou ela. – Não é um Cavalo comum.

Perth deu de ombros.

– Sou bom com cavalos.

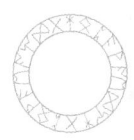

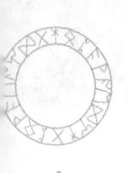

O peixeiro, que havia observado tudo isso com apreensão crescente e perplexidade, abriu a boca como uma truta fora da água quando o Cavalo Vermelho assumiu seu Verdadeiro Aspecto, as patas se tornando aracnídeas, a crina um repuxo de luzes coloridas.

– E quanto ao meu peixe? – perguntou ele, agarrando-se em desespero à única realidade que conhecia.

– Sinto muito. Não há tempo para isso – disse Perth, subindo no lombo de Sleipnir. – Agora eu só posso sugerir que você fuja. Para tão longe e com tanta velocidade que você puder.

– Perth...? – balbuciou Maddy, indecisa.

Perth baixou os olhos sobre ela e sorriu. E talvez fosse esse sorriso, ela pensou – ou a piscadela que o acompanhara, ou o Cavalo –, mas naquele momento ele lembrou-a tanto o Um Olho de sua infância que ela quase se esqueceu de respirar. Ela disse:

– Você é o Cavaleiro da Carnificina?

Perth deu de ombros.

– Quem mais?

– Mas Sleipnir pertence a...

– Grim – afirmou Perth e olhou para o céu além dela.

E então veio um *estrondo* todo-poderoso quando o céu se repartiu, e apareceu uma coisa contra a massa de nuvens que se aproximava. Um Arco-Íris, mas muito mais brilhante que qualquer Arco-Íris que Maddy tivesse visto. E em seu prisma de cores ela viu a assinatura dos Æsir e dos Vanir em seus Aspectos originais, viajando pelo céu como se o Ragnarók nunca tivesse acontecido.

– Minha nossa! – disse o peixeiro, e prontamente seguiu o conselho de Perth. Em segundos ele havia desaparecido, deixando Maddy ainda olhando fixo para seu amigo, que agora parecia muito à vontade no Cavalo Vermelho da Carnificina.

– Que Diabos? – disse Maddy para Perth. – E como você soube esse nome?

Perth suspirou.

– Eu posso estar experimentando algumas... dificuldades de ajustamento, mas eu me lembro realmente dos meus nomes – disse ele. – E, além do mais, se você tivesse feito o que lhe foi dito, não teríamos tido que lidar com tudo isso.

Os olhos de Maddy ficaram mais arregalados.

– O quê?

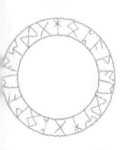

– Eu acho que devia ter adivinhado – disse ele. – Seus antecedentes não são imaculados quando se trata de seguir ordens.

Maddy continuou a encarar Perth. Ela descobriu que, a despeito de tudo que estava acontecendo ao seu redor, não conseguia tirar seus olhos dele.

Ela lançou a runa Bjarkán e viu, entrelaçado em sua assinatura vermelho-rosada, um fio de brilhante azul-martim-pescador que ela reconheceria em qualquer lugar.

O sorriso de Perth se ampliou bastante. Agora parecia tão amplo quanto a estrada. Seus olhos azuis brilharam com humor perverso, e desta vez não pôde haver dúvida: suas feições podiam pertencer a Perth, mas o sorriso pertencia a Odin.

– Odin? Não pode ser. Você estava morto...

Perth deu de ombros.

– Isso já aconteceu. Por que você acha que tenho tantos nomes? Aspectos vêm, Aspectos vão. Desta vez eu tive sorte o suficiente para achar um Aspecto que me servia, *e* com uma marca de runa novinha em folha, bem quando eu mais precisava...

Por um momento Maddy ficou dividida entre a alegria e o horror impronunciável. Alegria por Odin ter sobrevivido – mas a que preço? Perth era seu amigo. Se Odin o possuíra contra sua vontade, então não era melhor que o Murmurador. E embora a afeição de Maddy por Odin fosse profunda, ela sentiu que ele era capaz de coisas piores que se servir do corpo de outra pessoa se ocorresse de o seu estar indisponível.

– E quanto a Perth? – insistiu ela.

Ele respondeu de um jeito sarcástico:

– Estou bem, obrigado.

– Como você *entrou* aí?

Perth – ou era Odin? – deu de ombros.

– Como você acha que eu entrei? – perguntou ele. – Pelo modo de sempre. Sonhos, naturalmente. *O escravo sonha com ser amo.* – Ele olhou para Maddy. – O quê? Você achou que eu teria escravizado seu amigo? Obrigado pelo voto de confiança.

Mais uma vez ele deu uma olhada para a visão lá no alto. O Arco-Íris era espetacular – um arco duplo de luz de runa com o Escudo do Sol em sua frente. Além dele, o banco de nuvens ainda se aproximava, costuradas por pontos de relâmpago.

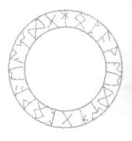

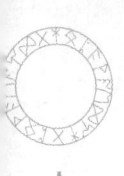

– Maddy – disse ele –, Perth não está *morto*, não mais que Ethel Parson ou qualquer um dos outros está. Ethel deu à Vidente sua marca de runa e seu nome. Ninguém pode fazer isso contra sua vontade. Perth e eu estivemos ligados por anos no Sonho, você até me sentiu uma vez. Lembra-se da primeira vez que nos encontramos? Você achou que tinha visto alguma coisa em minha assinatura. Você achou que eu parecia familiar...

– Achei que você se parecia com Loki – falou ela.

– Somos irmãos – disse Perth. – O que você esperava?

Maddy deu um longo suspiro.

– Por favor. Diga-me o que aconteceu – insistiu ela.

– O quê, agora? – Perth olhou para o céu. – É mesmo a hora certa, você acha?

– Eu preciso saber – disse Maddy. – Eu preciso saber quem você é realmente.

– Sempre com perguntas – disse Perth. – Bem, eu fiquei preso naquela maldita Cabeça. Preso e flutuando no Sonho. E assim eu lhe pus à minha procura. Nós dois sabemos como *isso* funcionou. Foi um pouquinho desagradável, quando eu fui brevemente posto de novo em convívio com meu velho amigo Mimir, o Sábio. Sua irmã Maggie me torturou. Ela é muito parecida com você, a propósito. Bela garota, embora altamente tensa. Ela me fez lhe dar o Novo Manuscrito. Eu emiti minhas instruções para você, que você ignorou, como de hábito. Depois eu enviei Hugin e Munin procurarem Perth e trazê-lo até mim. Depois disso... Você sabe o resto.

– Mas e quanto à minha irmã? – perguntou Maddy. – Você disse; *Perth* disse...

– Sua irmã encontrou a Cabeça tal como você – explicou Perth, um tanto impacientemente. – Eu imagino que a descoberta a levou à mesma conclusão. Em todo caso, ela nunca adivinhou que eu simplesmente troquei os alojamentos por algo um pouco mais confortável. E agora vamos ao capítulo final. Devo supor que você estudou a profecia?

Sleipnir respondeu sacudindo sua crina e pateando sobre o chão freneticamente. Jorgi, que até aí havia estado calmo, respondeu então a Sleipnir, soprando através das narinas e sacudindo sua crina de luz de runa. Maddy pôs uma mão tranquilizadora sobre seu flanco, bem quando Hughie e Mandy, que vinham seguindo Jormungand a certa distância, vieram pousar na Praça da Catedral.

– General! – disse Hughie a Perth.

Kaik, disse Mandy. *Kaik. Kaik.*

Perth enfiou uma das mãos no bolso e saiu com um Menino Gordo. Ele lançou-o para Mandy, que o apanhou, depois baixou os olhos sobre Mandy novamente.

– Maddy, por favor. Fique sobre seu Cavalo.

Kaik.

– Faça isso, Maddy – sugeriu ele.

Maddy obedeceu.

– O que está *acontecendo*? – perguntou ela suplicante, tentando acalmar o Cavalo do Mar que, sentindo sua agitação, estava grunhindo e balançando a crina, mostrando seus dentes fantasmagóricos.

– Adversidade – disse Hughie.

– *Kaik* – falou Mandy alegremente.

– Não temos tempo para discutir isso – lembrou Perth. – O inimigo está a caminho. O resto dos deuses, se eles já chegaram aqui, estão prestes a se insurgir contra o próprio Caos, o Sonho em sua mais pura e letal forma, então, por enquanto vamos supor que eu saiba o que estou fazendo, está certo?

– E você sabe? – indagou Maddy.

– Não – respondeu Perth.

Depois disso, ninguém falou muita coisa, porque foi quando Maggie beijou a Pedra, o Povo dos Deuses chegou, e todo o Inferno ficou à solta.

9

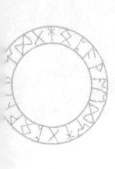

— O que pelos Infernos está *acontecendo*? — gritou Loki, pendurando-se na Ponte, enquanto tentava desalojar Njörd de suas costas. — Eu aprecio o gesto, Njörd, mas se você pudesse apenas tirar suas garras de mim...

Mas, enquanto ele falava, o Homem do Mar rapidamente recobrou seu Aspecto. Seu verdadeiro Aspecto, a marca de runa intacta, e vestido com o traje tradicional — túnica azul escamada e arpão — com o qual o Povo sempre o pintara.

— Isso vai deixar uma marca — disse Loki, perscrutando em seu ombro; depois, baixando os olhos para si mesmo e voltando-se para seus colegas do outro lado, ele sorriu. — Ah — fez ele. — Ah, *sim*.

O Sonho, naturalmente, não tinha qualquer lei física. Tudo é possível. No Sonho os estragos do Tempo, e mesmo os da Morte, podem ser revertidos. E Bif-rost era uma fabricação dos sonhos, nascida da brecha na Colina do Cavalo Vermelho, trazendo o grupo de demônios e deuses em velocidade fenomenal para fora dos domínios de Hel.

Agora todos estavam como Njörd: com as runas não revertidas, imaculados, jovens. Envoltos em seus Aspectos antigos mais uma vez — o Ceifador com sua espada cintilante; Thor com o Mjolnir em sua mão; Freya brilhando como o sol. Ethel não era mais desleixada. Nan Fey não era mais velha. Sif, que não estava mais *avantajada*, estava radiante de felicidade; a guitarra de Bragi estava afinada novamente; até Idun, que não era geralmente mobilizada por eventos banais, parecia mais atenta que habitualmente, atirando punhados de flores no rastro do veloz Arco-Íris.

Tyr, em seu Aspecto como deus da guerra, estava totalmente blindado em vermelho e ouro, e a mão que Fenris havia arrancado a mordidas, nos dias passados da Velha Era, era agora uma arma mental por seu próprio direito, uma manopla magnética de poder rúnico que silvava e chiava com energia.

Angrboda, cuja natureza de filha do Caos permitia-lhe assumir qualquer forma que escolhesse, era bem a mesma que sempre fora; mas Fenris, Caveira e Grande H haviam assumido suas formas de lobo. Maiores e mais malvados do que haviam sido no Sonho, não havia nada de desajeitado neles agora; nada de remotamente divertido. Seus dentes eram tão longos como um antebraço de um homem, suas peles eletrificadas pela luz de runa. Tyr, que, embora mais alto que o usual, ainda tinha o modo cauteloso de se aproximar de Açúcar, deu vários passos para trás ao vê-los e quase caiu da Ponte do Arco-Íris.

A melhor parte, do ponto de vista de Loki, era que ele não era mais um prisioneiro. A fina corrente de ouro que prendia seu pulso havia desaparecido, embora o Anel de Matrimônio houvesse permanecido, agora na forma de um simples anel de ouro que brilhava a partir de seu dedo médio, e que nenhuma quantidade de retorcimento conseguia retirar.

Sigyn estava erguida ao seu lado, vestida num sensato manto verde e cinzento, a marca de runa *Eh* brilhando a partir da testa. Naquele Aspecto ela era bela, e Loki descobriu-se vagamente surpreso por nunca ter nunca reparado nisso.

Ele tentou um feitiço simples. Sua marca de runa lançou uma explosão de força magnética, e um raio de luz correspondente disparou como uma labareda no rastro deles.

– Gosto disso! – disse ele, sorrindo outra vez. – Se vou morrer hoje, o mínimo que posso fazer é parecer *maravilhoso* quando estiver morrendo.

Ethel lhe deu um olhar tranquilizador.

– Poupe sua força magnética. – Ela o advertiu. – Nós vamos precisar de cada faísca.

Loki deu um olhar apertado para a nuvem negra que ainda os seguia pelo lado de fora do Inferno.

– Certo. Entendi o recado – falou ele. – Então, para onde estamos indo, exatamente?

– Nós vamos cumprir minha profecia. Até aqui acho que isso havia ficado razoavelmente claro...

– *Claro?* – perguntou Loki. – Claro como?

Ethel lhe deu um sorriso malicioso.

– Que tal ficar na escuridão?

Loki fez um gesto grosseiro.

– Seja simpático e ela lhe contará – disse Sigyn.

– Tudo bem, tudo bem.

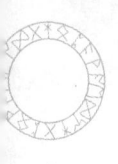

Mais uma vez Ethel sorriu.

– *Eu vejo um poderoso Cinza que se ergue ao lado de um Poderoso carvalho*. Nós já sabemos quem o Cinza é, naturalmente, e muito em breve nós vamos conhecer o Carvalho. Ambos são fundamentais na reconstrução de Asgard. *Vejo um Arco-Íris erguendo-se no alto; o legado da Morte Enganosa*. Essa parte, como tenho certeza de que vocês sabem, se refere aos recentes acontecimentos no Inferno.

Loki zombou.

– Essa parte, no mínimo, ficou muito clara – falou ele num tom de polidez exagerada. – Eu fui a isca com a qual você planejou atrair Hel a quebrar seu juramento, que por sua vez lançaria o Sonho para dentro dos Mundos com toda a força com que eu suponho que *você*, presumivelmente, com a ajuda do General, propõe reconstruir Asgard. Ótimo – ele lançou sobre ela um olhar sombrio – embora um pouquinho... arriscado.

Loki silenciosamente prometeu a si mesmo que se algum dia visse o General outra vez, Odin levaria uma enorme bronca. Esta era a segunda vez que o General havia conspirado num estratagema que envolvia entregá-lo aos seus inimigos bem antes do Ragnarók. Nenhuma das duas ocasiões havia sido agradável. E se a história passada fosse uma coisa a se levar em conta, as próximas vinte e quatro horas provavelmente terminariam com a morte dos deuses, o Fim dos Mundos e uma grande quantidade de tumulto desnecessário. Neste exato momento o Impostor sentia que o que ele realmente mais precisava era de uma dose de paz e harmonia, de preferência em alguma ilha em outra parte, com redes e montes de garotas bonitas.

Ethel prosseguiu com a profecia: *Mas a Traição e a Carnificina cavalgam com a Loucura pelo céu. E quando o arco quebrar, o Berço cairá...*

– Coisa cujo som não me agrada de modo algum – disse Loki. – Assim, se você puder me deixar de fora antes que toda a traição e carnificina comecem...

– Tarde mais – afirmou Ethel, não sem compaixão. – A Adversidade já começou. Não temos escolha senão tomar posição e lutar, e esperar que o plano do General funcione.

– O plano do General... foi o que pensei.

Houve uma longa e ameaçadora pausa enquanto o Astuto reavaliava os acontecimentos. Ele devia ter sabido, disse a si mesmo, que não escaparia tão facilmente. Ele esperava que quando o General finalmente fizesse sua aparição, seu Aspecto atual fosse pelo menos alguma coisa menos apelativa – um porco, uma Cabeça sem corpo, ou talvez uma velha desdentada. Isso seria o troco, Loki pensou. Isso poderia fazer com os que dois ficassem quites.

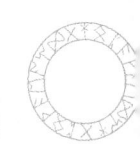

Em torno deles, o cenário se borrou, girou e finalmente parou de se mover quando a Ponte no Firmamento, que abrangia todos os Mundos na velocidade do Sonho, se assentou em posição no céu acima da catedral, um dia conhecida como o Berço dos deuses, e agora o local do Fim dos Mundos, ou como o Povo o chamava, *Apocalipse*.

– Apocalipse – disse Loki por fim. – Que espécie de palavra é essa, afinal de contas?

LIVRO NOVE
Asgard

O Fim do Mundo sempre começa com um beijo.
Lokabrenna, 19:12

1

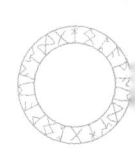

Por um momento Maggie ficou aturdida pelo tamanho e esplendor da catedral. A famosa cúpula de vidro, que pelo lado de fora parecia com uma tampa de tigela feita de bronze polido, era diferente pelo lado de dentro, como ela podia ter imaginado. A luz do sol fluía do teto através de mil – *dez* mil – painéis de vidro recortado, inteligentemente dispostos para capturar a luz a qualquer momento concebível do dia. Maggie nunca tinha visto diamantes, mas se tivesse, podia ter comparado a uma pedra preciosa gigante e multifacetada que espalhava luz sobre as paredes, arcadas, pilares e pisos da grande catedral, tornando-a um lugar de luz mesmo no mais escuro dos dias.

Naquele dia ela estava especialmente radiante, cada painel lançando prismas e Arco-Íris, de tal modo que Adam, em seu traje branco, era um arlequim de vermelhos e verdes, e Maggie, que não era sempre dada a frivolidades, riu alto de satisfação quando viu a solene catedral se acender como um show de lanterna mágica.

O lugar estava quase vazio. Ninguém havia sido convidado, naturalmente, e Adam havia pagado uma gratificação para a catedral ficar fechada pelos quinze minutos da cerimônia. Só o pessoal que trabalhava com o órgão e a pequena equipe da catedral: o Diretor Espiritual em sua caixa de madeira, o Confessor com suas longas luvas negras, e o Sacristão com sua bolsa e seu sino se juntaram ao Bispo como testemunhas.

O Máquina Brava, um órgão tão grande que precisava de cinco homens para tocá-lo, procedia de uma época quase próxima à Adversidade, e Maggie ficou observando com curiosidade quando os grandes tubos – cada um tão alto quanto uma árvore e entalhado de runas da cabeça aos pés – começaram a tremer e ressoar no momento em que os maquinistas acionaram as alavancas e rodas que punham o Máquina Brava em atividade.

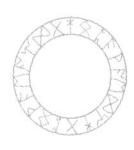

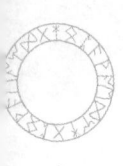

O órgão emitiu um som de guincho, depois uma série de arrotos. Era uma coisa antiga, temperamental, mas quando finalmente encontrou sua voz, não se comparava com nada que Maggie tivesse ouvido anteriormente. Era como uma floresta de árvores dotada de voz; como o mar; como as vozes dos mortos. Ele lhe infundia respeito; e foi com uma nova timidez que ela subiu com Adam os degraus para a Pedra do Beijo, onde o Bispo estava esperando para abençoar os dois.

Seu véu se prendeu na fivela de um de seus sapatos. Ela lutou para soltá-lo. Ficou subitamente cheia de um senso de pânico, uma urgência por fazê-lo; por que tudo terminasse.

O Bispo falou:

– Estamos aqui reunidos hoje para unir dois jovens nos laços do matrimônio. Adam Goodwin e Maggie Rede, tomem seus lugares diante da Pedra.

Adam e Maggie trocaram um olhar. Maggie tentou sorrir. Logo estará acabado, ela pensou. Logo ela e Adam estariam livres para começar uma nova vida juntos, como um só.

Mimir, o Sábio, vinha esperando por isso desde antes da Adversidade. Seus planos haviam sido frustrados uma vez, mas sua ambição gigantesca nunca havia diminuído. Agora estava prestes a chegar o momento em que Mimir, o Sábio, tomaria seu lugar entre as fileiras dos Æsir; a culminância de quinhentos anos de ódio e ambição – seus inimigos derrotados, seu reino reconstruído, ele mesmo renascido como Pai Supremo.

E tudo isso com um simples beijo...

A Pedra do Beijo do Santo Sepulcro era maior do que Maggie havia esperado. Um pedaço de pedra vulcânica negra, com a espessura de um metro e meio e a altura de quatro metros, e coberta de inscrições, como os tubos do órgão, de runas que corriam para baixo e para cima como pequenas colônias de formigas ordenadas, pequenas demais para Maggie decifrar. Na superfície próxima, um trecho mais liso assinalava o ponto que havia feito a Pedra do Beijo merecer este nome: por quinhentos anos, peregrinos e penitentes, noivas e noivos haviam beijado o lugar no qual uma marca – um beijo de pedra – se entalhara profundamente.

E agora o Bispo lia em voz alta o antigo cântico matrimonial. Maggie e Adam repetiam as palavras – a voz de Adam estremecendo um pouco, a de Maggie clara e confiante:

Minha mão para a sua mão,
Minha alma para a sua alma...

Naturalmente, nunca ocorrera a Maggie que, como tudo no Bom Livro, o pequeno e simples cântico pudesse ser uma coisa de poder. Para Maggie, era apenas uma tradição, como o véu e o vestido de noiva. O Murmurador sabia mais, naturalmente, e seu velho coração feroz exultava.

Meu nome para seu nome,
Para sempre, seremos um só.

– Agora, podem beijar a Pedra – disse o Bispo, um homem de meia-idade, ambicioso, que, como o Confessor, o Diretor Espiritual, o Sacristão e os cinco maquinistas, tinha agora apenas segundos de vida.

Maggie se ajoelhou para beijar a Pedra. Ela pareceu curiosamente quente ao toque, como se algum vestígio de calor houvesse restado dos fogos de sua criação há muito tempo extintos. Havia uma espécie de vibração também; e um zumbido como o de uma colmeia de abelhas, que subia pelas pontas de seus dedos e fazia seu coração estremecer.

Ela ergueu os olhos para Adam e o viu transfixado. Seu coração jovem se inchou de felicidade. Todas as dúvidas que ela tivera – seus medos, suas inseguranças – desapareceram quando viu o rosto de Adam iluminado pelo êxtase.

Naturalmente, a alegria de Adam não tinha nada a ver com fazer seus votos a Maggie. Mas alg*uma coisa* havia acontecido, mesmo assim; uma coisa que o fazia querer gritar, berrar e dançar como um selvagem.

Depois de três anos de escravidão, o Murmurador finalmente desaparecera. *Sumiu para sempre,* Adam pensou. *Não haverá mais escuridão. Não haverá mais sonhos...*

Ele baixou os olhos para a nova esposa e quase não a odiou. Seus olhos estavam brilhantes, seu rosto corado, ele sentia renascido para a felicidade perfeita.

Maggie beijou a Pedra...

E então...

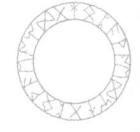

Todas estas coisas aconteceram de uma vez só:

A cúpula de vidro da catedral do Santo Sepulcro se rachou bem ao meio, revelando um céu que por sua vez estava partido pela metade, uma escura, outra clara, com Bif-rost como linha divisória, como um escudo contra a noite.

Um som como o bater violento de todas as portas que um dia existiram no Mundo irrompeu na catedral.

Um único titânico raio de força magnética disparou do coração da Pedra do Beijo, lançando uma ondulação de energia rúnica a todos os pontos da bússola de uma vez só. Ao mesmo tempo um facho de luz emergiu do entalhe que se parecia tanto com um beijo...

E o Bispo e seus colegas – na verdade, todo ser vivo no lugar, com uma única exceção – imediatamente caíram ao chão, nariz e ouvidos jorrando sangue. O Bispo morreu num segundo, junto com o Diretor Espiritual, os maquinistas, o Confessor, a substancial colônia de ratos da catedral – e, naturalmente, Adam Scattergood, que tivera tempo suficiente apenas para lembrar-se de *nunca confiar num oráculo* antes de ser expelido com a força de um disparo de besta e projetado em direção à encapelada nuvem negra que já havia devorado o céu, a qual, com sua perspectiva recém-descoberta, ele pôde então identificar como o Sonho em seu Aspecto mais caótico – conhecido pelo Povo como Pandemônio, o Mundo de Inumeráveis Demônios.

2

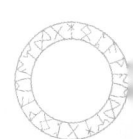

Há um provérbio entre os membros do Povo do Reino do Interior: *Paus e pedras quebrarão meus ossos, mas palavras não poderão me matar. Que ridículo!*, pensou Loki ao observar a nuvem que se aproximava. As palavras estavam longe de ser inofensivas. Uma palavra bem colocada pode derrotar um inimigo; um discurso pode derrubar um império. O Astuto conhecia o poder das palavras – elas haviam salvado sua vida milhares de vezes –, mas também sabia que, como ele mesmo, as palavras podiam ser tapeadoras. Elas gostavam de se ocultar, de se reverter, de distorcer-se e transformar-se em outra coisa.

Considere essa palavra: *Apocalipse*. Atravessou gerações do Povo; uma palavra de poder e mistério, com seu sentido perdido ao longo dos anos até que apenas as crianças soubessem o que ela significava, em canções de pular corda e jogos infantis:

Veja o Berço balançando
Bem acima da cidade...
Fazendo beicinhos, fazendo beicinhos,
Tudo desmorona.

Mais uma vez Loki analisou a nuvem negra. Não era realmente uma nuvem, ele sabia, muito mais que o Sonho era um rio, mas havia uma espécie de reconforto em ser capaz de vê-la como uma coisa familiar. Sua sombra, agora a menos de um quilômetro e meio de distância, já havia rompido os muros da cidade. Na sombra havia um vácuo. A sombra tudo eclipsava.

Ele deu uma olhada sobre a balaustrada da Ponte, onde os Æsir e os Vanir esperavam e observavam. Nenhum deles estava falador. O Martelo de Thor estava de prontidão; Frey se posicionava com sua espada mental.

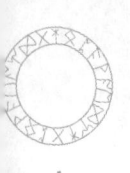

Freya estava em sua forma de Carniceira, com asas de morcego e cabeça pelada. Até Sif estava armada. Skadi e Njörd se erguiam lado a lado com Angie e seus lobos-demônios. Ethel esperava para emitir a palavra assim que a ação fosse exigida. Sigyn estava erguida atrás dela, a runa *Eh* preparada na forma de uma corda dourada de prender muito parecida à runa de chicotear de Skadi.

Todos pareciam tensos, mas concentrados, esperando naquele silêncio opressivo que prenuncia as batalhas mais sangrentas.

Somente Tyr parecia inseguro. Exteriormente esplendoroso em seu Aspecto de deus da guerra, ele era ainda o Saco de Açúcar em seu coração, e o vermelho e o dourado de sua assinatura estavam tingidos pelo cinza da ansiedade. Ele olhou de relance para Loki nervosamente.

– O que estamos esperando? – perguntou ele.

Loki deu de ombros.

– Por que perguntar para mim? *Não* estou na chefia. Se estivesse, estaria correndo feito o Inferno em vez de ficar esperando pelo inevitável.

Açúcar aparentou ainda mais nervosismo.

– Você quer dizer que acha que não podemos vencer de modo algum?

– Claro que podemos. – Loki sorriu. – Com alguns exércitos, uma fortaleza, ou talvez um ou dois porcos voadores.

– Ah – disse Açúcar.

– Sente-se melhor agora?

– Não muito.

Ethel sorriu.

– Não vai demorar muito agora.

– E isso é uma coisa *boa*? – perguntou Loki. – Olhe, você *disse* que tinha um plano. Na verdade, você mencionou o plano *do General*. Portanto, se tem o General escondido em algum lugar, do que duvido muito, agora é hora de desvelá-lo. Do contrário, fugir parece bom.

– Tarde demais para isso – retrucou Ethel. – Além do mais, eu confio no General.

– Bem, eu tenho problemas com confiança – disse Loki. – Principalmente quando se trata da minha vida.

Sigyn, que seguia tudo isso com o olhar indulgente de uma enfermeira de quarto de criança cuidando de um paciente rebelde, pôs então uma mão sobre o braço de Loki.

– Eu cuidarei de você – disse ela. – Não há nada a temer.

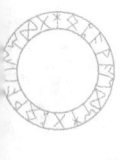

– Bem, isso é terrível – disse Loki. – Porque o *nada* – ele apontou para a nuvem – é *exatamente* o que está vindo nos pegar. E... o que, pelos Infernos, é aquilo?

Pois bem naquele momento houve uma erupção ofuscante de luz e uma explosão maciça que sacudiu a Ponte, pondo os Æsir e os Vanir em desequilíbrio e vaporizando as poucas nuvens brancas que assinalavam o céu sob Bif-rost. Loki baixou sobre sua barriga com as mãos sobre a cabeça. Thor deu um rosnado de raiva e preparou-se para empunhar o Mjolnir. Saco de Açúcar ficou aturdido ao descobrir sua nova mão cheia de força magnética funcionando por si mesma, a espada mental preparada.

Ethel simplesmente sorriu e disse:

– Ótimo.

– Por quê? O que está acontecendo? – indagou Loki. – Estamos sendo atacados?

– Não. – Ela balançou a cabeça. – Ainda não. Mas logo seremos. Esta é a razão pela qual, quando recebermos o sinal, teremos que trabalhar rapidamente.

– Fazendo o quê? – questionou Açúcar.

– Construindo – respondeu Ethel. – O mais rápido que pudermos, porque quando aquela nuvem de sombra chegar aqui, precisaremos de proteção.

Ouvindo isso, os olhos de Loki começaram a brilhar. Um sorriso lento roçou seus lábios cicatrizados. Ele ergueu os olhos para a nuvem de sombra, agora a apenas quatro metros de distância. Logo estaria por cima deles, eclipsando a luz do Escudo do Sol, obliterando a luz de runas que brilhava a partir do coração da Pedra do Beijo. Eles podiam repeli-la por cinco ou dez minutos, no máximo. Mas se isso era suficiente...

– Construindo – repetiu Açúcar – Construindo o quê?

– Asgard – disse Loki baixinho, e sorriu.

3

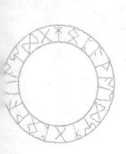

Do lado de fora da catedral, Maddy e Perth correram para se esconder quando o vidro caiu espatifado como granizo sobre as ruas. Acima deles se erguia a Ponte do Arco-Íris, a única barreira que restava entre a Ordem e o Pandemônio. Olhando por sobre o ombro agora, Maddy pôde ver a nuvem de sombra; uma muralha de escuridão às suas costas movendo-se inexoravelmente em direção à catedral.

Uma vez, quando tinha dez anos, Maddy tinha visto um eclipse do sol. Outras pessoas haviam ficado em suas casas, temerosas, ou haviam se ajuntado na igreja onde Nat Parson lhes relatou fábulas abastardadas de lobos-demônios que corriam pelo céu. Mas Um Olho havia explicado a ela: eram os movimentos do sol e da lua, e a dança que desempenhavam juntos. Quão rapidamente ele se movimentara! ela pensou. Quão rapidamente a sombra da lua havia corrido por sobre o vale! E que frio fizera, ela lembrou; quão fria e quão estranha a luz havia ficado quando o sol se transformou em sangue ao meio-dia!

A nuvem de sombra não era tão rápida. E, no entanto, Maddy podia vê-la se aproximando – movendo-se tão rapidamente quanto um homem caminhando – em direção à catedral arruinada. Tanto ela quanto Perth poderiam deixar a nuvem para trás, ela sabia: Perth estava montado sobre Sleipnir; Maddy estava montando Jormungand – e pegando o pior do negócio, ela pensou, porque, embora Sleipnir *parecesse* simplesmente desvairado, Jormungand *fedia* terrivelmente.

Mas Maggie ainda estava na construção – morta ou viva, ela não sabia – e, lá dentro, a Pedra do Beijo ainda brilhava, projetando uma coluna de luz ofuscante em direção ao coração do Arco-Íris, do qual o Escudo do Sol capturava os raios e projetava-os para fora como um berço no céu.

Perth arremessou para o alto a runa *Yr* como um escudo contra a luz ofuscante; Maddy fez o mesmo com *Ác*, a runa que ela havia conhecido por sua irmã.

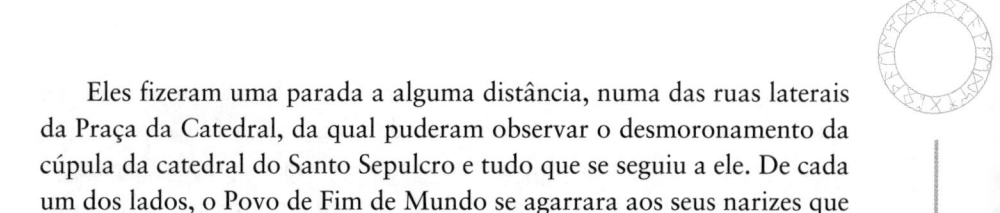

Eles fizeram uma parada a alguma distância, numa das ruas laterais da Praça da Catedral, da qual puderam observar o desmoronamento da cúpula da catedral do Santo Sepulcro e tudo que se seguiu a ele. De cada um dos lados, o Povo de Fim de Mundo se agarrara aos seus narizes que jorravam e caíra de joelhos quando o efeito do choque que havia ocorrido na Pedra do Beijo reverberara por toda a Cidade Universal, trazendo carnificina em seu rastro.

Alguns, mais próximos ao centro, morreram. A maioria sobrevivera ao ataque inicial, mas fora dominada pelo pânico e, vendo o céu, correra para suas casas, ou enlouquecera, ou então fugira em delírio à procura de alguém a quem culpar. Alguns culparam os Faërie; outros, os velhos deuses; outros, a onda de estrangeiros. Alguns caíram de joelhos e rezaram, lembrando-se dos relatos da Glória. Lojas foram pilhadas; as pessoas foram roubadas, velhos trunfos obtidos sob a cobertura do Caos.

A calamidade sempre fortalece a fé, e na cidade as velhas crenças que haviam sido eclipsadas pela ganância agora retornavam a uma nova vida. A sra. Blackmore, a velha senhoria de Maggie, rapidamente redescobriu a prece, vestiu um *bergha* negro e fugiu pelas ruas, gritando que aqueles eram os Últimos Dias e que todos deviam se arrepender ou ser Purificados. O homem da lei que havia prendido Perth lembrou-se da garota sobre o Cavalo Vermelho e convocou às armas seus colegas restantes. Os Estrangeiros e negociantes que haviam se instalado tão confortavelmente na Velha Universidade descobriram-se atacados por todos os lados por nativos de Fim de Mundo, que, como a maioria das pessoas em crise, temerosos e necessitados de um bode expiatório, haviam decidido punir os estrangeiros pelo Apocalipse iminente.

E no meio disso tudo Perth simplesmente se assentava sobre seu Cavalo e sorria como um jogador apostando a última moeda.

Era uma expressão que Maddy conhecia – ela a tinha visto por último em Odin três anos atrás, nas margens do Inferno – e ela sabia muito bem o que significava.

Ela deu uma olhada para a catedral arruinada, protegendo seus olhos da coluna de luz.

– O que aconteceu? – perguntou ela. – Será que minha irmã morreu?

Parecia mais do que provável; a construção estava destroçada, sua cúpula desfeita como um ovo podre. Nenhum movimento vinha do entulho; e, olhando através de *Bjarkán* para a cena, Maddy não conseguiu enxergar assinaturas, nenhum sinal de qualquer coisa que restasse viva; só aquele estranho dedo de luz apontando para o céu turbulento...

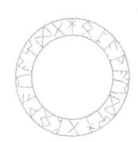

E então ele surgiu, aquele brilho fugidio, brilhando através do pó que vagava pelo ar. A cor da presença de Maggie, sua força magnética, de um branco prateado contra a destruição. Com o coração disparado, Maddy se moveu para pressionar Jormungand em direção à origem da assinatura...

– Não faça isso – aconselhou Perth.

– Por que não?

– Simplesmente não faça. – Ele se parecia com Odin mais que nunca agora. – Você me desobedeceu uma vez, e todos os Mundos pagarão o preço. Mas esqueça seu dever agora e tudo pelo que trabalhamos estará perdido. Sua irmã está viva. Fique feliz por isso. Se quer que ela permaneça assim, temos uma profecia a cumprir.

– Mas eu pensei que minha irmã era para ser o Cavaleiro cujo nome é Carnificina. Os Videntes praticamente disseram isso!

– Nunca confie num oráculo. – Agora ele tinha a voz de Odin também; os olhos de Maddy começaram a dar pontadas. – A parte de sua irmã nisso está feita. Para bem ou mal, a filha do ódio abriu a porta para Asgard. Nosso trabalho agora é protegê-la.

– Como você sabe? – perguntou Maddy.

– Porque eu estava morto – respondeu Perth –, e isso dá uma perspectiva muito peculiar das coisas. Agora, se você não tem mais pergunta alguma...

Maddy ergueu os olhos para o céu.

– Eu não entendo. Como minha irmã pôde fazer tudo isso? Ela estava aqui apenas para *se casar*...

Perth deu de ombros. Você acha isso? – perguntou ele e fez um gesto em direção à catedral. – *O Berço caiu há uma era, mas o Fogo e o Povo vão erguê-lo; em apenas doze dias, no Fim dos Mundos; uma dádiva vinda do interior de um sepulcro.* Catedral. Berço. Palavras tão semelhantes! Você acha que isso foi só uma coincidência? E quanto ao arquiteto? Onde você acha que Jonathan Gift achou os meios para construir este lugar? E quem você acha que o orientou?

Os olhos de Maddy se arregalaram.

– O Murmurador?

Perth fez que sim.

– Exatamente – disse ele. A Cidade Universal não foi construída apenas *sobre* as ruínas de Asgard. E a coisa que vocês do Povo chamam de

Pedra do Beijo, toda escrita com runas de poder, foi a Primeira Pedra de Asgard, a Pedra Fundamental da Cidadela do Céu, ligada através de Bif-rost, a Ponte do Arco-Íris, a cada um dos Nove Mundos.

Ele franziu o cenho para Maddy impacientemente.

– Por quinhentos anos a pedra ficou aqui, esperando que alguém a despertasse. Jonathan Gift sabia disso. Ele assegurou que a Pedra se mantivesse a salvo, bem dentro do coração da cidade. Por quinhentos anos a Ordem a guardou, não entendendo o que ela significava. Mas o Inominável entendeu. Ele sabia, e vigiava, e aguardou o tempo propício, esperando por alguém chegar, alguém com força magnética suficiente para proferir a Palavra e liberar o poder.

Maddy ficou pasmada.

– Minha irmã – disse ela. – Mas por que o Inominável, o Murmurador, iria *querer* reconstruir Asgard?

– Para possuí-la sozinho, naturalmente – falou Perth com um sorriso retorcido. – A despeito de todo o seu poder em Fim de Mundo, Mimir era um prisioneiro. Descarnado e privado de sua força magnética, ele não tinha esperança de fugir. Acabar com os Mundos era uma saída; mas, melhor ainda, se ele conseguisse realizá-lo, era roubar um Aspecto de um de nós e usá-lo para penetrar em Asgard.

– Um de *nós*?

Ele fez que sim.

– Está certo. De preferência alguém como você, cuja runa era intacta e cheia de poder. Ele tentou com você no Inferno e falhou. Mas agora...

– Ele tem minha irmã? – perguntou ela.

Perth pôs uma das mãos sobre o braço de Maddy.

– Não há nada mais que você possa fazer. Maggie se entregou voluntariamente. Ela falou as palavras da Pedra do Beijo; as palavras inscritas para esse propósito há cerca de quinhentos anos. E depois selou o juramento com um beijo... – Ele traçou o sinal da runa no ar...

⊠

– Que também calha ser uma runa *Gabe*, uma dádiva, na linguagem da Velha Era. Embora seja mais que provável que sua dádiva acabará sendo a morte de todos nós.

– Isso é uma profecia? – perguntou Maddy.

– Não. Uma suposição civilizada. Agora, então, vamos fazer nosso trabalho? Temos uma cidadela a construir, e ela não pode ser uma parte dela.

Teimosamente, Maddy balançou a cabeça.

– Essa coisa dominou minha irmã – afirmou ela. – De modo nenhum eu vou abandoná-la desse jeito.

Perth fez um som impaciente. Agora ele se parecia com o Um Olho dos velhos dias num de seus mais negros e desagradáveis humores.

– Quão estúpida você pode ser? – disse ele asperamente. – Não há nada que você possa fazer por ela. Ela está perdida para nós agora. O que está feito está feito. E nós dois temos um trabalho a fazer. Esta força magnética é uma dádiva para os Æsir... – Ele apontou a coluna de luz que havia sido liberada da Pedra do Beijo. – Podemos usá-la para combater o inimigo. Para armar-nos, para reconstruir nossa fortaleza, ou podemos ficar olhando-a consumir-se enquanto você perde tempo com sentimentalismo...

Mas Maddy mal estava ouvindo.

– Eu já lutei contra o Murmurador. Posso fazê-lo outra vez – falou ela. – Juntos, podemos expulsá-lo. – Seu coração estava batendo com força. – Vale a pena fazer uma tentativa!

Perth lançou um olhar feroz.

– Maldita seja! – disse ele. – Você vai me trair outra vez?

Maddy sustentou seu olhar.

– Não posso abandonar minha irmã – insistiu ela. – Se Mimir a tem...

– Ele não a tem – disse ele.

– Mas você acabou de me dizer...

– Eu *disse* que ela se entregou voluntariamente. Mas ela nunca foi o objetivo principal. O Murmurador tentou controlá-la uma vez. Ele sabia que não podia possuí-la. Ele sabia que ela, ou você, o expulsaria antes que ele chegasse a Asgard.

– Então, qual é o problema? – perguntou Maddy, confusa. – Se ele *não* tem Maggie, afinal, então por que ela tem que ficar perdida para nós?

Mas Perth nunca teve chance de responder à pergunta de Maddy, porque bem nesse momento veio um som e um movimento da cúpula arruinada. Por um momento ela mal reconheceu a figura que se aproximava como Maggie Rede. Seu véu amarelo estava enegrecido de poeira, seu rosto inexpressivo e manchado de lágrimas e fuligem. Ela saltou dos escombros, com os olhos fixos no chão pedregoso, movendo-se tão lenta e cuidadosamente como se tivesse cem anos. Aflição e raiva marcavam sua assinatura em tons lúgubres de verde e vermelho.

– Maddy, creia em mim – disse Perth. – Você *realmente* não vai querer fazer parte disso.

Mas Maddy não estava ouvindo. Ela deu um passo para longe do flanco da serpente e delicadamente pronunciou o nome da irmã.

Maggie ergueu lentamente a cabeça. Um par de olhos de um cinzento dourado encontrou-se com os seus. Por um momento Carvalho e Cinza ficaram cara a cara sob Bif-rost.

Então os olhos de Maggie perderam sua expressão enevoada e adquiriram uma concentração mortífera. Um sorriso de doçura peculiar pairou sobre suas feições destroçadas.

– Fuja. *Agora* – insistiu Perth, batendo seus calcanhares sobre os flancos de Sleipnir.

Mas já era tarde demais. Os olhos de Maggie haviam se fixado sobre o General. A marca de runa na sua nuca brilhou com um repentino clarão.

– Você matou Adam, demônio – disse ela, e a runa *Ác*, cruzada com *Úr* e *Hagall*, relinchou pelo ar empoeirado. Os reflexos de Perth foram rápidos e, misturados com as habilidades de uma vida de Odin, o resultado foi impressionante.

Perth, combinando *Raedo* e *Úr*, desviou o raio mental em direção a um muro, e Maddy teve tempo suficiente apenas para admirar a habilidade com que seu velho amigo manipulou as runas antes que ele adotasse a ofensiva, espalhando um punhado de runas com velocidade e poder assombrosos em direção à fonte do ataque.

Então era assim que ele era antes que sua marca de runa fosse invertida, pensou Maddy, bem quando o raio mental disparou, cobrindo Maggie com cacos de força magnética. E com esse pensamento veio a certeza de que Perth tentaria matar Maggie – exatamente como ela tentaria *matá-lo*, se Maddy não interferisse.

– Você matou Adam – disse Maggie novamente, e lançou novo punhado de runas. As runas foram inábeis, mas eficazes, cada uma se quebrando em pequenos cacos, espalhando potentes pequenos mísseis por toda a área. Um caco extraviado atingiu Perth no rosto, e ele tombou sobre a parte traseira da sua sela.

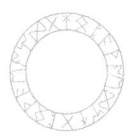

Sleipnir subiu aos ares imediatamente, as longas pernas se escarrapachando para o céu, de modo que Maddy não teve tempo para ver onde e quão gravemente Perth fora atingido. Ela ergueu um escudo para se proteger; *Aesk* e *Yr* dispersaram a força magnética. Sabia que devia ir embora – Perth estava ferido e precisava de ajuda. Mas ainda assim não conseguia abandonar Maggie.

– Maggie, por favor. Deixe-me explicar...

– Vocês mataram Adam – repetiu Maggie. Sua voz era monótona e inexpressiva. Era como se a dor de sua perda houvesse lhe destruído o coração.

– Eu não o matei! – garantiu Maddy. – Eu queria, mas não consegui. Você viu...

– Por quê? – perguntou Maggie. – Você nos odiava tanto?

– Não! – exclamou Maddy desesperadamente. – Eu queria salvá-la, queria impedir tudo isso. Ninguém *queria* que Adam morresse...

Teimosamente, Maggie balançou a cabeça.

– Ah, sim, eles queriam. Queriam que ele morresse porque ele era um homem do Povo. Porque estava apaixonado por mim. E porque eu estou grávida de um filho dele...

Filho dele? Oh, deuses. Filho de minha irmã?

De repente Maddy mal pôde respirar. Ela entendeu então o que Perth havia querido dizer quando dissera que Maggie estava perdida para eles. Maggie Rede nunca havia sido o alvo prioritário do Murmurador. A garota era mesmo forte demais, inconstante demais para servir como hospedeira. Mas seu filho não nascido – um filho do Fogo, com a força magnética repassada pelo ventre de sua mãe – seria muito aberto e fácil de moldar. Sua personalidade, ainda não formada, se transformaria na do Murmurador. E Maggie, naturalmente, estaria lá para proteger seu filho de qualquer um que o ameaçasse – o que significava que o Aspecto do Murmurador estaria a salvo até que seus poderes estivessem plenamente desenvolvidos.

A voz de Maddy cresceu em urgência, então.

– Maggie, você tem que me escutar. O Murmurador possuiu seu filho. Ele quer usá-lo e você também para voltar para Asgard.

Mas Maggie não estava ouvindo. Um duplo punhado de runas mentais voou como lâminas de navalha e se fincou no muro em torno do escudo de Maddy.

– Você está mentindo! – disse ela numa voz áspera. – Primeiro Adam, e agora meu bebê também! Quisera ter matado você quando tive a chance! Quisera ter matado *todo* o Povo-Vidente!

Mais uma vez Maddy tentou argumentar com sua irmã, mas em seu coração sabia que ela já estava perdida. Maggie estava preparando uma runa que cortaria seu escudo mental. Uma combinação de *Úr* e *Hagall* tomou forma entre seus dedos.

Por trás dela, a nuvem de sombra havia chegado aos muros da catedral. Monumental, ela se erguia às costas de Maggie, silvando com energia destrutiva.

– Afaste-se da sombra! – disse Maddy. – Maggie, quer você confie em mim ou não, não se aproxime da nuvem de sombra!

Maggie arremessou a arma nela. Esta se partiu contra o escudo mental. Com os olhos furiosos, ela recomeçou, invocando sua força magnética mais poderosa.

Maddy tentou calcular mentalmente a distância que a levaria de volta a Jormungand. Ela poderia cobri-la em trinta segundos, pensou, contanto que o escudo mental se mantivesse ativo neste intervalo. Forjou uma versão da *Ask* e lançou um punhado de pequenas runas pontudas que giraram como frutos secos do sicômoro ao cair. Seu propósito não era ferir, mas confundir, para conseguir um pouco mais de tempo. Uma delas cortou a palma da mão de Maggie, fazendo-a encolher-se e desviar os olhos, e, nesse segundo, Maddy saltou sobre as costas de Jorgi e esporeou-o para que partisse. Acima delas, o arco da Ponte do Arco-Íris. Abaixo delas, uma cidade no caos.

E no centro de tudo isso, a luz da Pedra do Beijo ainda brilhava contra o Escudo do Sol, perfurando Fim de Mundo como um inseto, e Maggie Rede arremessava runas ao céu e jurava vingança contra os Æsir, enquanto dentro de sua barriga uma coisa tão pequena que mal tinha batimento cardíaco sorria e sussurrava para si mesma, e sonhava com os Mundos a dominar.

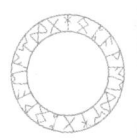

4

Perth chegou a Bif-rost bem a tempo de testemunhar a investida do Caos. Não que ele tivesse visto muita coisa a princípio: o raio que Maggie lançara sobre ele atingira-o diretamente no rosto, e pela maior parte de sua fuga ele teve que confiar em Sleipnir para guiá-lo para casa. Seus olhos doíam, mas, conforme foi se aproximando, ele descobriu que não estava cego, embora tivesse levado algum tempo para entender o que era aquilo que estava vendo.

A nuvem manchada havia se tornado uma muralha que se erguia sobre a Ponte do Arco-Íris, sua massa escura cobrindo a extensão de Fim de Mundo. Num lado da Ponte havia luz; no outro não havia nada senão sombra, com suas profundezas furiosas cheias de turbulência e efêmeras se multiplicando. Era impressionante; até o General, que havia testemunhado Aspectos do Caos anteriormente, nunca vira uma tamanha concentração sobre uma área tão enorme. Dez mil vezes mais potente que a nuvem de sonho que irrompera da Colina do Cavalo Vermelho, esta era a substância crua de todos os Mundos, a nascente da Destruição e da Criação, que começa no Caos e encontra seu lugar, às vezes depois de milhões de anos, como parte natural da Ordem das coisas.

No parapeito da Ponte, os deuses haviam começado a montar sua defesa – os Æsir no lado direito, os Vanir no outro; ambos os lados trabalhando freneticamente para repelir a aproximação da nuvem. Bragi cantava uma canção de guerra que espalhava rajadas musicais. Njörd ergueu um paredão marítimo. Tyr flexionou os dedos de sua nova mão. Heimdall, Olho de Falcão, com sua luneta, mapeou a trilha do inimigo. Thor, com Mjolnir em sua mão, traçou um arco mortífero pelo ar. Idun ficou de prontidão com seu equipamento de socorro medicinal; Skadi montou um escudo de gelo. No centro ficou Angie, com seus lobos do outro lado – Skól, o Devorador, à sua esquerda, Haiti e Fenris à sua direita – a Tentadora em pessoa em seu Aspecto de Megera: velha, esquelética e fria.

A nuvem de sombra estava muito próxima agora. A dez metros de distância, talvez menos. Um raio mental foi arremessado contra ela e retardou seu avanço por um ou dois segundos, depois dos quais ela começou a se aproximar novamente, lançando gavinhas de efêmeras em direção ao pequeno grupo de deuses. Estas gavinhas podiam ser cortadas, Perth sabia; espadas mentais e aduelas de runas fariam isso – mas a nuvem de sombra era capaz de gerar muitas mais, e, incluindo ele mesmo, os defensores dos Mundos só perfaziam o número de vinte e um.

Meio cego pelo raio mental de Maggie, Perth parou Sleipnir no lado iluminado da Ponte. Hugin e Munin, em forma de corvos, giraram e crocitaram em torno dele. Perth tocou seus olhos com a mão. Seus dedos ficaram vermelhos, e então ele sentiu o nítido e raso corte que ia desde sua sobrancelha esquerda até o pômulo do rosto. O olho estava fechado de inchaço. Doía; ainda assim, ele sabia que podia ter sido pior. Rasgou um pedaço de sua camisa e fez um tampão e uma bandagem para mantê-lo no lugar. Ethel correu para ajudá-lo; não havia tempo para celebração agora, mas sua expressão lhe revelou tudo que ele queria saber.

Ele sorriu.

– Faz um longo tempo.

– Foi mais longo para o resto de nós.

Enquanto isso, Loki, cuja contribuição para a defesa de Bif-rost era estar do lado mais seguro da Ponte, se aproximou para ver o que acontecia. Qualquer outra pessoa podia estar compreensivelmente castigada pelos eventos recentes, mas o Astuto estava de bom humor, seus olhos brilhando maliciosamente, seus lábios marcados esticados num amplo sorriso.

– Bem-vindo à festa – disse ele. – Espero que tenha trazido uma garrafa.

Perth deu um sorriso relutante. O Astuto podia ser irritante, ele sabia, mas ainda assim, era bom revê-lo.

– Então, como estava Hel?

– Você deve saber. – Loki lançou-lhe um olhar sombrio. – Belo Aspecto, a propósito. – Ele virou a cabeça para a muralha de nuvem. – Então, disseram que você tem um plano.

– De certo modo – respondeu Perth.

– *De certo modo?* Que Infernos isso significa?

– Bem, ele ainda não foi testado. – Perth deu de ombros. – Mas como você sabe, dou o melhor de mim quando estou sendo criativo.

– Ótimo – disse Loki. – Então, quando começamos?

Houve uma pausa ligeiramente incômoda. Depois Perth disse:
– Bem, esse é o problema.
– O *problema*? – insistiu o Astuto.
– Estou esperando por mais um desdobramento – disse Perth numa voz displicente. – Temos quase tudo no lugar: a Ponte, os blocos de edifícios do Sonho, o Escudo do Sol, as runas da Primeira Pedra de Asgard; tudo de que precisamos agora é da Carnificina, da Loucura e da Traição, e teremos uma equipe de construção. – Ele deu seu sorriso mais amplo e brilhante.

Loki conhecia aquele sorriso de velhos tempos. Ele já o vira vezes demais – e em muitas situações desagradáveis demais – para acreditar que prometia alguma coisa boa.

– Espere – falou ele. – Se for o caso já temos Sleipnir e Epona. – Então, onde está Jorgi? E Maddy, naturalmente...?

– Eles estarão aqui a qualquer momento.

– É mesmo? – disse Loki, baixando os olhos para perscrutar o parapeito da Ponte. – Porque, não sei se você notou, as coisas não parecem estar indo muito bem lá embaixo.

Loki estava certo. O Fim dos Mundos havia finalmente chegado a Fim de Mundo. Uma metade da cidade permanecia iluminada; o resto estava eclipsado pela sombra. Os deuses já tinham visto aquela sombra, no Mundo Inferior havia três anos, e sabiam que era apenas uma questão de tempo até que o Caos liberasse o mais letal de seus Aspectos: aquele de Surt, O Destruidor, um ser que se definia mais pela ausência que pela presença, mas cuja sombra era de um pássaro negro que deixava apenas o nada em seu rastro.

A Morte e o Sonho eram partes dos Mundos; até o Caos tinha seu lugar. Mas à sombra do pássaro nada permanecia, nem mesmo a Morte; apenas um vazio eterno além da imaginação e da redenção.

Loki não queria imaginá-lo. A imaginação de Loki era mais feliz vagabundeando pelas ilhas além do Um Mar, talvez tomando um ou dois coquetéis e vendo belas garotas passar. Mas o Caos já tinha eclipsado mais da metade da catedral tombada, e, até onde Loki podia perceber, eles tinham apenas minutos antes do fim.

– Eu odeio apressar um de seus planos – balbuciou ele.
– Assuma seu posto – instruiu o General.
– Mas...
– Capitão, *assuma seu posto*! – ordenou Perth, e foi quando a nuvem de sombra começou a cair sobre a Ponte como uma onda gigantesca de escuridão.

5

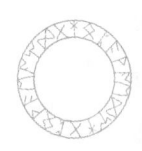

A primeira onda atingiu-os na transversal, sacudindo a Ponte até suas fundações. O Escudo do Sol estremeceu, o arco duplo balançou e uma onda de efêmeras irrompeu da nuvem como um enxame gigantesco de abelhas assassinas. As criaturas ferroaram incansavelmente, desafiando as runas de proteção; espadas e martelos foram inúteis contra suas agulhas envenenadas.

Thor soltou um rugido de fúria e debateu-se com Jolly sobre a nuvem de efêmeras; Frey foi ferroado no tornozelo e caiu, o entorpecimento o dominando. Bragi pegou sua guitarra e arrancou dela uma série de pequenas notas rápidas, lançando-as em giros sobre o enxame. As abelhas convergiram para o executante então, dois braços de efêmeras puxando-o para um abraço mortal; mas a música de Bragi continuou tocando – mais doce e melódica agora, de modo que as abelhas ficaram sonolentas e afrouxadas, fugindo da Ponte do Arco-Íris como se tivessem sido atingidas por fumaça.

Idun deu pedaços de maçã para todos que haviam sido ferroados. Os deuses se prepararam para mais um ataque. Nan Fey se posicionou ao lado de Ethel e Perth para esperar pela chegada de Maddy.

Enquanto isso, Maddy e Jormungand estavam se movendo violenta e rapidamente para Bif-rost. A nuvem de sombra pairava sobre a Ponte, monstruosa, inescapável. Discerníveis apenas por suas assinaturas, que ardiam como tochas contra a noite, os deuses continuaram lutando em Aspecto com toda a energia de sua força magnética recuperada. Acima de suas cabeças, o Escudo do Sol brilhava ardentemente; abaixo deles, a coluna de luz de runas que se erguera da catedral arruinada se juntava como lã numa roca de fiar, virando, girando, refletindo.

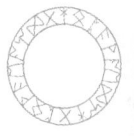

Era uma visão estranhamente comovente – os Æsir e os Vanir lutando lado a lado, exatamente como haviam feito no Ragnarók, e lutando agora junto a eles estavam os mesmos seres que haviam causado sua queda: o Lobo Fenris, a Serpente do Mundo, a Tentadora, os Devoradores.

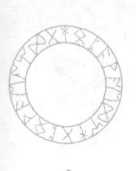

Seria isso suficiente?, perguntou-se. Seus aliados no Caos seriam suficientes para reverter a maré do Sonho? Seria a promessa de uma sala em Asgard realmente suficiente para comprar a sua lealdade? E se o Caos conseguisse superioridade, Angie não poderia virar a casaca outra vez e rejuntar-se ao inimigo?

Mas o Caos não era dado a perdoar: Loki era prova disso. O Caos não tinha nenhum sentimento, nenhuma compreensão, nenhuma clemência. Sua imaginação é sem limites, suas penalidades, extremas. O Caos não oferece segunda chance alguma; Angrboda sabia disso. Ela e sua prole demoníaca, como os deuses, estavam nisso até as últimas consequências.

Maddy escoiceou os flancos de Jorgi, pressionando-a em direção à Ponte.

O segundo ataque estava a caminho. Desta vez, as abelhas haviam sido substituídas por uma onda de predadores quadrúpedes: cães selvagens, ursos polares, lobos negros de tamanho enorme com mandíbulas que estalavam furiosamente mesmo quando suas cabeças eram cortadas e seus corpos lançados a prumo sobre Fim de Mundo.

Com grandes golpes de martelo, Thor manteve Bif-rost livre das criaturas, enquanto Freya e Angie, em forma de Carniceiras, voavam lado a lado pela Ponte para repelir os invasores com asas que queimavam e garras que dilaceravam.

O deus da guerra, contudo, estava sofrendo de um conflito de personalidades. Seu braço dotado de força magnética parecia ter ideias próprias sobre como lidar com uma batalha, enquanto o instinto primário de Saco de Açúcar sempre fora correr para esconder-se ao primeiro sinal de problemas. Ele estava também achando difícil ajustar seu estilo à sua nova estatura: as modestas habilidades de luta de Açúcar haviam sempre sido talhadas para se ajustarem ao seu tamanho (que era mais ou menos o de um cachorro pequeno), e ele achava um tanto assustador estar agora numa posição de golpear até cabeças, quando anteriormente se dava por feliz quando chegava a atingir joelhos.

Fenris, em forma de lobo, rosnava para ele. Ele e os outros dois lobos-demônios haviam se posicionado sobre a Ponte, preparados para assumir o lugar de Thor se ele tombasse.

— Que deus de guerra você se saiu! — grunhiu ele quando o braço cheio de força magnética de Açúcar malhou furiosamente sobre um urso polar que avançou.

— Bem, eu não estou acostumado a lidar com lobos — disse Açúcar, despachando a criatura (na maior parte por acaso) com uma varredura de sua espada mental.

Fenris deu uma risadinha abafada.

— E aí, cara? *Ragnarók?*

Açúcar lançou-lhe uma expressão nervosa.

— Sim, cãozinho. Você arrancou meu braço com uma mordida. Mas eu era outro naquela época. Agora temos que ser aliados.

— Sim. Certo. Aliados — falou Fenny. — Como se um novatinho como você pudesse sequer combater ao meu lado! — Ele parou para morder as cabeças de três glutões, como um cão arrancando cabeças de cravos-de-defunto.

— Eu *não* sou um novato — disse Açúcar. — E você foi *morto* no Ragnarók. Todas as histórias dizem isso.

O lobo-demônio sorriu e exibiu seus dentes.

— Aqui está uma coisa que as histórias não disseram...

— O que é? — perguntou Açúcar.

— Você era *saboroso*.

Açúcar rangeu os dentes e tentou concentrar-se na luta em andamento. Ele não estava de todo à vontade com Fenris posicionado às suas costas. Até onde ele sabia, um lobo-demônio era muito parecido a outro, e o fato de que tinham que estar do mesmo lado dificilmente era reconfortador. Ele não confiava em Fenris, nunca confiara, e se afastou cuidadosamente, avançando para o extremo oposto da Ponte, onde Loki estava arremessando runas de fogo e mantendo um comentário contínuo sobre a batalha, a que ninguém, exceto ele mesmo, estava ouvindo.

— E Thor se coloca atrás de Frey e *Wham! Bum!* Isso deve ter doído. E Loki acerta *mais uma*! Este garoto está *pegando fogo*! — E Loki fez uma pequena dança sobre o parapeito da Ponte, disparando runas no ar como um espocar de fogos de artifício.

— Acalme-se e poupe sua força magnética — avisou Perth. — Maddy está aqui.

Loki baixou os olhos.

— Quase em cima da maldita hora.

A segunda havia passado. As criaturas recuaram para dentro da nuvem para se reagrupar e tomar outra forma. Idun acorreu com suas maçãs. Skadi, que, lutando em forma de lobo, havia passado por um bom número de cutiladas e mordidas, pegou dois pedaços.

Com sua luneta, Heimdall estava tentando ver o que poderia vir a seguir. Ele apertou os olhos por vários segundos, e depois os ergueu para Loki.

– Esta é para você – disse ele com um sorriso.

– Deixe-me adivinhar – falou Loki. – Serpentes.

De fato – dez mil delas, se erguendo e retorcendo ao saírem da nuvem. Serpentes de todas as cores, serpentes venenosas, constritoras, serpentes tão grandes quanto uma dúzia de homens. Elas deslizaram para dentro da Ponte do Arco-Íris com um indescritível som *ressecado*, as cabeças erguidas, as presas expostas...

– Detenham-nas! – disse Perth. – Façam-nas *recuar*!

Loki mudou para seu Aspecto de Fogo Selvagem. O cheiro de serpentes queimando ergueu-se do parapeito da Ponte. Perth sorriu. Loki podia ser um problema, ele pensou, mas sempre ajudava numa crise. Virou-se para Maddy, que havia acabado de chegar com Jormungand ao fim da Ponte. Em Aspecto, ela parecia preparada para enfrentar qualquer coisa.

Nan pegou a rédea de Jormungand.

Maddy olhou-a com assombro.

– A Louca *Nan*?

– É uma longa história – começou Perth. – Não temos tempo para ela agora. Nan e eu precisamos de sua ajuda.

– É claro! – disse Maddy, sacando sua espada mental.

Perth balançou a cabeça.

– Não dessa ajuda. Os outros podem lidar com a nuvem de sombra. O que temos que fazer, *e rapidamente*, é construir.

– Construir? – perguntou Maddy. – Com o quê?

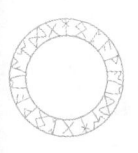

6

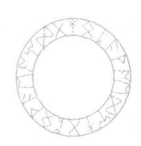

Bem no início da Velha Era, quando Odin e os Mundos eram jovens, a substância da Criação sempre fora o Sonho. O Sonho em sua forma mais pura e doce, canalizado através de uma só mente. Mas o Sonho, como todos os rios, é um ecossistema frágil, sujeito à contaminação e à poluição. Com o passar dos séculos o Sonho se tornou um lugar de diversas influências – algumas sadias, algumas letais –, como os Faërie e o Povo e os demônios e os deuses todos mergulhados em seu fluxo extravagante. Agora era uma confusão tóxica, que podia tanto destruir quanto restaurar. E ainda assim retinha uma energia crua que, quando represada e refinada, podia ainda ter o poder de curar os Mundos.

A Louca Nan já tinha visto um pouco desse poder na Colina do Cavalo Vermelho. Ali, a brecha no Sonho havia sido pequena comparada com o que os atacava agora; exatamente como a imaginação do Povo era pequena comparada com a dos deuses. Se Nan pudesse usar a brecha na Colina e os sonhos do Povo para construir Bif-rost, então certamente, com a ajuda do Escudo do Sol, dos sonhos dos deuses e dos quase infinitos recursos da nuvem de sombra, uma nova Cidadela do Céu poderia se erguer...

Ao menos, era o que Perth acreditava. Havia uma única maneira de testar isso.

– Não é tanto um plano – explicou ele –, enquanto for um projeto em elaboração.

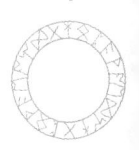

Por trás deles, os Æsir e os Vanir lutavam para repelir uma muralha viva de serpentes. Maddy tentava ignorá-los, mas o som era inescapável – um som hediondo de deslizamentos e estalos – e havia um fedor de queimadura e veneno. Naturalmente, ela estava habituada a Jormungand, que parecia estupidamente desinteressada no que estava acontecendo, exceto quando efêmeras extraviadas se aventuravam em seu caminho, ocasião em que simplesmente abria suas mandíbulas e engolia as intrusas. Não surpreendia Maddy que Jorgi fosse uma canibal. Na verdade, ficaria surpresa se não fosse. Os apetites de Jorgi pareciam se dirigir identicamente aos deuses, às efêmeras e aos frutos do mar.

– Precisaremos dos Três Cavalos para fazer o trabalho – gritou Perth, tentando se sobrepor aos ruídos. – Nan, precisaremos de você *ali*... – Ele indicou um ponto ao pé da Ponte. – Maddy, *ali*, na ponta, e eu estarei lá em cima com Sleipnir, puxando tudo junto...

Ele apontou para o alto, e Maddy pensou que nunca o vira parecer mais feliz. O Fim dos Mundos estava em cima deles, a mandíbula do Caos estava se abrindo, e o General estava imerso num plano que parecia, na melhor hipótese, rudimentar.

Ainda assim, que chance eles tinham agora? Baixando os olhos para Fim de Mundo, Maddy viu que a catedral estava quase na sombra. Ela tentou não ficar pensando no que sua irmã poderia estar fazendo. Pulou de volta sobre Jormungand – que estava acabando de sugar a ponta da cauda de uma serpente ao lado de sua boca – e manobrou-a para que ficasse em posição. Nan e Perth remontaram, e de repente Maddy conseguiu ver qual era o objetivo do General.

Agora a Traição e Carnificina cavalgam com a Loucura pelos céus...
E agora ela conseguia ver a luz que vinha de Fim de Mundo, não mais uma coluna, mas uma meada; uma meada que fora tecida com centenas de runas – centenas, talvez milhares... talvez até *dezenas* de milhares delas, vindas da Pedra do Beijo do Santo Sepulcro. Maggie havia liberado aquela força magnética; força magnética que se enrolava em carretéis dentro do céu como fios.

Perth e Nan estavam nos lugares também – Nan girando o Escudo do Sol como se fosse uma roda de fiar; Sleipnir em seu Aspecto com suas patas aracnídeas atravessando oito Mundos e girando, girando a meada de luz de runas que tomava uma forma que Maddy podia quase reconhecer – formas estreladas, caprichosas, parecidas a teias de aranha que pairavam contra o céu que escurecia como os fios de um colar.

E nos fios havia centenas de runas; juntando-se, formando elos, refletindo-se, ligando-se rapidamente demais para que os olhos pudessem segui-las; juntas, elas tricotavam o tecido dos Mundos, que era transformado numa labareda de cores e força magnética.

Deuses, pensou Maddy. *Isso é lindo...*
Naturalmente nunca vira Odin liberado, em seu Aspecto primário. Ela nunca sequer considerara os deuses como nada senão uma força des-

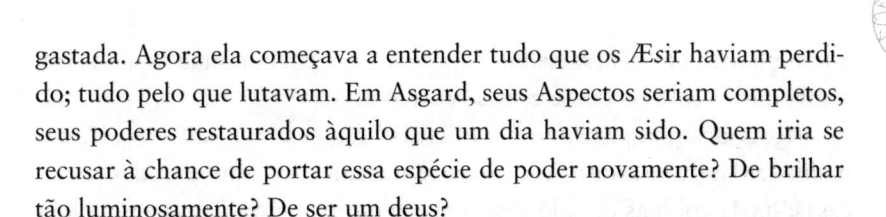

gastada. Agora ela começava a entender tudo que os Æsir haviam perdido; tudo pelo que lutavam. Em Asgard, seus Aspectos seriam completos, seus poderes restaurados àquilo que um dia haviam sido. Quem iria se recusar à chance de portar essa espécie de poder novamente? De brilhar tão luminosamente? De ser um deus?

Nan também estava trabalhando duramente. Maddy não via realmente por que o Cavalo cujo cavaleiro era a Loucura devesse ter preferido adotar o Aspecto de uma velha cesta de roupas para lavar em vez de alguma coisa mais impressionante, mas a Louca Nan parecia feliz o suficiente disparando em torno do Escudo do Sol, esvoaçando e fazendo vaivéns daqui para lá entre os filamentos de luz de runas. A teia ganhava substância cada vez que ela passava; Maddy podia ouvi-la dando risadas.

– Cama de gato! – gritava Nan. – Estamos fazendo uma cama de gato!

Depois ela rumou diretamente para a nuvem de sombra...

– Nan! *Não!* – gritou Maddy.

Mas já era tarde demais. O Cavalo do Ar e a Louca Nan haviam desaparecido dentro das sombras. Maddy olhou fixamente para a nuvem, consternada.

– *Agora, Maddy!* – exclamou Perth por sobre a cama de gato de luz de runas. – Agora, Maddy, pelo amor dos deuses, *sonhe*!

Lá embaixo, a luz da Pedra do Beijo estava finalmente começando a se apagar. A nuvem de sombra a tinha alcançado, finalmente; uma cunha de escuridão jazia em sua base. As runas, que haviam brilhado tão luminosamente agora mesmo, começavam a desaparecer, uma por uma. E, à medida que o faziam, a Ponte do Arco-Íris também começava a se desmanchar e apagar, sua ponta afundando na nuvem. Ao mesmo tempo o Escudo do Sol estava escurecendo-se nas bordas; assim que houvesse sido eclipsado, Maddy sabia, a Ponte não se sustentaria mais.

– Sonhe, Maddy! Sonhe para salvar sua vida! – A voz do General estava desesperada.

Maddy abriu sua boca para dizer que não tinha ideia do que tinha que fazer, que era apenas uma garota das Terras do Norte...

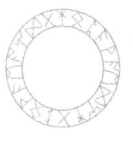

Mas *sonhar*? Isso ela *podia* fazer. Ela havia sonhado na maior parte de sua jovem vida, embora pessoas como Nat Parson tivessem-na advertido de seus perigos. Agora ela podia ver esses perigos por si mesma, saindo da nuvem de sombra. A onda de serpentes havia cedido caminho a um ataque mais generalizado enquanto a nuvem continuava seu lento tombamento sobre a Ponte e seus guardiões.

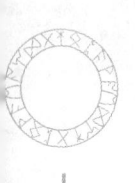

Agora o Sonho por inteiro assediava o fragmento de Arco-Íris. Havia máquinas de guerras com dentes de chamas, aranhas tão grandes como casas; havia colunas de soldados sem rosto e exércitos de mortos ambulantes, aparelhos mecânicos de esfolamento e aves carniceiras com rostos humanos; havia sonhos de afogamento, sonhos de desmembramento, sonhos de estar desamparado e faminto e velho, sonhos de esquecimento, sonhos do passado; e, naturalmente, havia sonhos de mortos.

Para Thor, o inimigo era a Velha Era; para Njörd era a neve e o gelo; para Skadi era o afogamento; para Loki eram mais serpentes. E por trás disso tudo, o adejo; *alguma coisa* estava se aproximando. A sombra de um pássaro negro com plumas de fogo, trazendo o silêncio em seu rastro.

Maddy via apenas fragmentos enquanto pressionava a Serpente em direção à nuvem. Não havia tempo para temer pelos amigos, ou para interferir em suas lutas. Ela agora vira o que Perth queria fazer e entendera que o tempo era curto. O Arco-Íris era apenas uma ponte temporária, uma ponte que poderia logo ser varrida para longe. *E quando o arco se rompe, o Berço cairá* – o que significava que se a Cidadela estivesse incompleta quando ele caísse...

Ela afundou seus calcanhares nos flancos de Jorgi. A nuvem estava a apenas segundos de distância. A própria nascente do Sonho; o âmago de tudo que era efêmero. Mas os sonhos nunca lhe haviam falhado, Maddy Smith disse a si mesma. *E nada do que se sonha está perdido para sempre...*

Sonhe para salvar sua vida, Perth havia dito.

Ela mergulhou de ponta-cabeça dentro da nuvem.

Fechou seus olhos quando a atingiu, meio que esperando um impacto; mas Jorgi estava habituada a se mover através dos Mundos, e a sombra se repartiu para deixá-los passar como uma cortina sussurrante de renda negra.

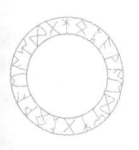

7

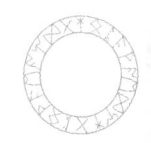

Das ruínas de Fim de Mundo, Maggie Rede estava fitando o céu. Ela estava numa passagem estreita cheia de escombros sobre o lado mais iluminado da catedral, do qual podia observar os eventos conforme eles se desdobravam. A nuvem de sombra havia seccionado a praça em duas partes iguais quase como se esta fosse uma maçã – metade uma catedral, metade um arco, metade uma fonte de mármore, seus jatos ainda jorrando alegremente de cinquenta bocas de querubins...

No encontro da luz e da escuridão, a coluna de força magnética da Pedra do Beijo se desenrolara em fios, subindo ao céu turbulento para formar um intricado gradeado, radiante como as luzes do norte.

Sem dúvida alguma, era belo; e, no entanto, Maggie o odiou. Era o Berço dos Deuses. A razão pela qual Adam havia morrido. Quando se completasse, ele se tornaria a Cidadela dos Æsir; a fortaleza do Povo do Fogo.

Agora Maggie podia entender por que o Povo o havia chamado de Berço. Nos dias antes da Glória, ela uma vez fizera berços assim para si mesma. Camas de gato, o velho povo os chamava; e Maggie lembrou-se de sua mãe e de seus irmãos mostrando-lhe como segurar a seda – bem *assim*, entre seus dedos – e fazer aqueles traços intricados como uma aranha tecendo fios...

Lágrimas teriam sido um consolo, mas ela tocou seus olhos e descobriu-os secos. Não importava – as lágrimas viriam depois. Até a vingança teria que esperar. Por enquanto, ela tinha que proteger o filho.

Ela baixou os olhos para a palma de sua mão que sangrava, onde Maddy a havia cortado. Ela tirou o que restava de seu *bergha* – pouco mais que um trapo agora – e estofou-o com força sobre o corte. A marca de runa *Ác* em sua nuca comichou e ardeu como a mordida de um inseto. Maggie flexionou os dedos. Ótimo. O dano fora insignificante.

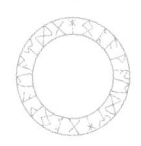

Ela voltou os olhos para as imediações. As ruas às suas costas estavam desertas; havia uma muralha de nuvem encarando-a. Por tudo que sabia, ela podia ser a única pessoa que ficara viva; a explosão de força magnética que saíra da Pedra do Beijo havia despachado todos que estavam no interior da catedral, e não havia nada que indicasse se o resto de Fim de Mundo havia tido o mesmo destino ou não.

Mas Maggie estava acostumada a ficar sozinha. As catacumbas sob a velha Universidade poderiam servir mais uma vez como um refúgio contra o que quer que saísse da nuvem de sombra. Havia comida lá embaixo, e abrigo, e livros; ela poderia lacrar a entrada com runas, e depois que a nuvem tivesse passado (como certamente passaria), haveria tempo para planejar sua vingança.

Mais uma vez ela lançou um breve olhar para o Berço, depois deu suas costas para a nuvem de sombra. A Universidade não estava longe; ela podia chegar lá em menos de cinco minutos. Depois disso, os Mundos poderiam terminar, até onde lhe dizia respeito; ela e sua criança não nascida estariam seguras, enclausuradas debaixo da terra e enfaixadas em força magnética.

E então Maggie começou a correr quando a sombra caiu sobre a Pedra do Beijo, o Escudo do Sol foi reduzido a um recorte de luz e a Ponte do Arco-Íris começou a desabar, lançando fragmentos de luz prismática que cascatearam pelo Fim de Mundo abaixo.

8

Maddy já havia viajado através do Sonho. Primeiro no Inferno, havia cinco anos; mais recentemente, com Jormungand. Ela pensou que conhecia as regras – até esperava poder ter desenvolvido uma resistência. Mas quando penetrou na nuvem de sombra, viu que esperança tola aquela havia sido. O Sonho não tinha regras, não tinha aliados, não tinha leis. O Sonho era a Desordem encarnada.

Loki uma vez descrevera o Mundo Inferior como um afogamento num mar de sonhos perdidos. Foi isso que pareceu agora para Maddy, quando ela e Jorgi mergulharam mais profundamente no coração escuro da nuvem de sombra.

Ali, Maddy procurou pelos sonhos que haviam lhe proporcionado consolo em tempos difíceis. Sonhos com lugares distantes, com oceanos e ilhas; sonhos com mesas empilhadas de comida; com demônios e Faërie; com guerreiros e reis; com animais e pássaros falantes. Sonhos com voar; sonhos com navios; sonhos com continentes distantes. Mas ali, no coração da nuvem de sombra, os doces sonhos de sua infância não pareciam nada senão fragmentos perdidos no tempo, lampejos de um passado distante.

Em vez deles, apareciam os medos da infância: o medo da queda, do afogamento, dos lobos; o medo de ficar sozinha à noite com as árvores nuas batendo na janela e a luz do luar brilhando sobre o piso. Ali estava também o suor frio do pesadelo; os monstros de todas as espécies; e ali estava a verdade no fundo disso tudo: o medo da perda, da morte de um amigo, o medo do escuro, da consciência da morte.

Sonhe para salvar sua vida, Perth havia dito.

Mas Maddy não tinha ideia por onde começar. *O que eu estou procurando mesmo?*, perguntou-se com desespero crescente. *Não há nada a não ser escuridão aqui...*

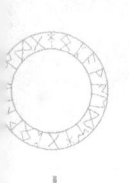

E então surgiu a voz da Louca Nan: *Nada sonhado está para sempre perdido* – e de repente a ideia lhe ocorreu. Era óbvio, ela disse a si mesma. Não *tinha* que ser assim. Nada estava perdido para sempre. O que se quebrara podia ser reconstruído; o que era impossível podia ser conquistado. Os mortos podiam ser relembrados; os caídos podiam se erguer novamente. E quanto à escuridão...
Que se faça a luz!
E de repente, para Maddy, ela se fez.
Lá estava seu pai, Jed Smith, quando Maddy era uma garotinha. Ela lembrou-se de sua forja, e da luz que havia no âmago dela; do modo que ela ficava olhando para seu pai retorcer e revirar e dobrar o aço e martelá-lo para fazer formas intrincadas. Lá estava a irmã Mae, brincando com suas bonecas no gramado; e Um Olho, seu velho mestre e amigo, conhecido por alguns como Pai Supremo.
Lá estava a Louca Nan Fey, com seus gatos e suas histórias. E lá estava Malbry; o vale; a floresta; o rio com seus pequenos barcos; as pastagens no alto das montanhas; a luz do sol sobre a neve de inverno; o cheiro de feno no Mês da Colheita; o primeiro raio de sol sobre o Hindarfell depois de três meses inteiros de escuridão.
Era ali que os sonhos de Maddy haviam começado: em Malbry, sob a Colina do Cavalo Vermelho. E, isso, ela finalmente entendeu, era o que a Louca Nan queria dizer. Ela tomou um fôlego profundo e fechou seus olhos e tentou se agarrar àquilo que havia descoberto. Depois bateu os calcanhares contra os flancos de Jormungand e esporeou-a de volta em direção à Ponte. E quando saíram da nuvem de sombra, ela convocou o sonho com toda a sua força magnética e arremessou-o sobre o Escudo do Sol no âmago do Berço, de modo que toda a força de *Aesk*, a *Cinza*, e *Iar*, o *Construtor*, e *Perth*, o Jogador, mantiveram-no suspenso em luz de runas como uma gota numa teia de aranha; um fragmento do Mundo acima dos Mundos.
Deuses! pensou Maddy. *Isso é lindo...*
Teria o General planejado tudo aquilo? Teria ele previsto aquele momento? Teria ele tido desde o princípio a intenção de extrair as forças do Caos, para que, assim que a hora chegasse, ele e seus amigos pudessem usar o próprio poder do inimigo – o infinito poder do Sonho – para construir o Berço dos deuses a tempo de se desviar de seu ataque? Teria ele *sabido* que funcionaria desse jeito? Ou teria ele simplesmente jogado os obstáculos e inventado o enredo à medida que ele ia se desenrolando?

Mas não havia tempo para perguntas agora. A Ponte do Arco-Íris já havia desaparecido pela metade, e as assinaturas que brilhavam junto ao seu arco decrescente estavam apagadas e exauridas. Maddy tentou não olhar, mas mesmo com uma olhadela às pressas podia notar que os deuses estavam em mau estado: exaustos, em número inferior, sangrando com feridas que Idun não tinha tempo para curar.

Thor, com o Mjolnir, ainda mantinha livre o limiar da Ponte; Loki, em seu Aspecto de Fogo Selvagem, sustentava o parapeito à sua esquerda, com Heimdall, Olho de Falcão, mantendo vigilância. Frey e Freya sustentavam a direita; Bragi tocava uma marcha triunfal; Njördi e Skadi lutavam lado a lado com um par de águias gigantes, com suas asas chamuscadas por efêmeras.

O braço esquerdo dotado de força magnética de Tyr ainda rasgava e malhava a nuvem de sombra, mas seu braço direito estava inutilizado, sua força magnética quase acabada. Quando Maddy mergulhou mais uma vez no Sonho, ele tombou e caiu sobre o joelho; a Ponte sacudiu; o Escudo do Sol bruxuleou; e o Lobo Fenris surgiu atrás dele para assumir seu lugar contra o inimigo que avançava...

Agora Maddy estava trabalhando em velocidade desesperada, mergulhando dentro e fora do Sonho como uma lançadeira num tear. A Louca Nan estava fazendo o mesmo, moldando forças magnéticas no céu. E a partir das forças magnéticas, o Primeiro Mundo começou lentamente a tomar forma. Ele não se parecia com qualquer espécie de cidadela que Maddy Smith houvesse conhecido; não havia nada ainda que ligasse tudo aquilo. Aqui ela reconhecia um lago nas montanhas perto de Farnley Tyas. Lá estava o Salão dos Adormecidos com seu teto pendente de estalactites. Aqui estava uma casinha com malvas-rosa em torno da porta – a velha casa de Nan, Maddy percebeu, com os gatos à soleira da porta. Acolá estava a igreja de Malbry – e as docas onde Perth tivera seus alojamentos. Lá estava a catedral do Santo Sepulcro com sua cúpula de vidro e piso de mármore. Aqui estava a oficina de Jed Smith. Aqui estava o cheiro das campânulas na primavera, e o som de toques de recolher no verão. Aqui estavam os campos de cevada, e os bodes no alto das pastagens de verão. E ali – bem *ali* – estava a Colina do Cavalo Vermelho, com a relva de cauda de coelho crescendo por sobre um dos declives e o Cavalo Vermelho recortado em barro como se nada em absoluto houvesse acontecido...

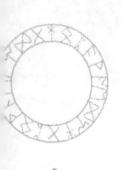

E então todo mundo ouviu o som: um bater de asas na nuvem de sombra como o batimento de um coração gigantesco.

Surt, o Destruidor, havia chegado por fim.

Maddy ouviu o som e parou, metade dentro, metade fora do Sonho.

Heimdall *viu-o* chegando e praguejou.

Skadi ouviu-o e abriu suas asas.

Sigyn ouviu-o e pegou na mão de Loki.

Bragi ouviu-o e começou a tocar uma canção fúnebre ao ritmo de sua pulsação.

Angrboda ouviu-o e sorriu, e disse aos três lobos-demônios ao seu lado: *Chegou a hora, garotos. Façam a Mamãe ficar orgulhosa.*

Tyr Corajoso ouviu e olhou do outro lado para o Lobo Fenris...

Ethel ouviu-o e fechou seus olhos...

Loki ouviu-o e pensou: *Agora vai...*

O General ouviu-o e soube que era a hora.

– *Sonhem! Todos vocês! SONHEM!* – rugiu ele, e sua voz soou alta quase o suficiente para abafar o som das asas que batiam. Todos ouviram a ordem, e os Æsir e os Vanir se movimentaram para obedecer; até Heimdall e Skadi, cuja lealdade a Odin havia padecido mais de um golpe ao longo dos anos desde o Ragnarók.

Loki também obedeceu ao comando, mudando para seu Aspecto de falcão e mergulhando de ponta-cabeça dentro do Sonho quando o que restava de força magnética na Pedra do Beijo morreu e a onda de sombra finalmente irrompeu, esmagando toda a Ponte do Arco-Íris, fazendo o Escudo do Sol cair dentro do papo da escuridão.

– *Sonhem como nunca sonharam!* – trovejou a voz do Pai Supremo. Não havia tempo algum para explicações; não havia mais tempo para sustentar a Ponte. Havia sido um jogo desesperado – e com apostas muito elevadas, ele sabia disso. Uma tentativa de usar o poder do Sonho contra as forças do Caos; e, num único movimento, restabelecer o equilíbrio dos Mundos, erguer Asgard, reinstalar os deuses e lançar o pêndulo rapidamente de volta, com a Ordem em seu lugar novamente.

Mas o Destruidor atravessou rompendo a nuvem, então o jogo acabou. E estava chegando *muito* perto – eles estavam atrasados, a Ponte estava perdida, e Asgard, a fortaleza na qual eles apareciam em seus Aspectos mais verdadeiros e poderosos, estava ainda a alguma distância de se completar. O que significava que, assim que a Ponte se fosse, eles teriam que encarar o inimigo em Aspecto humano – com as marcas de runa revertidas – e Surt iria acabar com eles de uma vez por todas com uma simples batida de sua asa cercada de fogo.

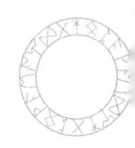

SONHEM!

Odin rugiu pela última vez, vendo a Ponte quebrada desabar. Todos os Vanir: Heimdall, Skadi e Njörd, Frey e Freya, Bragi e Idun se transformaram em pássaros e se espalharam por dentro da nuvem de sombra. Cacos de marcas de runas lampejavam dentro da nuvem; mas na confusão ninguém conseguia ver o quanto de Asgard restava para ser construído. Era apenas um castelo no ar, ou poderia ser uma Cidadela?

Abaixo dele, Thor, com o Mjolnir na mão, estava tentando manter a posição sobre o que havia restado da Ponte quebrada. Ele não era um sonhador, mas entendeu a urgência da ordem do General. Tentou invocar Asgard da nuvem de efêmeras, mas tudo em que conseguiu pensar foi Sif, sua esposa, sentada em frente de seu espelho, penteando seus cabelos dourados...

Sif estava se saindo um pouco melhor. Mobílias interiores haviam sempre sido mais importantes do que Thor para ela, e tinha cinco anos para planejar a decoração de sua sala em Asgard. Mantas, colunas, tapeçarias, pisos de mármore e cadeiras ornamentadas, camas de colunas e gaiolas de pombos tomaram forma com a velocidade do Sonho quando Sif de Cabelos Reluzentes convocou-as para sair da nuvem.

Loki estava perplexo. A mulher-serpente mandada para matá-lo, naquele primeiro dia na Colina do Cavalo Vermelho, havia profetizado que ele não teria sala na nova Asgard. Agora a desconfiança de Loki quanto a oráculos estava começando a chegar à paranoia, mas desde o início ele achou que isso queria dizer que ou os deuses iriam recusar sua entrada na nova Cidadela do Céu ou que ele tombaria numa batalha antes que ela fosse concluída. Nenhuma das duas opções o atraía muito, e agora ele estava diante de uma escolha difícil – a de sonhar com Asgard no lugar sem qualquer garantia de que seria beneficiado com isso, ou reduzir seus prejuízos, poupando sua força magnética e se arremetendo para o céu aberto.

Só a runa Matrimônio era um obstáculo em seu caminho, mas enquanto Sigyn estivesse trabalhando em Aspecto, pensou, ele poderia ter uma chance.

Ele apertou os olhos e concentrou sua força magnética em *Eh*. Ela reluziu em seu dedo médio, uma estreita faixa dourada de luz. Espertamente o Astuto traçou com o dedo uma runa; era *Tyr*, e sua lâmina era pequena, mas cortante.

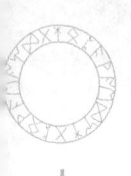

Ele olhou de relance para o perfil de Sygin. Ela parecia muito inconsciente de seu plano; seus olhos estavam fechados, seu rosto sério um estudo em concentração. O que ela faria se ele o deixasse?, ele pensou. *Ela não podia mudar para a forma de pássaro...*

Ora, vamos lá, disse Loki a si mesmo. *Agora não é decididamente a hora certa para você descobrir que tem uma consciência.*

Ele trouxe a runa *Tyr* para mais perto. A runa do Matrimônio começou a brilhar. Ela ardia; e ainda assim ele a segurava, pensando: *Sinto muito, Sig. Eu tenho que partir. Eu realmente não sou do tipo que gosta de casamento...*

Bem naquele momento veio uma terrível guinada da Ponte que desabava. Loki foi posto em desequilíbrio e caiu. *É isso aí,* ele pensou. *Vou cair fora daqui...*

Mas quando ele estava prestes a mudar de forma, sentiu a mão de Sygin agarrar-se à sua, e ela o puxou para a frente, para um lugar que era igual à caverna junto aos Adormecidos, exceto que ali ele não era um prisioneiro, e dois garotinhos brincavam aos seus pés – dois garotinhos de cabelo vermelho...

A Sygin de sonho sorriu para Loki. Não era um sorriso confortador – era um tanto maternal demais para isso –, mas era amável, a despeito de tudo.

– Onde nós estamos? – perguntou Loki.

– Em casa – disse ela.

– Em casa? Onde?

– Em Asgard, é claro – respondeu ela com um sorriso. – Lembra? Sua sala em Asgard?

– Eu não vou ter uma sala em Asgard – disse Loki. – Lembra? O Oráculo me revelou.

Sigyn riu.

– Então venha dividir a minha. Há muito espaço para dois.

– Não me entenda mal – disse Loki. – Quero dizer, isso é muito generoso, mas eu realmente não preciso...

– Todos precisam de alguém – falou ela. – Todos, até alguém como você precisa de um lugar para o qual retornar.

A avidez de Loki para escapar foi suspensa pela curiosidade.

– O quê? – perguntou ele. – Você me hospedaria? Depois de tudo que eu fiz? Quero dizer, eu dificilmente seria um marido fiel...
– Claro que hospedaria – afirmou Sigyn.
– Você deve estar louca – disse Loki.
– Então estou louca – falou Sigyn. – Quem se importa? Agora, sonhe!
Por que não?, pensou Loki, e fechou seus olhos.
E entrou na nuvem de sombra.
Em torno dele, os deuses estavam fazendo o mesmo. Frey sonhou com salas de banquetes; Freya com espelhos e joias; Heimdall com horizontes e montanhas; e Ethel com Balder, seu filho há muito perdido, com perfeita, afetuosa nitidez.
Skadi sonhou com uma sala de gelo; Njörd sonhou com uma sala no Mar; Idun sonhou com pomares e jardins; Bragi sonhou com música.
E Perth e Sleipnir sonharam com *muros* – muros tão grossos quanto altos são os homens; ameias; baluartes; amuradas e contrafortes; pontes levadiças e parapeitos e torres.
Eles tinham apenas segundos agora, mas o tempo funciona de modo diferente no Sonho, e segundos eram tudo de que precisavam – contanto que a sombra do pássaro negro recuasse. Surt devia ter sentido a urgência. A batida das asas ficou mais ruidosa. Uma ponta de asa roçou a Ponte...
Agora apenas Tyr e os lobos-demônios se erguiam entre Asgard e o Caos. Fenris, Caveira e Grande H estavam no último trecho do parapeito, prontos para golpear quando o pássaro negro irrompesse. De modo algum sonhadores, mas Devoradores maduros, os três agora estavam no auge de si mesmos, as mandíbulas estalando, os olhos selvagens, as presas arreganhadas para a nuvem de sombra. Cada segundo era valioso; cada segundo podia significar a chance de conquistar uma vitória, mesmo que a Ponte do Arco-Íris se dissolvesse no ar...
– AGORA! – A voz de Perth veio do alto. – *Deem tudo que vocês têm!*
O Corajoso Tyr, cujos poderes nunca haviam recorrido ao voo mesmo na mais propícia das ocasiões, sentiu-se começando a cair. Seu Aspecto estava falhando. Seu braço dotado de força magnética bruxuleou e começou a se apagar. Abaixo dele – *bem* lá embaixo – estava Fim de Mundo: um tabuleiro de xadrez de luz e sombra.
Ao lado dele, o Lobo Fenris lançou-lhe um olhar. Seus olhos cinza-dourados estavam brilhando.
– Acha que pode montar nas minhas costas, novato?

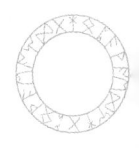

Açúcar baixou os olhos.
– Para ir aonde? – perguntou ele.
Fenris puxou a cabeça em direção à nuvem.
– Cara – disse Caveira. – Nós não temos chance alguma.
– Esse é Surt – disse o Grande H. – *Surt*, homem. O Destruidor...
Fenris exibiu seus dentes.
– Sim. Pois eu digo que vamos lá e beijamos a bunda dele.
Caveira e Grande H trocaram olhares. Abaixo deles, a Ponte não era nada exceto ar.
Açúcar engoliu em seco.
– Parece um plano. – Ele se agarrou na juba de Fenny com as duas mãos.
Fenny soltou um uivo aprovador.
– O novato disse que nós temos um plano. Estão comigo, garotos?
– Então ele abriu suas mandíbulas e saltou, uivando, sobre a nuvem que se aproximava bem quando a ponta da asa do Destruidor baixou como uma lâmina sobre Bif-rost.

9

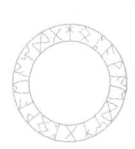

Fazendo beicinhos, fazendo beicinhos, tudo está desmoronando, diziam as palavras na antiga cantiga de ninar. E foi o que começou a acontecer, naturalmente, quando o resto da Ponte desapareceu, tombando o Escudo do Sol e os sonhadores no céu vazio e implacável.

Ao mesmo tempo a nuvem de sombra deu um estremecimento sísmico, vomitando os Vanir no ar como sementes num furacão. Loki mudou para a forma de pássaro e disparou por sobre Asgard, carregando Sigyn entre suas garras como uma bolota dourada. Os Vanir se dispersaram, alguns atônitos com a explosão, outros varridos pela turbulência. O Caos havia finalmente entendido o perigo que seus sonhos representavam e havia batido suas portas contra eles com todas as forças que podia reunir.

Maddy deu um gemido de desolação e ergueu os olhos para o Berço. Não mais efêmero, ele brilhava como uma geleira ao sol, erguendo-se glamoroso das nuvens com mil torreões e agulhas de vidro. Era de longe a coisa mais maravilhosa que ela havia visto ou sonhado: uma cidade no Firmamento, toda circundada por auroras boreais. Mas a coisa ainda não havia acabado, ela sentiu, quando Jormungand se movimentou, entrou e saiu do Sonho, de modo que se ela parasse para salvar seus amigos, toda a estrutura delicada e intricada poderia se dissolver igual à Ponte do Arco-Íris, deixando nada a que se agarrar senão vapores e nuvens.

Ela ergueu os olhos para onde Perth e Sleipnir se posicionavam nas ameias da cidade. O Aspecto do General era muito pálido, sua força magnética reduzida a nada. Através da runa *Bjarkán* ela viu que ele mal estava consciente. Nan também dera uma parada; o Sonho era um devorador de força magnética, e a energia requerida para construir já havia consumido a maior parte dela. A própria força magnética de Maddy estava reduzida a uma faísca; mas ela havia chegado atrasada à batalha e, com sorte, ainda restara um pouco. Suficiente para só mais uma tentativa – um último e desesperado voo da fantasia...

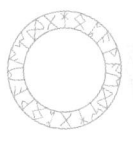

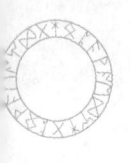

Tempo! Eu preciso de mais tempo!, ela pensou. *Um segundo, nem que seja só mais um segundo...*

Ela viu a sombra do pássaro negro surgir. Açúcar estava montado em Fenris. Ela soltou um grito quando a sombra caiu, e Açúcar olhou-a de relance, os olhos dourados iluminados, a mão estendida em direção à nuvem de sombra. Seu braço dotado de força magnética reapareceu assim que ele tocou o tecido do Sonho, e por um segundo – talvez menos – seu Aspecto foi aquele do Corajoso Tyr, sua assinatura flamejando em vermelho brilhante, montado sobre um lobo-demônio com peles que crepitavam com luz de runas.

Fenris escancarou as mandíbulas. O Devorador encarou o Destruidor. Por um segundo a sombra vacilou, e Maddy mergulhou mais uma vez no Sonho...

Ela sentiu a ponta da asa do pássaro negro roçar seu ombro quando passou. Não houve dor, mas seu braço ficou entorpecido e sua força magnética desapareceu subitamente como uma chama que morria. Ela ignorou isso e se estendeu para a hora final no coração fervilhante do Sonho.

E então, por fim, Maddy sonhou com seus amigos. Ela sonhou com o Povo-Vidente e o Povo do Fogo; com o Astuto e seu sorriso tortuoso, o Vigilante e o Deus do Trovão, a Vidente e o General, o Curandeiro e o Poeta, a Caçadora e o Homem do Mar. Ela sonhou com a Sif de Cabelos Reluzentes, com Frey e Freya, com a Louca Nan Fey – e principalmente com o Corajoso Tyr, que uma vez fora Saco de Açúcar, um duende covarde que viera da Colina do Cavalo Vermelho e que havia destemidamente dado tudo de si para que ela ganhasse o último precioso segundo.

Esporeando Jorgi para sair da nuvem, ela sentiu a sombra do pássaro baixar novamente, tão próxima que prendeu seu calcanhar esquerdo. O entorpecimento engolfou-a; mas Maddy seguiu em frente rapidamente, tentando não pensar em seus amigos despencando pelo ar, para suas mortes; invocando *Aesk*, a Cinza do Relâmpago, com toda faísca de força magnética que lhe restara.

Mas, em vez do clarão de luz de runa, o que veio foi o clique de um galhinho que se quebrou quando *Aesk*, a Cinza, oscilou como uma vela e se apagou.

A runa havia fracassado.

Tudo acabara.

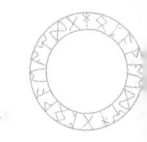

Maddy olhou fixamente para a marca na palma da mão. Ela conhecia sua forma melhor que qualquer coisa; ela a tinha desde o dia em que nascera. Uma marca de runa enferrujada – um defeito, eles diriam – que havia lhe dado o poder dos deuses.

Mas agora ela mudara, e em sua fadiga e confusão levou-lhe um instante para entender por que ela parecia tão estranha e não familiar...

Ela estava invertida.

– Não, por favor – disse Maddy, numa compreensão repentina. – Não agora que estamos tão *perto*...

E então viu uma asa de pássaro negro emergindo da nuvem de sombra fervilhante. Surt, o Destruidor, em Aspecto, estava entrando nos Mundos Médios...

– *Não!* – falou Maddy mais uma vez, e esporeou Jormungand em direção à nuvem. Não importava que, com sua runa invertida, ela não tivesse nenhuma esperança de vitória. Tudo em que ela conseguia pensar era: *Se eu não tentar alguma coisa, no mínimo, então Açúcar terá morrido em vão*...

A coisa, que não era na realidade um pássaro, sentiu sua aproximação e parou. Não tinha sentimentos de dor ou prazer – na verdade, aquela antiga inteligência não tinha sentimento algum do tipo que Maddy poderia ter identificado –, mas possuía uma fria curiosidade, até certo humor.

Examinando a garota e a serpente, a coisa concluiu que eles não representavam ameaça alguma, e começou a se mover para a frente outra vez, invocando seus vastos recursos para aniquilar os últimos daqueles que procuravam resistir a ela.

Então Maddy ergueu a palma de sua mão direita com a marca enferrujada e apagada. *Aesk*, invertida, mal lançou um brilho. Ela pulou das costas de Jorgi e lhe sussurrou uma última instrução. Depois, com sua mão direita, ela invocou *Bjarkán*, e penetrou na boca do Caos.

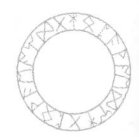

10

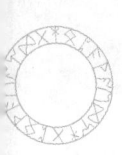

Das ameias da Cidadela do Céu o General continuava a observar impotentemente. Hugin e Munin giravam freneticamente em torno de sua cabeça; Sleipnir estava amarrado nas proximidades. Eles haviam chegado tão perto, ele pensou. Haviam quase vencido a guerra. Mas agora estava acabado. O Berço cairia. Certamente nada mais lhes poderia adiantar agora...

E então ele viu uma coisa bem lá embaixo; um brilho que saía da escuridão. Fim de Mundo estava envolta em sua maior parte nas sombras agora, suas agulhas e torreões caídos. Mas ainda restava aquele ponto de luz, tão apagado que ele podia tê-lo imaginado – uma simples manchinha de claridade, como um grão de poeira sobre o escuro.

Maggie Rede, pensou o General. A força magnética não poderia pertencer a mais ninguém. Sua mente, sempre em alerta para qualquer coisa que pudesse lhe ser útil, começou a considerar o potencial da garota. Acima dele, sua Mente e Espírito, parecendo cada vez mais agitados, deram ásperos gritos de encorajamento.

Então Maggie estava viva, ele pensou. E como? Bem, ela ainda tinha força magnética. Mas se ela iria usá-lo em benefício dele – era certamente esperar demais. *A menos que...*

O olho não danificado de Perth se arregalou.

É claro!

Ele se virou para olhar para Sleipnir. O Cavalo Vermelho se erguia nas ameias, suas patas bizarramente alongadas abrangendo a maior parte do céu febril.

Perth deu um pequeno sorriso e virou-se para dirigir a palavra aos corvos.

– Vão! – disse ele. – Vocês sabem o que fazer...

Assim, na velocidade do Sonho, o Cavalo cujo Cavaleiro é a Carnificina sacudiu sua crina de runa de luz e desceu a prumo em direção a Fim de Mundo.

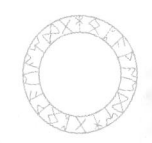

11

Tudo isso aconteceu muito mais rapidamente que o tempo que levaria para contar. Mas o tempo não é sempre objetivo. Um segundo pode se estender por minutos – por *horas* –, dependendo das circunstâncias.

O tempo do Sonho é um desses segundos; também são assim os momentos de dor; e assim, como o Deus do Trovão agora percebia, é o intervalo entre cair de uma grande altura e o inevitável momento de impacto – pois lhe parecia que vinha caindo por quase uma eternidade, mais do que os seis segundos ou menos que haviam realmente se passado desde que Bif-rost desmoronara.

Fim de Mundo se arremetia contra ele agora com a velocidade de Jormungand rompendo caminho através do Sonho. Isso o fez sentir-se ligeiramente nauseado, e então fechou os olhos – que estavam lacrimejando devido ao vento que gelava – e tentou não contar os segundos.

Um. Dois. Três. Quatro...
Com certeza o chão não devia estar distante.
Cinco. Seis. Sete. Oito...
Thor abriu um olho, cauteloso. Depois, abriu o outro. Jolly, que havia mudado para seu Aspecto inanimado assim que eles tinham começado a cair, reverteu-se em sua identidade de duende e olhou ao redor com perplexidade.

– Ué, o que será que está acontecendo aqui?

Thor piscou. Ele estava voando. Abaixo dele estava Jorgi, agora no Aspecto de um dragão celeste negro, ondulando através do ar como um relâmpago muito poderoso. Ela já havia recolhido o resto dos Æsir, que se penduraram em suas costas e crinas espinhosas com variadas expressões de desconforto; no momento a Serpente estava ao lado deles, mas os motivos dela nunca haviam ficado claros para eles.

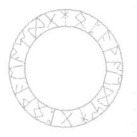

Lá no alto, um pássaro vermelho e roxo, excêntrico tanto em tamanho quanto em concepção, agitou as asas e foi rolando atrás dela. O voo da Serpente havia gerado uma grande quantidade de turbulência, mas isso não era nada comparado à nuvem de sombra que agora baixava sobre Asgard. Ela enchia o céu, abrangia horizontes, deixando apenas uma estreitíssima faixa de luz entre ela e as ameias da Cidadela do Céu.

O Caos ainda devia estar inseguro, pensou o Deus do Trovão quando passou velozmente pelo céu em direção a Asgard. Bem que podia estar: eles teriam vencido. Mesmo agora, se conseguissem pôr um pé nas ameias concluídas de Asgard, seu Aspecto, bem como os de seus amigos, seriam imediatamente restaurados. Mas como por enquanto Asgard *não estava* concluída, todos eles estavam desprovidos de força magnética. Tinham perdido Tyr na nuvem de sombra; o lobo Fenris havia tombado. O Escudo do Sol estava perdido; o General esgotado. Até Nan estava fora dos sonhos. E quanto à Maddy...

Ele procurou-a freneticamente, sem sucesso. A assinatura dela riscara o céu obscurecido, desaparecendo dentro da nuvem de sombra.

O coração de Thor vacilou em desespero quando percebeu o que Maddy havia feito. Ela devia saber que Jormungand precisava de tempo para ir embora, de modo que a mandara atrás dos Æsir enquanto permanecia para repelir a nuvem.

Por um momento, o Deus do Trovão ficou dividido entre a angústia e um orgulho sufocante. Ele nunca quisera uma filha; mal havia disfarçado o desgosto quando Modi, seu filho e herdeiro há muito tempo perdido, se transformara em Maddy; e não sentiu nada a não ser aversão quando o segundo filho de sua profecia, Magni, havia se provado não apenas um traidor, mas uma segunda filha (o que era ainda pior).

Agora ele se sentia profundamente envergonhado. Maddy fizera um gesto tão corajoso que ele mal o entendia, de forma que não haveria chance de explicar ou lhe dizer que nenhum filho seu poderia tê-lo deixado tão orgulhoso assim.

– Se eu pudesse ter contado a ela!... – falou ele, sem perceber que falava em voz alta, e sem perceber sequer as lágrimas que escorriam por seu rosto abaixo e se depositavam em sua barba cor de fogo.

– Contado o que a quem? – perguntou Jolly.

Thor suspirou.

– Ah, nada – disse ele.

Eles arremeteram em direção a Asgard.

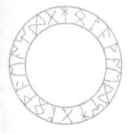

12

Descendo pela cidade, Maggie havia chegado ao lugar da velha Universidade. Mas os prédios que haviam um dia abrigado acadêmicos e historiadores, e depois os devotos da Ordem, e depois os negociantes e comerciantes que haviam surgido rapidamente depois da Glória, estavam agora repletos de refugiados – aterrorizados e encolhidos.

Alguns eram nativos de Fim de Mundo; outros eram os estrangeiros que Maggie desprezava. Alguns eram ricos; outros eram escravos; alguns eram velhos; outros, crianças. Mas diante da nuvem de sombra, todos eram iguais. Iguais no terror, iguais na angústia. O medo havia finalmente unido Fim de Mundo. O medo, e a necessidade de um bode expiatório.

O pensamento deu a Maggie uma espécie amarga de prazer. *É isso que parece*, ela pensou. *Todos no mesmo barco. Todos perderam alguém: um amigo, um filho, um parente.* Uma mulher estava sentada no piso bem abaixo do púlpito que havia ocultado a entrada secreta para o labirinto sob a Universidade. Muito jovem, Maggie viu, com o cabelo emaranhado sobre o rosto, cantando um pequeno acalanto. Havia um bebê em seus braços, embrulhado num cobertor.

A mulher ergueu os olhos esperançosamente para ela.

– Você é uma curandeira, senhora? – perguntou ela numa voz pesadamente carregada de sotaque. Era uma Estrangeira, Maggie viu; suas mãos eram tatuadas com desenhos do Mundo Estrangeiro. Ela estendeu o embrulho para Maggie. – Por favor. Meu bebê. Meu bebê está doente.

– Seu bebê está morto – disse Maggie. – Sinto muito. Não posso ajudá-la.

Maggie pensava que estivesse vazia depois de ter visto Adam morrer, mas o gemido que a mulher Estrangeira soltou mudou sua opinião imediatamente. Ela pôs a mão sobre sua própria barriga, onde o embrião de uma nova vida já era tão forte nela que conseguia realmente *senti-lo* ali, chamando-a, sussurrando; e amor que ela sentia por aquela pequenina existência era maior do que qualquer coisa que ela já tivesse sentido. Maior que seu amor por Adam; maior que sua necessidade de vingança. Ela se ajoelhou ao lado da mulher Estrangeira e tomou uma de suas mãos.

– Eu lamento – disse ela. – Eu lamento tanto!

A mulher estrangeira ergueu os olhos para ela.

– *Você* tem filhos?

– Ainda não – respondeu Maggie.

– Então você não sabe – disse a mulher, e voltou ao seu canto e seu balanço. Maggie ouviu as palavras da canção:

Balance seu bebê no topo da árvore.
Quando o vento soprar, o Berço vai sacudir...

Ela tentou procurar dentro de si alguma coisa para confortar a mulher. Naturalmente, Maggie não tinha instrução formal de como formar runas. Mas ela era uma filha do Fogo, e então tentou fazer com os dedos os traços que poderiam abrandar a angústia de uma mãe.

Com habilidade recém-descoberta, traçou a *Bjarkán*, a runa da revelação e do sonho. Depois surgiu *Sól*, a Luminosa: sol brilhante e renovação.

– Feche os olhos – disse Maggie. – Você deve estar tão cansada! Tente dormir.

Então ela traçou *Madr*, a runa da compaixão, sobre a testa da mulher – e cruzou-a com *Ur*, o Boi Poderoso, para lhe dar força e resistência.

As runas reluziram fugazmente e depois se dispersaram. A mulher estrangeira fechou seus olhos. Maggie sabia que as runas sozinhas não podiam competir com a morte de uma criança, mas o sono por si só era uma espécie de curandeiro, e o Sonho, ela sabia, era um refúgio para aqueles a quem o mundo da vigília havia se tornado insuportável. Ficou olhando quando a mulher estrangeira começou a derivar lentamente para dentro do Sonho, e com um último toque delicado de sua mão, Maggie traçou a nova runa *Gabe* – uma dádiva – no ar acima dela.

A mulher iria dormir agora, Maggie pensou. Dormir e, se tivesse sorte, sonhar – e se nunca despertasse do sonho, então talvez fosse melhor para ela. Porque estava se aproximando uma coisa – uma escuridão – da qual o Sonho podia ser a única escapatória.

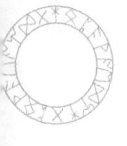

Ela abriu a entrada para o Mundo Abaixo oculta por debaixo do púlpito.

– O que é isso? – perguntou a mulher, de modo sonolento.

– É para onde estou indo – respondeu ela. – Venha comigo e você pode sobreviver.

De repente parecera a ela muito importante salvar pelo menos uma pessoa da catástrofe. Ela se ergueu e dirigiu-se aos refugiados:

– Há um esconderijo sob a cidade. Eu já estive lá. Vocês ficarão seguros comigo. Alguém quer vir?

Silêncio.

– Alguém? *Qualquer pessoa?*

O grupo ainda permaneceu em silêncio. A mulher estrangeira estava dormindo. Outras pessoas protegiam seus rostos ou faziam o sinal contra o mal. Todos eles viram-na lançar sua força magnética sobre a mulher Estrangeira.

E então Maggie entendeu pela primeira vez que a marca de runa que emitia brilho da sua nuca fizera mais que lhe dar poderes; ela a assinalara para sempre como uma integrante de uma tribo que havia devastado Fim de Mundo mais vezes do que o Povo podia recordar – uma tribo que havia destruído a Ordem e que agora trouxera este Caos às pessoas.

– Tudo bem! – Ela tentou explicar. Deu um passo em direção a eles.

Um homem que tinha a aparência de um pároco do interior se moveu para interceptá-la.

– Volte para o Mundo Inferior, demônio! – bradou ele, empurrando-a com as duas mãos.

Ele pegou-a de surpresa; Maggie caiu, e nesse momento sentiu as runas se formando nas pontas de seus dedos – *Hagall, Isa, Naudr, Úr* – e, com elas, uma raiva ardente, cegante, uma raiva que explodiu dela com uma ferocidade descontrolada.

– Como você *ousa* me tocar? – exclamou Maggie. – Como ousa pôr as mãos em mim! Eu devia matar vocês todos...

E por um momento ela quase o fez; o raio mental se ergueu e ficou preparado para atingir qualquer um que ousasse se mover...

O pároco viu-o e estendeu suas mãos.

– Misericórdia, senhora... – Ele caiu de joelhos.

Os outros só a olharam fixamente com horror, parecendo crianças aterrorizadas.

Maggie deu um grito apavorado e dispersou as runas sobre o chão, com força suficiente para rachar o mármore.

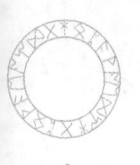

— Eu sou *um demônio* — disse para si mesma. — *Eu poderia tê-los matado*, eu *quis*...

Por um momento ela se viu como eles a viam. Um monstro, tosado, careca; enegrecido pelo pó da destruição; aquela marca de runa brilhando sobre sua pele e seus olhos mortiços como os de um assassino.

E eu não sou uma assassina? Se eu tivesse escutado o Velho Homem, será que Adam não estaria vivo ainda?

A ideia brotou de algum lugar de dentro de si; algum profundo e oculto lugar de mágoa. Sacudiu seu coração — seu coração frio e morto — e de repente seus olhos se umedeceram.

Os olhos do Povo eram impiedosos. Olhando fixamente agora para o monstro, a aberração; olhando fixamente com horror, com ódio, com temor; mas a maior parte deles com crescente hostilidade. Eles não tinham ideia da força de Maggie; com sua força magnética posta de lado, ela se parecia apenas com qualquer outra garota de dezessete anos; mas imunda, maltrapilha e agora enfraquecida.

Um garotinho atirou uma pedra.

Ele errou, mas Maggie estava assustada. Ela devolveu o olhar para os refugiados que juntavam suas forças: porretes; facas; pedaços de pedra.

— Por favor. Eu não quero machucá-los... — tentou ela.

Outra pedra voou. Desta vez a acertou. Maggie sentiu uma dor no pulso. A dor foi mais forte que a força magnética que havia cortado a palma de sua mão; veio como uma surpresa; mais uma vez ela sentiu uma umidade no rosto.

Ela invocou sua força magnética novamente. Um escudo feito de *Yr*, a Protetora. Várias pedras ricochetearam sobre o escudo quando a pequena multidão ficou mais audaciosa.

— Parem com isso! — disse Maggie. — Vocês não sabem o que estão fazendo!

Então, uma faca resvalou no escudo; o rosto de um homem, distorcido pela raiva, pressionando o ar vazio.

O pároco havia recobrado sua coragem.

— Rezem, rezem! — incitou ele à multidão. — Os demônios são impotentes contra as preces!

Mais uma vez Maggie tentou protestar. Mas as vozes se ergueram contra ela — um balbucio de gritos em que ela repetidamente ouviu as palavras: *demônio, Ser do Fogo, Ordem, Purificado*.

De repente a multidão ficou imóvel. Seus olhares se ergueram, centenas de olhos refletindo o céu.

O Berço do Fogo do Santo Sepulcro tombou incendiado sobre Fim de Mundo; e agora, através do teto quebrado da Universidade abandonada, viam um pesadelo de oito patas descendo sobre eles, com uma crina de luz de runas, uma cauda de fogo e patas de aranha que cobriam o céu.

Maggie reconheceu Sleipnir imediatamente; mas Sleipnir em seu Aspecto primário era uma visão realmente apavorante, e mais uma vez o grupo de refugiados se encolheu e cobriu os olhos. Alguns fizeram o sinal contra o mal; alguns rezaram em voz alta; alguns gemeram; outros chamaram suas mães; outros choraram.

– Ah, típico do Povo – disse uma voz. – Nunca sabe o que é bom para ele. – E, então, montados no cavalo, Maggie viu Hughie e Mandy, ambos em Aspecto humano, quando Sleipnir pousou no chão de mármore rachado. – Ainda assim, não houve qualquer dano, não é mesmo?

– *Crauk!* – falou Mandy. – *Nenhum dano. Crauk!*

Hughie deu seu sorriso brilhante.

– Viemos para levá-la lá para cima, fêmea.

– Levar-me lá para cima?

Hughie pareceu se desculpar.

– Bem, com o Fim dos Mundos, o Velho Homem achou que você estaria mais segura *lá*... – Ele ergueu a cabeça, sinalizando para o Berço que pegava fogo e desmoronava no céu febril. – Além do mais, sua irmã precisa de sua ajuda.

Maggie fez um som seco que podia ter sido um riso, ou um soluço.

– Meu marido morreu – disse ela, sentindo as runas mais uma vez comicharem sobre a palma de sua mão. – Vocês acham que eu me importo com o que acontecer a *ela*? Ou a qualquer um do Povo do Fogo?

– Ah, lamento por sua perda. – Hughie puxou a argola prateada que balançava no lóbulo de sua orelha. – Mas você pode ver como é popular agora com o Povo de Fim de Mundo. *Nós* somos sua verdadeira família. Nós a amamos para sempre, não importa que...

– Vocês? – perguntou Maggie.

Hughie deu de ombros.

– Falamos em nome do Velho Homem. Somos sua Mente e Espírito, compreende? Ele disse que não guarda rancor pela ferida que você lhe fez quando atirou força magnética em seu rosto. Talvez ele merecesse um pouco, ele disse. E cicatrizes, naturalmente, acrescentam personalidade.

– Aquilo era *ele*? – perguntou Maggie, curiosa, a despeito de si mesma.

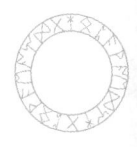

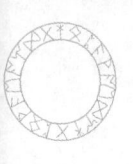

– Sim, ou um de seus Aspectos. Ele manda saudações à sua neta. Diz que duvida de que vocês se verão outra vez.

E, dito isso, Hughie remontou em Sleipnir enquanto Mandy foi retornando à forma de corvo.

– Parece uma pena para o filhote – disse ele, quase como se fosse uma reflexão posterior.

A mão de Maggie pousou sobre sua barriga.

– O quê?

– Bem, posso ver que você não está querendo viver, mas eu pensei que você poderia fazer isso pelo filhote. Eu quis dizer, *o bebê*... – comentou ele obsequioso, deslumbrando Maggie com seu sorriso.

– O que você quer dizer? – indagou Maggie.

Ele apontou a nuvem de sombra.

– O que você achou que é aquilo, hein? Chuva, para fazer as flores crescerem? Aquilo é o Caos, que vem para pegar todos nós, garotinha, com Surt em pessoa na frente. Quando a nuvem cobrir Asgard, todos os Mundos vão ter fim, e ninguém, nem você, nem eu, nem a própria Morte em pessoa, sobreviverá. Com certeza você já ouviu a profecia:

Quando o arco quebrar, o Berço desabará.
E o bebê e o Berço e o resto, tudo cairá...

– Mas isso é só uma cantiga de ninar! – disse Maggie.

Crau, disse Mandy. *Crauk. Crau.*

Hughie deu de ombros.

– Ela disse que temos que partir. Temo que ela não seja a pessoa mais paciente deste mundo... – Ele deu mais uma olhada no telhado aberto, através do qual o céu se tingia de negro-púrpura ardente. – Talvez possamos orientá-la no caminho. Temo que não nos reste muito tempo. Mas se você obedecê-lo, o Velho Homem jura com sua solene palavra que lhe dará uma sala em Asgard e que não erguerá uma mão contra você ou seu filho, nem ele, nem ninguém do seu povo, não, não até o Fim dos Mundos.

Maggie apertou os olhos sobre ele.

– Como é que eu saberei que ele cumprirá sua palavra?

– Porque ele terá que cumprir – disse Hughie. – Agora, você virá com a gente ou não?

13

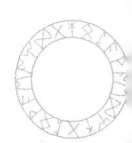

Parece um afogamento, Loki tinha dito. *Um afogamento num mar de sonhos perdidos*. Agora Maddy *realmente* sabia o que ele queria dizer: sem Jorgi para mantê-la flutuando, ela foi tombada e revirada de um lado para outro como uma trouxa de roupas levada pela maré. Acima dela, a sombra do pássaro negro, equilibrada como as velas de um navio letal; abaixo dela, a multiplicidade do Sonho, em toda a sua confusão e esplendor.

Por que ainda estou viva?, pensou ela. *O que o Caos quer de mim?*

A resposta veio quase imediatamente – embora não em palavras, naturalmente. Palavras são a linguagem da Ordem; mas no Caos a linguagem é apenas a das sensações; indizível; incorruptível. Para Maddy, pareceu como mergulhar numa poça de água congelada; cada nervo, cada sentido, cada parte sua imergiu nessa percepção, de tal modo que a linguagem falada pareceu desajeitada em comparação, quando os dedos inteligentes do Caos viraram-na e reviraram-na, desemaranhando seus pensamentos secretos como uma roca carregada de lã.

A presença que fazia isso era algo que não se comparava a qualquer outra criatura da experiência de Maddy. Ela sentia sua curiosidade, sua estranheza, sua cautela. Sua fúria era esmagadora; e ainda assim era uma fúria impessoal, como a das tempestades e dos terremotos, não contaminada por contato com os Faërie ou com o Povo; fria; remota; implacável.

Sonharsonharsonhosonho... Não havia palavras na voz da presença; apenas um zumbido de estática consciente, uma coisa parecida a um enxame de abelhas. *Dormirdormir talvezsonhar...* Ainda girando-a de cá para lá; desembrulhando-a como um pacote...

O que você quer?, Maddy tentou dizer.

Sonhosonhosonhar. Sonho. O zumbido de estática se intensificou, pressionando-a a se render. Ela começou a sentir sua mente ceder; seu subconsciente começou a se desvelar. *O melhor meio de se conhecer um*

inimigo é entender seus sonhos, ela pensou; e com esta percepção (que veio numa explosão de lembranças: dela mesma aos quatro anos, sobre a Colina do Cavalo Vermelho, dormindo e sonhando com duendes) veio um súbito entendimento: o Caos estava tentando penetrar em sua mente, não da maneira que o Murmurador tentara, pela força da personalidade, mas por um processo de inspeção íntima e análise lenta que, quando completo, faria cederem não apenas as defesas de Asgard, mas os processos interiores daqueles que a tinham construído...

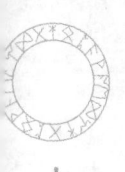

Ele não sabe, Maddy pensou. *Ele não sabe o quão impotentes somos...*

Ela ocultou o pensamento o melhor que pôde dentro de outra lembrança – um sonho de correr pelas florestas de quatro, como um lobo caçador. Uma lua fantasmagórica cabriolava lá no alto; a terra era fragrante sob seus pés. Maddy levantou sua cabeça e uivou...

Ao longe, outro uivo pareceu responder ao chamado de Maddy. Soou familiar – não parte do sonho – e seu coração deu uma guinada de surpresa e esperança.

Fenris? Fenny? É você?

O chamado veio novamente, de tão longe que ela mal podia ouvi-lo. A estática em sua mente aumentou – *sonhosonhosonhoSONHO* – até que tudo que Maddy quis foi mergulhar sob a sombra do pássaro negro e não sentir mais nada...

Sonhe. Sonhe com Asgard. Sonhe... E então sentiu sua mente se partindo, deixando seus segredos caírem como pétalas de uma rosa soprada. Ali estava o portal de Asgard, com sua fileira dupla de pilares. Ali estava um pomar de cerejeiras, as pétalas espalhadas ao vento. Ali estava uma torre, ali estava um lago; e Maddy pôde senti-los dissolvendo-se ao longe quando o Caos reclamou o que ela havia roubado. Ela tentou manter o que era mais caro para si oculto no mais íntimo de seu coração, mas, mesmo assim, não demoraria até que o caos houvesse se apoderado de tudo.

Eles tinham estado perto... tão perto! Mas era certamente o fim da linha. Ela sentia sua mente soltando tudo, como um homem que se segurasse num galho alto, perdendo seu apoio, um dedo de cada vez. Logo não restaria mais nada. Nada além do esquecimento. Isso era realmente tão ruim?

Aqui o sorriso de um velho amigo. Ali a sombra de uma rosa. Runas, feitiços, lembranças; tudo dissolvido como fumaça, deixando nada além de escuridão. *Adeus, Saco de Açúcar*, ela pensou. *Adeus, Jed Smith.*

Adeus, Mae, adeus, Nan, adeus, Malbry e Colina do Cavalo Vermelho. E Maggie, minha irmã, onde quer que você esteja, eu gostaria de tê-la conhecido melhor...

E, então, por trás dela, veio um som como a batida de asas gigantescas. Acabou, ela pensou com uma espécie de alívio. *Acabaram as lutas. Acabou a perda. Sinto muito, Odin, Perth, meu velho amigo, mas isto é o máximo que posso fazer...*

Finalmente a sombra do pássaro negro baixou mais uma vez. Maddy nem mesmo ergueu os olhos. Por que se dar ao trabalho de olhar? Não havia lugar algum para ir. Ela fechou seus olhos e tentou se agarrar àqueles derradeiros fragmentos de memória:

O cheiro das fogueiras em tempo de outono. Um jovem de cabelos ruivos chamado Lucky. Um viajante com sua mala de viagem. Gansos selvagens sobre as montanhas. Um vulto – uma mancha – sobre sua mão que significava de algum modo alguma coisa importante...

Maddy ouviu um som impetuoso e abriu os olhos com assombro. Alguém disse: *Ah, não, não faça isso* – e uma coisa dura socou suas costas, afastando-a da sombra do pássaro negro bem quando ele roçou o calcanhar de sua bota...

E agora ela estava se arremessando para fora da nuvem de sombra numa velocidade que até Jormungand teria achado difícil de emparelhar. Instintivamente, ela se pendurou na crina da criatura que a tinha resgatado. Era Sleipnir, ela se lembrou; o nome do cavalo era Sleipnir. E em seu lombo estavam os corvos, Hughie, Mandy e...

Maggie?

Maggie lançou-lhe um olhar de esguelha no qual Maddy leu tanta raiva quanto uma espécie de orgulho rancoroso.

– O que pelos Mundos você estava fazendo? – perguntou Maggie. – O que você achava que podia fazer aqui sozinha?

Maddy deu de ombros.

– Eu não estava exatamente coberta de opções.

– Bem, você teve sorte. Sorte de eu ter chegado a tempo. – Ela olhou para Maddy novamente, e disse: – Você sabe que sua runa está invertida?

Maddy fez um sinal positivo.

– Eu sei – disse ela.

– Pff... – fez Maggie com desprezo quando, com uma esticada gigantesca de suas patas aracnídeas, Sleipnir carregou-as para fora da nuvem.

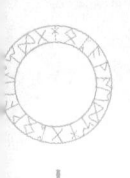

Acima delas, o Berço estava sacudindo como um barco a remo num vento forte, com os deuses – agora novamente em seus Aspectos humanos – baixando os olhos das ameias.

A Louca Nan viu Maddy e se animou.

– Eu sabia! – cacarejou ela. – Você conseguiu!

Perth se erguia junto a ela, com Hughie e Mandy, que tinham voado para juntar-se a ele assim que haviam saído da nuvem de sombra, empoleirados sobre seus ombros. Por trás dele, Loki – agora de volta ao Aspecto humano, e, portanto, trajando nada senão pele – ofereceu uma prece desesperada, blasfema, a qualquer um que pudesse se interessar: *Por favor, não me deixe morrer deste jeito – pelado e casado, em nome dos deuses!*

– Sonhe, Maddy, sonhe! – gritou ele.

A voz de Perth soou em apoio. Logo os outros estavam se juntando a ele, suas vozes se erguendo debilmente acima do som da sombra que se aproximava.

Maddy se virou para Maggie.

– Não consigo. Você tem que me ajudar!

Maggie fez que sim.

– Pegue minha mão.

Maddy pegou, e um disparo de força magnética passou entre as irmãs. Foi como ser atingido por um raio, Maddy pensou, quando ele a atingiu; ela tombou, meio cega, quando Ác, o Carvalho do Trovão, se iluminou como um relâmpago de verão.

Ao mesmo tempo *Aesk*, a Cinza do Relâmpago, se acendeu com súbita intensidade. Estava invertida, mas ainda brilhava; e então uma pequeníssima faísca de força magnética tomou forma na ponta de seus dedos. Não era bastante para construir uma ponte, ou erguer uma cidadela, mas talvez – só talvez – bastante para sonhar...

– Vamos, Maddy! *Sonhe!* – disse Thor, encostando-se às ameias.

– Você pode fazer isso, querida! – encorajou Sif.

Maddy fechou os olhos e sonhou. Ao seu lado, Maggie fez o mesmo. Seus sonhos eram estranhamente parecidos, se ambas os conhecessem. Ambas sonharam com os lugares que tinham amado – Maddy com a Floresta do Pequeno Urso na primavera; Maggie com suas catacumbas. Ambas sonharam com amigos ausentes: Maddy recordou Saco de Açúcar; Maggie, Adam Scattergood. E ambas sonharam com o Interior –

suas pequenas cercas vivas e estradas sinuosas; fazendas e feiras; cidades e aldeias e, mais especialmente, com o Povo...

Nada que foi sonhado está para sempre perdido, pensou Maddy, abrindo seus olhos quando, saindo da nuvem de sombra, surgiu uma coisa escura e faminta e *enorme* – não a sombra de um pássaro negro, mas...

– *Fenny!* – gritaram Caveira e Grande H, dançando no parapeito. – Ué, homem, nós pensamos que você estava morto!

Fenny ainda estava em seu Aspecto de Devorador, os caninos arreganhados, os olhos flamejantes. Ele saltou sobre o parapeito, depois se virou para a sombra do pássaro negro que agora estava mergulhando da nuvem de sombra, e abriu suas mandíbulas num rosnado silencioso.

– Faça-o, Maddy! Faça-o *agora*! – grunhiu ele, olhando fixamente para o Destruidor.

E então Maddy juntou sua última faísca de força magnética, estendeu as mãos para apanhar seus derradeiros fragmentos de Sonho, e arremessou-os sobre a Cidadela com cada partícula de força que possuía. Maggie juntou sua força magnética à de Maddy, e por um momento o Carvalho e a Cinza ergueram-se debaixo do Berço.

Será suficiente?, Maddy pensou. *Ou será um pouco tarde demais?*

Ela voltou a olhar para sua irmã. O olhar de Maggie estava fixado num ponto em algum lugar acima da Cidadela, e seu rosto estava distorcido pela concentração. A luz prateada de *Ác*, o Carvalho, emitia listras e clarões de seu corpo, disparando da ponta de seus dedos, de seus olhos, até das pontas de seus cabelos. Mas havia ali alguma coisa a mais, Maddy viu: *Ác* não estava mais sozinha. Outra assinatura estava ali, quase oculta dentro da luz, um filamento de rosa-choque, como uma larva nos olhos de um bebê...

E então surgiu um súbito clarão de luzes do norte sobre Asgard. O Berço inteiro brilhou com uma luz tão luminosa que quase a cegou. Uma explosão de música o acompanhou: a guitarra de Bragi voltou a ficar afinada, e ele já estava celebrando.

Acima da Cidadela, Jormungand traçou um arco de vitória.

A Louca Nan dançou uma pequena jiga.

Hugin e Munin fizeram círculos e pairaram, crocitando um para o outro.

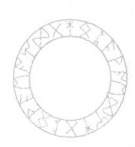

Heimdall pegou sua luneta para examinar a nuvem de sombra. Pensou que já conseguia ver uma mudança: um mísero indício de translucência. Podia ter sido um desejo otimista ilusório, naturalmente, não fosse o fato de a nuvem ter parado de avançar; ela simplesmente ficou no lugar, com uma expressão ameaçadora, a menos de sete metros dos portais de Asgard.

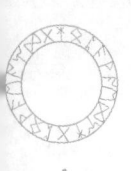

No parapeito, um por um, os deuses sentiram seus Aspectos primários retornarem. Loki se flagrou totalmente vestido, com a runa *Kaen* (não mais invertida) emitindo o brilho de sua assinatura. Odin, com suas runas restauradas, esticou-se até a sua estatura plena. Thor disparou o Mjolnir sobre a nuvem; o pássaro negro vacilou e parou.

Eles sentiram sua confusão.

– *O que é isso?* – Seu triunfo se dissolvendo em desgosto.

Mais uma vez Thor golpeou com o Mjolnir. Seu clarão transformou a nuvem de sombra num roxo empoeirado, inchado. A sombra do pássaro negro começou a recuar, a chama das asas mudando de cor para combinar.

– O que está acontecendo? – perguntou Maggie.

Maddy balançou a cabeça.

– Eu acho que, quando terminamos o Berço, não estávamos apenas construindo uma fortaleza. Estávamos tentando restabelecer a Ordem nos Nove Mundos. Nós refizemos o Primeiro Mundo, onde os Æsir podem retomar seus Aspectos e expulsar as sombras do Caos...

Maggie olhou para o pássaro negro. Ele estava quase desaparecido, exceto pela ponta de uma asa. Fenris, em seu Aspecto Devorador horrível de se ver, deu uma estocada na ponta da asa. Houve um som de coisa rasgada, dilacerada. O pássaro negro desapareceu dentro da nuvem.

– Eu acho que ele perdeu algumas penas – disse ela.

Maddy sorriu.

– Acho que perdeu mesmo.

Sleipnir estava se movendo mais rápido agora, preparado para levar as irmãs para casa. Fenris, rosnando, com as mandíbulas escancaradas, deu um último tapa na nuvem de sombra e saltou de volta para as ameias, seu Aspecto mudando do de um lobo-demônio para o de um jovem pálido em traje típico de Fim de Mundo, usando um brinco em formato de caveira.

– Fenny! *Cara!* – Os Irmãos Lobos estavam delirantes de felicidade. – Você *dominou* totalmente aquela coisa de sombra...

– Quero dizer, você foi tipo como grr, uaurrr.

– Feroz!

– Sim! *Totalmente* feroz...

– Por que eles estão falando desse jeito? – perguntou Maggie, descendo do lombo de Sleipnir para o parapeito de Asgard.

Mas Maddy tinha outra coisa na cabeça. Ela deu um passo em direção ao Lobo Ferris, que já estava partindo para explorar sua nova sala em Asgard – como fora imaginada pelos Irmãos Lobos, e luxuriantemente decorada com caveiras (até onde os Irmãos Lobos entendiam, caveiras seriam a moda do futuro em termos de visual).

Ele a viu se aproximando.

– Ei, sim... – falou ele.

Maddy sabia o que *aquilo* significava.

– Você tem certeza? – perguntou ela numa voz apagada, pensando que ele talvez estivesse enganado, que Açúcar pudesse de algum modo ter sobrevivido, como Odin nas margens do Inferno. Ele era uma criatura dos Faërie, ela pensou. O Caos devia estar em seu sangue. E Fenris havia sobrevivido, afinal...

Fenny baixou os ombros.

– Tenho certeza – disse ele. – Ele se saiu muito bem para um novato, mesmo assim.

Maddy fez que sim. As lágrimas ardiam em suas pálpebras. Parecia tão difícil acreditar que Saco de Açúcar se fora de vez! A morte de Odin nas margens do Inferno a tinha deixado sob uma nuvem de aflição; mas a morte do pequeno duende se assemelhava a uma ferida na alma de Maddy. Talvez por Açúcar ter sido o elo final entre Asgard e Malbry; ou talvez simplesmente por causa de um duende acovardado do subsolo da Colina ter demonstrado a coragem de um elefante.

Nos portais de Asgard, a nuvem de sombra já estava começando a se afastar. Um pálido brilho no céu oriental havia começado a iluminar o horizonte. Um ventinho agitado começou a soprar; logo, Maddy pensou, todos os traços da nuvem de sombra seriam soprados para longe.

Maggie estava com os olhos postos em Fim de Mundo. Logo ele também estaria livre da nuvem. Os sobreviventes começariam a reconstruí-lo, por sua vez. Talvez desta vez uma cidade mais sábia, mais amável e mais feliz pudesse ser criada. Talvez desta vez eles acertassem.

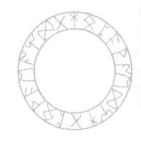

De todos os lados à volta de Maddy vinham sons de celebração dos deuses. Enquanto a Ordem se restabelecia, todos os seus amigos haviam se apressado a explorar o que havia na nova Asgard. Construída com a memória e o Sonho, não era a mesma Cidadela do Céu original, embora, naturalmente, contivesse Aspectos daquela. Mas tinha também Aspectos de Fim de Mundo, incluindo a totalidade da Praça do Santo Sepulcro, a fonte e a catedral, bem como um trecho de Ratos D'Água (provavelmente sonhado por Perth); e Aspectos de Malbry, incluindo a Colina do Cavalo Vermelho no último verão e várias de suas casas, entre elas a Paróquia, que Ethel havia sonhado ligeiramente maior (e com o novo papel de parede que ela sempre planejara colocar).

Havia uma versão da forja de Jed Smith, transformada numa coisa um pouquinho maior, com uma série de quartos de vestir para Sif e uma grande e abobadada sala de banquete para quando os amigos de Thor aparecessem. Havia também uma câmara para Jolly, que, retendo seu Aspecto de duende, havia exigido um lugar só para si, não muito distante de Thor, mas bem suprido com fartura de cerveja e alguns pastéis, para quando quisesse beliscar.

Angie conseguiu sua própria sala, como lhe fora prometido, perto da Floresta de Ferro, que os Irmãos Lobos haviam trazido (ao menos em parte) e posicionado não longe do domínio de Skadi – um *habitat* natural para lobos.

Na verdade, *todos* os deuses e seus aliados haviam imaginado suas dependências ideais, o que significava que a nova Cidadela do Céu era uma estranha e colorida colcha de retalhos de montanhas e cavernas, torrinhas e túneis, fragmentos de cidade e refúgios rurais, tudo amontoado numa área que, se fosse forçada a obedecer às regras mais estritas de espaço e escala, podia cobrir, na melhor hipótese, alguns quilômetros quadrados.

Felizmente, as regras do Sonho são fluidas, bem como sua substância, e visto que Asgard fora construída com sonhos, todos tinham aquilo com que mais haviam sonhado. Bragi tinha uma sala de concertos; Idun, uma série de jardins e pequenos bosques. Heimdall tinha um farol; Skadi, um labirinto de cavernas. Njörd tinha uma sala submarina; Frey, uma sala de banquete; Freya, uma sala de espelhos. Nan tinha sua velha casinha, seus gatos, sua roca de fiar e Epona. E Perth (bem como seu esconderijo em Ratos D'Água) tinha a Universidade, agora ainda maior do que antes, com um campanário para seus corvos, um estúdio pessoal e uma biblioteca nos quais poderia se refugiar quando as responsabilidades do ofício ficassem muito exigentes.

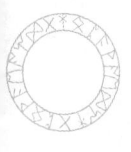

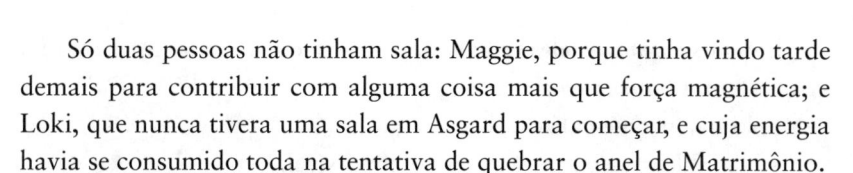

Só duas pessoas não tinham sala: Maggie, porque tinha vindo tarde demais para contribuir com alguma coisa mais que força magnética; e Loki, que nunca tivera uma sala em Asgard para começar, e cuja energia havia se consumido toda na tentativa de quebrar o anel de Matrimônio.

Naturalmente, ele fracassara na tentativa, e agora se flagrava em frente ao lugar que Sigyn havia sonhado para ele. Este se parecia com a caverna junto aos Adormecidos, mas era ainda maior e mais prático, com uma plantação de repolhos à soleira da porta e um riacho que corria por trás dele. Era simples, alegre e modesto – na verdade, tudo que o Astuto mais desprezava – e, no entanto, havia nele algo de agradável, algo quase relaxante.

Ele deu uma olhada no Matrimônio sobre sua mão. Mesmo em Aspecto, ele não conseguia tirá-lo. Mas talvez pudesse conviver com aquilo.

Deu um passo em direção à porta. Sigyn estava sentada lá dentro, numa cadeira. Mais uma vez Loki pensou como ela era bonita. Seus longos cabelos castanhos caíam soltos sobre os ombros de seu vestido branco. Não era um pensamento típico, e podia tê-lo perturbado em circunstâncias diferentes, mas hoje ele estava se sentindo diferente. *Mas, afinal*, ele disse a si mesmo, *não é sempre que você volta dos mortos, derrota Hel em seu próprio jogo, dá um pontapé no Pandemônio, e reconstrói Asgard, tudo num dia só...*

Sigyn ergueu os olhos quando ele entrou.

– Queridinho – disse ela. – Por que demorou tanto? – Ela se ergueu e beijou-o na boca. A sensação era realmente muito agradável, ele pensou. Afinal, fazia quinhentos anos desde que alguém fizera alguma coisa com sua boca exceto mandá-la se fechar de uma vez por todas.

Ele fechou seus olhos. As mãos de Sigyn se juntaram em sua cintura e a pressionaram, e pela primeira vez em quase quinhentos anos o Astuto cedeu a uma coisa parecida ao...

Amor?

Então algo soou por trás deles e os olhos de Loki se arregalaram novamente.

Na soleira da porta, de mãos dadas, erguiam-se dois garotinhos – com a idade de três ou quatro anos, com cabelo ruivo luminoso e olhos de idêntico fogo verde. Loki reconheceu os garotos que vira no sonho que compartilhara com Sigyn; e, retrocedendo com seu pensamento há quinhentos anos, ele pensou em seus filhos, e como eles haviam morrido há tanto tempo, e como ele os vira nos domínios de Hel...

Eles nos mataram, eles tinham dito a ele naquele dia no Inferno. *Eles nos mataram por sua causa.*

Loki balançou a cabeça.

– Não. Eles morreram. Sig, isso é impossível.

Sigyn sorriu.

– Eles morreram – concordou ela. – Mas o Inferno estava aberto, a Guardiã fugiu e, além do mais, a profecia não dizia: *Nada que foi sonhado se perde, e nada se perde para sempre?*

Um pensamento terrível ocorreu a Loki.

– Você não acha que Balder pode estar de volta?

– Coisas mais estranhas têm acontecido.

Não pela primeira vez naquele dia longo e difícil, Loki estava se perdendo na procura de palavras.

– Então, agora sou pai outra vez? – perguntou ele. – Porque todos nós sabemos como *isso* funciona...

Sigyn riu.

– *Queridinho* – disse ela. – Você é tão *negativo*! Tem uma chance de recomeçar, com uma esposa que pensa de você o melhor possível, dois filhos lindos e o lar de seus sonhos... e fica todo *passivo-agressivo* com isso. Agora, entre e diga olá aos meninos, e eu vou começar a fazer o jantar.

A boca de Loki ficou subitamente seca. *Perfeito*, ele pensou. *Parece perfeito.*

– Bem, o que você está esperando?

– Er... tenho que dar uma verificada em Maddy – disse ele; e, mudando para o Aspecto de Falcão, como se Hel estivesse em seus calcanhares, voou do lar de seus sonhos com pouco mais que uma pontada de remorso, tendo concluído bem naquele momento que a perfeição *não era* mesmo seu estilo. Pousou cinco minutos depois junto a uma pequena e um tanto familiar parte do que uma vez fora a Pequena Floresta do Urso, onde Maddy estava sentada sozinha junto a uma árvore e soluçando como se seu coração fosse se arrebentar.

– O que houve? – indagou Loki, revertendo-se em seu Aspecto (naturalmente, totalmente vestido em Asgard).

Maddy desviou o rosto.

Loki sentou-se no chão musgoso.

– Você não vai para casa? – perguntou ele por fim.

– Esta é minha casa – disse Maddy, com um gesto indiferente. – Tudo que eu pude salvar, ao menos: a Colina do Cavalo Vermelho, e a Floresta do Pequeno Urso, e o bangalô do meu pai, e a Taberna dos Sete Adormecidos, e aquele engraçado ponto de encruzilhada na estrada para Farnley Tyas...

Loki deu de ombros.

– Cada um fica com o seu. Aparentemente, o meu é um *lar dos sonhos*. – Ele olhou para o Matrimônio sobre sua mão. – Eu vou construir um barraco para mim mesmo – disse ele com um sorriso repentino. – Preferivelmente em algum lugar *bem* distante...

Maddy deu um sorriso cansado.

– Não posso acreditar que Açúcar tenha morrido. Eu ainda meio que espero vê-lo, você sabe, espiando por detrás de uma árvore.

Loki sorriu.

– Uma adega, mais provável. Especialmente se houver uma taverna por perto.

Os olhos de Maddy se arregalaram.

– *O que* você disse?

– Eu disse... – balbuciou Loki. – Ei, aonde você vai?

Maddy já estava em pé.

– A adega – falou ela numa voz sufocada. – É isso, Loki, a *adega*!

A adega estava escura e cheirava a ratos. Loki não ficou impressionado de modo algum.

– Bem, se *eu* estivesse construindo um lar dos sonhos, eu tentaria reformá-la, no mínimo. – Ele deu uma olhada no piso alinhado de tijolos, onde um buraco do tamanho de uma toca de raposa se abria, e uma confusa dispersão de entulho, terra, pedaços de tijolo e pequenos barris quebrados atapetavam a área de armazenamento. – Deve ter havido uma festa – disse ele, dando uma batidinha num dos pequenos barris vazios. – Parece que *alguém* se divertiu.

Mas Maddy não estava ouvindo. Em vez disso, ajoelhara-se na entrada do buraco, sem se importar com o pó e as aranhas, e sussurrou uma coisa para a escuridão.

– *Eu te nomeio Smá-rakki* – sussurrou.

Silêncio. Só a casa vazia.

– *Uma coisa nomeada é uma coisa domada* – disse Maddy. – Saco de Açúcar, *por favor*, se você está aí...

Um levíssimo movimento se fez por trás da pilha de pequenos barris. Maddy se virou, com os olhos iluminados.

– É apenas um rato – disse Loki.

Maddy se levantou, balançando a cabeça.

– Eu conheço ratos – sussurrou ela. – Açúcar, você está aí? – Então ela empurrou o pequeno barril para o lado (achando-o suspeitosamente leve), revelando um pequeno rosto peludo e olhos de um curioso dourado de aliança de casamento por trás de um capacete danificado. Maddy viu que a marca de runa *Tyr* não mais irradiava brilho da assinatura dele.

– Agora eu sei o que você vai dizer, senhora. – O duende estendeu suas mãos peludas. – Mas eu juro, pela vida do meu Capitão, que eu não sei o *que* aconteceu com toda essa cerveja...

– *Açúcar!* – gritou Maddy, fazendo-o levantar-se.

– Ai! – protestou o duende.

– Eu pensei que você estivesse morto! – disse Maddy, começando a chorar novamente.

Açúcar lhe lançou um olhar cauteloso. Ela obviamente estava louca. Mas tinha realmente uma força magnética poderosa, e...

– *Capitão?* – perguntou ele quando Loki emergiu das sombras sob os degraus da adega.

Loki sorriu.

– O próprio – disse ele. – De volta dos mortos, e *maravilhoso*. Por que, pelos Infernos, você está chorando agora? – Isso ele falou para Maddy, que não parecia conseguir controlar as lágrimas, embora estivesse em parte rindo também da expressão de confusão no rosto de Açúcar.

– Ele não se lembra, não é? – disse ela, enxugando seus olhos com a palma da mão.

– Lembra o quê? – questionou Açúcar.

– Ah, nada – respondeu Maddy. – Apenas que você ajudou a salvar os Mundos, duas vezes. Que você assumiu o Aspecto do Corajoso Tyr, que avançou sobre Surt em um lobo-demônio, que morreu na batalha, que era meu amigo...

Os olhos de Açúcar estavam grandes como discos agora.

– Eu fiz tudo isso?

– Tudo isso, e mais.

Açúcar olhou-a com desconfiança.

– Essa cerveja deve ser mais forte do que eu pensava. Tem certeza de que não tomou um pouco também, senhora? Porque a cerveja pode ter alguns efeitos muito *graves* naqueles que não estão acostumados a bebê-la.

Maddy sorriu.
– Vou guardar este conselho...
– Mas eu não me importo de ser seu amigo.
– Está tudo certo, então – disse Maddy.
Ela saiu de volta para o sol.

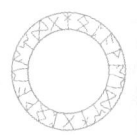

14

Naquele momento, uma figura solitária restara erguida nas ameias de Asgard. Enquanto a sombra lentamente se apagava e os Æsir e os Vanir exploravam seus novos territórios, Maggie Rede ficara sozinha, baixando os olhos por sobre Fim de Mundo. A Ponte do Arco-Íris, mais uma vez reconstruída, atravessava o vão entre a terra e o céu numa faixa ofuscante de luz colorida. E quando a nuvem de sombra se dispersou, a chuva caiu suavemente sobre Fim de Mundo.

Uma tremenda sensação de cansaço agora caía como um cobertor sobre ela, e as lágrimas que ela não havia derramado por Adam agora começavam a escorrer pelo seu rosto. Não *realmente* por Adam, Maggie pensou; ou pelas ruínas de Fim de Mundo, ou mesmo por seu filho não nascido, que nunca conheceria seu pai...

Uma sombra tombou sobre o parapeito. Alguém se erguia atrás dela. Uma figura alta, com um manto azul, os olhos meio ocultos por baixo do chapéu. Havia uma cicatriz sobre o olho esquerdo, onde a força magnética de Maggie o tinha atingido; ela parecia idêntica à runa *Raedo*, e brilhava com uma vaga luminescência.

Odin no Aspecto de Pai Supremo ainda se parecia bastante com Perth. Maddy, se estivesse lá, teria notado que ele também se parecia com Um Olho; só que mais jovem, mais forte, e no entanto mais solitário, remoto e de certo modo repulsivo. Hugin e Munin baixaram nas ameias batendo as asas e crocitaram.

– Aí está. Você conseguiu o que queria, então – disse Maggie, ainda com os olhos voltados sobre Fim de Mundo.

Isso é o que o Povo do Fogo vê, disse ela a si mesma silenciosamente. *Pequenos campos. Pequenas ruas. Um oceano como um manto de azul. Como é pequeno tudo isso! Como é tão pequeno!*

Odin soltou um suspiro cansado. A fruta de Idun curara suas feridas, mas não pudera fazer nada por seu coração dolorido.

– Sim. Eu consegui o que queria – disse ele. – Pagando um preço. E você?

– Uma sala em Asgard. Você me prometeu. E segurança para meu bebê.

– Mantenho minha palavra – disse Odin. – Muito embora a criança que você carregue possa viver para fazer com que nós dois nos lamentemos.

Maggie ergueu os olhos ao ouvir isso.

– Minha irmã disse que meu filho estava possuído. Que o Murmurador estava apenas me usando para voltar para Asgard. – Ela baixou a voz. – Tal como usou Adam para chegar às runas na Pedra do Beijo.

Odin deu de ombros.

– Ela pode estar enganada.

– Você não pensa assim, pensa? – perguntou ela.

– Não, Maggie. Eu não penso assim.

Maggie avaliou as palavras de Odin. Alguma coisa dentro dela acreditava nele – estava realmente convencida da verdade. E, no entanto, o que ela sentia pela minúscula vida que estava crescendo firmemente dentro dela era tão esmagadora, tão potente, que a verdade mal importava.

O que quer que essa criança pudesse um dia se tornar, o que quer que houvesse de errado com ela, ela era seu filho – o filho de *Adam* – e ela o protegeria com a vida. Qualquer coisa que o tivesse possuído – como Adam também havia sido – teria que passar primeiro por Maggie, e isso não seria uma missão fácil. Maggie Rede, como um dia ela fora; depois, Maggie Goodwin; Magni, o Carvalho; e agora, por fim, Maggie Scattergood, viúva e mãe de Fim de Mundo.

– Vou preservar meu filho – falou Maggie.

– Claro que vai – disse Odin.

– E vou batizá-lo de Adam, como o pai.

Odin deu um sorriso retorcido.

– Mas quanto à sala em Asgard – ela ergueu seus olhos de granito dourado para os dele –, eu não acho que vou precisá-la neste momento. Ao menos, não por enquanto.

Odin não disse nada, mas seu olho bom se acendeu, especulador.

Maggie continuou:

– Você me prometeu que o Povo do Fogo não faria mal a mim, ou ao meu filho.

Odin fez que sim.

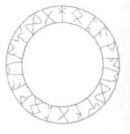

– Você tem minha palavra.
– Então, leve-me para casa – disse Maggie, descendo do parapeito. – Diga à minha irmã que eu deixei um adeus, e diga a ela para não me procurar. Eu a encontrarei se e *quando* a hora chegar.

Odin olhou para ela.

– Para casa? – perguntou ele.

Maggie fez que sim.

– Para onde mais eu iria? É lá que eu quero que meu filho nasça. Em Fim de Mundo, onde seu pai morreu. Além do mais – ela deu um pequeno sorriso retorcido –, quem mais estará lá para reconstruir o lugar? Para desenterrar a biblioteca, erguer a cúpula, reabrir a Universidade? Afinal, se eu pude erguer Asgard a partir do Sonho, Fim de Mundo será fichinha.

Odin soltou uma risada sonora.

– Você é muito parecida com sua irmã – disse ele.

– Diga a ela que eu a verei de novo algum dia.

E, tendo dito isso, Maggie pisou em Bif-rost, e com um pequeno piparote na runa Raedo – a runa das estradas a serem ainda percorridas, dos cavaleiros que perseguem a tempestade, dos viajantes e exploradores e deuses – ela se foi, descendo pelo Arco-Íris e penetrando nas névoas de Fim de Mundo.

15

– Mas por quê? – perguntou Maddy mais uma vez quando ela chegou e viu que Maggie havia ido embora. – Por que ela faria isso? Deixar este lugar? Deixar seus amigos, sua *família*! Em nome dos deuses, ela tem dezessete anos! Ela está grávida. Está completamente sozinha. E, se estivermos certos, o Murmurador...

– Se estivermos certos, então Fim de Mundo é o melhor lugar para ela – disse Odin numa voz tranquila. – Se o Murmurador se apossou de seu filho, tudo que podemos fazer é tentar impedir essa criança de entrar em Asgard. Porque se ela chegar a entrar aqui, e Mimir recobrar seu Aspecto, teremos uma guerra civil nas mãos, e a Ordem pela qual lutamos tão duramente mais uma vez se degradará em Caos.

Maddy ficou em silêncio por um momento.

– Ah – disse ela. – Não está acabado, então.

– Maddy, *nunca* está acabado.

Eles ficaram em silêncio um momento, vendo a luz esmaecer sobre Fim de Mundo. A sombra havia se dispersado completamente; a chuva havia cessado e agora o sol brilhava debilmente através do círculo de nuvens brancas que circundava a Cidadela do Céu.

– Quanto tempo temos? – quis saber ela.

– Até o quê?

– Até que aconteça novamente.

Ele deu de ombros.

– Quem sabe como estas coisas acontecem? Os Mundos acabaram tantas vezes anteriormente! Tantos deuses existiram e desapareceram! A Ordem e o Caos têm suas ondas, assim como o Um Mar flui e reflui. Podemos ter centenas de anos antes que o Caos transborde de suas margens novamente. De que Diabos você está rindo *agora*?

Ela sorriu.

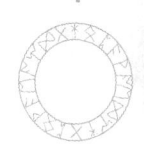

– É só que parece meio engraçado, você se parecendo tanto com Perth e *soando* tanto como Um Olho.

Ele deu de ombros novamente.

– Maddy, nós somos deuses. Nós temos que ser todas as coisas para todos os homens. Eu sou Odin, Pai Supremo, filho de Bór. Sou também o Cavaleiro da Carnificina. Para você eu era Um Olho. Depois me tornei Perth. Agora eu sou todas essas coisas, e mais.

Maddy suspirou e fechou seus olhos. O sol estava cálido sobre suas pálpebras. Parecia tão seguro, tão familiar! Ela podia estar sobre a Colina do Cavalo Vermelho, deitada de costas sobre a relva, mascando uma haste de trevo e escutando os grilos cantar. Em vez disso, estava quilômetros acima dos Mundos num Berço construído de luz de runas e sonhos.

– Amadurecemos muito desde a Colina do Cavalo Vermelho – disse ela, inconsciente de que havia falado alto.

– Não tanto quanto você pensa – retrucou ele. – Lembre-se, você a trouxe com você.

Maddy sorriu.

– Foi o que eu fiz. Quer vir comigo? Fumar um cachimbo? Ver as nuvens do Olho do Cavalo? Sonhar um pequeno sonho? Perder tempo? Jogar baralho? Ou o Pai Supremo não faz essas coisas? – perguntou ela, um tanto melancólica.

– Maddy, sinto muito. Eu acho que não. O Pai Supremo tem trabalho a fazer. Mas quanto a *Perth*... – Ele se interrompeu subitamente e deu-lhe um lampejo de seu sorriso de vendedor. – Perth nunca está ocupado demais para sonhar. Perth nunca recusa um jogo de azar. E quanto a perder tempo com você, que jeito melhor existe de perdê-lo?

Eles tomaram o longo caminho para a Colina do Cavalo Vermelho. A esta altura, a luz estava quase extinta. Uma faixa de luminescência havia aparecido sobre o céu a oeste. Ela tremeluziu, movendo-se delicadamente, como as velas de um navio gigantesco, passando de verde a rosa e azul ao velejar através do Firmamento.

– A aurora boreal – falou Maddy. – Eu sempre quis vê-la. Sabe que traz boa sorte?

– Pois que traga então – disse Perth.

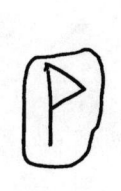

Impresso na RR Donnelley, São Paulo – SP.